教育部哲学社会科学研究后期资助项目
（项目批准号：16JHQ045）

茶诗古注研究

何泽棠 著

南京大学出版社

目　录

上编　宋代的苏诗注

引 言

一、研究意义

（一）当今古典文学研究界对诗歌注释本的关注

注释是学术研究的基础，中国古代的学术研究大都是从解释文本开始的。经学是学术的源头，两汉经学即始于对六经的注释。其后，无论是魏晋玄学、宋明理学还是清代朴学，无不以重新注释、解读经典为先导。古代文学是从经学中派生出来的，古代的文学研究也同样重视对文本的解释，如"《诗经》学"始于齐、鲁、韩、毛四家对《诗经》的训释与解说、"《文选》学"始于隋唐两代对《文选》的注释、杜诗学始于宋人对杜诗的笺注等。

由于注释在学术研究中起着如此重要的作用，因此，对文本的注释进行再研究也成为学术研究的重要内容。就经学而言，《十三经》的注疏是学术界的研究热点；就史学而言，《史记》的三家注、《汉书》的颜师古注、《三国志》的裴松之注及郦道元的《水经注》同样是关注的焦点。

诗学研究也不例外，诗歌解释学的规律与经验引起了研究者的兴趣。诗歌注释形成期的几部重要诗注，如《诗经》的毛传与郑笺、王逸的《楚辞章句》、李善的《文选》注等，从古到今都是文学研究界长期关注的对象，对这些诗注的研究取得了丰富的成果。宋代到清代是诗歌注释全面发展的时期，其中宋代和清代分别是两段高峰时期,各自产生了大批优秀的诗歌笺注本。近年来,当代古典文学研究界逐渐将目光投向从宋代到清代的诗歌注释,产生了一系列优秀成果:

1. 有一批优秀的学位论文面世。博士论文有南京大学的系列研究,如郝润华的《〈钱注杜诗〉与诗史互证方法》、姜庆姬的《宋诗宋注研究》、李晓黎的《宋诗宋注初探》、赵超的《王文诰〈苏文忠公诗编注集成〉研究》等。此外还有中山大学吴晓蔓的《任渊〈黄陈诗集注〉研究》、河北大学吴淑玲的《仇兆鳌及〈杜诗详注〉研究》、河北大学孙光的《汉宋楚辞研究的历史转型——〈章句〉、〈补注〉、〈集注〉比较研究》、东北师范大学刘洪波的《阐释学视野下的〈楚辞补注〉研究》、南京师范大学胡振龙的《李白诗古注本研究》、首都师范大学阮氏明红的博士论文《汤汉注〈陶靖节先生诗〉研究》等。硕士论文则主要是在西北师范大学郝润华教授的指导下产生的一批宋代杜诗注本的研究,如武国权的《赵次公〈杜诗先后解〉研究》、房新宁的《〈黄氏补千家注纪年杜工部诗史〉研究》、罗效智的《〈九家集注杜诗〉研究》、邱旭的《〈集千家注批点杜工部诗〉研究》等。除杜诗注之外,西北师范大学研究群体还把视线投向了其余重要诗歌注本,如周焕卿的《〈王荆文公诗注〉研究》、王东峰的《〈五百家注音辨昌黎先生文集〉研究》等。此外还有上海师范大学蔡子蓥的硕士论文《冯浩〈玉谿生诗笺注〉研究》等等。

2. 除学位论文外,还产生了一大批单篇论文,如蒋寅先生的《〈杜诗详注〉与古典诗歌注释学之得失》,雷履平先生的《赵次公的杜诗注》,慈波《任渊宋诗校释平议》,张承凤《论任渊及其〈山谷诗集注〉》,吴晓蔓《任渊〈山谷诗集注〉考论》《任渊〈黄陈诗集注〉与江西诗派》《从任渊〈山谷诗集注〉看"夺胎换骨"的内涵》等。

以上各类研究论文,对诗歌解释学的建构,起了重要的推动作用。但也还存在着以下缺陷:

1. 对断代诗歌注释整体规律的研究较少。对宋代诗歌注释规律的研究,只有南京大学姜庆姬的博士学位论文《宋诗宋注研究》,以及周裕锴先生的会议论文《试论宋代诗歌阐释学的主要倾向及其重心的演变》与何泽棠的期刊论文《宋代诗歌注释的"以史证诗"方法》。对清代诗歌注释规律的研究,只有郝润华的论文《论清代诗歌解释学的成就和歧误》等。

2. 对跨代诗歌注释研究较少。只有南京师范大学胡振龙的博士学位论文《李白诗古注本研究》,对从宋代到清代的三个李白诗注本进行了研究;以及河北大学孙光的博士学位论文《汉宋楚辞研究的历史转型——〈章句〉〈补注〉〈集注〉比较研究》。此外,对异代诗歌注释的思想与方法的对比研究也不多。

(二)苏诗注在古典诗歌注释界的地位与意义

杜诗与苏诗,是历代诗歌注释者公认的两大注释难题。张榕端有言:"古今诗人之总萃,唐则子美,宋则子瞻,顾两家笺注之难,前辈屡言之。"①

韩崶《苏文忠公诗编注集成序》:"注古人之诗难矣,注大家之诗更难,若夫杜少陵、苏长公二家之诗,则尤有难者。盖少陵丁天宝之年之际,出入戎马,跋履关山,感事摅怀,动有关系,非熟于有唐一代之史者不能注杜集也。长公亲见庆历人才之盛,备知安石变法之弊,进身元祐更化,卒罹绍圣党祸,凡所感激,尽吐于诗,其诗视少陵为多,其荣悴升沉,亦与少陵,仅以奔赴行在者异。少陵事状颇略而长公政绩独详,唐之杂纂不载少陵,而两宋纪录非长公不道。故注苏较难于注杜,虽熟有宋一代之史,势不能括其全。"②

对杜诗与苏诗的注释,虽然不能穷尽历代诗歌注释的所有问题,但足以代表了古代诗歌注释的较高成就。

综观古代诗歌注释史,宋代与清代是其发展过程中的两个高峰时期,杜诗与苏诗在这两个时期都受到众多注家关注。因此,对杜诗、苏诗从宋代到清代的各个注本的综合研究,有益于总结宋代与清代各自的注释思想与成就,并通过宋、清两代注本的对比,总结诗歌注释从宋代向清代发

① 《宋牧仲刊施注删补本各序》之张榕端序,见[宋]苏轼著,[清]冯应榴辑注:《苏轼诗集合注》,上海:上海古籍出版社,2001年,第2712页。

② [宋]苏轼撰,[清]王文诰辑注:《苏文忠诗编注集成》,见《续修四库全书》第1315册,上海:上海古籍出版社,1996年影印版,第309页。

展的轨迹。

从研究现状来看,当今研究界缺少对杜诗或苏诗历代注本的综合研究。杜诗虽然没有历代注本的综合研究,但对杜诗单个注本的研究却比较发达,取得了较多的成果。苏诗注本的研究较之杜诗注本,受关注的程度较低,研究的成果较少,因此,选取历代苏诗注本进行研究,有利于填补诗歌解释学上的空白。而相对于杜诗注本,历代苏诗注本又包含了一个独有的研究点,即苏轼诗在当代即有注本,研究苏诗的宋注本,还可以研究宋人注宋诗这一特殊现象。因此,对历代苏诗注本的研究,要比历代杜诗注本更全面地反映宋、清两代诗歌注释的特点与成就,以及从宋到清诗歌注释发展变化的过程。

具体而言,对历代苏轼诗注进行系统、综合的研究有以下意义:

1. 对宋、清两代各个苏诗注本在诗歌解释学上的创造性成就作出总结与评价。

2. 初步总结宋代诗歌注释及宋人注宋诗的发展历程及规律。

3. 初步总结清代诗歌注释的发展历程及规律。

4. 初步比较宋代与清代诗歌注释的异同,探索诗歌注释从宋代向清代发展变化的成因。

对历代苏诗注本进行全面系统的研究,既可以揭示诗歌解释学的重要规律,又可以反映出古代诗歌解释学发展的主要线索,在诗歌解释学上有初步的探索意义。

二、历代研究回顾

(一)古代对苏诗注本的研究

1. 对宋代苏诗注本的研究

宋代有两个苏诗注本,一个是题为王十朋编撰的《集百家注分类东坡先生诗》,明清两代学者一般称之为"王本";一个是施元之、顾禧的《注东坡先生诗》,清代学者一般称之为"施本"。王本在南宋时期传播较广,但学者对它的议论仅仅停留在只言片语式的即兴发挥上，缺乏系统的研究。施元之则认为其注释有"缺略未究"之病①。元、明两代，对王本的接受，也只停留在重印、删削翻刻方面。清代学者始对王本有全面、系统的研究。有些研究者肯定了王本的长处在于征引典故，如顾嗣立认为其优点在于"征引之浩博、考据之精核"②；钱大昕也认为"王本长于征引故实"③。但清代大多数学者对王本持批评意见。《四库》馆臣指出了王本分类多错的事实。宋荦与邵长蘅则指出了王本的三个重要失误：一是陋于分门别类；二是疏于不著书名；三是妄于改窜旧文。邵长蘅还撰有《王注正讹》，专门对王本中的错误进行批判。但邵长蘅对施本所阙十二卷的补注，首先是采用王本的注文进行补充，可见于否定中亦有肯定之处。查慎行与冯应榴也多次批评王本引文不忠实于原书的错误，并在补注中予以更正。

　　施、顾《注东坡先生诗》由于刊刻者施宿获罪夺官，因而遭到禁毁。后来虽有郑羽予以重刻，但在南宋的流传始终不广，影响力不大。陆游为该书作序，虽然客气地称该书"于东坡之意亦几可以无憾矣"④，但由于陆游在序文中论述了注苏诗的难点在于注其事实，而施、顾原注并没有解决这个难题，因此陆游对其评价实际上不会太高。后来施宿采纳了陆游的意见予以补注。但本书在元、明两代没有公开流传，直到清初江苏巡抚宋荦购得本书的宋嘉定刊本，嘱托幕客邵长蘅等进行删补、重刻，本书才重新得以广泛流传。清代学者对施、顾注本的评价较高，特别是施宿所补的题下注。顾嗣立认为该本"尤得知人论世之学"⑤，张榕端认为，施本不仅没有王本的三个重要失误——"一洗永嘉分类之陋，而援引必著书名，诠诂不乖本事"⑥，而且还取得了更大的成就："又于题下务阐诗旨，引事征诗，因诗存人，使读者得以考见

① 《东坡先生年谱序》，见四川大学中文系唐宋文学研究室编：《苏轼资料汇编》，北京：中华书局，1994 年，第 1645 页。
② 《通行王注本各序》之顾嗣立序，《苏轼诗集合注》，第 2707 页。
③ ［清］钱大昕：《苏文忠公诗合注序》，《苏轼诗集合注》，第 2636 页。
④ ［宋］陆游：《陆放翁施注原序》，《苏轼诗集合注》，第 2704 页。
⑤ 《苏轼诗集合注》，第 2707 页。
⑥ 《宋牧仲刊施注删补本各序》之张榕端序，《苏轼诗集合注》，第 2713 页。

当日之情事,与少陵诗史同条共贯,洵乎其有功玉局而度越梅溪也。"①清施本的整理者邵长蘅对其的评价更高:"施注佳处,每于注题下多所发明,少或数言,多至数百言,或引事以征诗,或因诗以存人,或援此以证彼,务阐诗旨,非取泛澜,间亦可补正史之阙遗。即此一端,迥非诸家可及。"②

清代对宋注本的研究还表现为在其基础上进行补注,清代苏诗的重要注家查慎行、翁方纲、沈钦韩、冯应榴、王文诰是在仔细阅读这两个宋代注本的基础上,针对其疏漏与谬误进行补正。

2. 对清代苏诗注本的研究

清代苏诗注本较多,有邵长蘅等的补施注、查慎行的《补注东坡先生编年诗》、翁方纲的《苏诗补注》、沈钦韩的《苏诗查注补正》、冯应榴的《苏文忠公诗合注》、王文诰的《苏文忠公诗编注集成》等。

邵长蘅等将宋刊施、顾注本予以删削、补注,整理成"清施本"。清施本向来为研究者所批评。由于邵长蘅将珍贵的宋刊本注文进行删削,失其全貌,因此藏书家对此大加鞭挞,黄丕烈认为清施本"可覆酱瓿"③,叶德辉则认为宋、邵有厚诬古人之嫌。而对于邵长蘅所撰《王注正讹》,查慎行与冯应榴都认为其持论过苛。

查慎行的《补注东坡先生编年诗》在清代是毁誉参半。钱大昕指出查注本"详于考证地理"④,这是清代研究者的共识。《四库》馆臣肯定了查注在考核地理、订正年月、引据时事方面的功绩,但也指出了其在编年、辑佚、辨伪、引用文献等方面的诸多错误。沈钦韩则主要针对查注中的失误作《苏诗查注补正》,他在序中说道:"查氏补注……自谓毕力于斯,迄三十年,亦云勤

---

① 《苏轼诗集合注》,第 2713 页。
② 《邵长蘅注苏例言》,《苏轼诗集合注》,第 2716 页。
③ 周锡䪖跋,[宋]施元之、顾禧撰:《注东坡先生诗》,宋嘉泰淮东仓司刻本(存二卷,卷四十一、四十二《追和陶渊明诗》)。注:本书应为嘉定刊本,详见本书上编第三章第一节。此处姑依中国国家图书馆馆藏目录。
④ [清]钱大昕:《苏文忠公诗合注序》,《苏轼诗集合注》,第 2636 页。

哉！惜所据多短书小说，纰缪弥复不少。"①冯应榴也指出："查慎行补注本五十卷，考核更详，洵足匡前人不逮。但重复舛讹及误驳者，正复不少。"②沈、冯二人在各自的注本中都补正了查注在引用文献、考证史实、编年等方面的诸多错漏。

翁方纲的《苏诗补注》篇幅较短，沈钦韩的《苏诗查注补正》直至光绪八年(1882)才得以刊行，因此都没有引起学者的重视。冯应榴虽然也将翁方纲《苏诗补注》的内容收入《苏文忠公诗合注》中，但对其没有什么评价。

冯应榴的《苏文忠公诗合注》以学力的精深与治学态度的严谨谦逊而受到研究者的好评。钱大昕指出："窃谓王本长于征引故实，施本长于臧否人伦，查本详于考证地理，先生则汇三家之长，而于古典之沿讹者正之，唱酬之失考者补之，舆图之名同实异者核之，以及友朋商榷之言，亦必标举姓氏，其虚怀集益又如此。若夫编年卷第一遵查本，其编次失当者随条辨正而不易其旧，则先生之慎也。立言愈慎，考古愈精，披沙而金始露，凿石而泉益清。是书出而读苏诗者可以得所折衷矣。"③吴锡麒则认为，冯所编合注本，除了"诠释之学精"之外，也有"兼总之功大"④的特点。

王文诰的《苏文忠公诗编注集成》以苏轼年谱与苏诗编年见长。阮元《苏文忠公诗编注集成序》对此有较高评价："王君学识淹通，深于史，所撰《苏文忠公诗编注集成》尤精博，匪特聚百家为大成，更可订元修《宋史》之舛陋。"⑤

(二) 二十世纪五十年代以来对苏诗注的研究

1. 从解释学角度的研究

二十世纪五十年代以来，苏诗的研究者多以文学、文化为出发视角。即

---

①　《苏诗查注补正序》，[宋]苏轼撰，[清]沈钦韩补正：《苏诗查注补正》，广州：广雅书局刻本，清光绪二十年(1894)。
②　[清]冯应榴：《苏文忠公诗合注凡例》，《苏轼诗集合注》，第2641页。
③　[清]钱大昕：《苏文忠公诗合注序》，《苏轼诗集合注》，第2636页。
④　[清]吴锡麒：《苏文忠公诗合注序》，《苏轼诗集合注》第2638页。
⑤　《苏文忠诗编注集成》，见《续修四库全书》第1315册，第298页。

使从文献学的角度研究苏轼诗集,重点也在于版本、校勘、辑佚、辨伪,很少有研究者从注释的角度研究苏诗。研究苏诗注的专著较少,只有曾枣庄、王友胜二位先生的苏轼综合研究史著作中,论及了历代对苏诗的注释,并以单篇论文的形式对历代苏诗注特别是清代苏诗注进行了研究。

曾枣庄先生的《清注苏诗述略》一文(见《中国韵文学刊》1999 年第 2 期),研究对象包括清代五个苏诗注本,分别为查慎行注、翁方纲注、沈钦韩注、冯应榴注、王文诰注。此文分别介绍了每个注本的注者生平、成书过程、撰书原因、全书体例、主要特点及后代评价。曾枣庄先生主编的《苏轼研究史》(江苏教育出版社 2001 年版),对历代苏诗注也有所论及。

王友胜先生著有《苏诗研究史稿》,又发表了《关于苏诗历史接受的几个问题》《历代苏诗研究简述》《清代苏诗研究的繁盛局面及其文化成因》《论清人注释、评点苏诗的特征及原因》《施元之等〈注东坡先生诗〉平议》《施注苏诗得失论》《冯应榴与〈苏文忠诗合注〉》《冯应榴〈苏诗合注〉平议》《王文诰〈苏诗编注集成〉得失论》等论文,对宋代以来历代苏诗研究的情况作了系统、全面的介绍,其中也包含了历代苏诗注本的研究。王友胜先生对历代重要的苏诗笺注本,举凡编撰原因、成书过程、编次、体例、主要成就与局限、对后代的影响等问题,都一一作了深入的探讨。

台湾学者李贞惠所撰《〈百家注分类东坡诗〉评价之再商榷——以王文诰注家分类说为中心的讨论》(《台大文史哲学报》2005 年 11 月第 83 期),此文方法细密,视野宏阔,重新衡定了分类注在苏轼研究史及宋代文化史上的价值。

学术界的新锐赵超先生撰有博士学位论文《王文诰〈苏文忠公诗编注集成〉研究》(南京大学,2009 年),该文提要称:"本文主要对清代苏诗注家王文诰及其《苏文忠公诗编注集成》展开研究。通过研究力图阐明王文诰在苏诗注释和编年方面的成绩与特点,同时就王文诰的《苏文忠公诗编注集成》与冯应榴的《苏文忠公诗合注》的关系进行深入剖析,给出尽可能客观、公允的评价。另外,本文就王文诰对纪昀苏诗评点的引用和辩驳,以及王文诰《编年总案》的成绩等问题,进行较为全面、细致的分析,揭示王文诰的《苏文忠公诗编注集成》在苏轼研究史上的价值和意义。"①以这篇学位论文的各部分内容为基础,又产生了一批有分量的单篇论文,如《论王文诰对纪批苏诗的继承与驳难》《论王文诰苏诗注的时代创新与历史意义》《王文诰苏诗编年平议》等。这是近年来苏诗注释史研究的一大亮点。

2. 从文献学角度的研究

从文献学的角度出发,有刘尚荣、祝尚书二位先生对苏集的版本问题作了重要的探讨。刘尚荣先生著有《苏轼著作版本论丛》一书及《苏诗版本源流考述》《〈百家注分类东坡诗集〉现存版本调查记》等论文,对宋、元、明三代苏轼著作的版本情况作了系统、深入的研究,其中也包括苏诗注本的研究。在《苏轼著作版本论丛》一书中,刘尚荣先生对宋刻集注本《东坡前集》、《百家注分类东坡诗集》、宋刊《施顾注苏诗》等三个苏诗注本的版本作了详细的论述,内容包括传刻源流、注家、编者、讳字、注文特色、现存版本、后代评价等。

祝尚书先生著《宋人别集叙录》一书,详细介绍了《王状元集百家注分类东坡先生诗》、施顾《注东坡先生诗》的成书过程与版本源流。

此外,台湾学者中,郑骞著有《宋刊施顾注苏东坡诗提要》,该文对宋本施顾注的价值、注者、流传等情况皆有细致分析,提出了不少独得之见。日本学者仓田淳之助辑有《苏诗佚注》,收录了赵次公、施元之、顾禧等注家的部分注文,由东京同朋舍于 1965 年刊行。这是当前苏轼研究界弥足珍贵的史料。

三、本书的研究对象与具体思路

本书的研究范围为古代的苏诗注。具体而言,研究对象为现存从宋代至清代的苏诗注本,包括旧题王十朋编《集百家注分类东坡先生诗》,施元之、顾禧、施宿撰《注东坡先生诗》,邵长蘅编《施注苏诗》,查慎行撰《补注东坡先生编年诗》,翁方纲撰《苏诗补注》,沈钦韩撰《苏诗查注补正》,冯应榴辑

① 赵超:《王文诰〈苏文忠公诗编注集成〉研究·中文摘要》,南京大学 2009 年博士学位论文。

《苏文忠公诗合注》，王文诰辑《苏文忠公诗编注集成》。至于明清两代的一些苏诗评点本，如阎士选《苏文忠公胶西集》、刘宏《苏诗摘律》、汪师韩《苏诗选评笺释》等，尽管也含有注释的成分，但本质上属于评点，没有得到冯应榴辑《苏文忠公诗合注》、王文诰辑《苏文忠诗编注集成》的承认，未收入上述二书中，因此不列入本书的研究范围。本书的根本任务在于总结各个注本在解释学上的特点与成就，并试图揭示中国古典诗歌解释学从宋代到清代的发展轨迹。

　　本书的具体研究思路为：一是重视文献与版本。在掌握历代苏诗注本（特别是宋注本）现存最佳版本的基础上进行研究。二是精读文献。在详细阅读历代各个苏诗注本的基础上发现其注释规律与成就。三是在对宋、清两代各个苏诗注本作全面研究的基础上，归纳总结宋代、清代各自的诗歌解释学特点。四是对比研究。包括：1. 各苏诗注本的内部对比，这又包括同代注本对比与异代注本对比。宋代的两个苏诗注本的注释思想有较大不同，本书注重比较其注释方法，评价优劣。清代的重要苏诗注本在思路上相近，本书则注重比较其学力的高低。宋、清两代的苏诗注在风貌上有更大的差异，本书更注重通过两者的比较，揭示宋、清两代注释思想的差异。2. 将各个苏诗注本与同时期的其他诗注进行对比，展示苏诗注本的特点与成就，确立其在诗歌注释史上的地位。其中的重点在于将宋代的两个苏诗注本与同时代的任渊《山谷内集诗注》、李壁《王荆公诗注》进行对比，以显示宋代苏诗注本的地位与成就。

上编

宋代的苏诗注

第一章 宋代诗歌注释发展
背景下的苏诗注

第一节 宋代诗歌注释的新貌

宋代作为中国古典诗歌注释的第一个黄金时期,与前代相比,呈现出迥然不同的风貌。这表现在:

第一,诗歌注释正式取得独立的地位。

宋代以前,虽然有一定数量的诗歌注释作品问世,但诗歌注释并没有取得独立的地位。两汉时期,文学本身并没有独立地位,人的觉醒与文的自觉阶段尚未到来,也就谈不上诗歌注释的独立。在毛公的《诗诂训传》、郑玄的《毛诗传笺》、王逸的《楚辞章句》等注释本中,注家并未完全将其注释的对象作为诗歌来看待。毛公、郑玄注《诗》,首先是将其作为"经"而不是"诗"来看待的。同样,王逸注《楚辞》,仍然是将其提高到"经"的地位加以注解。魏晋以降,文的自觉成为历史的必然。李善注《文选》,虽然不再把文学作品当作"经"来注,但其注诗的方法与《文选》中的其他文体并没有什么不同之处,诗歌注释依然未能走向独立。到了宋代,才涌现出大批诗歌注释者,并专门选取诗歌作品进行注释,形成了一定的规模,有相当多的诗歌注释本产生。诗歌注释的独立地位终于得到确认。

第二,诗歌注释作品的数量较前代大为增多,改变了诗歌创作与注释研究比例不协调的状况。

　　魏晋南北朝隋唐时期的诗歌作品数量甚丰,在诗歌史乃至文学史上的地位自不待言。但这个时期的学者却没有致力于诗歌的注释工作,出现的诗歌注释本寥寥无几,见于著录的诗歌注释只有《隋书·经籍志》中的应贞注应璩《百一诗》、刘和注《杂诗》、罗潜注《江淹拟古》,影响较小,且全都亡佚,现存的诗注只有李善与五臣《文选注》中的诗歌部分。这与同时期的诗歌创作的地位极不相称。到了宋代,学者纷纷注释诗歌,不仅注魏晋南北朝诗、唐诗,也注本朝之诗,现存的宋代诗注有十余部,亡佚而见于著录或引述的亦有十来部。诗歌注释呈现出一派繁荣景象。

　　第三,诗歌注释的对象发生了变化,别集取代总集成为注家主要的工作对象。

　　宋以前的诗注,现存的有毛公的《诗诂训传》、郑玄的《毛诗传笺》、王逸的《楚辞章句》及李善的《文选注》,其注释对象全都是文学作品的总集。宋代注家则把目光转向了文学作品中的别集,专门针对某一作家的诗作进行注释研究。这一风气为元、明、清的注家所承袭,成为中国古代诗歌注释的主流。

　　在诗人别集的注释方面,更是出现了前所未有的繁盛局面。上至晋代的陶潜,下至唐代前贤李、杜、韩、柳诸家诗文,均有宋人为之作注,甚至出现了"千家注杜"的景象。

　　第四,开创了诗歌注释研究与诗歌创作同步的局面。

　　宋以前的诗歌注释,注家与作品都有几百年乃至于千余年的时间距离。宋代注家不仅注前代名家诗作,如杜甫、李白、陶潜等的别集,而且出现了"今人之文,今人乃随而注之"①的特殊现象,把重点放在了注释本朝著名诗人的诗集上,其对象包括苏轼、黄庭坚、王安石、陈师道、陈与义等人的诗作。宋人注诗,始于北宋末年。在早期宋代诗注中,任渊注《山谷内集》,始于黄

---

① 　[宋]钱文子:《芗室史氏注山谷外集诗序》,[宋]黄庭坚著,[宋]任渊、史容、史季温注,黄宝华点校:《山谷诗集注》,上海:上海古籍出版社,2003年,第499页。

庭坚在世之时。其草稿初成之际，距山谷之卒年不过五年。赵次公、赵夔、师尹、程缜等人注《东坡前集》、《东坡后集》，离苏轼卒年亦不过二三十年。南宋中期的施元之、顾禧、施宿注苏东坡诗，李壁注王安石诗，注家离作者时代稍远，但也不超过百年。这几乎可以说是与诗歌创作同步。

第二节　宋代诗歌注释的方法

一、从前代注释中继承的方法

（一）从经注中继承的方法

汉代经注是中国古代文献注释的源头，任何类型文献的注释都必然受到汉代经注的影响，诗歌注释也不例外。诗歌注释对经注的吸收，是通过经注中的特殊领域——《诗经》的注释来实现的。《诗经》既拥有经的地位，又具备诗的特质，因此，《诗经》的注释，既能体现汉代注经的特点，又首创了注诗的方法，对后代诗歌注释的影响是多方面的。具体而言，西汉四家诗中齐、鲁、韩三家相继亡佚，对后代的影响不大。《诗经》的毛传、郑笺才是诗歌注释方法的开创者。宋代诗歌注释从毛传、郑笺中获得的注释方法主要来自古文经学，重视语词的注音、训诂与名物的考证。

语言学上的解释对各类文献的理解是不可缺少的前提，诗歌作为一种语言艺术也不例外。毛传作为古文经学的著作，重视训诂与名物的考证是必然的，宋代的诗歌注释者也继承了这一优良传统。但宋代诗歌注释中的注音释义在注释工作中的地位有所削弱，这是因为宋代注家所注之诗，主要集中于唐宋两代，而唐宋诗歌中的生僻字已不多，因而无须像毛传、郑笺那样对语词进行大面积的解释，只须择其难者加以重点解释即可。由于两汉至唐代语言学的杰出成就，使宋代注家可以使用众多的语言学工具书，其注音释义更加方便，音义工作已非重点与难点。宋代注家的音义工作，主要集中于对多音字、多义字的注音及释义上，以及利用音韵学的知识分析诗歌的格律。另一方面，宋代注家对名物的考证却不曾忽视，尤其是在宋人注苏轼诗当中，注家利用其与作者年代较近的优势，对大量的名物进行了解释说明。

除此之外，宋代诗歌注释还对汉代分章断句的章句之学有所借鉴。赵次公注释杜诗与苏诗，经常对其中篇幅较长的古体诗划分章节层次，分段解释其含义。

（二）从诗歌注释中继承的方法

现存最早的真正意义上的诗歌注释，当属李善《文选注》中的诗歌注释部分。李善注《文选》，给后人留下的最重要的印象就是"释事忘义"。这个说法虽然有失偏颇，但也从中折射出李善《文选注》最重要的特点就是善于征引各类典故的出处。自此之后，历代诗歌注释者莫不把注释典故的出处作为诗歌注释的必要工作。杜甫、苏轼、黄庭坚、陈师道都是诗歌史上著名的擅长用典者，注释典故出处也成为宋代诗歌注释的基础工作之一。

二、宋代诗歌注释对注释方法的开拓

宋代诗歌注释与宋代学术背景密不可分。宋代是中国古代学术发生重要转折的时期，也是中国学术发展的黄金时期。王国维认为："宋代学术，方面最多，进步亦最著。……故天水一朝人智之活动，与文化之多方面，前之汉唐，后之元明，势所不逮也。"①陈寅恪也认为："华夏民族之文化，历数千载之演进，造极于赵宋之世。"②台湾学者宋晞也评价说："我国历史源远流长，论武功，当推汉唐；论学术文化则以两宋为先。宋代学者气象博大，学术途径至广，治学方法亦密。彼等此项贡献，在我国学术史上应予大书特书，不容忽视。"③归纳起来，宋人的学术涉及了理学、文学、史学、佛学与自然科学

---

① 王国维：《宋代之金石学》，《王国维遗书》第五册《静安文集续编》，上海：上海古籍书店，1983 年，第 70 页。
② 陈寅恪：《邓广铭〈宋史·职官志〉考证序》，《金明馆丛稿二编》，上海：上海古籍出版社，1980 年，第 245 页。
③ 宋晞：《宋代学术与宋学精神》，《宋史研究集》第 26 辑，台北：编译馆，1997 年，第 1 页。

等各个方面,而就诗歌注释而言,对其影响最显著的还要数宋代的江西诗学、编年史学、年谱学与孟子学。

(一)宋代江西诗学对宋人注宋诗中典故注释的影响

上文已述,宋代诗歌注释本来就继承了李善《文选注》以征引典故为基础的方法。更进一步,各注家还将典故注释与江西诗派"无一字无来处"诗歌理论相结合,为典故出处的征引赋予了新的含义。

李善在《文选·西都赋》的注中说道:"诸引文证,皆举先以明后,以示作者必有所祖述也。"①这说明他对魏晋南北朝以来喜欢用典的创作习气有所了解,但这离创作理论还有相当远的距离。宋代诗歌注释的对象,有的是宋代诗歌创作理论的提倡者与实践者,如黄庭坚、陈师道;有的是被宋代诗歌创作理论尊奉的鼻祖,如杜甫。宋代诗歌注释者往往从宋代强调"无一字无来处"的诗歌创作理论出发进行注释,任渊在《黄陈诗集注序》中说:"前辈用字严密如此,此诗注之所以作也。"②赵次公在其《杜诗先后解自序》中说:"余喜本朝孙觉莘老之说,谓'杜子美诗无两字无来处'……因留功十年,注此诗。"③在注释实践当中,这些注家也是倾尽全力,遍览群书,逐句乃至逐字逐词地征引其出处。另一些注释对象,如苏轼,虽然没有明确提出作诗必讲求来历的主张,但由于其好用典故的习气,注家也将其归入上述类别进行注释。赵次公在注释苏诗时多次强调苏诗"无一字无来处",因此全力觅求苏诗中的语词、故事的出处。赵夔在《百家注东坡先生诗序》中也说他注苏诗是"一句一字,推究来历,必欲见其用事之处"④。在这些诗歌注释本中,注释者以其丰富翔实的典故注释印证了江西诗派"无一字无来处"的创作理论。

① [梁]萧统编,[唐]李善注:《文选》,上海:上海古籍出版社,1986年,第1页。
② 《山谷诗集注》,第3页。
③ 《赵次公自序》第1页,见[唐]杜甫著,[宋]赵次公注、林继中辑校:《杜诗赵次公先后解辑校》,上海:上海古籍出版社,1994年。
④ [宋]苏轼著,[清]冯应榴辑注、黄任轲、朱怀春校点:《苏轼诗集合注》,上海:上海古籍出版社,2001年,第2694页。

（二）寓诗学研究于注释之中

李善注《文选》有"释事忘义"之讥。相比之下，宋代的注家不仅重视解释诗意，而且常常在此基础上总结作家的艺术技巧，评论其创作的得失。

宋代注家往往喜欢从分析诗人写作手法的角度入手来解释诗意，因此在释意之余，也不免对诗歌的立意、意境、技巧、修辞等方面的艺术成就进行总结、评论，从而将诗歌研究、评论、鉴赏与注释融为一体。

（三）借鉴史注，从史注中引入"以史证诗"方法

中国古代的史注同诗注一样，也是从经注中分离出来的。当史学取得独立地位之后，史注也逐步脱离了经注的控制，形成了自己自身的特点。史注中最重要的方法是"引事证史"，这种方法最能体现史学的学科性质。裴松之的《三国志注》与郦道元的《水经注》是其中的重要代表。在这些著作中，注家引用大量的史实材料来与原著中的人物活动、历史事件相参照，以证实其可信度。同样的注释方法也为叙事性较强的文学作品的注释所采用，刘孝标《世说新语注》的方法即与裴松之的《三国志注》一脉相承，刘注同样引用多种史料证实并补充《世说新语》中的人物活动与言论。叙事性较强的《世说新语》适于采用"引事证史"的注释方法，那么，同样的方法是否适用于抒情性较强的诗歌呢？答案是肯定的。诗歌的本质，不管是"言志"还是"缘情"，都在诉说诗人心灵的感受。诗人心中的感受，有时是因一时一物而触发，不必与具体的事件相联系。但从中国古典诗歌创作的实践来看，也有为数不少的诗歌是缘事而发的，其中的事由，可能是当代重大的宏观事件，也可能是诗人生活中的微观事件。那么，要准确地理解这些诗歌的寓意，必须先推导出触发诗人诗思的事由。这些事由也是有迹可寻的，诗人往往会在诗题与诗句中透露相关信息，有些作者还会通过自序、自注来说明相关情况。这样，在诗歌注释中借鉴史注的"引事证史"的方法，从诗人活动的有关记载中寻找材料来证实诗题或诗句的说法，是十分有益而且是必要的。宋以前的诗歌注释，比较忽视这一情况，在这方面所做的工作不尽如人意，毛传、郑笺仅对个别诗篇的具体事由进行过分析与补充，王逸的《楚辞章句》与

李善的《文选注》则基本上没有这类注释。宋代诗歌注释者以注杜诗与本朝诗为主,杜诗本有"诗史"之称;而宋诗相对于唐诗,也有"尚实"的特点,宋代诗人爱发议论、显才学,使宋诗中缘事而发的作品比例较高。而对这种情况,宋代诗歌注家能够从史注中吸取有益成分,广泛搜集材料以印证诗意,从而发展了孟子"知人论世"的解释观。

第三节　宋代苏诗注的发展历程

一、宋代早期苏诗注

苏诗在宋代深受注家的青睐,注苏者仅次于注杜,但这些注本大都没有流传下来。见于文献记载而亡佚的宋代苏诗注见下表:

书名	注者	出处
苏诗古、律注	陈师仲	王文诰《苏文忠诗编注集成凡例》称引
苏诗旧注	不详	《集注分类东坡先生诗》赵次公注称引
苏诗四注	程缜、李厚、宋援、赵次公	李冶《敬斋古今黈》、翁方纲《苏诗补注》、冯应榴《苏文忠公诗合注凡例》称引
苏诗五注①	程缜、李厚、宋援、赵次公、林敏功(子仁)	冯应榴《苏文忠公诗合注凡例》称引
苏诗八注	程缜、李厚、宋援、赵次公、林敏功(子仁)、赵夔、师尹、孙偾	《集注分类东坡先生诗》旧题王十朋序称引
苏诗十注②	程缜、李厚、宋援、赵次公、林敏功(子仁)、赵夔、师尹、孙偾及傅氏、胡氏	同上

① 本书现存第四卷,收入中国国家图书馆藏宋刻《集注东坡先生诗前集》。
② 本书现存第一、二、三卷,收入中国国家图书馆藏宋刻《集注东坡先生诗前集》。

续　表

书名	注者	出处
苏诗注	唐庚（子西）	查慎行《补注东坡先生编年诗例略》、冯应榴《苏文忠公诗合注凡例》称引
苏诗注	赵夔	陈岩肖《庚溪诗话》卷上、潜说友《咸淳临安志》卷七十一"水仙王庙"条、卷二十三"女儿山玉女岩"条
注东坡诗	吴兴沈氏	陈思《海棠谱》卷上、董斯张《吴兴备志》卷二十二"经籍志"
补注东坡诗	漳州黄学皋	王应山《闽大记》卷十二"书籍考"①

其中程缜、李厚、宋援、赵次公、林子仁、赵夔、师尹、孙偓等人的部分注文被收入题名王十朋编辑的《王状元集百家注分类东坡先生诗》中。

现存的宋代苏诗注本有两个：一个是题名王十朋编辑的《王状元集百家注分类东坡先生诗》（以下依学术界的惯例简称为"类注本"），这是一个分类集注本，注释者主要包括赵次公、李厚、程缜、宋援、赵夔、师尹等人；另一个是施元之、顾禧、施宿合作完成的《注东坡先生诗》（以下依学术界的惯例简称为"施顾注本"），是一个编年注本，已残缺。

二、以赵次公为代表的《王状元集百家注分类东坡先生诗》

《王状元集百家注分类东坡先生诗》经历了一个不断累积的成书过程：最早是四注本，包括程缜、李厚、宋援三家及稍后的赵次公；其后林子仁加入，是为五注本；接着有赵夔、师尹、孙偓加入，成为八注本；八注加上傅、胡二人成为十注，但傅、胡二人的身份已不可考。题名为王十朋的编者在八注、十注的基础上又汇集了任居实、李尧祖等八十余位注家的成果，号为百家注，但其主体仍是八注、十注。编者是否为王十朋，历代争论不一。这个百家注后经吕祖谦分为七十八类，成为一个分类注本。

---

① 本表参考了张三夕《宋诗宋注管窥》一文的内容，见《古籍整理与研究》第四期，北京：中华书局，1989 年，第 66—67 页。

类注本在利用八注、十注的过程中,对原有的注文进行了一定程度的删削。以现存的宋刊《集注东坡先生诗前集》(现存前四卷,系十注与五注的拼合本)与类注本相对照,可发现被删的注文主要包括以下内容:分析用典之法、解释词义、阐发全篇意旨、评论艺术成就,这些方面恰好代表了以赵次公为首的八注、十注注家的主要成就。类注本编者对旧注的删削改造,不仅不尊重文献的本来面貌,而且湮没了注本的特色。

三、施、顾《注东坡先生诗》

南宋施元之阅过苏诗八家注本,认为有"缺略未究"之病,因此重新为苏诗作注。在注释过程中,施元之得到了顾禧的帮助,二人的注文混在一起,已经无法区分。后来施元之的儿子施宿又作补注,列于每诗题下,并自撰《东坡先生年谱》,附于诗后。

第四节　宋代苏诗注的体例

宋代诗歌注释体例已臻于完备,可分为三类:编年注、分类注、分体注。宋代的苏诗注主要包含前两种体例:编年注与分类注。

一、编年注。这是宋代注家开拓出来的注释体例,代表作品有任渊《山谷内集诗注》,史容《山谷外集诗注》,施元之、顾禧、施宿《注东坡先生诗》等。宋代以前学者较少注释别集,而总集是难以编年的。宋代才出现了将别集按编年顺序排列的风气,注释本也不例外。编年注的优点在于能够随作品产生的年代逐篇注释,将作品与注释置于当时史事的背景之下,有助于理解作品的寓意。自宋代注家采用编年注以来,这种注释体例就一直为历代注家所喜爱,成为中国古典诗歌注释的主流。施元之、顾禧、施宿《注东坡先生诗》的编年工作是由作者苏轼自己完成,注家在苏轼诗集已完成编年的基础上完成注释工作。

二、分类注。宋以前的诗歌注释中,李善的《文选注》即采用分类的体例,诗歌部分也不例外。但分类工作并非由注家完成,而是由《文选》的编者萧统等人完成的,注者李善对分类体系只是被动地接受。宋代杨齐贤的《分类集注李太白诗》也属于这种情况。苏诗注中的分类注则有所创新,题名王十朋编纂的《王状元集百家注分类东坡先生诗》,由注家主动地对将注本分类编排,这其中又包含两种情况:一是注释与分类由同一人完成,如类注本最后定型之前,类注本中的重要注家、南宋初年的赵夔注释苏轼诗集时,将原来按编年排列的东坡诗集依照内容分成五十个门类,同时进行注释;另一种情况是注释与分类分别完成,由某一人将前人已经注释过的诗集进行分类。类注本的定型本就属于这一种情况。王十朋所汇集的"百家注",原以编年注为主体,后由吕祖谦按内容重新编排,分为三十二门。

在体例方面,宋代的苏诗注还有两个值得注意的特点:

一是注家喜欢将作者的年谱附于诗注之后。

这一体例来源于任渊的《山谷内集诗注》及《后山诗注》,胡稚的《增广笺注简斋诗集》、李壁的《王荆公诗注》、史容的《山谷外集诗注》继承了这一做法,苏诗注也不例外。施元之、顾禧、施宿的《注东坡先生诗》附有施宿所撰的《东坡先生年谱》,题名王十朋编纂的《王状元集百家注分类东坡先生诗》中的注家虽然没有自撰年谱,但也搜罗了傅藻的《东坡行年录》与王宗稷的《东坡先生年谱》。将年谱附于诗注之后,说明注家认为对诗歌的理解与时事密切相关,在了解诗人主要生平事迹及当代重大历史事件的前提下,才可能对诗歌的寓意作出准确的理解。

二是注家喜欢汇集多人的注解。"集解""集注"这一注释体例在中国古代注释史上首先使用于经学的注解当中,何晏的《论语集解》、杜预的《春秋经传集解》、范宁的《春秋谷梁传集解》就是其中的代表。这一体例被宋代注家用在诗歌注释当中,所产生的集注本有郭知达的《九家集注杜诗》,杨齐贤的《分类集注李太白诗》《五百家注柳先生集》《五百家注昌黎文集》等,数量之多,涉及作家范围之广、名气之大,蔚为壮观。苏诗注中,题名王十朋编纂的《王状元集百家注分类东坡先生诗》也是集注本。集注的优势,在题名王十朋的《百家注东坡先生诗序》中说得很清楚:"盖以一人而肩乌获之任,则折筋绝体之不暇;一旦均之百人,虽未能春容乎通衢,张王乎大都,而北燕南越亦不难到。"①这正体现了博采众家之长的优势。

第五节　宋代苏诗注的基本思路与主要内容

一、两个苏诗注本不同的思路

苏轼诗歌的写作特点决定了注释苏诗的两个难点：一是征引典故出处。苏轼"以学问为诗"，用典习以为常，各种僻典、难典信手拈来，来自各类书籍中的典故层出不穷，用典范围非常大。这对注释者是一个重大考验，要征引出苏轼所用典故的出处，理解其用意，就对注释者阅读的广度与深度提出了严格的要求。另一个难点是考证时事。苏诗的另一特点是"以议论为诗"，苏轼喜欢利用诗歌来表现自己对各类事件的看法，大至朝廷纲纪、小至生活琐事，都可以入诗。而要一一探索出触发苏诗创作的这些事因，即便是与苏轼生活在同一时代的人，也很难做到，遑论后代之人。陆游在《注东坡先生诗序》中指出，要考证出苏诗中寓指之事是非常困难的，因此苏诗之意往往难以索解。清代学者赵翼也指出："注苏诗，不难于征典故，而难于考时事。"②

对于注释苏诗的这两大难点，两个宋注本的认识是不一样的，从而形成了不同的注释风格。

对于第一个问题，两个注本都比较重视，因为用典是注苏诗中的基本问题，不容忽视。两个注本虽然都重视征引典故，但在具体的处理上又有所不同：类注本中，成就最高者当属赵次公，他不满足于单纯征引典故的出处，而且试图总结苏轼用典的方法与规律。施顾注本对赵次公等人征引典故的水平感到不满，另起炉灶进行注释，虽然在征引典故的全面性与准确性方面超过类注本，但却未能如赵次公一般对苏轼的用典方法作出探索。而且，施顾

---

① ［宋］苏轼撰，［宋］王十朋集注：《集注分类东坡先生诗》，《四部丛刊》影印元建安虞平斋务本书堂刊本，上海：商务印书馆，民国八年（1919），卷首。

② ［清］赵翼：《瓯北诗话》，北京：人民文学出版社，1963年，第67页。

注本也存在机械抄书、征引过滥的失误。

两个注本在征引典故方面的差异尚不足以反映二者注释风格的不同。对第二个问题,即考证时事的不同态度,充分显示了这两个注本在注释思路上的歧异。以赵次公为代表的类注本,没有发挥注家距苏轼生活的时代不远的优势,对考证时事的重要性虽有认识,但不够重视。其释意方式,主要是从诗歌的内部出发,通过对作品的仔细阅读,分析其写作手法与层次结构,以理解诗歌的意义。这种解释方式,难以挖掘苏诗的深层本旨,判断苏轼的写作意图。施顾注本中的施元之与顾禧注也没有意识到考证时事的重要性,但施元之的儿子施宿接受了陆游的指导,意识到必须将苏诗置于与北宋朝政相关的历史背景下进行解释,因此走上了另一条注释之路,补充了大量对事实与人物的考证,对苏诗部分篇章的意旨作出了正确的判断与总结。从这个意义上讲,施顾注本是在类注本的基础上的突破与升华。

二、类注本的思路与主要内容

南北宋之交是宋代诗歌注释的起始阶段,也是中国古典诗歌注释史上的第一个繁荣时期。这个时期的苏诗注有以赵次公为代表的《王状元集百家注分类东坡先生诗》。

类注本的注家之中,以赵次公的注文数量最多,成就也最高。赵次公的主要成就包括:

1. 注释典故

(1)建立了典故的分类体系:赵次公把苏诗中的典故分为字、语、势、事四大类,又将其中的"事"分为借用、翻用、用其意、展用、倒用、抽摘渗合而用等小类,并在注释过程中详细分析苏轼对典故的这些使用方法。

(2)提出了"用事必有祖孙"的原则,强调注释者必须将典故的最先出处及后人加以变化之处一同注出。

2. 解释诗意

赵次公解释诗意,本质上是一种写作分析,他主要是通过分析写作手法与写作层次来解释诗意,包括:(1)分析比喻、起兴、借代、夸张、用典等修辞手法以解释句意;(2) 将长篇诗歌划分段落层次,逐层归纳意思;(3) 总结全篇之意。

赵次公不重视通过考证事实来探索作者的意图,揭示诗歌的寓意,而只重视对诗歌进行写作分析,这种释意方式往往导致:

(1) 只能揭示作品的浅层意义,而不能发掘诗歌的深层意义及作者的真实意图。

(2) 对意义的分析缺乏事实作根据,甚至有时只能出于猜测。

因此,赵次公的释意方式有一定的弱点。

3. 诗歌评论

赵次公从写作分析的释意方式出发,也喜欢对苏诗的艺术特点作出评论:

(1) 对苏轼某些诗篇的取材、立意作出总结、评价。

(2) 对苏轼所运用的一些特殊文体,赵次公亦予以解释,述其源流,概括其主要写作特征。

(3) 对某些写作技巧作出总结。

三、施顾《注东坡先生诗》的思路与主要内容

南宋中后期是宋代诗歌注释的转变时期,这时期的苏诗注有施元之、顾禧、施宿《注东坡先生诗》。

两宋之交的诗歌注释本质上是一种诗学分析。诗歌注释发展到南宋中后期,注家自觉地对这种注释方式进行调整,这其中既有继承,又有创新:继承表现为南宋中后期诗注仍以征引典故作为注释的基础;创新表现为注家变换解释方式,将重心从诗学分析转换到历史分析之上,前者属于内证,后者属于外证。施宿等注释者倚重"诗史互证"的解释方法,以历史文献作为外证,由此分析作者创作诗歌的外因,并以此为根据以解释诗意。这是一种内外结合的解释方法。

解释方式的改变,不代表于注家抛弃了诗歌的文学属性,混淆了诗歌与历史的区别。恰恰相反,历史分析对于解释苏诗来说,是十分必要的,因为

苏诗的创作，往往缘事而发，有为而作，诗歌的目的在于表达对具体事件的看法。注家使用历史分析的方法，可以直指诗人创作的意图，解析出触发诗人创作的事因，从根本上解释诗意。此外，苏诗的表现方法也为注家运用历史分析的方法提供了可能性。苏诗尚"实"，好议论，诗人偏爱"直陈其事"的"赋"类表现手法，因此，只要将诗中提到的历史事件与各类文献中的有关史实进行对照印证，就不难理解作者的意图与诗歌的含意。

施元之、顾禧长于注典，这种注释没有离开李善、赵次公等人的注释套路，而且又不具备赵次公对用典方法的分析能力，因此缺乏创新，特点不突出。施、顾注本的价值主要体现在施宿的补注之中。

施宿补注的出发点来自陆游在《注东坡先生诗序》中的意见，陆游指出，理解苏诗的难点在于诗中的用事，特别是用当时之事。如果不解决这个问题，就无法真正理解苏轼的意图。施宿接受了陆游的观点，并以此为指导思想来注释苏诗。他认为苏诗的意旨，与苏轼所经历的熙宁变法、谪居东坡、元祐党争、贬斥岭海等重大事件有关。苏诗之作，往往在于忠诚愤郁不得发，而托诗以讽。因此，他补注苏诗，着眼点在于考证与苏诗有关的事实，并以此为依据来探索苏诗的意旨。

施宿补注的基本思路为：考证、叙述诗题中人物生平，以其所反映的北宋历史这个广阔的背景为依据来考察诗题的具体背景、诗篇的整体意旨及诗句所包含的时事，从而取得对诗意的确证。

第二章　《王状元集百家注分类东坡先生诗》研究

引言　《王状元集百家注分类东坡先生诗》的概况

一、《王状元集百家注分类东坡先生诗》的成书过程及注家生平

《王状元集百家注分类东坡先生诗》（以下简称"类注本"）经历了一个逐渐积累的成书过程，在这个过程中，赵次公等优秀注家居于核心地位，而后不断有注家加盟，累积扩大为百家注本。现略述如下：

1. 四注本

元代李冶在其《敬斋古今黈》卷七中提到了一个苏诗四注本，但没有说明注者为何人。清代冯应榴在《苏文忠诗合注凡例》中也提到了四注本，他认为四注的作者是程缜、李厚、宋援、赵次公，《苏文忠公诗编注集成》的作者王文诰也同意这种意见。从现藏于中国国家图书馆的宋刊《集注东坡先生诗前集》的有关情况来看，这个结论是可信的。《集注东坡先生诗前集》现存仅四卷，其第四卷是一个五注本，五位注家是程、李、宋、赵四人加上"新添"一人，可见原四注确实是程缜、李厚、宋援、赵次公注。在类注本中，赵次公注所占篇幅最大、成就最高，其余程缜、李厚、宋援三家各自所占篇幅大致相当，在类注本中也仅次于赵次公。因此，四注本是类注本中的核心部分。但

这个四注本并没有流传下来。

四注的作者生平事迹见于史料者甚少,兹考如下:

程缜:类注本之《姓氏》称其字季长,但没有提到他的籍贯。程缜也列名于黄希、黄鹤父子《补注杜诗》的"集注姓氏"之中,但称其字为季良,又称其里贯为西蜀。《补注杜诗》录其杜诗注 10 条。《宋史·艺文志》"地理"类著录有程缜的《职方机要》四十卷。王应麟《玉海》卷十五著录了该书的具体情况:"《职方机要》四十卷:大观中晋原丞程缜撰。缜案新旧《九域》二书,上据历代诸史地志,旁取《左传》《水经》注释并《通典》,言郡国事,采异闻小说,绅次为书。"①晁公武《郡斋读书后志》卷二则云:"《职方机要》四十卷:右不题撰人姓名。序云:本新旧《九域志》,上据历代史,旁取《左氏》《水经》《通典》,且采旧闻,参以小说,黜谬举真,绅成此书。其间载政和间事,盖当时人也。"②综合以上叙述,可得知程缜生平大略如下:

程缜,字季长,西蜀人氏。宋徽宗大观(1107—1110)年间,任晋原(今属四川)县丞。著有苏诗注、杜诗注,以前者为主。又有《职方机要》,记述宋徽宗政和(1111—1117)年间地理状况。

李厚:苏诗类注本及黄希、黄鹤《补注杜诗》皆称其字德载,但皆未述其里贯。虽列名于《补注杜诗》之"集注姓氏"中,但正文并未录其注。

宋援:苏诗类注本及《补注杜诗》皆称其字正辅,西蜀人氏。《补注杜诗》录其注 10 条。

以上三家的注释,以征引典故出处为主,错误较多,成就一般。但因成时代较早,仍具有较高的学术价值。

赵次公:亦曾注杜诗,撰有《杜诗先后解》,全书已佚,现存部分收入郭知达《九家集注杜诗》及黄希、黄鹤《补注杜诗》。苏诗类注本及《补注杜诗》皆称其字彦材,西蜀人氏。今人林继中辑有《杜诗赵次公先后解辑校》,该书《前言》云:赵次公与邵溥、晁公武交游,隆兴(1163—1164)年间

① [宋]王应麟:《玉海》,见《文渊阁四库全书》第 943 册,上海:上海古籍出版社,2003 年,第375 页。

② [宋]晁公武:《郡斋读书志》,见《文渊阁四库全书》第 674 册,第 386 页。

任隆州司法。① 宋林希逸撰《竹溪鬳斋十一稿续集》,卷十三《题徐少章和注后村百梅诗》云:"在昔闻人有注前人诗者,有和前人诗者,未有且注且和者。独赵次公于坡老为然,数十卷之诗和尽,而注又特详,此人所难能也。"②赵次公现存诗《和东坡海棠》《和东坡定惠院海棠》二首(载宋陈思《海棠谱》),文《杜工部草堂记》一篇(载宋袁说友《成都文类》)。

四注是由他人汇集而成,并非同时之作,程缙、李厚、宋援三家作注时间略早于赵次公。在现存类注本的宋、元等早期版本中,都可以看到赵次公对程缙、李厚、宋援三家注的纠正,此时赵次公往往把这三家注都称为旧注。例如:

《送李公恕赴阙》"君才有如切玉刀":

程缙注:周穆王征西戎,西戎献昆吾之剑,长尺有咫炼钢,赤刃切玉如泥。

宋援注:《汉武故事》:于建章别造华殿,四夷珍宝充之,火浣布、切玉刀不可胜数。

赵次公注:切玉事二:其一是剑,则欧阳率更类书"剑部"引古《列子》云:西戎献昆吾之剑于周穆王,切玉如泥;其一是刀,徐光禄类书"刀部"云:昆吾割玉刀,见《十洲记》:周穆王时西湖献刀,切玉如土。白傅类书于"剑部"所载,同率更于"刀部"所载,同光禄又引《孔丛子》"西戎利刀,秦王得之,割玉如泥"。旧注两家,其一引昆吾之剑,与先生用切玉刀字背矣;其一引《汉武故事》却是刀事,然在徐光禄、白传所引之后矣。③

① 《赵次公自序》第1页,见[唐]杜甫著,[宋]赵次公注、林继中辑校:《杜诗赵次公先后解辑校》,上海:上海古籍出版社,1994年。

② [宋]林希逸:《竹溪鬳斋十一稿续集》,见《文渊阁四库全书》第1185册,第685—686页。

③ [宋]苏轼撰,[宋]王十朋辑《集注分类东坡先生诗》,《四部丛刊》影印元建安虞平斋务本书堂刊本,卷二十第三十二页A,上海:商务印书馆,民国八年(1919)。本书原名为《增刊校正王状元集注分类东坡先生诗》,《四部丛刊》影印时改为《集注分类东坡先生诗》,又将元刊本改称为宋刊本。

又如《次韵孔毅父集古人诗见赠五首》：天下几人学杜甫，谁得其皮与其骨？

> 李厚注：《传灯录》：达磨传法，命门人各言所得道。副曰："汝得吾皮。"尼总持曰："汝得吾肉。"道育曰："汝得吾骨。"最后慧可依位而立，师曰："汝得吾髓。"仍付法。
>
> 赵次公注：《晋史》言学书云："胡昭得张芝骨，索靖得其肉，韦诞得其筋。"此方有"得其"两字之势。旧注所引，虽有皮骨字，却是"得吾"两字，非此矣。①

类注本中赵次公所指称并批驳的旧注，除程、李、宋三家之外，还另有他人，但类注本没有列出原注，因此所驳之人是谁已不可考。或者程缜、李厚、宋援三家之外，还有其余的苏诗旧注，甚至时代更早，亦未可知。

2. 五注本

四注本之后，又有林子仁注加入，是为五注本。现存文献中，有两处可见五注本的残帙：

一是冯应榴所见宋刊五家注《东坡后集》七卷，冯指出，这个五注本之注，有集百家注本（即"类注本"）所无者。他将五注本所有而集百家注本所无者也收入《苏文忠公诗合注》当中，从而使《东坡后集》五注本的内容得以传世。

另一个传世的五注本见于今藏于中国国家图书馆的宋刊《集注分类东坡诗前集》，此书前三卷为十注本，第四卷为五注本。

这两个系统的五注本注者都是程缜、李厚、宋援、赵次公与"新添"，以五注本与类注本相对照，可知"新添"即林子仁。杨幼云诗云："五注原从四注分"②（宋泉州本《王状元集百家注分类东坡先生诗》卷后题诗），也证明五注

---

① 《集注分类东坡先生诗》，卷十八第三十七页B。
② 《宋刊王状元集百家注分类东坡先生诗跋》，见傅增湘：《藏园群书题记》，上海：上海古籍出版社，1989年，第683页。

从四注扩展而来是可信的。

林子仁的生平：子仁名敏功,宋章定撰《名贤氏族言行类稿》卷三十三有较详细的记载：

> 林敏功,字子仁。蕲春人。治《春秋》。年十六,预乡荐,下第归,叹曰:"轩冕富贵,非吾所乐。"杜门不出者二十年。该通六经,贯穿百氏,尤长于诗。元符末,蔡元度被召,经过访之,爱其蓬户枢牖,安贫乐道,力荐于上。诏蕲州以礼敦遣,子仁遁于山间,卒不奉诏。张天觉、徐泽之来守是邦,皆尊礼之。政和间,郡守林震谓同僚曰:"吾宗有德君子,旬日一出郊见之。"震还朝,举其隐德,赐号"高隐处士",朝散大夫旌表门闾,子仁称疾不受。告有旨,守令率乡党亲戚耆老亲临劝谕,子仁不得辞,谢表略曰:"自是难陪英隽之游,奚敢妄意高尚之事？卧牛衣而待旦,寒如之何；搔鹤发以兴怀,老其将至。"又云:"守令亲临,宾友咸集,论臣以雨露之泽,俱可均霑；戒臣以雷霆之威,不宜轻忤。"有诗文千余篇,名《松坡集》。①

此外,宋阮阅《诗话总龟》记癸未正月三日徐师川、胡少汲、谢夷季、林子仁、潘邠老、吴君裕、饶次守、杨信祖、吴廼吉会饮于赋归堂之事,按林子仁生活的时代,此癸未年当是宋徽宗崇宁二年(1104)。吕本中《紫薇诗话》载宣和末林子仁《寄夏均父倪》诗,可见林子仁于宋徽宗宣和年间(1119—1125)仍然在世。

据魏庆之《诗人玉屑》、胡仔《苕溪渔隐丛话》、赵彦卫《云麓漫抄》等书记载,林敏功是吕本中所撰《江西诗社宗派图》二十五人之一。《直斋书录解题》著录其《高隐集》七卷,《宋史·艺文志》著录《林敏功集》十卷。

林敏功的注释也以征引典故为主,下文依类注本的习惯称其注为"林子仁注"。

---

① [宋]章定:《名贤氏族言行类稿》,见《文渊阁四库全书》第933册,第497页。

四注、五注是编年注,冯应榴所见的五注本《东坡后集》,其编排顺序依从于《东坡七集》本。《集注分类东坡先生诗前集》虽为残帙,然有目录十八卷,其编次亦与《东坡前集》基本相同。关于四注、五注产生的时间,清代阮元提出了自己的看法:"其后坡公北归,有前后集编年注,则赵次公、宋援、李德载、程缜四家也。李敬斋载在《古今赶》,谓之四注本。继有林子仁者复附益之,改四注为五注。考子仁于政和中赐号高隐处士,而自政和上溯建中靖国,仅一十七载,注已两刊。德洪亲见黄鲁直,而谓坡公海外诗中朝士大夫编集已尽,可为崇、观时刊行四注、五注之证。"①(《苏文忠公诗编注集成序》)阮元说四注在于建中靖国元年(1101)就已出现,不知有何根据。阮元又因林子仁于政和年间被赐"高隐处士"之号,就认为五注本在政和年间已经面世,也过于武断。此外,即使黄庭坚在世时,苏轼的海南诗已编入集中,也不能因此断定崇宁、大观年间已刊行四注、五注。可以肯定的是,四注、五注的编写、刊行应当在两宋之交,具体年代已不可考。阮元之论,姑且可备一说。

3. 八注、十注本

五注产生后,又在此基础上产生了八注、十注。类注本的题名编者王十朋正是在八注、十注的基础上广泛搜罗各家注释而成,八注、十注是类注本中的主体部分。

关于八注、十注所包含的注家,王文诰在其《苏文忠公诗编注集成》中的"王注姓氏"中提出,八注包括原五注的程、李、宋、赵次公、林,再加上赵夔、师尹、任居实三家,其中任居实是八注的编者,成书在南宋孝宗乾道年间(1165—1173)。十注则是孙倬在八注的基础上增加李尧祖及其本人的注释而成。

王文诰的说法与事实明显不符。现藏于中国国家图书馆的宋刊《集注东坡先生诗前集》卷一至卷三是一个十家注本,注者分别为程、李、宋、赵、新添、补注、师、孙、傅、胡。以这三卷与百家注进行对照,可知前五人与五注相

---

① [宋]苏轼撰,[清]王文诰辑注:《苏文忠公诗编注集成》,见《续修四库全书》第1315册,上海:上海古籍出版社,1996年影印版,第306页。

吻合,"补注"即赵夔,师乃师尹,孙乃孙倬,只有傅、胡二人身份成疑,因为这三卷中列入傅、胡名下之注,在百家注中完全没有归于傅姓、胡姓注家名下,而是散入赵次公、程缜、李厚、宋援、林子仁、师尹、赵夔、任居实等人的名下。如此看来,八注的作者应该是程缜、李厚、宋援、赵次公、林子仁、师尹、赵夔、孙倬。施宿在《东坡先生年谱序》称:"东坡先生□(诗),有蜀人所注八家,行于世已久"。① 程缜、宋援、赵次公、师尹、赵夔、孙倬都是蜀人,李厚籍贯不详,只有林子仁是蕲春(今属湖北)人。八人中有六人确定为蜀人,若将其统称为蜀人八家注,亦无不妥。因此,将这八人确定为八注的作者,也与施宿的说法相符。查慎行在其《苏诗补注例略》中把赵夔注排除在八注、十注之外,也是不正确的。

此外,刘尚荣先生有一个推论:八注产生之后,有人将八注中的注文条目抽取若干,分列于傅、胡的名下,便成了十注。②

现存宋刊《集注东坡先生诗前集》正文虽仅存四卷,但却保存了全书目录,全书共十八卷,编年排列,其顺序与"东坡七集"中的《前集》相同。从现存的四卷来看,无论是前三卷的十注本,还是第四卷的五注本,其顺序都与目录一致,因此可以断定,早期的苏诗注本,从四注、五注,到八注、十注,都是编年注本。

刘尚荣先生仔细研究过《集注东坡先生诗前集》中的避讳字,发现此书现存四卷对北宋诸帝之名避讳甚严,对南宋高宗赵构之名,也大多避讳缺笔,而对孝宗赵昚之名则不讳,由此推断这部书应该是北宋末年编定,南宋初年(高宗朝)刊行,至迟应在宋孝宗前问世。③ 这个结论是可信的。

赵夔在《百家注东坡先生序》中称,自己于崇宁年间即着力于注苏诗,历三十年而成,刊行于世。由此推断,赵夔注产生刊行于宋高宗南渡后不久,

---

① ［宋］施宿《东坡先生年谱》,见四川大学中文系唐宋文学研究室:《苏轼资料汇编》,北京:中华书局,1994 年,第 1645 页。
② 《宋刻集注本〈东坡前集〉考》,见刘尚荣:《苏轼著作版本论丛》,成都:巴蜀书社,1988 年,第 46—47 页。
③ 《宋刻集注本〈东坡前集〉考》,见《苏轼著作版本论丛》,第 49 页。

与师尹注大约同时。赵夔注是第一个苏诗分类注本,他将苏诗分为五十门,但单行的赵夔注本并未流传下来。赵夔注合入八注、十注时,已被编者打乱原有的分类顺序,而按编年顺序重新排列。刘尚荣先生因赵夔注出现在十注中的名称为"补注",就断定赵夔注晚出,且赵夔是八注的编者,缺乏根据。赵夔既首创苏诗分类注之体,若合以其余七家之注,当拆七家之编年旧制以就己之分类体系,焉有反舍己就人之理?宋陈岩肖《庚溪诗话》载赵夔注于乾道年间呈于御览,这时的赵夔注或已并入于八注、十注当中。

八注中新增三位注者的概况如下:

赵夔:字尧卿。曾任职临安,与苏过交游。类注本之《姓氏》认为其乃西蜀人氏,曾知荣州(今属四川)。明张鸣凤撰《桂故》卷七云:"赵夔以《二十四岩洞歌》镌南溪之穿云岩,歌非奇作,或以其总括附近诸岩洞名,故镌之。或谓夔为赵贤良,又有诗赠海陵余公,夔自称曰'漳川居士'。山间诸诗,惟玄风洞所作足自立于宋人间。《郡志》谓夔自南迁北还经此,夔盖亦绍兴中迁者,所云贤良,或其发身之科,然皆莫可考矣。"①卷一载其《桂山诸岩歌》及《桂山诸洞歌》,卷二载其《玄风洞》一首。清汪森编《粤西文载》卷六十七《迁客传》:"赵夔,绍兴年间南迁北归,常寓正悟寺,遍游桂林。有《二十四岩洞歌》。"②《全宋诗》录其诗五首。

师尹:亦曾注杜诗,列于郭知达所辑《九家集注杜诗》之一。南宋魏了翁曾应其孙师祖敬的请求,为其作《朝奉大夫通判夔州累赠正奉大夫师君墓志铭》。从该文可知师尹生平如下:

师尹,字民瞻。眉州彭山人。约生于北宋元丰、元祐年间,卒于宋高宗绍兴二十二年(1152)。十岁丧父,受教于兄。十八岁试成都学官,文冠辈类,声籍甚望。崇宁年间,尝与州贡奏名礼部,为蔡京所阻。政和八年(1118)以上舍擢第,调京兆府兵曹掾兼工曹。后历任陕州夏县主簿、京兆府监税、延安府教授、凤翔府教授。在京学时尝与秦桧有旧,绍兴间秦桧当国,

---

① [明]张鸣凤:《桂故》,见《文渊阁四库全书》第585册,第780页。
② [清]汪森:《粤西文载》:见《文渊阁四库全书》第1467册,第151页。

适尹鞫宣抚使郑刚中狱,秦欲以美官诱尹,将陷郑于不道。尹不为所动,力明郑冤,旬月间释囚三百余人,须发尽白。因留鞫所待报,得注东坡诗。爰书既上,大拂秦意,斥夔州通判,以终其身。著有杜甫、苏轼诗注,另有文集二十卷藏于家。阶至朝奉大夫,累赠正奉大夫。

孙倬:于史无传。类注本之《姓氏》称其为西蜀人,字瞻民。

以上三家的注释仍以征引典故为主,其中,赵夔还能够注释当时人物的生平简历,并分析苏诗的艺术特色。

4. 百家注本

四注到十注,其产生年代皆为北宋末年至南宋初年。至南宋中叶,坊间出现了一部名为《王状元集百家注分类东坡先生诗》的苏诗注本。这部书一出,"闽中坊肆遂争先镌雕,或就原版以摹刊,或改标名以动听,期于广销射利,故同时同地有五、六刻之多,而于文字初无所更订也。"①据题名王十朋的序称,这部书是在八注、十注的基础上,"搜索诸家之释,裒而一之,划繁剔冗"②而成的。本书卷首有赵夔序与王十朋序两篇,姓氏一卷,附傅藻所撰《东坡纪年录》一卷。目录一卷,正文二十五卷,按诗的主题分类编排,共分七十八类。本书号称集百家注,实际上注家为九十七人,其主体为原八注、十注的作家,所收其余注家的条文不多。除任居实、李尧祖外,十注以外的注家,多者不过二十余条,少者则只有一两条。清阮元在其《苏文忠公诗编注集成序》中将这些注家分成"列门墙后进者""出鲁直江西诗派者""流入播迁号耆旧者""南流传闽学者""登朝籍及闲放者"。

关于百家注本的编者,历来存在重大争议。本书题名为《王状元集百家注分类东坡先生诗》,在署名王十朋的序中也以作者的身份介绍了编书的主旨及过程。但《四库全书总目提要》认为此书的两篇序都系伪托,编者另有其人,甚至认为全书皆出于坊贾伪造。清代的苏诗注释者冯应榴与王文诰皆驳斥了这种论点。真相究竟如何,难以考辨,姑依旧题。

---

① 《元建安熊氏本百家注苏诗跋》,见《藏园群书题记》,第 687 页。
② ［宋］苏轼著,［清］冯应榴辑注:《苏轼诗集合注》,上海:上海古籍出版社,2001 年,第 2697 页。

上文已述,八注、十注都是编年注本,而到了百家注,则变成了分类注本。王十朋集百家注之后,仍是按编年排列。至于分类,则另有其人,全书二十五卷,共分为七十八类。百家注本的分类者也存在争议。百家注本现存的最早刻本——南宋中叶黄善夫家塾本在卷首"百家注姓氏"栏内,于"东莱吕氏"下注明:"祖谦字伯恭,分诗门类。"明指分类者为吕祖谦。清代朱从延改编重刻类注本,也沿用了这个说法。但刘尚荣先生对这一说法持有疑问,认为没有确凿证据能证明分类者就是吕祖谦。①

八注、十注以后所增的百家注中,只有任居实注较为重要。

任居实,字文儒。宋彭百川撰《太平治迹统类》卷二十七云:"崇宁二年三月,知举安惇上合格进士李阶等。丁亥,御集英殿策试,初赐霍端友……任居实……以下三百三十八人及第出身。"②清代所修《四川通志》卷三十三"选举",崇宁进士有任居实。这说明任居实是西蜀人士,崇宁二年(1103)进士。

任居实注除征引典故外,还能确定部分诗篇的编年。

类注本有三个问题常常遭到后代的质疑:

(1) 引用前代文献而不标书名。

(2) 引文常与原书不符。

(3) 强行分类,打乱原书的编年次序,而且分类的标准不科学、不统一。

二、苏诗十注之"傅、胡考"

上文已述,中国国家图书馆所藏宋刊《集注东坡先生诗前集》残存四卷,其中卷一至卷三乃十家注本,注家分别为赵、李、程、宋、新添、补注、师、孙、傅、胡。将《集注东坡先生诗前集》与现在通行的类注本相对照,可知赵即赵次公、李即李厚、程即程缜、宋即宋援、师即师尹、孙即孙偦、新添乃林子仁、补注乃赵夔,这八位注家的注文在两个版本中虽略有出入,然大体相同。只

---

① 刘尚荣:《苏轼著作版本论丛》,成都:巴蜀书社,1988 年,第 60 页。
② [宋]彭百川:《太平治迹统类》,见《文渊阁四库全书》第 408 册,第 706 页。

有傅、胡二注在类注本中并无地位,这表现在两个方面:

第一,十注中的傅、胡注在类注本中分入赵次公、程缜、李厚、师尹、林子仁、赵夔、任居实等诸人的名下。

第二,十注中的傅、胡也不等同于类注本中的傅姓、胡姓注家。类注本注家姓氏中,傅姓有傅藻,胡姓有胡仔与胡铨,但这些人作注的情况与十注中的傅、胡注相去甚远。傅藻虽然列名于类注本之中,但他只撰写《东坡纪年录》,并无注文。以十注现存之三卷与百家注的相应篇目对比,可以发现,类注本中的胡仔注出现在这些篇目中的情况有两例。在这两首诗中,胡注与胡仔注并不一致,详见下表:

篇名	十注之胡注	类注本之胡仔注
《是日下马碛憩于北山僧舍……》	"岂止十倍加"句下:胡云:"加"字则法正谓刘璋曰"今荆州道通众数十倍加"也。[1]	"清泪落悲笳"句下:胡仔曰:杜诗:客泪堕悲笳。[2]
《将往终南和子由见寄》	整首无胡注	"下视官爵如泥淤"句下:胡仔曰:人间荣与利,摆落如泥尘。

类注本中的胡铨注出现在这些篇目中的情况有三例。在这三首诗中,胡注与胡铨注亦不一致:

篇名	十注之胡注	类注本之胡铨(邦衡)注
《监试呈诸试官》	整首无胡注	题下注:邦衡按先生文集、年谱,熙宁五年,先生在杭州监试。
《沈谏议召游湖不赴……因用其韵》	整首无胡注	"问公更得几回来,水仙亦恐公归去"句下:邦衡按《图经》,(水仙)庙在钱塘门外二里。

---

[1] 本章所引十注注文,皆来自中国国家图书馆藏宋刊《集注东坡先生诗前集》。

[2] 本章所引类注本之注文,皆来自[宋]王十朋辑注《集注分类东坡先生诗》,《四部丛刊》影印元建安虞平斋务本书堂刊本,上海:商务印书馆,民国八年(1919)。

续　表

篇名	十注之胡注	类注本之胡铨（邦衡）注
《寿州李定少卿出钱城东龙潭上》	整首无胡注	"欲将烧燕出潜虬"句下：邦衡：《物类相感》志云：龙之为性粗猛而畏铁，爱玉及空青，而嗜烧燕肉。故食燕肉之人不可以渡江海。

可见，十注之胡既非胡仔、亦非胡铨。综上所述，十注中的傅、胡二家身份成疑，难以考证。

对此，刘尚荣先生有一个推论："也可能是十注编者从八注中任意抽取几条注，妄归在于胡、傅二人名下，从而将八注推广为十注。"①但没有提出任何论据。本节试图提供一些论据，证明刘尚荣先生的观点。

（一）傅、胡注口吻似赵次公

十注中，名为"傅云"与"胡云"的注文，有些明显可以看出并非傅、胡所为，而出自赵次公之手。试看两例：

《和子由渑池怀旧》"人生到处知何似？应似飞鸿踏雪泥"句下十注本注文：

> 赵云：踏雪泥字，欧阳曾使云：瘦马寻春踏雪泥。或曰："今人诗亦可用乎？"曰："此杜甫与白乐天故事也。卢照邻、沈佺期、孟浩然皆唐人，在杜甫之前，故甫之'影著啼猿树'，乃卢《巫山高》诗云'莫辨啼猿树，往看神女云'也；甫之'浩荡报恩珠'，乃沈《移禁司刑》诗云'汉皇虚沼上，容有报恩珠'也；甫之'何时一樽酒，重与细论文'，乃孟浩然亦有云'何时一杯酒，重与季鹰倾'也。《王立之诗话》亦载白乐天有云'徒铺眠糟瓮，流涎见麹车。'"傅云：杜甫有"道逢麹车口流涎"之句，乃知诗人取当时作者之语，便为故事。此无他，以其人重也。②

---

① 《宋刻集注本〈东坡前集〉考》，见刘尚荣：《苏轼著作版本论丛》，成都：巴蜀书社，1988 年，第 46—47 页。

② ［宋］赵次公、赵夔、师尹等：《集注东坡先生诗前集》卷一，中国国家图书馆藏宋刻本。

阅读这段注文,不难发现,"赵云"部分与"傅云"部分其实是不可分割的一个整体,应出自同一人之口。如果出于两人之口,反倒显得不伦不类。中间的"傅云"为十注的编者强行加入,反而破坏了原注文的完整性。再看:

《和刘京兆石林亭之作石本唐苑中物散流民间刘购得之》"鸿毛于泰山"句的十注注文	赵次公《杜诗先后解》自序的部分言论
胡云:尝喜本朝孙莘老之说,谓杜子美诗"无两字无来处",而仆意又谓非特两字如此耳,往往一字紧切,必有来处。今句云"鸿毛于太山",其"于"字则孟子云"太山之于丘垤"也,可谓一字有来处。	余喜本朝孙觉莘老之说,谓"杜子美诗无两字无来处"。又王直方立之之说,谓"不行一万里,不读万卷书,不可看老杜诗"。因留功十年,注此诗。稍尽其诗,乃知非特两字如此耳,往往一字紧切,必有来处,皆从万卷中来。①

与胡注相类似的言论恰恰出自赵次公口中,比较这两段话,不难发现实乃一人所为。由此可以断定,本诗的胡注也是不成立的。这两个例子说明,傅、胡二注明显出于改窜他人之注。

(二) 傅、胡注水平与赵次公相当

从现存傅、胡二注的注释成就来看,二家的注释水平同赵次公差不多,而在其余七家之上。如此高水平的注家,其注文没有以自己的名义出现在百家类注本中,而是散入各家,显然是异乎寻常的。合理的解释只有一个,类注本的编者看到了比十注更早期的苏诗注本,从而判断出傅、胡二注系十注的编者伪托、改窜而成,自然类注本中不会有傅、胡的地位。赵次公在早期苏诗注释中,虽然不是出现得最早的,但却是注文数量最多及注释水平最高的,因此容易受到造假者的重视。傅、胡二注中,在类注本中改归赵次公注的现象比例最高。

(三) 傅、胡注与类注本诸家的对比

首先,从在十注本属傅、胡,到了类注本中分入赵次公、程缙、李厚、师尹、林子仁、赵夔各家的注文来看,其注释特点与风格与所入之人皆有吻合之处,这进一步说明类注本的编者把这些注文归回这些注家名下是有根据

---

① 《杜诗赵次公先后解辑校》,第1页。

的。试看数例：

篇名	诗句	注文	十注之注者	类注本之注者	按
《和子由记园中草木》其四	整首	萱草之孤秀，则士之挺拔者似之；牵牛之朋附，则士之猥杂者似之。按：《本草》云："萱草，一名鹿葱。"而嵇康《养生论》有"萱草忘忧"之语。今先生诗主意特在言萱草之孤秀，以形牵牛之朋附，皆因园中所有而兴也。	傅	赵次公	赵次公善释比兴之义，此注亦然。
《病中闻子由得告不赴商州》其二	说客有灵惭直道	直道以言子由之正直，当为仪之所惭也。	胡	赵次公	本句注文解释苏轼的言外之意，正合赵次公注的习惯。
《甘露寺》	一谈收猘子	曹公闻孙策平江东，曰："猘儿难与争锋。"猘，狂犬也。	傅	程缜	程缜、李厚、宋援三家注典故常不标书名，于此正合。
《石鼓歌》	欲读嗟如籍在口	永叔诗云："有口欲说咩如籍。"	胡	赵夔	赵夔喜欢引欧阳修诗以注苏轼诗。
《九月二十日微雪怀子由》	冷官无事屋庐深	公为凤翔签判，太守陈公弼命公兼府学教授，故用冷官事。	胡	师尹	师尹惯于注苏诗之时事。
《记所见开元寺吴道子画佛灭度以答子由》	隐如寒月堕清昼，空有孤光留故躔。	李白《拟古》云："明月看欲堕，当窗垂清光。"古人谓"堕"字为工。杜子美诗云："哀壑无光留户庭。"先生用此句法。	胡	林子仁	林敏功（子仁）列为吕本中《江西诗派宗社图》成员之一，论诗以杜甫为祖，注诗亦注重苏诗与杜诗之间的渊源。

其次，类注本的编者在吸收十注注文时，常常任意删削十注的注文，详

见下节。《集注东坡先生诗前集》现存三卷注文被删的情况,亦可为傅、胡乃伪造之注提供佐证。例如:

篇名	诗句	十注之注家	十注的注文	类注本之注家	类注本的注文	按
《壬寅二月……寄子由》	三川气象侔	胡	退之诗:气象难比侔。此句反用古人意也。	尧卿(赵夔)	退之诗:气象难比侔。	被删去的"此句反用古人意也",正类赵夔的风格。除赵次公外,赵夔亦较注重探讨苏轼用典之法。此条注文应出于赵夔之手,而非胡氏。
《次韵刘京兆石林亭之作石本唐苑中物散流民间刘购得之》	瘦骨拔凛凛,苍根漱潺潺。	傅	韩愈云:巧匠斫山骨,河图括地象。□□□□为骨。欧阳《菱溪大石》诗云:"荒烟□□□□久,洗以石□清冷泉",亦此意。	尧卿(赵夔)	韩愈云:巧匠斫山骨。	被删去的注文,引欧阳修诗为苏轼诗之出典,亦类赵夔风格。此条注文应出于赵夔之手,而非傅氏。

再次,类注本里还保留了一些十注的痕迹,说明类注本的编者在将其中的傅、胡注一一改回原来的注家时,难免有疏忽之处。试看二例:

《述古闻之明日即来坐上复用前韵同赋》"太守问花花有语,为君零落为君开":

胡:《才调集》有无名氏绝句云:"春光冉冉归何处,更向樽前把一杯。尽日问花花不语,为谁零落为谁开。"

《常润道中有怀钱塘寄述古五首》其二"年来事事与心违":

胡:嵇康《幽愤诗》云:事与愿违,迫兹淹留。高僧《雅凤诗》云:

多事与心违。

这两处例子中的"胡",应为残余十注注文的痕迹,而非类注本中的胡仔注或胡铨注。类注本中的胡仔注,一般冠以"胡仔曰",胡铨注一般冠以"邦衡曰"。

类似的情况也发生在赵夔身上,再看二例:

《答李邦直》"华堂咏蟋斯":

> 补注:晋羯胡刘聪有蟋斯堂。

《临安三绝·石照》"山鸡舞破半岩云,菱叶开残野水春":

> 补注:永叔《金鸡诗》:山鸡禀其波,舞影还自爱。李巨鉴诗云:无波菱自动,不夜月常明。

赵夔在十注中的称呼正是"补注",在类注本中的称呼是"尧卿曰"。以上二例说明类注本的编者未完全将赵夔的注文由"补注"改为"尧卿曰"。

上述例子可以说明,类注本的编者在采用十注之时,虽然尽量将各条注文冠以统一、合理的称呼,但仍有疏漏之处,使得类注本中仍保留了少量十注的痕迹。这也从侧面说明,类注本的编者将十注中名属傅、胡的注文改回原来赵次公、赵夔等注家,这类改动是合理的。

综上所述,宋刊《集注东坡先生诗前集》卷一至卷三中的傅、胡二注家,出于后人伪托,其注文应分属赵次公、赵夔、李厚、程缜、宋援、林子仁、师尹、任居实等人。

三、《王状元集百家注分类东坡先生诗》对旧注的改造

题名王十朋的《百家注东坡先生诗序》称,该书是在八注十注的基础上

"划繁剔冗"而成的。以《集注东坡先生诗前集》现存的四卷与类注本相应篇目互相对照,可以发现,后书的中赵次公等注家的注文的确要少于前书。清人钱大昕认为类注本的特点在于"长于征引故实"①,从全书来看,这的确是一个重要的趋势,然而这只是编者对旧注改造的结果。由于编者对旧注注文进行删削,赵次公、赵夔、师尹等注家除征引故实之外的其余长处在类注本中未能得到充分的展示。将现存《集注东坡先生诗前集》四卷与元建安虞平斋务本书堂刊本《增刊校正王状元集注分类东坡先生诗》的相应篇目对比,可以发现,编者对旧注进行删削,其重点在于保留旧注中的征引典故出处的部分,而将其余部分删除。这些被删除的注文,其实对于解释诗意尤为关键,其中包括:

1. 分析用典之法

(1) 赵次公把典故的出处分成四种:字、语、势、事。在注释过程中,赵次公不仅引出典故的出处,而且说明此处用典属于上述情况的某一种。类注本的编者却把这种的分析文字删去。例如:

篇名	诗句	十注本的注文	百家注的注文	说明
《东湖》	有山秃如赭	赵云:"秃"字使韩《南山》诗"或赤若秃髌"。(卷一)②	次公:《南山诗》"或赤若秃髌"。(卷二第十一页A)	赵次公指出此处苏诗用前人之字,被百家注删去。
《辛丑十一月十九日既与子由别于郑州西门之外马上赋诗寄之》	苦寒念尔衣裘薄,独骑瘦马踏残月。	赵云:其语又效白与张籍诗云:"嗟君马瘦衣裘薄。"(卷一)	次公:李白与张籍诗云:"嗟君马瘦衣裘薄。"③(卷十六第一页A)	赵次公指出此处苏诗用前人之语,被百家注删去。

① 《苏轼诗集合注》,第 2636 页。

② 本节表格内所引十注之注文,皆来自中国国家图书馆藏宋刻《集注东坡先生诗前集》。注文后所标的卷数,是该诗在本书中所处的卷数。

③ 赵次公所引乃白居易诗,而非李白诗,类注本误。冯应榴也曾指出这一错误,见《苏轼诗集合注》,第 89 页。此句今本作"怜君马瘦衣裘薄",见[唐]白居易著、朱金城笺校:《白居易集笺校》,上海:上海古籍出版社,1988 年,第 801 页。

续　表

篇名	诗句	十注本的注文	百家注的注文	说明
《东湖》	深有鱼与龟，浅有螺与蚌。	赵云：此退之《溪堂》诗"浅有蒲莲，深有葭苇"之势也。（卷一）	次公：退之《溪堂》诗"浅有蒲莲，深有葭苇"。（卷二第十一页 A）	赵次公指出此处苏诗用前人之"势"，被百家注删去。
《中隐堂诗》其四	翠石如鹦鹉，何年别海壖？	赵云：首两句之势乃杜诗云："万里戎王子，何年别月支？"（卷一）	次公：杜诗："万里戎王子，何年别月支？"（卷三第十七页 B）	同上

（2）对苏诗中用前人诗文之意而不用其字的情况，往往重点加以说明。类注本的编者却把"此乃……之意"的字样删去，只剩下诗句出处。例如：

篇名	诗句	十注本的注文	百家注的注文
《和子由蚕市》	一年辛苦一春闲	赵云：此乃孔子谓子贡云"百日之蜡，一日之泽，非尔所知也"之意。（卷一）	次公：孔子谓子贡云"百日之蜡，一日之泽，非尔所知也"。（卷二十三第一页 B）
《中隐堂诗》其二	尘土污君袍	赵云：取陆机诗云"京洛多风尘，素衣化为缁"之意。（卷一）	次公：陆机诗：京洛多风尘，素衣化为缁。（卷三第十七页 B）

（3）赵次公释典故的出处，还很注重典故中的祖典、孙典的现象，认为注释者必须把祖典、孙典一并注出才能算合格。而类注本却将赵次公释祖典、孙典之注大幅删改。例如：

篇名	诗句	十注本的注文	百家注的注文	百家注对十注的改动
《王维吴道子画》	吴生虽妙绝，犹以画工论。	赵云："妙绝"字祖出魏文帝《与吴质书》："公干五言诗之善者，妙绝时人。"杜诗："画手看前辈，吴生远擅场。森罗移地轴，妙绝动宫墙。"（卷一）	次公：魏文帝《与吴质书》曰："公干五言诗之善者，妙绝时人。"老杜言吴画于《玄元皇帝庙诗》曰："画手看前辈，吴生远擅场。"（卷二第九页 B）	删去赵次公标示祖典的文字

续　表

篇名	诗句	十注本的注文	百家注的注文	百家注对十注的改动
《和子由蚕市》	不悲去国悲流年	赵云:《庄子》言越之流人有云"去国旬日",又云"去国旬月"。而悲字则老杜云"去国悲王粲"。(卷一)	次公:杜诗:"去国悲王粲。"(卷二第九页 B)	删去赵次公所注的祖典
《壬寅二月……寄子由》	行宫画冕旒	赵云:冕字虽起于《玉藻》"天子之冕藻,十有二旒",而杜甫云:"冕旒俱秀发。"(卷一)	次公曰:《玉藻》:"天子之冕藻,十有二旒。"(卷一第一页 A)	删去赵次公所注的孙典

2. 解释词义

赵次公释词善于把引典结合在一起,在具体的语境中解释词义,还善于通过不同语境的对比来强调该词在本句中的意义。类注本则一概把赵次公的释义之语删去,只留下词语的出处,以致偏离赵次公原来的用意。例如:

篇名	诗句	所释之词	十注本的注文	百家注的注文
《次韵刘京兆石林亭之作石本唐苑中物散流民间刘购得之》	都城日荒废	都城	赵云:《左氏》云:都城过百雉,国之害也。本言诸侯之大夫其所邑曰都。今先生所言都城,则王都之城也。(卷一)	次公:《左氏》云:都城过百雉,国之害也。(卷九第十二页 A)
《馈岁》	农功各已收	收	赵云:凡功皆谓之收,《选》有"功名良可收"也。而农事亦谓之收,则《左传》有云"妨于农收"是已。(卷一)	次公:《选》云:功名良可收。又,《左传》云:妨于农收。(卷六第十四页 B)
同上	贫富称小大	大	赵云:大,唐佐切,义同徒盖切之"大",而是于经传者皆读为徒盖切而已。惟杜甫于《天狗赋》曾押在贷卧韵,下云:"不爱力以许人兮,能绝甘以为大。"	次公:大,唐佐反。杜甫《天狗赋》云:"不爱力以许人兮,能绝甘以为大。"

续　表

篇名	诗句	所释之词	十注本的注文	百家注的注文
《石鼓歌》	文字郁律蛟蛇走	郁律	赵云："郁律"字，《西京赋》在山言之，则曰"隐辚郁律"；《甘泉赋》在声言之，则曰"雷郁律于岩窔"；《江赋》在气言之，则曰"时郁律其如烟"。今先生以言字之形。（卷一）	次公：《西京赋》：隐辚郁律。《甘泉赋》：雷郁律于岩窔。（卷二第六页 A）

3. 阐发诗意

李善注《文选》，长于释事，而有忘义之疏。师尹、赵夔、赵次公等人试图突破这种局面，在精心注典的同时，也力图分析诗句、诗篇的意旨。类注本的编者显然不欣赏这种做法，而试图把诗歌注释拉回到只征引典故出处的老路上去，因此把十注本中赵次公、师尹、赵夔等的阐发诗意的注文大幅删削。例如：

诗题	诗句	见于十注而被百家注删去的注文
《戏子由》	送老虀盐甘似蜜	赵云：按先生《诗案》云，以讥讽朝廷新差提举官所至苛碎生事，发谪官吏，惟学官无责也。弟辙为学官，故有是句。（卷三）
《次韵答章传道见赠》	顽质谢镌镂	赵云：先生《诗案》自言与章传干涉事，熙宁六年正月作诗云云。此诗引梁冀、窦宪，并是汉时人，因时君不明，遂跻显位骄，暴窃威福事，而马融、班固二人皆儒者，并依托之。某诋毁大臣执政如冀、宪，某不能效班、马二人苟容依附也。（卷四）
《赠孙莘老七绝》其一	若对青山谈世事，当须举白便浮君。	赵云：先生《诗案》云：熙宁五年十二月作诗与孙觉，言事多不便，更不得说，说亦不尽矣。（卷四）

4. 评论艺术成就

在注典、释词、析意之余，赵次公等注家还在注释中掺入了对苏诗艺术特点的评论。然而这些评论又被类注本的编者大幅删去。例如：

诗题	诗句	见于十注而被百家注删去的注文
《二十七日自阳平至斜谷宿于南山中蟠龙寺》	入门突兀见深殿	赵云：杜甫《宿赞上人房》诗：夜深殿突兀，风动金琅珰。杜以夜之深晏而殿势突兀，而先生却言殿之深邃，皆不以文害意。（卷一）
《真兴寺阁》	侧身送落日，引手攀飞星。	赵次公云：诗人言字之高者，如老杜《慈恩寺塔》云："七星在北户，河汉声西流"最为雄杰。今先生云"侧身送落日，引手攀飞星"，可以敌矣。（卷一）

可见，类注本虽然有汇集众家注释之功，但其任意删削旧注的害处也十分明显。现在，苏诗四注、八注本已无流传，五注、十注本也仅有残卷传世。类注本中保留的原八注、十注注文虽然也有很重要的价值，但终非苏诗旧注的全貌，颇令人遗憾。

四、《王状元集百家注分类东坡先生诗》的流传及现存版本

类注本在刊刻流传过程中，形成了三种版本系统：

1. 南宋中叶宋刻本系统

即最早期的刻本，题名为《王状元集百家注分类东坡先生诗》，避宋讳至"敦"字，当为南宋中叶刻本。

现存版本：

南宋建安黄善夫家塾刊十三行本，为现存最早的集百家分类注苏诗的刻本，亦为孤本，现藏于中国国家图书馆。

南宋泉州市舶司东吴阿老书籍铺印十一行本，存十四卷，孤本，现藏于中国国家图书馆。

南宋建安万卷堂家塾刻本，现藏于日本静嘉堂。

南宋建安魏仲卿家塾本，现存于日本。

2. 宋末元初"增刊校正"刻本系统

宋末元初，市面上又出现一部名为《增刊校正王状元集注分类东坡先生诗》。同南宋刻本相比，此书增刊了部分注释，校正了宋人旧注的疏漏，并调整了部分诗的编排次第。

现存版本:元建安虞平斋务本书堂刊本,此书曾为商务印书馆影印,收入《四部丛刊》之中。原刻本流传尚多,计中国国家图书馆两部,北京大学图书馆一部,上海图书馆一部,辽宁图书馆、天津图书馆、华东师范大学图书馆各有残帙。

3. 宋末元初"增刊校正"及刘辰翁评点本系统

此书亦题名为《增刊校正王状元集注分类东坡先生诗》,另增署"东莱吕公祖谦分类,庐陵须溪刘辰翁批点",收刘辰翁之评点。

现存版本:

元建安熊氏鼎新绣梓十一行本,现藏于中国国家图书馆。

元庐陵坊刻十二行本:现藏于台湾"国家图书馆"。①

4. 明代的"新王本"

冯应榴在其《苏文忠公诗合注》中提到一个"新王本",指明万历年间茅维改编的集百家分类注本。茅维对宋、元本的改编如下:

(1)将书名改为《东坡先生诗集注》。

(2)将原有的分类七十八门合并为三十门。

(3)将原有的卷次二十五卷改为三十二卷。

(4)增收《和陶诗》及见于《东坡续集》而旧本漏收之诗,新增之诗皆无注。

(5)删削旧注达十余万字。

(6)改动了某些原有的百家姓氏。

茅维之后,崇祯年间又有王永积翻刻茅本,行款、版式、类别、卷数等全照茅维本原样,但删去前人序跋,只署"明梁谿王永积崇严阅"。②

5. 清代的"通行王本"

清康熙三十七年(1698),朱从延又根据茅本重刻,将"酬答"与"酬和"二类合并,分类减为二十九门,是为"通行王本",《四库全书》所收即为此本。

---

① 以上1、2、3条介绍的版本及馆藏地点,皆引自刘尚荣:《〈百家注分类东坡诗集〉考》,见《苏轼著作版本论丛》,第69—83页。

② 《苏轼著作版本论丛》,第84页。

"通行王本"基本上袭用了"新王本"的注文,只在个别地方根据宋刻《施顾注苏诗》(影钞本)残卷,对"新王本"的文字作了补正。[①]

刘尚荣先生指出元建安虞平斋务本书堂刊本《增刊校正王状元集注分类东坡先生诗》中的"增刊"有研究价值,但他认为这些增刊的注文是元人所作,应与宋人旧注区别开来,又说虞本增添新注的依据尚待考证。其实,虞本增刊的注释,并非元人所为,仍是宋人旧注,具体而言,就是赵次公等人被收入八注、十注中的注文,只不过为类注本的编者所弃用,而被虞本的编刻者重收而已。试看数例:

《辛丑十一月十九日既与子由别于郑州西门之外马上赋诗一篇寄之》"惟见乌帽出复没",此句之下虞本的注文为:

　　　　次公:杜诗:乌帽尘拂青螺粟。

全诗之后虞本有增刊文字:

　　　　乌帽:今先生所言,盖蓆帽也。

宋刊《集注东坡先生诗前集》卷一此句下注文为:

　　　　赵云:杜诗:乌帽尘拂青螺粟。今先生所言,盖蓆帽也。[②]

虞本之增刊文字,正与十注本之赵次公注相合。

《病中闻子由得告不赴商州三首》"逋翁久没厌凡才",虞本句下注为:

　　　　次公:李商隐《商於》诗云:"割地张仪诈,谋身绮季长。"亦言此也。

①　《苏轼著作版本论丛》,第 85 页。
②　《集注分类东坡先生诗》,卷十六第一页 A。

后文又有增刊文字：

> 说客、逋翁皆商州事。

这正与《集注东坡先生诗前集》卷一中本句的注文相合。本篇末又有增刊：

> 子由应直言科，策词太讦，时执政以不合引道路语答圣问，欲黜之。仁宗嘉其直，居第三。①

这正是《集注东坡先生诗前集》中"策曾忤世人嫌汝"句下师尹注的文字。《被酒独行偏至子云威徽先觉四黎之舍三首》虞本之增刊：

> 胡：律诗之作，用字平仄，世固有定体，众共守之。然不若时用变体，如兵之出奇，变化无穷，以惊世骇目，如此二诗。②

胡氏正是《集注东坡先生诗前集》卷一至卷三中十注注家之一。《送李公择》虞本之增刊：

> 赵：集百忧，此则老杜"百忧集"之倒文也。③

《集注东坡先生诗前集》中赵次公的注文就是标以"赵云"，这正好说明，虞本编刻者从十注中取材以增刊，只不过未将"赵云"改为类注本中习用的"次公曰"的口气。

刘尚荣先生认为，以南宋建安黄善夫家塾刊十三行本与元建安虞平斋

---

① 《集注分类东坡先生诗》，卷十六第二页 A。
② 《集注分类东坡先生诗》，卷十七第十四页 A。
③ 《集注分类东坡先生诗》，卷二十一第一页 B。

务本书堂刊本相对勘,则黄本在诸多方面更加优胜。但从以上数例来看,由于虞本重新收入了被类注本编者弃用的一些注文,那么至少在注文方面,二本是各有所长。

第一节 《王状元集百家注分类东坡先生诗》的时事注释

一、"知人论世"方法对类注本的影响

早在先秦时期,孟子就提出了"以意逆志""知人论世"的诗歌解释观。任何诗歌作品总是产生于具体的历史背景中,因此"以意逆志"必须建立在"知人论世"的基础上。这种解释方法,在早期的诗歌注释中就得到运用,如汉代的《毛诗序》结合史实来解释《卫风·淇奥》《鄘风·载驰》等篇目的意旨。郑玄的《诗谱》常综合一国的地理形势、历史大事、文化风俗等因素,概括某一国风形成的历史背景。王逸的《楚辞章句》则从屈原的经历出发,展现《离骚》《九歌》《九章》的写作背景,从而点出诗篇的意蕴。汉代之后的一些优秀诗歌注释,如李善的《文选注》,重点在于征引典故语词的出处,较少使用"以意逆志"与"知人论世"相结合的方法来探讨诗歌的意旨。直至宋代,随着孟子学的发展,"知人论世"这一传统方法才在诗歌注释中重新得到重视。对于历代诗歌注释来说,有关当代史实的解释既是重点,又是难点。诗歌理论史上关于诗歌的本质有"诗言志""诗缘情"等不同观点。以意逆志,无论是逆的是"志"还是"情",引发"志"或"情"的"事"显得至关重要。诗歌的主旨,也就是所逆之"志",主要由两个因素构成:一是写作的目的:即触发作者创作灵感的具体事由;一是写作的手段:即作者采用的各种表现方法,如修辞手法、谋篇布局之法等。写作的手段为写作目的服务,因此,"以意逆志"必须建立在"知人论世"的基础上,所以说对史实的解释是重点。由于注释者与作者之间的时代、文化、个性等方面的差距,后代的注释者要准确地探寻触发作者创作灵感的事件,尤其是作者某时某地一时兴至所至的感触,无疑是十分困难的,所以说有关史实的解释又是难点。对于诗学研究

者而言,注释为难,注当代史实尤难。

就苏诗而言,当代史实的解释尤为重要。苏轼创作的诗歌篇目达2700余首,因具体的"事"而触发的诗篇也为数不少。这种"事",既可以是关乎熙宁变法、元祐党争一类的时政要事,也可以是一时一地抒发个人得失之感触或与朋友的过往唱和、迎送赠答等生活琐事。无论是哪一种,要详尽准确地加以考证,对于注释者来说,都是一种集治史之严谨与品诗之空灵于一体的巨大挑战。因此,当代史实的解释是苏诗注释的首要问题。

类注本成书于南宋中叶,主要的注文则产生于南北宋之交。类注本在当代史实的解释方面有两大优势:其一,类注本汇集了早期的苏诗注,这些注者生活于北宋末年、南宋初年,离苏轼的时代较近,便于搜寻各类与苏轼相关的材料,进而探索诗意。其二,类注本是一个集注本,能集各家之长,从不同渠道访查史料,显然优于一二人之力。

类注本中的注者尚无专门将苏诗置于重大历史背景下加以考察的意识,其考证的当代史实,既包括政坛大事,也包括苏轼交游、唱和等身边之事。对前者的解释,往往是指出事件本身,能点明诗意即止,未深入发掘。

二、苏诗类注本的解题

解题的任务是解释一诗之主旨,而非局限于诗题本身。李善的《文选注》中的解题,只针对诗题中的人名、地名、职官名作了简单的解释。《文选》作为一部大型诗文总集,时代跨度大,涉及的作家数量众多,以李善一人之力,的确难以一一结合历史背景来考证诗意。类注本的注者与苏轼同为宋人,且人数较多,因此较李善为优。类注本的注者常常从题中所涉及的人物、事件、地名出发,或展示诗歌创作的背景,或考证出引发作者创作的"本事",从而对全篇诗意作出准确的概括。

(一)历史背景

类注本的许多注者,如王十朋、胡铨、张器先、吴宪、丁镇叔、刘共父、洪驹父、曹梦良等,都善于利用《东坡年谱》来解说诗题中苏轼的活动背景。如

《初到杭州寄子由二绝》,张器先注:"按《年谱》,熙宁四年辛亥,先生年三十六,判官诰院,兼判尚书祠部,以议论与时宰不合,命摄开封府推官。寻乞除外任,差通判杭州,以十一月到任。"①此注向读者介绍了苏轼出任杭州通判的来龙去脉,重点指出了"议论与时宰不合"这一原因。除了说明寄诗与子由的背景外,还能看出苏轼反对王安石变法的政治态度。

另一些诗题涉及了苏轼与他人的交往,如送别、唱和、寄赠等,类注本的注者亦能考证这些活动的当代史背景。如《和文与可洋州园池三十首》,程天佑注:"石林先生云:文同字与可,蜀人,与子瞻厚。子瞻出为杭州通判,同送诗云:北客若来休问事,西湖虽好莫吟诗。公黄州谪,正杭州诗语,人以为知言。"②程天佑除了说明这组诗的唱和背景之外,还引用叶梦得的言论,转载了文同对苏轼的忠告,曲折地反映了苏轼在熙宁变法中命运。本诗的施顾注与清代的查慎行、冯应榴注皆无此类背景性的材料。

（二）人物

介绍诗题中的人物生平,也是理解诗意的重要背景材料。施、顾注本中施宿所作的题下注,惯于从苏轼的政治立场出发,节选题中人物一生中反对熙宁变法、或在元祐党争中持公正态度等片段。尽管这些片段与本诗诗意没有直接关系,施宿仍将其作为重要的背景材料,将苏诗置于重要历史环境中加以考察。类注本的注者介绍题中人物,没有特别地将其与政治立场联系起来,而将重点放在与苏轼交游的普通人物之上,既可以让读者了解苏轼友人的重要经历与性格特点,作为理解诗意的背景,又可以展现苏轼交友的倾向。

如《赠潘谷》,吕祖谦注:"《志林》云:卖墨者潘谷,余不识其人,然闻其所为,非市井人也。墨既精妙而价不二,士或不持钱求墨,不计多少与之。一日忽取欠墨钱券焚之,饮酒三日,发狂浪走,遂赴井死。人下视之,盖跌坐井

---

① 《集注分类东坡先生诗》,卷十六第五页A。
② 《集注分类东坡先生诗》,卷十第四页A。

中,手尚持数珠也。见张元明言如此。"①本诗是作于贬谪黄州时期的赠答诗,诗中表现了苏轼对潘谷的推崇。吕祖谦所引《东坡志林》中关于潘谷的记载,勾勒了潘谷放浪形骸、举止怪异的个性特征,为理解诗意提供了扩展性的背景材料,从中亦可看出苏轼在贬谪之时的交友意趣。此诗的施顾注没有提及潘谷。再看查慎行注:"陆友《墨史》:潘谷,伊洛间墨师也。何薳《春渚纪闻》:潘谷卖墨都下,负箧而醋歌,每笏止取百钱。其用胶不过五两,亦遇湿不败。"②查注所引《春渚纪闻》等书的记载,与《东坡志林》相比,显然不是第一手材料,对潘谷的介绍亦较吕祖谦注为略。

又如《石苍舒醉墨堂》,林子仁注:"苍舒,京兆人,字才美。善行草,人谓得草圣三昧。官为承事郎,通判保安军,尝为丞相汲郡吕公微仲所荐,不达而卒。"③在诗中,苏轼发表了对书法之"法"的看法,并发出了"人生识字忧患始,姓名粗记可以休"的感叹。林子仁注介绍了石苍舒"善行草,人谓得草圣三昧"的特点,对题中的醉墨堂及诗中苏轼发表的书法观都是必要的背景材料,起延展说明的作用。至于书法家石苍舒"不达而卒"的结局,更是"人生识字忧患始"的重要注脚。在施、顾注本中,本诗已佚,因此类注本中的注释尤其显得重要。查慎行注:"文与可《丹渊集》有《石屯田墓志》,略云:石君讳某,字君瑜,世居关中。男一人,苍舒。隽慧修爽,杂习可喜,工词章、善草、隶。前为高陵县主簿,诸公誉之。"④查注引用的是文同为石苍舒之父所撰的墓志,材料已逊一筹。查慎行虽然也提到了石苍舒擅长书法的特点,却不如林子仁注能紧扣诗意。

（三）地理

苏轼一生跨越大江南北,行迹甚广,且每到一地,常常登临名胜,题咏风物,抒发胸中感触。因此,解说诗题中的大小地名,展现苏轼题咏的地理环

---

① 《集注分类东坡先生诗》,卷十二第十八页 A。
② 《苏轼诗集合注》,1219 页。
③ 《集注分类东坡先生诗》,卷三第二十页 A。
④ 《苏轼诗集合注》,219 页。

境,对理解苏诗之意不无裨益。清代著名诗人查慎行所撰《苏诗补注》,就以考证地名而见长。相对于查注,类注本的注者由于生活在宋代,接触宋代的地理类文献远比五六百年后的查慎行方便。陈师道、韩子苍、芮国器、刘子翚、林子功、张孝祥、李尧祖、谢幼槃等注者都善于利用各地的图经来解说苏诗中的地名。图经是宋代流行的一种方志类著作,图文并茂地解说乡土地理,至宋代之后基本失传。类注本的注者利用图经,对苏轼登临游览的一些小地名,如山峰、泉石、寺观、馆阁、亭台等的解说,比查注更加全面、准确,并能直接联系苏轼的活动。

如《汤村开运盐河雨中督役》,李尧祖注:"按《图经》,仁和县汤村镇市在安仁东乡,去县四十一里,而都盐仓在天宗门里。"①查慎行注:"《九域志》:仁和县有四镇,汤村其一也。《咸淳临安志》:仁和县有汤村镇市。"②查注虽然也引用了宋人编撰的全国性地理著作《九域志》与方志《咸淳临安志》,但都只说明了汤村镇在仁和县境内。而李尧祖所引的《图经》,却具体指出了汤村镇在仁和县四十一里,从而交代了苏轼雨中督役的地理背景,苏轼作为一州之通判,深入远离府县的集镇,于雨中督役,实属难能可贵。

又如《登玲珑山》,谢幼槃注:"按《临安图经》,玲珑山在县西十三里,两山屹起,盘屈凡九折,上通绝顶,名曰九折岩。南行百许步有亭,下瞰百里山,名曰三休亭。"③冯应榴注:"查注玲珑山引《咸淳临安志》,与王注所引《图经》同,已删。惟《志》文'十二里',查作'二十里'。以《图经》参之,查注误也。"④显然,作为宋代的注释本,类注本所用的材料可信度更高,是清代的查慎行无法比拟的。

三、类注本的释句

相对于解题而言,释句的对象不在整体而在局部,因而释句的重点不在

①　《集注分类东坡先生诗》,卷八第一页 A。
②　[宋]苏轼撰,[清]查慎行补注:《苏诗补注》,见《文渊阁四库全书》第 1111 册,上海:上海古籍出版社,2003 年,第 180 页。
③　《集注分类东坡先生诗》,卷七第二十六页 B。
④　《苏轼诗集合注》,第 463 页。

于背景性的说明,必须直接解释句意。对各类不同表现方法的诗句,解释诗意,皆应以"本事"为根据。

(一)释"赋"体

"赋"即"直陈其事",是自《诗经》以来常用的诗歌表现方法,直接反映当时之事。苏诗有"以议论为诗"的特点,与史实直接相关。释"赋"体的关键之处在于"印证",即按照诗句的内容去寻找相应的史料,互相对照印证,就可明白其意义。其次在于"补充"。由于诗歌贵在精炼含蓄,诗人不可能作更多的铺叙。因此,注释者应引用史料提供更丰富的细节,让读者了解事件的全面发展过程,从而读懂作者的意图。

类注本的注者常常使用《乌台诗案》来解释句意,该书根据苏轼本人在御史台的供状编辑而成,能直接说明句意。如《次韵刘贡父李公择见寄二首》其二:"何人劝我此间来,弦管生衣甑有埃。渌蚁濡滑无百斛,蝗虫扑面已三回。"孙倬注:"公《诗案》:此诗讥朝廷减削公使钱太甚,及造酒不得过百石,故弦管生衣,甑釜生埃。及言蝗虫灾伤,盗贼四起,旱涝饥馑,以见政事阙失,皆新法不便之故。"①这几句诗的字面较含蓄,借苏轼本人的言论来解释显然十分可靠。

在《乌台诗案》之外,类注本的注者也能利用其他史料来补充说明句意。如《韩康公挽诗三首》"德业经文武",林子仁注:"《墓志》又云:公知庆州,熟羌有据堡劫镇城杀吏士者,公出兵讨之。贼既平,诏书奖谕,遂知成都。又于神宗朝,夏人扰边,庆州失利,即拜公陕西宣谕使,将校皆得自除。又奏攻守策,而神宗手诏还之,曰:'此良策也。然西略一委卿,安事廷议?'公增筑罗元等城,使河东、陕西为犄角。后西边既平,而神宗曰:'西边之宁,卿之力也。'故先生诗有'德业经文武',次章有'余威靖塞氛'等句也。"②挽词类的作品往往要对死者的一生功业加以评述,无论是"德业经文武"还是"余威靖塞氛",都十分凝练,但却无法让读者了解细节。林子仁引用范仲淹之子范纯

① 《集注分类东坡先生诗》,卷十七第三十五页 B。
② 《集注分类东坡先生诗》,卷二十四第二十六页 B。

仁所撰《韩康公墓志》,重点介绍了韩绛平定西北边陲的功业,是对句意的最好说明。相比之下,施宿注虽围绕韩绛的生平作了详细的解题,却未针对"德业经文武"、"余威靖塞氛"二句涉及的史实作出相应的解释。

除了朝廷大事之外,类注本的注者还能针对苏轼的身边的小事作出说明。有的能释风俗,如《岐亭五首》其四"一醉岂易得,几思压茅柴。"程缜注:"南方有茅柴酒。赵次公注:茅柴乃村落所酿醨薄酒也。任居实注:黄州人造私酒,俗谓之压茅柴也。"①程、赵、任三位注者层层推进,解释了"压茅柴"之意。又如《除夜大雪留潍州元日早晴遂行中途雪复作》"助尔歌饭瓮",宋援注:"山东人埋肉于饭下而食之,谓之饭瓮。"②这些俗语,若非类注本的注者时代较近,实在难明其意,后来的施、查、冯等注皆不及于此。

有的能释地理,如《壬寅二月……寄子由》"薄暮来孤镇,登临忆武侯。"程缜注:"镇即武成镇也,俗谓之石鼻寨,孔明所筑。盖其镇在宝鸡东,相传孔明尝围郝昭于陈仓,筑此城以拒魏兵。"③程缜长于地理,曾著有地理著作《职方机要》,对诗句中的偏僻地名亦能准确定位,并熟知其来龙去脉,从而解释句意。

(二)释典故

诗歌毕竟是抒情文学而非叙事文学,除直陈其事外,诗歌还有更加委婉含蓄的表现方法。魏晋以来,用典成为重要的表现方法,能含蓄地表达作者的意图。苏轼亦好用典故,有"以学问为诗"的特点。解释用古代典故的诗句,首先必须识别诗人所用典故中包含了什么故事,这就要求注释者有丰厚的知识储备。李善以来的诗歌注释者,大都具备这种学养。然而仅仅做到这一点是不够的,诗人并非为了炫耀学问而用典,其用典往往影射现实,因而必须找出诗中所用之典与当代史实之间的联系,推证诗人的用意,这才是对典故完整的解释。因此,释古典不能简单地直接引用史料予以对照,而是

①　《集注分类东坡先生诗》,卷十六第三十三页 B。
②　《集注分类东坡先生诗》,卷七第八页 A。
③　《集注分类东坡先生诗》,卷一第一页 B。

要依靠史料,反复推敲,找出本事与古事之间的确切联系,才能解释诗意。

如《用旧韵送鲁元翰知洺州》:"初因羽渊魄,尽返湘江魂。"师尹注:"时哲宗初登极,太母垂帘,悉罢新法,而元丰末年用事宰执皆斥逐。当时议新法不合被窜谪者,皆召还录用。"①"羽渊魄"用的是鲧的故事,程缙注:"《左传》言尧殛鲧于羽山,其神化为黄熊,以入于羽渊。"②"湘江魂"用的是屈原的故事。李厚注:"屈原流放湘江,而宋玉为作《招魂》。"③单单引出两个故事的出处,显然还不能完全了解苏轼的用意。师尹在程、李二注的基础上,结合当代史实,推断出"羽渊魄""湘江魂"二词都是用古代故事来比喻命运几度浮沉的旧党中人。

除此之外,有时苏轼所指之事极偏,类注本的注者亦能访得本事。如《送黄师是赴两浙宪》"白首沉下吏,绿衣有公言",陆游在《注东坡先生诗序》中就曾指出这句难解。陆云:"'白首沉下吏,绿衣有公言',乃以侍妾朝云尝叹黄师是仕不进,故此句之意戏言其上僭。则非得于故老,殆不可知。"④赵次公注:"当时人有未解此句,问之先生。先生曰:'吾家朝云每见师是,怪其官职不迁耳。'然后知绿衣指朝云。盖绿衣乃《诗》篇名,妾之服也。"⑤赵次公的思路正与陆游一致。赵次公注成书早于陆游序,应当是独立作出的判断,可见类注本注者考证佚事的功力。

(三)释"比兴"体

"比兴"亦是《诗经》以来的诗歌常见的表现方法,较之用典,更显含蓄隐晦的效果,一般读者难窥其用意所在,因而唐宋注释者对待这一类诗作往往比较谨慎。例如李善《文选注》中论及阮籍《咏怀诗》:"虽志在刺讥,而文多隐避。百代之下,难以情测。故粗明大意,略其幽旨也。"⑥因而对比兴体的

---

① 《集注分类东坡先生诗》,卷二十一第十九页 B 至第二十页 A。
② 《集注分类东坡先生诗》,卷二十一第十九页 B。
③ 《集注分类东坡先生诗》,卷二十一第十九页 B。
④ 《苏轼诗集合注》,第 2704 页。
⑤ 《集注分类东坡先生诗》,《四部丛刊》影印(元)建安虞平斋务本书堂刊本,卷二十二第十七页 A。
⑥ 〔梁〕萧统编,〔唐〕李善注:《文选注》,上海:上海古籍出版社,1986 年,第 1067 页。

解释更强调以"本事"为基础,找出诗中意象与当代史实之间的联系,否则稍有不慎就会失之牵强附会,求深反浅。五臣注《文选》就是典型例子,五臣不以史实为基础,分析《文选》中的比喻意象时多为臆测,结论令人不敢轻信。

苏轼本人擅长于比喻,以博喻见长。除了以物喻物之外,还常常以物喻人,寓意深远。类注本的注者用来解释比喻义的史实材料中,用得最多是《乌台诗案》,以苏轼本人的言论为证,显然比较可靠。例如《往富阳新城李节推先行三日留风水洞见待》"世上小儿夸疾走,如君相待今安有",赵次公注:"先生《诗案》云:熙宁七年二月二十七日在杭州游风水洞,留题诗言'世上小儿夸疾走',意在讥讽世人多务急进,不顾大体也。"①

本节小结

苏诗类注本的众多注者普遍能采用孟子"知人论世"的方法,广泛考证与苏诗相关的大小事件,从而解释诗意,在诗歌注释史上有一定的影响。就横向而言,类注本的时事注释在宋代诗歌注释中可占一席之地。作为宋代较早的诗歌注释本,类注本与任渊的《后山诗注》《山谷诗集注》一起,奠定了宋代诗歌注释注重历史解释的学术传统,并进一步推动了宋代诗歌注释中的历史解释方法。在类注本的基础上,半个多世纪后产生的宋代苏诗的另一重要注本——施、顾《注东坡先生诗》的题下施宿注,将类注本中的时事注释升华为"以史证诗"的方法,其重点转为考证与时政密切相关的重要事件,在熙宁变法、元祐党争的背景下理解苏诗。类注本在"以史证诗"方面虽不如施宿注,但导夫先路之功不容忽视。在许多诗篇的解释中,类注本的史实考证亦有长于施宿注之处。

就纵向而言,类注本的时事注释在苏诗注中亦有启示意义。除施宿注之外,清代查慎行、冯应榴、沈钦韩等苏诗注释者都沿用了"以史证诗"的方法,在考证史实、解释诗意这方面后来居上,各具造诣。追源溯本,皆始于类注本。因此,类注本的时事注释在苏诗研究史与宋代诗歌注释史上皆有重

① 《集注分类东坡先生诗》,卷一第八页 B。

要意义。

附论:赵次公是类注本中的代表性注释者

王十朋所集百家注,号为百家,实际上是九十七人。其中大多数注家只是零星出注,只有十位左右的注家作注比例较高,已见上文。这些注家中,李厚、宋援、程缜、任居实、孙绰、李尧祖都是以注释典故为主,相对而言,赵次公注的注文数量最多,并且能够从较多的角度来注解苏诗,体例完备,模式成熟,因此成就最高,最具有代表性。赵夔、林子仁次之。所以,下文将以赵次公注为代表,分析类注本在诗学解释方面的成就,兼及赵夔注与林子仁注。

具体而言,赵次公的苏诗注,主要从诗歌写作的角度出发,围绕苏轼的写作手法与特点来进行。因为苏轼喜欢用典,所以赵次公将征引典故出处、分析用典方法居于核心地位。在释意方面,也是以苏诗的写作层次及表现手法为依据的。此外,在分析写作手法以理解诗意之余,赵次公也对苏轼的写作技巧、艺术成就作出总结与评论。下文便从这几个方面对赵次公的注释作全面的分析。

赵次公所注苏诗,单行本早已失传。现存赵次公的苏诗注比较分散,在国内流传至今的主要有三种:一是保存在类注本中,这是接触赵次公注的最常见的渠道。赵次公是类注本中成就最高的代表性注家,但该书所收的赵次公注曾遭删节,已非原貌。二是中国国家图书馆所藏宋刻《集注东坡先生诗前集》(仅存一至四卷)。三是清人冯应榴曾见过的宋刻《集注东坡先生诗后集》,与《集注东坡先生诗前集》源于同一编刻系统,冯应榴将其辑入《苏文忠公诗合注》之中。《集注东坡先生诗》前、后集中的注文较接近于赵次公注的原貌,较之类注本中相应的篇目,保存的赵次公注为多,但可惜皆为残帙。

所幸的是,日本也保留了一些赵次公的苏诗注。日人太岳周崇(1345—1423)是五山时期著名的诗僧,在他编撰的《翰苑遗芳》中,保存了大量类注本未收的赵次公注,当代日本学者仓田淳之助和小川环树从中辑得约十万字,与部分施元之、顾禧注一起收入《苏诗佚注》中,由东京同朋舍于1965年刊行。该书后为王水照先生影印后携回国内，藏于复旦大学图书馆。《苏诗佚注》中的这部分赵次公注，除少量与《集注东坡先生诗前集》相重合之外，绝大部分长期以来在国内失传，与类注本中的赵次公注相比，其内容更加丰富，全面地展示了赵次公注苏诗的思路与方法，是研究赵次公之苏诗注的重要材料。

第二节　赵次公注苏诗的典故注释

用典是六朝以来诗文作品中的重要写作手法，由于苏轼才学渊深、见识广博，又好发议论，因而用典也成为苏诗中最重要的写作特征之一。另一方面，从李善注《文选》以来，注家就把典故的出处作为注释工作的基础部分。因此，典故的注释就成为苏诗注释中的最基本的工作。宋代主要的苏诗注家，如类注本中的程缜、李厚、宋援、赵次公、赵夔、师尹、林子仁、任居实等人，以及作编年注的施元之、顾禧，莫不把注典作为注苏诗的头等大事来对待。现存苏诗注中最早的三家——程缜、李厚、宋援，其苏诗注的主要内容便是征引苏诗中典故的出处。然而，注典中成就最高者并不是这三家，而是稍晚的赵次公。赵次公注苏诗中的典故，不仅数量较多，而且并不仅仅追求字面的相同，还往往能选取最契合苏诗内容的出处。此外，赵次公在注典方面最大的贡献还不在于引出典故的原出处，而在于他能够分析苏诗用典中的错综复杂的情况，从中总结出苏轼用典的规律，并且能够进一步将典故的用法进行系统的整理、分类，从而总结出完整的用典体系。诗人用典之法，纷繁复杂。宋代诗人与诗歌理论家，对用典之法的分析，往往比较零散，未进行系统的总结。相比之下，赵次公等诗歌注释者，不仅能够准确地引出典故的出处，而且注重总结诗歌中用典的规律，在诗学研究方面具有重要意义。

赵次公在注苏诗之外，还注过杜诗。在用典的实践上来说，苏诗对出处的讲究、用典的数量与复杂情况尤胜于杜诗，因此，赵次公的苏诗注，更能体现赵次公的注典思想。下文便结合赵次公注苏诗的具体情况来分析其注典思想。

一、典故的体系及分类

赵次公把典故按其出处分为四种：字、语、势、事。林继中先生所辑《杜诗赵次公先后解辑校》，保留了赵次公的自序，序中说道："若论其所谓来处，则句中有字、有语、有势、有事，凡四种。两字而下为字，三字而上为语，拟似依倚为势，事则或专用、或借用、或直用、或翻用、或用其意，不在字语中。于专用之外，又有展用、有倒用、有抽摘渗合而用，则李善所谓'文虽出彼而意殊，不以文害'也"。①

（一）字

赵次公对"字"的定义是"两字而下为字"。他对苏轼的用字有深刻的认识，他指出："孙莘老谓老杜诗无两字无来处，而仆意又谓非特两字如此，往往一字紧切，必有来处，东坡诗亦然。先生赋将军树云：'与人何处管兴亡'，本'管送迎'，乃刘禹锡'惟有垂杨管别离'之意。"②从这种认识出发，赵次公对字的来处非常在意，连单字的出处都务究其本。如：

《南堂五首》"坐厌愁声点客肠"：

> 赵次公注："点"字亦犹李贺云"吴霜点归鬓"也。③

值得注意的是，赵次公注"字"的出处，并非单纯看其字面是否相同，更重要的是，他强调的是苏诗所使之字必须在用法与意义上与原出处相同，方可真正称为"来处"。如：

《和子由渑池怀旧》"往日崎岖曾记否"：

---

① 《赵次公自序》，见《杜诗赵次公先后解辑校》，第1页。
② 《集注分类东坡先生诗》，卷五第十四页 B。
③ 《集注分类东坡先生诗》，卷三第二十七页 B。

赵次公注:"崎岖"字多矣,于道路上使,则杜诗"贤路不崎岖"也。①

对于那些只着重于字面相同、不考虑其用法与意义而随意引出处的做法,赵次公不无微词,如:

《送李公择》"有如长庚月,到晓烂不收":

李厚注:李白《独酌有怀》诗:孤月沧浪河汉清,北斗错落长庚明。

宋援注:退之诗:东方未明大星没,独有太白配残月。

赵次公注:太白一名长庚,此方有长庚月之义。如李注所引,虽显得长庚字,而无相配之义矣。②

在这个例子中,李厚注所引李白诗,虽有"长庚"二字,但未与"月"直接搭配。宋援注所引韩愈诗,有将"太白"与"月"联系在一起,其意义更接近于苏轼所云"长庚月"。赵次公对宋援注予以肯定,并批评了李厚的做法。

(二)语

赵次公对"语"的定义为"三字而上为语"。如《吾谪海南子由雷州被命即行了不相知至梧乃闻其尚在藤也旦夕当追及作此诗示之》"苍梧独在天一方":

赵次公注:杜诗:我行山川异,忽在天一方。

同诗"孤城吹角烟树里":

---

① 《集注分类东坡先生诗》,卷十六第二十六页 A。
② 《集注分类东坡先生诗》,卷二十一第一页 B。

赵次公注:李远《晚泊润州闻角诗》:孤城吹角水茫茫。①

又如《次韵舒教授寄李公择》"怪君一身都是德":

赵次公注:效《赵云传》注:一身都是胆。②

这些都是用"语"的例子。

在苏轼用前人语的现象中,用其三字、四字是最普遍的情况,但也有特殊的例子。如《过大庾岭》"仙人拊我顶,结发受长生":

赵次公注:此二联乃李白《流夜郎赠韦太守》诗全语。先生用此,盖有所感也。③

此处苏轼用李白诗之二联。

赵次公在序言中对"字"与"语"的区分是以苏轼用前人之字的数量为标准的,两字及两字以下为"字",三字及三字以上为"语"。然而在注释的实践当中,他又常常混淆二者的区别,经常将用前人三、四字的情况也称为"字",例如《游惠山》"皎然无缁磷":

赵次公注:此即《论语》"磨而不磷,涅而不缁"也。今使"无缁磷"字,则李白云"赵璧无缁磷"。④

《过密州次韵赵明叔乔禹功》"白发惊秋见在身":

---

① 《集注分类东坡先生诗》,卷一第二十二页 A。
② 《集注分类东坡先生诗》,卷十六第十页 A。
③ 《集注分类东坡先生诗》,卷一第二十一页 A。
④ 《集注分类东坡先生诗》,卷二十三第十页 B。

赵次公注:"见在身"字,牛僧孺诗:"且对樽前见在身"。[1]

《聚星堂雪》"汝南先贤有故事":

  赵次公注:《三国志》多引《汝南先贤传》,今颍州汝南之地也,故用"汝南先贤"字。[2]

这说明,"字"与"语"这两种用法的本质是一样的,其实质在于使用了有来历、有出处的字句,而且沿用了原有字句的用法与意义,却不在于字数的多少。至于称呼上的混淆,也不会造成理解上的失误,二者可以混用。

(三)**势**

赵次公对"势"的定义为"拟似依倚为势"。这个定义比较模糊,要想弄清楚"势"这个概念,还必须详细分析赵次公在注释过程中的实际运用。赵次公所释之"势"有以下几种:

1. 词语之势

如《陈季常自歧亭见访郡中及旧州诸豪争欲邀致之戏作陈孟公诗一首》"孟公好饮宁论斗":

  赵次公注:"宁论斗"亦取用老杜诗所谓"仍嗔问升斗"之势也。[3]

又如《次韵孔毅父集古人诗见赠五首》"天下几人学杜甫,谁得其皮与其骨":

---

① 《集注分类东坡先生诗》,卷一第十三页 A。
② 《集注分类东坡先生诗》,卷七第十八页 B。
③ 《集注分类东坡先生诗》,卷十五第二十一页 A。

赵次公注:《晋史》言学书云:胡昭得张芝骨,索靖得其肉,韦诞得其筋。此方有"得其"两字之势。①

2. 句之势

所谓得前人句势,主要原因在于句式相同,其中包括:

(1)主谓语相同

《郁孤台》"山为翠浪涌,水作玉虹流":

赵次公注:此联乃退之"江作青罗带,山为碧玉簪"之势。②

《东湖》"深有鱼与龟,浅有螺与蚌":

赵次公注:此退之《溪堂》诗"浅有蒲莲,深有葭苇"之势也。③

《中隐堂诗》第四首"翠石如鹦鹉,何年别海壖":

赵次公注:首两句之势乃杜诗云:"万里戎王子,何年别月支?"④

一般来说,苏诗之句与所用之句的字数相同,但也有字数不同的少数例子。如:

《次韵范淳父送秦少章》"烽火连朝那":

---

① 《集注分类东坡先生诗》,卷十八第三十七页 B。
② 《集注分类东坡先生诗》,卷二第二十一页 A。
③ 《集注分类东坡先生诗》,卷二第十一页 A。
④ 《集注分类东坡先生诗》,卷三第十七页 B。

赵次公注："烽火连朝那"则使"烽火通于甘泉之势"也。①

(2) 谓语、宾语相同

《次韵子由送家退翁知怀安军》"空骑内厩马"：

> 赵次公注：翰林学士初入院，例赐名马。句势如杜诗"滥骑沙苑马"。②

除普通的句式之外，另一些相同的语言习惯也可以导致句势相同：

《和孙同年卞山龙洞祷晴》"雨师少弭节，雷师亦停榧"：

> 赵次公注：叠叠"师"字，亦退之《谴疟鬼》诗"医师加百药，灸师施艾炷"之势。③

这其实是主语相同的一个变例。在这个例子中，苏诗之句与韩诗之句的主语的主要成分相同，都是"师"，不同之处在于"师"的修饰、限制成分相异。此外，其谓语亦不相同。所谓苏诗得韩诗之势，在于使用了相同的主语，并在相连的两句中重叠使用。这就是因特殊的语言习惯相同而造成的句势相同。

从这些例子来看，赵次公所谓"势"，其基础仍在于"字"，苏诗之句与前人之句首先必须使用了相同的"字"，这些"字"是句中的关键词，既包括名词，也包括动词，还可以是虚词。然而，用"势"的关键之处还不在于其"字"的相同，而在于语言结构的相同。这其中有合成词结构的模拟，有句式的模拟，也就是赵次公说的"拟似"。在上述例子中，苏诗之句的名词、动词、虚词

①　《集注分类东坡先生诗》，卷二十二第十三页 A。
②　《集注分类东坡先生诗》，卷二十一第二十五页 B。
③　《集注分类东坡先生诗》，卷十八第二十七页 B。

等关键词不仅在字面上与前人之句相同,而且其在语词中、句中的位置也必须相同,由此构成的主谓关系、动宾关系也相同,在此基础上形成一种相同的"句势",给读者带来相同的语言感觉。这就是赵次公所谓"势"的要义所在。

(四)事

用事是用典中最复杂的情况,也是注典中的难点。赵次公对"事"并没有给出明确的定义,只是说明其"不在字语中"。赵次公在注释过程中也特意指出用事与用字、语的区别,如《雍秀才画草虫八物》中《蜗牛》与《鬼蝶》两首:

> 赵次公注:"《蜗牛》、《鬼蝶》虽不用事与语,而蜗牛之戒登高、鬼蝶之叹倏忽者,皆有深意矣。"①

又如《月夜与客饮酒杏花下》:

> 赵次公注:"此篇不使事、语,亦新造古所未有,殆涪翁所谓不食烟火食人之语也。"②

在这两处注释中,赵次公说明了这几首诗用语、用意皆无来处而自有新意、深意的情况,在这里,他把来处简单地分为事与语两大类,再次强调了二者的区别。此处所说的"语",实际上也包含了"字",再次证明了赵次公在注释实践中确实存在"字""语"不分的现象。

赵次公虽然强调了事与语是有区别的,但却没有详细说明二者的区别。从赵次公注诗的实践来看,用事是用典中最复杂的情况,凡是字、语、势之外的用典,都可以称之为用事。用字、语与用事的不同之处在于:用字、语时,

---

① 《集注分类东坡先生诗》,卷十一第二十二页 A。
② 《集注分类东坡先生诗》,卷十第二十九页 A。

作者所用的只是当字、当词之义,而非整句之意。注释者之所以要引一句或数句,其目的只在于提供一个明确的出处。用事之时,作者虽然使用的是简短的字语,但这些字语实际上是一个凝练的载体,其往往包含了原出处数句甚至于数段的意义,注释只有将这数句乃至数段的文句悉数引出,才能够重现作者所用之"事",才能够完整、准确地解释典故的意义。

"事"的构成也比较复杂,狭义的"事"指来自前代典籍中的故事,包括史书与小说中的事件以及子书、佛经中的寓言。广义的事则还包括来自经、子等著作中的纯粹说理性文字,以及来自诗文中的意境。

赵次公将用事分为专用、借用、直用、翻用、用其意等类别,却没有对这些概念作出明确的说明。实际上,专用与直用是同一个概念,都是指使用典故原有的意义而不加以变化,这是用事中最基本的方法。借用与翻用都是在典故原有的意义上加以变化的用事方法,专用相对于借用而言,直用相对于翻用而言,这两组概念从不同的角度对用事情况进行了描述。下文即对这几种概念作出详细的分析:

1. 专用与借用

专用,指的是诗人所引的故事与自己的诗句的意义基本契合。在赵次公的苏诗注中没有出现"专用"这一术语,但可以参考他的杜诗注,如杜甫《石犀行》"自免洪涛恣凋瘵",赵次公注:晋木华《海赋》云:帝妫巨唐之世,天纲浡潏,为凋为瘵。洪涛澜汗,万里无际。专用木华《海赋》之意,言水之广大,为天纲纪,而洪水横流,乃为凋伤瘵病于民矣。① 在这个例子里,杜诗与木华《海赋》中的句子意义相同,没有刻意加以变化。

借用是一种常见的用事而能加以变化的手法,其方法往往是将典故中的事件抽离原来的使用环境,而将其用于另一环境之中,从而起到移花接木的变化。如:

《张竟辰永康所居万卷堂》"清江萦山碧玉环,下有老龙千古闲。知君好事家有酒,化为老人夜扣关":

① 《杜诗赵次公先后解辑校》,第 404 页。

　　　　赵次公注:《酉阳杂俎》:开元大旱祈雨,西域僧请为坛于昆明
　　池之侧,凡七日,水缩数尺。其龙化老人,求救于孙思邈。思邈谓
　　曰:"我知昆明龙宫有仙方三十首,若能示予,予将救汝。"老人曰:
　　"此方上帝不许妄传,今急矣,固无所惜。"有顷,捧方至。思邈曰:
　　"尔但还,无虑。"自是池水数日溢岸。或曰:张氏实有逢龙化老人
　　之事,亦借此用之。①

　　在这个例子中,《酉阳杂俎》中龙化为老人,其目的是向孙思邈求救。即
使是按照另一种说法,即张氏确实有碰到龙变成老人的事,但也没有说明龙
化为老人的目的,而苏轼此诗使用了龙化为老人的事件,却将其目的改为向
张竟辰求酒喝,这就是典型的借用了。上面这个例子是用事之借用中较常
见的一种类型,即借彼事用于此事之中。

　　用事之借用中还有一种特殊情况,即借彼字用于此事之中。如《题王逸
少帖》"颠张醉素两秃翁":

　　　　赵次公注:颠张则张旭也,当时号为张颠;醉素则僧怀素也,颇
　　好饮酒。两秃翁,一言其头童无发,一言其为僧而祝发,故并以秃
　　翁言之。《前汉书》:窦婴与田蚡有隙,石建为上分别两人。蚡已罢
　　朝出,上车门,召御史大夫韩安国载,怒曰:"与长孺共一秃翁,何为
　　首鼠两端?"注云:秃翁,言婴无官位拔援也。今借字用耳。②

　　在这个例子中,秃翁的本义指无官位,被苏轼用于指人头顶无发。
　　借用除了在用事时出现之外,也被应用于用字之中。赵次公虽然初步
创立了用典的体系,对用典的情况作了分类,但其逻辑却不够严密,往往造
成概念上的混淆、分类上的模糊。比如,他将用字与用事作了区分,又将借

用划入用事之中,但事实上,在用字之中也存在着借用,而且比用事方面的借用更加普遍。用字方面的借用就是借字而用,即借用某字词的字面,却将其用于另一含义之中。苏轼擅长于"以文字为诗",对借字而用这种方法使用起来非常得心应手。苏诗的借字而用有三种情况:

第一种是所借之词在两处都指同一类事物,只不过具体对象不同而已。如《食荔支二首》第一首"丞相祠堂下":

　　　　赵次公注:借用杜甫《蜀相》诗"丞相祠堂何处寻"也。①

在这个例子中,原出处的"丞相祠堂"指诸葛亮之祠,苏诗用以指陈文惠之祠。

第二种是所借之词在两处分指两类不同事物,但用法相近,两者之间有相通之处。例如《催试官考较戏作》"组练长驱十万夫":

　　　　赵次公注:"十万夫"三字,借杜牧之《晚晴赋》中语,命竹为十万丈夫。②

杜牧文中的"十万夫"指竹,苏诗用以指人。

又如《自雷适廉宿于兴廉村净行院》"佛舍如鸡栖":

　　　　赵次公注:借用朱伯厚之"车如鸡栖"也。③

无论是车还是佛舍,都可以用鸡栖为喻,故可借用。

第三种是所借之词完全被改变了意义与用法,如《洞庭春色》:

----

① 《集注分类东坡先生诗》,卷十第十九页 B。
② 《集注分类东坡先生诗》,卷十一第十一页 A。
③ 《集注分类东坡先生诗》,卷一第二十五页 B。

赵次公注：凡酒皆以春名，今曰"洞庭春色"，盖以杜甫《赠韦七赞善》诗有"洞庭春色悲公子"，故借用也。①

杜诗的"洞庭春色"乃写实，指景色，被苏轼用来作酒名。

2. 直用与翻用

直用，与翻用相对而言，指的是对典故不作任何变化而直用其事。

翻用也是一种常见用事方法。较之借用而言，翻用的情况并不复杂，就是将典故的意思反过来用。如《王文玉挽词》"宿草何曾泪叶干"：

赵次公注：《礼记》：曾子曰："朋友之墓，有宿草而不哭焉。"说者谓草经一年则陈根，言为师心丧三年，朋友则期可矣。今翻用之，以言过期而犹哭也。②

按儒家的传统，朋友去世之后，只需要心丧一年即可，见到墓上的草出现陈根，就可以停止了。苏轼在这里特意强调，王文玉去世后，哪怕过了一年，自己仍然为之悲痛。意思与《礼记》相反，却更能体现自己对王文玉的深情厚谊。

又如《白水山佛迹岩》"根株互连络"：

赵次公注：翻用《列子》言海中五山之根无所连着也。③

《列子》说海中五山之根没有连在一起，强调海中之山似乎漂在水面上，如仙境一般。苏轼却故意反过来用，说白水山佛迹岩各山丘的根基连在一起，意图突出山势紧凑的特点，有崔嵬的感觉。

翻用有时候也称之为"反用"，如《九日次韵王巩》"明日黄花蝶也愁"，次

---

① 《集注分类东坡先生诗》，卷二十第七页 B。
② 《集注分类东坡先生诗》，卷二十四第二十九页 A。
③ 《集注分类东坡先生诗》，卷二十四第二十九页 A。

公：盖用"节去蜂愁蝶不知"而反之也。①

3. 用其意

用其意则是指用了典故的意思却没有采用其原有字面的一种用事方法，这在用事中属于比较高超的技巧，同时对注释者来说也是一种难题。有时苏轼还没有完全抛弃原有字面，如《凌虚台》"台前飞雁过，台上雕弓弯。联翩向空坠，一笑惊尘寰"：

> 赵次公注：此乃退之《雉带箭》云：冲人决起百余尺，红翎红镞随倾斜。将军仰笑军吏贺，五色离披马前堕。取其意，变其字者也。②

在这个例子中，即使苏诗保留了韩愈诗的部分字面，如"坠""笑"等，但已经很难一目了然地看出韩诗原来的意思了。

苏诗中还有许多完全用其意而不用其字的典故，如《中隐堂》第二首"尘土污君袍"：

> 赵次公注：取陆机诗云"京洛多风尘，素衣化为缁"之意。③

从这个例子可以看出，除非注释者对前代诗文烂熟于心，否则难以找到典故的出处，并正确解释诗意。

对于这一类典故，赵次公非常重视，对能够注出这类典故的做法则大加赞赏。如《次韵子由病酒肺疾发》"初如雪花积，渐作樱珠大"：

> 李厚注：《老子节解》曰：唾者溢为醴泉，聚为玉浆，流为华池，

---

① 《集注分类东坡先生诗》，卷二第二十三页B。
② 《集注分类东坡先生诗》，卷九第十四页B。
③ 《集注分类东坡先生诗》，卷三第十七页B。

散为津液,降为甘露。漱以咽之,既藏润身,以流百脉,化养万神,
支节毛发,坚固长春。

> 赵次公注:此唾咽漱法也。旧注所引,虽不关涉诗句中字,而
> 其意则是。①

赵次公又指出,在专用之外,还有展用、倒用、抽摘渗合而用等变化。这
又是从另一个角度总结用典之中的各种变化。专用与借用,都用了与原出
处相同的字面,其区别在于是否改动了原出处的意义。专用与展用、倒用、
抽摘渗合而用等现象的区别,在于专用保留了原出处中的字面,而展用、倒
用、抽摘渗合而用往往改动了原出处中的字面。

4. 展用

展用即展其字用,在赵次公的苏诗注中,并未出现展用这个词,而其杜
诗注中有两处被指明是展用:

一是杜甫《阆州东楼筵奉送十一舅往青城县得昏字》"临风欲恸哭,声出
已复吞":

> 赵次公注:声出已复吞,则取江淹所谓"吞声",展用而倒押
> 为韵。②

一是杜甫《虎牙行》"秋风欶吸吹南国,天地惨惨无颜色":

> 赵次公注:惨惨无颜色,展用《登楼赋》"天惨惨而无色"。③

从这两个例子可以看出,所谓展用,就是在所用的字语中加入一些成
分,在保持原有意义的基础上,又有所扩充。现存的赵次公苏诗注中虽然没

---

① 《集注分类东坡先生诗》,卷十八第三十二页 B。
② 《杜诗赵次公先后解辑校》,第 572 页。
③ 《杜诗赵次公先后解辑校》,第 1229—1230 页。

有标展用之名,但实际上多处有注展用之实。例如《书王定国所藏烟江叠嶂图王晋卿画》"还君此画三叹息":

> 赵次公注:三叹息乃"一唱三叹"之展文也。①

《行琼儋间肩舆坐睡梦中得句云千山动鳞甲万谷酣笙钟觉而遇清风急雨戏作此数句》"急雨岂无意,催诗走群龙":

> 赵次公注:杜诗:片云头上黑,应是雨催诗。②

杜诗的"雨催诗"三字被苏轼扩展为两个五言句,而且加入了"急"字以修饰"雨","催诗"之后又加入了"走群龙",以说明乌云翻腾之势,扩展改动非常灵活。

《送胡掾》"乱叶和凄雨,投空如散丝":

> 赵次公注:张载《杂诗》云:腾云似涌烟,密雨如散丝。③

张载原诗中的"密雨如散丝"一句被苏轼扩展为两句,"密雨"改为"凄雨",加上了乱叶相和的成分,渲染了雨景的凄清。下句则重点强调了雨丝的"投空"之势。

这些都是苏诗中展用原句的例子,赵次公都能注出。

5. 倒用

倒用亦即倒其字而用,主要是指在两字之中倒其次序而用的现象。现存的赵次公苏诗注中没有出现倒用这个字眼,杜诗中则大量标明了"倒用",例如杜甫《戏题画山水图歌》"舟人渔子入浦溆":

---

① 《集注分类东坡先生诗》,卷十二第一页 B。
② 《集注分类东坡先生诗》,卷一第二十三页 B。
③ 《集注分类东坡先生诗》,卷二十一第三页 A。

　　赵次公注:《楚辞》"入溆浦",而倒用之,则何逊《咏白鸥》诗云:
孤飞出浦溆,独宿下沧洲。①

　　杜甫《七月三日亭午已后校热退晚加小凉稳睡有诗因论壮年乐事戏呈元二十一曹长》"老丑难翦拂":

　　赵次公注:"老丑"倒用阮嗣宗《咏怀》"朝为媚少年,夕暮成丑老"。②

　　同样,赵次公苏诗注中虽然没有出现"倒用"的字样,但也多有注倒用之实,例如《将至筠先寄迟适远三犹子》"逆旅檐夫相汝尔":

　　赵次公注:孔融、祢衡为尔汝交。老杜《醉时歌》云:忘形到尔汝。③

《石鼓歌》"亦当遭击掊":

　　赵次公注:《庄子》:掊击于世俗。④

　　在这两个例子中,"尔汝"与"汝尔"、"掊击"与"击掊"的区别不大,苏轼将原词的顺序颠倒,追求新鲜的语感,同时也是押韵的需要。
　　6. 抽摘渗合而用
　　赵次公还提出了"抽摘渗合而用"的概念,这是几个概念的组合体,包含了摘用、参用、合用。

---

① 《杜诗赵次公先后解辑校》,第141页。
② 《杜诗赵次公先后解辑校》,第973页。
③ 《集注分类东坡先生诗》,卷一第十一页A。
④ 《集注分类东坡先生诗》,卷二第六页A。

首先是摘用。摘用即从字语中抽摘一部分而用之。如《独觉》"倏然独觉午窗明":

赵次公注:陈后主诗:午醉醒来晚,无人梦自惊。夕阳如有意,故傍小窗明。盖摘字用之。①

其次是参用与合用,两者都是指将两处或两处以上的字语或事合在一起使用。参用主要指将来自不同出处的典故合在一起使用,可以理解为"两个典故掺杂、渗透在一起使用",所以有时也叫"渗用"。如《洞庭春色》"浇我谈天口":

赵次公注:《史记》齐人颂曰:谈天衍,雕龙奭。又田骈有"天口"之号,故参用之。②

合用既可以指两个不同出处的典故而用,也可以指将同一处语句中的字词合而用之。前者如杜甫《咏怀古迹》"风流儒雅亦吾师":

赵次公注:"风流儒雅"字,合两处所出:风流,则如《晋书》:天下言风流,以乐广、王衍为首。儒雅,则《汉书》云:儒雅则公孙弘、董仲舒。此与《丹青引》合用"文采风流"同格。③

后者如杜甫《盐井》"君子慎止足,小人苦喧阗":

赵次公注:《老子》:知足不辱,知止不殆。而合用"止足"两字,

---

① 《集注分类东坡先生诗》,卷二十五第二十六页 B。
② 《集注分类东坡先生诗》,卷二十第八页 A 至 B。
③ 《杜诗赵次公先后解辑校》,第 1082 页。

则张景阳《咏史》诗"达人知止足"也。①

作为前一种用法的合用，往往可与参用混称，如杜甫《西阁二首》"孤云无自心"：

> 赵次公注：陶渊明《咏贫士》诗云：万族各有托，孤云独无依。又《归去来辞》云：云无心而出岫。佛书有自心、他心，公乃参合用矣。②

苏诗中也有很多这样的例子，虽然没有明确标明为"合而用之"，比如《董储郎中尝知眉州与先人游过安丘访其故居见其子希甫留诗屋壁》"冬月负薪那得免"：

> 李厚注：《史记·优孟传》：楚相孙叔敖知其贤人也，善待之。病且死，属其子曰："我死，汝必贫困，若往见优孟，言'我孙叔敖之子'也。"居数年，其子贫困，负薪，逢优孟，道其父之语。优孟言之楚王云云。庄王封之寝丘四百户，以奉其祀。
>
> 赵次公注：刘峻见任昉诸子西华等兄弟流离不能自振，平生交旧莫有收恤。西华冬月著葛巾，披练裙，路逢峻。峻泫然矜之。此乃广朱公叔《绝交论》。两事相类，故用冬月负薪也。③

苏轼诗句中的"负薪"来自楚相孙叔敖之子生活贫困的故事，"冬月"来自南朝梁代任昉的儿子西华无人接济的故事，两者都发生在父亲去世之后，正好与苏轼诗题中的访故人之子的情景相近，因此苏轼将二个故事组合在

---

① 《杜诗赵次公先后解辑校》，第 358 页。
② 《杜诗赵次公先后解辑校》，第 803—804 页。
③ 《集注分类东坡先生诗》，卷二十三第三十五页 B。

一起使用,表达对董储之子的关注。

摘用与合用可以单独使用,但在用字而非用事之时,摘字必然导致合而为用,是谓抽摘渗合为用。如杜甫《戏为双松图歌》"庞眉皓首无住著":

> 赵次公注:《楞严经》云:名无住行,名无著行。公摘其字而合用之也。①

《楞严经》中的"名无住行,名无著行"是一组并列句,苏轼将两句中的关键字眼"住"与"著"抽出来,再组合在一起,成为新词"无住著"。

值得注意的是,赵次公在解释典故的合用、参用时,常常使用"贴以"这一术语,如《和蔡景繁海州石室》"前年开阁放柳枝":

> 程缤注:白乐天既老,乃录家事、会经费、去长物。妓有樊素者,年二十余,绰绰有歌舞态,善唱《杨柳枝》,人多以曲名名之,由是名闻洛下。籍在经费中,将放之,惨然泣下,不忍去。乐天慜然不能对,遂作《不能忘情吟》。
>
> 赵次公注:贴以"开阁"字,则《晋书》"王敦开后阁放出群妾也"。②

"放柳枝"来自白居易的故事,"开阁"是晋代王敦的故事,苏轼将这两个故事组合在一起,用以说明蔡景繁放出群妾。

赵次公认为,在参用、合用的两个典故中有主次之分,次要的典故是"贴以"的对象,用以修饰主要的典故。在上例中,"放柳枝"是主要成分,"开阁"只起辅助说明的作用,所以将"开阁"贴在"放柳枝"之上。

---

① 《杜诗赵次公先后解辑校》,第143页。
② 《集注分类东坡先生诗》,卷三第十八页B。

二、用事之祖孙

赵次公除了建立用典体系之外,还提出了"用事之祖孙"的概念。他在注杜诗序中指出:"何谓祖?其始出者是也。何谓孙?虽事有祖出,而后人有先拈用或用之别有所主而变化不同,即为孙矣。杜公诗句皆有焉。世之注解,谬引旁似,遗落佳处固多矣。至于只见后人重用、重说处,而不知本始,所谓无祖。其所经后人先捻用,而但引祖出,是谓不知夫舍祖而取孙。"①在此,赵次公首先说明了"用事之祖"、"用事之孙"的概念。"用事之祖孙",指的是一个典故经过历代诗人的多次使用而形成的相关联的典故群体,其中,最早的出处即为"祖典",后代诗人对祖典的使用、变用即为"孙典"。其次,赵次公指出,在注释过程中,舍祖而取孙与只引祖出、不知后人所用都是容易出现的错误。只有将祖、孙之典一并注出,才说得上是成功的注释。

在注释实践中,赵次公常常能将祖出之事及后人拈用之语一并注出,例如《九月十五日观月听琴西湖示坐客》"白露下众草":

> 五注本赵次公注:字祖出宋玉《九辨》:白露既下降百草兮,奄离披此梧楸。而韩退之先拈用云:白露下百草,萧兰其憔悴。②

最早的出处,宋玉的《九辩》中的"白露既下降百草兮"是一个八言的骚体句,后来韩愈将它浓缩为五言句"白露下百草"。韩愈的过渡非常关键,苏轼是在韩愈的五言句的基础上,将"百"改为"众",而不是直接从宋玉的骚体句中来。所以,不能只引宋玉句而舍弃韩愈句。

有时一典经过历代作者多次使用,赵次公皆能注出,如《用前韵再和霍大夫》"自惭鸿雁侣,争集稻粱洲":

---

① 《赵次公自序》,见《杜诗赵次公先后解辑校》,第1页。
② 《苏轼诗集合注》,第1695页。

五注本赵次公注:"鸿雁"事多使"稻粱",祖出《战国策》;又《广绝交论》"分雁鹜之稻粱",而庾信《咏雁》诗"稻粱俱可恋,飞去复飞还"。故杜诗"君听鸿雁响,恐致稻粱难",又云"君看随阳雁,各有稻粱谋。"①

赵次公特别重视祖典为后人用之、别有所主而变化不同的现象,对其中的变化加以特别指出。如《和张耒高丽松扇》"犹胜汉宫悲婕妤,网虫不见乘鸾子":

赵次公注:《汉书》云:孝成帝班婕妤,帝初大幸。后赵飞燕宠盛,婕妤失宠,遂作《秋扇》诗云:新裂齐纨素,鲜洁如霜雪。裁成合欢扇,团团似明月。出入君怀袖,动摇微风发,常恐秋节至,凉飚夺炎热。弃捐箧笥中,恩情中道绝。后江文通《拟班婕妤》曰:纨扇如圆月,出自机中素。画作秦王女,乘鸾向烟雾。刘禹锡《团扇歌》则曰:秋风入庭树,从此不相见。上有乘鸾女,苍苍网虫遍。先生使事,其曲折如此。②

班婕妤的《团扇歌》只强调扇子"团团似明月",江淹除了继续强调扇子"如圆月"之外,又发挥想象力,虚拟了扇面上画着秦穆公之女弄玉乘鸾上天的景象。刘禹锡更进一步,想象画面上除了乘鸾的弄玉,还遍布了织网之虫。苏轼将江淹的"乘鸾"与刘禹锡的"网虫"组合在一起,却以"不见"连接,反刘禹锡之意而用之。这个用典过程,经历了多次合并与转折,格外灵活。

"无祖"与"无孙"是前人注释中常见的两种谬误,常常被赵次公指出。"无祖"如《西斋》"杖藜观物化,亦以观我生":

---

① 《苏轼诗集合注》,第 2280 页。
② 《集注分类东坡先生诗》,卷十三第五页 A。

　　李厚注:刘禹锡赋:观物之余,遂观我生。

　　赵次公注:"观我生"字虽出《易》,而使刘禹锡语。大率诗人使
字有来处,所谓舍祖而取孙。①

　　虽然苏轼的"观我生"三字与刘禹锡赋中的"观我生"完全重合,但它还
有更早的出处,即《周易》中《观卦》的六三爻辞"观我生,进退"。《周易》是
《五经》之一,舍弃《周易》之语,显然如无源之水。

　　又如《次韵孔文仲推官见赠》"借润生华滋":

　　李厚注:《后汉书・郭伋传》:帝功之日:"贤能太守,帝城不远。
河润九里,冀京师蒙福。"

　　赵次公注:借润字虽是祖《庄子》"河润九里",后人点化使之。
而旧注止引《郭伋传》,非是。②

　　《庄子》中的"河润"显然比《后汉书》要早得多。

　　"无孙"如杜甫《秋日夔府咏怀奉寄郑监李宾客一百韵》云:"虽云隔
礼数":

　　赵次公注:礼数字,虽起于《左传》云:名位不同,礼亦异数。旧
注止知引此,若两字连出,则任彦升《哭范仆射》诗云:平生礼数绝,
式瞻在国桢。③

　　《左传》之典,已由任昉(彦升)使用而变化,将"礼亦异数"改写为"礼
数"。旧注则但引祖出的《左传》,而不见其孙,被赵次公指出纠正。

　　诗人用典中还有一种特殊现象,即将祖孙典合用,则这时更不能不将

---

① 《集注分类东坡先生诗》,卷三第二十三页 A。
② 《集注分类东坡先生诗》,卷十七第十八页 A。
③ 《杜诗赵次公先后解辑校》,第 1046 页。

祖、孙典分别注出。如《次前韵子由》"胡为适南海,复驾垂天雄":

> 赵次公注:《庄子》:大鹏翼垂天之云。李太白《鹏赋》:云雄无
> 所争。①

《庄子》将九霄中的云团形容为"垂天之云",李白将它重新形容为"雄云"。苏轼则将这前后两个有继承变化关系的典故合在一起,称为"垂天雄"。

又如《次韵和晁无咎学士相迎》"坐却秦军发墨守":

> 赵次公注:此一句四出。却秦军事,则《史记》云"鲁仲连语新
> 垣衍以秦不可帝之事,秦军闻之却三十里"云云,而字则左太冲诗
> 曰"谈笑却秦军"。墨守事,公输班作九攻城之机,而墨翟以九守拒
> 之。而"发"字则何休作《公羊墨守》,自谓立说之坚,而郑康成乃作
> 《发墨守》也。②

在这个例子中,苏轼甚至将两组共四个典故合在一起,每组中的两个典故都有继承变化关系,所以更加不能遗漏其中的任何一个。

三、其他用典规律

除了在注杜诗序言中总结的用典规律之外,在注释过程中,赵次公还另外指出了一些用典的方法与特殊现象。

1. 暗用

赵次公多次指出了暗用典故这种现象。在赵次公的注释中,暗用主要包括两种情况:

---

① 《集注分类东坡先生诗》,卷一第二十四页 B。
② 《集注分类东坡先生诗》,卷十九第三十七页 A。

　　第一种是诗句看似写当前之实,实际上也包含了前代故事。无论从写实的角度还是用典的角度,都能够理解诗意,若将二者糅合在一起理解则更加恰当。如《灵隐前一首赠唐林夫》"我在钱塘六百日":

　　　　赵次公注:在钱塘六百日,虽是纪实,暗使白乐天诗"在郡六百日,游山十二回"也。先生《解杭守日别南北山道人》诗云:到郡依前六百日,山中不记几回来。①

这是就自身的经历而言,但也包含了白居易的经历在内。
又如《送晁美叔》"君求会稽实良筹":

　　　　赵次公注:先生因言美叔求越州,故用越州事。"实良筹"又暗用郗超为其父方回画计乞会稽也。②

这既是实述晁美叔的经历,又可以理解为使用了郗超之典。
《登云龙山》"醉中走上黄茅冈,满冈乱石如群羊":

　　　　赵次公注:暗使黄初平事。《神仙传》:黄初平少时牧羊,有道士将至金华山四十余年。后其兄初起行山寻索,见初平,问曰:"羊何在?"初平曰:"近在山东耳。"乃俱往视之,见白石无数。初平叱之,石尽起变成羊。③

这既是登山所见实景,也暗含黄初平之事。
　　第二种是上文所说用其意而不用其字面,因而典故不能一目了然,需要较高的阅读水平方可识别。如《鹤叹》"何至以身为子娱":

---

① 《集注分类东坡先生诗》,卷七第三十四页 B。
② 《集注分类东坡先生诗》,卷二十二第十四页 A。
③ 《集注分类东坡先生诗》,卷七第二十八页 B。

　　　　赵次公注:此暗使《世说》:支遁好鹤,有遗以双鹤者。遁曰:
"既有凌云之姿,何肯为人耳目玩乎?"遂放之。①

　　此处完全不用原字面,但意思是一致的。
　　2. 变用、化用
　　诗人运用典故,往往比较灵活,除了借用、翻用、展用、合用、倒用之外,
还会随着写作的需要,对典故的字面进行适当的改动。如《次韵刘京兆石林
亭之作石本唐苑中物散流民间刘购得之》"忽从尘埃中,来对冰雪颜":

　　　　赵次公注:先生自言其从尘埃中,来对此石之清,如冰雪颜矣。
韩退之有"未免捶楚尘埃间"之语,而先生变"间"字为"中"。杜子
美有"试看他时冰雪容"之语,而先生变"容"字为"颜"。②

　　苏轼在上下两句都改动了原诗的字眼,显得更加灵活。
　　又如《泛舟城南会者五人分韵赋诗得人皆苦炎字四首》"城中楼阁似鱼
鳞,不见清风起白苹":

　　　　赵次公注:宋玉《风赋》曰:起于青苹之末。今湖州有白苹洲,
故变用白苹。③

　　苏轼因地制宜,机智地将"青苹"改成眼前的"白苹"。
　　3. 用本朝人诗句的问题
　　《和子由渑池怀旧》"人生到处知何似? 应似飞鸿踏雪泥":

　　　　赵次公注:踏雪泥字,欧阳曾使云:瘦马寻春踏雪泥。或曰:

① 《集注分类东坡先生诗》,卷十三第二十页 B。
② 《集注分类东坡先生诗》,卷九第十二页 A。
③ 《集注分类东坡先生诗》,卷二十三第十一页 B。

"今人诗亦可用乎?"曰:"此杜甫与白乐天故事也。卢照邻、沈佺期、孟浩然皆唐人,在杜甫之前,故甫之'影著啼猿树',乃卢《巫山高》诗云'莫辨啼猿树,徒看神女云'也;甫之'浩荡报恩珠',乃使沈《移叶司刑》诗云'汉皇虚诏上,容有报恩珠'也;甫之'何时一樽酒,重与细论文',乃孟浩然亦有云'何时一杯酒,重与季鹰倾'也。《王立之诗话》亦载白乐天有云'徒铺眠糟瓮,流涎见麴车'。而杜甫有'道逢麴车口流涎'之句。"乃知诗人取当时作者之语,便为故事。此无他,以其人重也。①

赵次公认为,并非只有前代诗文中的语句才可以作为典故使用,本朝诗句一样可以。在苏轼用欧阳修诗句之前,杜甫就已经用过卢照邻、沈佺期、孟浩然等唐代诗人的语句,完全不必墨守成规。

本节小结

赵次公在其丰富的诗歌注释实践中分析了苏轼用典的方法与规律,由此归纳了苏诗的典故分类体系,并指出了注典必须兼顾祖孙的原则。其典故分类体系虽然在逻辑上尚有不严密、不成熟之处,但其对用典规律的认识,仍然对后世有重要的启发与影响。

第三节 赵次公的释意:"以意逆志"基础上的写作分析

一、赵次公的"解":以意逆志

在孟子所提倡的"以意逆志"与"知人论世"两种诗歌解释方法中,赵次公较偏爱前者。在《送程之邵签判赴阙》一首中,赵次公明确地指出:"此篇

---

① 《集注东坡先生诗前集》,卷一。

语意深远,姑以意逆之。"①从赵次公注来看,赵次公从"以意逆志"之法出发,创导了"解"这一诗歌注释体例。

中国现存最早的诗歌注释应当溯源到《诗经》的《毛传》。毛公《诗诂训传》的主要解释方法包括了"诂""训""传"三种名目。孔颖达《毛诗正义》云:"传者,传通其义也。……诂者古也,古今异言,通之使人知也;训者道也,道物之貌,以告人也。……然则'训诂'者,通古今之异辞,辨物之形貌,则解释之义尽归于此。"②毛传的重点在于训诂,较少对句义与篇义进行"传通其义"式的解说。郑玄的《毛诗传笺》对此有所补充。王逸的《楚辞章句》对句义的解说则比较详尽。直到魏晋南北朝时期才出现了独立的诗歌注释,见载于《隋书·经籍志》、现已亡佚的诗歌注释有三种:应贞注应璩《百一诗》八卷、刘和注《杂诗》二十卷、罗潜注《江淹拟古》一卷。唐代则产生了一部大型诗文总集注释—李善及五臣的《文选注》。以上这些诗歌注释,开始使用了"注"这个名目。"注"即解释文义,包含了毛传的"诂""训""传"三种名目。孔颖达《毛诗正义》云:"诂训传者,注解之别名。"③孔颖达又指出:"注者,著也,言为之解说,使其义著明。"④孔颖达口中的"注",是一个宽泛的概念,凡是对文献的意义进行解释说明,都可以称为"注"。从现存的唐代诗歌注释来看,李善的《文选注》,注重语词故事的出处,却有"释事忘义"之弊。其余五臣注《文选》,较之李善更注重句义与篇义的解说。就宋代之前的这些诗歌注释而言,尽管包含了对句义、篇义的解释,但没有成为诗歌注释的主流。

宋代诗歌注释兴盛发达,涌现了大量的诗歌注释作品,现存较早的是一批产生于南北宋之交的诗歌注释本,赵次公就属于这个时代。这个时期的诗歌注释,在继承李善《文选注》重视典故语词出处的基础上,也加强了对诗意的解释,其中的代表是任渊的《山谷诗集注》《后山诗注》。任渊云:"读后

---

① [宋]苏轼撰,[宋]施元之、赵次公注、[日]仓田淳之助、小川环树编:《苏诗佚注》,东京:同朋舍,1965 年,第 204 页。
② [清]阮元校刻:《十三经注疏》,北京:中华书局,1980 年,第 269 页。
③ 《十三经注疏》,第 269 页。
④ 《十三经注疏》,第 269 页。

山诗,大似参曹洞禅,不犯正位,切忌死语。非冥搜旁引,莫窥其用意深处,此诗注所以作也。"①这说明,《后山诗注》的主要内容,是发掘后山诗的深意。任渊释意的特点,是以典故的出处作为释意的基础。任渊《黄陈诗集注序》云:"前辈用字严密如此,此诗注之所以作也。"②任渊对黄庭坚、陈师道诗作中的一般的诗句,仅引出处即止,让读者自行探索诗意,他说:"山谷诗律妙一世,用意高远,未易窥测……姑随所见笺于其下,庶几因指以识月,象外之意,学者当自得之。"③因而只对少数重点、难点之句作详细的解说。

赵次公的释意有着与众不同的特点。他注重对句意、篇意的详细解释。赵次公的杜诗注命名为《杜诗赵次公先后解》,这意味着赵次公的解释重点,突破了以往的解释字、词之义、征引典故出处等方面,而推出了"解"这一较新的体例。"解"之为义,偏重于"内解""心解",即从诗歌文本出发,揣摩作者的创作心理以释意,对诗歌的篇义、段义、句义作出详尽的解释。赵次公的苏诗注的解释思路原本与其杜诗注一致,偏重于"解",但类注本的编刻者却买椟还珠,将赵次公解释诗意的注文大幅删削,保留下来的主要是典故语词的出处,以至于给后人留下的印象是类注本的长处在于征引典故,如清人顾嗣立认为其优点在于"征引之浩博、考据之精核"④,钱大昕也认为"王本长于征引故实"⑤。赵次公苏诗注长于解意的特点湮没无闻,甚至还遭到贬斥否定。类注本中逃过编刻者的删削之笔的零星解意文字,到了清代仍难逃厄运。如《秀州僧本莹静照堂》一首,赵次公从诗题中的"静"着眼,体会到苏轼的用意在于暗讽本莹长老在人间亦不能处静,并围绕这个中心作了全面的发挥。冯应榴在《苏文忠公诗合注》中认为这一段注解别无新义,因而将其删去,未为公论。

---

① 〔宋〕陈师道撰,〔宋〕任渊注、冒广生补笺:《后山诗注补笺》,北京:中华书局,1995 年,目录第 1 页。
② 〔宋〕黄庭坚撰,〔宋〕任渊、史容、史季温注:《山谷诗集注》,上海:上海古籍出版社,2003 年,第 3 页。
③ 《山谷诗集注》,第 7 页。
④ 《苏轼诗集合注》,第 2707 页。
⑤ 《苏轼诗集合注》,第 2636 页。

宋、清诸代的一些苏诗注释者忽视"解"的作用。其实，"解"之外的其余方法并非不重要，但无法完成对诗意的全面解释。"诂训"这种方法重视的是语词的音、义。郑玄标举比兴体，能以诗歌重要的表现手法"比兴"为核心，通过对"比兴"的分析以解释重点句义。李善的《文选注》注重典故语词的出处。这些注释工作都很重要，但都无法全面深入地解释诗意。"解"则是综合上述诸法的一种升华。诗歌含蓄未尽之处，注释者须加以补充发挥；诗歌跳跃飘忽之处，注释者须辅以衔接串联；诗歌层次递进之处，注释者须予以条分缕析；诗歌晦涩多义之处，注释者须使其明朗清晰。就整体而言，赵次公的"解"，相当于将苏轼的精粹诗歌语言翻译成宋代白话，是一种再创造，若非对诗意有全面、细致的把握，则难以为继。凡此种种，皆为"解"之精华，舍此则无法全面解释诗歌的深意。对于苏诗中一些命意深远的优秀诗作，尤须赵次公心解之力，决不可视为冗余、糟粕而将其删去。

赵次公的"解"主要保存于日本学者仓田淳之助、小川环树所辑的《苏诗佚注》中，在类注本中也保留了一些。具体说来，包括以下特点：

1. 详细释意

赵次公往往逐句解释苏诗之意，特别注重揣摩苏轼的创作心理，发挥苏诗的言外之意。如前文所举《送程之邵签判赴阙》一例，这是一首五言古诗，全诗如下：

> 夜光不自献，天骥良难知。从来一狐腋，或出五羖皮。贤哉江东守，收此幕中奇。无华岂易识，既得不自随。留君望此府，助我怜其衰。二年促膝语，一旦长揖辞。林深伏猛在，岸改潜珍移。去此当安从，失君徒自悲。念君瑚琏质，当今台阁宜。去矣会有合，岂当怀其私。

> 赵次公注：此篇语意深远，姑以意逆之。上四句盖言士须有知己而后进也。夜光则璧与珠皆可言。……天骥即骐骥也，其负盐车，则以不知之故。至伯乐一见而哭之，则仰而鸣，感伯乐之知己，此之谓"良难知"。"从来一狐腋，或出五羖皮"两句通义，言为千金

之狐裘,曰千羊之皮,其价犹不足以当之,而五羊皮乃得贤相,无他,知与不知也。……江东守,未详其名氏,即是举之邵而用为签判之人。"无华岂易识",以言之邵惟其无华,不露文采,所以未识。然所谓江东守,既已得之,不将随行,乃留之以遗我望此府。"林深伏猛在",先生自责之辞,以引下句,盖言猛虎之所伏藏者,以林木之深。既无林木之藏,宜其去矣。若岸水既改,则潜龙之珍遂移去。此当安从愧愤之辞,言之邵去此,当从谁邪? 固必有从矣,而我之失君,从自悲耳。"瑚琏质",事祖虽《论语》"孔子谓子贡曰:'汝器也。'"云云,而后来言瑚琏之器者,谢琨问羊孚曰:"何以器举瑚琏?"曰:"当以为接神之器。"末句云矣"会有合",所以成"去此当安从"之语。"岂常怀其私",斯又冀其怀我之私,诗人之情也。①

本诗是一首送别之作,送别的对象是进京另谋高就的僚属程之邵。苏轼诗意重点在于感叹程之邵被褐怀玉、深藏不露,以致长年怀才不遇,而自己失此左膀右臂,亦乃一大憾事,并冀望后会有期。诗中用了多处比兴和典故,命意曲折深远。若非赵次公逐句阐发言外深意,读者不免堕五里雾中。类注本中程缜、李厚、宋援、林子仁,以及后来的施元之注释此诗,只是引出了"夜光""天骥""狐腋""望此府""长揖辞"等词语或故事的出处,却未能释其深意,远逊于赵次公注。由此可见,此段赵次公注绝不可删。

2. 分段释意

在详细释意的基础上,对一些篇幅较长的古诗,赵次公还按诗意其分成几个段落,分段释意。如《次韵答刘泾》一首:

吟诗莫作秋虫声,天公怪汝钓物情,使汝未老华发生。芝兰得雨蔚青青,何用自燔以出馨。细书千纸杂真行,新音百变口如莺。异议蜂起弟子争,舌翻涛澜卷齐城。万卷堆胸兀相撑,以病为乐子

---

① 《苏诗佚注》,第204页。

未惊。我有至味非煎烹,是中之乐吁难名。绿槐如山阴广庭,飞虫绕耳细而清。败席展转卧见经,亦自不嫌翠织成。意行信足无沟坑,不识五郎呼作卿。吏民哀我老不明,相戒毋复烦鞭刑。时临泗水照星星,微风不起镜面平。安得一舟如叶轻,卧闻邮籤报水程。蓴羹羊酪不须评,一饱且救饥肠鸣。

　　赵次公注:此篇自"吟诗莫作秋虫声"至"以病为乐子未惊",以裁抑刘泾之夸衒文章,写字、议论、读书等皆以为病而已,此柳子厚比之为嗜土炭酸咸之说也。自"我有至味非煎烹"至"亦自不嫌翠织成",则先生特以言无事闲卧为乐也。自"意行信足无沟坑"而下,散言其无拘束、无避忌,以无事为政,欲纵意于江湖。末句又不分别食饮之优劣,期在饱而已,皆所以裁抑刘泾之豪气也。①

　　类注本的赵次公注总结本篇意旨为"皆所以裁抑刘泾之豪气也。刘泾好为险怪之文。"②《苏诗佚注》中的赵次公注则将全诗分为三段,分别释意,从中可见苏轼虽意在贬抑刘泾之险怪文风,却非一味谈论这个主题,第二段插叙自己无事闲卧之逸趣,看似闲笔,实则有意为之,目的在于引出第三段中刘泾"无拘束、无避忌"的湖海之气,结尾末句又将笔锋引到裁抑刘泾之豪气这个主题之上。从中可见苏诗善于谋篇布局,命笔曲折蛇行,层次错落有致。这种分段释意法,在宋代诗歌注释中惟有赵次公独树一帜,诚属难能可贵。

二、赵次公的写作分析

　　赵次公解释诗意,其主要的思路是通过作品的内部分析以解释诗意,而非从外部寻求材料以证明诗意。而且,赵次公的作品分析法,其特点在于将总结作诗方法与解释诗意结合起来,或通过分析某种写作方法以解求诗意,

① 《苏诗佚注》,第 160 页。
② 《集注分类东坡先生诗》,卷十八第十三页 B。

或通过解释诗意以归纳总结作诗方法,或二者兼而有之。

(一) 修辞方法

赵次公解释句意,重点在于通过分析、解释诗歌中的各种修辞手法,进而解释诗意。

1. 比兴

比喻是古代诗文中最常用的修辞方法之一,也是苏轼喜用者。赵次公释比喻,着重解释以物喻物的现象。如《东新桥》"群鲸贯铁索,背负横空霓":

> 赵次公注:群鲸以言四十舟,霓以言两桥也。①

《病中大雪数日未尝起观虢令赵荐以诗相属戏用其韵答之》"未敢窥璨瑳":

> 赵次公注:粲瑳,以玉比雪之明也。②

有时赵次公能为比喻义找到源头。如《有美堂暴雨》"倒倾蛟室泻琼瑰":

> 赵次公注:以词章比琼瑰,起刘禹锡云"每逢词客馈琼瑰",故坡有"新诗出琼瑰"。③

少数时候赵次公也解释以物事喻人事的用法。如《复次前韵谢赵景贶陈履常见和兼简欧阳叔弼兄弟》"或劝莫作诗,儿辈工织纹":

---

① 《集注分类东坡先生诗》,卷九第三页 B。
② 《集注分类东坡先生诗》,卷七第一页 B。
③ 《集注分类东坡先生诗》,卷七第四页 A。

赵次公注：织纹，以言谗言。《诗》云：萋兮斐兮，成是贝锦。先生尝以诗得罪，谓之诗案，故或人劝止之。①

《送陈伯修察院赴阙》"苦言如药石，瞑眩终见思"：

赵次公注：《书》曰：若药弗瞑眩，厥疾弗瘳。言药攻人之疾，使先瞑眩溃乱，乃得瘳愈也。此以言伯修殿策时献直言也。②

对比兴象征的手法，赵次公尤为重视。如《和子由记园中草木十一首》"萱草虽微花，孤秀能自拔。亭亭乱叶中，一一芳心插。牵牛独何畏，诘曲自牙蘖"：

赵次公注：萱草之孤秀，则士之挺拔者似之；牵牛之朋附，则士之猥杂者似之。按《本草》云：萱草，一名鹿葱。而嵇康《养生论》有萱草忘忧之语。今先生诗主意，特在言萱草之孤秀，以形牵牛之朋附，皆因园中所有而兴也。③

赵次公还总结全篇用比喻的写作方法，如《景贶履常屡有诗督叔弼季默倡和已许诺矣复以此句挑之》：

赵次公注：此篇以战譬诗，盖用师有律而文亦有律也。④

解释苏诗中的比喻义，有时可以反映赵次公丰富的学识，因为苏诗中的本体往往是比较复杂的事物或事理，而苏轼又常常使用暗喻。因此，要理清

① 《集注分类东坡先生诗》，卷十六第十九页 A。
② 《集注分类东坡先生诗》，卷二十二第十二页 A。
③ 《集注分类东坡先生诗》，卷十第一页 A。
④ 《集注分类东坡先生诗》，卷二十五第十九页 B。

本体与喻体之间的关系,进而推导出本体,就需要有一定的学识作为保证。例如《石鼓歌》"古器纵横犹识鼎,众星错落仅名斗":

> 赵次公注:以言众字不可识而独识六句? 古器中之鼎,众星中之斗耳。[①]

同诗"模糊半已似瘢胝,诘曲犹能辨跟肘":

> 赵次公注:以言字中之漫灭缺损者如疮痏之瘢痕、手间之胼胝,与夫形体不完全但余足跟、臂肘者耳。

同诗"娟娟缺月隐云雾,濯濯嘉禾秀稂莠":

> 赵次公注:又以言字之见存者,如云雾中之缺月、稂莠间之嘉禾也。[②]

又如《次韵刘景文西湖席上》"常撞黄钟应大吕":

> 赵次公注:黄钟大吕,以譬同声之相应也。六律阳声,以黄钟为首;六吕阴声,以大吕为首。故《周礼》奏黄钟,则必歌大吕也。[③]

2. 借代
如《二十六日五更起行至磻溪未明》"至人旧隐白云合":

---

① 《集注分类东坡先生诗》,卷二第六页 B。
② 《集注分类东坡先生诗》,卷二第六页 B。
③ 《集注分类东坡先生诗》,卷十一第三页 A。

赵次公注：至人旧隐，以言太公也。①

又如《寄吕穆仲寺丞》"君先去踏尘埃陌，我亦来寻桑枣村"：

赵次公注：盖言本同在杭州西湖相聚，君去而往京师。《选》诗：京洛多风尘。密州即桑枣之地，先生来为守，故也。②

因密州出产桑枣，故苏轼以此代称密州。赵次公能准确地探究苏轼的用意。

3. 夸张

如《再过超然台赠太守霍翔》"当时襁褓皆七尺"：

赵次公注：《周礼》：卿大夫辨夫家之可任者，国中自七尺以至六十，野自六尺以及六十有五。疏云：七尺谓年二十，六尺谓年十五许。先生离密上，云岁在龙蛇间。由辰年至今乙丑元丰八年，才十年耳，而云"襁褓皆七尺"，则亦夸言之也。③

4. 用典

严格说来，用典亦是修辞手法之一。上文已对用典问题予以详析，故尔不再重复。

（二）篇章结构

1. 句子的上下推求

赵次公除通过分析修辞手法以解释句意之外，还经常使用上下推求法以解释句意。例如《寒食雨二首》"君门深九重，坟墓在万里"：

① 《集注分类东坡先生诗》，卷一第五页 B。
② 《集注分类东坡先生诗》，卷十六第八页 B。
③ 《集注分类东坡先生诗》，卷一第十三页 B。

赵次公注：此两句含蓄言欲归朝廷邪，则君门有九重之深；欲返乡里邪，则坟墓有万里之远，皆以谪居而势不可也。①

《九月二十日微雪怀子由弟二首》"愁肠别后能消酒"：

赵次公注：酒所以消愁，而别后之肠反能消酒，则酒力不胜也。②

《障日峰》"莫教名障日，唤作小峨眉"：

赵次公注：因山之似峨眉而小所，以起蜀客思归之兴；因蜀客归之句，所以引长安之日也。③

《叔弼云履常不饮故不作诗劝履常饮》"我本畏酒人，临觞未尝诉。平生坐诗穷，得句忍不吐"：

赵次公注：虽畏酒而不辞酒，虽缘诗穷困，而犹吐句，以诗酒之足乐也。④

《泛颍》"此岂水薄相，与我相娱嬉。声色与臭味，颠倒眩小儿。等是儿戏物，水中少磷淄"：

赵次公注：因言临水，乃论玩水之好，贤于声色臭味之好也。⑤

① 《集注分类东坡先生诗》，卷六第九页 A。
② 《集注分类东坡先生诗》，卷七第一页 A。
③ 《集注分类东坡先生诗》，卷七第二十八页 A。
④ 《集注分类东坡先生诗》，卷十一第四页 A。
⑤ 《集注分类东坡先生诗》，卷一第十六页 A。

在这些例子中，只有联系上下文，将其置于诗篇的整体语境中，反复品味，才能够明白诗人的用心，理解诗句的含意。

2. 段落层次

除解释修辞手法外，赵次公还吸收了两汉章句之学的方法，将诗篇划分为几个意义层次，尔后解释各层次或其中重点层次的意思。例如长诗《壬寅二月……寄子由》，赵次公将其划为几个层次，"将往还少留"以上专述宝鸡事，"二曲林泉胜"之下述盩厔县事，"先帝膺符命"以下则专言翊圣将军事。①

有时赵次公并未将全篇一一分成各个段落，而是指出其中重点部分的意义。例如《和蔡景繁海州石室》"苍髯白甲低琼户"：

　　　赵次公注：自首句至此，皆以言石曼卿也。②

《荔支叹》"飞车跨山鹘横海"至"无人举觞酹伯游"八句：

　　　赵次公注：上四句以言汉和帝时交州贡荔支，下四句以言唐明皇时涪州贡荔支也。③

3. 全篇大意

（1）赵次公惯于以简要的语言总结一篇的大意，或者指出其描写的对象。如《中隐堂诗》第一首：

　　　赵次公注：此篇以言王君之祖自蜀而来长安也。

第二首：

---

① 《集注分类东坡先生诗》，卷一第一页 A。
② 《集注分类东坡先生诗》，卷三第十二页 A。
③ 《集注分类东坡先生诗》，卷十第十八页 B。

赵次公注：此篇以招王君之归也。

第三首：

赵次公注：此篇专咏梅花也。

第四首：

赵次公注：此篇专咏石。

第六首：

赵次公注：此篇专赋碑也。①

《东坡八首》：

赵次公注：大率先生是诗八篇皆田中乐易之语，如陶渊明。②

(2) 以通俗的语言解释全篇的意义。如《秀州僧本莹静照堂》：

赵次公注：此篇先生主意以言僧不便可谓之静。盖言几天下之人，或贫贱，或富贵，皆不免于动也。如鸟之囚，如马之系，本亦处静矣，而鸟不忘飞，马常念驰，未尝无意于动也。其不能自胜于囚系之间，不若听其飞驰矣。故厌事在动为之中，既已厌之矣，及其无事之间，则又悲也。贫贱之劳形，与富贵之疲神，曷尝静而无

---

① 《集注分类东坡先生诗》，卷三第十七页 B。
② 《集注分类东坡先生诗》，卷四第七页 A。

事哉？乃更谓本莹之为此堂，将以告谁而能静也？惟隐沦于江湖者，以扁舟为乐，不以适时为事，而后能静，犹是之人从之犹不可，而况从我辈乎？此亦以讥本莹之在人间亦不能终静也。①

《梦中作寄朱行中》：

赵次公注：诗意谓以舜贵玉之故，乃起阳虎之窃盗；以卞和献璞之故，秦赵之纷纷。惟子产知礼之可以为国，而韩宣子能悔过，以辞环然。使古无韩宣子之贤，则为鄙夫者亦自无求玉之心，岂独宣子哉？故以不贪终焉。先生临终而梦中作此诗，盖若言其平生所存之大节，可以意悟。②

《和叔盎画马次韵》：

赵次公注：此言君子有逸群之才，鄙陋者窃禄而不服。诗人则曰：彼积岁月，亦可追及骏马，何事逸群此嗟悔也。③

《卧病弥月闻垂云花开顺阇梨以诗见招次韵答之》：

赵次公注：先生自言是道人心固似水，不碍花枝之照。卧病燕坐，不竟月屡迁，而心无起灭病老鲜欢，何必出也。④

三、言外之意

赵次公还对苏诗的言外之意作一些补充。本事是解释诗意的基础，但

---

① 《集注分类东坡先生诗》，卷三第十九页 B。
② 《集注分类东坡先生诗》，卷六第二十页 A。
③ 《集注分类东坡先生诗》，卷十二第八页 A。
④ 《集注分类东坡先生诗》，卷十四第十二页 A。

解释诗意不能只依赖本事。诗歌是抒情文学,作者的感情可能因一定的本事而触发,也可能不涉及具体的事件,仅抒发胸中感触而已。因此,解释诗意,还需注释者能够从简练含蓄的诗句中,反复品味出作者的言外之意。

例如《九月二十日微雪怀子由弟二首》"愁肠别后能消酒":

> 赵次公注:"酒所以消愁,而别后之肠反能消酒,则酒力不胜也。"①

此注赵次公指出了苏轼的深意,以别后之肠反能消酒,说明酒不可销愁,衬托苏轼对其弟苏辙思念之深。

《溪光亭》"决去湖波尚有情,却随初日动檐楹。溪光自古无人画,凭仗新诗与写成":

> 赵次公注:"诗意谓已决此溪之水为横湖,而其波随日以动,在启楹间恋恋不去,此为有情。"②

此注赵次公阐发了苏轼对湖光山色的恋栈之情。

赵次公在释意时,无论是解释句意,还是篇意,都有一个特点:喜欢用当时通俗的语言串讲诗意。这种串讲有的比较精彩,例如解释句意方面:

《轼欲以石易画晋卿难之穆父欲兼取二物颖叔欲焚画碎石乃复次前韵并解三诗之意》"春冰无真坚,露叶失故绿":

> 赵次公注:冰至春而必泮,叶至秋而必黄,以言有形之物终散亡也。③

---

① 《集注分类东坡先生诗》,卷七第一页 A。
② 《集注分类东坡先生诗》,卷十第七页 A。
③ 《集注分类东坡先生诗》,卷八第二十五页 A。

《送陈伯修察院赴阙》"屈信反覆手，独于君何疑"：

> 赵次公注：言虽天下之理，有屈则有信。伯修久屈不信，为可疑也。①

《赠王寂》"与君暂别不须嗟，俯仰归来鬓未华。记取江南烟雨里，青山断处是君家"：

> 赵次公注：后两句则先生言它日江南烟雨中，我亦忆君所在。家之地在青山断处也。②

这些释意文字，都能抓住要领，解释苏诗用意的妙处。

四、赵次公在释意方面的弱点：疏于考证事实

赵次公注释诗歌，偏重于征引故实，却比较忽视解释时事。本来，赵次公身为宋人而注苏诗，离苏轼的时代较近，因此易于考证苏诗所涉及的时事。但赵次公只将时事作为理解诗意的基础，达意即止，而不作更深的探索。与南宋的施宿、清代的查慎行、沈钦韩、冯应榴等苏诗注释者相比，赵次公的历史解释力度较弱。在赵次公的注释视野当中，历史解释被弱化为诗学解释的附庸，他最看重的是诗学解释。

赵次公用来解释诗意的材料中，用得最多是记录苏轼本人言论的《乌台诗案》。例如《往富阳新城李节推先行三日留风水洞见待》"世上小儿夸疾走，如君相待今安有"：

> 赵次公注：先生《诗案》云：熙宁七年二月二十七日在杭州游风

---

① 《集注分类东坡先生诗》，卷二十二第十二页 A。
② 《集注分类东坡先生诗》，卷十五第十页 A。

水洞,留题诗言"世上小儿夸疾走",意在讥讽世人多务急进不顾大体也。①

《书韩干牧马图》"何必俯首服短辕":

> 赵次公注:先生《诗案》云:此讥执政大臣无能如良之能御者,何必折节干求进用也。②

《乌台诗案》之外,赵次公也利用题名苏轼所撰的《东坡诗话》来解释苏轼的诗意。如《甘露寺》"聊与广武叹":

> 赵次公注:先生《诗话》尝辨广武叹事曰:昔先友史彦辅谓余:"阮籍登广武,叹曰:'时无英雄,使竖子成名!'岂谓沛公竖子乎?"余曰:"非也。伤时无刘项也,竖子指魏晋间人尔。"其后,余游甘露寺赋诗云云,则犹此意也。今日读李太白登广武战场云:沉湎呼竖子,狂言非至公。乃知白亦误认嗣宗语矣。嗣宗虽放荡,何至以沛公为竖子乎?③

然而,即使是《乌台诗案》这类容易得到、也很具说服力的材料,赵次公也没有全部加以利用。而清代查慎行的《苏轼补注》,尽管时间推后了六百多年,却能利用《乌台诗案》的全部材料,可见赵次公并不重视苏诗中的事实部分。

除了这两种苏轼自作的材料外,赵次公也能凭其他历史材料注释一些时事:

---

① 《集注分类东坡先生诗》,卷一第八页 A。
② 《集注分类东坡先生诗》,卷十一第十五页 B。
③ 《集注分类东坡先生诗》,卷五第九页 A。

1. 能够解释某些诗的作诗背景

如卷一《壬寅二月有诏令郡吏分往属县灭决⋯⋯》:

> 赵次公注:壬寅,嘉祐七年也。凤翔有十县,曰天兴,曰歧山,曰扶风,曰鳌屋,曰郿,曰宝鸡,曰虢,曰麟游,曰普润,曰好畤。故有诏灭决囚禁,则令郡吏分往属县,而先生所得则宝鸡、虢、郿、鳌屋四县也。[①]

《次韵刘景文西湖席上》:

> 赵次公注:此杭州西湖也。先生召还为翰林承旨,将离杭而同景文饮于西湖。[②]

2. 能够解释某些写实性的诗句的含意

如《和子由闻子瞻将如终南太平宫鸡堂读书》"府县烦差抽":

> 赵次公注:《史记》:黄帝葬桥山,在今宁州真宁县。先生此诗乃癸卯年之秋也,是岁嘉祐八年,仁宗皇帝三月上仙,十月葬于永昭陵。方秋时,乃府县应付山陵事所需也。[③]

《大行太皇太后挽词二首》"至矣吾三后":

> 赵次公注:三后以言章宪明肃皇后保佑仁宗、慈圣光宪皇后保佑英宗及今大行宣仁圣烈皇后保佑元祐天子哲宗。

---

① 《集注分类东坡先生诗》,卷一第一页。
② 《集注分类东坡先生诗》,卷十一第三页A。
③ 《集注分类东坡先生诗》,卷三第一页A。

同诗"却狄安诸夏,先王社稷臣":

> 赵次公注:先王则楚王高琼也。却狄事,景德契丹之役,群臣皆欲避狄,独莱公不可,武臣中惟楚王与莱公意同。公既争之力,上曰:"卿,文臣,岂独尽用兵之利害?"公曰:"请召高某。"既至,乃言避狄为便。公大惊,以王为悔也。已而徐言避狄固为安全,但恐扈驾之士中路逃亡,无与俱西南者尔。上大惊,始决北征之策。此真所谓社稷臣。①

有时苏轼表达得比较隐晦,赵次公也能了解事实,从而知道苏轼所指。如《次韵孙莘老斗野亭寄子由在邵伯堰》"似闻绩溪老,复作东都行":

> 赵次公注:指言子由也。先生既自黄移汝,故子由亦自监筠州酒税,移知歙之绩溪。先生未至汝,继得请归常,寻又起知登州,而子由自绩溪以校书即被召入京,亦须由召伯堰至东都,于篇末及之。②

有时苏轼所言之事极偏,赵次公亦能访东坡之言以释之。如《送黄师是赴两浙宪》"绿衣有公言":

> 赵次公注:当时人有未解此句,问之先生。先生曰:"吾家朝云每见师是,怪其官职不迁耳。"然后知绿衣指朝云。盖绿衣乃《诗》篇名,妾之服也。③

以上都是赵次公引史证诗的例子,但这类注解在赵次公的注文中为数

---

① 《集注分类东坡先生诗》,卷二十四第三十页A。
② 《集注分类东坡先生诗》,卷十九第八页A。
③ 《集注分类东坡先生诗》,卷二十二第十七页A。

不多。前文已述,历史解释是诗歌解释的重要组成部分,是孟子"知人论世"观在诗歌解释中的应用。但在赵次公的解释体系中,历史解释被弱化为诗学解释的一部分。诗歌总是产生于一定的历史背景中,解释诗意无法完全抛开时事。赵次公考证时事,是将其作为理解诗意的基础。因此赵次公往往局限于利用时事背景点明诗意,能勾勒诗意大概即可,而不作更深的探索。与其余注重历史解释的苏诗注释者相比,显然是一种粗线条的处理方式。试看下例:

《送刘道原归南康》"虽无尺箠当寸刃,口吻排击含风霜":

> 赵次公注:"尺箠当寸刃,怒彼奸强而欲诛之之词也。今也虽无此二物,则于是口吻排击,而含风霜之严,乃所以诛之焉。此正言其东观述史之事也。"①

赵次公此注重点在解释诗句的字面含义,只是在最后点出了本句与时事相关,目的在于追述刘道原编修史书之事,却没有说明具体事由。再看赵次公之后的施宿对此句的解释:

> 刘道原名恕,筠州人。……与王介甫有旧,介甫执政,道原在馆阁,欲引置条例司,固辞而谓曰:"天子方付公大政,宜恢张尧舜之道,不应以利为先"。是时介甫权震天下,人不敢忤,而道原愤愤欲与之校。又条陈所更法令不合众心者,劝使复旧,至面刺其过。介甫怒,变色如铁,道原不以为意。或稠人广坐对其门生诵言得失,无所忌,遂与之绝。……此诗端为介甫而发,以孔融、汲黯比道原,曹操、张汤况介甫。又云"虽无尺箠与寸刃,口吻排击含风霜",益著其面折之实也。②

① 《集注东坡先生诗前集》,卷二。
② 《苏轼诗集合注》,第234页。

施宿详引史料,首先概括刘道原博学强记、刚直不阿的性格特点。其次,又重点介绍了刘道原不因与王安石有旧而阿附其说,敢于直斥其非的几件事情。以此为背景,指出句意在于颂扬刘道原面斥王安石之举令人心折。两相比较,不难看出,施宿注是典型的历史解释,详细地引用史实,解释了诗句的来龙去脉。赵次公注则是一种弱化了的历史解释,本质上还是诗学解释,历史解释成为诗学解释的附庸。

又如《次韵刘景文见寄》"烈士家风安用此":

> 赵次公注:景文本右选而为儒士之豪杰者,所谓烈士,岂其祖乎?①

对这句诗的解释,必须查证刘景文的家世,从中找到苏轼言说的根据。访求刘景文的有关史实材料,对赵次公本来不应是什么难事,但赵次公却放弃了这种努力,而仅仅是从阅读全篇的角度出发进行推测。查慎行的《苏诗补注》对这一句的补注,正是利用了《东都事略·刘季孙传》、曾巩《隆平集》、苏舜卿《乞用刘石子弟状》中的有关材料证明了刘景文之父刘平及刘景文本人的辉煌经历与英豪之风。查注如下:

> 《东都事略》:刘平字士衡,祥符人。父汉凝,官至崇议使。平为人任侠,善弓马。举进士,为御史上书言事,为丁谓所恶。真宗知其才,将用之,丁谓曰:"平将家子,知兵,若使将西北,可以制戎狄。"后改尚衣库使,知邠州。元昊反,延帅范雍召平至保安,与石元孙合。平趋土门,转斗三日,被执见杀。曾巩《隆平集》:刘平,景德三年进士。宝元初死事延州,谥壮武。赐平家信陵坊第一区。子庆孙、宜孙、昌孙、贻孙、孝孙、季孙,咸赐官。苏舜卿《乞用刘石子弟状》云:臣近到阙,闻黄德和以退军反,妄奏刘平、石元孙叛逆,

---

① 《集注分类东坡先生诗》,卷十九第三十页 B。

朝廷未能辨明,即时以兵监围其弟。及德和已伏辜,二族未沾恩泽。刘平子弟,臣虽不识,闻其颇知边事,用敌西寇,必有成功。《东都事略·刘季孙传》：苏轼为兵部尚书,奏言季孙工诗能文,至于忠义勇烈,有平之风。①

查慎行引用的这些材料,才能充分说明苏轼说的"烈士家风"。

又如《次韵钱越州见寄》"吾侪岂独坐多言"：

> 赵次公注：末句盖有所激,岂越州首篇有劝莫多言之意乎?②

赵次公既然推测钱穆的诗可能有劝诫之意,却没有查阅钱诗以求确证,而只是停留在猜测的层面,仍是一种偏重创作心理分析的诗学解释。清代冯应榴《苏文忠公诗合注》中有所补注：

> 《明道杂志》：苏出守钱塘,来别潞公,公曰："愿君至杭少作诗,恐为不相喜者诬谤。"再三言之。临别上马,笑曰："若还兴也,便有笺云。"时吴处厚取蔡安州诗作注,蔡遂遇祸,故有笺云之戏。又云："愿君不忘鄙言。其虽老悖,然所谓者希之岁,不妨也善之言。"先生诗或兼潞公言之也。③

冯应榴引用了《明道杂志》中的相关记载,详细地说明了苏轼不敢多言的背景,其所指比赵次公要明确得多。

两相比较,可以看出赵次公将不够重视历史解释的注释思想还是有缺陷的。

---

① 《苏轼诗集合注》,第1704 页。
② 《集注分类东坡先生诗》,卷十九第二十六页 A。
③ 《苏轼诗集合注》,第 1562 页。

第四节　赵次公的苏诗批评：发掘苏诗的创新之处

由于赵次公是从分析诗人写作手法的角度入手来解释诗意,因此,在释意之余,赵次公也不免对苏轼的写作方法进行总结、对艺术成就进行评论,从而形成了一大特色,也顺应了宋代诗注的潮流。

赵次公的"解",无论是详细释意,还是分段释意,都是建立在对苏诗反复品味,揣摩其创作心理的基础之上。因此,赵次公对苏诗的创作方法与特色了然于胸,于是在释意之余,赵次公又对苏诗的创作特点予以总结,提出了不少有价值的独到观点。

一、苏诗之"不使事"：自命新意

宋代学者对苏诗有一种成见,即苏诗"以学问为诗""以文字为诗",喜欢炫耀学问、搬弄前代故事、套用前人语汇。赵次公对这类观点不以为然,他认为苏诗更重要的特点在于取材命意自出机杼,别具一格。在《出颍口初见淮山是日至寿州》一诗中,赵注云:"此篇并不使事与说,学者谓先生专于使事与古人语为诗。观此篇乃先生胸次流出,笔下快写之作。"[1]于是,赵次公常常用"不使事"一词来概括苏诗的特点。所谓"使事",即用典,通常包括两个方面:一是用前代故事,主要对象来自经、史、子这三种类型中的故事或一些说理性的文字;一是前人的语词,主要对象来自集部文献中前人的诗文。这相当于赵次公所说的"使事与古人语"。赵次公认为苏诗常常"不使事",是指苏诗中的一些作品往往自抒胸臆,自创新辞,并不承袭前人的故事与语词。如上文提到的《出颍口初见淮山是日至寿州》一诗云:

> 我行日夜向江海,枫叶芦花秋兴长。长淮忽迷天远近,青山久
> 与船低昂。寿州已见白石塔,短棹未转黄茅冈。波平风软望不到,

---

① 《苏诗佚注》,第 142 页。

故人久立烟苍茫。

本篇纯属写景抒怀之作,并不用前人语词与故事,因此赵次公认为是"胸次流出,笔下快写之作"。类注本的其余注者、施元之注及清代的冯应榴注,只是就"秋兴长""低昂""短棹""风软""苍茫"等词语,从前代诗文中寻找包含相同词语的诗句。这些都是常用词,苏诗并非有意仿造前人之语,只不过恰巧暗合而已。这正好从反面说明苏轼此诗"不用事"的特点。

上文所述的用前代故事与语词,尚属用事中的常规手段。宋代诗人用事,还讲究更精妙的技巧,这就是江西诗派黄庭坚等诗人常说的"夺胎换骨"、"窥入其意而形容之",即点化古人之意,推陈出新,翻出新意。苏轼作为黄庭坚、陈师道等人的师长,也有类似的创作特点。如《次韵杨公济奉议梅花十首》其五:"日出冰澌散水花,野梅官柳渐欹斜。西郊欲就诗人饮,黄四娘东子美家。"赵次公指出:"此篇用老杜事为意。"①又其十:"缟裙练帨玉川家,肝胆清新冷不邪。秋李争春犹办此,更教踏雪看梅花。"赵次公指出:"此篇用退之为意。"②这些都是苏轼点化杜甫、韩愈等前代诗人之意的例子。所不同的是,苏轼并非有意识地强调无时无刻地"夺胎换骨"。相反,苏诗中不少作品完全不蹈袭古人之意,而是自创新意,赵次公也注意到了这一点。如同一组诗其六:"君知早落坐先开,莫着新诗句句催。岭北霜枝最多思,忍寒留待使君来。"赵注云:"此篇直道其事。"③又其八:"寒雀喧喧冻不飞,绕林空啅未开枝。多情好与风流伴,不到双双燕子时。"赵注云:"此篇殊无事。"④对比前两首,不难看出后两首的立意皆自出机杼,完全不袭古人陈言。其余如《惠崇春江晚景》其一:"竹外桃花三两枝,春江水暖鸭先知。蒌蒿满地芦芽短,正是河豚欲上时。"赵注云:"此篇直以意参其画而书之耳,别不使

---

① 《苏诗佚注》,第203页。
② 《苏诗佚注》,第203页。
③ 《苏诗佚注》,第203页。
④ 《苏诗佚注》,第203页。

事。"①这类例子还有很多,不再一一列举。

赵次公还总结了苏轼某些诗篇取材、立意的独到之处。

取材之的独到之处如《书焦山纶长老壁》:

> 赵次公注:此篇先生用小说一段事裁以为诗,而意最高妙。②

《参寥上人初得智果院会者十六人分韵赋诗轼得心字》:

> 赵次公注:此篇止以佛家本事起意铺叙,别不用事。③

《鬼蝶》"双眉卷铁丝,两翅晕金碧。初来花争妍,忽去鬼无迹":

> 赵次公注:蜗牛、鬼蝶,虽不用事与语,而蜗牛之戒登高,鬼蝶
> 之叹倏忽者,皆有深意矣。④

又如《月夜与客饮酒杏花下》一篇,赵次公注:"此篇不使事、语,亦新造古所未有,殆涪翁所谓'不食烟火食人之语'也。"⑤苏诗好用典故,常常取材古代故事或前人语词,再加以点化。以上这几首诗,一反常态地不用典故,自出机杼,命意深远,却是苏诗中的精品。

立意的创新之处如《圣灯岩》"石室有金丹,山神不知秘。何必露光芒,夜半惊童稚":

---

① 《苏诗佚注》,第 184 页。
② 《集注分类东坡先生诗》,卷五第十七页 B。
③ 《集注分类东坡先生诗》,卷四第二十九页 A。
④ 《集注分类东坡先生诗》,卷十一第二十三页 B。
⑤ 《集注分类东坡先生诗》,卷十第二十九页 A。

　　　　赵次公注：此本咏圣灯，而诗人立新意，以为丹之光芒尔。①

　　圣灯岩的"圣灯"，已被前人说滥。因此苏轼将其巧妙地比喻成为金丹的光芒。

　　《雪溪乘兴》"溪山雪月两佳哉，宾主谈锋夜转雷。犹言不见戴安道，为问适从何处来？"

　　　　赵次公注：先生破其说，以谓意之相通则已如觌面对谈矣，又岂言不见戴安道乎？②

　　此诗用《世说新语》中王子猷雪夜访戴安道之事。王子猷连夜冲雪命舟访戴，系一时之意兴，兴尽而返，不必见戴。苏轼自命新意，跳出是否见戴的窠臼，谓宾主心有灵犀即可尽兴，见与不见，不必拘泥，从而不落言诠。

　　《西塞风雨》"斜风细雨到来时，我本无家归何处？仰看云天真箬笠，旋收江海入蓑衣"：

　　　　赵次公注：今先生"桃花流水鳜鱼肥，青箬笠，绿蓑衣，斜风细雨不须归"，用其说而高一着，以为不必言、不须归，本自无家也。又以天为笠，不特以箬为笠，当往江海，不必只在西塞之下。此诗人之妙耳。③

　　苏轼此诗的立意明显高于张志和的原作。

---

① 《集注分类东坡先生诗》，卷七第二十页 B。
② 《集注分类东坡先生诗》，卷十二第五页 A。
③ 《集注分类东坡先生诗》，卷十二第五页 B。

二、苏诗之"叙事"：以铺陈的手法道出新意

上文讨论的"不使事"，主要从立意的角度出发。在此基础上赵次公还总结了苏诗谋篇的特点。赵次公注中有一个专门的词汇叫"叙事之诗"，用以概括苏诗谋篇命意的特点。此处"叙事"并非汉乐府一类的以人物活动为中心，展开一系列具体事件的叙事性诗歌，而是指在不用前代的故事、语词、语意，自命新意的基础上，带有铺叙性质的诗作。

首先，"叙事"之"事"，并非事件，而是指胸中之意，包含了写景、抒情、议论等方面。赵次公常常将"叙事""铺叙"与"不使事"联系在一起，如《次韵答王巩》，赵注云："此篇叙事之诗，不尽使事。"①又如《戏作种松》，赵注云："此篇铺叙之诗，不使事。"②从中可见，"叙事"主要指直接抒情，是"不使事"的延伸。最典型的例子莫过于《海棠》一首："东风袅袅泛崇光，香雾空濛月转廊。只恐夜深花睡去，故烧高烛照红妆。"赵注云："此篇直道其事。"③本诗是著名的咏物抒怀之作，可见赵次公口中的"事"，主要指情与景。此外，"事"也不完全排斥用典，只不过这些前代故事数量较少，并且在诗中不占主导地位，而是为抒情服务的。如《去岁九月二十七日在黄州生子……病亡于金陵作二诗哭之》，赵次公指出是"悼伤铺叙之诗"④。本诗苏轼主要是追忆幼子可爱情态的种种细节，但"归来怀抱空"一句也用了晋代王衍丧子悲痛的故事，用以点染自己的伤感之情。

其次，"叙事"之"叙"，也非单纯的叙述。汉乐府等叙事诗，一般以第三人称叙述事件的发展。赵次公口中的苏诗"叙事"之作则是第一人称，目的在于写景、抒情，而用自己或其他人的活动将情、景两端串接起来，使得诗歌带有铺叙的性质，这是一种谋篇命意的方法。如《次韵子由种杉竹》："吏散空庭雀噪檐，闭门独宿夜厌厌。似闻梨枣同时种，应与杉篁刻日添。糟曲有

---

① 《苏诗佚注》，第 163 页。
② 《苏诗佚注》，第 170 页。
③ 《苏诗佚注》，第 175 页。
④ 《苏诗佚注》，第 177 页。

神薰不醉,雪霜夸健巧相沾。先生坐待清阴满,空使人人叹滞淹。"赵注云:"此篇叙述之诗,不尽使事。"①本诗是一首七律,不像长篇古体诗一样有铺叙的空间,赵次公所言"叙述",是指以"种杉竹"这一活动为中心,将杉竹所处的环境、杉竹的品格、自己对杉竹的欣赏串联起来,主旨仍在于咏物抒情,赞颂杉竹耐寒之品性,抒发自己对杉竹的眷恋之情。

三、用典翻出新意

上文所述,是苏诗中完全不蹈袭古人、自命新意的例子,苏诗中尚有许多用前代故事、前人语词之处。苏轼用典亦非直接袭用原意,而是将原故事、语词加以点化,翻出新意,达到"夺胎换骨"的效果,富有创造性。赵次公亦对此有所总结,包括以下方面:

1. 出新意于古人之上

苏轼善于推陈出新。如《秋怀二首》其二之"空阶有余滴,似与幽人语"句,赵注云:"古诗:'夜雨滴空阶''滴滴空阶里''空阶滴不入,滴入愁人耳'。'似与幽人语',则出新意于古诗之外,不自为愁人耳,乃似与幽人对语也。因闻雨声,似与幽人语,故起平生欢之兴。"②赵注所引几句古诗,皆来自何逊。何诗谓夜间万籁俱寂,唯有愁人辗转不能入眠,故闻夜雨之声。雨滴空阶,声音清脆可辨,更是滴在愁人心头,尤增愁绪。苏轼将滴雨之声增饰一"余"字,则"余滴"与"夜雨滴""滴滴"相比,愁绪稍减。苏轼又将"愁人"改为"幽人",进一步扫除愁肠别绪,而营造清幽的气氛,并且幽人与余滴之间似乎存在某种感应,从而在何逊诗之外别造新境。

2. 语言的变化

苏轼又是语言大师,经他组配的前人语句,如妙笔生花,别开生面。如《送顾子敦奉使河朔》:"翻然向河朔,坐念东郡水。河来屹不去,如尊乃勇耳。"顾子敦出使河朔,治理黄河是重要的任务,因此苏轼用西汉治河有方之

---

① 《苏诗佚注》,第174页。
② 《苏诗佚注》,第143页。

王尊的故事来勉励顾子敦。"如尊乃勇耳"一句亦出在王尊身上,却是王尊出任东平相时不畏东平王的残暴,勇于进谏、以死相争时的自谓之词。王尊是士大夫行列中"勇者不惧"的代表人物,无论是面对黄河决堤一类的自然灾害,还是而对暴戾的东平王一类的社会危害,皆岿然不动,为朝野所倾慕。赵注云:"结以'如尊乃勇耳'五字全语,别是在先一事'尊为东平相'云云。此事虽在前段,有言尊之勇节,与此勇字相扶,故用此五字,尤为诗人之奇矣。"①苏轼有意将"如尊乃勇耳"更换了使用环境,移至治水方面,并借此鞭策顾子敦。这种变化,既合理又巧妙,因此赵次公认为是"诗人之奇"。

另外又如《游庐山次韵章传道》:"尘容已似服辕驹,野性犹同纵壑鱼。"赵注云:"今先生驹用之尘容,鱼用之野性,其变化之妙如此。"②用尘容来形容引车之驹,用野性以刻画出游之鱼,皆道前人所未道。苏轼在众人熟悉的服辕驹、纵壑鱼等典故之前稍稍增加修饰成分,就能达到"点铁成金"的效果。

四、自创新格:新的表现方法

赵次公注还常常出现一个术语"新格",即苏诗中一些较新的表现方法,包括:

1. 比喻的变化

如《故李诚之待制六丈挽词》:"青青一寸松,中有梁栋姿。天骥堕地走,万里端可期。"赵注云:"松与骥比李六丈,立意为诗,此乃先生椎轮新格。今之学者为书为启,多以两物为譬,行文正出于此也。"③同时代以青松与天骥比喻杰出人物的高尚品格,的确是苏轼首创,并且在文坛造成了明显的影响。

2. 章法结构的创新

如《次韵孔文仲推官见寄》之头四句:"我本麋鹿性,谅非伏辕姿。君如

---

① 《苏诗佚注》,第 190 页。
② 《苏诗佚注》,第 153 页。
③ 《苏诗佚注》,第 191 页。

汗血马,作驹已权奇。"赵注云:"上四句分说我与彼,此一新格。黄鲁直云:'我诗如曹邻,浅陋不成邦。君诗大国楚,吞五湖三江。'正此格也。"①苏诗头两句说自己,三四句说次韵和答的对象孔文仲。古代酬答次韵唱和之作甚多,但像苏诗这种引起全篇的章法结构,却是前人所未有的。这种谋篇的方法,还引发了黄庭坚等著名诗人的效仿。

3. 对某些写作技巧作出总结

如《南园》"不种夭挑与绿杨,使君应欲作农桑。春畦雨过罗纨腻,夏垄风来饼饵香":

> 赵次公注:此格谓之言山不言山、言水不言水之格,最为巧妙。王介甫有云:含风鸭绿鳞鳞起,弄日鹅黄嫋嫋垂。上暗言水,下暗言柳,亦此格也。②

从赵次公注可以看出,苏诗的前两句写山,却没有带出任何明显的字面,而是巧妙地暗示,以"应欲作农桑"暗指山势连绵,绿意盎然,生机勃勃。同样,"罗纨腻"指春水绿波,"饼饵香"寓水风润泽之意。

《寓居定惠院之东杂花满山有海棠一株土人不知贵也》"林深雾暗晓光迟,日暖风轻春睡足":

> 赵次公注:《杨妃传》:妃方醉而起,帝曰:"乃海棠睡未足。"郑谷诗:秾丽最宜新着雨,妖娆全在欲开时。前辈谓此说尽海棠好处。韩持国诗:长条无风亦自动,柔艳着雨更相宜。乃用郑语。先生此诗词格超逸,不复蹈袭前人。③

唐玄宗将杨玉环醉酒比喻为海棠春睡,以妙物喻佳人,更兼杨玉环风华

---

① 《苏诗佚注》,第 144 页。
② 《集注分类东坡先生诗》,卷十第九页 A。
③ 《集注分类东坡先生诗》,卷十四第七页 B。

绝代,此喻已难超越。郑谷形容海棠,抓住了海棠初承雨泽、欲开未开那一刻最动人的羞态,更令人拍案叫绝。赵次公指出,面对这些名句名喻,苏轼非但没有"眼前有景道不得,崔颢题诗在上头"般的无奈,反而能别开生面,以"林深雾暗晓光迟"的朦胧幽深背景,衬托了风轻日暖的海棠春睡之态,令人感受的不是海棠传统的美丽富贵之态,而是有几分飘逸幽独的品格,赋予海棠新的内涵。

五、对偶的独特之处

对偶是律诗的基本要求,赵次公则重点总结对偶中的特殊格律。如《用前韵再和许朝奉》"邂逅陪车马,寻芳谢朓洲。凄凉望乡国,得句仲宣楼":

> 赵次公注:凡诗四句,以第一句对第三句,以第二句对第四句,谓之扇对,盖出于白氏《金针》云。然至梅圣俞作《续金针》,乃引前人诗有云"昔时花下留连饮,暖日夭桃莺乱啼。今日江边容易别,淡烟衰草马频嘶"以证其格。今此两联即其格矣。①

此处赵次公指出了苏诗所用"扇对"这一特殊的对偶方式。

有时赵次公总结苏轼诗中对偶的特点与成就。如《送牛尾狸与徐使君》"泥深厌听鸡头鹘,酒浅欣尝牛尾狸":

> 赵次公注:先生诗有因题中三字而为之对,如以白芽姜对黄耳菌,下以梅黄雨对舶趠风,与今以鸡头鹘对牛尾狸同格,其意自贯,不害为工。②

苏诗以文字为戏,将题中"牛尾狸"三字嵌入对偶句中,"黄耳菌"、"舶趠

---

① 《集注分类东坡先生诗》,卷十九第五十一页 B。
② 《集注分类东坡先生诗》,卷二十第二页 A。

风"亦属此例,而一般的的律诗无此作法。此诗"牛尾狸"是一种兽,"鸡头鹘"指路面泥滑,仅字面相对,但别有一番趣味。

六、特殊文体

对苏轼所运用的一些特殊文体,赵次公亦予以解释,述其源流,概括其主要写作特征。如《和孔密州五绝·见邸家园留题》:

> 赵次公注:王维诗:渭城朝雨浥轻尘,客舍青青柳色新。劝君更尽一杯酒,西出阳关无故人。其后人以声曲歌之故,谓之阳关曲。按先生《诗话》:旧传阳关三叠,然今世歌者每句再叠而已,若通一首言之,又是四叠,皆非是。或每句三唱以应三叠之说,则丛然无复节奏。余在密州,有文勋长官者,以事至密,自云得古本《阳关》,其声宛转凄断,不类向之所闻,每句皆再唱,而第一句不叠。乃知古本三叠盖如此。及在黄州,偶读乐天《对酒》诗云:相逢且莫推辞醉,听唱阳关第四声。注云:第四声:劝君更尽一杯酒。以此验之,若第一句再叠,则此句为第五句。今为第四声,则第一句不叠审矣。《诗话》虽是黄州后来所作,而文勋长官以事至密,所传契勘。先生先知密州,与孔郎中交代。自密徙徐,今在徐州和孔诗,所谓"除却胶西不解歌",岂正是文长官所传之声耶?①

《生日王郎以诗见庆次其韵并寄茶二十一片》"小诗有味似连珠":

> 赵次公注:连珠,文章一种名,晋傅玄叙连珠云:所谓连珠者,兴于汉章帝之世,班固、贾逵、傅毅三子受诏作之,而蔡邕、张华之徒又广焉。其文体词丽而言约,不指说事情,必假喻以达其旨,而贤者微悟,合于古诗劝兴之义,欲使历历如贯珠易睹而可悦,故谓

---

① 《集注分类东坡先生诗》,卷十第九页 B。

之连珠也。①

这是对连珠体的解释。

《题织锦图上回文三首》：

  赵次公注：回文诗起于窦滔妻苏氏于锦上织成之，盖顺读与倒读皆成诗句也。第二篇千字锦、第三篇回文锦皆用此事，盖《晋书·列女传》：窦滔，符坚时为秦州刺史，被徙流沙，苏氏思之，织锦为回文旋图诗以赠滔，宛转循环以读之，词甚悽惋，凡八百四十字，文多不录也。②

这是对回文诗的解释。

《席上代人赠别三首》"莲子擘开须见忆，楸枰着尽更无期。破衫却有重逢处，一饭何曾忘却时"：

  赵次公注：此吴歌格，借字寓意也。古诗有云"围棋烧败襖，看子故依然"，乃此格矣。莲子曰菂，菂中公荷曰薏。须见臆，以菂之薏言之。楸枰，棋盘也。杜牧诗云：玉子纹楸一路饶，则此楸谓之矣。更无期，以棋言之。重缝处，以缝绽之缝隐之也。忘却时，以匙七之匙隐之也。③

这是对双关体（来自南朝乐府民歌）的解释。

《梵天寺见僧守诠小诗清远可爱次韵》"但闻烟外钟，不见烟中寺。幽人行未已，草露湿芒屦。惟应山头月，夜夜照来去"：

---

① 《集注分类东坡先生诗》，卷十八第四十页 B。
② 《集注分类东坡先生诗》，卷二十四第一页 A。
③ 《集注分类东坡先生诗》，卷二十第二十三页 A。

赵次公注：此三韵诗，杜甫盖有此格矣。①

这是对三韵六句的五言古诗的解释。

苏诗有"以文字为诗"的特点，对一些特殊的文体亦予以尝试，从中展示自己驾驭各种文体的能力。赵次公对这些特殊文体的分析，也属于对苏诗创作特点的分析与总结。

七、鉴赏

除批评外，赵次公还寓诗歌鉴赏于注释中，对苏轼的一些富有意境的片段，发挥合理的想象，予以阐发，以启示读者的联想。

如《追和子由去岁试举人洛下所寄诗五首》之《暴雨初晴楼上晚景》"秋后风光雨后山"：

赵次公注："秋后之风光，雨后之山，其景清绝可知矣。"②

赵次公指出了这两句写景含蓄，启发读者联想秋季雨后天地寥廓、一洗凡尘的清绝之景。

《和子由记园中草木十首》第五首"芦笋初似竹，稍开叶如蒲。方春节抱甲，渐老根生须。不爱当夏绿，爱此及秋枯。黄叶倒风雨，白花摇江湖。江湖不可到，移植苦勤劬。安得双野鸭，飞来成画图"：

赵次公注："此诗专言江芦。芦，江湖之物。仕宦尘土以江湖为高，江湖既远而难到，则见江湖之物庶几焉。芦之为物，常秋叶黄而后有花，其花色白，于江湖最为清绝之景，则高人之兴在是矣，故曰'不爱当夏绿，爱此及秋枯'。落句尤见诗人之情致，又非深于

---

① 《集注分类东坡先生诗》，卷二十五第三页 A。
② 《集注分类东坡先生诗》，卷七第二页 B。

诗者不知也。"①

赵次公显然能够揣摩苏轼的创作心理,发掘此诗的趣味,尤其是对秋天芦花苍苍、摇曳生姿等动人情景的描绘,是合理的联想与补充。最后两句,苏诗呈现了成双成对的野鸭卧于秋芦中的画面,含不尽之意于言外。赵次公捕捉到其中的深意,予以再现。

第五节 《王状元集百家注分类东坡先生诗》中的赵夔注

赵夔,字尧卿,生卒年不详,大约生活于南北宋之交,是类注本中的重要注释者,在类注本中的成就仅次于赵次公。本节拟专门论述赵夔注的成就。

一、赵夔注的成书及流传

按赵夔序中的说法,他从北宋崇宁年间开始,积三十年之功方撰成此书。从崇宁年间下推三十年,可知赵夔注大约刊行于南宋绍兴初年。赵夔注本是第一个苏诗分类注本,赵夔序称:"仆于此诗分五十门,总括殆尽。"②该注本在当时影响较大,引起了宋孝宗的关注。陈岩肖《庚溪诗话》卷上云:"上(宋孝宗)因论文,问曰:'近有赵夔等注轼诗甚详,卿见之否?'梁奏曰:'臣未之见。'上曰:'朕有之。'命内侍取以示之。"③可惜单行的赵夔注本并未流传下来。

现存赵夔注散见于一些苏诗集注本。保存赵夔注文最多的是题名王十朋编纂的类注本,卷首有赵夔序一篇,《四库》馆臣根据序中称"崇宁间仆年志于学,逮今三十年",又称"累与小坡叔党游从至熟",因而作出推论:"考《宋史》,载轼如杭州,苏过年十九,其时在元祐五、六年间。又称过殁时年五

---

① 《集注东坡先生诗前集》,卷二。
② 《集注分类东坡先生诗》,卷首。
③ [宋]陈岩肖:《庚溪诗话》,见《宋诗话全编》,南京:江苏古籍出版社,1998年,第2794页。

十二,则当在宣和五、六年间。若从崇宁元年下推三十年,已为绍兴元年,过之殁七八年矣,夔安能见过而问之? 则并夔序亦出依托。"①《四库》馆臣此论未公。首先,正如清代苏诗注释者冯应榴所指出:"今考序所云崇宁间逮今三十年,乃统计初学以迄注成作序时,其云顷者与叔党游从至熟,乃追叙旧事,两不相碍耳。"②其次,序中总结的苏诗用典之法,与赵夔注文一致,甚至用语都相同,下文将详述之。《四库》馆臣览书未审,以致误断赵夔序为伪托。

此外,中国国家图书馆所藏宋刊《集注东坡先生诗前集》(仅存前四卷)也保存了部分赵夔注。该书卷一至卷三为十注本,其中的赵夔注被称为"补注"。赵夔注原为分类注,被收入十注本时,已被编刻者打乱原有的分类顺序,变成编年注。

二、赵夔注的典故与诗学解释

赵夔很重视分析苏诗的创作方法,尤其对用典之法作了理论总结。上文已述,用典是汉魏六朝以来诗文创作的重要方法,宋代诗歌注释兴盛发达,注释者在继承李善征引典故这一优良传统之余,也创造性地总结了用典的方法,形成了寓诗歌研究于注释中的治学风气,赵次公是其中的重要代表。除赵次公之外,赵夔也能体现这一点,因此本小节方以"诗学解释"名之。赵夔序云:

> 仆于此诗分五十门,总括殆尽。凡偶用古人两句,用古人一句,用古人六字、五字、四字、三字、二字,用古人上下句中各四字、三字、一字相对,止用古人意不用字,所用古人字不用古人意,能造古人意,能造古人不到妙处。引一时事,一句中用两故事,疑不用事而是用事,疑是用事而不用事。使道经僻事、释经僻事、小说僻

---

① [清]永瑢等:《四库全书总目》,北京:中华书局,1965 年,第 1326—1327 页。

② 《苏轼诗集合注》,第 2698 页。

事、碑刻中事、州县图经事，错使故事。使古人作用字，成一家句法，全类古人诗句。用事有所不尽，引用一时小诗，不用故事，而句法高胜；句法明白，而用意深远。用字或有未稳，无一字无来历。点化古诗拙言，间用本朝名人诗句，用古人词中佳句，改古人句中借用故事。有偏受之故事，有参差之语言，诗中自有奇对。自撰古人名字，用古谣言，用经史注中隐事，间俗语俚谚，诗意物理，此其大略也。①

在这篇序言中，赵夔自觉地总结了苏诗用典之法，虽然他概括的条理还有些混乱，有不少分类交叉含混、前后重复之处，然而又是极其细致的。要而言之，赵夔归纳了苏诗用典的几个重要方面：用字、用事、用句法、用意。

与宋代另一些诗歌注释相比，赵夔对用典方法的总结无疑具有开创意义。任渊的《黄陈诗集注》、李壁的《王荆公诗注》虽然也分析了黄庭坚、陈师道、王安石等著名诗人使用典故时的暗用、借用、反用等方法，但却没有系统地总结归纳，需要后代的读者、研究者在卷帙浩繁的注释文字中一一梳理总结，显然不利于诗学研究的开展。

上文已述，与赵夔同时的重要注家赵次公也对用典之法作过总结，其杜诗注的序言云：

> 若其所谓来处，则句中有字、有语、有势、有事，凡四种。两字而下为字，三字而上为语，拟似依倚为势，事则或专用、或借用、或直用、或翻用、或用其意，不在字语中。于专用之外，又有展用、有倒用、有抽摘渗合而用，则李善所谓"文虽出彼而意殊，不以文害"也。②

---

① 《集注分类东坡先生诗》，卷首。
② 《杜诗赵次公先后解辑校》，序第1页。

比起赵夔,赵次公的典故分类体系更加清晰,将典故分为字、语、势、事四大类,其中用事可以分成专用、借用等许多小类。在苏诗注中赵次公也利用这个体系解释了苏诗的用典之法,但毕竟此序是针对杜诗的用典而言。换言之,赵次公的典故分类虽然更科学更严密,却是一般诗人用典的共通之处。赵夔的分类却是专门针对苏诗而言,虽然有一些缺陷,但对苏诗研究仍有重要意义。

(一)用字

用字即在诗歌中袭用前人诗文的语言,即赵夔序所言用古人两句、一句,六字、五字、四字、三字、二字,用古人上下句中各四字、三字、一字相对,用字或有未稳,无一字无来历等类型。比起赵次公所论“用字”,赵夔的分析更加细致。赵夔序中另言“用古人字而不用古人意”,即借字而用,借用某字词的字面,却将其用于另一含义之中。

1. 用古人两句、一句

即用古人的成句。如《庐山五咏·卢敖洞》“还在此山中,相逢不相识”,赵夔注:“刘希夷诗云:相逢不相识,归去梦青楼。”①

2. 用字

具体而言,七言句有用前人六、五、四、三字、二字,尤其是上四字、下三字,五言句用前人四字、三字、二字,尤其是上二字与下三字。这在古代诗歌创作中属于最常见的用典方法,无须赘述。

3. 无一字无来历

这是后来江西诗派强调的重要创作方法,在苏诗中也得到了体现。如《凤翔八观·东湖》“有山秃如赭”,赵夔注:“赭,谓无草木也。秦始皇至湘山祠,逢大风,几不得度。上问博士曰:‘湘君何神?’对曰:‘尧女舜妻,死而葬于此。’于是始皇大怒,使刑徒三千人伐湘山木,赭其山。”②赵夔指出了“赭”的来处:苏诗与原出处不仅字面相同,而且都将“赭”的对象都是山,意义

---

① 《集注分类东坡先生诗》,卷七第二十七页 B。
② 《集注分类东坡先生诗》,卷二第十一页 B。

相通。

（二）用句法

用古人句法指的是对前人诗文句式的模仿，在赵夔序中包括下列三种情况：1. 使古人作用字，成一家句法，全类古人诗句。2. 用事有所不尽，引用一时小诗，不用故事，而句法高胜。3. 句法明白，而用意深远。令人遗憾的是，现存的赵夔注远非原貌，因而赵夔对后两种情况的讨论已无法探究，只能分析第一种情况。

如《铁沟行赠乔太博》"城东坡陇何所似，风吹海涛低复起"：

> 赵夔注："杜诗：嘉陵江上何所似，石黛碧玉相因依。公所用此句法也。"①

在此例中，苏诗与杜诗的相同之处不仅仅在于"何所似"三字，更重要的是两句的结构相同，给读者带来的语感相似，这就是用古人句法的要义所在。这种情况与用赵次公总结的"用势"相近。

（三）用事

用字、用句法的对象主要是前人的诗文，在四部分类法中属于集部。用事则大不相同，指的是在诗句中以凝练的语言对典籍文献中的故事进行概括，并承袭其意。这里所说的典籍文献遍及经、史、子三大类型。这也是用典的常见现象，无须多言。苏诗有"以学问为诗"的特点，用事的来源遍布于各种前代典籍中，赵次公对此已有总结。赵夔则特别指出苏诗好使生僻故事，他总结出僻事的来源包括道经僻事、释经僻事、小说僻事、碑刻中事、州县图经事、经史注中隐事、偏受之故事、古谣言、俗语俚谚等。在赵夔注中，小说僻事如《芙蓉城》"芳卿寄谢空丁宁"句用《子高传》之芳卿故事，道经僻事如《芙蓉城》"下作人间尹与邢"句用《老子西升经》所载尹喜与邢和璞之

---

① 《集注分类东坡先生诗》，卷二十四第四十三页 B。

事。① 苏诗中诸如此类尚多,不再一一列举。

赵夔还指出苏诗有错使故事之类的特点,但在赵夔注中已不可见,亦为一大遗憾。

(四) 用意

相对上述前三种情况而言,用其意是更高级的用典技巧,指的是对前人之意的承袭化用。赵次公也注意到了这种现象,作了详细的分析。赵夔在序中则对"用其意"作了更细致的梳理,总结出下列情况:1. 止用古人意不用字。2. 所用古人字不用古人意(即借用)。3. 一句中用两故事(即合用)。4. 疑不用事而是用事(即暗用)。5. 疑是用事而不用事。6. 能造古人意,能造古人不到妙处、点化古诗拙言。(即化用:点化前人之意,类似后来江西诗派"夺胎换骨""点铁成金"之类)。下面就赵夔注的一些实例进行分析:

1. 用其意不用字

这是指用了典故的意思却没有采用其原有字面,是一种巧妙的用典之法。苏轼读书甚多,用古人之意,信手拈来。具体而言,又可以分成两种:一是用古代故事之意却不用其字面。如《夜过舒尧文戏作》"坐客敛衽谁敢侮",

> 赵夔注:此言尧文非嫡也。《南史》:崔道固为宋诸王参军,被遣青州募人。长史以下并诣道固,道固诸兄等逼其所生母致酒炙于客前。道固惊起,谓客曰:"家无人与! 老亲自执纫劳。"诸客皆知其兄所作,咸拜其母。母谓道固曰:"我贱不足以报贵宾,汝宜答拜。"诸客皆叹美道固母子而贱其诸兄。晋裴秀母贱,嫡母宣氏不之礼。秀叔父徽有盛名,宾客甚众。秀年十余岁,有诣徽者,出则过秀。宣氏使其母进馔于客,见者皆起。秀母曰:"微贱如此,应为小儿故也。"宣氏知之,乃止。此二句皆微辞以戏之故,但使其意而

---

① 《集注分类东坡先生诗》,卷四第三页 A 至 B。

不使其字也。①

　　在这个例子中,《南史》中的崔母与《晋书》中的裴母都因出身微贱而被正室一支所欺,但崔、裴母子却受到了客人的尊敬。就出身而言,舒尧文与崔、裴相似,苏轼以此调谑舒尧文出身非嫡。但苏轼又加以变化,以"不敢侮"暗示舒尧文声望之高。从苏诗的字面来看,几乎看不出原故事的痕迹。

　　另一种是用古人诗句之意而不用其字面。如《真兴寺阁》"山川与城郭,漠漠同一形":

　　　　赵夔注:"此诗用古人意而不取其字。杜子美《登慈恩寺塔》诗云:秦山忽破碎,泾渭不可求。俯视但一气,焉能辨皇州。言其高也。"②

　　苏诗与杜诗都描述了登高远眺所见之状,包含了万物混然一气、冥漠难辨的壮阔景象,但二诗没有重复的字面。

　　2. 暗用

　　即赵夔序所云"疑不用事而是用事"。这是由用其意不用其字发展而来,指的是古代故事暗藏其中,却如盐入水,不着痕迹。

　　如《次韵陈四雪中赏梅》"遗英卧逸民":

　　　　赵夔注:"此疑若不使事而乃使事,谓袁安雪中高卧耳。遗逸之士谓之逸民。"③

　　在此例中,袁安雪中高卧、冻馁而不求人这个故事读者已习以为常,对

---

① 《集注分类东坡先生诗》,卷十五第二十页 B 至第二十一页 A。
② 《集注东坡先生诗前集》,卷一。
③ 《集注分类东坡先生诗》,卷十八第三十七页 A。

"卧"一类的字眼已经丧失了阅读的敏感度。若非赵夔仔细品味诗境,难明东坡之意。

3. 借用

即赵夔序所言"改古人句中借用故事"。这是指借其事而用,与用字中的"借用"相似,其方法是将典故中的事件抽离原来的语境,而将其用于另一语境之中,从而收到移花接木的效果。这方面赵夔的分析与赵次公非常相近。

如《常润道中有怀钱塘寄述古五首》"去年柳絮飞时节,记得金笼放雪衣":

> 赵夔注:"唐《谭宾录》曰:天宝中岭南献白鹦鹉,养之宫中。岁久,颇聪惠,通晓言词。上及贵妃呼为雪衣。此呼鸽为雪衣,借用故事也。"①

《谭宾录》中的"雪衣"指白鹦鹉,被苏轼借用来指白鸽。

至于能造古人意、点化古诗拙言等情况,本为苏诗用典之化境,但在现存的赵夔注中已不复可睹,亦为憾事。

(五)用典的特殊问题

1. 用本朝人诗

诗人用典,出处一般来自前代诗文,有时也用本朝的一些重要诗人的名句。杜甫就曾用过卢照邻、沈佺期、孟浩然等人的诗句,白居易也常用杜甫的诗句。苏轼亦不例外,上文已述,赵次公已经讨论过苏轼用本朝人诗的问题。在赵夔看来,苏轼常常用欧阳修的诗句。如《辛丑十一月十九日既与子由别于郑州西门之外马上赋诗一篇寄之》"夜雨何时听萧瑟",赵夔注:"欧阳诗:空窗语青灯,夜雨听疃疃。亦相类。"②又如《次韵刘京兆石林亭之作石本唐苑中物》"但当对石饮,万事付等闲。"赵夔注:"欧阳诗:惟当扫雪席其侧,

---

① 《集注分类东坡先生诗》,卷十六第二十八页 B。
② 《集注东坡先生诗前集》,卷一。

日与佳客陈清樽。意亦同此。"①对这一类现象,赵夔不仅看其字面,更注重诗意、诗境的相通。

2. 用古人词中佳句

赵夔认为苏轼用典的出处,也不局限于前人诗文,对于词这种后起的文体,也有所借鉴。如《凤翔八观·东湖》"吾家蜀江上,江水绿如蓝。"赵夔注:"白乐天句:春来江水绿如蓝。"②用的是白居易《忆江南》词中之句。

(六) 诗学批评

与赵次公一样,赵夔在释典之余,也附带评论苏诗用典的艺术成就。赵夔认为苏轼重视字法,用字十分讲究,如《凤翔八观·维摩像唐杨惠之塑在天柱寺》"时有野鼠衔其髭",

> 赵夔注:苏公诗妙处含蓄甚多,引用事实亦复称是,只如此一髭字,不无所本。晋谢灵运髭美,临刑,因施作南海祇洹寺维摩诘像髭。寺人保惜,略不污损。子由尝和此诗云:长嗟灵运不知道,强剪美髭插两颧。彼人视身如枯木,割去右臂非所患。何况塑画已身外,岂必夺尔庸自全! 盖非之也。③

在赵夔看来,苏文中一个简单的"髭"字,蕴含了谢灵运的故事及苏轼兄弟对谢的评价。

又如《壬寅二月……寄子由》"千重横翠石",赵夔注:"谢灵运诗云:石横水分流。故此用一'横'字为工也。"④苏诗中的"横"字脱胎于谢灵运诗,凸显了乱石突兀之势,用字极准。

---

① 《集注东坡先生诗前集》,卷一。
② 《集注分类东坡先生诗》,卷二第十一页 A。
③ 《集注东坡先生诗前集》,卷一。
④ 《集注分类东坡先生诗》,卷一第四页 B。

三、赵夔注的时事注释

文学批评史上有"诗言志""诗缘情""歌诗合为事而作"等观点。不管是"言志"还是"缘情",常常外化为"事"。苏轼的诗歌创作也不例外,由具体的"事"而触发的诗篇为数不少。这种"事",既可以是关乎熙宁变法、元祐党争一类的家国大事,也可以是一时一地抒发个人的感触,或与朋友的交游唱和赠答。只有考证出触发苏轼作诗的各类事件,才能对苏轼的诗意作出正确的解释。

在类注本中,赵夔是最重视历史解释的注释者。上文已述,赵次公长于诗学解释,却不重视历史解释,有时对时事与人物停留在猜测的层面,而不作考证。相比之下,赵夔注重时事的考证,为赵次公所不及。在序中赵夔说道:"叩其所未知者,叔党亦能为仆言之。"赵夔与苏过交游的经历,使其易于获得第一手材料,以了解苏轼交游唱和的对象生平及事件背景,在宋代苏诗注中开创了注重历史解释的传统。

赵夔作为苏诗注中考证本事的先驱者,尚无将苏诗置于重大历史背景下加以考察的意识,其考证的重点为苏轼交游、唱和等相关事件,亦有助于了解苏轼的生活意趣。在赵夔之后半个多世纪,宋代苏诗的另一重要注本——施、顾《注东坡先生诗》的题下施宿注,注重运用"以史证诗"的方法解释苏诗意旨,其重点已转为考证与时政密切相关的重要事件,在熙宁变法、元祐党争的背景下理解苏诗。

(一)解题

类注本中,赵夔注释诗题中的人物最多,除简介人物的生平之外,常常能引用切合题意的材料以佐证诗意。如《次韵徐仲车》题下赵夔注:

> 仲车名积。苦学,养母尽力,行年四十,不婚不仕。久之,乡人迫令就举。遂应入京,则以只轮载母,躬自推行,葛衫草履,行道之人不能辨也。登治平四年第。未调官,母亡,遂不复仕。家居山

阳,衣食不给。及路振通判楚州,始为娶妻生子,小名路儿云。先
生尝言仲车古之独行人,于陵仲子不能过。然其诗文则怪而放,如
玉川子,此一反也。耳瞆甚,画地为字乃始通,终日面壁不与人接,
而四方事无不周知,此二反也。昔王肃三反,而斯人有其二,亦可
谓异矣。①

在这一首次韵诗中,赵夔详细地介绍徐仲车卓尔不群的性格特点以及
苏轼对他的评价,从中可看出苏轼的交友倾向,折射出苏轼的人生意趣。

赵夔还针对诗题中的事件作出考证。如《病中独游净慈谒本长老周长
官以诗见寄仍邀游灵隐因次韵答之》题下赵夔注:

周邠长官云:"窃闻子瞻学士昨日飘然单乘,独出南屏,旋至北
山,穷幽览胜,真得物外自适之趣。邠尝诵欧阳公诗云:使君厌骑
从,车马留山前。行歌招野叟,共步青林间。然明公今日之乐,正
得于此,因成诗一章上寄云:放归驺骑独寻山,⋯⋯徜徉终日未
经还。"②

赵夔引用了周邠的言论,展示了当日唱和的具体情形。

(二)释事

理解诗句之意,也要以本事为依据。赵夔能钩隐发微,探索苏诗的
深意。

1. 使用"赋"体,直陈其事的诗句

这类诗句的含意可以直接根据史料来解释,只要按照诗歌的内容去寻
找相应的材料,互相对照、比证,就可明白意义。诗句本身比较简练含蓄,赵
夔所引材料可以提供更全面的事件细节。例如《赵阅道高斋》"闻公引退云

---

① 《集注分类东坡先生诗》,卷十九第三十六页 A 至 B。
② 《集注分类东坡先生诗》,卷十七第二十三页 A 至 B。

公高"，赵夔注：

> 赵清献公年未七十，告老于朝，不许，请之不已。元丰二年二月加太子少保致仕，年七十二矣。退居于衢，有溪石松竹之胜，东南高士多从之。……始公自杭致仕，杭人留公不得行，公曰："六年当复来。"至是适六岁矣。杭人德公，如见父母。以疾终衢。①

赵夔详引史料，再现了赵抃深得民望的史实，从中可看出赵抃品格之高，并解释了诗句之意。

2. 用典的诗句

解释这一类诗句，首先必须引出苏轼所用的故事。上文已述，赵夔擅长于引典故的出处，并总结用典之法。但要全面地解释诗意，仅仅做到这一点是不够的，苏轼用典往往影射现实，因而必须找出苏诗所用之典与本事之间的联系，才能明白苏轼的用意。赵夔也未忽视这一点。例如《和孔周翰二绝·再观邸园留题》"曲收彤管邶鄘风"：

> 赵夔注："尝闻高密老儒之言曰：'邸氏有贤妇，孀居不嫁，其节甚高。'故公此诗用《静女》'彤管有炜'、《柏舟》共姜自誓，《邶》《鄘》二风之事也云云。"②

密州孀妇之本事，极其生僻，若非赵夔上距苏轼的年代不远，实难访之。

赵夔与施宿考证本事的重点虽然各不相同，但赵夔考证的几个重要方向，如解题、释直陈其事的诗句、释用典的诗句，都为施宿注及李壁《王荆公诗注》所继承，成为宋代诗歌注释的重要方法。

---

① 《集注分类东坡先生诗》，卷三第二十六页 B。
② 《集注分类东坡先生诗》，卷二十三第三十六页 A。

本节小结

作为早期的苏诗注者,赵夔序对苏诗的用典方法作了详尽的理论总结,又在注释中全面细致地贯彻这一理论,与同时期的赵次公相比,各有所长。二人共同开创了苏诗注中的诗学解释传统,又与《黄陈诗集注》的作者任渊一同开启了宋代诗歌注释重视诗歌创作技巧分析的学术风气。赵夔在历史解释方面亦有开拓之功,对南宋中期的施宿注重视"以史证诗"方法有一定的启发。赵次公注不注重时事的分析,施顾注则不擅长诗学研究,赵夔注在诗学解释与历史解释这两种重要方法中能掌握平衡,在苏诗研究史与宋代诗歌注释史上皆有重要意义。

第六节 《王状元集百家注分类东坡先生诗》的林子仁注

林子仁,名敏功,子仁乃其字,蕲春人,生卒年不详,约生活于北宋嘉祐至宣和年间。林子仁的生平与著述参见本章引言,《全宋诗》录其诗八首。

除诗歌创作之外,林敏功还撰有编年体的《苏诗注》,原书已佚,部分注文保存于《集注东坡先生诗前集》与题名王十朋编撰的《王状元集百家注分类东坡先生诗》(以下简称为"类注本")之中。因后者收录林敏功注时常以"子仁曰"称之,因此本节概将林注称为林子仁注。林子仁注是出现较早的苏诗注之一,在类注本中,林子仁注的成就仅次于赵次公与赵夔。林子仁注整体虽不及赵次公注,但林子仁作为江西诗派的重要成员,是宋代苏诗注释者中诗歌创作成就最高者,他以诗人的眼光注苏轼诗,有过人之处,其中亦有赵次公与赵夔所难及者。本节拟在考证林子仁注成书与流传的基础上,探讨林子仁注在注典故、探析东坡诗法、注时事及纠正旧注之误等方面的贡献。

一、林子仁注的成书及流传

现存最早的苏诗注,是北宋末年的程缜、李厚、宋援、赵次公等四注。林子仁针对四注作了补注,连同四注一起刊行,是为五注本。现存古籍中,有两处保存了五注本的残帙:一是清人冯应榴所见宋刊五家注《东坡后集》七卷。冯指出,这个五注本的部分注文为《王状元集百家注分类东坡先生诗》所无,并将其收入《苏文忠公诗合注》当中;一是中国国家图书馆所藏宋刊《集注东坡先生诗前集》残帙四卷,此书前三卷为十注本,第四卷为五注本。无论是十注还是五注,都包括了程缜、李厚、宋援、赵次公与"新添"。以该书与类注本相对照,可知"新添"即林子仁。

苏诗的四注、五注本,及其后产生的八注、十注本,皆已失传。现在能看到的林子仁注,主要靠一些苏诗集注本保存下来。保存林子仁注文最多的是类注本,共 600 余条。此外,宋刊《集注东坡先生诗前集》残存的前四卷,有些林子仁注为类注本所无。

类注本题名王十朋的序称,这部书是在八注、十注的基础上,"搜索诸家之释,裒而一之,划繁剔冗"而成的。以《集注东坡先生诗前集》现存的四卷与类注本相应篇目相对照,不难发现,赵次公、林子仁等人被删除的注文,真正称得上苛冗繁芜的寥寥无几,却包含了各人注释的主要成就。就林子仁注而言,《正月二十一日病后述古邀往城外寻春》"试呼稚子整冠巾"句下,五注本有新添云:"杜诗:有客过茅亭,呼儿正葛巾。"①类注本却无此注。此外,《渼陂鱼》"黄鱼屡食沙头店"、《出颍口初见淮山是日至寿州》"枫叶芦花秋兴长"句下的林子仁注都被类注本删节。可见,类注本对林子仁注虽有保存之功,但亦有妄删之过。林子仁注的原貌不可复睹,可谓是一大憾事。

除此之外,《集注东坡先生诗前集》所保存的林子仁注也未必是原貌。这存在以下两种情况:

1. 原属林子仁的注文,被冠以他人之名

最突出的问题是,该书的编者将原属于赵次公、林子仁等八位注者的部分注文抽出,分别冠以"傅、胡"之名,从而扩充为十注。后来类注本的编者将其中一部分又改回赵次公、林子仁等注者名下。如《楼观》"门前古碣卧斜

---

① 《集注东坡先生诗前集》,卷四。

阳,阅世如流事可伤"句下注文:"刘禹锡《宿诚禅师山房》云:阅世甚东流。"十注作"傅云",类注本作"子仁曰"。又如《记所见开元寺吴道子画佛灭度以答子由》"隐如寒月堕清昼,空有孤光留故躔"句下注文:"李白《拟古》云:明月看欲堕,当窗垂清光。古人谓'堕'字为工。杜子美诗云:哀鹜无光留户庭。先生用此句法也。"十注作"胡云",类注本作"子仁曰"。

除了傅、胡二注之外,另一些注文也存在争议。如《中隐堂诗》其一"堂在昔人非"句下注文:"丁令威云:城郭虽故人民非。古诗云:山川长是昔人非。"十注本作"补注云",归于赵夔名下;类注本作"子仁曰",未知孰是,姑依类注本。

2. 原不属于林子仁的注文,却被归入林子仁名下

如《腊日游孤山访惠勤惠思二僧》"无人鸟相呼"句下注文:"太白诗:清风动窗竹,越鸟起相呼。又,杜诗:水宿鸟相呼。"十注本作"新添云",类注本作"任曰",将其归入任居实名下。同样,《次韵孔文仲推官见赠》"作驹已权奇"句下注文:"《前汉·礼乐志》:郊祀歌:太乙贶,天马下。沾赤汗,沫流赭。志俶傥,精权奇。籍浮云,掩上驰。"五注本作"新添云",类注本亦作"任曰"。

二、林子仁注中的典故与诗学解释

林子仁的苏诗注,将典故作为注释的重点,原因有二:其一,在诗歌创作领域,自魏晋南北朝以来,用典已成为诗歌最常用的表现方法之一;在诗歌注释领域,则由李善的《文选注》开启了以征引典故出处为注释基础的传统,宋代诗歌注释者莫不受其影响,林子仁之前的苏诗四注成员程缜、李厚、宋援、赵次公概不例外,林子仁作为补注者,顺理成章地将重点放在这一方面。

其二,林子仁作为江西宗派的成员,自然受到黄庭坚"无一字无来处""夺胎换骨""点铁成金"等创作理论的影响,而在典故的运用方面,苏诗正是黄诗的前驱,因此苏轼的用典倍受注释者的关注。值得注意的是,林子仁并非简单地从前代文献中寻找苏诗语句的字面出处,而是寻找意义契合的出处,从而准确地探讨苏轼的用意。如《次韵答章传道见赠》"一驰难再彀",五注本新添云:"范传正《李太白墓碑》云:'千钧之弩,一发不中,则当摧撞折

牙,永息机用,安能效碌碌者苏而复上哉。'此盖先生诗意也。"①这说明林子仁引典故的出处,以意义为准。

用典是古代诗歌中与赋、比、兴并列的常用表现方法之一,对用典方法的分析是诗歌研究重要的内容。诗人用典之法,纷繁复杂。宋代诗人与诗歌理论家,对用典之法的探讨,往往比较零散,未进行系统的总结。相比之下,赵次公、林子仁等多位注家不仅能够准确地引出典故的出处,而且还进一步以此为依托,总结苏轼的用典之法,从而使诗歌注释带有诗学研究的意味。林子仁等注释者强调典故的出处必须与诗句意义相关联,将典故在原书中的意义与诗中的意义进行比较,根据两处意义关联程度的不同,总结出不同的用典方法。他的思路尽管与赵次公有重合之处,但也具有自己的特点。

林子仁补注对苏诗用典之法的分析如下:

1. 暗用

这是指用了典故的意思却没有采用其原有字面,有如羚羊挂角,无迹可求。例如《戏赠田辩之琴姬》"流水随弦滑,清风入指寒。坐中有狂客,莫近绣帘弹":

　　　　林子仁注:"此暗用司马相如琴心挑卓文君事。"②

本诗题为"戏赠",戏谑之意显而易见。苏轼意在调侃琴姬恐遭狂客之戏,其情境近于司马相如琴挑卓文君之事,但《史记》或《汉书》中《司马相如传》的原文字眼,包括司马相如、卓文君、琴等关键字眼,皆未出现在苏诗当中。若非林子仁细品诗意,反复咀嚼,断难得之。

2. 借用

可分为两种情况:一种是借其字而用,即借用某字词的字面,却将其用

---

① 《集注东坡先生诗前集》,卷四。
② 《集注分类东坡先生诗》,卷四第十二页 B。

于另一含义之中;另一种是借其事而用,将典故中的事件抽离原来的语境,而将其用于另一环境之中。林子仁较注重的是前一种,如《庐山二胜·开先漱玉亭》"我来不忍去,月出飞桥东。荡荡白银阙,沉沉水精宫":

> 林子仁注:"海中三神山,以白银为宫阙,而世谓湖州为水精宫。此皆借字用尔。"①

苏诗中的白银阙、水精宫都用来形容漱玉亭侧的溶溶月色,月华如水,清景无限,所以借此二词为用,却已与原出处的三神山、湖州等原使用对象没有直接的关系了。

3. 合用

将原诗两句或数句之意凝缩在一句当中,使诗歌语言更加精炼,遍免生搬硬套。如《次韵孙莘老斗野亭寄子由在邵伯堰》"孤亭得小憩,暮景含余清":

> 林子仁注:"《选》诗:远峰隐半规,密林含余清。"②

林子仁注所引《文选》之诗,乃谢灵运《游南亭》中的名句,"远峰隐半规"指夕阳将落未落之时,被远处山峦的地平线吞没了一半,写景生动,极具绘画艺术中的线条美。"密林含余清"则引导读者将视线从远处收回,渲染了深山黄昏时的清幽气氛。苏轼袭用谢诗之意,但意境营造的重点有所不同。谢诗重在写景,苏诗重在写意,抒发心中舒惬幽独之情。先以"孤亭得小憩"点出自己怡然自得的心态,以此作为背景,再融入谢诗之意,却不像谢诗那样重在景物线条的形容刻画,而是以凝练的写意之笔营造一种气氛,启发读者的联想,既可能包括"远峰隐半规,密林含余清"的情态,又可能是另外几

---

① 《集注分类东坡先生诗》,卷七第三十一页 A。
② 《集注分类东坡先生诗》,卷十九第八页 A。

种景象:"暮景"既可包括远峰峭立之暮景,也可能指一马平川之暮景,亦可以指平湖无限的暮景;同样,"余清"既可以是密林之余清,也可能是溪山之余清,或者是田园之余清。这样,苏诗之意较之谢诗之意,就有了明显的变化,而非简单地袭用原意,是一种成功的用典之法。

苏诗甚至于一句包含了古人四句之意。如《四时词》"佳人瘦尽雪肤肌,眉敛春愁知为谁":

> 林子仁注:"李白诗:美人卷朱帘,独坐颦蛾眉。但见泪痕湿,不知心恨谁。"①

苏诗"眉敛春愁知为谁"一句不仅浓缩了李白诗五言四句之意,甚至还能施以变化,加一"春"字,女子独坐伤怀之感因春而浓郁得无法排解。

4. 展用

这与合用正好相反,即将原诗的句意扩展而用,通过增加修饰成分,以达到变化出新的目的。如《同柳子玉游鹤林招隐醉归呈景纯》"泉底真珠溅客忙":

> 林子仁注:"杜诗:奔泉溅水沫。"②

杜诗只是描绘了泉水飞溅成沫的场景,而苏诗增加了飞溅的对象——游客,也就是苏轼与柳子玉,通过拟人的手法,使人感到泉水的亲切,从而营造了亲近自然、物我合一的境界。

5. 反用

即反其意而用,在前人语意的基础上自立新说,别开生面。如《次韵范淳父送秦少章》"宿缘在江海,世网如予何":

---

① 《集注分类东坡先生诗》,卷六第二页 B 至第三页 A。
② 《集注分类东坡先生诗》,卷五第十七页 A。

林子仁注:"《文选》:陆机诗:借问子何之,世网婴我身。"①

陆机诗为名句,感叹人在仕途,身不由己,进退维谷,道出了古往今来文人内心共同的感觉。特别是陆机本人后来果然逃脱不了这张世网的笼罩,死于八王之乱中,更引发了后人的无限同情。苏诗则反用陆机之意,表达了身在魏阙之上、心存江海之下的愿望,希望自己不堕入网中,而能效范蠡飘然而去。

上文所述五种用典之法,尚属用典的一般规律,而且不出赵次公的分析范围。林子仁作为江西诗派的成员,他的典故注释的独到之处在于,这种典故注释与苏轼的创作方法形成一种相互影响的关系,客观上也可验证苏轼活用典故、推陈出新的创作方法。苏诗好用典故的创作方法在宋代常常受到负面的评价,甚至被严羽讥为"以学问为诗",有堆砌典故、卖弄学问的嫌疑。实则苏轼对前人的语词典故并非简单地袭用,而是在继承的基础上又有所发展变化,从而自成一体,富有创造性。林子仁的苏诗注就能体现这一点。

苏轼用典,常喜化用、变用,即将原诗句更换关键词,达到"以故为新""夺胎换骨"的效果。《次丹元姚先生韵》"自怜无他肠,偶亦得此生":

林子仁注:"陶渊明诗:笑傲东轩下,聊复得此生。"②

陶渊明一生沉潜不遇,唯以菊、酒自娱。本句陶诗感慨隐居生活,又隐隐有不平之意,因而以"聊复"二虚字感叹人生的失落,唯有在东轩之下自得为乐。相比之下,苏轼一生亦坎坷多难,几度沉浮,但苏轼比陶潜更加豁达,因此以"偶亦"二虚字表现人生的超脱。二诗内容相似,且皆以虚字为眼,但境界截然不同。

---

① 《集注分类东坡先生诗》,卷二十二第十三页 A。
② 《集注分类东坡先生诗》,卷十九第四十一页 A。

《新居》"朝阳入北林，竹树散疏影"：

> 林子仁注："杜诗：月林散清影。"①

杜诗与苏诗一写月影，一写日影，皆状树丛中光影披散之态，杜诗强调"清"，营造月色清幽之境；苏诗变"清"为"疏"，重心变为树影婆娑、明灭变幻之态，于杜诗之外，另立一境。

三、林子仁注的时事注释

对于诗歌注释来说，有关当代史实的解释既是重点，又是难点。以意逆志，所逆之"志"，常常外化为"事"，即触发作者创作灵感的具体事由。由于注释者与作者之间的时代、文化、个性等方面的差距，要准确定位触发作者创作灵感的事件，尤其是作者某时某地一时兴之所至的感触，无疑是十分困难的。

前文已述，就苏诗而言，当代史实的解释尤为重要。类注本中成就最高的赵次公有一定的创作才能，但赵次公的苏诗注有一个明显的弱点，虽长于诗学解释，却不重视历史解释，往往局限于利用时事背景点明诗意，能勾勒诗意大概即可，而不作更深的探索，是一种粗线条的处理方式。相比之下，另一些更加杰出的诗人，因为有丰富的创作经验，能够设身处地，推己及人，因而在解释诗歌时十分重视本事的发掘与考证。在苏诗的注释史上，有两位著名的诗人曾起了重要的作用。陆游曾撰《注东坡先生诗序》，他指出了苏诗之本事难以尽言，因而苏诗之意难以发明。施宿以陆游的观点为指导，为其父施元之与顾禧合著的《注东坡先生诗》补充了大量的题下注。这些注释以考证时事，发明诗旨为主。后来清代的著名诗人查慎行撰《补注东坡先生编年诗》，亦以撰述年表、考证编年、史实、人物、地理、职官、名物为主。可见，真正的诗人都懂得把握作者的创作动机，通过考证本事以解释诗意。而

---

① 《集注分类东坡先生诗》，卷三第十七页 A。

在这方面导夫先路的无疑是林子仁。林子仁作为江西宗派的成员,除了典故与诗学解释之外,也非常重视时事的解释,而且离苏轼的时代较近,因此易于考证苏诗所涉及的本事,从而探索诗意。

苏诗有"以议论为诗"的特点,经常采用"赋"体,即"直陈其事",直接评论、感叹当时之事。释"赋"体的关键之处在于"印证",即按照诗句的内容去寻找相应的史料,互相对照印证,就可明白其意义。其次在于"补充"。由于诗歌贵在精炼含蓄,诗人不可能作更多的铺叙。因此,注释者应引用史料提供更丰富的细节,让读者了解事件的全面发展过程,从而读懂作者的意图。林子仁注在这方面成就突出。

如《阅世亭诗赠任仲微》"岂云报仇雠,祸福指络脉":

> 林子仁注:"秦少游作《任师中墓表》:元丰中,公知泸州,使者诬奏公西南乞第过江安时不时掩击,乃延儒生讲书,疑有私谒。朝廷疑之,乃先使下其章于它郡,各穷竟所考,未具而公卒。时当途者以公既殁,欲为使者地。公之子大防三诣阙,上书陈冤状,狱不敢变,使者竟免。大防即仲微也。"①

本诗题为"赠任仲微",实则感叹任仲微之父任师中宦海浮沉的命运,任师中在泸州任上因与转运判官意见不合而遭受的冤狱,尤其是苏轼议论的重点。"岂云报仇雠,祸福指络脉"二句言近旨远,林子仁引用秦观所作《墓表》,详细地展示了任师中遭遇冤狱的来龙去脉,是这两句诗的最好注脚。

又如《送范景仁游洛中》"小人真暗事,闲退岂公难。道大吾何病,言深听者寒。忧时虽早白,住世有还丹":

> 林子仁注:"按先生尝志范公墓云:宋仁宗即位三十五年,未有继嗣。公独奋曰:'事有大于此者乎?'即上疏请择宗室贤者,异其

---

① 《集注分类东坡先生诗》,卷九第二十七页 B。

礼物,而试之政事,以系天下心,闻者为之股栗。章累上,不报,待
罪百余日,章十九上,须发为白。"①

本诗为送别诗,苏轼在开篇指出了范景仁去职游洛的事由,然而诗歌语
言精练含蓄,意味深长。对于"道大""言深""早白"的字眼,读者虽然明白其
字面意思,也大体能了解范景仁的去职之由,却无法进一步了解其中的细
节。林子仁准确地领会了苏轼的用意,引用苏轼本人的著作,详尽地说明了
事由。

林子仁还能针对苏轼的身边的琐事作出说明,尤其是林子仁的故乡及
隐居地蕲春离苏轼所谪黄州不远,对黄州地理、风俗及苏轼在此地的活动甚
熟。如《初秋寄子由》"学道恨不早,买田秋已议",林子仁注:"黄州东南三十
里地名沙湖,先生尝买田其间。"②又如《上巳日与二三子携酒出游随所见辄
作数句明日集之为诗故词无伦次》"柯丘海棠吾有诗",林子仁注:"《黄州东
坡图》:柯山四望,直南高丘,故亦名柯丘。东西隅海棠一株甚茂。"同诗"写
真素壁千蛟舞",林子仁注:"《东坡图》:柯丘南尚氏家有丛枳甚大,公尝自为
图之。"③都能有效地佐证、说明诗意。

四、林子仁对旧注的纠正

林子仁注是对赵次公等四注的补注,因而对旧注也提出了不少质疑,言
之成理,价值甚高。

如《次韵子由所居六咏》"东斋手种柏,今复几尺长。知有桓司马,榛茆
为遮藏",赵次公注:"桓司马应是桓魋也,有墓在徐州。"林子仁注:"《史记·
孔子世家》:孔子适宋,与弟子习礼大树下。宋司马桓魋欲杀孔子,拔其树。
孔子遂去。今诗盖用此也。赵注妄引桓魋墓在徐州,所种柏在其墓下,误

---

① 《集注分类东坡先生诗》,卷二十第二十七页 A。
② 《集注分类东坡先生诗》,卷十六第十六页 A。
③ 《集注分类东坡先生诗》,卷二十三第十七页 B。

矣。所谓'知有桓司马'云者,恐柏树遭伐,故遮护之耳。详味其一篇大意可见也。"①本诗所云"桓司马",指的是桓魋,这一点并无疑义,但赵次公注说桓魋墓在徐州,则失之偏颇。本诗作于绍圣三年苏诗谪居惠州之时,而非元丰年间苏轼出守徐州的任上,赵次公对作诗时间把握不准,有望文生义,误以为诗中子由所居在徐州之嫌。本诗用桓魋之典的寓意为:苏轼怀念子由居处的手种之柏,恐其遭到砍伐,故以桓魋拔树为喻,希望榛茆之类能遮蔽柏树,免遭桓魋一类人物的毒手。林子仁注联系上下文,正确地解读了苏轼的用意。

《九月十五日迩英讲论语终篇赐执政讲读史官燕于东宫又遣中使就赐御书诗各一首臣轼得紫薇花绝句其词云丝纶阁下文书静钟鼓楼中刻漏长独坐黄昏谁是伴紫薇花对紫微郎翌日各以表谢又进诗一篇臣轼诗云》题下林子仁注:"赵注此叙乃以九月十五日为宋哲宗皇帝之元祐七年,误矣。谨按先生以元祐元年自中书舍人为翰林学士,知制诰。二年,兼侍读。四年,除龙图学士,知杭州。又《前集》有《谢赐御书诗表》,在《知杭州表》之前,此必元祐二年或三年。又坡诗自注:'前此未尝以御书赐群臣。'此必元祐四年之前,而非七年也。"②林子仁结合苏轼在元祐年间的仕宦经历,指出本诗诗题中提到的在迩英殿讲论语之事,应发生在元祐二年或三年苏轼任翰林学士兼侍读期间,后来清代的邵长蘅《施注苏诗》、查慎行《苏诗补注》都证实了林子仁的看法,将本诗编入元祐二年。赵次公将此诗归入元祐七年,于史无据。

《次韵子由三首·东楼》"白发苍颜自照盆,董生端合是前身。独栖高阁多辞客,为着新书未绝麟。"李厚注:"《晋书》:杜乂、殷浩并才名冠世,而庾翼弗之重也,每语人曰:'此辈宜束之东阁,俟天下太平,然后议其任耳。'"林子仁注:"此一联意指董仲舒下帷讲诵,目不窥园,及着《玉杯》《繁露》书,特不泥本事耳,故首言'董生是前身'以引之。所谓高阁者,直指东楼也。旧注引

---

① 《集注分类东坡先生诗》,卷三第十五页 B 至第十六页 A。
② 《集注分类东坡先生诗》,卷十一第三十一页 A。

庾翼所谓'此辈宜束之高阁',失诗意矣。"①本诗苏诗以董仲舒自况,希望自己能像董仲舒一样独居高楼,不受外界的干扰,潜心著书立说。诗中所用的高阁,指的就是东楼,与《晋书》中的"东阁"仅仅是字面相近,其意义毫无联系。李厚注只懂得从古代典籍中寻找相近字面,却忽视了诗歌的意义,以至文不对题。林子仁能细品诗意,指出其中的谬误。

本节小结

作为吕本中《江西诗社宗派图》的成员和早期的苏轼诗注释者,林子仁以诗人的眼光对苏诗活用典故的创作方法作了全面分析,总结了苏诗的一些创作特征:苏轼用典有暗用、借用、合用、展用、化用等方法,在前人语意的基础上融入了自己的创造力,推陈出新,富于变化。林子仁作为一位重要诗人,亦不忽视"知人论世"的解释方法,针对苏轼好发议论的特点,详细深入地考证、补充了苏诗所涉及的时事。此外,林子仁对赵次公、李厚等旧注中的错误也作了详尽的辨析。林子仁注在苏诗研究史与宋代诗歌注释史上皆有重要意义。

本章小结

在旧题王十朋编的《王状元集百家注分类东坡先生诗》的各个注家之中,赵次公的注文数量最多,成就也最高,最能代表这个注本的水平。

南北宋之交是宋代诗歌注释的起始阶段,也是中国古典诗歌注释史上的第一个繁荣时期。与任渊的《黄陈诗集注》一样,赵次公的注释,是这个时期诗歌注释的典型代表。

赵次公是一个能诗之人,他从诗学的角度出发来解释苏诗,能够体会诗人的用心,分析苏诗的写作方法,总结艺术成就。赵次公的主要成就包括:

---

① 《集注分类东坡先生诗》,卷九第二十九页 A。

1. 注释典故

与两宋之交的大多数注家一样,赵次公也重视苏轼诗句中的"来处",把典故的征引放在最基础的位置。与类注本中的其他注家相比,赵次公征引的典故数量最多,而且最准确。但赵次公在典故注释方面的贡献不仅仅在这些方面,更重要的是,赵次公能够分析诗人用典的各种方法,特别是各种灵活运用典故、对典故加以变化的方法,并且因此对注释者提出了要求。具体表现为:

(1) 总结了典故的分类体系:赵次公把苏诗中的典故分为字、语、势、事四大类,这种分类准确地反映了唐宋诗人用典的情况。相比之下,任渊的《山谷诗集注》则没有提出这类清晰的体系。其中的"势"属于赵次公的独创,强调诗人对前人句式的模仿。任渊虽然也有类似的概念——"用其语律",但其表述不够赵次公准确,内容也过于模糊、宽泛。赵次公又将其中的"事"详加分析,除正用、专用之外,他总结出借用、翻用、用其意、展用、倒用、抽摘渗合而用等灵活运用典故的方法,并在注释过程中详细地进行分析。

(2) 提出了"用事必有祖孙"的原则。赵次公指出用典中有一个特殊而又重要的现象,即某个典故会被历代诗人多次使用,并在这个漫长的使用过程中被历代诗人加以变化,形成"祖典—父典—孙典"的现象。赵次公强调,注释者必须将祖典、父典、孙典一同注出,不可遗漏其中任何一个环节。

任渊在《山谷内集诗注》中也能够分析黄诗灵活运用典故的各种方法,但他不像赵次公那样明确地提出诗人用典的分类体系。对"用事之祖孙"这一现象,任渊在注释过程中虽然能够完成这一要求,却没有运用术语、概念对其加以描述、总结。因此,在典故注释方面,赵次公可称得上宋代注家中的第一人。

2. 解释诗意

赵次公解释诗意,本质上是一种诗歌作品的内部分析、一种写作分析,他主要是通过分析写作手法与段落层次,并且体会诗人的用心,从而解通诗意,是孟子"以意逆志"说的典型运用。

(1) 分析比喻、起兴、借代、夸张、用典等修辞手法,从而解释句意。

（2）将长篇诗歌划分段落层次，逐层归纳意思。

（3）总结全篇之意。

另一方面，赵次公不重视通过考证事实来探索作者的意图，揭示诗歌的寓意，而只重视对诗歌进行写作分析，这种释意方式往往有以下缺陷：

（1）只能揭示作品的浅层意义，而不能发掘诗歌的深层意义及作者的真实意图。

（2）对意义的分析缺乏事实作根据，甚至有时只能出于猜测。

因此，赵次公的释意方式有一定的弱点。

3. 艺术评论

赵次公从写作分析的释意方式出发，也喜欢对苏诗的艺术特点作出评论：

（1）对苏轼某些诗篇的取材、立意作出总结、评价。

（2）对苏轼所运用的一些特殊文体，赵次公亦予以解释，述其源流，概括其主要写作特征。

（3）对某些写作技巧作出总结。

赵次公的这类诗歌批评、评论，深得诗家三昧，没有深厚的诗学修养是说不出来的。

赵次公的注释，本质上是一种诗学分析，与另一位著名的诗歌注家任渊的思路相近。这种解释方式是两宋之交时期诗歌注释的主流。赵次公的注释水平代表了两宋之交诗歌注释的最高成就，他与任渊的诗注，可称为南北宋之交诗歌注释的双璧。

第三章 施元之、顾禧、施宿 《注东坡先生诗》研究

引言 《注东坡先生诗》的概况

一、成书过程

《注东坡先生诗》四十二卷,署名作者乃施元之、顾禧。本书为编年注本,现已无完帙传世。从现存的《目录》来看,诗作的编排基本按照《东坡集》《东坡后集》的编年顺序,附有施元之的儿子施宿所撰《东坡年谱》。

按照施宿在《东坡先生年谱序》中的说法,施元之为苏诗作注的起因,由于他阅读过早期的蜀人八注本,认为这个注本有"缺略未究"之病,因而自行"随事诠释,岁久成书"。① 《注东坡先生诗》又有陆游序,据陆序称,施元之是主要作者,顾禧是协助者。书中没有明确的标识说明注文何条出于施元之、何条出于顾禧,二人之注已不可区分,应当统称为施顾注。

施宿在《东坡先生年谱序》中称,其父生前并未将此书出以示人。直至施元之亡后二十余年,施宿方请陆游作序。陆游所署作序时间为嘉泰二年

---

① [宋]施宿:《东坡先生年谱》,见四川大学中文系唐宋文学研究室:《苏轼资料汇编》,北京:中华书局,1994 年,第 1645 页。

(1202)，由此推论，施元之的卒年不晚于淳熙九年(1182)，则其注书年代应在更早之前。施宿序又云："先君司谏病其缺略未究，遂因闲居，随事诠释，岁久成书。"对照施元之的生平，淳熙三年(1176)他被辛弃疾弹劾之后去官，至其去世之前，应有一段闲居的时期，正好与施宿序所言相合。施元之、顾禧二人注东坡诗，可能早已着手，但最后成书，应当在这段闲居时期。施宿序又云："先君末年所得未及笔之书者，亦尚多有，故止于今所传。"这说明，施、顾所注，是一部尚未完成的作品。

又按施宿《东坡先生年谱序》所言，嘉泰二年(1202)，施宿将其父遗稿出示予陆游，并请其作序。陆游序中追述了二十余年前他与范成大议论苏诗之意难解之语，施宿见陆游此语后，"拊卷流涕，欲有以广之而未暇。自顷奉祠数年，旧春蒙召，未几汰去，杜门无事，始得从容放意其间。"[1]施宿此序作于嘉定二年(1209)中秋，则其补注应在此前一两年中。施宿补注的内容，按其年谱序的说法是"宿因先君遗绪及有感于陆公之说，反覆先生出处，考其所与酬答赓介之人，言论风旨足以相发，与夫得之耆旧长老之传，有所援据，足裨隐轶者，各附见于篇目之左；而又采之国史以谱其年，及新法罢行之目，列于其上，而系之以诗先后。"[2]也就是说，施宿所作乃题下注与年谱。《注东坡先生诗》的题下注与句下注有很大的差别，前者主要是考证时事，发明诗旨，而且很少标出所用材料的出处、书名；后者基本上是征引苏诗中典故的出处，且标明书名。可以断定，题下注与句下注出自不同人之手，句下注系施元之、顾禧所作，题下注为施宿所补。

施、顾《注东坡先生诗》在宋代就已被书目著录，陈振孙《直斋书录解题》卷二十介绍了此书：

> 《注东坡集》四十二卷，《年谱》《目录》各一卷。司谏吴兴施元
> 之德初与吴郡顾景蕃共为之，元之子宿从而推广且为年谱，以传于

---

① 《苏轼资料汇编》，第 1645 页。
② 《苏轼资料汇编》，第 1646 页。

世。陆放翁为作序,颇言注之难,盖其一时事实,既非亲见,又无故老传闻,有不能尽知者。噫!岂独坡诗也哉?注杜诗者非不多,往往穿凿傅会,皆臆决之过也。沈括先与坡同在馆阁,后察访两浙,至杭,求坡近诗,签贴以为讪怼。李定等论诗置狱,实本于括云。①

二、注家生平

施元之,字德初。正史无传,生年不详。翁方纲《苏诗补注·附录》引《湖州府志》云:"施元之,字德初,长兴人。"②宋陈骙撰《南宋馆阁录》卷七、卷八对施元之有数条记载,综合这几条记载,可知施元之为张孝祥榜同进士出身,即绍兴二十四年(1154)。③ 其后,施元之于乾道二年(1166)二月除秘书省正字,三月乃罢。五年(1169)十月为起居舍人。十一月,兼国史院编修官。是月,又除左司谏。④ 翁方纲《苏诗补注·附录》引《南宋百官题名》云:"施元之,乾道五年五月为秘书省著作佐郎,十月除起居舍人,十一月兼国史院编修官,是月除左司谏。"⑤这与《南宋馆阁录》的记载相同。

宋李心传所撰《建炎以来朝野杂记甲集》卷十三载乾道五年(1169)十二月汪应辰、李焘二人有握手私语、结党营私之嫌,又载"施元之身居出纳言责之地,朋比相通,可并放罢",十二月二十九日下旨免官。⑥

《苏诗补注·附录》引《五代会要》卷尾跋云:"乾道七年(1171)三月旦日左寅教郎权发遣衢州军州主管学士兼内勤农事施元之书。"⑦则元之当于该年在衢州知州任。明董斯张《吴兴备志》亦称元之曾为衢州刺史。

---

① [宋]陈振孙:《直斋书录解题》,见《文渊阁四库全书》第 674 册,上海:上海古籍出版社,2003 年,第 874 页。

② [宋]苏轼著,[清]冯应榴辑注:《苏轼诗集合注》,上海:上海古籍出版社,2001 年,第 2742 页。

③ 《苏轼诗集合注》第 2745 页。

④ 参见[宋]陈骙撰:《南宋馆阁录》卷七、卷八,见《文渊阁四库全书》第 595 册。

⑤ [清]翁方纲:《苏诗补注》卷八第三页 A,见《粤雅堂丛书》第 66—67 册,清光绪刻本。

⑥ [宋]李心传:《建炎以来朝野杂记甲集》,见《文渊阁四库全书》第 608 册,第 340 页。

⑦ 《苏轼诗集合注》,第 2742 页。

　　施元之其后又曾任赣州知州。刘克庄《杜郎中颖志》："元之任赣州太守。淳熙三年(1176)为辛弃疾所劾,遂奉祠离职。"①(见邓广铭《辛稼轩年谱》)施宿《东坡先生年谱序》称其父亡后二十余年始请陆游作序,陆序作于嘉泰二年(1202),由此上推二十年,即为淳熙九年(1182),元之卒年不得晚于此年。

　　顾禧,字景繁。生卒年不详。宋范成大《吴郡志》卷二十二云："顾禧,字景繁。祖沂,字归圣,知龚州。父彦成,字子英,两浙运使,皆有贤名。禧虽受世赏,不仕。居光福山中,闭户读诵,博极坟典。所著书甚富,注苏文忠公诗尤详。绍兴间,郡以遗逸荐。闲居五十年不出,名重乡里。"②卷十四又云:"漫庄在毗村,处士顾禧所居。禧弃官高隐,读书以老,乡人贵重,之后其居有名。"③《苏诗补注·附录》引宋陈鹄撰《耆旧续闻》卷二:"赵右史家有顾禧景蕃补注东坡长短句。"④这说明顾禧亦曾注东坡词,惜未流传。

　　施宿,翁方纲《苏诗补注·附录》引《湖州府志》列其生平如下:

　　　　施宿,字武子。承家学,尤留心金石。庆元初,知余姚县,市田买书,以教学者。为政,务大体,兴废举坠,不事细谨。邑北濒海,岁役民修堤,民甚苦之。宿更建庄田二千亩,以备修堤之役。旋通判会稽军,作《会稽志》。刻禹庙碑谱。嘉定间,以朝散大夫提举淮东常平仓,修筑泰州城垣。以父所注苏诗未梓,推广为《年谱》。同郡傅稺穷乏相投,善欧书,俾书之锓板,以赒其归。忌者摭此事,坐以赃罢归。⑤

　　《湖州府志》所载,已具施宿生平大略。至于施宿生平的其他方面,还有

①　邓广铭:《辛稼轩年谱》,上海:上海古籍出版社,1957年,第49页。
②　[宋]范成大:《吴郡志》,南京:江苏古籍出版社,1986年,第326页。
③　《吴郡志》,第196页。
④　《苏轼诗集合注》,第2743页。
⑤　《苏轼诗集合注》,第2742页。

数条可补者：

《注东坡先生诗》第二十卷《别子由三首兼别迟》题下注曰："宿守都梁，得东平康师孟元祐二年三月刻二苏公所与九帖于洛阳。"①则施宿又曾任都梁知县。

据《宋会要辑稿》卷三千八百九十三，嘉定二年（1209）"……新知吉州施宿并罢新任，以臣僚言……宿邀功避事"，②则嘉定二年（1209）施宿曾短暂地担任过吉州知州。施宿《东坡先生年谱序》云："自顷奉祠数年，旧春蒙召，未几汰去。"按此序作于嘉定二年（1209）中秋日，则所言"未几汰去"，当为知吉州事。

按余嘉锡的考证，施宿卒于嘉定六年（1213）冬③。又按《宋会要辑稿》卷三千八百九十四载，嘉定七年（1214）正月二十一日，"直秘阁施宿罢职与祠禄，以中书舍人范之柔言其昨任淮东运判，刻剥亭户，规图出剩，以济其私"④。时施宿已死，而朝廷暂未知也。据《宋史全文》卷三十记载："嘉定八年春正月……故淮南转运判官施宿犯赃，追夺官爵，仍籍其家。"⑤《两朝纲目备要》卷十五亦有相同的记载。这时施宿已死一年有余。

施宿除参与《注东坡先生诗》与《会稽志》的编写之外，《宋史·艺文志》还著录了他的《大观法帖总释》二卷、《石鼓音》一卷。

三、刊刻及流传

（一）宋刊本

宋代《注东坡先生诗》有嘉定、景定二刊本。

主持本书首次刊刻者，正是注者之一施宿。施宿《东坡先生年谱跋》述及刊行其书之事，此跋作于嘉定六年（1213）中秋，则《注东坡先生诗》及《东

---

① 《苏轼诗集合注》，第1169页。

② ［清］徐松：《宋会要辑稿》，北京：中华书局，1957年，第4067页。

③ 余嘉锡：《四库提要辨正》，北京：中华书局，1980年，第416、1372页。

④ 《宋会要辑稿》，第4075页。

⑤ 《宋史全文》，见《文渊阁四库全书》第331册，第621页。

坡先生年谱》当首刊于嘉定六年（1213），刊刻地点正是《湖州府志》所载之"淮东仓司"。施宿所刊嘉定本，流传甚少，这与施宿本人的遭遇有很大的关系。如上文所述，施宿死后百日，仍为臣僚所劾议，一年多后又被抄没家产。而且在施宿的罪状中，有一条正是刊刻此书。据周密《癸辛杂识》"施武子被劾"条记载："宿晚为淮东仓曹时，有故旧在言路，因书遗以番葡萄，归院相会，出以荐酒。有问知所自，憾其不已致也。劾之，无以蔽罪。宿尝以其父所注坡诗刻之仓司，有所识傅稑，字汉孺，穷乏相投，善欧书，遂俾书之锓板，以赒其归。因撼此事，坐以赃私。"[①]施宿后来得以追复，然其书毕竟因此传世不广。

关于《注东坡先生诗》最早刊刻的年代，仍可一辨。清人、近人俱以为"嘉泰本"，中国国家图书馆所藏两个残本皆著录为"宋嘉泰淮东仓司刻本"。祝尚书先生指出，这种看法的根据在于以陆游作序的嘉泰二年（1202）为刊行年代，而失误在于未见施宿序及跋。本书的刊刻年代，应定为嘉定六年（1213）。[②] 因此，施、顾《注东坡先生诗》的最早刊本为宋嘉定本，已为学界共识。

南宋景定二年（1261），郑羽曾补刊此书，其跋称："羽承乏于兹，暇日偶取观，汰其字之漫者大小七万一千五百七十七，计一百七十九板，命工重梓。"[③]

（二）清施本

元明二代，施、顾《注东坡先生诗》流传不广，亦无重刊。清康熙年间，江苏巡抚宋荦购得毛晋原藏的宋嘉定刊本《注东坡先生诗》残帙三十卷，已缺第一、二、五、六、八、九、二十三、二十六、三十五、三十六、三十九、四十卷，施宿所著《东坡先生年谱》亦无。宋荦购得此本后，嘱其门下士邵长蘅为之补注。邵长蘅补注第一、二、五、六、八、九、二十三、二十六卷后，因病归乡，所

---

①　[宋]周密：《癸辛杂识》，北京：中华书局，1988 年，第 241 页。

②　祝尚书：《宋人别集叙录》，北京：中华书局，1999 年，第 455 页。

③　《苏轼诗集合注》，第 2705 页。

余第三十五、三十六、三十九、四十卷由李必恒代为补注。另又辑得施、顾未收之东坡佚诗四百余首,编为《续补遗》卷,由冯景补注。补注完成后,宋、邵将其改名为《施注苏诗》,予以刊行,即为"清施本"。《四库全书》所录施、顾注苏诗,并非宋刊,乃宋、邵之删补本。此本实为劣本。盖因邵长蘅等妄自大幅删削施、顾之原注,致使传本失真。清代学者对此多有不满:查慎行《苏诗补注例略》称:"施氏本又多残脱,近从吴中借抄一本,每首视新刻或多一二行,乃知新刻复经增删,大都掇拾王氏旧说,失施氏面目矣。"①《四库总目提要》在论及查慎行《补注东坡先生编年诗》时云:"初,宋荦刻《施注苏诗》,急遽成书,颇伤潦草。又旧本黴暗,字迹多难辨识,邵长蘅等惮于寻绎,往往臆改其文,或竟删除以灭迹,并存者亦失其真。"②黄丕烈以宋刊《和陶诗》二卷与宋荦所刻"清施本"对校,发现"注语竟无一首完全者"③(宋刊《施顾注苏诗》残卷黄丕烈跋),指斥清施本"可覆酱瓿"④(周锡瓒跋)。

四、现存版本

现存宋刊本有两大系统:

(一)嘉定刊本

1. 毛晋原藏本

此书原为明毛晋所藏,后归徐乾学。清康熙年间为宋荦购得,只余三十卷。宋荦、邵长蘅等以此为底本,刊为清施本。宋荦之后,此本为翁方纲所得,极为珍视。之后又历吴荷屋、南海潘氏、叶润臣、邓诗盦等诸家所藏。光绪、宣统之交,为湘潭袁伯葵以三千金购得。不料袁家一朝不慎,失火被难。此书亦过火,袁氏于灰焰中拾零得残余,尚余十九卷,残存部分为:总目卷

---

① 《苏轼诗集合注》,第2723—2724页。
② [清]永瑢等:《四库全书总目》,北京:中华书局,1965年,第1327页。
③ 黄丕烈跋,见[宋]苏轼著,[宋]施元之、顾禧注:《注东坡先生诗》,[宋]嘉泰淮东仓司刻本(存二卷,卷四十一、四十二《追和陶渊明诗》)。注:本书应为嘉定刊本,详见上文。此处姑依中国国家图书馆馆藏目录。
④ 周锡瓒跋,见《注东坡先生诗》。

下,第三、四、十至二十、二十九、三十二至三十四、三十七、三十八卷。此残本抗日战争期间为当时的中央图书馆购得。今藏于台北。

2. 黄丕烈原藏本

此本仅存二卷,为《和陶诗》,即《注东坡先生诗》卷四十一、四十二。现藏中国国家图书馆。

3. 缪荃孙原藏本

此本仅存四卷,即卷十一、十二、二十五、二十六。现亦藏于中国国家图书馆。

(二)景定补刊本

原为清怡王府藏本。怡府书散后,翁同龢于同治十年(1871)以二十金购得。后由翁同龢的玄孙翁万戈携去美国。公元 2000 年,上海图书馆从翁氏手中购回古籍 80 种,此书亦在其中。此本亦为不全本,有三十二卷,分别为卷三、四、十一至十八、二十一至四十二。①

除了宋刊原本之外,还有今人影印、拼合本:

1. 台湾艺文印书局《增刊足本施顾注苏诗》

1969 年,台湾艺文印书局从翁万戈手中借得景定本残帙,按原书大小影印,刊行于世。后又将台湾"中央图书馆"所藏之嘉定原刊本四卷(即翁藏本所缺之卷七、九、十九、二十),及日本京都大学人文科学研究所的《苏诗佚注》辑得的施顾注佚文六卷,汇编成《增补足本施顾注苏诗》。②

2. 台湾汎美图书公司《影印补全宋刻施顾注苏东坡诗》

1978 年,台湾汎美图书公司再次影印《增刊足本施顾注苏诗》,改名为《影印补全宋刻施顾注苏东坡诗》。③

---

① 以上宋刊本系统的情况,主要根据刘尚荣《宋刊〈施顾注苏诗〉考》一文写成,见刘尚荣:《苏轼著作版本论丛》,成都:巴蜀书社,1988 年,第 94—102 页。

② 据刘尚荣:《宋刊〈施顾注苏诗〉的复原》,见《苏轼著作版本论丛》,第 101—102 页。

③ 据《宋人别集叙录》,第 458 页。

五、施元之、顾禧句下注的特点

《注东坡先生诗》由两部分构成,一部分是施元之、顾禧所作的句下注,另一部分是施宿所补充的题下注。本引言主要讨论施元之、顾禧句下注的特点。

施、顾注苏诗,仍然以征引典故的出处为主要目标。施元之认为苏诗八家注"缺略"未究,主要是指八家注对典故出处仍有较多的失注之处,因此他的注释重点就放在这个方面。简而言之,施元之、顾禧的典故注释,较之赵次公等八家注,有以下优点:

1. 引书能注明出处。上文已经说过,引书而不道出处,是苏诗类注本的一大弊病。施元之对八家注的批判,首先从这个方面开始。施顾注引用文献,不重蹈覆辙,能够详细地注明出处。

2. 在相同的作品中,施顾注的注释点明显多于赵次公等八家注。请看下表:

诗题	施顾注有 而类注本无之处	类注本有 而施顾注无之处	两者皆注之处
《八月十五看潮五绝》	8	1	4
《寄刘孝叔》	13	4	5
《径山道中次韵答周长官兼赠苏寺丞》	11	5	6

任意选取苏诗中的篇目,将类注本与施顾注进行对比,其结论与上表都大同小异。而且,施顾注有注而类注本失注的部分,经常包含了重要或常见的典故。仍以上面几首诗为例:

《八月十五看潮五绝》"犹似浮江老阿童",此处"阿童"指晋代王濬,用王濬灭吴之事;"海若东来气吐霓",此处"海若"用《庄子·秋水》篇中的河伯与海神若的典故。这些都是常见的典故,对理解诗意有重要的作用,类注本竟然失注,而施、顾自然不会遗漏。这样的例子,在苏诗注中俯拾皆是。

3. 施顾注出典早于类注本。虽然赵次公强调注典必须兼顾祖孙,但可能由于八注本、十注本、类注本等集注者删除原注的缘故,现存类注本注文中,赵次公与其余注家往往未能做到这一点。类注本所引的出处,在时代上常常要晚于施顾注。例如《陆龙图诜挽词》"过车巷哭六州民",对"巷哭"一典,类注本之师尹注引《晋书》中羊祜之事,施顾注引《孔丛子》中子产之事。①《孔丛子》的时代显然早于《晋书》。

又如《胡完夫母周夫人挽词》"能令孝子作忠臣":

> 类注本之孙俦注:《南史》:刘敬宣八岁丧母,昼夜号泣。桓序谓其父牢之曰:"卿此儿非唯家之孝子,必为国之忠臣。"
> 施顾注:《后汉书·韦彪传》:求忠臣必于孝子之门。②

《后汉书》明显早于《南史》,这样的例子比比皆是,不再一一列举。

4. 施顾注理解比类注本准确。例如《孤山二咏·竹阁》"十亩空怀渭上村":

> 类注本之李厚注:《史记·货殖列传》:渭川千亩竹,其人与千户侯等。
> 施顾注:白居易《退居渭上村》诗:圣代元和岁,闲居渭水阳。又《池上篇》云:十亩之宅,有竹千竿。③

在这个例子中,类注本仅仅看到《史记·货殖列传》中的字句与苏诗有相似之处,便引之为典故出处,其实两处意思相差甚远。《竹阁》整首诗系怀念白居易而作,在本诗其他句子中,也用了与白居易相关的典故,因此,施顾注引白居易的诗来注释此句,显然比类注本要准确。

但施顾注也有一些缺点:

---

① 《苏轼诗集合注》,第246页。
② 《苏轼诗集合注》,第247页。
③ 《苏轼诗集合注》,第450页。

1. 施、顾对典故的注释，仅仅道其出处，而不能对苏轼用典的方法有所分析。这种思路，仍脱离不了李善注《文选》的窠臼，相对于赵次公对苏诗用典之法详加分析而言，是一种倒退。

2. 施、顾所引典故出处虽多，但有一些纯属多余，不能体会作者的用心。施、顾往往是看到前人诗句字面上与苏诗相同，就引之为注。其实在诗歌创作中，古今作者运用相同的词汇是很常见的现象，未必能说明后人一定是从前人的作品中摘词而用。施、顾的注释，就有征引过滥之嫌。例如《次韵子由初到陈州二首》"还来送别处，双泪寄南州"：

施顾注：杜牧之《怀齐安》诗：云梦泽南州。

冯应榴在《苏文忠公诗合注》中指出："先生诗言陈州也，即泛注'南州'二字，亦不应专采杜牧之诗。施氏之随意填注，大率如此。邵氏从删，不为无见。今以宋刊本所有，仍补录之。余可类推。"[1]

朱彝尊也对施元之、顾禧注的这类毛病嗤之以鼻，他甚至把这类注释方式比喻为老鼠搬姜："衰龄拔书反覆读，笑比老鼠啣姜时。"[2]（《巡抚宋公以新雕苏诗施注见贻赋谢》）

综上所述，施元之、顾禧的句下注释占了整部书的大部分篇幅，在典故注释方面也有高于类注本之处，但其注释思路仍然没有突破李善《文选注》的套路。施元之虽然不满于赵次公等蜀人八家注，但他本人的注释比起赵次公等注，也没有质的提高。对赵次公等类注本的突破，是由施宿来实现的。《注东坡先生诗》在诗歌注释学上的主要贡献，并非体现在施元之、顾禧的句下注中，而是体现于施宿的题下注中。

---

① 《苏轼诗集合注》，第 223—224 页。
② 《苏轼资料汇编》，第 1122 页。

第一节　施宿使用"以史证诗"方法的原因

一、施宿补注的缘由

施宿《东坡先生年谱序》："东坡先生□，有蜀人所注八家，行于世已久。先君司谏病其缺略未究，遂因闲居，随事诠释，岁久成书。然当亡恙时，未尝出以示人。后二十余年，宿佐郡会乩，始请待制陆公为之序。而序文所载在蜀与石湖范公往复语，谓坡公旨趣未易尽观遽识，若有所谨重不敢者。宿退而念先君于此书，用力既久，独不轻为人出，意或有近于陆公之说，而先君末年所得未及笔之书者，亦尚多有，故止于今所传。宿因陆公之说，拊卷流涕，欲有以广之而未暇。自顷奉祠数年，旧春蒙召，未几汰去，杜门无事，始得从容放意其间。"①

也就是说，施宿之所以作补注，其出发点在于陆游序中有关如何理解苏诗意旨的一番言论。

陆游在施注序中指出，东坡先生之诗援据闳博，旨趣深远，任渊曾注宋祁、黄庭坚、陈师道三家诗，唯独不敢注苏轼诗。而且，陆游本人也不敢注苏诗。他列举了苏诗中几处用事曲折、难致深意的例子：

一是《予昔过岭而南题诗龙泉钟上今复过而北次前韵》中的"遥知叔孙子，已致鲁诸生"。且看陆游之前的注家如何注解这两句。类注本中，程缜注云："《前汉书》：叔孙通为博士，说上曰：'臣愿征鲁诸生，与臣弟子共起朝仪。'于是招鲁诸生三十余人，其所不能致者二人。"②赵次公注云："此言建中靖国间新天子即位，必新定礼仪。"③程缜所引是苏轼所用之典的字面出处，但程缜没有进一步解释苏轼的用意。至于赵次公的解释，则相去太远，完全

---

① ［宋］施宿：《东坡先生年谱》，见《苏轼资料汇编》，第1645页。
② ［宋］苏轼撰，［宋］王十朋集注：《集注分类东坡先生诗》，《四部丛刊》影印元建安虞平斋务本书堂刊本，上海，商务印书馆，民国八年（1919），卷一第二十七页B。
③ 《集注分类东坡先生诗》，卷一第二十七页B。

不得要领。施顾注此卷已佚，无从得知二人如何解说此句。在陆游与范成大的讨论中，范成大对这两句的理解是："建中初复召元祐诸人，故曰'已致鲁诸生'。"①比程缙略进一步。陆游认为这样的解读还不够，他的推断是："建中初韩、曾二相得政，尽收用元祐人，其不召者亦补大藩，惟东坡兄弟犹领宫祠。此句盖寓所谓不能致者二人，意深语缓，尤未易窥测。"②也就是说，苏轼用此典，有歇后的味道，其真正用意在未出现在诗句当中的"其所不能致者二人"，以此暗示自己与苏辙的境遇。

一是《六年正月二十日复出东门仍用前韵》"五亩渐成终老计，九重新扫旧巢痕"。此句类注本及施顾注皆无注。范成大的理解是："东坡鼠窜黄州，自度不复收用，故曰'新扫旧巢痕'。"③陆游指出这句的真正用意："昔祖宗以三馆养士，储将相材，及官制行，罢三馆。而东坡盖尝直史馆，然自谪为散官，削去史馆之职久矣，至于史馆亦废。故云'新扫旧巢痕'。"④

一是《送黄师是赴两浙宪》"绿衣有公言"：陆游指出："乃以侍妾朝云尝叹黄师是仕不进，故此句之意戏言其上僭。则非得于故老相传，殆不可知。"⑤类注本中赵次公认为："当时人有未解此句，问之先生。先生曰：'吾家朝云每见师是，怪其官职不迁耳。'然后知绿衣指朝云。盖绿衣乃《诗》篇名，妾之服也。"这种理解正符合陆游的判断。

从陆游的言论可以看出，苏轼往往以典故影射现实，含蓄曲折地陈述自己的经历、表达自己的看法。因此，理解苏轼诗意的关键之处，不仅仅在于查引典故的出处，更应该以苏轼的经历为出发点，找出典故与其经历的联系，才能明白苏轼的真实意图。苏轼读书虽博，用典的来源范围虽广，但只要尽力搜求、查阅各类文献，找到典故的出处是有可能的。但是，仅仅知道典故的出处对于理解诗意是不够的。苏轼作诗，往往信手拈来，事无大小

---

① 《苏轼诗集合注》，第2703页。

② 《苏轼诗集合注》，第2704页。

③ 《苏轼诗集合注》，第2703页。

④ 《苏轼诗集合注》，第2703—2704页。

⑤ 《苏轼诗集合注》，第2704页。

皆可入诗。陆游所举前两个例子中,诗句所涉之本事还可以从苏轼的传记中找到。第三个例子所言之事,乃发生在苏轼身边的小事、轶事。为这一类诗考证本事、推寻意旨确实难上加难,除了少数偶然通过旧老口中留传下来的事件外,其余已很难访查得知。因此,陆游认为难解苏诗之意是有道理的。

施宿从陆游的观点出发,发现了其父注苏诗的不足之处。施元之、顾禧注苏轼诗,仅局限于引出典故的出处,以及对名物、地理等作简要的解释说明,却对诗旨无所发明。施宿在接受了陆游关于考察本事以理解诗意的观点,以此为指导思想来注释苏诗。他认为苏诗的意旨,与苏轼所经历的熙宁变法、谪居东坡、元祐党争、贬斥岭海等重大事件有关。苏诗之作,往往在于忠诚愤郁不得发,而托诗以讽。因此,他补注苏诗,着眼点在于"反覆先生出处,考其所与酬答赓倡之人",使"言论风旨足以相发"。并将得之"耆旧长老之传,有所援据,足裨隐轶者,各附见于篇目之左"。① 也就是说,施宿所作补注,重点在于从各类文献的记载及耆旧长老的口耳相传中,访求苏轼及与其和答唱酬之人的经历事迹,并以此为依据来探索苏诗的意旨。

二、施宿补注的基本思路——"以史证诗"的广泛应用

施宿所补题下注有两大任务:解释诗题及句意。解释诗题是题下注的基本任务,而在正常的情况下,解释句意不应当出现于题下注之中,而应该随句笺释。但由于施宿注乃后来补入,而且他解释句意,完全以题注中的事实材料为根据,因而也附于诗题之下,成为施宿题注的一大特色。但是,在题注中解释句意还不是施宿题下注的最大特点。施宿的特殊贡献在于,他格外重视苏轼及诗题中人物的生平经历及主要事迹,将其置于统师地位,以人物生平所反映的北宋历史作为更广阔的背景,以此为依据来考察诗题的具体背景、诗篇的整体意旨及诗句所包含的时事,从而取得对诗意的确证。

---

① ［宋］施宿:《东坡先生年谱》,见《苏轼资料汇编》,第1646页。

三、《东坡先生年谱》与"以史证诗"

施宿除了作题下注之外，还撰有《东坡先生年谱》[①]，列于编年注之前。宋人作注，附以年谱，始于任渊《山谷内集诗注》。在施注之前的苏诗类注本中，注家但只笺释，却无人作年谱。类注本刊行于世时，编者将傅藻所撰《东坡纪年录》附于书中。宋代另有五羊王宗稷所撰《苏文忠公年谱》，清初邵长蘅在删补重刻《施注苏诗》时，因施宿所撰年谱在当时国内已不传，故将王谱附于《施注苏诗》之中。在苏诗注释过程中，随诗注而撰年谱者，首推施宿。

施宿所撰年谱，以表格形式，将内容分为四栏：纪年、时事、出处、诗。该谱有两点值得注意之处：

1. 施宿特立"时事"一栏，为宋代年谱之罕见。

现存的王宗稷《东坡先生年谱》、傅藻的《东坡纪年录》皆无此项。傅、王二谱，在年代之下，列以苏轼当年的主要活动及诗歌创作，这与大多数文人年谱的体例一致。傅谱以考定苏轼每年的创作篇目为主，于苏轼每年的活动叙述得较简略。王谱与傅谱相反，重于述经历而轻于理篇目。施谱则在二者之外，增立"时事"一项，将当年的重大历史事件列出，与苏轼本人的经历与创作活动相对照，以强调苏诗与时政的联系。

这说明，施宿是将苏轼的事迹与诗作置于当时广阔的历史背景下加以考察，注重苏轼与时事的联系。对于时事，施宿并非简单地在每年之下加以罗列，而是着意选取了与熙宁变法、元祐党争这两类对苏轼的政治生涯产生重大影响的时事，加以阐述。施宿在序中说："而又采之国史以谱其年，及新法罢行之目，列于其上，而系以诗之先后。"[②]例如，在熙宁变法中，苏轼持反对态度。施宿在熙宁二年的"时事"条中，详细地叙述了王安石任参知政事后，推行种种变法措施，吕诲、富弼等人因反对变法而失官，司马光与吕惠卿

---

① 由于施宿生前犯赃、死后被追夺官爵的命运，《注东坡诗》在宋以后较少流传。《年谱》也不例外，甚至在国内绝迹。直至 1963 年，日本学者仓田淳之助方从京都旧书店购得此谱。20 世纪 80 年代，顾易生、王水照二先生先后从日本携回此谱，方使其在国内重新流传。

② 《苏轼资料汇编》，第 1646 页。

争论变法等时事背景；接着在"出处"条中，记述了王安石因苏轼反对变法，以各种罪名阻挠苏轼修《中书条例》《起居注》，并欲以吏事困苏轼，将其置于开封府判官之职的种种事实。熙宁三年"时事"条介绍了王安石进一步推行新法，范镇、孙觉、李常、吕公著、赵抃、宋敏求、刘述、钱颛、曾公亮等人因反对新法而遭黜免。"出处"条记述了王安石阻挠苏轼出任殿试考官、并指使姻亲谢景温诬劾苏轼之事。这说明施宿将苏轼的事迹置于熙宁变法的大背景中，由此出发来理解苏轼的命运与苏诗的意旨。

此外，在考证、确定诗篇创作时间方面，施谱亦较傅、王二谱为多。

2. 无论是"时事"还是"出处"一栏，施宿都突破了年谱重于客观叙述事实的常例，加入了自己的评论，意在总结苏轼一生跌宕起伏的原因，并概括其秉公、豁达的高尚人格。

施宿序云："庶几□者知先生自始出仕，至于告老，无一念不惓惓国家，而此身不与。读其诗，论其所遭之难，可以油然致怨而笃于君臣大义矣。"[1]元丰三年的"出处"条中，施宿评论道："先生生长西蜀，名满天下，既仕中朝，历大藩，而一坐贬谪，所至辄狎渔樵，穷山水之胜，安其风土，若将终身焉，其视富贵何有哉？"[2]元祐元年的"出处"条中，施宿评论道："然元祐诸贤迭相攻轧，使奸人得指为党，迄于鼠窜，靡有遗类，祸实始此。"[3]又云："故刘器之论先生非唯不合于熙宁、元丰，而亦不阿于元祐，非随时上下者也。"[4]元祐八年条中，在引述苏轼赴定州前上疏哲宗言"圣人有为，必先处晦观明，处静观动，默观庶事之利害，与群臣之邪正，以三年为期，切恐好利之臣，辄劝陛下轻有变改"[5]之后，又评论："时朝廷议论已变，公不以身退废忠言。"[6]

在以上两点的基础上，施宿再将苏诗中的重要作品列于"时事""出处"两栏之下加以对照，意在将诗作置于时事背景之下，揭示诗歌的具体成因。

---

① 《苏轼资料汇编》，第 1646 页。
② 《苏轼资料汇编》，第 1676—1677 页。
③ 《苏轼资料汇编》，第 1686 页。
④ 《苏轼资料汇编》，第 1684 页。
⑤ 《苏轼资料汇编》，第 1700—1701 页。
⑥ 《苏轼资料汇编》，第 1701 页。

凡此种种,意味着施谱已突破了年谱的范畴,实际上是一部苏诗创作史。这实际上亦是"以史证诗"方法的一种运用。

第二节 施宿补注中的解题与"以史证诗"

一、施宿之前历代诗注中的解题

解释诗题,也就是通常所说的"解题",是诗歌注释中的重要组成部分,它的任务是揭示诗歌写作的历史背景,总结作品的主旨。施宿的解题,相对于前代诗注中的解题来说有独到的特色,在诗歌注释史上具有开创意义。之所以这样说,先让我们来看看施宿之前历代诗歌注释中的解题。

1.《毛诗序》中的解题

《诗序》中的《小序》就是每一篇目的解题。《小序》的目的非常明确,因为《诗经》中的每一篇实际上都是没有题目的,因此《小序》直指诗歌的意旨,力图揭示作者的创作意图。而且《诗序》的作者把三百篇当成与时政有明确联系的作品,从这个角度出发,《小序》认为《诗经》中的作品非美即刺,其作诗意图在于反映社会现实与时代政治。这样的解题,目标明确,简洁明了,不少解释也有一定的道理。但由于《诗经》并非一时一地之作,因而《诗序》的作者未必能一一详细地了解各篇作品的具体写作背景,为自己的解释提供令人信服的有力证据。因此此《诗序》中的部分解释显得牵强附会。

2. 王逸《楚辞章句》中的解题

由于《楚辞》中的作品都开始有了独立的篇名,因此《楚辞》中的解题也发生了一定的变化。王逸《楚辞章句》中的解题有三种类型:

(1) 直接指出作品的意旨。这与《毛诗序》中的做法类似,《九章》《天问》《招魂》《大招》《渔父》《卜居》的解题都属于这一类。

(2) 对作品题目中的专有名词或疑难名词作出解释。《九歌》的解题就属于这一类,王逸对东皇太一、云中君、湘君、河伯等神的来源作了说明。这是《楚辞》的解题不同于《毛诗序》的地方。

（3）解释题目中的字义、词义，并在此基础上分析作品的意旨。《离骚》《九辩》《七谏》以及《九章》中的《橘颂》的解题都属于这一类。应当说，只有当这种类型的解题出现后，诗歌注释中的解题才算成型。

3. 李善《文选注》中的解题

李善的"释事忘义"在解题方面表现得特别明显，他基本上不去总结全篇的意义，而仅仅对题目本身作出解释。李善的解释主要包括：

（1）解释诗题中的重要词汇。其中又包括：

① 人名：对诗题中的人物作简单的介绍，道出其姓字、籍贯、官职等。

② 地名。

③ 职官名。

④ 训释词义：对一些相对较难的词汇，解释其读音及意义。

（2）解释事件：利用历史文献，对诗题中出现的历史事件作出扩展性说明。例如应吉甫《晋武帝华林园集诗》，李善注：

> 《洛阳图经》曰：华林园在城内东北隅。魏明帝起名芳林园，齐王芳改名为华林。干宝《晋纪》曰：泰始四年二月，上幸芳林园，与群臣宴，赋诗观志。孙盛《晋阳秋》：散骑常侍应贞诗最美。[1]

又如谢宣远《九日从宋公戏马台集送孔令诗》，李善注：

> 沈约《宋书》曰：孔靖，字季恭，宋台初建，以为尚书令，让不受，辞事东归，高祖饯之戏马台，百僚咸赋诗以述其美。[2]

（3）解释背景：对作者作诗时的处境作出简要说明。

例如曹子建《责躬诗》，李善注：

---

[1] ［梁］萧统编，［唐］李善注：《文选》，上海：上海古籍出版社，1986年，第952页。

[2] 《文选》，第965页。

《魏志》曰：黄初四年,植朝京都,上疏并献诗二首。①

总的来说,李善《文选注》中的解题都比较简略。

4. 两宋之交诗歌注释中的解题

任渊《山谷内集诗注》中的解题思路与李善《文选注》一致,但侧重于简介人名与事件,极少解释地名与职官。

苏诗类注本中以赵夔对解题最为重视。赵夔解题的思路也与李善一致,只简单地解释人名与地名,很少解释事件。

从以上诗歌注释的实践来看,诗歌注释中的解题往往趋向于两端:《诗经》《楚辞》中的解题着重分析作者的意图,总结诗歌的意旨,但却缺少事实根据;李善及其影响下的任渊、赵夔等注家则偏重于解释诗题中的词义及事件,能够简单地介绍写作背景,却很少总结诗歌的整体含义。两者各执一端,只有将这两个方面综合起来考虑,才是成功的解题。施宿的解题,正是连接两者的成功范例。

二、施宿解题中的释时事

施宿题解的第一个成功之处,在于以诗题中所包含的事件为线索,找出触发诗歌创作的事因,以此为根据来理解诗篇,从而从整体上把握诗意。

诗歌批评史上有"诗言志""诗缘情""歌诗合为事而作"等观点。不管是"言志"还是"缘情","事"常常是其外在载体。大到国计民生,小到日常琐事,都有可能成为"志"或"情"被触发的原因。苏轼的诗歌创作也不例外,从苏诗的具体情况来看,由具体的"事"而触发的诗篇为数不少。这种"事",既可以是关乎时局、党争一类的朝廷要事,也可以是宦海浮沉之类的个人际遇,如躬耕东坡、谪窜岭海等,还可以是赏花弄月、唱酬和答等生活常事。只有找出这些触发苏轼作诗的各类事件,才能明白苏轼作诗的目的、揭示写作背景,进而有可能对苏轼的诗意作出正确的解释。

---

① 《文选》,第 927 页。

施宿的解题有以下作用：

1. 交代写作背景

（1）说明作诗时的情形

这是李善《文选注》中的解题思路的延续，却比李善、任渊等注要详细得多。

例如《次韵陈履常张公龙潭》：

> 施宿注：先生以十月二十五日祈雨迎张龙公，祝辞云：谨请州学教授陈师道，并遣男承务郎迫。既祷而获，十一月十日祝辞云：玉质金相，其重千钧。惠然肯来，期者四人。眷此行宫，为留浃辰。惟师道、迫，复饯公还。履常为教授，属以迎送龙公蜕骨，故诗云“念子无吏责，十日勤征鞍”，“龙不惮往来。而我独宴安”。[1]

又如《子由将赴南都与余宿于逍遥堂……》：

> 施宿注：子由《逍遥堂会宿二首并引》云：辙幼从子瞻读书，未尝一日相舍。既壮，将游宦四方，读韦苏州诗，至“那知风雨夜，复此对床眠”，恻然感之。乃相约早退，为闲居之乐。故子瞻始为凤翔幕府，留诗为别，曰：“夜雨何时听萧瑟。”其后子瞻通守余杭，复移守胶西，而辙滞留于睢阳、济南，不见者七年。熙宁十年二月，始复会于澶、濮之间，相从来徐，留百余日。时宿于逍遥堂，追感前约，为二小诗云：……[2]

（2）说明苏轼作诗时的处境

上一种情况只是再现作诗时的具体情形，还不能探寻苏轼作诗的动因。

---

[1] 《苏轼诗集合注》，第 1739 页。

[2] 《苏轼诗集合注》，第 270 页。

而在另一部分题解中,施宿能够分析苏轼当时的处境,开始探寻作诗的事因。如《颍州初别子由》:

> 施宿注:子由除老苏公丧,神宗嗣位既二年矣,求治甚急。子由以书言事,即日召对。王介甫新得幸,以执政引三司条例,上使为检详文字。介甫急于财利而不知本,吕惠卿为之谋主,子由议事多牾。一夕,介甫出一书卷,乃青苗法,使其属议之。子由曰:"钱入民手,虽良民不免非理费用。及其纳钱,虽富者不免为限。如此则鞭箠必用,州县事不胜烦矣。唐刘晏主国计,未尝有所假贷,而四方丰凶贵贱皆知之。有贱必籴,有贵必粜,以此无甚贵甚贱之病。晏之言,汉常平法耳。公诚举而行之,晏之功可立俟。"介甫曰:"君言有理,当徐议行之。"然其说竟不用。青苗法既行,子由度不能救,以书抵介甫,指陈其决不可者,且请补外。介甫大怒,将加以罪,同列止之。除河南推官。会张安道知陈州,辟为教授。东坡是时亦以论新法为介甫所嫉恶,通判杭州。出都来陈,子由送至颍,且同谒欧阳公而别。①

此诗施宿注交代以下事实:苏辙因反对王安石实行青苗法,力主采用唐代刘晏奉行的汉常平之法,从而开罪王安石,不得不到张安道麾下任陈州教授。正好此时苏轼因论新法为王安石所恶,通判杭州,经过陈州。苏辙送苏轼,从陈州到颍州,共谒欧阳修,然后分别。这样注释,很好地说明了苏轼作诗时的境遇,以及与子由在颍州作诗饯别的原因。

《次韵钱越州》:

> 施宿注:钱越州,穆父。先赋群字韵诗,东坡次其韵,钱又和寄,坡得次其韵。先是东坡起流落中,掌二制,勇于报国,不为顾

---

① 《苏轼诗集合注》,第249页。

虑,且复疏于言语。是时从贤虽聚本朝,而已有洛党、川党、蜀党之语,言路多以谤讪诬之。二圣察其忠荩,不以为罪,诸公无以泄其怒,凡所荐引如黄鲁直、欧阳叔弼、王定国、秦少游,皆被弹劾,无得免者。公乃屡章乞去,历辩谤伤。元祐四年三月,除龙图阁学士知杭州,而穆父时以京尹坐奏狱空事守越,正言刘器之谓责之太薄。钱与公气类厚善,故此诗末章云:年来齿颊生荆棘,习气因君又一言。后又和云:欲息波澜须引去,吾侪岂独在多言。意皆有在也。①

苏轼因元祐党争而要求出知杭州,钱勰也于此时因事贬知越州。二人本来就意气相投,此时又都出守,更兼治所相近,所以有一系列唱和之作。施宿此注能说明苏轼作诗时的处境,以及与钱勰唱和的原因。

2. 在揭示写作背景的基础上总结诗意

除了能够揭示苏轼作诗的事因之外,施宿还能在这个基础上总括全诗的内容,指出作诗的目的。如《送蔡冠卿知饶州》:

　　施宿注:初,知登州许遵因妇人阿云伤夫狱,遵言大理、审刑所定刑名不当,翰林学士王安石是遵议。熙宁元年七月,诏:"谋杀已伤,案问欲举,自首,从谋杀减地等论。"富弼、曾公亮为相,皆不然之。二年二月三日,诏:"自今谋杀人已死,自首及案问欲举,并奏裁。"而安石以右谏议大夫参知政事,奏言:"谋杀刑名论辨已一年,宜早裁处。"上令富弼议。弼辞以"素不晓刑名,但人说谏议以谋与杀分为二事,破析律文。"先是,吕公著、韩维、钱公辅定案问欲举如安石议,诏依所定,而审刑院、大理寺官齐恢、王师元、蔡冠卿皆以为不当。诏安石与刑寺官会议。恢寻出使,师元、冠卿合奏,不肯与安石会议。诏以师元等所议下安石,安石诘难条奏。至二月三日,乃有前降指挥。而安石是日得政,判刑部刘述、丁讽奏以为不

① 《苏轼诗集合注》,第 1554 页。

可用,封还中书。安石与参政唐介数争于上前,上卒从安石议。冠卿既与安石不合,遂补外,得饶州。东坡送行诗意盖用此。①

本诗是一首送别诗,送别的原因在于蔡冠卿出知饶州。本来指出这一点便可以了。然而施宿列举材料,详细地说明了蔡冠卿与王安石在登州妇人阿云杀夫案中的争论,苏轼在这场争论中,显然倾向于蔡冠卿。因此此诗的作意,不仅限于送别,还包含了苏轼对蔡冠卿的同情、惋惜。

又如《谢陈季常惠一揞巾》:

> 施宿注:先生为陈季常作《方山子传》云:方山子少时使酒好剑。前十有九年,余在岐下,见方山子从两骑,挟二矢,游西山。鹊起于前,使骑逐而射之,不获。方山子怒马独出,一发得之。因与余马上论用兵及古今成败,自谓一世豪士。岂山中之人哉?先生是诗,犹戏之也。②

与宋代的其它诗注相比,施宿的解题更胜一筹。

苏诗类注本中,解题部分极少释事,可略过不提。再看任渊《山谷内集诗注》的解题,任渊注往往只能说明作者与题中人物在作诗时的情形。例如《秋思寄子由》:

> 任渊注:是时苏黄门谪监筠州盐酒税,筠、吉皆在江西。山谷尝有《与黄门书》云:"得邑极南,幸执事在旁郡。"又云:"有高安行李,必问动静。"高安即筠州,黄门名辙,字子由。③

---

① 《苏轼诗集合注》,第 298 页。
② 《苏轼诗集合注》,第 1087 页。
③ [宋]黄庭坚著,[宋]任渊、史容、史季温注:《山谷诗集注》,上海:上海古籍出版社,2003年,目录第 3 页。

又如《次韵定国闻子由卧病绩溪》：

> 任渊注：苏黄门《栾城集》有《复病》诗云："病作日短至，病消秋风初。"黄门时为歙州绩溪令。王定国名巩，知歙绩溪，始至而奉神宗遗制。居半年，除秘书省校书郎。明年至京师，除右司谏。此诗今岁秋冬间所作。①

与施宿的题解相比，任渊注有较大的差距。请看两组创作背景非常接近的诗作：

黄庭坚《送范德孺知庆州》：

> 任渊注：德孺名纯粹。据《实录》，元丰八年八月，直龙图阁、京东转运使范纯粹知庆州。此诗云"春风旌旗拥万夫"，当是今年春初方作此诗尔。②

苏轼《送范纯粹守庆州》：

> 施宿注：范纯粹，字德孺，文正公之季子。哲宗即位，以直龙图阁、京东转运副使代其兄忠宣公守庆。请弃所侵西夏地，曰："争地未弃，则边隙无时可除。"于是还四砦而夏人服。绍圣后，以弃地故，又坐党锢，屡起屡仆，终龙图阁直学士。此诗言文正公在仁宗时，李元昊叛命，讫以计降之。德孺守庆州，竟如先生所期云。③

两相比较，任渊只是简单地交代了范纯粹出守的时间，并推测了黄庭坚作诗的时间。针对同一次送别，施宿则引用材料说明范纯粹出守庆州后和

---

① 《山谷诗集注》，目录第 5 页。
② 《山谷诗集注》，目录第 5 页。
③ 《苏轼诗集合注》，第 1328 页。

好西夏的策略，显然更加深刻地揭示了此诗的背景。

黄庭坚《送顾子敦赴河东三首》：

> 任渊注：子敦名临。据《实录》：元祐元年七月，秘书少监顾临为河东转运使。此诗有"揽辔都城风露秋，行台无妄护衣篝"之句，盖秋晚所作。①

苏轼《送顾子敦奉使河朔》：

> 施宿注：子敦，会稽人。举说书科，入馆阁，喜论兵。熙宁初，神宗命编修《经武要略》，且召问兵。对曰："兵以仁义为本，动静之机，安危所系，不可忽也。"擢转运河南提举常平仓事，忤执政意，罢归，更历中外。元祐二年，擢给事中。朝廷议回河，拜待制，为河北都漕。东坡与李常、孙觉、胡宗愈、梁焘等言，临资性方正，学有根本，慷慨中立，凛然有古人之风。宜留置左右，别选深知河事者往使。不报。子敦至部，请因河事回使东流，复召归班，为翰林学士。绍圣初，以龙图阁学士守定，徙应天河南。时论既变，夺职，守新安，斥居番阳。年七十二卒。徽宗立，追复之。子敦体肥伟，诸公多以屠戏之，故诗云"磨刀向猪羊"，"平生批敕手"。子敦颇愠见，故后诗又云"善保千金躯，前戏言之耳"。②

两相比较，施宿注比任渊注要详细得多，能够勾勒出顾子敦的性格要点，以及苏轼与顾的交情，从而能更加准确深入地说明诗意。

三、施宿解题中的人物注

施宿解题的第二个成功之处在于，他解题的着眼点不仅仅在与本诗直

① 《山谷诗集注》，目录第 8 页。
② 《苏轼诗集合注》，第 1411 页。

接相关的事件之上,而且能够在熙宁至元符年间的北宋历史背景下来理解苏诗。这个大历史背景,是通过题注中的人物注,即叙述诗题中的人物生平及主要事迹来展示的。对于这种思路形成的原因,施宿曾自述道:"盖熙宁变法之初,当国者势倾天下,一时在廷,虽耆老大臣、累朝之旧有不能与之力争,独先生立朝之日未久,数上书言其不便,几感悟主意;而小人嫉之,摈使居外,至其忠诚愤郁不得发,始托于诗以规讽,大抵斥新法之不为民便,而小人之罔上者,盖凛凛也。既谪黄冈,躬耕东坡之下,若将终焉。遇其兴逸绝江吊古,狎于鱼龙风涛之怪,放浪无涯涘,盖莫得以窥其际。元祐来归,挟益大议论,终不为苟同。宣仁圣后察见神宗皇帝末年之意,亲加擢用,然周旋禁近,不过四年,迄以不容而去。迨绍述事起,岭海万里,濒于九死,而皓首烟瘴,岿然独存。为时□人和陶之作,出骚入雅,深涉道德性命之境,落笔脱手,人争传诵,愈不可禁……故宿因先君遗绪及有感于陆公之说,反覆先生出处,考其所与酬答赓倡之人,言论风旨足以相发……"①(施宿《东坡先生年谱序》)也就是说,施宿认为,苏诗的内容与熙宁至元符年间的北宋朝政密切相关。施宿这种看法是合理的。南宋朋九万辑有《乌台诗案》一书,书中记载了苏轼在御史台的供词。照苏轼的自述,相当多的诗篇是用来直接表达对时政的看法。苏轼本人还说过:"臣屡论事,未蒙施行,乃复作为诗文,寓物托讽,庶几流传上达,感悟圣意。"(苏轼《乞郡劄子》)②

此外,我们也可以将施宿题解与宋代其他诗歌注释对比,从中发现施宿这种解题思路的合理性。

任渊的《山谷内集诗注》,对诗中出现的各类人物的注释比较简略,往往只提姓名、字号、籍贯,极少叙述其生平事迹。无论是一时之重臣,如司马光、韩绛、曾肇;还是与苏、黄交情都很深的人,如李常、钱勰、刘景文、晁无咎、陈师道、秦观等,任渊对其注释都偏于简单,甚至不注。而这些人出现在苏诗之中,施宿却给予了详细的介绍。在任渊注中,较为详细的人物注也

---

① ［宋］施宿:《东坡先生年谱》,见《苏轼资料汇编》,第 1645—1646 页。
② ［宋］苏轼:《苏轼文集》,北京:中华书局,1986 年,第 829 页。

只达到了如下水平，如《赠郑交》：

> 任渊注：山谷有《招清公诗跋》云：草堂，郑处士隐处。小塘芙蕖盛开，使鸡伏鸳鸯卵，与人驯狎不惊畏。老禅延恩长老法安师，怀道遁世。清公少时，盖依之数年。今观跋意，即此诗，但题不同尔。郑交字子通，见于《山谷书尺》及《题跋》。①

又如《咏史呈徐仲车》：

> 任渊注：《哲宗实录》曰：徐积，楚州人。治平四年擢进士第。事母孝笃，乡闾化之。积字仲车，山谷同年生也。②

出现这样的现象，归根结底，在于苏诗与时政的关系比黄诗密切。黄庭坚在朝中的官职地位不如苏轼，而且从个人写作的特点来看，苏诗有相当之作与朝政直接相关，杜诗为诗史，而苏诗实亦可称为诗史。相比之下，黄诗更多抒发个人感怀之多，相对于苏诗而言，与时政的直接联系并不明显。于是，将诗歌放在时政的背景下来理解，在苏诗注中相当重要，而在黄诗注释中则非不可或缺的环节。任渊在《山谷内集诗注》中对人物与史实的重视程度不如施宿注，反衬了施宿题注的必要性，说明了施宿眼光的准确性。

再看施宿注与李壁《王荆公诗注》的比较。王安石比苏轼在朝中的地位要高一些，比黄庭坚则要高得多，与之唱酬者亦多一时之巨公要员。李壁注王安石诗，也将王诗置于北宋熙宁、元丰间的历史背景之下加以诠释，因此他也很重视叙述诗题中人物的生平与重要事迹。李壁注这种相似的例子也证明了施宿的合理性。具体而言，施宿题下注中的人物注有以下值得关注之处：

---

① 《山谷诗集注》，第 24 页。
② 《山谷诗集注》，第 14 页。

（一）人物注的材料来源

施宿在题注叙述人物的生平经历与重要言论、事迹,但却没有交代其所凭借的材料来源,以现存的施宿题注与当今可见的宋代文献相对比,可以发现施宿主要利用了以下材料:

1. 正史

施宿注的大部分人物事迹与《宋史》的该人本传文字相重合,很多情况下二者字句皆相同。即便有时语句未完全重合,但明显可以看出是施宿在不便全文照录的前提下,根据同一材料提炼、概括改写而成的。

《宋史》乃元人所撰,那么,施宿肯定不是从《宋史》中寻找材料,但可以推断,施宿注与《宋史》的主体材料都凭借了同一蓝本。《四库总目提要·〈宋史〉提要》称:“盖其书以宋人《国史》为稿本。”[1]宋代《国史》现已不存,但施宿所处的时代却容易见到。而且施宿在《东坡先生年谱序》中交代,该年谱根据《国史》编成,因此,题注使用了《国史》中的材料是可信的。

《孔长源挽词二首》题注:“文仲、武仲仕至侍从,与平仲皆有传《国史》。”[2]可以说明,施宿常常参考《国史》。《蔡景繁官舍小阁》施注云:“景繁,《国史》无传。”[3]这条例子可反证他在其它地方使用了《国史》。因为《国史》中没有蔡景繁的传记,因此施宿采用苏颂所撰墓志来介绍蔡的生平事迹。

纪录北宋史实的纪传体史书还有王偁的《东都事略》,该书是王偁私撰,内容与《宋史》有较多相同之处,但也有一些明显相异之处。以施宿题注中的人物传与《东都事略》相对照,可以看出,尽管所述事实常常相同,但语句却几乎没有完全吻合的。因而可以肯定,施宿题注并未引用《东都事略》,而是据以《国史》。

2.《实录》

施宿题注还有部分内容不见于《宋史》,却与李焘《续资治通鉴长编》语

---

① 　《四库全书总目》,第 413 页。

② 　《苏轼诗集合注》,第 611 页。

③ 　《苏轼诗集合注》,第 1226 页。

句完全吻合,《续资治通鉴长编》的主要材料来自宋代史官所撰的编年体的《实录》。目前无法考证施宿是直接引用《实录》,还是《续资治通鉴长编》,但后者根据前者写成,因而归根结底,可以认为施注的部分材料来源于《实录》。施宿之前的任渊注释黄庭坚诗,亦常常使用仁宗、神宗、哲宗等朝《实录》,说明宋代注家惯于使用《实录》。

3. 墓志与碑文

施宿题注的主要部分是为诗题中人物作传,而人物传记的最可靠来源,除史书所载之外,当推墓志。例如:

《约公择饮是日大风》:李常事迹来自苏颂《龙图阁直学士知成都府李公墓志铭》。

《送吕希道知和州》:吕希道的事迹来自范祖禹《左中散大夫守少府监吕公墓志铭》。

《闻辩才法师复归上天竺以诗戏问》:辩才的事迹来自苏辙《辩才塔碑》。

4. 行状与传记

《台头寺雨中送李邦直赴史馆》:施宿注所引神宗与韩琦言论来自《宋史·韩琦传》与《食货志》,后半部文字来自李清臣所撰《韩忠献公行状》

《送范纯粹》:范的事迹本于范纯仁《宋朝散大夫户部侍郎龙图阁直学士鄜延路经略安抚使赠宣奉大夫德孺公传》。

5. 笔记小说

《韩子华石淙庄》:本条韩的事迹主要来自徐度《却扫编》。

《京师哭任遵圣》:本条任的事迹来自费衮《梁溪漫志》。

6. 诗话

《刘贡父》:本条刘的资料来源于《石林诗话》。

《送文与可出守陵州》:本条主要来自《石林诗话》。

《虔州吕倚承事……》:本条用《潘子真诗话》。

7. 文集

《次韵答刘景文》:本条大部分来自苏轼《乞赙赠刘季孙状》。

《吴子野将出家赠以扇山屏》:本条来自苏轼《答吴秀才书》与《祭吴子

野文》。

《送刘攽倅海陵》:刘的言论来自其《彭城集》中的《与王介甫书》。

8. 方志

《次韵僧潜见赠》:僧潜的部分事迹来自潜说友的《咸淳临安志》。

(二) 人物注的作用

1. 提供历史背景

前文说过,施宿解题的重要思路,是把诗歌放在苏轼所处的历史背景中来理解。这种历史背景,常常是通过叙述诗题中的人物生平事迹来实现的。

在诗题中出现的人物,往往是与东坡关系密切的人,因苏轼与友人唱酬往来或缅怀寄赠而出现。叙述这类人物的生平,可以了解苏轼的交游。这类人物包括文与可、范淳甫、陈季常、范景仁等。兹举二例:

《大寒步至东坡赠巢三》:

> 施宿注:巢三名谷,字元修,眉山人。尝举进士京师,见举武艺者,心好之。业成而不中第。游秦、凤、泾、原间,友其秀桀。东坡责黄州,谷走江淮,因与之游。及二苏用于朝,谷未尝一见。逮谪岭海,慨然自眉山徒步访之。至梅州,遗文定书曰:"我万里步行见公,不自意全,今至梅矣。"文定惊喜曰:"此非今世人,古之人也。"既见相泣。时谷年七十三,将复见文忠于海南,文定止之曰:"今自循至儋数千里,非老人事也。"留之,不可。至新会,蛮隶窃其橐装,获于新州。谷从之,病死于新。[1]

《次韵僧潜见赠》:

> 施宿注:僧道潜,字参寥,于潜人。能文章,尤喜为诗,尝有句云:"风蒲猎猎弄轻柔,欲立蜻蜓不自由。五月临平山下路,藕花无

---

[1] 《苏轼诗集合注》,第 1111 页。

数满汀洲。"过东坡于彭城，甚爱之，以书告文与可，谓其诗句清绝，与林逋上下而通了道义，见之令人萧然。苏黄门每称其体制绝类储光羲，非近时诗僧所能及。坡守吴兴，会于松江。坡既谪居，不远二千里，相从于齐安。留期年，遇移汝海，同游庐山，有《次韵留别》诗。坡守钱塘，卜智果精舍居之，入院分韵赋诗，又作《参寥泉铭》。坡南迁，遂欲转海访之，以书力戒勿萌此意，自揣余生必须相见。当路亦掭其诗语，谓有刺讥，得罪，反初服。建中靖国初，曾子开在翰苑，言其非罪，诏复薙发。①

在这两首诗中，苏轼的寄赠对象巢三、僧潜都是当代奇人，常常不远千里追随苏轼到黄州贬所，后来又不顾高龄，试图渡海至儋州探访苏轼，是真正的患难之交。因此，施宿详述他们的生平经历，绝非冗言。

另外还有一些对苏轼的一生造成了负面影响的人，这类人有林希、李清臣等，也跟苏轼有唱酬来往。以后者为例：

《答李邦直》：

　　施宿注：李邦直，名清臣，魏人⋯⋯哲宗亲政，于元祐之政不能无疑。时御史杨畏□□嗜进，逆窥上意，即疏章惇、安焘、吕惠卿、邓温伯、李清臣等，各加题品，且密奏书万言，具言神宗所以建立法度之意，乞召章惇为相。上皆嘉纳焉。邦直未至，除中书侍郎；邓温伯以兵部尚书知贡举，除尚书左丞，即日出院。二人久不得志，邦直首以绍述逢上意，且多激怒之词，温伯和之。会廷策进士，邦直撰策题，即为邪说以扇惑群听。子由入奏论之，不报。李、邓从而媒蘖，遂得罪。范忠宣去相位，邦直独颛中书，亟得青苗、免役法，除诸路提举官。章子厚入相，邦直又与之为异，以大学士知河南。然绍述朋党之说肇于此三人者，天下正人，几无噍类；中原板

荡,盖基于此。徽宗立,入为门下侍郎,出知大名府。年七十一,
薨。邦直早以词藻受知人主,为文简重宏放。然志于利禄,谋国无
公心,一意欲取宰相,故操持悖缪,竟不如愿以死。后追治其罪,贬
雷州司户。公守高密,时邦直以京东提刑行部至密也。东坡七年
瘴海,仅得生还,推原祸本,实自邦直发之,故因倡□之始备载本
末云。①

《答李邦直》题注选取了李清臣与章惇等人绍述朋党之说,陷害忠良的
种种行为。最后总结:① 志于利禄,谋国无公心,一意欲取宰相,故操持悖
缪,竟不如愿以死。② 东坡七年瘴海,仅得生还,推原祸本,实自邦直发之,
并指出自己因此将李的生平事迹详加叙述。

在那些与苏轼关系密切的人中,施宿选取他们的重要事迹,集中于这些
人在两件大事中的表现,一是熙宁变法,一是元祐党争。这两个事件对苏轼
的一生有重大的影响,从施宿所引的材料中可以看到当时的现实及其对苏
轼的影响。

(1) 熙宁变法

苏轼本人是反对熙宁变法的,与他相唱和的人,大都跟他持同一立场,
这些人包括刘贡父、刘道原、张安道、刘莘老、刘孝叔、王胜之、王中甫等。试
举二例:

《广陵会三同舍各以其字为韵仍邀同赋·刘莘老》:

> 施宿注:刘莘老名挚,永静东光人。中甲科。韩忠献荐,除馆
> 阁校勘。王介甫一见,器异之,擢检正中书礼房,非其好也。才月
> 余,为监察御史。即奏请亳州青苗狱,谓:"小人意在倾摇富弼,今
> 弼已得罪,愿少宽之。"入见,神宗问:"卿从学王安石耶? 安石极称
> 卿器识。"对曰:"臣东北人,少孤独学,不识安石也。"自此极论新

---

① 《苏轼诗集合注》,第 632 页。

法,章数上,中其要害。中丞杨绘亦言其非。安石使曾布作《十难》折之,仍诘两人向背好恶之情。绘惧,谢罪。莘老独奋曰:"为人臣岂可压于权势,使天子不知利害之实。"即条对所难,以伸其说。又云:"若谓向背,则臣所向者义,所背者利;所向者君父,所背者权臣。"安石大怒,将窜岭外,上不听。谪监衡州盐仓。安石为小官,不汲汲于仕进,屡辞官不就,由是名重天下,士大夫恨不识其面。后除知制诰,自是乃不复辞。初,安石党友倾一时,造作言语,以为几于圣人。至是,遂以其学乱天下。先生诗云:"士方在田里,自比渭与莘。出试乃大谬,乌狗难重陈。"谓此也。元丰官制行,首用为礼部郎中。哲宗即位,擢侍御史、中丞,连拜尚书左、右丞,中书、门下侍郎,右仆射。性峭直,慷慨有气节。自初辅政至为相,修严宪法,辨白正邪。□□□□以观文殿学士知郓州、青州。绍圣□□作,贬新州,薨。绍圣初,赠少师,谥忠肃。①

这一组有三首诗,是苏轼在扬州与刘贡父、刘莘老、孙巨源三人聚首时的唱和之作,本身不直接涉及熙宁变法。施宿在此选取了刘挚几个重要的事例:① 奏议亳州青苗狱,为反对新法的富弼辩白。② 虽受王安石的赏识,但在神宗面前否认与王安石的私谊,而不断攻击王安石新法不利民的要害。③ 中丞杨绘原来也反对新法,但在王安石的打压下退缩。刘莘老却独力支撑,并云:"若谓向背,则臣所向者义,所背者利;所向者君父,所背者权臣。"最终被安石谪监衡州盐仓。刘挚的这些言行,立场近于苏轼,出现在解题中,便于说明背景。

《同王胜之游蒋山》:

施宿注:王胜之名益柔,河南人。枢密使晦叔子也。抗直尚气,喜论天下事,用荫入官。范文正公未识面,以馆阁荐之。除集

① 《苏轼诗集合注》,第271页。

贤校理。预苏子美奏邸会,作《傲歌》。中司与近臣合攻之,言其当诛。韩忠献为仁宗言:"少年狂语,何足深治? 天下大事不少,而独攻一王益柔,此其意不在《傲歌》也。"帝感悟,但黜监复州酒。熙宁初,以判度支审院转对。胜之言:"人君之难,莫大于辨邪正。邪正之辨,莫大于置相。置相之忠邪,百官之贤否也。唐高宗之许敬宗、李义府,明皇之李林甫,德宗之卢杞,宪宗之皇甫镈,帝王之鉴也。高宗、德宗之错蒙,固无足论。明皇、宪宗之聪明,乃蔽于二人如此。以二人之庸,犹足以致祸,况诵六艺、挟才智以文致其奸说者哉?"是时王介甫方用,意盖指之。后卒如其言。①

　　本诗作于元丰七年,是一首登览之作,与时政无直接关系。施宿在注释中选取了王益柔在熙宁年间指斥王安石、反对变法的言论,间接说明了苏轼反对王安石变法的态度。

　　也有少数反面例子,即一些不敢反对王安石的人物,施宿则重点选取文献材料中讽刺他们的片段。比如说孙巨源:

　　《广陵会三同舍各以其字为韵仍邀同赋·孙巨源》:

　　　　施宿注:孙巨源名洙,广陵人。未冠,擢进士第。欧阳公、吴文肃举应制科,进策指陈政体,韩忠宪读之,太息曰:"今之贾谊也。"同知谏院。后为翰林学士。神宗欲用为参知政事,忽得疾不起,年才四十九岁。巨源博闻强识,明练典故,文辞典丽,有先汉之风。在谏院时,王介甫行新法,多逐谏官、御史。巨源心知不可,而郁郁不能有所言,但恳乞补外。知海州。既会于此,东坡与刘贡父、刘莘老皆坐论新法以去,巨源既同舍,雅相厚,又居谏省,而此诗云"终岁不及门",则异趣可见。又用柳子厚"王孙猿"事,终以"子通真巨源,绝交固未敢"之句,其责之深矣。子由亦和此诗云:"立谈

---

① 《苏轼诗集合注》,第 1198 页。

信无补,闭口出国门。"然东坡与巨源交契甚厚,既别于海州景疏楼,后登此楼,怀巨源,作《永遇乐》词以寄。元祐间,同子由微雪访王定国,子由言:"昔与巨源同过定国,感念存没,为之悲叹。"①

这首《孙巨源》的题注,就选择了两类事件:① 孙巨源虽知王安石行新法、不容进谏、迫害反对者的危害,却不敢与之针锋相对,乞外任以逃避。② 苏轼、刘贡父、刘莘老等朋友都因反对新法而不同程度地得咎,孙巨源因此与这些友人相疏远,受到苏辙等人的讽刺。

(2)元祐党争

在这场党争中,胡完夫、王觌、曾子开、滕达道等人同情、支持苏轼,施宿主要选取他们反击对苏轼的诬陷的言行。例如《次韵胡完夫》:

> 施宿注:胡完夫名宗愈,晋陵人,副枢密宿之侄。举进士,神宗擢同知谏院。王安石执政,用李定为御史,苏、李、宋三舍人皆不草制,坐绌。完夫曰:"御史须官博士员外郎,用学士及丞杂荐。今定以幕职,不因荐得之,是一出执政意,即大臣不法,谁复言之?"安石怒,出通判真州,入为吏部右司郎中。元祐初,擢左史、西掖夕郎、中执法。哲宗问朋党之弊,对曰:"君子指小人为奸,则小人指君子为党。陛下能择中立之士而用之,则党祸熄矣。"明日,具《君子无党论》以进,拜右丞。以资政殿学士知陈州,徙成都。召入为礼部、吏部尚书。卒年六十六。②

施宿选用的材料,显示胡完夫能站在公正的立场,为苏轼辩护,深化了二人唱和的背景。

又如《次韵王觌正言喜雪》:

---

① 《苏轼诗集合注》,第 269 页。
② 《苏轼诗集合注》,第 1336 页。

　　施宿注：王觌字明叟，泰州如皋人……明叟在言路，每欲深破朋党之说。东坡居翰苑，朱公谈光庭讦其试馆职策问，吕元钧陶辨其不然，遂起洛、蜀二党之目。明叟言："轼之辞不过失轻重之体尔，若悉考同异，深究嫌疑，则两岐遂分，党论滋炽。夫学士命辞失礼，其事尚小；使士大夫有朋党之名，大患也。"帝深然之。后为侍御史，又言："一年之内，间疏多缘程颐、苏轼之故，前日颐去而言者及轼，故乞补外，降诏不允。寻复进职经筵，适当执政有阙。陛下欲保全轼，则且勿大用之，使不及于悔吝。"进谏议大夫，自是出藩入从。绍圣间一再被贬。徽宗擢为、御史中丞，出典二州，又安置清江。绍兴初，追复龙图阁学士。①

　　这本是一首普通的咏雪唱和之作，但施宿选取了以下材料让读者了解王觌对元祐党争的态度：① 王觌作为言官，每欲打破朋党之说。朱光庭攻击苏轼在试馆职策问方面的观点，吕陶为东坡辩护。王觌进一步指出，苏轼的言辞不过是失轻重之体而已，没有必要深究不放，否则会造成士大夫之间的朋党之争，这才是心腹大患，获得了哲宗的认可。② 向哲宗建议，如要保全苏轼，则不可大用。

《次韵曾子开从驾二首》：

　　施宿注：曾子开名肇，子固幼弟。……熙宁以来四十年，大臣更用事，邪正相轧，党论屡起，子开身更其间，数不合。兄布与韩仪公忠彦并相祐陵，初政日谋所以倾危之。子开诒书，警戒甚切，曰："比来主意已移，小人道长，进则必论元祐人于帝前，退则尽引排元祐者于要路，异时恐为惇、卞死党。左揆持心向正，古、觌、稷、易皆可与谋，但使正人聚于本朝，自然小人道消矣。一京足以兼二人，可不深虑。"其兄不能用。蔡京得政，兄弟俱不免。古、觌、稷、易，

---

① 《苏轼诗集合注》，第 1350 页。

谓二王、丰、贾也。绍兴初,谥文昭。①

本诗亦是一首普通的唱和之作。施宿借此介绍了曾肇反对其兄曾布等罗织罪名、构陷元祐党人的恶行,由此折射了苏轼在这场党争中的命运。

2. 深化时事背景

在上述例子中,施宿所引的人物事迹与该诗的具体写作背景没有直接的关系,只是将诗歌放在宽泛的历史背景下来理解。而在另一些诗歌中,施宿能够将人物的生平事迹与本诗的具体写作背景结合起来,比起单纯地介绍引发创作的事由,这种做法能够更深刻、准确地理解诗歌的含义,起到更有效的解题作用。例如:

《送刘攽倅海陵》:

施宿注:攽字贡父,临江新喻人。博记能文章,政事侔古循吏。身兼数器,守道不回。与王介甫为友。介甫得政,行新法。贡父时在馆阁,诒书论其不便,曰:"今百姓所以取青苗钱于官者,公私债负逼迫,故称贷出息,以济其急。介甫为政,不能使家给人足,无称贷之患,而特开称贷之法,以为有益于民不亦羞哉!今郡县之吏率以青苗钱为殿最,未足,不得催二税。如此,民安得不请?安得不纳?而谓其愿而不可止者,吾谁欺?欺天乎!"又谓:"皇甫镈、裴延龄之聚敛,商鞅、张汤之变法,未有保终吉者。"介甫怒,斥通判泰州。题馆壁云:"壁门金阙倚天开,五见宫花落古槐。明日扁舟沧海去,却从云气望蓬莱。"元祐间,拜中书舍人,卒于官。②

施宿先介绍了刘攽"身兼数器,守道不回"的性格特点,以及与王介甫为友的背景。然后列举刘攽反对王安石实行新法的种种言论,包括他不拘于

---

① 《苏轼诗集合注》,第 1406 页。
② 《苏轼诗集合注》,第 225 页。

私谊，直斥"介甫为政，不能使家给人足，无称贷之患，而特开称贷之法，以为有益于民不亦可羞哉！"并断言"皇甫镈、裴延龄之聚敛，商鞅、张汤之变法，未有保终吉者"，最终触怒了昔日好友王安石，被斥通判泰州（即海陵）。施宿将刘放刚直不阿的性格与通判泰州的具体事因放在一起，能让读者更深入地了解刘的为人，更深刻地揭示苏轼作诗送别的背景。

又如《送张安道赴南都留台》：

施宿注：张文定公，名方平，字安道。其先宋人，后徙扬州。以贤良方正射策优等，累迁知谏院。西夏元昊叛命六年，上益厌兵，而贼亦困敝，元昊欲自通无由。安道上疏："愿因郊赦开其自新。"仁宗喜曰："是吾心也。"西师解，安道有力焉。神宗擢为参知政事。御史中丞缺，曾公亮欲用王安石，安道极论不可。未几，以忧去位。先是，知皇祐贡举，尝辟安石考校。即入院，凡院中之事皆欲纷更，遂檄使出。老苏公尝作《辨奸论》以讥安石，谓必乱天下，安道为载于所撰墓碣。与安石如冰炭，安石当轴，神宗欲再使共政，安石每力排之。而安道论新法之害，皆深言危语不少屈。知陈州时，监司皆新进，趋时兴利，长吏初不与闻。安道曰："吾衰矣，雅不能事人，归与，以全吾志。"即力请留台而归。故诗云"一言有归志，阖府谏莫移"也。后判应天府，陛辞，面论曰："初欲卿与韩绛共事，而卿议政不同。又欲以卿为枢密使，而卿论兵亦异。卿受先帝末命，卒无以副朕意乎？"因泫然泣下，赐带如尝任宰相者。守蜀时，得三苏公，皆器异之。荐东坡及李大临为谏官。坡下制狱，又抗章请其命。坡尝以安道意，代作《谏用兵书》，其言恳切至到。又叙其文，以比孔融、诸葛亮云。元祐间，以太子太保薨，赠司空。苏子由为请谥文定。居南京，榜所居堂曰"乐全"，东坡为赋诗。①

① 《苏轼诗集合注》，第 242 页。

本诗是一首送别诗,施宿解释了苏轼送别张方平的原因——张方平与王安石政见不同,尤其反对变法,最后因而避请留台而归。在这个前提下,才能准确理解整首诗的意义。

(三)施宿人物注与宋代其他诗注的比较

与宋代的其它诗注相比,施宿的人物注有明显的长处。

施宿的人物注优于任渊《山谷内集诗注》,已见上文,不再赘述。苏诗类注本中,赵夔注释人物较多,但亦较简略。例如《傅尧俞济源草堂》:

> 赵夔注:尧俞字钦之,孟州济源县有别业。①

《次韵朱光庭初夏》:

> 赵夔注:字公掞,与公同年。②

《次韵杨公济奉议梅花十首》:

> 赵夔注:杨蟠字公济,建州人。嘉祐时诗人也。求叔诗云:卧读杨蟠一千首,乞渠秋月与春光。③

这样的注释,显然不能与施宿相比。

李壁《王荆公诗注》虽然重视人物生平的介绍,但与施宿注相比,李注的功力略逊一筹:

1. 对于苏诗与王诗中都出现的人物,施宿注显然高于李壁注

如张轩民、王胜之、吴处厚、蒋颖叔等人,李壁略过不注,而施宿能够详

---

① 《集注分类东坡先生诗》,卷三第二十一页B。
② 《集注分类东坡先生诗》,卷六第十页B。
③ 《集注分类东坡先生诗》,卷十四第十三页A。

细地注释。而王介、段约之等人，李壁虽然也注了，但与施宿注相比还是过于简单。李壁的这些失误之处，清代学者沈钦韩在《王荆公诗补注》中常常加以补充，特别是《送约之》一首，李壁对段约之的注释太简略，沈钦韩正是引施宿注予以补充。

2. 李壁注中仍多失注者

沈钦韩著有《苏诗查注补正》与《王荆公诗补注》，对苏轼、王安石诗都有很深的研究。其《苏诗查注补正》虽名为专补查慎行注，然而对类注本与施顾注、邵长蘅注中的失误也有所指正，对题中人物与史实方面的补正并不多见，这是因为施宿已经注得较好。而在《王荆公诗补注》中，沈氏对李壁失注人物之处有很多的补充。诸如叶致远、朱昌叔一类的人物，与王安石的关系都比较密切，李壁竟然不注。

沈钦韩借以补李壁注的材料，大多来自《宋史》，其次包括《续资治通鉴长编》《能改斋漫录》《石林燕语》《隆平集》《老学庵笔记》《五灯会元》《冷斋夜话》《野史》《中吴纪闻》《闻见录》等。上文已经说过，《宋史》以宋代《国史》为稿本，作为史学研究者，李壁应不难获得，其余诸书也是在宋代流传很广的书，特别是《续资治通鉴长编》一书，其作者正是李壁之父李焘。对于这些文献中的材料，李壁未能加以充分利用，可见其治学略显粗疏荒废。与之相比，施宿亦有失注人物之处，但与李壁相比，数量远远要少，而且对重要人物并无失注。

第三节　施宿补注中的释句与"以史证诗"

上文已经说过，解释句意本来不应当出现于题注之中，而应该随句笺释。但由于施宿注乃后来补入，因而也附于诗题之下。

与解题一样，施宿解释意，也重视以史实为根据。其实，解题与释句是释时事的两个方面，前者是从宏观的角度，就诗篇整体上而言的；后者是从微观的角度，对部分诗句作具体的分析。后者往往离不开前者，要以前者为依据。因此，施宿之所以把解释句意的部分也放在题下，不仅仅是因为他的注释乃后来补入的原因,更重要的是,在他的注释中,解释句意与解题已经成为一个有机的整体,密不可分。施宿对句意的解释,正是依靠解题而展开的,尤其依靠人物生平事迹这个广阔的背景。

施宿解释句意,其根本的出发点便是以事实为据。理解整首诗的含意,需要找出触发作者进行创作的本事;同样,理解诗中某些句子之意,也要以本事为依据。使用"赋"体直陈其事的诗句,对其的解释当然要以史实为根据;使用比兴体、表达得委婉、含蓄、模糊的诗句,对其的理解更离不开本事,否则容易造成歧解。从苏轼本人的创作特点来看,他惯于使用赋体,直接叙述的比例不低。另外,苏轼好用典故,用典与比兴一样,是一种相对隐晦的表达方式,其所用之典往往与现实在一定的对应关系,用以影射现实中的人与事。因此,解释苏诗中典故的寓意,仍然离不开对本事的考索。施宿对苏轼的创作特点无疑有准确的认识,因而他致力于推寻苏轼及其友人的生平事迹与苏轼诗句的联系,从而解释苏诗的句意。

具体来说,施宿认为本事是"因",诗句是"果"。因此,施宿解释句意的模式为:选取列举一段事实,然后指出"故云……(某某诗句)",为诗句的含意寻找原因与根据。这些事实材料,对诗句的含意起证明与补充的作用。

1. 直接根据史实解释诗句含意

这主要用于解释直陈其事的"赋"体诗句,这类诗句的含意不难理解,只要按照诗歌的内容去寻找相应的史料,稍加对照就可考证其事,意义自明。这包括以下几种情况:

(1)叙述苏轼本人或他人的经历

苏轼在寄赠、送别、挽词等类诗作中常常回顾他人的主要功业事迹,因此考证出有关其人的当时行事,便可知道诗句的意义。

例如《闻辩才法师复归上天竺以诗戏问》"道人出山去,山色如死灰。白云不解笑,青松有余哀。忽闻道人归,鸟语山容开。神光出宝髻,法雨洗浮埃。想见南北山,花发前后台":

施宿注:辩才名元净,字无象。事见《赠辩才师》诗注。沈公遴治杭，以上天竺本观音大士道场，以声音忏悔为佛画，非禅那居也，乃请师以教易禅。师至，吴越人争以檀越归之，重楼杰阁，冠于浙西。诏其院曰灵感观音。居十七年，僧文捷者利其富，倚权贵人以动转运使，夺而有之，迁师于下天竺。师恬不为忤，捷犹不厌，使者复为逐师于潜。逾年而捷败，事闻朝廷，复以上天竺畀师。捷之在天竺也，吴人不悦，施者不至，岩石草木为之索然。及师之复，士女不督而集，山中百物皆若有喜色。赵清献亲而赞之曰：“师去天竺，山空鬼哭。天竺师还，道场光辉。”先生此诗前五联，皆纪其来去之实也。[①]

施宿引用的材料，其细节比苏诗中的前五联丰富得多，将辩才法师受到排挤的前因后果交代得十分清楚。

（2）叙述当时社会状况的诗句，可根据史实直接解释句意

例如《送周朝议守汉州》“茶为西南病，岷俗记二李”：

> 施宿注：昔五代之际，孟氏窃据蜀土，国用褊狭，始有榷茶之法。艺祖平蜀，罢去一切横敛，茶遂无禁。淳化间，牟利之臣始议掊取。大盗王小波、李顺等，因贩茶失职，窃为剽劫，凶焰一扇，两蜀之民肝脑涂地。自熙宁初，王安石、吕惠卿相继秉政，边事寖兴，以财用为急。七年，李杞以三司判官提举成都等路茶事，初立茶法，一切禁止民间私卖。后一岁，杞以疾奉祠，都官郎中刘佐继杞为提举，蒲宗闵同提举，而益病矣。是时知彭州吕陶奏曰：“国家山泽之利，多与民共。仁宗深知东南数路之害，一切驰放。天下茶法既通，而蜀中独行禁榷，此盖言利之臣不知本末而妄为之，非所以绥静远方也。伏缘此茶本非官地所产，乃是百姓己物，一旦立法，便成犯禁。恭惟仁圣恤物之心，必不如此。”陶由此得罪冲替，刘佐

以措置乖方亦罢,以国子博士李稷提举。稷行劄子,督绵州彰明县
知县宋大章缴奏,以为非所当用,稷诋其卖直钩奇,坐冲替。八月,
以李稷风力,可依李杞例兼三司判官。侍御史周尹言:"成都府路
置场榷卖,诸州茶尽以入官,最为公私之害。初,李杞倡行散法,刘
佐攘代其任,无他方术,惟割剥于下,而人不聊生矣。臣受命入蜀,
乃知为害甚钜。有知彭州吕陶、知蜀州吴司孟等奏,可以参验。往
者杞、佐继陈苛法,即信用其言。今议者条其刑蠹,悉皆明白,未即
悉听。乞罢榷茶之法,许通商买卖,以安远方。"尹还未至都,坐是,
除提点湖北路刑狱。元丰二年四月,李稷言:"自榷茶法行至元年
秋凡一年,通计课利,已支见在凡七十六万缗。"上批:稷能推原法
意,日就事功,宜速迁擢,以劝在位。稷自蜀擢陕西转运使,助成伐
夏之役。督饷出境,从给事中徐禧城永乐,为夏人所围,遂与将士
俱没。元祐初,苏子由在谏省及西掖,极论之,稍去其害。诗云"茶
为西南病,岷俗记二李"者,谓此也。①

苏诗只简单地说"茶为西南病,岷俗记二李",施宿所引材料,能让读者
弄清北宋一代的茶制。在这个背景下,才能明白苏诗议论的深意。

2. 结合解题中的时事背景,分析具体的写作背景以解释句意

某些"赋"体诗句虽然直陈其事,但包含了苏轼本人的一些想法,必须了
解其具体的写作背景才能正确理解句意。例如《次韵张昌言给事省宿》:

施宿注:张昌言名问。两为河北转运,知沧州。新法之行,独
不阿时好。因岁饥,为神宗言:民苟免常平、助役之苦,反以得流亡
为幸。语切直惊人。元祐初为祕书监,使河北相度水事,过永静
军,奏乞减价粜本军寄籴斛斗四十余万石,救郡民饥。朝廷从之。
还为给事中。故有"朔野按行犹雀跃"之句。未几,致仕而卒,年七

---

① 《苏轼诗集合注》,第 1515 页。

十五。按昌言本襄阳人,种世衡遗以汝州田十顷,辞弗受,当是徙居于汝。东坡亦常欲居汝,故云:"待向崧阳求水竹,一犁烟雨伴公归。"虽南迁,此志不遂,诸子以治命,卒葬汝之郏城焉。①

苏轼受张昌言的影响,对汝州产生了兴趣。诗中说"待向崧阳求水竹,一犁烟雨伴公归",透露了与张昌言同隐汝州的意向。更重要的是,这便是苏轼卒后葬于汝州郏县的原因。施宿在这首次韵诗中追述二人的交往,有助于理解句意。

又如《沐浴启圣僧舍与赵德麟邂逅》:

施宿注:赵德麟名令畤,旧字景贶,事见三十卷。先生守颍,德麟在幕府。郡有西湖,每相从其上。至是官满入京,故有"东颍西湖迹已陈,季子来归初可喜"之句。时先生力求会稽,故云"明年同泛越溪春",欲与德麟偕行尔。后一岁,乃帅定武,德麟亦以公再荐,擢光禄丞。②

以下两类诗句的解释,尤其需要具体的写作背景作为支持:

(1) 用典的诗句

解释这一类诗句,首先必须识别苏轼用了何典,典故中包含了什么故事。这应要求注释者博览群书,有丰富的知识储备。李善以来的诗歌注释者,包括赵次公、施元之等注苏诗者,大都具备这种素质。然而仅仅做到这一点是不够的,苏轼并非为卖弄学问而用典,其用典往往影射现实,因而必须找出苏诗所用之典与当日之事之间的联系,才能明白苏轼的用心,完整地解释用典之句的意义。

例如《陪欧阳公燕西湖》"不辞歌诗劝公饮,坐无桓伊能抚筝":

---

① 《苏轼诗集合注》,第 1402 页。
② 《苏轼诗集合注》,第 1835 页。

施元之、顾禧注:《晋书·桓伊传》:王国宝,谢安女婿。安恶其
为人,每抑制之。国宝诡谍行于主相之间,嫌隙遂成。武帝召桓伊
饮,安侍坐,命伊吹笛。一弄,乃请以筝歌,伊抚筝而歌怨诗曰"为
君既不易,为臣良独难。忠信事不显,乃有见疑患"云云。声节慷
慨,俯仰可观。安泣下沾襟,乃越席而就之,捋其须曰:"使君于此
不凡。"帝有愧色。①

施、顾原注仅交代"桓伊抚筝"故事的出处,却未交代背景、解释句意。

施宿补注:是时王介甫得政,推行新法,小人用事。公为郡,不
忍以法病民。在青州,以便宜止散青苗钱,且上疏论之。介甫旧出
公门,至是惧其复用,间甚始深,毁沮不已。谓必无补时事,但使异
论者附之,遂听归老。东坡用桓伊事,意实在此。②

施宿补注说明了苏轼用"桓伊抚筝"故事的用意——王安石原出于欧阳
修门下,后因欧公反对青苗法,将其斥出朝廷。这与晋代谢安被女婿王国宝
构陷有类似之处。桓伊作为旁观者,以筝歌的方式为谢安鸣不平,正与苏轼
本人对欧阳修的同情相似。

又如《广陵会三同舍各以其字为韵仍邀同赋·刘贡父》"尔来再伤弓,戢
翼念前痛",施元之、顾禧注引《战国策》更嬴事。

施宿补注:贡父先已被劾,今又为介甫所斥,故云"父子少年
时,雄辩轻子贡。尔来再伤弓,戢翼念前痛。"③

刘贡父受了接二连三的打击,正与《战国策》中的惊弓之鸟相似。施顾

---

① 《苏轼诗集合注》,第 254 页。
② 《苏轼诗集合注》,第 254 页。
③ 《苏轼诗集合注》,第 267 页。

注只引出典故,如果没有施宿的补充,无法充分说明诗意。

（2）使用比兴的诗句

施宿笺注诗句,主要着眼于前两种诗句。但在少数时候也解释比兴之句的含义。苏诗中的比兴,往往也与现实有紧密联系,用以喻指现实中的事物。例如《送表弟程六知楚州》:

> 施宿注:东坡母成国太夫人程氏,眉山著姓。其侄之才,字正辅,第二;之元,字德孺,第六,即楚州也;之邵,字懿叔,第七。正辅初娶东坡女□,早亡,老苏公以为□事。见后《次韵正辅江行见桃花》诗注。此诗首云"炯炯明珠照双璧",《次前韵送德孺漕江西》又云"君家兄弟真联璧",独指德孺、懿叔,不复及正辅,犹以旧怨故也。①

施宿以程正辅与苏家交恶的事实,推证了诗句中的"双璧"指程德孺与程懿叔,而非程正辅。

3. 根据解题中的人物注,结合人物的生平来解释句意

这同苏轼的写作特点有关,苏轼的送别诗、赠诗往往联系对方生平来写。例如《送范景仁游洛中》:

> 施宿注:范景仁,名镇。成都华阳人……王介甫得政,改常平为青苗,景仁极言其不可。韩魏公论新法,送条例司疏驳。李公择乞罢青苗钱,令分析,司马温公辞副枢,景仁皆封还。举东坡为谏官,不行,荐孔经父制科,以对策切直报罢,皆力争之。不听。即上言:"臣言不行,无颜立于朝,请谢事。"最后指陈介甫用喜怒为赏罚,曰:"陛下有纳谏之资,大臣进拒谏之计。陛下有爱民之性,大臣用残民之术。"介甫大怒,持其疏手颤,自草制诋之,使以本官致

① 《苏轼诗集合注》,第 1354 页。

仕,恩典悉不与。公表谢曰:"愿陛下集群议为耳目,以除壅蔽之奸。任老成为腹心,以养和平之福。"天下闻而壮之。时年六十三尔。故诗云:"小人真暗事,闲退岂公难? 道大吾何病? 言深听者寒。"久之,归蜀。与亲旧乐饮,期年而后还。故有"去年行万里,归路走千盘"之句。是时东坡馆于京师门外景仁园中,故有"园亭借客看"之句。哲宗立,□用不疑,拜端明殿学士,起提举中太一官,兼侍读。镇固辞,复致仕。[①]

对照以上事实,不难明白诗意。

或者联系当时的社会现实来写。例如《寄刘孝叔》:

施宿注:孝叔名述⋯⋯初,神宗即位,起安石于金陵,付以大政,而是时帝已有诛灭西夏意,遂用种谔以开边隙。安石逢迎帝意,且谓:"鞭笞四夷,必财用丰裕,然后可以行其志。"于是终帝之世,以理财为急。兵祸连结,南征北伐,几至于乱。帝虽欲改为,而诸臣系其用舍,执之愈坚。晚岁始大悔悟,然无及矣。故此诗首言征伐之意。熙宁七年九月,诏开封府界、河北、京东西路置三十七将,□□枢副蔡挺之请,故云"联翩三十七将军,走马西来各开府。"先是,熙宁三年,管勾开封府常平赵子几乞以乡户团为保甲,觉奸察盗,各立首领部辖。□而推及天下,将为万世长安之术。乃下司农寺详定条例行之。上尝问:"如何可以渐省正兵?"安石曰:"当使民习兵,则兵可省。"然其后保甲不能逐盗而为盗矣,故云"保甲连村团未遍"。五年,司农丞蔡天申请委提举司均税而领于司农,始立方田均税之法,诏司农以条约并式颁之天下。方田之法,以东西南北各千步当四十一顷为一方,岁以九月委令佐分地计量,均定税数,至明年三月毕,揭以示民,仍再期一季,以尽其词,乃书户帖连

---

① 《苏轼诗集合注》,第 686 页。

庄帐付之，以为地符，故云"方田讼牒纷如雨"。七年春，上以大旱，忧见容色，欲罢保甲、方田等事。安石曰："水旱常数，尧、汤所不免，但当益修人事。"上曰："此岂细事？朕令所以恐惧者，正为人事有所未修耳！"初，吕惠卿建为手实之法，使民自上其家之物产，而官为注籍。奉使者至析秋毫，天下病之。至八年十月，乃罢。故曰"尔来手实降新书，抉剔根株穷脉缕。诏书恻怛信深厚，吏能浅薄空劳苦。"苏子由□为条例司检详，与安石□□□罢。□□曰："苏轼如何？"□□□□□□曰："轼兄弟□□□□□□□事，若朝廷□□□□□□则能合流俗□□□□。"故曰"平生学问止流俗"。是时安石凡议其新政者皆以流俗诋之也。孝叔年七十二卒。绍兴间录其风节，赠秘阁修撰。[1]

施宿将与诗句相关的时事背景列出，两相对照，不难明白句意。

此外，与题材也有一定的关系。这里主要指的是挽词类作品。

在挽词类作品中，苏轼往往以简练的语言概括、回顾逝者的主要功业与性格特点。施宿注则补充这方面的概料，能够更全面地让读者了解诗中人物。有时在挽词中突出其人的重点事迹，例如《王郑州挽辞》：

　　施宿注：王郑州名克臣，字子难，河南人……河决曹村，子难亟筑隄城下。或曰："澶渊去郓为远，且州徙于高，八十年不知水患，安事此？"不听，役愈急。隄成，水大至，不没者才尺余。复起甬道，属之东平王陵。邦人得趋以避水，皆绘奉其像，玺书褒焉。故诗云"千里农桑歌子产"。子师约，习进士。英宗求儒生为主婿，乃以师约尚焉。故云"一时冠盖慕萧嵩"。元祐四年，以龙图阁直学士太中大夫卒，年七十六。[2]

---

[1] 《苏轼诗集合注》，第 605 页。

[2] 《苏轼诗集合注》，第 1564 页。

或述说其人生平大略,例如《哭刁景纯》:

> 施宿注:刁景纯名约,丹徒人。少卓越有大志,刻苦学问,能文
> 章。始应举京师,与欧阳永叔、富彦国声誉相高下。天圣二年登进
> 士第。当官正辞,毅然有不可夺之色。其在宠禄之际,泊如也。故
> 屈于为郎,施不大耀。士友叹惜,而景纯未尝以为恨。好急人之
> 难,海内之人识与不识多归之。不治产业,宾客故人常满其门,尊
> 酒燕娱无虚时。重义轻施,有古人之风。年八十四属疾,王左丞和
> 甫守润,往问焉,隐几笑语如平时。和甫登车,已逝矣。妻江,先景
> 纯一年卒。东坡此诗形容其平生略尽云。①

特别是用典的诗句,必须以人物的生平事迹为依据,例如《送刘道原归
觐南康》"孔融不肯下曹操,汲黯本自轻张汤":

> 施宿注:刘道原名恕,筠州人。父涣,为颍上令,不能事上官,
> 弃之去,家庐山。道原少颖悟,书过目即诵。既第,笃好史学,上下
> 数千载间,可坐而问。博学强识,求书不远数百里,身就之读且抄,
> 殆忘寝食。司马公编次《通鉴》,英宗令自择馆阁英才,公曰:"馆阁
> 文士诚多,至于专精史学,臣得而知之者,唯刘恕耳。"即如为局僚。
> 书成,公推其功为多,而道仁亡矣。家至无以为养,而不以一毫取
> 于人。冬无寒具,司马公遗衣褥,亦封还之。与王介甫有旧,介甫
> 执政,道原在馆阁,欲引置条例司,固辞而谓曰:"天子方付公大政,
> 宜恢张尧舜之道,不应以利为先"。是时介甫权震天下,人不敢忤,
> 而道原愤愤欲与之校。又条陈所更法令不合众心者,劝使复旧,至
> 面刺其过。介甫怒,变色如铁,道原不以为意。或稠人广坐对其门
> 生诵言得失,无所忌,遂与之绝。以亲老求监南康军酒,官至秘书

---

① 《苏轼诗集合注》,第751页。

丞,卒。年四十七。此诗端为介甫而发,以孔融、汲黯比道原,曹操、张汤况介甫。又云"虽无尺篓与寸刃,口吻排击含风霜",益著其面折之实也。①

施宿先引出刘道原与王安石交往的史实:"与王介甫有旧,介甫执政,道原在馆阁,欲引置条例司,固辞而谓曰:'天子方付公大政,宜恢张尧舜之道,不应以利为先。'是时介甫权震天下,人不敢忤,而道原愤愤欲与之校。又条陈所更法令不合众心者,劝使复旧,至面刺其过。介甫怒,变色如铁,道原不以为意。或稠人广坐对其门生诵言得失,无所忌,遂与之绝。"以此为根据,指出本句诗的作意为王安石而发,以孔融、汲黯比道原,曹操、张汤况安石,从而解释了苏轼用典的寓意。

另一首《和刘道原见寄》"坐谈足使淮南惧":

　　施宿注:刘道原事见《送道原归觐南康》诗注。道原既与王介甫异论绝交,力请归养。前诗既以汲黯比道原,而此诗益致叹美之意。"坐谈足使淮南惧",以淮南喻介甫也。②

汲黯生性憨直,淮南王刘安意欲谋反,但十分忌惮汲黯。此诗苏轼以淮南王刘安喻指王安石,意谓刘道原令王安石有所顾忌。

由于施宿对句意的解释是以史实为根据的,因此他的结论令人信服。上一章所列举赵次公释句的例子,不去寻找事实的印证,而经常只凭猜测,相比之下,可见施宿注的优越性。

附:施宿的校勘工作

施宿题注除了考证人物及史实之外,还包括少量的校勘。这在苏诗注

---

① 《苏轼诗集合注》,第 234 页。

② 《苏轼诗集合注》,第 307 页。

中又是一个特别之处。宋代的其余诗注中,任渊《山谷内集诗注》就已经很注重校勘了。类注本的注家只重注释,而略于校勘。施元之与顾禧亦疏于此道。从施宿开始,苏诗的注家才开始着手从事校勘工作。

施宿的校勘有两大特点:

1. 用以参校的材料可信度高

施宿本人在金石书法方面有一定的造诣,任余姚县令时,还将部分苏诗的墨迹刻石于县治。施宿赖以校勘的材料,有两大来源:一是他所藏或所见的苏轼书己诗的墨迹;二是各地苏诗手迹的石刻。

2. 态度严谨,慎于改动

施宿一般不改动原文。《次韵周开祖长官》,依吴兴向氏所藏墨迹;《定惠院寓居夜月出偶出》,依临川黄揉所藏墨迹;《次韵胡完夫》,依成都府石刻;《次韵钱穆父》,依乐道槃所藏墨迹;《次韵答完夫穆父》,依吴兴秦氏所藏墨迹;《送杨孟容》,依成都府墨刻,在这些篇目中,用以参校的材料与底本都有差异。一般来说,墨迹与墨刻的可信度更高,施宿仍然没有擅自改动底本文字,而是两存其说。

只在少数证据确凿的地方,施宿作了改动,例如《别子由三首兼别迟》:

> 施宿注:宿守都梁,得东平康师孟元祐二年三月刻二苏公所与九帖于洛阳,坡书《别子由》第二诗,而题其后云:元丰七年,余自黄迁汝,往别子由于筠,作数诗留别,此其一也。其后虽不过洛,而此意未忘。因康君郎中归洛,书以赠之。元祐元年三月十日,轼书。"水南卜筑吾岂敢",集本作"卜宅";"想见茆檐照水开",集本作"遥想茆轩"。今皆从石刻。师孟医士,能刻两公简札,托名不朽,有足嘉者,遂得以正集本三字之误云。①

又如《次韵曹辅寄壑源试焙新芽》:

---

① 《苏轼诗集合注》,第 1169 页。

施宿注：集本云："仙山灵雨湿行云"，"试作小诗君一笑"。吴兴向氏有毕良史旧藏墨迹，"灵雨"作"灵草"，"一笑"作"勿笑"，今从墨迹。①

可见施宿从事校勘的态度较为严谨慎重，即使在掌握了东坡手书这种有力材料的前提下，也不轻易改动集本，仅在个别地方依靠墨迹、石刻作了改动。

本章小结

施、顾《注东坡先生诗》与李壁《王荆公诗注》一起，是南宋中后期诗歌注释的代表。

《注东坡先生诗》的三位作者中，施元之、顾禧长于注典，这种注释没有突破李善、赵次公等人的注释套路，而且又不具备赵次公对用典方法的分析能力，因此缺乏创新，特点不突出。施、顾注本的价值主要体现在施宿的补注之中。

施宿的补注与李壁的《王荆公诗注》一样，强调以历史分析的方法来解释诗意。这种思路形成的根本原因在于南宋史学的发达，但影响二人的具体原因却不尽相同：李壁是由于受其父——南宋著名史学家李焘的影响，而左右施宿注释思路的是著名诗人陆游。陆游指出，理解苏诗的难点在于诗中的用事，特别是用当时之事。如果不解决这个问题，就无法真正理解苏轼的意图。这说明，无论是诗学界还是史学界，都自觉要求使用历史分析的方法来解释诗歌。

施宿接受了陆游的观点，并以此为指导思想来注释苏诗。他认为苏诗的意旨，与苏轼所经历的熙宁变法、谪居东坡、元祐党争、贬斥岭海等重大事件有关。苏诗之作，往往在于忠诚愤郁不得发，而托诗以讽。因此，他补注

---

① 《苏轼诗集合注》，第 1611 页。

苏诗,着眼点在于考证与苏诗有关的事实,并以此为依据来探索苏诗的意旨。

施宿补注的基本思路为:考证、叙述诗题中人物生平,以其所映射的北宋历史这个广阔的背景为依据,以考察诗题的具体背景、诗篇的整体意旨及诗句所包含的时事,从而取得对诗意的确证。

施宿的补注注重"以史证诗"的方法,而苏诗类注本恰恰在这方面比较薄弱。因此,施宿的补注,不仅是对施元之、顾禧的《注东坡先生诗》的重要补充,而且是对苏诗类注本的重要补充,从而为整个宋代的苏诗注消除了薄弱环节,使宋代的苏诗注在诗学分析与史学分析两个方面平衡发展,成为宋代诗歌注释的典范。

　　类注本中的赵次公、赵夔等注偏重诗学分析，施宿补注偏重历史分析。宋代苏诗注的这条发展变化的轨迹，正好折射了宋人注宋诗乃至整个宋代诗歌注释发展的脉络。

　　类注本中赵次公与赵夔、林子仁等注释者，本身便是创作水平较高的诗人。因此，他们理解并解释诗歌，自然而然地从诗歌本文出发，总结苏轼诗歌的创作技巧，重点分析苏诗用典，从纷繁复杂的各种用典方法中归纳总结出用典体系，并注重总结苏诗在取材立意、表现手法方面的高于常人之处。这种解释思路，本质上是一种诗学分析，与同时期黄庭坚、陈师道诗歌的注释者任渊的思路相近。这种解释方式体现了南北宋之交时期诗歌注释的主要趋势，代表了这个时期诗歌注释的最高成就。

　　施元之、顾禧、施宿的《注东坡先生诗》，是南宋中后期诗注的代表作之一。它与李壁的《王荆公诗注》一起，在诗歌注释史上起了承前启后的作用。承前是指继承了两宋之交诗注以征引典故出处为解释基础的思路；启后是指将诗歌解释的重心从诗学分析转移到历史分析上来。注释者利用自己离作家生活年代近的优势，搜集大量的当代史料，从中挖掘出影响诗歌创作的具体事件，或者展示了诗歌创作的历史背景。在此基础上，结合苏轼诗乃至宋诗好发议论、与现实联系紧密的特点，解释了苏轼中大量写实性的内容。

这种思路,不仅是对两宋之交时期的诗歌注释的重要补充,而且启发了有清一代的诗歌注释,为清人"以考证为注释"——建立在考证基础上的"以史证诗"这种诗歌解释方法树立了范例,奠定了基础。

下 编

清代的苏诗注

第四章 清代诗歌注释发展背景下的苏诗注

第一节 清代诗歌注释的名目："注""笺""解"

在传统注释学中，对"注""笺"这两个概念的解释，以孔颖达的观点最具权威性，为历代注释者所遵奉。孔颖达在《毛诗正义》中指出："郑以毛学审备，遵畅厥旨，所以表明毛意，记识其事，故特称为'笺'。余经无所遵奉，故谓之注。注者，著也，言为之解说，使其义著明。"①孔颖达口中的"注"，是一个较宽泛的概念，凡是对文献的意义进行解释说明，都可以称为"注"。"笺"则指对原注的补充说明。

"笺"这个名目在郑玄之后、清代之前很少使用。唐宋以来诗歌注释一般都用"注"这个名目统称之。"注"包含了三个方面的内容：一是"外注"，即征引典故，主要依靠外部文献；二是"内解"，即通过分析诗歌内部篇章结构与艺术手法以解意；三是内外结合，以施宿、李壁的解释方式为代表，即采用历史分析这种外证方式，以发掘隐含在诗歌内部的创作事因，从而解释诗歌含意。唐宋以来只有少数注家将自己的注释称之为"解"，如赵次公的杜诗注就以《杜诗先后解》为名。这里"解"所包含的内容，包括了上文"注"的前

---

① ［清］阮元校刻：《十三经注疏》，北京：中华书局，1980 年，第 269 页。

两个方面,而重点在于第二方面"内解"。

到了清代,注家对"注""笺""解"这三个概念的认识发生了变化。冯浩就指出:"笺者,表也;注者,著也。义本同归。今乃以征典为注,达意为笺,聊从俗见。"①(《玉溪生诗笺注发凡》)也就是说,清人把"注"的内涵缩小到征引典故的范围,另外把探讨意旨称为"笺"。

然而,"达意为笺"这种描述还不能准确地反映清代注家对"笺"这个概念的认识。尽管"笺"以达意为目的,但能够实现"达意"目的之解释体例,并不仅仅只有"笺",在"笺"之外还有"解"。

清代基本的注释名目上有三种:注、解、笺。清代诗歌注释的基本思路仍然沿袭了宋代的观念,以清人的"注、解、笺"与宋人的"注"加以对比,可以看出,清人的"注"相当于宋人"注"的第一部分内容,"解"相当于宋人"注"的第二部分内容,而宋人"注"的第三部分内容则被清人命名为"笺"。

较早使用"解"这种注释体例是宋代的赵次公,明代注家也沿用了这种体例,王嗣奭的《杜臆》实际上也是一种"解",王在《杜臆原始》中说:"臆,意也。以意逆志,孟子读诗法也。诵其诗,论其世,而逆以意,向来积疑多所披豁,前人谬述多所驳正……"②清代也有注释者继承了这种注释思想。仇兆鳌在《杜诗详注凡例》中把自己的注释思路概括为"内注解意"与"外注引古"③。对"解"这个概念作具体描述的是浦起龙,他在《读杜心解发凡》中指出:"注者其事辞,解者其神吻也。神吻由事辞而出,事辞以神吻为准。"④又说:"解之为道,先篇义,次节义,次语义。"浦起龙说的"心解",是指在注(征引典故)的基础上,揣摩杜诗的言外之意。综上所述,清人口中的"解",继承了宋、明注家的思路,在征引典故的基础上,从诗歌的篇章结构与艺术手法出发解释诗意,有时还强调对诗歌言外之意的求索。

---

① [唐]李商隐著,[清]冯浩笺注:《玉溪生诗集笺注》,上海:上海古籍出版社,1998年,第822页。

② 《杜臆原始》,见[明]王嗣奭:《杜臆》,上海:上海古籍出版社,1983年,第1—2页。

③ [清]仇兆鳌《杜诗凡例》,第22—23页,见[唐]杜甫著,[清]仇兆鳌注:《杜诗详注》,北京:中华书局,1979年。

④ 《读杜心解发凡》,见[清]浦起龙:《读杜心解》,北京:中华书局,1961年,第5页。

在"注、解、笺"三者当中,对"注"与"解"的理解较容易,对"笺"的认识最为关键,其中的关窍即在于"笺"的内外结合性。浦起龙在《读杜心解发凡》中的一段话很重要:"凡注之例三:曰古事,曰古语,曰时事……至时事则例等于注,而义通于解。"①在这段话中,值得关注的是对"时事"的描述,浦起龙对时事在注解中的角色还没有清晰的认识,他只是觉得这是一种过渡体:从体例来看,解释时事与征引典故很相像,都表现为引用前代文献。而从解释的作用上来说,解释时事又高于征引典故。征引典故的出处,还不一定能够理解诗句的意义。而从文献中找到相应的时事之后,只要辅以简要的总结说明,就能够发掘作者创作的目的,从而理解诗句乃至诗篇的意义。有时甚至不需要说明,便可达到释意的目的。解释时事,重视历史分析,就是"笺"这种体例的核心部分。这说明,"笺"是一种内外结合以解释诗意的方式。

第二节　清代诗歌注释的方法:以"笺"、"证"为核心

一、宋、清两代注释观念的不同:对"笺"的理解

上文说过,清人的基本注释思路仍与宋人保持一致。宋、清两代注释观念的差别在于对注释所包含的这三部分基本内容各自的偏重不同:

1. 与宋代诗注相比,在清代诗注中,"注"的地位已被大大地削弱,征引典故依然是必备的项目,但在清人看来,这只是一项基础性的工作,他们远不如宋人从"无一字无来处"的诗歌创作理论出发那样重视语词的来处。

2. 清代注家虽然也运用"解"这种方式,但对"解"的重视程度低于宋人。

虽然著名注家仇兆鳌、浦起龙重视"解"的作用,但大多数清代诗歌注释者对此持相反的看法。以下几种观点较有代表性:

冯集梧云:"自孟子有'知人论世'及'以意逆志'之说,而奉以从事者,不无求之过深。夫吾人发言,岂必动关时事?牧之语多直达,以视他人之旁寄

---

① 《读杜心解发凡》,第6页。

曲取而意为辞晦者,迥乎不侔。且以毛公序诗,师承有自,而后儒尚有异议。况其下此,抑又可知。兹故第诠事实,以相参验,而意义所在,略而不道。"①(《樊川诗注自序》)

冯集梧甚至根本不追求对意义的理解,他只重视对地理、职官、典制、人物等历史名词的解释。

赵殿成曰:"爰是校理旧文,芟柞浮蔓。搜遗补逸,不欲为空谬之谈,亦不敢为深文之说,总期无失作者本来之旨而已。"②(《王右丞集笺注序》)

赵殿成的注释范围比冯集梧稍为大一些,敢于在事实的基础上解释诗意,但他的界限也在于"作者本来之旨",即以事实为根据的作品基本意义,而不为"深文之说",不作过多的引申。

沈钦韩则指出:"夫读一代之文章,必晓然于一代之故实,而俯仰揖让于其间,庶几冥契作者之心。"③(《注王荆公全集序》)

沈的意见与赵殿成相近。他所说的"故实","故"就是地理、职官、典制、人物等历史名词,"实"就是历史事实。

王维、杜牧等人的诗意还算明白晓畅,而对于多用比兴寄托、意义极其隐晦的李商隐诗,清代注释者在释意时更加强调以史实为根据,而不因李商隐诗的表达方式过于隐晦、意象过于模糊,就随意地作仁者见仁、智者见智式的发挥。

王鸣盛在为冯浩所作《李义山诗文集笺注序》中谈到:"盖义山为人,史氏所称与后儒所辨,均未得其中。注之者倘非贯穿新、旧《唐书》,博观唐、宋人纪载,参伍其党局之本末,反覆于当时将相大臣除拜之先后,节镇叛服不

---

① 《樊川诗注自序》,见[唐]杜牧著,[清]冯集梧注:《樊川诗集注》,上海:上海古籍出版社,1998 年新 1 版,第 3 页。

② 《王右丞集笺注序》,见[唐]王维撰,[清]赵殿成笺注:《王右丞集笺注》,上海:上海古籍出版社,1998 年,第 2 页。

③ 《注王荆公全集序》,见[宋]王安石撰,[清]沈钦韩注:《王荆公诗集注》《王荆公文集注》,见《续修四库全书》第 1313 册,上海:上海古籍出版社,1996 年影印版,第 439 页。

常之情形,年经月纬,了然于胸,则恶能得其要领哉?"①

　　李商隐诗的注释者冯浩云:"于是征之文集,参之史书,不惮悉举而辨释之。诗集既定,文集迎刃以解,鲜格而不通者。乃次其生产,改订《年谱》,使一无所迷混,余心为之惬焉!"②(《玉溪生诗笺注序》)又说:"说诗最忌穿凿,然独不曰'以意逆志'乎? 今以'知人论世'之法求之,言外隐衷,大堪领悟,似凿而非凿也。"③(《玉溪生诗笺注发凡》)

　　连重视"心解"的浦起龙本人也说:"然义山诗可注不可解,少陵诗不可无注,并不可无解。"④

　　清人释意,必以事实为根据。在他们眼中,"以意逆志"必须以"知人论世"为基础,方不蹈空言。

　　3. 与宋代诗注相比,在清人的注释观念中,"笺"被提高到最重要的地位。

　　清代诗注之所以对宋代诗注作出改造,绝非空穴来风,这种改变的根源,就在宋代诗注的内部。南宋中后期以施宿、李壁为主导的诗歌注释,就重视用历史分析的方法来解释诗意,成为清代诗注的先导。

　　清代的"笺"与宋"注"的第三部分内容虽然思路相近,但其内涵仍有区别,清代诗注所采用的历史分析方法,从注家的立场到注释的内容,较之南宋中后期诗注都有较大的变化,并因此造成宋、清两代诗注的重点不同。

　　以施宿、李壁为代表的南宋中后期诗歌注释者,主要是站在作者的立场上来解释诗歌的。他们虽然不像任渊、赵次公等两宋之交的诗歌注释者那样对诗歌作全面的艺术分析,但他们的根本出发点,仍在于诗歌本身。他们使用历史分析的外证方法,是因为北宋的时事正是苏轼、王安石等诗人的描写对象,是诗歌的重要内容,直陈其事也是上述诗人惯用的表现手法。因

---

①　[唐]李商隐著,[清]冯浩笺注:《玉溪生诗集笺注》,上海:上海古籍出版社,1998 年,第818—819 页。

②　《玉溪生诗集笺注》,第 820 页。

③　《玉溪生诗集笺注》,第 822 页。

④　《读杜心解发凡》,第 5 页。

此,他们运用历史分析方法,归根结底是站在诗人的立场上,以解释诗歌这种文学作品的意义为指向的。

清代诗歌注释者,所持的立场与施宿、李璧等人完全不同,他们首先是站在自己的立场、即站在诗歌注释者的立场上来看待诗歌作品的。在他们眼中,诗歌不仅仅是一种文学作品,更重要的是,因为清人所注皆为前代诗歌,因此诗歌首先是一种历史文献。清代注家之所以这样看,基于以下两种考虑:

首先,历史长河将清代注释者与前代作家作品分隔在两岸,对于注释者来说,他最先考虑的还不是诗人的用心、诗歌的意旨,而是如何冲破历史的阻隔,把握诗歌的基本意义。于是,诗歌的各个最小意义单元,如地理、职官、典制、名物、风俗等,尽管与诗人的用心、诗歌的主旨虽然并不一定有直接的关系,往往被宋代注家所忽视,但在清代注家眼中,却是理解诗歌的不可或缺的基础。因此,清代注家使用历史分析的方法,其解释对象不仅仅包括宋代注家所归纳的、作为诗歌创作成因的具体历史事件,而且扩大到地理、人名、职官、典制、名物、风俗等各类历史名词。

其次,即使要回归诗歌本身,推导、考证作为诗歌创作成因的具体历史事件,由于年代久远,也不得不要求注释者具有较深的史学修养,方可去伪存真,达成对诗意的理解。

清代注家之所以将诗歌首先看成历史文献,还有一个重要的原因就是清代学风的影响。清代学术的核心就是古典的考证学,清人的研究都以古代文献为对象。因此,无论经、史、子、集,清代学者一律先视作历史文献,治学全以文字、音韵、训诂、名物、地理、职官、典制为基础。在这种学术背景下,清代诗歌注释者首先考虑的是诗歌作为历史文献的属性,与经、史、子等的著作一同看待,也是不足为奇的。

清代诗歌注释者一般将历史名词与历史事件统称为"时事",如前文浦起龙所云,但这个概念并不尽准确,二十世纪著名学者陈寅恪先生所用的"今典"更加恰如其分:对作者而言为"今",对注者而言为"典"。

清代注家虽然首先强调诗歌作为历史文献的属性,但却并非刻意抹杀诗歌与历史的区别,将二者混为一谈。相反,这正是他们懂得如何正确解释前代诗歌的表现。如果不对历史名词与事件作出准确的解释,根本无法对诗歌的基本意义作准确的理解,连阅读的可能性都不存在,何谈解释诗旨?

总而言之,清代诗注的核心是"笺","笺"的解释对象包含以下三方面内容:一是词义,即地理、职官、典制、人物、名物、风俗等各类历史名词。其中以地理与职官最受注家重视,因为这两者各代的变化最大,赵殿成对此深有体会:"官制历代更易,地理屡朝变迁,稽古家以二者为最难考订。"①(《王右丞集笺注例略》);二是句意,即解释写实性的诗句;三是篇意,即通过考证史实,发掘创作事因,解释全篇之意。清人比较重视的是前两个方面。

与清人相比,南宋中后期的施宿、李壁等诗注相对重视第二、三方面的内容,而忽略第一方面的内容。这是宋、清两代在诗歌注释中运用历史分析方法的最大不同。

二、"笺"的延伸——"证"

清代注家既然重视"笺",重视历史分析,那么考证之学对于诗歌注释也是不可缺少的。上文已经说过,清代注释的重点在于地理、职官、典制、人物等历史名词及历史事件。那么,要对这些名词的内涵作出正确的判断,史学功底非常重要。尤其是清人的注释多为补注,要判断前人注释的正确与否,并且纠正错误,考证功力更是不可或缺。清代成功的诗歌注释,其注者必定是考证能力很强的学者。尤其是乾嘉时代,诗注成为考据家在经、史以外的新领域。乾嘉时代的诗注,虽然并非都以"辨证""笺证"一类的名称命名,但实际上常常都包含了辨证这种注释体例。

三、清人注释的其他特点

1. 尊重前人成果

清人注诗,以唐宋大家为主要对象。唐宋大家之集,往往有宋注本。即

---

① 《王右丞集笺注序》,第4页。

使无宋注本,在清代也会引起多人的关注,为之作注。清代注家的良好风气,就在于虽然以超越前人为目的,却能够尊重、吸收前人的成果。清代注家往往能够在宋代注本的基础上予以补注,如查慎行补注苏轼诗、沈钦韩补注王安石诗等。即使不采取补注这种体例,清代注家也注意吸取旧注的成果,如王琦《李太白集注》,就吸取宋杨齐贤、元萧士赟、明胡震亨的旧注;而冯浩的《玉溪生诗集笺注》,也吸收了朱鹤龄、徐树谷、程梦星、姚培谦等人的成果。

2. 将注释与评点分开

宋人喜欢在注释中加上艺术评点,而出于对历史考证的重视,清代注家摒弃了这种做法,将注释与评点分开。比如查慎行是著名诗人,著有《补注东坡先生编年诗》,但书中极少评点之语。查氏对苏诗的评点其实不少,却另收在《初白庵诗评》一书中。翁方纲对苏诗的评论也只收集在《石洲诗话》中,而未列入《苏诗补注》。

究其原因,在于清代注家认为评点与诗旨其实没有太大的关系,其中以陶渊明诗的注释者陶澍的意见最有代表性,他认为:"宋元以来,诗话兴而诗道晦,连篇累幅,强聒不休,其实旨趣无关,徒费纸墨而已。"①(《陶靖节集注例言》)冯应榴汇集历代苏诗注而成《苏文忠公诗合注》一书,也不采纳查慎行的评点,他的理由是:"又查氏有《苏诗评批》,本于诗意无甚发明,今亦不采。"②(《苏文忠公诗合注附录》)

3. 重视文献学:校勘、辑佚、辨伪

清代学术的重要特点便是格外重视文献学的工作,校勘、辑佚、辨伪之学在清代特别发达。诗歌注释也受这种风气的影响,注家往往同时兼校勘之任。辑佚与辨伪则表现为广泛搜集作者的逸诗,并将窜入作者集中的他人诗剔出。

---

① [晋]陶潜撰,[清]陶澍集注:《靖节先生集》,见《续修四库全书》第1304册,上海:上海古籍出版社,1996年影印版,第241页。

② [宋]苏轼著,[清]冯应榴辑注:《苏轼诗集合注》,上海:上海古籍出版社,2001年,第2740页。

第三节　清代苏诗注的分期

一、清代诗歌注释的分期

据《清史稿·艺文志》的记载,清代学者笺注曹魏至明代的诗集,都集中在康熙至嘉庆年间。道光之后诗歌注释已经式微,作品数量较少。因此,所谓清代诗歌注释,主要指康熙至嘉庆这一段时期而言。清代诗歌注释内部的发展变化不如宋代那么大,康熙至嘉庆时期诗歌注释的主导思想都是重视诗歌作为历史文献的属性,强调以史注诗,注家之间的差别主要在于史学功力的深浅不一而已。我们可以依照清代学术的发展过程,将清代诗歌注释分为两个时期:一是康熙时期,一是乾嘉时期。乾嘉时期的诗歌注释比起康熙时期更强调历史考据的功力,整体水平更高。

二、清代苏诗注发展简史

(一)清代苏诗注概览

书名	注释者	成书时间	首次刊行时间与出版者	性质
《施注苏诗》	邵长蘅、李必恒、冯景	康熙三十八年(1699)	康熙三十八年(1699)宛委堂	对宋嘉定刊施、顾注本的补充,重点在所阙十二卷
《补注东坡先生编年诗》	查慎行	康熙四十一年(1702)	康熙四十一年(1702)香雨斋	对苏诗的全面详尽的补注
《苏诗补注》	翁方纲	乾隆四十七年(1782)	乾隆四十七年(1782)收入《苏斋丛书》	对苏诗简明精到地补充
《苏诗查注补正》	沈钦韩	道光二年(1822)	光绪八年(1882)心矩斋	以补正查慎行注为主,兼及其他注本
《苏文忠公诗合注》	冯应榴	乾隆五十八年(1793)	乾隆六十年(1795)踵息斋	全面汇合苏诗旧注,并补充了自己的意见

书名	注释者	成书时间	首次刊行时间与出版者	性质
《苏文忠公诗编注集成》	王文诰	嘉庆二十年（1815）	道光二年(1822)韵山堂	在冯应榴的《合注》基础上，全面汇合苏诗旧注，并补充了自己的意见。

清代的一系列苏诗注释者，可以划分为诗人之注与学者之注两大类。邵长蘅、李必恒、冯景等的补施注与王文诰的《苏文忠公诗编注集成》属于诗人之注；查慎行、翁方纲、冯应榴、沈钦韩等人的注本属于学者之注。两者之间的区别体现在两方面：

首先是对诗学解释的重视程度不同。补施注的三位注者邵长蘅、李必恒、冯景，主要擅长诗文创作，文人气息较浓，他们能以诗人之心探索苏轼的创作心理，品悟诗意，尤其擅长典故出处的注释；但另一方面，他们的治学态度与学者相比，稍欠严谨。宋代赵次公的苏诗注，也属于诗人之注，重视在解释意义之余开展诗歌批评，总结苏轼诗歌的艺术成就。王文诰继承了赵次公这一特长，苏诗批评是《苏文忠公诗编注集成》最重要的成就之一。学者之注则几乎不涉及诗学批评。

其次是对历史解释的处理方式不同。

查慎行、翁方纲、冯应榴、沈钦韩等苏诗注释者，偏重于"知人论世"的方法，强调以事实为根据解释诗意。尤其是乾嘉时期的冯应榴、沈钦韩，甚至将诗歌注释考证化。但学者之注对"知人论世"之法，过于偏重于单独运用，未能跟"以意逆志"结合起来，所释的意义仅限于表层意义，通过罗列相关史料，让读者将苏诗的叙述与史料的记述相对照，自行得出表层的基本意义。有时仅仅是交代苏诗的创作背景而已，离发掘意义距离更远。在绝大多数时候，注释者本人总是冷静地站在一边，却未现身说法，总结并发掘苏轼的寓意，只有在少数难解之处才画龙点睛式地提点一下。

相比之下，诗人之注并不忽视"知人论世"的作用。邵长蘅、李必恒、冯景等的补施注在历史解释方面较弱。王文诰则能克服学者之注的片面性，将"以意逆志"与"知人论世"方法结合起来解释诗意,既以丰富的史料为依据,而非揣测,又能进一步发掘苏诗的深层寓意。

(二)康熙年间的苏诗注

康熙年间的苏诗注本有两个:一是邵长蘅、李必恒、冯景等的补施注,附在《施注苏诗》之中;一是查慎行的《补注东坡先生编年诗》。

邵长蘅、李必恒、冯景等的补施注并非对苏诗的全面补注,而是对宋刊施元之、顾禧、施宿《注东坡先生诗》的已阙卷次的部分补注。清初宋荦购得宋嘉定刊本施、顾注苏诗,时已缺第一、二、五、六、八、九、二十三、二十六、三十五、三十六、三十九、四十卷,共计缺十二卷。邵长蘅补注其中的前八卷,李必恒补注后四卷。具体方法是先从新王本中采纳有用的注文,再加上自己的补注。宋荦又辑得苏轼佚诗四百余首,编为《苏诗续补遗》上、下两卷,请冯景进行注释。邵长蘅、李必恒、冯景的注释统称清初补施注。

邵长蘅的补注重点放在征引典故出处与训诂字词意义两方面,李必恒则侧重于解释名物与地理名词。至于冯景,其注释风格类似施元之、顾禧,以典故出处为主。

邵长蘅在补注之外又撰有《王注正讹》,对王十朋《集百家注分类东坡先生诗》中引用文献方面的错误进行批驳,虽然有一定的成就,但也存在持论过苛、态度恶劣等问题。

查慎行所撰《补注东坡先生编年诗》,则是对苏诗的全面补注。查慎行认为王十朋《集百家注分类东坡先生诗》、施顾注、邵长蘅等的补施注都有疏漏、繁芜、改窜经史、妄托志传等毛病,他对此感到不满,因而在这些旧注的基础上予以补注。

受到清代学风的影响,查慎行在补注中特别重视地理问题,其中又最重视行政区域。查注释行政区域有以下特点:

(1)重视历史沿革。

(2)重视地名的来源。

(3)注重行政区域之间的距离与方向。

（4）解释苏诗中的历史地名。

但查慎行在注释行政区域时也有一个重大的弱点，那就是常常单独使用唐代《元和郡县志》来注释苏轼诗中的宋代行政区域，而没有同时参考宋代的地理总志。这是注释中的大忌。

查慎行也重视人物与史实的注释，但这方面的成就低于施宿注。查注的部分篇章，也能像施宿注一样，通过人物的传记，展现苏轼的交游及其所处的政治环境，揭示时政对苏诗的影响，从而解释苏诗的意旨。但在另一些篇章中，也暴露了选用史实材料目的性不强，与主旨联系不大的弱点。

查慎行还为苏诗进行重新编年，从中总结了不少确定诗歌编年的方法。

（三）乾嘉时期的苏诗注

乾嘉时期的苏诗注包括翁方纲的《苏诗补注》、沈钦韩的《苏诗查注补正》、冯应榴的《苏文忠公诗合注》。这个时期的苏诗注以精于考证见长。

翁方纲的《苏诗补注》短小精炼，全书 8 卷，包括补全施、顾原注 275 条，翁本人补注 94 条。作为一位杰出的经学家、金石学家与诗人，翁方纲在校勘、小学、史实与诗学等方面作出重要补注。

沈钦韩是乾嘉时期的一位重要考史学家，著作遍及对经、史、文集的考证，又特别擅长于地理。

沈钦韩注释、补注诗文集，格外强调对故实的考证。在《苏诗查注补正》中，他把重点放在地理、职官、人物与史实、典故这几方面。

沈钦韩特别擅长于地理，而查慎行又最注重地理，因此沈钦韩对查注中的地理问题致力最深。乾嘉时期的地理学研究侧重于历史地理学，沈本人也不例外，他主要从历史地理的角度对查注进行批驳。

冯应榴有感于苏诗旧注各自体例不一，因而致力于统一体例、汇集各家注释的工作。上文所述的各个苏诗注本，除沈钦韩的《苏诗查注补正》之外，都被冯应榴纳入《苏文忠公诗合注》中。在汇合注文的同时，冯应榴也对各家注文作了适当的位置调整与删除。

冯应榴对旧注的改造，重点在于文献学方面，纠正旧注在引用文献方面的错误。

除了上述工作外，冯应榴还加入了本人的注释。他的补注重点在人物与史实方面，尤其善于利用《续资治通鉴长编》一书。

此外，冯氏还重视编年问题，对查慎行的重新编年提出了很多疑问。

（四）最后的苏诗注——王文诰的《苏文忠公诗编注集成》

王文诰的《苏文忠公诗编注集成》属于时代风气之外的注释之作。《苏文忠公诗编注集成》撰写于乾嘉时期，然而王文诰的注释思想却与同时期的沈钦韩、冯应榴等大相径庭，反而与宋代的赵次公相近，是一种诗人之注。在乾嘉时期浓郁的考证氛围中，显得格外引人注目。

王文诰虽然并不忽视"以史证诗"方法，重视以宋代史实为根据解释苏轼诗意，但不主张作过多的考证。如《过宜宾见夷中乱山》，冯应榴注："《一统志》：宜宾在叙州。汉僰道，后周改外江，唐义宾，宋宜宾。"王文诰注："诗题之下，注家笺释地理，与自为地理州郡考等书不同。如此题，冯注'唐义宾、宋宜宾'六字，已尽之矣。查注复增引《元和志》《太平寰宇记》《九域志》《方舆胜览》，纷然辩说，致合注驳所引出处，驳书名，驳沿革，驳字形，驳字音义，凡似此一注而逐段割截指驳，至于不可句读而竟者，所在皆是。……今所定此集，与本事本诗毫无干涉者，皆不重。"①

不难看出，对清代注释者一贯强调的地理、职官等今典名词，王文诰认为不必作过多的考证，只要作简要的介绍说明即可。这方面，王文诰的做法与宋代赵次公等苏诗注释者相似。然而赵次公身处宋代，地理、职官等今典习以为常，并非难以理解，对其不是特别重视，情有可原。王文诰身处数百年后的清代，一反重历史考证的诗歌注释风气，对地理、职官等历史名词不甚重视，尤其能够凸现他"诗人之注"的思路。

更能体现王文诰"诗人之注"特点的是他更着重于发掘苏诗的寓意，通过妙悟式的"以意逆志"，阐发言外之意。并在此基础上，总结苏诗的创作特征和艺术特色。因此，王文诰注是超脱于乾嘉考证风气之外的一种诗人

---

① ［宋］苏轼著，［清］王文诰辑注：《苏轼诗集》，北京：中华书局，1982年，第8页。

之注。

　　与赵次公注相比，王文诰这种诗人之注显得更严谨务实。前文已述，赵次公释意的一大弱点在于有时仅凭猜测来估摸诗意，却未深入探究该诗的创作背景。相比之下，王文诰本人编撰了年谱性质的《苏文忠诗编注集成总案》，将释意建立在苏轼年谱与苏诗编年的基础上，并能够依托苏轼经历的时事，解释了部分苏诗诗句的意义，将孟子"知人论世"与"以意逆志"观点的有机融合。从这个意义上来说，王文诰注甚至可以称为苏诗注的集大成者。

　　从宋代的赵次公注到清代的王文诰注这一系列的苏诗注释本，经历了诗人之注→学者之注→更注重历史考证的学者之注→不忽视历史考证的诗人之注这一系列过程，可以看出，在历代注释者的共同努力下，苏诗的注释由浅及深，由片面到全面，最终能解决苏诗注释中的绝大部分问题，是一条循环往复而又不断上升之路，最终由王文诰为古代的苏诗注画上了一个圆满的句号。

第五章 邵长蘅等整理、补注的《施注苏诗》研究

引言 《施注苏诗》的概况

一、《施注苏诗》的成书过程

南宋有施元之、顾禧、施宿的《注东坡先生诗》（以下简称"施顾注本"），原书四十二卷，乃编年注本，现已无完帙传世，有嘉定六年（1213）施宿刊本、景定二年（1261）郑羽补刊本。元明二代，施、顾注本流传不广，亦无重刊。清康熙年间，江苏巡抚宋荦购得毛晋原藏的宋嘉定刊本残帙三十卷，已缺第一、二、五、六、八、九、二十三、二十六、三十五、三十六、三十九、四十卷，施宿所著《东坡先生年谱》亦无。宋荦购得此本后，嘱其幕僚邵长蘅为之整理。邵长蘅除删节施、顾注尚存的三十卷原文之外，还对所缺的十二卷进行补注，未竟而因病归乡，所余第三十五、三十六、三十九、四十卷由幕友李必恒代为补注。邵长蘅与宋荦又辑得苏轼佚诗四百余首，编为《苏诗续补遗》上、下两卷，由冯景补注。邵长蘅、李必恒、冯景的注释统称为补施注。补注完成后，宋、邵将全书改名为《施注苏诗》刊行，后代通称为"清施本"，最早刻本为清康熙三十八年（1699）的宛委堂刻本，后为《四库全书》收入。

二、邵长蘅等注释者的学术背景

邵长蘅(1636—1704),字子湘,号青门山人。江苏武进人。束发能诗,九岁能文,十岁补县学生,后以奏销案黜罢。成年后客游京师,与施闰章、汪琬、陈维崧、朱彝尊之辈游。初无意于功名,友人强之入太学,曾牒试吏部,得到宋德宜的赏识,取为第一名,授州同知而不就。此后寄情山水,游于浙西等地。后入江苏巡抚宋荦幕中。康熙四十三年(1704)卒,终年68岁。

邵长蘅长于诗文,清初布衣而以文名者,侯方域、魏禧之外,当推长蘅。据阮元《儒林集传录存》记载,时人称其诗"浏漓顿挫,步武唐贤,晚乃变而之宋,格律在苏、黄、范、陆之间"①。其古文更为当世所推重,宋德宜认为邵氏可与归有光并肩,王士禛则将其推为唐顺之以后第一人。邵氏所著诗文,自康熙十七年(1678)之前部分,结为《青门簏稿》,有文十卷,诗六卷;康熙十八年(1679)至三十年(1691)部分,合为《青门旅稿》,含文四卷,诗二卷;康熙三十一年(1692)之后部分,辑为《青门剩稿》,包括文五卷,诗三卷。

李必恒,生卒年不详,字北岳,一字百药,江苏高邮人。邑廪生,诗、古文、词皆工。终身为布衣,入宋荦幕中。论诗主境地,而无唐宋门户之见。著有《三十六湖草堂诗集》。

冯景(1651—1715),字山公,一字少渠,钱塘(今浙江杭州)人,是清代著名经学家卢文弨的外祖父。康熙十七年(1678),诏举博学鸿词科,公卿列其名举荐,坚辞不受。康熙三十年(1691)入宋荦幕府。康熙五十四年(1715)卒,终年64岁。

冯景长于经学,曾驳阎若璩《四书释地》十事,补毛奇龄《春秋毛氏传》二事,著有《幸草》《樊中集》《解春集》,多亡佚。现存《解春集文钞》十二卷、《解春集补遗》二卷、《解春集诗钞》三卷。

由此可见,补施注的三位注者邵长蘅、李必恒、冯景,主要擅长诗文创

---

① [清]阮元:《儒林集传录存》,见《清代传记丛刊》第13册,台北:明文书局,1985年,第379页。

作,文人气息较浓,这对其注释产生了重要的影响:一方面,他们能以诗人之心探索苏轼的创作心理,品悟诗意,尤其擅长典故注释;另一方面,他们的治学态度与学者相比,稍欠严谨,特别是与后来的苏诗补注者查慎行、翁方纲、冯应榴、沈钦韩相比,这方面的短处凸显无遗。在清代重视考据的学术风气之下,显得不合潮流。

三、《施注苏诗》的后代评价

关于《施注苏诗》的评价,历来充满争议。宋荦本人评价很高,其序云:"加之俗本相沿,淆讹多有。兹编出而王氏旧本(即类注本)可束高阁矣。"①其余清代学者因邵长蘅等删削施、顾之原注,致使传本失真,对此多有不满。查慎行《苏诗补注例略》称:"施氏本又多残脱,近从吴中借抄一本,每首视新刻(即《施注苏诗》)或多一二行,乃知新刻复经增删,大都掇拾王氏旧说,失施氏面目矣。"②《四库总目提要·查慎行〈苏诗补注〉提要》云:"初,宋荦刻《施注苏诗》,急遽成书,颇伤潦草。又旧本徽暗,字迹多难辨识,邵长蘅等惮于寻绎,往往臆改其文,或竟删除以灭迹,并存者亦失其真。"③冯应榴《苏文忠公诗合注凡例》(下文简称《合注凡例》)云:"其通行之宋牧仲所刊删补施注本,现与王本并行,然施顾原注并未全采其中,大半以王注为施注,查氏讥之,汪师韩《学诗纂文》亦以为非。又间以施注窃为己说,此外别无心得矣。"④黄丕烈《跋》以宋刊施、顾注本的《和陶诗》二卷与《施注苏诗》核校,发现"注语竟无一首完全者"⑤(见宋刊施顾《注东坡先生诗》残卷黄丕烈跋),周锡瓒《跋》则指斥其"可覆酱瓿"⑥。

① ［宋］苏轼撰,［宋］施元之注,［清］邵长蘅删补:《施注苏诗》,见《文渊阁四库全书》第1110册,上海:上海古籍出版社,2003,第52页。

② ［宋］苏轼著,［清］冯应榴辑注:《苏轼诗集合注》,上海:上海古籍出版社,2001年,第2723—2724页。

③ ［清］永瑢等:《四库全书总目》,北京,中华书局,1965年,第1327页。

④ 《苏轼诗集合注》,第2641页。

⑤ ［清］黄丕烈:《注东坡先生诗跋》,见［宋］苏轼撰,［宋］施元之、顾禧注《注东坡先生诗》,(宋)嘉定淮东仓司刻本(存二卷,卷四十一至四十二),藏于中国国家图书馆。

⑥ ［清］周锡瓒:《注东坡先生诗跋》,见《注东坡先生诗》。

相比之下,《四库总目提要·〈施注苏诗〉提要》的评论较为客观公正,其云:"又于原注多所刊削,或失其旧。后查慎行作《苏诗补注》,颇斥其非,亦如长蘅之诋王注。然数百年沉晦之笈,实由荦与长蘅复见于世,遂得以上邀乙夜之观。且剞劂枣梨,寿诸不朽,其功亦何可尽没欤。"①《施注苏诗》虽有妄删之过,但在保存并传播旧注方面有重要的贡献,而且其补注亦有一定的价值。因为邵长蘅是《施注苏诗》整理工作的主持者,又撰有《注苏例言》十二则,详细阐述其整理与注释思想,因此本章拟从诗歌注释的角度出发,主要总结邵长蘅的注释思想与实践的贡献与失误。

第一节 《施注苏诗》对宋代苏诗注本的整理

一、对类注本的讨论

(一)对类注本的吸收

邵长蘅、李必恒的补注工作,实在得益于宋代类注本中的赵次公等注家。

首先,在施顾注宋嘉定本已阙十二卷的补注中,邵长蘅吸收了许多类注本的注文。邵长蘅《注苏例言》云:"是书于阙卷则参酌王注、征引群书以补之。"②由于宋嘉定刊本施、顾注已阙12卷,邵长蘅首先按照宋嘉定刊本的目录,从清代朱从延翻刻的类注本(通称"新王本")中找到相应篇目,补录苏诗原作,继而从新王本中选择部分注文,纳入《施注苏诗》中。在此基础上,他针对类注本的不足之处,又加以补注。但他与李必恒的注文与采自新王本的注文混合在一起,没有加上区别性的标识,后人若非与新王本一一对照参看,根本无法识别何者为采自新王本之注与、何者为邵长蘅李必恒的补注。只有后来冯应榴撰《苏文忠公诗合注》,将《施注苏诗》与新王本进行详细对

① 《施注苏诗》,第 2 页。
② 《苏轼诗集合注》,第 2716 页。

照,才将二者区分开来,并将邵长蘅、李必恒的注文分别标以"邵注""李注",才让后人得以顺利地评判邵、李二人的注释水平。

其次,除了施顾注宋嘉定本已阙的十二卷之外,在其余卷次的整理过程中,邵长蘅也从新王本中选择部分注文加到施顾原注之中。对这一类的注文,邵长蘅也没有予以标识,使类注本的注文与施顾注混杂在一起。尽管邵长蘅《注苏例言》云:"至旧注所未收,不敢轻有增益,惧失实也。"①但实际上自己却违反了这一点,这种做法不值得提倡。

(二) 对类注本的抨击

邵长蘅在借鉴、吸收类注本注文的同时,对类注本更多地采取了否定贬低的态度。邵序云:"而注苏之割裂纰缪,如世所传永嘉王氏本,其出施氏下远甚,而顾得行世,岂亦有幸不幸与?"②《注苏例言》又云:"是书出而永嘉王氏旧本仅当先扬之糠秕,亦大类已陈之刍狗矣。"③可见邵长蘅有明显的抑王扬施的倾向。除此之外,邵长蘅还指出了类注本体例方面的三大失误:

1. 分类体例不可取

邵长蘅认为类注本采用分类体例是一大失误。《注苏例言》云:"一曰分门别类失之陋。西蜀赵尧卿旧序自言此书分五十门,金华吕氏省为三十二门,而王氏因之,其间篇章割裂,首尾衡决。有一人一时之酬赠而强分数卷者,有一题数诗而强分数卷者,玩其标目,了无意义。且就分门之中,亦必颠倒次第。晚年之诗,或杂于少作;凤翔之什,可侧于岭南。每一翻阅,辄为愦愦。读未数篇,遽思掩卷,此弊最甚,所当急为疏瀹。或疑诗赋分类,始于昭明,何独于苏诗苛为责备。予曰:分类用之《文选》,已厌饾饤,施之杜苏,确乎不可。其故好学深思者能知之。"④

诗文作品集按内容分类编排,始于萧统编纂的《文选》。唐宋类书的编纂比较发达,出现了《北堂书钞》《艺文类聚》《初学记》《太平御览》等一批著

① 《苏轼诗集合注》,第 2716 页。
② 《施注苏诗》,第 51 页。
③ 《苏轼诗集合注》,第 2717 页。
④ 《苏轼诗集合注》,第 2717—2718 页。

名的类书,皆按内容排列,以便学人查找典故。受此风气影响,宋人编刻诗集,也出现了分类这一种体例,与注释结合,便形成了分类注,著名的作品除苏诗的类注本之外,还有《分门集注杜工部诗》、杨齐贤、萧士赟的《李太白集分类补注》等。类书编纂的目的,是便于人们查找典故,分类注的动机也比较类似。分类注的对象是李白、杜甫、苏轼等著名诗人,这些诗人都以学识渊博,擅长用典而著称。在注释其诗的同时,将诗篇按内容分类排列,有两大好处:一,有利于学诗者查找著名诗人所用的典故;二,有利于学诗者按不同的题材学习、模仿大家之作。但分类注的弊端也是显而易见的。宋代常见的注释体例有三种:除分类注之外,还有编年注与分体注。编年注的长处,已见上文。分体注则利于读者系统地了解作者的各类体裁诗歌的创作水平,利于学诗者学习模仿。分类注较之前面两种体例,主要的问题是:其一,所分之类在内容上常常有交叉含混之处,于似是而非之际,常易导致分类错误。如《芙蓉城》,本为纪时事,却因诗题而归入“古迹”类。《画鱼歌》名曰“画”,亦纪时事,同情民生疾苦,却被归入“书画类”。《和子由柳湖久涸忽有水开元寺山茶旧无花今岁盛开二首》,此诗既咏湖,又咏花,二者并重,无论归入哪一类都会顾此失彼。类注本将其归入“湖”类,正坐此病。其二,正如邵长蘅指出,同一时期的作品,因内容不同,被拆分于各卷之中,影响其系统性。

邵长蘅的意见,在当时就有赞同者。张榕端序云:“盖施氏体宗编年,一洗永嘉分类之陋。”①后代冯应榴也支持邵长蘅的观点,《合注凡例》曰:“编年胜于分类。”②又云:“其中分类,失之繁碎。”③

2. 引书不标明书名,不合规范

邵氏《注苏例言》云:“一曰不著书名失之疏。王注所引故事,不标出某书者十之四五,仅著书名不标篇名者,又居什一。中间援引详明,俾览者展卷了如,厪厪及半耳。如此注诗,宁免疏漏之诮。”④引书不标明书名,是一种

① 《施注苏诗》,第50页。
② 《苏轼诗集合注》,第2641页。
③ 《苏轼诗集合注》,第2640页。
④ 《苏轼诗集合注》,第2718页。

不合学术规范的行为。邵氏所指，一针见血。冯应榴亦持相同的意见，《苏文忠公诗合注凡例》云："王注不标书名者甚多。"①又云："其书既不全载所引书名，又多改窜旧文，诚如后人所议。"②

3. 改易所引书籍的文字以迁就苏诗

邵氏《注苏例言》云："一曰增改旧文失之妄。王本所引，每因苏诗句字有改窜古诗以傅会之者，有改窜子史他书以傅会之者。"③

苏轼固然学识渊博，才华横溢，但其作诗为文，命笔未必处处严谨，时不时会误用典故。对于注释者来说，应当仔细核对原文，大胆地指出苏轼的错误并纠正之。但从类注本以来，的确有不少注释者慑于苏轼的名气，非但不敢指出苏轼的错误，反而在征引典故出处时，改动原书的文句，以图与苏轼的诗句保持一致。邵长蘅指出了这种附会的错误，具有启发性。后代的苏诗注释者也提出了类似的观点。如查慎行《补注东坡先生编年诗例略》云："此外更有改窜经史，妄托志传，以傅会诗辞者。"④冯应榴《苏文忠公诗合注凡例》亦云："王注固蹈改窜旧文之病，即施查二注亦间有之。"⑤沈钦韩在《苏诗查注补正》中也指出了旧注中改易原书以迁就苏诗的毛病。

二、对施顾注本的讨论

（一）肯定编年体例的功绩

邵长蘅《注苏例言》云："诗家编年始于少陵，当时号为'诗史'。少陵以后，惟东坡之诗于编年为宜。常迹公生平，自嘉祐登朝，历熙宁、元丰、元祐、绍圣三十余年，其间新法之废兴，时政之得失，贤奸之屡起屡仆，按其作诗之岁月而考之，往往概见事实，而于出处大节、兄弟朋友、过从离合之踪迹为尤详，更千百年犹可想见，故编年宜也。吴兴施氏生南宋之初，去公之世未远，

① 《苏轼诗集合注》，第 2644 页。
② 《苏轼诗集合注》，第 2640 页。
③ 《苏轼诗集合注》，第 2718 页。
④ ［宋］苏轼撰，［清］查慎行补注：《苏诗补注》，见《文渊阁四库全书》第 1111 册，第 9 页。
⑤ 《苏轼诗集合注》，第 2645 页。

其诠订先后，颇为精当。卷端数语，厪识大略，不屑排缵年月，如黄鹤、鲁訔之编杜，取讥后世。识者谓自有苏注来，最称善本云。"①

这一段话，邵长蘅讨论了诗歌的编年问题。诗集的编年注本，始于宋代。宋代是编年史修撰的鼎盛时期，代表作有司马光的《资治通鉴》、李焘的《续资治通鉴长编》与李心传的《建炎以来系年要录》等。宋代编年史书影响了文集的编纂，产生了编年本这一新的文集编排体例，编年文集实际上是文学作品的编年史。注释者以编年本作为底本加以注释，从而形成编年注本，其优点在于能够随作品产生的年代逐篇注释，将作品与注释置于当代史事的背景之下，有助于理解作品的寓意。自宋代注家采用编年注以来，这种注释体例就一直为历代注家所喜爱，成为中国古典诗歌注释的主流。宋代刊行的《东坡集》即为编年，据清代学者冯应榴考证，编年者是苏轼本人与苏辙。② 施元之与顾禧利用已编年的《东坡全集》进行笺注，从而形成了编年注本《注东坡先生诗》。

邵长蘅关于苏诗编年问题的讨论，有两点值得注意。首先是苏诗最宜编年的问题。施顾注宋本流传到清代，已阙十二卷，但全书目录尚存，邵长蘅在补充这十二卷时仍以原目录的编年顺序为准。上文邵长蘅所言苏诗宜编年，极有见地，得到后代学者的认可，如查慎行认为："苏诗宜编年固矣，惟是先生升沉中外，时地屡易，篇什繁多，必若部居州次，一一不爽，自非朝夕从游，畴能定之。"③查慎行认为苏诗宜编年，但亦难编年，因此针对《施注苏诗》的编年作了调整。

其次是关于是否按具体的年月日编年的问题，这个问题引发了系列的争论。邵长蘅认为，施顾注宋本的编年，只根据年份撮其大纲，不屑于细分年月，这种做法是合理的。邵长蘅的意见不无道理，因为关于作品的创作年代，最有发言权的当然是作者自己。上文已云，施顾注本的编年者实际上是苏轼本人及苏辙，他们都只能按照年代大致编年，后人就没有必要画蛇添足

---

① 《苏轼诗集合注》，第 2715—2716 页。

② 《苏轼诗集合注》，第 1 页。

③ ［清］查慎行：《苏诗补注》，第 8 页。

地按年月日细分了。而邵长蘅所举黄鹤、鲁訔之编杜，就是一个典型的反面例子。黄鹤、鲁訔是南宋人，距离盛唐时期的杜甫已有 400 余年。若非杜诗的诗题或自序中言明作诗的具体月日，大多数诗篇是无法精确到具体某月某日所作的，因此，强行将杜诗按年月日编排，不免捕风捉影甚至是望文生义地确定某诗的编年，其效果必然适得其反。同样的失误也出现在苏诗编年之中。查慎行认为《施注苏诗》的编年存在不少的问题，因此根据自己的考证改动了原本的编年。此外，施、顾注本不收而见于明人所编《东坡外集》及邵长蘅所编《苏诗续补遗》者，凡是能确定编年的，查慎行亦将其移入编年的各卷之中。查慎行致力于苏诗的重新编年，则细分年月。更后的冯应榴与邵长蘅的观点一致，因而肯定了施注的做法而否定了查注。

（二）肯定"知人论世"之功

邵长蘅《注苏例言》云："施注佳处，每于注题之下多所发明，少或数言，多至数百言。或引事以征诗，或因诗以存人，或援此以证彼，务阐诗旨，非取汎澜间，亦可补正史之阙遗。即此一端，迥非诸家可及。"[1]张榕端序也持相同意见："又于注题之下务阐诗旨，引事征诗，因诗存人，使读者得以考见当日之情事，与少陵诗史同条共贯，洵乎其有功玉局而度越梅溪也。"[2]

令人遗憾的是，邵长蘅虽然对此有清楚的认识，但本人在补注时却未遵循施宿注的思路。以嘉定本所阙的卷二十六为例，卷中的《故李诚之待制六丈挽词》《次韵孔常父送张天觉河东提刑》《送张天觉得山字》《赠李道士》《次韵米芾二王书跋尾二首》《和王晋卿》《次韵刘贡父所和韩康公忆持国二首》《次韵刘贡父叔姪扈驾》《送乔仝寄贺君六首》等诗，在景定本中，施宿皆有详细的解题，而《施注苏诗》中却皆无题下注，邵长蘅没有进行有效的补充。

（三）妄删施顾注

邵长蘅《注苏例言》云："施氏合父子数十年精力，成是一编，征引必著书名，诠诂不涉支离，详赡而疏通，它家要难度越，故注之幸存而于诗意有当

---

① 《苏轼诗集合注》，第 2716 页。
② 《苏轼诗集合注》，第 2713 页。

者,大都不敢轻去。王本有可采者,间取补入,仍标王注以别之。是书出而永嘉王氏旧本仅当先扬之糠秕,亦大类已陈之刍狗矣。"①邵长蘅口头说"不敢轻去",实则大幅删削施顾原注。如卷二十五《次韵子由送陈侗知陕州》《送贾讷倅眉二首》,卷十二《和赵郎中见戏》《次韵李邦直感旧》《答任师中家汉公》等诗,题下的施宿注全被删去。句下注也有类似被删的情况。如卷三《送刘攽倅海陵》"读书不用多"句下施顾注:"《南史》:衡阳王钧(好读)《论语》,曰:'诵此能行,足矣。焉用多读而不行乎!'"②亦被删去。《南史》中的衡阳王钧评论《论语》的故事,正是苏诗"读书不用多"的出处,而且在施顾注之外,类注本并未注此句。邵长蘅将此条施顾注文删去,显然是不妥当的。同诗"梦魂不到蓬莱宫"句下注亦然。因此遭到查慎行的批评。查注云:"施注原本所有而新刻删去。按贡父时从馆阁,谪官其题壁诗有'却从云气望蓬莱'之句,故先生云'海边无事日日醉,梦魂不到蓬莱宫'。今将原注删去,则本诗二语殊无着落,且其贻安石书,反复痛切,而本传失载,亦足补《宋史》之阙略,特详录于篇末。"③

由于邵长蘅事实上不尊重施顾原注,加以删削,因此遭到后世的广泛诟病。除查慎行之外,冯应榴《苏文忠公诗合注》云:"至施顾注不全本,即宋牧仲得之常熟毛氏者,邵子湘实亲见之,卷中图记犹存,惜其不照原本订补,而漫为删改。"④黄丕烈以宋刊施、顾注本的《和陶诗》二卷与《施注苏诗》核校,发现"注语竟无一首完全者"⑤(宋刊《施顾注苏诗》残卷黄丕烈跋),周锡瓒《跋》则指斥其"可覆酱瓿"⑥。语气虽然强烈乃至于尖酸,但由于邵氏删削失当在前,亦情有可原。

---

① 《苏轼诗集合注》,第 2717 页。
② 《苏轼诗集合注》,第 226 页。
③ [清]查慎行:《苏诗补注》,第 27 页。
④ 《苏轼诗集合注》,第 2645 页。
⑤ [清]黄丕烈:《注东坡先生诗跋》,见《注东坡先生诗》。注:本书应为嘉定刊本,详见上文。此处姑依中国国家图书馆馆藏目录。
⑥ [清]周锡瓒:《注东坡先生诗跋》,《注东坡先生诗》。

三、关于注文的位置的讨论

邵长蘅《注苏例言》云：“李善注《选》，分疏句下，后来注家多宗之，施王二家皆然。余以谓诗之有注，原属筌蹄，既得之后，筌蹄可弃。况大家之诗，每篇有全篇之构法，有全篇之神味，快读徐嚅，乃能得之。今以故实横隔句下，使读者之心目多所扦格，因而作者之精神亦为晦蔽，仅资渔猎，奚裨风雅，此不善诵诗者也。是书变两家旧例，辄仿须溪刘氏、虞山钱氏注杜例，离注于全诗之后，阅之心目开明，觉苏诗壁垒为之一变。商丘公欣然击节曰：‘此举足当玉局功臣，抑不愧吴兴益友矣。’”①

此处邵长蘅讨论的问题是注文的位置问题。自李善的《文选注》以来，一般的做法是随句标注，即将某句的注文放于该句正文之下。邵长蘅对此感到不满，他认为这样打破了阅读的连贯性，将诗篇碎裂为多块，阻碍了读者领会全诗的神韵。因此，邵氏将正文与注文完全分开，而将全诗的所有注文置于正文之后。殊不知，邵氏此举才是真正破坏了阅读的连贯性。诗集的传播面广，阅读者未必都是宿学鸿儒，能对诗意一目了然。而许多后进的莘莘学子，正需要依靠注文来理解诗意。若如邵氏一般，将注文置于正文之后，读者每读一句，必须到后文仔细查找该句的注文，实在不便。对一些长篇的五古、七古来说，这个问题尤其突出。这样更加不便阅读，而邵氏所言“全篇之构法”“全篇之神味”，也就无从谈起。实际上，李善等将注文分疏句下，未必会破坏阅读的连贯性。这是因此宋代以来刻书者往往将正文印作大字，而注文作小字，双行排列于句下。如果读者要避开注文，先将正文通读一遍，是很容易做到的。这种流行的注文分疏句下之法，实在是一举两得。邵长蘅未究其美，反厚诬前人，实属无谓。究其原因，在于邵氏认为“诗之有注，原属筌蹄，既得之后，筌蹄可弃”②。若如邵氏所云，既然注文尽可弃去，则何必作注？实乃本末倒置，舍本而逐末之举。

---

① 《苏轼诗集合注》，第 2719 页。
② 《苏轼诗集合注》，第 2719 页。

冯应榴在《苏文忠公诗合注凡例》也表达了对《施注苏诗》这种体例的不满,冯云:"又旧注分疏句下,补施注本以其多所扞格,离注于全诗之后,并诩为玉局功臣,吴兴益复。然考前人作注,多用分疏,且邵子湘因采补施顾原注不详,又多窜入王注,恐逐句分注,自形其短,故为此掩盖之词耳。"[①]冯氏的"掩盖之词"之论,虽有过当之嫌,但对邵氏的其余指责,一语中的,切中要害。

第二节 《施注苏诗》的补注成就

用典是魏晋南北朝以来诗文最重要的表现方法之一,从唐代李善的《文选注》开始,征引典故出处便是诗歌注释者的首要目标。注释苏轼诗,征引典故的出处尤为重要,因为苏诗有"以学问为诗"的特点,所用典故数量众多,且千变万化。宋代苏诗的类注本、施顾注本都将征引典故出处作为注释中最基本的环节。清初补施注三家都是诗人,因而都沿袭了施顾注的思路,将补注的重点放在典故之上,并对典故注释作了理论总结。

一、对注典的理论总结

(一)注典之难

邵长蘅在《注苏例言》中指出了注苏诗中的典故之难。邵云:"诗家援据该博,使事奥衍,少陵之后,仅见东坡。盖其学富而才大,自经史四库,旁及山经地志、释典道藏、方言小说,以至嬉笑怒骂,里媪灶妇之常谈,一入诗中,遂成典故。故曰注诗难,而注苏尤难。施氏合父子数十年精力,成是一编,征引必著书名,诠诂不涉支离,详赡而疏通,它家要难度越,故注之幸存而于诗意有当者,大都不敢轻去。王本有可采者,间取补入,仍标王注以别之。是书出而永嘉王氏旧本仅当先扬之糠秕,亦大类已陈之刍狗矣。"[②]

---

① 《苏轼诗集合注》,第 2647 页。
② 《苏轼诗集合注》,第 2717 页。

苏轼读书万卷，融会胸中，信手拈来，往往成章，因此穷尽苏诗中的典故出处，的确难上加难。宋代的苏诗注释者赵夔就有类似的看法。赵夔云："使道经僻事、释经僻事、小说僻事、碑刻中事、州县图经事，错使故事。……自撰古人名字，用古谣言，用经史注中隐事，间俗语俚谚，诗意物理，此其大略也。"①便已指出了苏诗中典故来源广泛甚至僻典频现的特点。苏诗的类注本以征引典故见长，钱大昕曾指出："窃谓王本长于征引故实。"施元之、顾禧的《注东坡先生诗》，仍然以征引典故的出处为主要目标。施元之认为赵次公等苏诗八家注有"缺略未究"之病，主要是指八家注对典故出处仍有较多的失注之处。在同一篇作品中，施、顾注引出的典故明显多于赵次公等八家注。而且，这些多出来的部分，经常包含了重要或常见的典故。因此邵长蘅高度评论价了施顾注本的典故注释，认为"诠诂不涉支离，详赡而疏通"，即能全面地征引典故，从而准确地理解苏轼诗意，而不至于顾此失彼，支离破碎，并评价其"它家要难度越"。邵长蘅号称删补，实则对施顾原注不敢轻易弃去。在此基础上，邵长蘅也将典故的补注作为自己补注重点之一。

（二）引诗注诗：苏诗使用前人诗中语句的问题

邵长蘅《注苏例言》云："引诗注诗，始于宋人。余谓作者兴会偶至，暗合古人，大家往往有此。一经注出，翻似有意。顾近来风尚如是，予亦不能尽略也，第取其雅驯者存之，聊资吟讽。"②

此处邵长蘅讨论的是苏诗用前人语句的问题。一般说来，典故包含两类：一类是前代的故事，主要来源于经、史、子这三类文献；另一类是前人的词、句，主要来源于集部文献中的诗文。后一类即邵长蘅讨论的对象，邵氏认为，苏轼诗句中的某些词汇字眼，与前人诗句有所重复，并非有意袭用，而是因为读书广博，对前人成句烂熟于心中，发而为篇，不知不觉中暗合而已。邵长蘅的观点有一定的道理，杜甫、苏轼、王安石、黄庭坚、陈师道等诗人，遣词造句，常能自出机杼，别具匠心。如果与前人语句重复，有可能只是暗合。

---

① 《集注东坡先生诗》，卷首。
② 《苏轼诗集合注》，第 2719 页。

但从魏晋南北朝以来,对前代诗人的语汇,在继承的基础上加以发展变化,是诗文创作的重要方法之一。宋诗的重要创作特征,便是在"无一字无来处"的基础上追求"夺胎换骨""点铁成金"。苏轼也不例外,他一方面有天才独创之处,而在另一方面,苏轼也强调在继承前人的基础上有所变化。赵次公就曾指出:"孙莘老谓老杜诗无两字无来处,(次公)谓无一字无来处,东坡诗亦然。"①赵夔序也认为苏诗有"无一字无来历"的特点,继而指出苏诗在用前人诗句方面有"偶用古人两句,用古人一句,用古人六字、五字、四字、三字、二字,用古人上下句中各四字、三字、一字相对""点化古诗拙言,间用本朝名人诗句,用古人词中佳句"②等情况。这说明,邵长蘅的观点亦有偏颇之处。

二、补施注的注典成就

邵长蘅、李必恒的补注工作,其实得益于宋代的类注本。在对施顾注宋嘉定刊本已阙十二卷的补注中,邵长蘅吸收了许多类注本的注文。他在《注苏例言》中提道:"是书于阙卷则参酌王注、征引群书以补之。"③又云:"王本有可采者,间取补入,仍标王注以别之。"④邵长蘅首先按照宋嘉定刊本的目录,从明代万历年间茅维翻刻的类注本(通称"新王本")中找到相应篇目,补录苏诗原作,继而从新王本中选择部分注文,纳入《施注苏诗》中。在此基础上,他针对类注本的不足之处,又加以补注。但他与李必恒的注文与采自新王本的注文混合在一起,没有加上可供区别的标识,若非与新王本一一对照参看,根本无法识别。后来冯应榴撰《苏文忠公诗合注》,将《施注苏诗》与新王本进行详细对照,才将二者区分开来,并将邵长蘅、李必恒的注文分别标以"邵注""李注",从而让后人得以顺利地评判邵、李二人的注释水平。如此

---

① 　[宋]苏轼撰,[宋]王十朋集注:《集注分类东坡先生诗》,《四部丛刊》影印元建安虞平斋务本书堂刊本,上海,商务印书馆,民国八年(1919),卷五第十四页 B。
② 　《集注东坡先生诗》,卷首。
③ 　《苏轼诗集合注》,第 2716 页。
④ 　《苏轼诗集合注》,第 2717 页。

说来,邵长蘅、李必恒的补注,是通过补充类注本的未尽之处,来补齐施顾注本的阙卷,名为"补施注",实为"补王注(补类注)"。

邵长蘅、李必恒、冯景主要以诗、古文名世,因此他们的长处主要在于熟悉各类典故,并且能够应用到补注之中。这表现在以下方面:

(一)所补典故出处往往早于类注本

邵长蘅《注苏例言》云:"是书于阙卷,则参酌王注、征引群书以补之。"①又云:"王本有可采者,间取补入,仍标王注以别之。"②由于邵长蘅是在利用百家注的基础上再加上自己的意见,因此他与李必恒的注释可视作对类注本的补注。这种补注,确实有高于类注本的地方。

宋代诗歌注释者就已经提出了"用事之祖孙"的重要概念。"用事之祖孙",指的是一个典故经过历代诗人的多次使用而形成的相关联的典故群体。赵次公云:"又有用事之祖、有用事之孙。何谓祖?其始出者是也。何谓孙?虽事有祖出,而后人有先拈用或用之别有所主而变化不同,即为孙矣。"③同样,任渊也指出,黄庭坚诗有"一句一字有历古人六七作者"的情况④。其中,最早的出处即为"祖典",后代诗人对祖典的继承、变用即为"孙典"。在注释过程中,舍祖而取孙与舍孙而取祖都是容易出现的错误,只有将祖、孙之典一并注出,方为成功的注释。

苏诗的类注本虽以征引典故出处见长,但也时时犯下"舍祖而取孙"的错误。特别是苏轼所用《诗经》、《楚辞》中的典故,类注本中的注家只能引后人所用的孙典,邵长蘅则能引出《诗经》、《楚辞》中的祖典。这在邵注中相当常见。

例如《壬寅二月……寄子由》"阅世似蜉蝣":

① 《苏轼诗集合注》,第 2716 页。
② 《苏轼诗集合注》,第 2717 页。
③ [唐]杜甫撰,[宋]赵次公注:《杜诗赵次公先后解辑校》,上海:上海古籍出版社,1994 年,序言第 1 页。
④ [宋]黄庭坚撰,[宋]任渊、史容、史季温注:《山谷诗集注》,上海:上海古籍出版社,2003 年,第 1 页。

　　　　类注本李厚注:"郭璞诗:借问蜉蝣辈,宁知龟鹤年。"

　　　　赵夔注:"白乐天诗:长生无得者,举世如蜉蝣。"①

　　　　邵注:"《诗》:蜉蝣之羽。《毛传》:渠略也,朝生夕死。"②

　　《毛诗·曹风》中的"蜉蝣"才是该词最早的出处,意谓朝生暮死,生命短暂。无论是郭璞诗还是白居易诗中的"蜉蝣",皆用此意。若不引出《曹风》之句,则显得注释者学问荒疏。

　　又如《和子由记园中草木十首》之十"秋风咏江蓠":

　　　　类注本李厚注:"李商隐诗:莫学汉臣栽苜蓿,还同楚客咏江蓠。"③

　　　　邵注:"《楚辞·离骚》:扈江蓠与辟芷兮,纫秋兰以为佩。注:香草生于江中,故曰江离也。离、蓠通。"④

　　在这个例子中,尽管"咏江蓠"三字连用出自李商隐诗,李商隐对《离骚》中的"江蓠"二字作了发挥,加了"咏"字,富于变化,是创作中的可称道之处。但对于注释者而言,原始的出处《离骚》也不能舍弃,否则李商隐的点化就如无源之水。

　　(二)补注类注本完全失注之处

　　特别是一些常见的典故,类注本竟然失注。

　　如《往富阳新城李节推先行三日留风水洞见待》"骑马少年清且婉",类注本无注。邵注:"《诗》:清扬婉兮。"⑤又如《次韵孙莘老见赠时莘老移庐州因以别之》"造化无心敢望渠",类注本不注"造化",邵注:"《庄子·大宗师

---

① 《集注分类东坡先生诗》,卷一第四页 A。

② 《施注苏诗》,第 111 页。

③ 《集注分类东坡先生诗》,卷十第四页 A。

④ 《施注苏诗》,第 183 页。

⑤ 《施注苏诗》,第 405 页。

篇》：以天地为大炉，以造化为大冶。"①《诗经》《庄子》中的典故，虽然一般的读者比较熟悉，但从注释者的角度来看，若不注出，则未免轻率。

（三）补注类注本不够全面之处

某些典故虽经类注本注出，但不够全面，邵长蘅引更全面的材料补充。

如《凤翔八观·李氏园》"抽钱算间口"：

> 类注本程缜注："《汉律》：人出一算，算百二十钱。民年七岁至十五出口钱。唐德宗税屋间架。"②
>
> 邵注："《汉书·贡禹传》：禹以古民无赋算，口钱起武帝，民产子三岁，则出口钱，故民重困，至于生子辄杀。宜令儿七岁去齿乃出口钱，年二十乃算。"③

程缜只是简介了自西汉以来政府向百姓收取口钱的制度，而邵长蘅引《贡禹传》的记载，说明了汉武帝以来百姓因交纳口钱而负担沉重，民不聊生，而这正是苏轼此句的命意之所在。

三、对重复出注问题的探讨

邵长蘅《注苏例言》云："注家于诗中引用故事，每见辄注，有寻常习见语而再注、三注或至十余注。施氏亦同此弊，数见不鲜，累纸几成骈拇，甚无谓也。是书力为搔除，复出则删。有语非复出而于文义冗庞者，亦从删。盖一书为补为删之大指如此。"④

在这段话中，邵长蘅讨论的主要是某一典故在苏诗中反复出现的问题。他认为针对这种现象，没有必要重复出注。查慎行云："有一事经再用三用，

---

① 《施注苏诗》，第 417 页。
② 《集注分类东坡先生诗》，卷二第十三页 B 至第十四页 A。
③ 《施注苏诗》，第 161 页。
④ 《苏轼诗集合注》，第 2717 页。

稠叠蔓引者"①,这是指苏集中一个典故往复用了几次甚至于十几次,注家在每一处都作注,显得重复多余。冯应榴也持相似的意见,《合注凡例》云:"(施顾注本)其注虽本自诸家,而考订较为详审,然重复太甚,有一语前后数十见者。"②邵氏在具体操作时,往往是在某典故第一次出现时引出其出处,后来再度出现时,则不再引其出处,只是说明见某某诗注。这种处理方式,固然如邵氏所云,有简洁明了、避免重复的长处,但其短处也显然可见。古代诗集的刊刻,一般只有篇名目录而无篇名索引,篇名目录一般也只列卷次,而没有某篇的具体页码。换言之,一旦文中出现"见前某某诗注"字样,查找起来费时费力。试想读者正阅读某诗篇,突然要大费周章地跳到前面某处寻找一个典故的出处,打断了阅读的连贯性,效果未免不佳。因此,施顾原注中的"寻常习见语而再注、三注或至十余注"未必是冗余重复,却方便读者阅读。

四、《施注苏诗》的训诂

宋代诗人用字的平易化使得传统注释中的训诂学失去了用武之地。正如汪辟疆先生说:"至于训诂,本为最尊。然施诸古书,如颜监之注班,李善之注《选》,为用自宏。唐宋以后,文家奇僻之字究属不多,偶一有之,博稽前说可也。"③需要借助训诂才能明白的生僻字减少了,前代诗歌注释中逐句作解的串讲方式便显得没有那么必要了。但苏诗有"以学问为诗""以文字为诗"的特点,生僻字词在宋代诗人中相对较多,邵长蘅认识到了这一点,在字词训诂方面下了较多功夫,除了利用《广韵》《韵注》等辞书之外,还善于利用前代注释中的训诂成果。

1. 有些地方,类注本只引典故出处,不释词义。这些典故往往出于重要的经史著作中,原书已有前人注释,邵长蘅善于吸收原书注释中的训诂

① [清]查慎行:《苏诗补注》,第8页。
② 《苏轼诗集合注》,第2640—2641页。
③ 汪辟疆:《汪辟疆文集·注古人诗文》,上海:上海古籍出版社,1988年,第869页。

成果。

如《是日至下马碛憩于北山僧舍有阁曰怀贤南直斜谷西临五丈原诸葛孔明所从出师也》"萧萧闻马櫙"：

> 类注本赵次公注："萧萧马鸣。"①
> 邵注："《毛传》：言不讙哗也。公诗用此意。"②

又如《谢王泽州寄长松兼简张天觉二首》"无复青黏和漆叶"：

> 类注本程缜注："《三国志·华佗传》：樊阿从陀求可服食益于人者，陀授以漆叶青黏散。"③
> 邵注："《传》注云：青黏，一名地尸，一名黄芝。黏，女廉反。"④

2. 有的地方类注本完全失注，邵在补注出处的同时引用原书的注释。

如《自仙游回至黑水见居民姚氏……》"归驾聊复枙"，邵注："《易》：击于金枙。注：止轮木。"⑤

又如《和子由记园中草木十首》"绕砌忽坟裂"，邵注："《左传》僖公四年：公祭之地，地坟。注：高起也。"⑥

第三节　邵长蘅的《王注正讹》

除批判类注本的分类体例之外，邵长蘅还撰有《王注正讹》，列于正文之前，对类注本的错误进行驳正。他指出："分类苏诗注三十二卷，旧刻永嘉王

---

① 《集注分类东坡先生诗》，卷一第七页 B。
② 《施注苏诗》，第 172 页。
③ 《集注分类东坡先生诗》，卷十六第十八页 A。
④ 《施注苏诗》，第 1463 页。
⑤ 《施注苏诗》，第 197 页。
⑥ 《施注苏诗》，第 179 页。

十朋龟龄纂集,注中引用故事,谬误实多,有极浅陋可为失笑者。"①其中特别提到:"王本所引,每因苏诗句字,有改窜古诗以傅会之者,有改窜子史他书以傅会之者。鲁鱼亥豕,触手纷然,今直古学振兴之日,而仍讹袭舛,无一人能取而正之,可嘅也。其显然谬误者,疏录如千条,名曰《王注正讹》,附《例言》后。"②因此对类注本的其它错误予以辨正。但他认为王十朋天资颖悟、淹通经史,且为人浑厚质直,不尚浮靡之,类注本中的纰缪,"当是贾人俗本版写諙讹,而后生耳食沿踵至今"。③ 因此他予以辨正,并依原注分属诸家名下,不欲独令王十朋承担骂名。

一、对类注本的合理纠谬

邵长蘅所总结的类注本错误主要包括以下各类:

(一) 所引之文与原文不符

如《戏书吴江三贤画像三首·范蠡》"却遣姑苏有麋鹿":

> 类注本李厚注:"伍子胥谏吴王夫差,不听。子胥曰:'臣今见麋鹿游于姑苏之台,宫中生荆棘,露沾衣也。'"④
>
> 《王注正讹》:"按,二语本《史记·淮南王传》,《汉书》在《伍被传》。'麋鹿'句乃伍被述子胥谏语,'宫中荆棘'句乃被自谏淮南语,故曰'今臣见宫中生荆棘'云云。注既不著书名,又删去虚字,两意并作一语,牵合可笑。今正。"⑤

又如《书鄢陵王主簿所画折枝》二首"双翎决将起",类注本赵次公注:

---

① 《施注苏诗》,第 56 页。
② 《苏轼诗集合注》,第 2718 页。
③ 《施注苏诗》,第 56 页。
④ 《集注分类东坡先生诗》,卷二十三第三十四页 A。
⑤ 《施注苏诗》,第 57 页。

"《庄子》言蜩、学鸠云：'我决起而飞也。'"①《王注正讹》："按，注意本引《庄子·逍遥游篇》:蜩与学鸠笑之曰：'我决起而飞，抢榆枋'语。乃以意窜改，拖沓殊不成句。今正。"②

（二）所引篇名不正确

如《壬寅二月……》"谁谓董公健"，类注本程缜注引《后汉书》，将《袁绍传》误为《董卓传》，《次韵黄鲁直见赠古风》"不知市中人，自有安期生"，类注本宋援注引《抱朴子》之文，误为《汉书》，皆为邵长蘅指出。

（三）因附会苏诗而改动原文

邵长蘅《注苏例言》云："一曰增改旧文失之妄。王本所引，每因苏诗句字，有改窜古诗以傅会之者，有改窜子史他书以傅会之者。"③

如《将往终南和子由见寄》"我今废学如寒竽，久不吹之涩欲无"：

类注本赵夔注云："齐宣王好竽而南郭先生不善，吹之涩则不能成声。"④

《王注正讹》云："按南郭先生事出《韩子》'齐宣王好竽，必三百人齐吹，先生不善吹而滥于三百人之中以食禄'云云，并无'涩不能成声'语，又不著书名，似因苏诗而附会之者。今正。"⑤

在这个例子中，注释者改动原书的文字，以便与苏轼诗句相符，以此证明苏轼用典有出处，这种做法不值得提倡。

又如《答周循州》"且觅黄精与疗饥"：

---

① 《集注分类东坡先生诗》，卷十一第二十九页 B。
② 《施注苏诗》，第 60 页。
③ 《苏轼诗集合注》，第 2718 页。
④ 《集注分类东坡先生诗》，卷十六第三页 B。
⑤ 《施注苏诗》，第 56 页。

类注本程缜注云:"《诗》:泌之洋洋,可以疗饥。"①

《王注正讹》云:"注引《毛诗》'泌之洋洋,可以疗饥',因苏诗有'疗饥'字,辄改窜《毛诗》'乐饥'为'疗饥',此最眼前谬误,而至今仍不能改,岂不可笑?"②

(四) 所注与事实不符

如《南溪有会景亭处众亭之间……仍为诗以告来者庶几迁之》"居民惟白帽":

类注本赵夔注:"管宁不应州县之辟,尝着白帽。"③

《王注正讹》:"按《三国·管宁传》:'宁常皂帽、布襦袴、布裙。又四时祠祭加衣服,著絮巾,故在辽东所有白布单衣。'云云,并无'白帽'字。又宁浮海还郡,黄初、青龙之间屡被征命,宁皆坚辞不起,从无应州县辟举事。注讹,今删。"④

在这条赵夔注中,注释者显然只凭自己的记忆进行注释,却没有认真核对原书,因此导致注文似是而非,意思虽然接近《三国志·魏书·管宁传》的记载,但并不十分正确。

二、《王注正讹》的不足

邵长蘅作为后起的苏诗注整理者,能够详细地核对文献,考证史实,因此确实指出了类注本的多处错误,推动了苏诗注的发展。但邵长蘅本人毕竟是文人而不是学者,治学态度依然不够严谨,《王注正讹》还是存在明显的

---

① 《集注分类东坡先生诗》,卷十九第四十四页 B。
② 《施注苏诗》,第 61 页。
③ 《集注分类东坡先生诗》,卷九第十四页 A。
④ 《施注苏诗》,第 56 页。

不足：

（一）持论过苛

类注本的原注不误，系书坊误刊，邵氏未见善本，而苛责于类注本的注家。

如《听贤师琴》"但闻牛鸣盎中雉登木"：

> 类注本程缜注："《管子·地负篇》：凡听宫，如牛鸣窌。"
>
> 《王注正讹》曰："按《管子》有《地员篇》，无《地负篇》。又，听徵、听羽每句叶韵，故曰'凡听宫，如牛鸣窌中'，宫与中叶。芟去'中'字，不叶韵矣。注讹，今正。"冯应榴指出："此刊本脱误耳。'中'字朱刊本王本（即清代朱从延在明代茅维刻本基础上翻刻的类注本）已补，'负'字今亦改正。"①

笔者按，《四部丛刊》影印元刊本《集注分类东坡先生诗》亦未芟去"中"字。邵长蘅所见芟去"中"字之本，乃明代茅维重刊改编时的失误。邵长蘅未见旧本、善本，因而误驳了程缜注。

后代的查慎行就指出了邵长蘅的这类错误。查氏《补注例略》云："王注之谬，吴中新刻本《正讹》一卷，抉摘过半矣。但持议有过苛者，如'素木'之为'素米'、'盬恶'之为'盐（鹽）恶'、'卢山'之为'庐山'……率因字画相近，传写翻刻，致成鲁鱼帝虎，讹由工匠，非关注家也。"②冯应榴《合注凡例》亦云："《王注正讹》，邵子湘所撰，其所驳正亦不的当，亦见讥于汪师韩，查氏谓其抉摘过半，殊不尽然。"③

（二）邵长蘅本人并未认真核对类注本所引文献，从而导致误驳

如《次韵黄鲁直见赠古风二首》"自有安期生"：

---

① 《苏轼诗集合注》，第 559 页。
② ［清］查慎行：《苏诗补注》，第 10 页。
③ 《苏轼诗集合注》，第 2647 页。

类注本宋援注:"《前汉·郊祀志》:安期生,琅邪人。卖药东海边,时人皆言千岁。"①

《王注正讹》曰:"按《汉书·郊祀志》无此数语,盖出《抱朴子》及《列仙传》,援注误以为《汉书》也。"②

冯应榴指出:"今考《郊祀志》注中所引《列仙传》,即王注所引也。旧王本明有'注'字,特茅刊王本脱去'注'字耳。邵氏驳之误矣。至朱刊王本,因邵氏之驳而改作《前汉·列仙传》,非也。"③

又如《赠李道士》"戏着幼舆岩石里":

类注本赵次公注:《世说》:恺之画裴楷,颊上益三毛。人问其故,曰:"裴楷隽朗有识,正在此三毛。"又画谢鲲在石岩里。人问其故,曰:"鲲尝云'一丘一壑,自谓过庾亮',此子宜置丘壑中。"④

《王注正讹》:此二条各是一事,"置丘壑中"是长康语,"一丘一壑"是鲲对明帝语。注以二事牵合,语亦拖沓,不成文理。⑤

冯应榴认为:今考《世说》云:顾长康画谢幼舆在石岩里。人问其所以,顾曰:"谢云:'一丘一壑,自谓过之',此子宜置丘壑中。"原文如此,是本是一条,次公注并不误,邵氏驳之转误矣。⑥

(三)邵长蘅对类注本中的注家标注有误

如《东湖》"江水绿如蓝",类注本师尹注:"李太白诗:山光水色绿如蓝。"

① 《集注分类东坡先生诗》,卷十八第十六页 A。
② 《施注苏诗》,第 58 页。
③ 《苏轼诗集合注》,第 815 页。
④ 《集注分类东坡先生诗》,卷四第十六页 B。
⑤ 《施注苏诗》,第 60 页。
⑥ 《苏轼诗集合注》第 1447 页。

《王注正讹》指出，李白诗本为"山光水色青于蓝"。但在驳此误时，将注者误为程缜。[①]

又如上文所引《和董传留别》"厌伴老儒烹瓠叶"，类注本程缜注引《后汉书》，将"素木"误作"素米"。《王注正讹》在纠谬的时候将注家误为赵次公。[②]

（四）态度恶劣、夸大前人的失误

上文所引邵长蘅之论，甚多"牵合可笑""岂不可笑"之语。这类言论过于尖刻，有好闻人过、攻击前人以抬高自己之嫌。这是严谨的注释者应避免的问题。

（五）学力有限

类注本的错误类型与数量很多，邵长蘅只能指出其中一部分。相比之下，后来乾嘉年间冯应榴在《苏文忠诗旧注辩订》中所指出类注本的错误，无论是数量还是种类，都比《王注正讹》更多。

本章小结

清人宋荦购得明代毛晋原藏的宋嘉定刊本施元之、顾禧、施宿的《注东坡先生诗》，由诗人邵长蘅整理。邵除删节尚存的三十卷原文之外，还与李必恒对所缺的十二卷进行补注。邵长蘅将补注的重点放在典故的出处方面，指出注苏诗之典是一大难题，并对引诗注诗的风气持保留态度，所补典故出处往往早于宋代的苏诗类注本，还补注了类注本完全失注或不够全面之处。邵长蘅还进一步辨正了类注本的错误，首先批判了分类体例，继而又撰《王注正讹》，驳正了类注本所引之文与原文不符、所引篇名不正确、因附会苏诗而改动原文、所注与事实不符等错误，但同时也存在误驳旧注、持论过苛、态度偏激、学力有限等不足。

---

① 《施注苏诗》，第56页。
② 《施注苏诗》，第57页。

第六章　查慎行《补注东坡先生编年诗》研究

引言　查慎行及《补注东坡先生编年诗》的概况

一、查慎行的生平

查慎行(1650—1727),字悔余,浙江海宁人。原名嗣琏,字夏重,号他山、查田、橘州。晚年有书斋名初白庵,学者称其为初白先生。"初白"二字,取苏轼"身行万里半天下,僧卧一庵初白头"之意。查氏家族为海宁望族,查慎行与著名词人、学者朱彝尊还是中表兄弟。康熙二十一年(1682),查慎行始游学于著名学者黄宗羲门下。二十五年(1686),受聘为纳兰明珠府中西席。二十九年(1690),因洪升案牵连而获罪南归,同时被遣者还有赵执信等人。三十二年(1693)赴顺天乡试,得中举人。四十一年(1702),因大学士陈廷敬、张玉书、李光地先后推荐,入值南书房修书。四十二年(1703)四月捷南宫殿试,对策擢进士,名列二甲第二。钦授翰林院庶吉士。四十三年(1704),特授翰林院编修。四十八年(1709),兼任武英殿修书总裁,督纂《佩文韵府》。查慎行为人恬退而重名节,康熙五十二年(1713),因翰林院同僚纷争排挤,遂以两臂患风疾乞假归里,乡居十余年。雍正四年(1726)九月,其三弟嗣庭获罪。十一月,查慎行受此案牵连,以"家长失教"等罪名被逮入京,下刑部狱。次年(1727)五月赦归,八月即病逝。

二、查慎行的著述与成就

1. 诗文创作

查慎行是清代著名诗人,当时与王士祯并称为"北王南查"。查氏曾西探牂牁、夜郎,北游齐、鲁、燕、赵、梁、宋,而过洞庭,涉彭蠡,登匡庐,寻武夷九曲之胜。又下粤东,访尉佗之遗迹。所未到者,秦、蜀、滇南而已。每历一地,所得皆托于讽咏,其生平所作诗词,共四千六百余篇。后来,查氏编裒其平生之诗,随游历之处各为一集,共五十三集,辑为《敬业堂诗集》五十卷,收录康熙十八年至五十七年之诗,刻于康熙五十七年(1718);《敬业堂续集》六卷,收录康熙五十七年(1718)至雍正五年(1727)之诗,刻于乾隆年间。查诗分集虽然烦琐细碎,但也可见其无时无地不以诗为事。

查诗在当时就已备受推崇。王士祯《敬业堂诗集序》:"姚江黄晦木先生常题目其诗,比之剑南。余谓以近体论,剑南奇创之才,夏重或逊其雄;夏重绵至之思,剑南或未之过,当与古人争胜毫厘。若五七言古体,剑南不甚留意,而夏重丽藻络绎,宫商抗坠,往往有陈后山、元遗山之风。"①《四库总目提要》指出:"核其渊源,大抵得诸苏轼为多。观其积一生之力补注苏诗,其得力之处可见矣。明人喜称唐诗,自国朝康熙初年窠臼渐深,往往厌而学宋,然粗直之病亦生焉。得宋人之长而不染其弊,数十年来,固当为慎行屈一指也。"②赵翼《瓯北诗话》云:"要其功力之深,香山、放翁后,一人而已。"③又曰:"故梅村后,欲举一家列唐、宋诸公之后者,实难其人。惟查初白才气开展、工力纯熟,鄙意欲以继诸贤之后。"④查氏论诗之语虽不多,但亦得诗家真髓,《清史列传》载其语曰:"其教人为诗,谓诗之厚在意不在词,诗之雄在气

① ［清］查慎行:《敬业堂诗集》,上海:上海古籍出版社,1986 年,第 1753 页。
② 《四库全书总目·集部》,见《文渊阁四库全书》第 4 册,上海:上海古籍出版社,2003 年,第 600 页。
③ ［清］赵翼:《瓯北诗话》,北京:人民文学出版社,1963 年,第 147 页。
④ 《瓯北诗话》,第 146 页。

不在貌,诗之灵在空不在巧,诗之谈在脱不在易"①,可谓精当,一语中的。

查氏另有《敬业堂词》二卷、《敬业堂文集》八卷(未刊行)、《人海记》四卷、《得树楼杂抄》二十卷、《陪猎笔记》三卷、《黔中风土记》一卷、《南斋日记》等。

查慎行特别推重苏轼,作《补注东坡先生编年诗》五十卷。后人又辑其评点诗歌的言论,编成《初白庵诗评》十二种。

2. 学术

查慎行读书甚多,号称无书不读,涉猎甚广。群书之中,查氏长于经学,于经又长于《周易》,晚年著有《周易玩辞集解》十卷。

3. 编书

除个人著述外,查慎行还主持编辑了不少书籍,奉谕主编的有《佩文韵府》《历代咏物诗》。此外还应邀编辑《庐山志》八卷、《江西通志》一百七十卷、《鹅湖书院志》二卷等。

三、《补注东坡先生编年诗》的撰作之由

查慎行撰写此书始于康熙癸丑(1673)年,公余但有闲暇,即行补核,经年不辍,至壬午年(1702)而成书,共历三十年。

查慎行笃好苏诗,在他之前的苏诗注本,有宋代题名王十朋编的《王状元集百家分类注东坡先生诗》(以下简称"类注本")、宋代施元之、顾禧、施宿《注东坡先生诗》(以下简称"施顾注本")、清代宋荦、邵长蘅整理翻刻施顾注本而成的《施注苏诗》(以下简称"清施本")。查慎行对上述旧注并不满意,因此予以补注。《四库总目提要》仅提及查氏对清施本的不满,失之偏颇。查氏《苏诗补注例略》(下文简称为《补注例略》)云:"余于苏诗,性有笃好,向不满于王氏注,为之驳正瑕璺,零丁件系,收弄篋中,积久渐成卷帙。后读《渭南集》,乃知有施注苏诗旧本,苦不易购。庚辰春,与商丘宋山言并客莘

---

① [清]国史馆:《清史列传》,见《清代传记丛刊》第 104 册,台北:明文书局,1985 年,第 831 页。

下,忽出新刻本见贻。检阅终卷,于鄙怀颇有未惬者,因复补辑旧闻,自忘芜陋,将出以问世。"①具体说来,查慎行对苏诗旧注有以下不满:

（一）对南宋人《东坡锦绣段》的不满

查慎行认为,该书解释东坡诗意,不尊重宋代文献史实所述,而是根据句意,杜撰事实,牵强附会,毫无根据,是注释的大忌。

（二）对王十朋编撰的类注本与施、顾注本的不满

1. 疏漏。查慎行认为这两个注本在释意方面,有不顾史实的疏漏之病。

2. 繁芜。查认为这两个注本还有繁芜之病,这分为以下几种情况:

（1）诗意本一目了然而多添注脚者:这是指注释者只要见至苏诗中语句与前人作品相同,就径直引前人之语句引以为注的现象。

（2）有所用非此事,强为牵率者:这是指注家只根据字面的相同,就引前代作品为苏诗作注,而不顾二者之间的意义是否有联系。

（3）有一事经再用三用,稠叠蔓引者:这是指苏诗中一个典故往复用了几次甚至于十几次,注家在每一处都作注,显得重复多余。

3. 改窜经史、妄托志传,以附会诗辞者。

这是指注家引用前代文献,往往将书名、作者与内容引错,与原书不符。

以上查慎行指出的这几类繁芜之病,的确抓住了类注本与施、顾注本的弱点,乾嘉时代的冯应榴也支持查慎行的观点,指出了这两个注本同样的弊病。

（三）对邵长蘅等人补施注的不满

查慎行认为,邵长蘅等人删补而成的《施注苏诗》,虽然引用了不少类注本的成果,但同时对类注本攻击过苛,明明是书坊传写的错误,邵长蘅往往也把责任算到类注本的注释者与编者的头上。

（四）查慎行对补注的看法

查慎行认为,补注并非否定前人。他在《补注例略》中以杜诗的注释为

---

① ［宋］苏轼撰,［清］查慎行补注:《苏诗补注》,见《文渊阁四库全书》第1111册,上海:上海古籍出版社,2003年,第7页。

例，说明自己对补注的认识："昔王原叔注杜诗，既行世矣，王宁祖则有改正王内翰注杜集，薛梦符又有补注本，黄长睿有较定本，蔡兴宗有正异本，杜田有补遗正谬本。古人于笺疏之学，各抒所得，不肯雷同剿说如此，非欲衒己长而攻人之短也。"①他指出，继王洙注杜甫诗后，先后有薛梦符、黄鹤、蔡梦弼、杜田等人继之作注，能各抒所得，补充前人之见，而非以己之长攻人之短。他本人补注苏诗，也继承了这种思路。

四、《补注东坡先生编年诗》的主要内容

1. 补正旧注

查慎行补注的工作，主要部分就是针对类注本、施顾注本、清施本，全面地补其缺漏，删除繁芜，改正错误，其内容涉及音韵、训诂、典故、名物、地理、职官、人物与史实等方面，重点在于地理、职官、人物与史实三方面。查慎行补注中的地理、人物与史实详见下文论述，除此之外，职官也是查慎行补注中比较出色的部分。对于职官问题，类注本及施、顾注本的都不太重视，而对于清人来说，宋代官制已成历史，若不详加辨识，难以理解。

2. 重新编年

查慎行认为，苏诗虽宜编年，却难于编年，因为苏轼一生经历的事件太多，时地屡易，若非朝夕从游者，很难准确地确定编年的顺序。他认为施、顾注本的编年存在不少的问题，因此根据自己的考证改动了原本的编年。事实上，施、顾注本的编年者并非注者，而是苏轼本人与苏辙，注家只不过是利用已编年的《东坡全集》进行笺注而已。此外，施、顾注本不收而见于明人所编《东坡外集》及邵长蘅所编《苏诗续补遗》者，凡是能确定编年的，查慎行亦将其移入编年的各卷之中。他用以确定编年的根据是："先求之本诗及手书真迹，又参以同时诸公文集，洎宋元名家诗话题跋、年经诗纬，用以审定前后。"②（《补注例略》）

---

① ［清］查慎行：《苏诗补注》，第7页。
② ［清］查慎行：《苏诗补注》，第8页。

3. 文献整理:校勘、辑佚、辨伪

辑佚主要是搜集见于施、顾注本目录而嘉定本已佚的帖子口号诗一卷,并从各种渠道辑得苏轼的佚诗,补编为两卷。辨伪是指将他集互见诗辑出,单列为两卷,并判定其中一些诗作并非出自苏轼之手。

五、《补注东坡先生编年诗》的体例

本书正文前有《苏轼年表》,为查慎行自撰。

第一至四十五卷为编年诗,编年顺序以施顾注本的目录为基础,根据查慎行自己的考证有所调整。

正文于每诗之下,本来先列施顾的原注,再列查氏补注。刻印者将施顾的原注删去,只列查氏补注的注文,附于每篇之后,先用大字标出所注之词句,后以小字列出注文。

凡苏轼与他人酬答唱和之作,查慎行皆于注文之后附他人唱和之诗。编年诗后附《帖子口号诗》一卷(第四十六卷),补编诗二卷(第四十七、四十八卷),他集互见诗二卷(第四十九、五十卷)。全书共五十卷。

六、《补注东坡先生编年诗》的主要版本

本书最早的刻本是清康熙四十一年(1702)香雨斋刻本,后有乾隆二十六年(1761)查开香雨斋刻本。收入《四库全书》时,被编者改名为《苏诗补注》。

七、《补注东坡先生编年诗》的后代评价

查慎行的《苏诗补注》在清代毁誉交织。钱大昕在《苏文忠公诗合注序》中指出查注本"详于考证地理"[1],这是清代研究者的共识。《四库总目提要》云:"慎行是编,凡长蘅等所窜乱者,并勘验原书,一一厘正。又于施注所未

---

① [宋]苏轼著,[清]冯应榴辑注:《苏轼诗集合注》,上海:上海古籍出版社,2001年,第2636页。

及者,悉采诸书以补之。其间编年错乱,及以他诗溷入者,悉考订重编。"①又指出:"然考核地理,订正年月,引据时事,元元本本,无不具有条理,非惟邵注新本所不及,即施注原本亦出其下。现行苏诗之注,以此本居最。"②但也指出了该书编年有差、校雠为舛、体裁未明,以及在辑佚、辨伪、引用文献等方面的诸多错误。《四库总目提要》又云:

> 虽卷帙浩博,不免抵牾,如苏辙《辛丑除日寄轼》诗,轼得而和,必在壬寅,乃亦入之辛丑卷末,则编年有差。《题李白写真》诗,前后文义相属,本为一首,惠洪所说甚明,乃据《声画集》分为二首,则校雠为舛。《渔父词》四首,《醉翁操》一首,本皆诗余,乃列之诗集,则体裁未明。倡和诗中所列曾巩《上元游祥符寺》诗,陈舜俞《送周开祖诗》,杨蟠《北固北高峰塔》诗,张舜民《西征三绝句》,皆与轼渺不相关,乃一概阑入。至于所补诸篇,如《怪石》诗指为遭忧时作,不知《朱子语类》谓二苏居丧无诗文。《鼠须笔》诗,本轼子过作,而乃不信《宋文鉴》。《和钱穆父寄弟》诗,已见三十一卷,乃全篇复见元祐九年。《立春》诗即《戏李端叔》诗,中四句已见三十七卷,乃割裂再出。《双井白龙》诗,《冷斋夜话》明言非东坡作,乃反云据以补入。甚至李白《山中日夕忽然有怀》诗,亦引为轼作,尤失于检核。如斯之类,皆不免炫博贪多。其所补注如《宋叔达家听琵琶》诗"梦回犹识归舟",字句本用"箜篌朱"字,事见《太平广记》,乃惟引"天际识归舟"句,又误谢朓为谢灵运。《黄精鹿》诗,本画黄精与鹿,乃引雷敩《炮炙论》黄精汁制鹿茸事,皆为舛误。又如《纪梦》诗,引李白"粲然启玉齿"句,不知先见辛氏《三秦记》。《端午》诗引屈原饭筒事,云据《初学记》所引《齐谐记》,不知《续齐谐记》今本犹载此

---

① [清]永瑢等:《四库全书总目》,北京,中华书局,1965 年,第 1327 页。
② 《四库全书总目》,第 1327 页。

条,皆为未穷根底。①

乾嘉学者沈钦韩主要针对查注中的失误撰《苏诗查注补正》,他在序中说道:"查氏补注……自谓毕力于斯,迄三十年,亦云勤哉! 惜所据多短书小说,纰缪弥复不少。"②冯应榴也指出:"查慎行补注本五十卷,考核更详,洵足匡前人不逮。但重复舛讹及误驳者,正复不少。"③沈、冯二人在各自的注本中都补正了查注在引用文献、注释地名、职官名、考证史实、编年等方面的诸多错漏。

第一节　《补注东坡先生编年诗》的文献整理与考证

一、《补注东坡先生编年诗》对旧注注文的整理

(一)补足施顾注本的原注

清施本存在妄删施顾注本原文的现象。查慎行《补注例略》指出:"施氏本又多残脱,近从吴中借抄一本,每首视新刻或多一二行,乃知新刻复经增删,大都掇拾王氏旧说,失施氏面目矣。今于施注原本所有而新刻所删者,辄补录以存其旧,漫不可辨者则缺之。"④因此查慎行对宋代施顾原注予以全面的补录、订正。

邵长蘅《注苏例言》云:"施氏合父子数十年精力,成是一编,征引必著书名,诠诂不涉支离,详赡而疏通,它家要难度越,故注之幸存而于诗意有当

---

① 《四库全书总目》,第 1327 页。
② [宋]苏轼撰,[清]沈钦韩补正:《苏诗查注补正》,广州:广雅书局刻本,(清)光绪二十年(1894),卷首。
③ 《苏轼诗集合注》,第 2641 页。
④ [清]查慎行:《苏诗补注》,第 8 页。

者,大都不敢轻去。"①邵长蘅口头说"不敢轻去",实则大幅删削施顾原注。如卷二十五《次韵子由送陈侗知陕州》《送贾讷倅眉二首》、卷十二《和赵郎中见戏》《次韵李邦直感旧》《答任师中家汉公》等诗,题下的施宿注全被删去。句下注也有类似的被删情况。如卷三《送刘攽倅海陵》"读书不用多"句下施顾注:"《南史》:衡阳王钧(好读)《论语》,曰:'诵此能行,足矣。焉用多读而不行乎!'"②亦被删去。《南史》中的衡阳王钧评论《论语》的故事,正是苏诗"读书不用多"的出处,而且在施顾注之外,类注本并未注此句。邵长蘅将此条施顾注文删去,显然是不妥当的。同诗"梦魂不到蓬莱宫",查注云:"以上皆施注原本所有而新刻删去。按贡父时从馆阁谪官,其题壁诗有'却从云气望蓬莱'之句,故先生云'海边无事日日醉,梦魂不到蓬莱宫'。今将原注删去,则本诗二语殊无着落。且其贻安石书反复痛切,而本传失载,亦足补《宋史》之阙略。特详录于篇末。"③

查慎行的补录工作得到了后代的好评。《四库总目提要》云:"先是,宋施宿注苏轼诗,陆游为之序,久无传本。康熙中,宋荦得其残帙而阙佚数卷,属邵长蘅等补之,急遽成书,潦草殊甚。又旧本霉黯,字迹多难辨识。邵长蘅等惮于寻绎,往往臆改其文,或竟删除以灭迹,并存者亦失其真。慎行是编,凡长蘅等所窜乱者,并勘验原书,一一厘正。又于施注所未及者,悉采诸书以补之。"④从而充分肯定了《苏诗补注》的补录价值。

(二) 对邵长蘅《王注正讹》的驳正

邵长蘅整理的《施注苏诗》,还附有《王注正讹》一卷,在卷首指出:"分类苏诗注三十二卷,旧刻永嘉王十朋龟龄纂集,注中引用故事,谬误实多,有极浅陋可为失笑者。"⑤因此邵长蘅对类注本的引文文献时出现的错误予以

---

① [宋]苏轼撰,[宋]施元之、顾禧注,[清]邵长蘅删补:《施注苏诗》,见《文渊阁四库全书》第1110册,上海:上海古籍出版社,2003年,第53—54页。
② [清]查慎行:《苏诗补注》,第27页。
③ [清]查慎行:《苏诗补注》,第27页。
④ 《四库全书总目》,第1327页。
⑤ 《施注苏诗》,第56页。

辨正。

邵长蘅作为后起的苏诗注整理者,能够详细地核对文献,考证史实,因此确实指出了类注本的多处错误,推动了苏诗注的发展。但邵长蘅本人毕竟是文人而不是学者,治学态度依然不够严谨,《王注正讹》还是存在明显的失误,最典型的是持论过苛,类注本的原注不误,系书坊误刊,邵氏未见善本,而苛责于类注本的注家。

查慎行对邵长蘅的这类错误十分不满。查氏《补注例略》云:

> 王注之谬,吴中新刻本《正讹》一卷,抉摘过半矣。但持议有过苛者,如"素木"之为"素米"、"鹽恶"之为"盐(鹽)恶"、"卢山"之为"庐山","襄楷"之为"裴楷","范缜"之为"范绩","狄咏"之为"秋咏",率因字画相近,传写翻刻,致成鲁鱼帝虎,讹由工匠,非关注家也。又所纠第八卷王瀹当作伦,按《晋书·列女传》,王浑中弟名瀹。惟《世说》注则云浑弟伦。然则"瀹"字固讹,"伦"字恐亦讹也。三十七卷"望祖犹蚁蜂",注云当作"望祀"。葛立方《韵语阳秋》辨之详矣,应仍作"望祖"。轻为改易,于义似有未安。①

查慎行的意见,得到了后代冯应榴的支持,冯氏《苏文忠公诗合注凡例》亦云:"《王注正讹》,邵子湘所撰,其所驳正亦不的当,亦见讥于汪师韩,查氏谓其抉摘过半,殊不尽然。"②

如《和董传留别》"厌伴老儒烹瓠叶",类注本程缜注引《后汉书》,将"素木"误作"素米"。查慎行、冯应榴都认为这是书坊传写翻刻之误,与注家无关,邵氏驳论太过。③

(三)更正旧注对所引典籍原文的妄改

诗歌注释本常常存在一种重要的错误,即引用文献进行注释时,常常改

---

① [清]查慎行:《苏诗补注》,第 10 页。

② 《苏轼诗集合注》,第 2647 页。

③ [清]查慎行:《苏诗补注》,57 页。

动原文的文字。上章已云,在苏诗注中,邵长蘅首先指出了这个问题。查慎行在《补注例略》中则进一步讨论了这个问题,并详细地予以举例分析,如"《礼记》:敝帷不弃,为埋马也;敝盖不弃,为埋狗也。施氏注删去中间二语,作何解乎?"①查氏列举的注文,出自苏轼《和陶诗》中的《咏三良》"从君求盖帷"的句下施顾注,原文为:"《礼记》:仲尼之畜狗死,使子贡埋之,曰:'敝帷不弃,为埋狗也。'"②苏轼这一句原文中的"盖帷",用的是《礼记》中"埋马""埋狗"两个典故,施顾注将两个典故的原文各删掉半句,显得不伦不类,更有断章取义之嫌。这一类的错误,在旧注中还有很多,查慎行在补注中随时予以更正。

引错原文,还有一种特殊的错误更为严重,即故意改动原书的文字,以迁就作者的语句,亦被查慎行指出。查慎行《补注例略》云:"此外更有改窜经史,妄托志传,以傅会诗辞者。"③这又可分为以下两种情况:

1. 苏轼用典时常常对原典故加以点化,而非直接沿用。这样,苏诗的诗句与所用典故字面有相同之处,又不完全吻合。注释者因治学态度不够严谨,只凭记忆进行注释,未认真核对原文,因而常常于这种似是而非之际,改动原文以迁就苏轼的诗句。如《病中大雪数日未尝起观虢令赵荐以诗相属戏用其韵答之》"秀句出寒饿",类注本中的任居实注云:"杜诗云:诗家秀句传寒饿。"④清施本原封不动地引用了这一句注文以补充施顾原注。查注云:"慎按:杜子美《哭李尚书之芳》云:诗家秀句传。本五言诗也,施注新刻本于五言之下增'寒饿'二字作七言句者,讹。今驳正。"⑤《补注例略》一针见血地指出了其原因:"施注(其实应该是类注)因先生有'秀句出寒饿'之语,遂增二字为七言。杜集中曾有此句法乎?"⑥杜甫十分讲究句式的锤炼,如"诗家

① [清]查慎行:《苏诗补注》,第9页。
② 《苏轼诗集合注》,第2058页。
③ [清]查慎行:《苏诗补注》,第9页。
④ [宋]苏轼撰,[宋]王十朋辑注:《集注分类东坡先生诗》,见《四部丛刊初编》影印元建安虞平斋务本书堂刊本,上海:商务印书馆,民国八年(1919),卷七第二页A。
⑤ [清]查慎行:《苏诗补注》,第81页。
⑥ [清]查慎行:《苏诗补注》,第9页。

秀句传寒饿"一类,并非精粹的诗歌语言,虽然不至于不成句法,但不能体现杜甫的炼句水平。可见,将杜诗原文引错,会起误导读者的作用,使读者以为杜甫的句法水平不过如此。

2. 苏轼固然学识渊博,才华横溢,但其下笔未必处处十分严谨,偶然会出现弄错人名、地名、职官名、传闻掌故等错误。对于注释者来说,应当仔细核对原文,大胆地指出苏轼的错误并予以纠正。但自从类注本以来,有不少注释者慑于苏轼的名气,非但不敢指出苏轼的错误,反而在引用文献进行注释时,改动原书的文句,以图与苏轼的诗句保持一致。如《补注例略》又云:

> 《出峡》诗云:亦到龙马溪,茅屋沽村酿。按乐史《太平寰宇记》:夔州有龙洞溪,即善酿酒之村也。地名虽一字小异,与诗意正合。而施氏补注谓马鸣溪俗称龙马溪,《寰宇记》之文可伪造乎?讹在原注则应驳正,讹在补注,咎将谁诿乎?①

《出峡》诗被清施本收入《续补遗》卷上,

> 冯景注:《寰宇记》:马鸣溪在夔州府,俗称龙马溪。昔土人牧马于溪上,产龙驹,四蹄利爪,朱鬣颓尾,高可七尺。州将闻之,以贡行在。所载至溪口,攘鬣长鸣,跃于江。溪以名。②

> 查注:慎按,《太平寰宇记》:龙洞溪在夔州西一百里。《舆地志》云:永安宫西有南乡峡,峡西八十里有溪,溪中有灵寿木,此即是龙洞溪,即善酿酒之村也。据此,与诗语正相合,但记作"龙洞",诗作"龙马",必有一讹。冯氏补注妄托《寰宇记》,云"马鸣溪在夔州,俗称龙马溪",又伪造"土人牧马于溪上,产龙驹"事以傅会之,杜撰假托,用以欺人。《寰宇记》全书具在,真不满览古者一笑也。③

---

① ［清］查慎行:《苏诗补注》,第9页。
② 《施注苏诗》,第731页。
③ ［清］查慎行:《苏诗补注》,第48—49页。

查慎行所举的这个例子，条分缕析，如剥丝抽茧一般，循序渐进，直指冯景注的要害。

二、《补注东坡先生编年诗》的辑佚

查慎行的辑佚工作主要包括搜集见于施顾注本的目录而宋嘉定刻本已佚的帖子口号诗一卷，此外再从各种渠道补编逸诗一百二十三首，汇成两卷，即卷四十七、四十八。《补注例略》云："文字之祸，于公为烈，始而牵连诗帐，终则禁及藏书，散轶固多，收藏不乏。今从编简中留心搜辑，共得逸诗一百二十余首。"①卷四十七开篇则云："慎按，吴兴施氏原本前后集合三十九卷，其第四十卷则《翰林帖子词》五十四首，遗诗三十一首，最后两卷为《和陶诗》，共四十二卷。原注虽残缺，目录犹存，新刻本增续补上、下二卷，《南行集》错杂其间，真赝相半余。既取《南行集》以冠全诗，又依《外集》于续补卷中排次分编，其漫不可考者凡十九首，无从附录，仍置此卷首。此外一百十三首，皆慎别行搜采，汇分两卷，各疏出处，俾览者有考焉。"②

查慎行辑佚的材料来源如下：

1. 苏轼本集。最重要的当属南宋人所编、流传至明清的《东坡外集》。《东坡外集》乃《东坡前集》、《东坡后集》的补遗之集。宋代的苏轼编年注本，如赵次公等八注、十注（已佚，类注本即以此为蓝本编撰而成），以及施顾注本，都是以《东坡前集》、《东坡后集》为底本进行注释的，未从事辑佚工作。查慎行从《东坡外集》的第一、三、四、五、六、七、八、九、十卷中辑得多篇施顾注本未采之诗。其次是《东坡别集》，此书亦为南宋人所编，成书时间晚于《外集》。如《琴枕》诗便是从《别集》采出。另外，查慎行还从苏轼的文集中辑得零星佚诗。如《无题》"帘卷窗穿户不扃"一首采录于苏文《与黄师是尺牍》。

2. 宋代笔记。如《韩干马》采自赵德麟《侯鲭录》，《六言乐语》《题领巾绝

---

① ［清］查慎行：《苏诗补注》，第10—11页。
② ［清］查慎行：《苏诗补注》，第895页。

句》《书裙带绝句》采自何薳《春渚纪闻》,《来鹤亭》采自袁褧《枫窗小牍》。

3. 宋代诗话。如《梦中赋裙带》采自胡仔《苕溪渔隐丛话》,《赠黄州官妓》采自陈岩肖《庚溪诗话》,《葛延之赠龟冠》采自葛立方《韵语阳秋》,《别海南黎民表》采自阮阅《诗话总龟》所引《冷斋夜话》,《题金山寺回文体》采自魏庆之《诗人玉屑》,《戏答佛印》采自周紫芝《竹坡诗话》。

4. 宋代总集。如《正月八日招王子高饮》《雅安人日次旧韵二首》《和代器之》等采自南宋蒲积中所编《岁时杂咏》。

5. 宋代类书。如《题清淮楼》《西湖绝句》皆采自《锦绣万花谷》。

6. 各代方志。如《安平泉》《万菊轩》从宋代潜说友《咸淳临安志》中辑出,《半月泉》采自宋代谈钥《吴兴志》,《宝墨亭》采自明代张莱《京口三山志》,《自题金山画像》采自明代胡经《金山志》,《瑞金东明观》采自《赣州旧志》。

7. 明代地理总志。如《虎跑泉》采自曹学佺《名胜志》,《水月寺》采自吴之鲸《武林梵志》。

8. 明清两代书画类著作。如《村醪二尊献张平阳》采自明代朱存理所编《铁网珊瑚集》,《失题三首》采自明代陈继儒所辑《晚香堂苏帖》,另一首《失题》采自清代卞永誉所编《卞氏式古堂书画考》。

查慎行赖以辑佚的材料大多为宋代文献,离苏轼生活的年代较近,从中可见查慎行辑佚的态度较严谨,可信度高。

查慎行的辑佚,并非简单地查对文献资料并予以照录,而是对出自各类文献中的记载予以谨慎地判断、推理、考证。如《葛延之赠龟冠》,

查注:慎按,右一首见葛立方《韵语阳秋》第三卷,云:"东坡在儋耳时,余三从兄讳延之自江阴担簦万里绝海往见,留一月。坡尝诲以作文之法,文载全集中。吾兄拜其言而书诸绅。尝以亲制龟冠为献,坡受之而赠以诗:'南海神龟三千岁'云云。今集中无此诗。余尝见其亲笔。"又费补之《梁溪漫志》云:"东坡在儋耳,尝为葛延之作《龟冠》诗,葛以语胡苍梧理。"《诗话总龟》亦云然。据此三段,其为先生海外作无疑。诸刻不载,今采录。①

本诗诗题中的葛延之是葛立方的从兄,而且葛立方在葛延之之处见过本诗亲笔,因此《韵语阳秋》的记载可信度很高。此外还有费衮的《梁溪漫志》、阮阅的《诗话总龟》作为旁证。在这样的前提下,查慎行才敢断定本诗是苏轼之作,予以补录。

对一些有疑问的诗,查慎行虽采入补编卷中,但仍持谨慎的存疑态度。如《半月泉(附题名)苏轼曹辅刘季孙鲍朝懋郑嘉会苏固同游元祐六年三月十一日》:"请得一日假,来游半月泉。何人施大手,擘破水中天。"

> 查注:慎按,右一首诸刻不载,见谈钥《吴兴志》。先生游德清县题半月泉作也。石刻真迹在慈相寺中,余家有榻本。按先生自杭守召还在元祐辛未,集中有《三月六日别南北山诸道人》诗,与《半月泉》题名相距才五日,当是还朝时便道来游,岁月凿凿可据。而此诗本集失载,诗与题名字体大小不同,迥出两手,疑后人因题名而赝作此诗。盖先生时方还朝,何云"请假"? 以此辨之,其为假托未可知也。存疑俟考。②

正如查慎行所言,苏轼正在还朝途中,如何谈得上请假? 诗中内容与苏轼的经历不完全符合,因而谈钥《吴兴志》中的记载并不完全可信,但也不能完全否定,因此查慎行谨慎地采取了存疑待考的态度。

但查慎行的辑佚亦间有失误,据清代中叶的另一位苏诗补注者冯应榴考证,认为还存在所辑非苏轼之作问题。如《题王维画》,查慎行辑自宋人孙绍远所编《声画集》。冯应榴认为此诗是王晋卿所作,王的经历与诗中语意相符。又如《鼠须笔》(卷四十八)一首,查注云:"按此诗亦载《宋文鉴》,以为

---

① [清]查慎行:《苏诗补注》,第922页。
② [清]查慎行:《苏诗补注》,第927页。

叔党作。《斜川集》不传。今据《外集》第七卷，先生自登州还朝后作，姑存
之。"①冯应榴指出《宋文鉴》不载此篇，而《苕溪渔隐丛话》也认为是苏过所
作。《四库总目提要》亦云："《鼠须笔》诗，本轼子过作，而乃不信《宋文
鉴》。"②

三、《补注东坡先生编年诗》的辨伪

　　除辑佚之外，查慎行还注重辨伪工作，即将互见于苏轼与他人诗集的诗
篇辑出，另列为两卷，命名为《他集互见诗》。查慎行首先指出了苏轼之作与
他人常常混杂的现象，《补注例略》云："本集诗与他集互见者凡九十余篇，皆
施氏原本所无也。新刻本收入《续补》上下卷，王氏本散见于分类中，赝作极
多，颍滨及苏门六君子作率皆混杂，至有割截他集半首误为全篇者。如《答
晁以道索书》，则陈后山五律前半首也。《寄欧叔弼》七言绝句，则子由《赠刘
道士》七律后半首也。唐人诗甚且有阑入者。若概行削去，时俗恐以为疑，
故另为二卷，每首后附注此诗亦见某集，令览者有考焉。"③

　　接下来，查慎行指出了苏轼之作与他人常常混杂的原因。卷四十九开
篇云："慎按唐、宋名家诗文，间有互见他集者。如马退山《茅亭记》载《独孤
及集》；《柳州谢表》其一乃李吉甫郴州作，而皆入《子厚集》中；《大乐十二均
图》，杨次公作也，编于《嘉祐集》；《蚕对织妇》文，宋元宪作也，编于《米襄阳
集》；《三先生论事录序》，陈同甫作也，编于《朱文公集》。如此之类往往有
之，但未有舛谬混杂几及百篇如东坡诗之甚者也。李端叔有言，先生自岭外
归，所作字多他人诗文。盖绍圣以后严禁苏氏之学，至淳熙初禁乃弛，后人
得公手迹，便采入公集。承讹数百年，注者与读者漫不加辨。凡慎所驳正，
非敢一毫臆断，悉从诸家文集、诗话一一搜抉，校对其雷同者，另编二卷。如
单行之什，则注云：'此诗亦见某人集。'其或同时唱和，则依和诗例附载各卷

---

① ［清］查慎行：《苏诗补注》，第 913 页。

② 《四库全书总目》，第 1327 页。

③ ［清］查慎行：《苏诗补注》，第 10 页。

本诗之后,此卷中但列题目,云:'此诗附载第几卷。'览者详之。"①

查慎行除了对照苏轼与他人诗集,辑出《他集互见诗》之外,还针对不少篇目作了考证,辨明非苏轼之作。查慎行辨伪的依据有:

1. 苏轼自言非己作

如《次韵参寥寄少游》,

> 查注:慎按,右七言律一首,乃辨才法师诗。本集先生自书此诗,而题其后云:"辨才作诗时年八十二矣。平生初不学作诗,如风吹水,自成文理。若参寥与吾辈诗,乃如巧人织锦耳。"又按,潜说友《咸淳临安志》载辨才此诗于"龙井"条下,附见少游、参寥和诗。《淮海集》诗题云"辨才师以诗见寄继闻示寂追次其韵"云云,即此首韵,则又其一证也。今驳正。②

苏轼已自言是辩才所作,又有宋代方志《咸淳临安志》与文集《淮海集》为旁证,理所当然可断为非苏轼所作。

2. 根据他人经历

如《绝句三首》之"松柏萧森溪水南"等二首,

> 查注:慎按以上二首见《淮海集》第十一卷中。盖少游于绍圣初坐党籍,由国史编修官出通判杭州。御史刘拯复论其增损《神宗实录》,贬监处州酒税。使者承望风旨伺候过失,不可得,以谒告写佛书为罪,削秩徙郴州。此二首正贬处州时作,故有"市区收税""一龛""蒲团"之句。今据此为驳正。③

---

① [清]查慎行:《苏诗补注》,第930—931页。
② [清]查慎行:《苏诗补注》,第949页。
③ [清]查慎行:《苏诗补注》,第953页。

诗中的内容与秦观贬监处州酒税的经历相合,当为秦观所作。

还有两种情况特别值得注意:

(1) 结合地理。如《赠仲勉子文》,起句为"雨昏南浦曾相对"。

> 查注:慎按,右一首亦见《山谷集》,题云"和高仲本喜相见"。按,仲本名宿,山谷过万州,高为太守,有《与万州太守高宿游岑公洞夜雨连明绝句》,亦误入《东坡集》中。万州唐为南浦郡,与此诗起句正合,其为黄作无疑。今据此驳正。①

苏轼只是在仁宗嘉祐四年与父亲苏洵、弟弟苏辙出川时经过万州,但未与太守交往。黄庭坚于徽宗建中靖国元年从戎州遇赦东还,有多首与万州太守高宿相赠答之诗,此为首证。查慎行擅长于注地理,考得万州在唐代称为南浦郡,可为有力的旁证。且黄庭坚《别集》卷二有《南浦西山行记》,文曰:"某蒙恩东归,道出南浦,太守高仲本置酒西山。"②亦可为证。

(2) 对照苏轼经历。如《题卢鸿一学士堂图》,首句为"昔为太室游"。

> 查注:慎按,此诗亦见《栾城集》第十五卷中,题云"卢鸿草堂图"。盖子由曾试举人洛下,有登嵩山诸什,故起句云然。东坡未尝游太室也。今驳正。③

苏轼未尝游嵩山,而苏辙却有登临吟咏的经历,与首句内容正相合,显然应为苏辙所作。

3. 根据宋代诗歌注本

如《戏题巫山县用杜子美韵》:

---

① [清]查慎行:《苏诗补注》,第 949 页。

② [宋]黄庭坚:《黄庭坚全集》,南昌:江西人民出版社,2011 年修订版,第 1085 页。

③ [清]查慎行:《苏诗补注》,第 942 页。

查注：任渊《山谷诗注》云："篇中有江陵换夹衣之句，山谷度自巫山至此，已初夏矣。"云云。此诗载《山谷诗集》第十卷中，今据以上诸说为驳正。①

《山谷内集》为黄庭坚生前自定，后由其甥洪炎整理，可信度非常高。黄庭坚的弟子任渊为《内集》作注时又进行了严密的考证，去掉了一些伪作。任渊的注本可为有力的凭证。

4. 根据宋代诗话与总集

如《古意》：

查注：慎按，右一首见张文潜《宛丘集》第十二卷，《有感》三首之一也。"儿童"，张集作"群儿"；"鞭人以为戏"，张集作"相鞭以为戏"。《碧溪诗话》云："张文潜'儿曹鞭笞学官府'云云，余谓此诗亦不可不令操权者知也。"《宋文鉴》选入二十二卷中，亦以为张末。据此三段，其为文潜作无疑。施氏原本不载，新刻载《续补》上卷，今驳正。②

《碧溪诗话》为南北宋之交的黄彻所撰，距苏轼、张末的生活年代皆不远，其说较胜。《宋文鉴》为南宋吕祖谦所编，时代稍后，但亦不远，皆可凭依。除本诗之外，查慎行还在多处引《宋文鉴》为证。

5. 根据宋代笔记

如《答子勉三首》其三："欧倩腰支柳一涡，小梅催拍大梅歌。舞余片片梨花落，争奈当涂风物何。"

查注：慎按，右七言绝亦见《黄山谷集》，《太平州二绝句》之一

也。吴曾《能改斋漫录》云:"豫章得请守当涂,七日而罢。又数日,乃去。其诗云'欧倩腰支柳一涡'云云,又有《木兰花词》,结句云'欧舞梅歌君更酌',自批云:'欧、梅,当时二妓也。'"据此,则此诗为山谷作无疑。今援证改编。①

吴曾为南宋时人,其生活年代距苏、黄皆不远,又有《木兰花词》的山谷自注为佐证,其说可依。

6. 根据宋代方志

如《观开西湖次吴左丞韵》:

> 查注:慎按,右一首见《参寥子集》,题云"次韵吴承老推官观开西湖"。又按,潜说友《咸淳临安志》载此诗于"西湖"条下,亦以为道潜作。细玩诗中多称颂之辞,断非东坡先生作,今据此驳正。②

潜说友《咸淳临安志》亦撰于南宋,其说可依。且本诗的内容风格皆不类苏轼,足证查慎行的观点不无道理。

7. 根据诗歌风格

如《戏咏子舟画两竹两鹨鸹》:

> 查注:慎按右一首亦见《黄山谷集》。子舟乃黄斌老之弟,山谷诗中题子舟画者甚多。此诗确系山谷格律,非苏诗也,今驳正。③

此处查慎行所言"格律",指诗歌的风格、体制特征。从诗歌的风格来判断其作者,本来不够严谨。但山谷诗中题子舟画者甚多、苏轼本集却无其他作品是为黄子舟而作。有了这个前提,本诗诗歌风格体制类似黄庭坚,亦可

---

① ［清］查慎行:《苏诗补注》,第947—948页。
② ［清］查慎行:《苏诗补注》,第945页。
③ ［清］查慎行:《苏诗补注》,第941页。

作为有力的旁证。

查慎行的辨伪，也有较可疑者。冯应榴对少数诗篇持有异议，断定为苏轼所作。如《次韵送张山人归彭城》，查慎行归入《他集互见诗》。查注云："慎按，右一首施氏原注载先生守杭卷中。按阮闳休《诗话总龟》云：徐州张天骥不远千里见朱定国于钱塘，爱其风物，欲徙家居焉。春尽思归，定国以诗戏之云云，起句'羡公飘荡一孤舟'，第七句'何事却寻朱处士'，与集本小异。朱定国无可考。又按本集有《行宿泗间见徐州张天骥次旧韵》七律一首，见后三十五卷中，即此首韵也。阮闳休以为朱定国作，当必有据。今移编此卷，俟再考。"①冯应榴云："查氏以此诗移编他集互见卷中，但于《老人行》诗下引苕溪渔隐云：世传《前集》东坡手自编者。而此诗在《前集》中，且后卷三十五有次旧韵诗，即次此诗之韵，则为先生作无疑。何可以阮氏一言为据耶？今仍依《七集》本及施氏原本编次于此。"②查慎行的言论，确实有自相矛盾之处，但其云"俟再考"，亦不算过于武断。

第二节 《补注东坡先生编年诗》的 《年表》编撰与编年考证

一、查慎行的《苏轼年表》及其对旧谱的补正

本书上编第三章已述，宋代是编年史修撰的鼎盛时期，并开启了年谱特别是诗人年谱的编撰。受此影响，将诗人年谱附于编年注本正文之前，是宋代诗歌注释的常例。至于苏诗注，施顾注本原附有施宿的《东坡先生年谱》，但宋代以后在国内失传已久。邵长蘅整理《施注苏诗》，将南宋王宗稷所编《苏文忠公年谱》补入书中。宋代题名王十朋编撰的《集百家注分类东坡先生诗》也附有傅藻所撰的《东坡纪年录》。

---

① ［清］查慎行：《苏诗补注》，第 952 页。
② 《苏轼诗集合注》，第 1593 页。

查慎行延续了这一传统，撰有《苏轼年表》，列于《苏诗补注》正文之前。宋代傅藻的《东坡纪年录》、王宗稷的《东坡先生年谱》为文谱，旋宿的《东坡先生年谱》则为表谱，但失传已久，查慎行的《苏轼年表》亦为表谱。宋代三家年谱，除逐年列出苏轼的事迹之外，还考证出本年创作的部分诗歌篇目。相比之下，查表只是在少数年份列举了该年的少数诗作，而将重点放在苏轼的事迹之上。查表有以下值得注意者：

1. 叙述苏轼的生平事迹，以《宋史·苏轼传》为本原，以苏辙的《东坡墓志铭》、苏轼的文集、诗篇内容、词序、《乌台诗案》等为参证。如下表：

年份	苏轼的经历
嘉祐元年	先生年二十一，举进士人京。按《本集·凤鸣驿记》云："嘉祐丙申举进士过扶风。"又《范文正公集序》云："嘉祐元年始举进士至京师。"①
治平二年	子由作先生《墓志》云：治平二年罢运判，登闻鼓院。英宗在藩邸，闻先生名，欲以唐故事召入翰林宰相，限以近例召试秘阁，得直史馆。②

2. 将苏轼的事迹与当年重大时事加以对照

以上逐年叙述苏轼的生平事迹，尚属年谱的常规。查慎行《年表》的值得一提之处，在于每年除列苏轼事迹之外，还别起一栏，列出该年的重大时事，在政治背景中凸现苏轼的立身行事。

这些重大时事，有的是旧皇去世、新皇继位、太皇太后去世、日食、大雨等重大变故或征候；有的是北宋的边事，如王韶复河州、徐禧败亡于永乐城、种谊复洮州、擒鬼章等，这些事件与苏轼本人的活动一般没有直接的关系，其作用只限于点明背景。

查慎行更多的是列举与苏轼经历相关的时事，如下表：

① ［清］查慎行：《苏诗补注》，第13页。
② ［清］查慎行：《苏诗补注》，第14页。

年份	重大时事	苏轼的经历
嘉祐六年	是年八月乙亥制策举人。	先生年二十六,应制科,与子由同入三等。①
嘉祐七年	是年二月癸未,命官录被水诸州系囚。	先生年二十七,在凤翔签判任。二月往属县灭决囚。②

在以上两个例子中,苏轼的经历受当年朝廷重大决策的支配。

特别是熙宁变法、元祐党争一类对苏轼一生命运起了决定作用的重大时事,查表予以重点联系,如下表:

年份	重大时事	苏轼的经历
熙宁四年	是年二月,罢诗赋及明经诸科,以经义论策试进士,置学官,使之教导。三月,遣使察奉行新法不职者。六月,欧阳修以太子少师致仕。富弼坐格青苗法,徙判汝州。	先生年三十六,监官告院,兼判尚书祠部。王荆公欲变科举,上使两三馆议之。先生议上,即日召见。时创行新法,先生上书论其不便。荆公之党不说,命摄开封府推官,旋以言事不协,力乞外任,除通判杭州。过汝阴见欧阳公,十一月到杭州任。③
绍圣元年	是年正月改元,绍述之议,与吕大防、范纯仁等相继罢去,以章惇为尚书仆射,安焘为门下侍郎。六月,来之邵等疏言先生前掌制命,语涉讥讪,连坐贬斥。子由出知汝州,分司南京,筠州居住。十二月,范祖禹、黄庭坚等亦坐史事,责授散官,远州安置。	先生年五十九,在定州任。四月,奉旨追一官,落两职,以承议郎知英州。六月,舟行至当涂县,责授宁远军节度副使,惠州安置。④

在熙宁四年的“时事”条中,查表列举了朝廷推行新法、打击旧党的举措,并以欧阳修被迫致仕、富弼被贬为知州等事例作为参照物,凸显了苏轼在这一年中因避祸而乞外任的命运。绍圣元年的“时事”条也说明了苏轼谪

---

① [清]查慎行:《苏诗补注》,第13—14页。
② [清]查慎行:《苏诗补注》,第13页。
③ [清]查慎行:《苏诗补注》,第14—15页。
④ [清]查慎行:《苏诗补注》,第17页。

居惠州的政治背景。

有时苏轼本年没有重大活动,但一些重大的时政对苏轼未来的命运有所影响,查氏也予以重点记录。如下表:

年份	事件
熙宁元年	是年四月,诏翰林学士王安石越次入对。①
熙宁三年	是年正月,诏诸路散青苗钱。……十二月,立保甲法,以韩绛、王安石并同中书门下平章事。初行免役法。②
元祐元年	二月,蔡确、章惇相继罢相。四月,王安石卒。……八月,诏常平,依旧法,罢青苗钱。③

以上例子,充分说明了查慎行注重苏轼生平事迹与重大时事的联系,在广阔的社会政治背景下展示苏轼的行迹,彰显苏轼的性情品格,从而勾勒苏诗的创作背景,为读者"知人论世"提供有力的佐证。

3. 纠正旧谱的错误

如嘉祐五年条云:"先生年二十五。正月过唐州,作《新渠》诗。是年到都后,授河南府福昌簿。王宗稷《年谱》谓授福昌主簿,有《新渠》诗,前后混牵殊缪,当从《纪年录》。"④

《新渠》诗苏轼自序云:"庚子正月,予过唐州。太守赵侯始复三陂,疏召渠,招怀远人,散耕于唐。予方为旅人,不得亲执壶浆箪食以与侯劝逆四方之来者,独为《新渠诗》五章,以告于道路,致侯之意。"⑤苏轼自嘉祐二年丁母忧还乡,四年与父苏洵、弟苏辙三人沿长江顺流出川,过江陵荆州北上还都,唐州正好在入都路线上,则《新渠》诗作于入都之前,而授河南府福昌簿是还都后之事。因此,王宗稷《年谱》的记载正好颠倒了两件事的前后次序,为查慎行所指正。

---

① ［清］查慎行:《苏诗补注》,第 14 页。
② ［清］查慎行:《苏诗补注》,第 14 页。
③ ［清］查慎行:《苏诗补注》,第 16 页。
④ ［清］查慎行:《苏诗补注》,第 13—14 页。
⑤ ［清］查慎行:《苏诗补注》,第 61 页。

又如治平二年条云:"先生年三十,自凤翔还朝。按《华阴寄子由》诗云:腊酒送寒催去国,东风吹雪满征衣。当于是年正月还朝。傅藻《纪年录》云'甲辰冬任满还京者',讹。"①

宋英宗治平元年(甲辰)冬天,苏轼于凤翔判官任满,起程还朝,途经华阴。《华阴寄子由》诗"腊酒送寒催去国,东风吹雪满征衣"二句述说了岁末将至的情形,计算路途所需时间,则返抵汴京必然已是治平二年正月。傅藻《纪年录》云"甲辰冬任满还京",记述不够严谨,这会使读者误以为治平元年十二月苏轼已经回到汴京。相比之下,查慎行的考证更加精确。

二、查慎行对苏诗的重新编年

诗集的编年注本,始于宋代。上文已云,宋代编年体史书的编撰比较发达,并开启了文人年谱的编撰。同时,编年体史书的发展也影响了文集的编纂,产生了编年本这一新的文集编排体例,并成为中国古典诗歌注释的主流。

宋代刊行的《东坡集》即为编年,据清代学者冯应榴考证,编年者是苏轼本人与苏辙。冯云:"今所称《东坡七集》也。其《前集》卷首以《辛丑十一月初赴凤翔》诗为冠,而《南行集》中诗皆在《续集》内,则《前》《后》二集之诗必系先生及子由所编定,其《续集》诸诗皆经删削。是以宋刊施、顾注本亦照《前》《后》集次序。"②冯应榴指出了《东坡集》的真正编年者应为苏轼本人及苏辙。施元之与顾禧利用已编年的《东坡全集》进行注释,从而形成了编年注本《注东坡先生诗》。

到了清代,苏诗的注释者进一步讨论苏诗的编年问题,考证前代编年的错漏。清代苏诗注释者关于苏诗编年问题的讨论,有两点值得注意。首先是苏诗宜编年的问题。施顾注宋本流传到清代,已阙十二卷,但全书目录尚存,邵长蘅在补充这十二卷时仍以原目录的编年顺序为准。邵长蘅《注苏例

① [清]查慎行:《苏诗补注》,第14页。
② 《苏轼诗集合注》,第1页。

言》云：“诗家编年，始于少陵，当时号为‘诗史’。少陵以后，惟东坡之诗于编年为宜。常迹公生平，自嘉祐登朝，历熙宁、元丰、元祐、绍圣三十余年，其间新法之废兴，时政之得失，贤奸之屡起屡仆，按其作诗之岁月而考之，往往概见事实。而于出处大节、兄弟朋友、过从离合之踪迹为尤详，更千百年，犹可想见，故编年宜也。”①邵长蘅所言苏诗宜编年，极有见地，得到查慎行的认可。

查慎行进一步认为，苏诗虽宜编年，却难于编年。查氏《补注例略》云：“苏诗宜编年固矣，惟是先生升沉中外，时地屡易，篇什繁多，必若部居州次，一一不爽，自非朝夕从游，畴能定之。施元之、顾景繁在南渡时，去先生之世未远，排纂尚有舛错。如《客位假寐》一首，凤翔所作，而入倅杭时。《次韵曹九章》一首，黄州所作，而入守湖州时。姑举二段，以见编年之难。”②因为苏轼一生如波浪起浮，足迹遍布大江南北，五岭内外，经历的事件、接触的人物太多，因此很难精确地编年。查慎行认为施顾注本的编年亦存在错误，于是对其编年作了调整。此外，施顾注本不收而见于南宋人所编《东坡外集》及邵长蘅所编《苏诗续补遗》者，凡是能确定编年的，查慎行亦将其移入编年的各卷之中。他自述用以确定编年的根据云：“凡慎所辨正，必先求之本诗及手书真迹，又参以同时诸公文集，洎宋元名家诗话题跋、年经诗纬，用以审定前后。”③

（一）纠正已编年诗中的编年错误

类注本并不按年代编排。因此，查慎行的改定编年工作，是针对施顾注本中的编年而进行的。查氏改动编年的凭据如下：

1. 根据南宋王宗稷所撰《苏轼年谱》改编。

如《佺安节远来夜坐三首》《冬至日赠安节》：

查注：《年谱》引本集《杂说》云：元丰辛酉冬至，仆在黄州，佺安

---

① 《施注苏诗》，第53页。
② ［清］查慎行：《苏诗补注》，第8页。
③ ［清］查慎行：《苏诗补注》，第8页。

节远来。则此诗与前七律三首乃是年冬所作。①

查慎行认为,施顾注本将这四首诗编于《岐亭道上见梅花戏赠季常》之前,颠倒了前后位置,于是予以改编。

又如《上巳日与二三子携酒出游……》,施注原本编于元丰六年正月之后,而《东坡志林》记录了元丰七年三月初三日出游一事,三月初三日正是上巳日,与诗题相合。查慎行认为,据《年谱》记载,苏轼于元丰七年四月奉量移汝州之命,因此三月初三尚在黄州出游是完全可能的,因此将此诗移于元丰七年编中。②

2. 根据《乌台诗案》改编

如《和钱安道寄惠建茶》:

> 查注:慎按,此首据《诗案》,乃初赴常润道中作,施氏本讹编在前。今改正。③

查氏据此改编至卷十一,该卷为熙宁六年冬至七年春夏苏轼往返于常、润、苏、秀道中作。

3. 根据苏轼活动的时间与地点改编

如《客位假寐》,施顾注本编入熙宁五年苏轼任杭州通判卷中。然而本诗有东坡自注:"因谒凤翔府守陈公弼。"④查氏据此移编于嘉祐七年凤翔卷中,并引邵博《闻见后录》的相关记载为证。

4. 对于行旅中所作诗歌,还可依地理位置编年

如《惠山谒钱道人烹小龙团登绝顶望太湖》《钱道人有诗云直须认取主人翁作两绝戏之》《除夜野宿常州城外二首》,这三首诗在施顾注本中被编在

---

① [清]查慎行:《苏诗补注》,第425页。
② [清]查慎行:《苏诗补注》,第451页。
③ [清]查慎行:《苏诗补注》,第233页。
④ [清]查慎行:《苏诗补注》,第78页。

《元日过丹阳明日立春寄鲁元翰》之后,查慎行认为,苏轼当时是从杭州经常州前往润州,从行程来看,惠山、常州应在丹阳之前;从诗题的时间来看,除夜应在元日之前。因此查慎行将这三首移至《元日过丹阳明日立春寄鲁元翰》诗之前。[①]

又如《留别金山宝觉圆通二长老》《和苏州太守王规父侍太夫人观灯之什余时以刘道原见访滞留京口不及赴此会二首》,这几首被施顾注本编于《子玉以诗见邀同刁丈同游金山》《金山寺与柳子玉饮大醉卧宝觉禅榻夜分方醒书其壁》《书焦山纶长老壁》等诗之前。根据人们活动的常理,只有先到金山、焦山等地游玩,才谈得上留别。而且,从汴京赴杭州,必定先经镇江,后至苏州。查慎行因此调换这两组诗的编次顺序。[②]

再如《庐山二胜》,施顾注本编于筠州诗之后,查慎行认为,苏轼于元丰七年四月初离黄州,先游庐山,后至筠州,诗题日月,历历可据。因而将此诗移到筠州诗之前。[③]

5. 根据题中人物活动的时间改编

又如自《次韵柳子玉见寄》至《送任伋通判黄州兼寄其兄孜》七首,施顾注本编于嘉祐七年凤翔卷中,而这七首中涉及的曾巩倅越、王颐赴建州钱监、安惇失解、任伋通判黄州等事件都发生在熙宁二年,查据此改编至卷六熙宁二年中。[④]

又如《吊天竺海月辩师三首》,施注原本编入"熙宁甲寅在钱塘闻知密州之命,去杭经常润道中作"之卷。苏轼移知密州是在熙宁六年的九月,而查慎行从《天竺事迹》中考得海月大师卒于七月十七日,因而将此诗移入"熙宁六年立秋至九月"卷中。[⑤]

6. 根据诗中的内容改编

如《次韵曹九章见赠》,施顾注本编于元丰二年自徐州移知湖州卷中。

① ［清］查慎行:《苏诗补注》,第 233—234 页。
② ［清］查慎行:《苏诗补注》,第 239 页。
③ ［清］查慎行:《苏诗补注》,第 460 页。
④ ［清］查慎行:《苏诗补注》,第 122—123 页。
⑤ ［清］查慎行:《苏诗补注》,第 214 页。

此诗首二句为"蘧瑗知非我所师，流年已似手中蓍"，查慎行认为，苏轼生于丙子年，至元丰甲子年正好四十九岁，因此诗中用蘧伯玉事及《周易·系辞》中的语言。由此可以断定本诗作于元丰七年黄州时期。①

7. 根据他人的文集确定编年。如《留别释迦院牡丹呈赵倅》，查注云："陈后山《登凤凰山怀子瞻》诗云：'数篇曾见使君诗……青春欲尽花飞去。'自注引子瞻'应问使君何处去，凭花说与春风知'云云。凤凰山在杭州。又按田汝成《西湖游览志》：吴山宝成寺，晋天福中建，名释迦院。石壁刻先生手书。合观二处，东坡此诗当是杭州作，讹入密州卷中者。但题中有'呈赵倅'三字，赵倅即成伯也。姑依施氏原本，俟考。"②陈师道的自注可信度高，查氏据此断定本诗为苏轼任杭州通判时所作。

除了改编之外，查注本还有几个问题值得注意：

1. 有时论证某诗编年错误，但采取了谨慎的态度，没有改动其编年，而是从其旧编。

如《过永乐文长老已卒》：

> 查注：宋僧居简《北涧集》中有《本觉禅院三过堂记》，其略云：或谓东坡因乡里故旧，故为文长老游本觉。公以熙宁五年倅杭，明年有事于润，道过樵里，寻访焉。后六年，自徐移吴，再过焉，文病且老。又十年，自翰林学士知杭州，又过焉，文死矣。据此，则先生所作三诗首尾相距十七八年，不应概入倅杭卷中。今从施氏之旧，存前说以备考。③

2. 有时查慎行移动施顾注本的编次，并非因为出现了编年错误，而是出于维护本人编年体例的完整性。

如《除夜大雪留潍州元日早晴遂行中途雪复作》至《和孔君亮郎中见

---

① ［清］查慎行：《苏诗补注》，第 451 页。
② ［清］查慎行：《苏诗补注》，第 296 页。
③ ［清］查慎行：《苏诗补注》，246 页。

赠》,这四首诗是苏轼离开密州回京师路途中作,施顾注本编于苏轼守密州卷的卷末,本来没什么问题。而查注本的第十五卷所收,是熙宁十年整一年所作,这几首诗正是熙宁十年新年期间所作,为了维护本人编年的严密性,查慎行将这几诗移入第十五卷中,与苏轼在京师及守徐州诗放在一起。①

又如苏轼任徐州太守时的《云龙山观烧得云字》《和田国博喜雪》《祈雪雾猪泉出城马上作赠舒尧文》《次韵舒尧文祈雪雾猪泉》《石炭》等,这几首诗作于元丰元年冬天,施顾注本与作于元丰二年的《人日猎城南……》编在一起,查慎行按年代将其移至卷十七"元丰元年秋冬作"之中。②

（二）未编年诗确定编年

查慎行首先根据南宋人所编《东坡外集》确定编年。《东坡外集》是南宋人所辑的《东坡前集》《东坡后集》以外的补遗诗,且以编年排列。查氏不仅依照此诗补录苏诗,还吸取其编年的成果。如《次韵和子由闻予善射》,此诗施顾注本及《续补遗》皆不载,只见于《东坡外集》。查注云:"施注新旧本俱失载此诗,今从《外集》第三卷补编。"③于是查慎行将此诗编于卷四嘉祐八年凤翔卷中。

这又包括两种情况:

1. 施顾注原本不载,邵长蘅等编入《苏诗续补遗》卷中,且《东坡外集》亦载。

如《游太平寺净土院观牡丹中有淡黄一朵特奇为作小诗》,此诗见于《东坡外集》,编入倅杭卷中,而且卷十一有《常州太平寺观牡丹》一诗,内容相近,因此查慎行将此诗编入卷十一,列于《常州太平寺观牡丹》之后。④

2. 施氏原本及《续补遗》皆不载,只见于《东坡外集》。

如《武昌酌菩萨泉送王子立》:

---

① ［清］查慎行:《苏诗补注》,第 297—298 页。
② ［清］查慎行:《苏诗补注》,第 356—358 页。
③ ［清］查慎行:《苏诗补注》,第 89 页。
④ ［清］查慎行:《苏诗补注》,第 242 页。

　　查注：慎按，此诗施氏原本不载。据《外集》，在黄州作。《栾城集》：王子立随子由赴高安。此时必同至黄，故连类附编于此。①

　　于是查慎行将此诗编于卷二十《次韵答子由》诗后。

　　对于《东坡外集》亦不载，只见于清施本《续补遗》二卷中的诗歌，查氏确定编年的根据如下：

　　1. 根据诗题中的年月定编

　　如《己未十月十五日狱中恭闻太皇太后不豫有赦作诗》，查慎行根据题中的"己未"，将其编入卷十九元丰二年中。②

　　2. 根据史实

　　如《获鬼章二十韵》，查氏根据《宋史·哲宗本纪》记载的擒获鬼章的年代，将其编入卷二十九元祐二年中。③

　　3. 从苏轼文集确定作诗的年月

　　如《鹿鸣宴》，查氏认为，根据苏轼文集中《徐州鹿鸣宴诗叙》一文，可知此诗作于九月辛丑，因而编入卷十七元丰元年秋冬作中，当时苏轼任徐州太守。④

　　4. 因人而附编

　　如《元翰少卿宠惠谷帘水一器龙团二枚仍以新诗为贶叹味不已次韵奉和》，因卷十"熙宁六年立秋至九月"中有《九日舟中望见有美堂上鲁少卿饮以诗戏之二首》，因而查慎行附编于后。⑤

　　又如《送柳子玉赴灵仙》，因卷十一中有关柳子玉的诗连续出现了五六首之多，因而将此诗编入该卷，列于那五六首之后。⑥

---

① ［清］查慎行：《苏诗补注》，第 413 页

② ［清］查慎行：《苏诗补注》，第 394 页。

③ ［清］查慎行：《苏诗补注》，第 573 页。

④ ［清］查慎行：《苏诗补注》，第 352 页。

⑤ ［清］查慎行：《苏诗补注》，第 224 页。

⑥ ［清］查慎行：《苏诗补注》，第 237 页。

5. 因地而附编

如《赠江州景德长老》,因卷二十三元丰七年作有《和李太白》,该诗是苏轼在江州为和李白《浔阳紫极宫感秋》诗而作,因此查慎行附编于后。①

又如《常州太平寺法华院蔷薇亭醉题》,由于卷二十五有《与孟震同游常州僧舍三首》及《赠常州报恩长老二首》诗,查氏因此附编于其中。②

6. 根据诗的内容而定编

如《立春日病中邀客安国……二首》,因第二首有"辜负名花已一年"之句。查慎行认为,苏轼于熙宁甲寅冬天赴密州,经历了乙卯年为一整年,又因为此诗作于立春日,因此可以断定这首诗是丙辰年所作,因而列于卷十四熙宁九年之中。③

又如《留别叔通元弼坦夫》:

　　　　查注:先生初自密移徐,故云"迎我淮水北";今自徐往南京,故云"送我睢阳道"。其为离彭城时作无疑。施氏原本不载,今从《补遗》上卷移编于此。④

再如《泗州过仓中刘景文老兄戏赠一绝》,诗中有"应笑苏夫子,侥幸得湖州"之语,查氏因此定为自徐州移湖州时所作。⑤

7. 根据苏轼活动的时间编年

如《别东武流杯》,东武是密州的古称,查氏根据苏轼调离密州的时间,将其编入密州卷末,即卷十四熙宁九年之中。⑥

又如《西蜀杨耆二十年……》,查慎行认为,按照苏轼的宦迹,此后不复

① ［清］查慎行:《苏诗补注》,第 466 页。
② ［清］查慎行:《苏诗补注》,第 501 页。
③ ［清］查慎行:《苏诗补注》,第 276 页。
④ ［清］查慎行:《苏诗补注》,第 366 页。
⑤ ［清］查慎行:《苏诗补注》,第 369 页。
⑥ ［清］查慎行:《苏诗补注》,第 295 页。

入秦,故知此诗为苏轼任凤翔签判时所作。①

8. 根据和诗的韵脚确定编年

如《次韵完夫再赠之什某已卜居毗陵与完夫有庐里之约云》,因卷二十六元丰八年五月至十一月作中有《次韵胡完夫》诗,两诗皆为七律,所用韵脚皆为"斑""关""山""间""闲",因此查慎行定为同时唱和所作。②

又如《用定国韵赠二十侄震》,因其与卷二十七有《次韵和王巩》《用王巩韵送其侄震知蔡州》,三首诗的用韵完全相同,查氏因而将本诗附编于二首之间。③

9. 根据宋人笔记

如《广陵后园题申公扇子》:

> 查注:按《邵氏闻见后录》云:吕申公帅维扬,东坡自黄移汝,经由见之。申公置酒,酒罢,行后圃中。东坡即几案间笔墨书歌者团扇云云。……此诗施氏原本不载,补注本载《续补》下卷。今据《外集》及《邵氏闻见录》移编。④

从而将此诗移至卷二十五元丰八年正月至五月作之中。

又如《鳆鱼行》:

> 查注:《后山谈丛》:石决明,登人谓之鳆鱼。此诗施氏原本不载,今据《后山谈丛》从新刻《续补》上卷移编。⑤

值得注意的是,有时查氏移编并没有说明根据,如《蜀僧明操思归龙丘

---

① [清]查慎行:《苏诗补注》,第 120 页。
② [清]查慎行:《苏诗补注》,第 519—520 页。
③ [清]查慎行:《苏诗补注》,第 529 页。
④ [清]查慎行:《苏诗补注》,第 500 页。
⑤ [清]查慎行:《苏诗补注》,第 513 页。

子书壁》《上韩持国》《次韵黄鲁直戏赠》等三首诗都是从《苏诗续补遗》中移入编年诗中的,查慎行都没有说明根据,从现有的情况也不能确定查氏所编是否完全正确。

(三)查慎行编年的失误

查慎行的这些苏诗的重新编年工作,往往细分年月。关于编年能否具体细分年月日的问题,在学术界早就引发了争论。上章已述,邵长蘅在《注苏例言》中指出,施顾注宋本的编年,只根据年份撮其大纲,不屑于细分年月,这种做法是合理的。邵长蘅的意见不无道理,而查慎行却不顾这方面的声音,在苏诗编年中细分年月,引起了时代更后的冯应榴的批评。冯应榴认为:"编年胜于分类,查本似更密于施顾本。但《后集》五家注本编年犂然不紊,施顾本每卷排次亦撮举大纲,最为得当,邵长蘅例言中已言之。查本细分年月,转欠审确。今虽从查氏不复改移,然有显然误编及于鄙意未惬者,仍附辨于各诗下。"[①]

查慎行强行细分年月日的弊端,在《和陶诗》的编年中尽显无遗。查慎行《补注例略》云:"《和陶诗》一百三十六首,子由有序,自成二卷。细考之,惟《饮酒》二十章和于扬州官舍,余悉绍圣甲戌后,自惠迁儋七年中作也。岁月大略可稽,分之各卷,以符编年之例,其间亦有未能确指年月者,则慎以意推之,要难迁就他所也。"[②]

《和陶诗》是苏轼晚年的力作,非一时一地之作,很难断定具体的作诗年月,施顾注本将其单独列为二卷,放在全书之末,本来是最谨慎的处理方式。查慎行"以意推之",将其强行编入某年某月中,这种做法过于武断。冯应榴《苏诗旧注辨订》云:"《和陶诗》除《饮酒二十首外》固皆在岭南作,但年月有难细分者,不如诸本各自为卷之善。"[③]这种观点显然更加合理。

此外,冯应榴还从以下方面指出了查慎行为苏诗编年的一些错误:1. 根

---

① 《苏轼诗集合注》,2641页。
② [清]查慎行:《苏诗补注》,第10页。
③ 《苏轼诗集合注》,第2670页。

据地理;2. 根据人际活动常理;3. 根据东坡的生平活动;4. 根据东坡文的记述;5. 根据《乌台诗案》;6. 根据他人的生平事迹。详见本编第六章第二节。

第三节 《补注东坡先生编年诗》的"以史证诗"方法

诗注中运用历史解释方法的关键之处,在于通过史料考证出诗作的"本事"。具体说来,则包括解题与释句两方面。解题时的历史解释,即运用史料,探究引发诗人创作的事因,从宏观的角度把握全诗的意旨。释句中的历史解释,即以诗句的内容为线索,发掘更多的史料,从微观的角度印证诗句内容的真实性,并补充更多的细节。这种解释方法,滥觞于孟子的"知人论世"说,经过汉代郑玄、王逸等学者的拓展,在宋代基本成型,到了清代则发展到了顶峰。

宋代的苏诗注释者,非常重视历史解释方法的运用,其中以施宿的《注东坡先生诗》题下注为代表。查慎行与施宿一样,也重视历史解释方法,通过释事来探寻苏诗的意旨。在《补注例略》中,查慎行对《东坡锦绣段》不以史事为根据的解释方法提出了批评:"南宋时人有笺注先生诗句,号《东坡锦绣段》,随句撰事牵合,殊无根蒂,此与鲁訔、黄鹤之注杜,李歜之撰诗史同科,固有所姗笑。若乃当代文献,信而足征,宁容阙略。赵叔平、张退傅、张天觉、李诚之、徐德占、刘仲冯、刘壮舆诸公,《宋史》各有传,非泯泯无闻者。仁宗朝之制科,范景仁之新乐,王介甫之新法,种谊之禽果庄,邢恕之构宣仁,王韶之启边衅,何以无一援证?元祐初年议回河,七年议郊祀,周思道等先后论榷蜀茶,诠释亦复影响模糊。皆疏漏之大者,余无论矣。"①

根据这种认识,查慎行很重视史实的考证,重点补充了施顾注本中的缺漏,同时兼顾类注本的疏误。施顾注宋本在流传过程中已阙十二卷,为清施本所补注,但注释者邵长蘅与李必恒不太重视史实的补注,查慎行对这十二卷用力尤勤。此外如施顾注宋本不载而清施本补入者、施顾注宋本未阙但

---

① 〔清〕查慎行:《苏诗补注》,第 8 页。

施宿误注者,皆有待查慎行的补充。

一、解题

诗歌批评史上有"诗言志""诗缘情""歌诗合为事而作"等观点。苏轼有些诗篇乃一时一地之感兴,并不涉及具体事件,这类诗歌不是历史解释的重点。而另一些诗篇,不管是"言志"还是"缘情",常常由一定的具体事件而激发。解题的任务是解释一诗之主旨,运用历史解释方法解释诗旨,关键在于考证引发苏轼创作的本事,从而对诗意作出准确的概括。

查慎行补注诗题,所凭借的材料主要来自《宋史》、宋人王偁的《东都事略》,以及宋人所撰墓志、年谱、行状、笔记等,与施宿注相比,大体相同,只有王偁《东都事略》是施宿所未取者。《东都事略》与《宋史》相比,人物事迹虽略于《宋史》,但也有《宋史》所失载者,尤其是有一些人物于《宋史》无传,只见于《东都事略》中。因此,查慎行增加《东都事略》作为材料来源是可取的。

但总的来说,查慎行的解题较之施宿注略显逊色。这主要表现在查慎行的解题目的性不强,没有像施宿注一样,通过人物的传记,展现苏轼的交游及其所处的政治环境,揭示时政对苏诗的影响,从而解释苏诗的意旨。查氏解题中的人物注虽然材料丰富,能够概括人物的主要经历,但由于选用材料时没有明确的目的性,因此只相当于缩短、提炼后的人物传记,与诗旨的关系就相对不那么紧密。这样,查慎行注人物,就像他注地理、职官一样,仅仅把这三者都作历史名词来对待,而没有认识到人物与地理、职官在解释诗意方面的作用并不相同,人物生平所起的作用要大得多。从以下例子可以清楚地看到查注人物不如施宿注之处:

在施宿注尚存的篇章当中,查慎行也常常引用《宋史》《东都事略》中的传记以补充施注,但这些补充却往往与施宿注重复,没有起到有效的补充作用。

在施宿失注的篇目以及施、顾注已阙的篇目中,前者如《宿余杭法喜寺后绿野堂望吴兴诸山怀孙莘老学士》,后者如《李公择求黄鹤楼诗因记旧所闻于冯当世者》,查慎行能够引《宋史》《东都事略》予以补充,孙觉与李常都是与苏轼关系密切的人物,查慎行所引的材料并无一字涉及苏轼与二人的交往,而这两篇诗题都反映了苏轼与二人的交情,这样的注释就显得不切题。冯应榴在查注的基础上,又引苏颂所撰《李公择墓志》,说明李公择所厚善者是苏轼,即使曾经因此受牵连而罚金,却日益与苏轼更亲近,始终不悔。这种补充才是真正切合诗题的有益补充。

查慎行所见施、顾注是宋嘉定刊本,至清初已缺第一、二、五、六、八、九、二十三、二十六、三十五、三十六、三十九、四十卷。查慎行并没有见到宋景定本,嘉定本所缺第二十三、二十六、三十五、三十六、三十九、四十卷,现存的景定本是不缺的。如果以查慎行为这些卷次所作的补注与景定本中的施宿原注相比,更能看出二注在人物注方面的差距。试看二例:

《故李诚之待制六丈挽词》:

> 景定本施宿注:李诚之名师中,楚丘人。年十五,上封事言时政。举进士。庞庄敏辟为县,杜范、富公皆荐其有王佐之才。其志尚甚高,每见□人主,多陈天人之际、君臣大节,自汉以下不道,请以进贤、退不肖。为宰相考课法,在官不责威罚,务以信服人,至明而恕。提点广西刑狱,知邕州萧注欲以峒蛮讨交阯,经略使萧固、转运使宋咸皆表里其说。诚之召注责难之,遂罢议。会蛮猺入,追亡,害巡检。注又张皇为骇,奏□,仁宗为之旰食。诚之劾注,并按固、咸坐贬。熙宁初,拜天章阁待制、河东转运使。时薛向自贬所知凤翔,诚之言向在陕西,人畏忌之,闻其来,皆破膳,愿置河北,使立功。遂改潞州。西人入寇,以诚之知秦州。王韶上平戎策,神宗使管勾秦凤经略,司机宜文字,上奏乞筑渭、凉上下两城,遂开边衅,诱致青唐、包顺。又言渭源良田不耕者万顷,愿置市易司,笼商贾利以治田。诚之极言其不便,谓所得不补所亡。王安石当国,为王韶议,为罢诚之,遣开封判官王克臣、内侍押班李若愚按实还奏,与诚之叶。又遣沈起,乃以他田为解,诚之遂落职镌官。后还故职,因旱灾上书,其略曰:"今日之事,非有动民之行,应天之实,臣

恐不足以塞天,变一切利害,曾足何数。望诏求方正有道之士,召诣公车对策。如司马光、苏轼、苏辙辈,复置左右以辅圣德,臣泣血雨泪而拜封章□陛下闻臣此言,忍不感悟。臣未尝一言及钱谷甲兵者,直欲以伊尹致君之事为师,不有人患谁与厉阶?臣欲杀身,无益于事。"书奏,责散官,安置和州。诚之始仕州县,邸状报包拯参政。或曰:"朝廷自此多事矣。"诚之曰:"包公何能为?今知鄞县王安石者,眼多白,其似王敦,异日乱天下必此人也。"后二十年,言乃信。安石既雅惠之,又斥其所主,欲夺其待制,不果。后因上书吕惠卿,摘其语以激□上怒,遂得罪,终其身。元丰元年卒。此诗一篇形容诚之平生略尽,至于叹其不遇,涑致意焉。"愿斩横行将,请烹乾没儿。言虽不见省,坐折奸雄窥"者,盖有所指也。"邪正久乃明,人今属公思",盖元祐间群贤毕用,而诚之死久矣,仅能追复旧职云。①

查注:《东都事略》:李师中字诚之,应天府楚丘人。举进士,庞籍荐其才,累迁直史馆。知凤翔府种谔取绥州,师中上言:"西夏方入贡,叛状未明,恐彼借口,徒启衅端。"拜天章阁待制、河东转运使。西人入寇,以师中知秦州,时王韶乞筑渭源上下二城,抚纳洮河诸部。师中言:"唐于西域,每得地则建为州,后皆陷失,大抵根本之计未实,而勤远略、贪土地,未有不如此者。"诏师中罢帅事。韶又请置市易,募人耕缘边旷土。师中奏:"韶指占极边见招弓箭手地,置市易于古渭砦,恐秦州自此多事,所得不补所失。"又言:"韶所奏田顷不实。"诏遣使按视,谓师中稽留朝旨,落天章阁待制,徙知瀛州。寻贬和州团练副使安置,后分司南京。卒年六十六。为人落落有气节,然好为大言,故不容于时。②

① [宋]施元之、顾禧、施宿:《注东坡先生诗》卷二十六,宋嘉泰淮东仓司刻本(原书四十二卷,存四卷:卷十一、十二、二十五、二十六)。注:本书应为嘉定刊本,详见上编第三章第一节。此处姑依中国国家图书馆藏目录。
② [清]查慎行:《苏诗补注》,第567页。

查慎行所引《东都事略》，能够叙说李师中一生的主要经历，其重点放在李师中与王韶争论边事这一重要事件上。再看施宿注，对于这篇挽词，施宿的评价是"形容诚之平生略尽"，因此他选择李一生中的几件大事，包括弹劾萧注、与王韶争论、推荐苏轼、论包拯与王安石等主要事件，这比查慎行只选一件事要全面得多。特别是选取了李师中推荐司马光、苏轼、苏辙的言论，使读者看到李与苏的交往。这件事实再加上后文李师中论王安石之语，又让读者了解到李师中在熙宁变法这一事件中与苏轼的立场相同。那么，又将这首诗及苏轼与李师中的交往放在熙宁变法的背景下加以理解，更能准确地理解全篇的意旨。因此，查、施二注孰优孰劣，一目了然。

又如《次韵孔常父送张天觉河东提刑》：

> 景定本施宿注：张天觉名商英，蜀州新津人……元祐初，为开封推官，移书东坡，求入台，其瘦词有"老僧欲往乌寺呵佛骂祖"之语。坡固自不为力，而吕正献闻之，不悦，二年七月，出使河东，栖迟外服。哲宗亲政，召入谏者。天觉积憾元祐诸公，于是奋笔丑诋，自司马文正、吕正献、二苏公以下，殆不遗余力。坐事，责监江宁酒，起知洪州、江淮发运，入持从橐。徽宗时为左右丞，始与蔡京不合。自是，京去则暂起，入则罢。遂拜右仆射，继坐贬，还故官。卒年七十九。绍兴中赐谥文忠，公论非之。①

> 查注：《东都事略》：张商英字天觉，蜀州新津人。中进士第，章惇荐其才，召对，除御史里行。元丰中，馆阁校勘。哲宗即位，除开封推官。时朝廷稍更新法之不便者，商英上言："先帝陵土未干，即议更变，可谓孝乎？"除河东路提点刑狱。其进本熙、丰，蔡京强置党籍中，天下既共恶京，而商英与之异论，以故翕然推重云。《宋史·张商英传》：商英为开封推官，屡诣执政求进。吕公著不悦，出

---

① 《注东坡先生诗》，卷二十六。

为河东提刑。①

　　查、施二注相比，施宿能叙述苏张二人的交往情况，查慎行始终抓不到这个要点。

　　查慎行的补注虽然略逊于施宿注，但也有一些篇目的解题十分出色。如《吊徐德占》一诗，此诗施、顾注本不载，是一首挽词，写作的目的在于缅怀逝者的平生，并对其功过是非作出简明扼要的评判。查注先引《东都事略》中徐禧（德占）领兵与西夏拒敌，战死于永乐城的经历，并引《宋史·夏国赵秉常传》为旁证，接着重点突出了《东都事略》中对徐禧的评价：

　　　　禧为人疏狂而有胆气，好言兵，（吕）惠卿以此力引之。先是，惠卿在延州，首以边事迎合朝廷，沈括继之，陕西、河东骚然困弊，复请城永乐，以图进取。禧既入贼境，寡谋轻敌，以至于败。自是神宗始知边臣不可信，厌兵事矣。

指出了徐德占轻敌丧师的过失。接下来查慎行自己评价道：

　　　　徐德占，黄山谷外兄也。山谷称其以才略出于深山穷谷，而揭日月于万夫之上。年四十，大命陨倾，令人短气。而曾南丰《兵间诗》，至斥为倾险小人，以万人之生，侥幸一身之利。其恃才寡谋，亦大概可见矣。盖宋自熙宁以来，用兵西陲，所得葭芦、吴保、义合、米脂、浮图、塞门六砦而已。灵州永乐之役，官军、熟羌死者，前后约六十万人，虽其后复通和好，而中国财力耗弊已极。追原祸首，皆自喜功好事诸臣致之。

更进一步对徐德占好大喜功、擅开边衅的行为提出了批评。继而查慎

---

① ［清］查慎行：《苏诗补注》，第568页。

行总结苏轼本诗的用意：

> 公于德占之没，不一及边事，独惜其以有用之身，不知自爱，轻于授首，其丧师辱国之罪，固隐然言外矣。①

从而点出了苏轼对徐德占暗下针砭的言外之意。

查注能够概括徐德占一生主要功业，结合宋夏之争的历史背景对其作出评价，以史实为根据总结全诗的用意，是使用历史解释方法解题的成功之注。

《朱寿昌郎中少年不知母所在刺血写经求之五十年去岁得之蜀中以诗贺之》：

> 查注：文与可《送朱郎中序》云：熙宁三年，同自蜀还台，宿临潼道馆。朱康叔引名见访，问其所以西行之故，欲然曰："不肖不幸，少与母氏相失，及今五十年矣。去岁在广德，一日若有所感，遂解官，决欲走天下，冀万一或遇之。当先出函谷，上雍。宜有得道其迹，仿佛可信。乃断荤血食，刺臂镂板，写摹佛书，散于所经由道，祈彻母氏之听闻。"又言："倘在金州者，明日且复如南矣。"言罢，涕泣呜呜，上马而别。至京未几，长安大尹钱明逸表于朝曰："朱某向弃官寻母，今既得之冯翊矣，宜还旧秩，以激劝天下。"其秋，康叔侍太夫人入都。上嘉赏，特召见，复其官，封其母长安县太君。康叔名寿昌，今为驾部郎中云云。又按《东都事略·独行传》：朱寿昌，扬州天长人。父巽，真宗朝为工部侍郎。寿昌七岁，父守长安，出其母刘氏嫁民间。又《宋史》本传：刘氏，巽之妾也。出嫁党氏，有数子，寿昌悉迎以归。既以养母故，求通判河中府。②

---

① ［清］查慎行：《苏诗补注》，第 437 页。
② ［清］查慎行：《苏诗补注》，第 179 页。

在这首的题注中,查慎行援引文与可《送朱郎中序》《东都事略·独行传》《宋史·朱寿昌传》中共长达三百余字的史料说明朱寿昌与母相失、苦苦寻访五十年,终于母子团聚的经过,为苏轼诗题中的"以诗贺之"提供了翔实的背景。

在施宿注未阙的篇目中,查慎行也能够指出施宿的错误,如《徐君猷挽词》,

> 施宿注:君猷卒于黄州事,见《戏君猷不饮酒诗》。①
>
> 查注:慎按,施氏原注谓君猷终于黄州,王明清《挥尘录》亦云然。予考《本集》代巢元修所作《遗爱亭记》云:东海徐君猷以朝散郎知黄州,每岁之春,与子瞻游安国寺,饮酒于竹间亭。公既去郡,寺僧请名,子瞻名之曰"遗爱"。据此则君猷之没,在去黄州以后,非终于黄也。但其去郡后,踪迹无可考耳。②

二、释句

查慎行在释句方面显然优于解题,能够有效地补充施宿注的阙漏。

1. 释"赋"体诗句

除了诗题的"本事"之外,解释一些使用"赋"体、直陈其事的诗句,考证其"本事"也很重要。这类诗句的含意可以直接根据史实来解释,只要按照诗歌的内容去寻找相应的史料,互相对照印证,就可明白意义。

查慎行在释句方面,亦能够有效地补充旧注的阙漏。例如《送吕希道知和州》"君家联翩三将相",此句施、顾未注。

> 类注本赵夔注:蒙正谥文穆,本朝名相。其侄曰夷简,夷简之

---

①　《苏轼诗集合注》,第 1129 页。

②　[清]查慎行:《苏诗补注》,第 447 页。

子曰公著,皆为将相。①

　　查注云:按《宋史·宰辅表》及《宰辅编年录》,吕蒙正于太宗端拱元年自昭文大学士、参知政事加中书侍郎、平章事,咸平六年封莱国公。吕夷简于仁宗天圣七年自龙图直学士除同平章事,景祐二年封申国公。吕公弼于英宗治平二年自权三司使、枢密直学士除枢密副使,四年进枢密使。诗中所称"三将相"谓蒙正、夷简、公弼也。王氏注于蒙正、夷简而外不引公弼而引公著。按公著于哲宗元祐初方入相,先生作诗在熙宁中,其谬戾昭然。②

　　赵夔是宋人,但对当朝历史却疏于考证,以致将吕公弼误为吕公著,从而错误地理解了本句"三将相"的含义。若无查慎行的纠正,必将误导读者。

　　又如《送文与可出守陵州》"夺官遣去不自觉",此句查慎行以前各家皆失注。

　　查注:范百禄《文与可墓志》:熙宁三年,知太常礼院。时执政欲兴事功,多所更釐,附丽者众,公独远之。及与陈荐等议宗室袭封事,执据典礼,坐夺一官。再请乡郡,以太常博士知陵州。③

　　苏轼诗句直接叙述当代的史实,查慎行援引材料,详细地解释了文与可失官事件的来龙去脉。

2. 释用典或比兴体的诗句

　　除直陈其事外,诗歌还有一些委婉含蓄的表现方法:一是用典;一是比兴。苏诗兼有"以才学为诗"与"以议论为诗"的特点,用典数量丰富,并且往往影射现实,因而必须找出诗中所用之典与时事之间的联系,才能推证苏轼

---

① 《集注分类东坡先生诗》,卷二十第十七页 A。
② [清]查慎行:《苏诗补注》,第128页。
③ [清]查慎行:《苏诗补注》,第128页。

的用意。"比兴"体的诗句,特别是隐喻象征类的手法,影射时事,有含蓄隐晦的效果,难窥其用意所在,因而更强调以"本事"为证,否则稍有不慎就会流于穿凿附会。苏诗用隐喻之处虽然少于用典,但亦时或有之。对这两类方法,不能像解释"赋"体诗句那样只使用印证的方法,直接引用史料予以对照,而是更突出"推证"的方法,要依靠史料,找出本事与物象或事象之间的确切联系,才能解释诗意。

如《复次韵谢赵景贶陈履常见和兼简欧阳叔弼兄弟》"或劝莫作诗,儿辈工织纹",这一联看似简单,实则将比兴与典故融合在一起使用以影射时事,对注释者的综合解释能力是一种考验。

> 类注本赵次公注:织纹以言谗言。《诗》云:萋兮斐兮,成是贝锦。先生旧以诗得罪,谓之诗案,故或人劝止。①

赵次公首先指出,"织纹"是比体,但这个比喻不是苏轼首创,而是来源于《诗经》,所以必须引出《诗经》的原句,并且指出事因在于苏轼当年"以诗得罪"。赵次公注已经比较全面,但仍然未切中要害。查慎行则在赵次公注的基础上进一步指出苏轼创作本句的事由,

> 查注:《本集·辩题诗札子》云:赵君锡、贾易言臣于元丰八年题诗于扬州僧寺,有欣幸先帝上仙之意。臣今省忆此诗,是岁三月六日在南京闻先帝遗诏,举哀挂服了,当往常州。至五月初,间因往扬州竹西寺,喜闻百姓讴歌吾君之子,出于至诚。又是时淮浙间所在丰熟,因作诗:"此生已觉郡无事,今岁仍逢大有年。山寺归来闻好语,野花啼鸟亦欣然。"其时去先帝上仙已及两月,决非山寺归来始闻之语,事理明白,无人不知,而君锡等辄敢挟情,公然诬罔。

---

① 《集注分类东坡先生诗》,卷十六第十九页 B。

伏乞付外施行,稍正国法。[①]

由查注可知,苏轼创作此句的动因,还不仅在于当年以诗得罪,更与近前赵君锡等人的诬陷有关。

解释用典的诗句,首先必须识别苏轼用了什么典,典故中包含了什么故事。这应要求注释者博览群书,有丰富的知识储备。然而仅仅做到这一点是不够的,苏轼并非一味"以才学为诗",其用典往往影射现实,因而必须找出苏诗所用之典与时事之间的联系,才能明白苏轼的用意。

在施注已阙的部分,查的补注也很出色,如《朱寿昌郎中少年不知母所在刺血写经求之五十年去岁得之蜀中以诗贺之》"西河郡守谁复讥,颍谷封人羞自荐":

> 查注:西河郡守,借吴起而指李定也。按江少虞《皇宋事实类苑》云:司农少卿朱寿昌,所生母被出。及长,弃官入关中,得母于陕州。士大夫嘉其孝节,多以歌诗美之。苏子瞻为作诗、序,且讥激世人之不养者。时李定不服母丧,言者攻之。见其序,大恚恨。后为中丞,遂起台狱云云。今考之《全集》,序已失传。而此诗结二句讽刺之意凛然可见。陈吁曰:"李定不服母丧,而寿昌弃官求母,二事相形,恰在同朝。王介甫左袒李定,反忌寿昌,但付审官院,折资通判河中府。"故云"西河郡守谁复讥",不独刺李定,亦以深罪介甫。"颍谷封人羞自荐",则言寿昌不欲与世争名,故乞河中以去。施氏补注不为分析,徒真故实,则"羞自荐"三字如何着落?即"谁复讥"三字,义亦俱脱空矣。

清初邵长蘅补注这两句诗,引出"西河郡守"指的是战国时吴起一意求取功名,连母亡都不奔丧的故事;"颍谷封人"指的是《左传·隐公元年》中记

---

① [清]查慎行《苏诗补注》,第664—665页。

载的郑庄公逐母于城颍,在颍考叔的劝解与设谋下同母亲言归于好的故事

查慎行补注进一步指出,苏轼用吴起事以抨击当时亦不服母丧的李定,用颍考叔事赞扬寻母五十年的朱寿昌,并嘲讽了王安石纵容李定的逆行、却反过来忌恨有孝行的朱寿昌的不公正行径。查慎行注能够分析苏诗这两个典故与当时史实的联系,理解苏诗的用意,显然比邵注高明。

第四节 《补注东坡先生编年诗》的地理注释

一、查慎行重视地理问题的原因

(一)清代学者重视地理学的风气

1. 清代地理研究的盛况

清代是中国古代地理学发展的高峰时期。清初顾炎武撰《天下郡国利病书》《肇域志》,开启了清代地理学的研究。查慎行生活的康熙年间,产生了一部地理巨著——顾祖禹的《读史方舆纪要》,极大地推动了清代地理学的研究。清代地理学,本来的出发点是经世致用,上述几部著作,皆好言军事地理、山川形势,为恢复汉族基业作准备。后来,清朝统治趋于稳固,于是地理学逐渐偏向于历史地理的研究。

顾祖禹本人并没有亲身游历华夏大地,《读史方舆纪要》主要依靠考核、对比各类古籍写成。这种研究方式促使清代地理学偏重于历史地理学的研究,特别是乾嘉时期的地理学。历史地理学研究的兴盛,促使学者们研究古代著作,都重视其中的地理问题,诗歌注释也不例外。

2. 清代地理学向注释的渗透

清代的历史地理学研究,有一个重要的研究领域,即向古书注释的渗透。清代学者治经、史之学,很注重其中的地理考证。

(1)对经、史中的地理专著的研究:名著有胡渭《禹贡锥指》,其余如针对《汉书·地理志》进行研究的著作达二十余种。

（2）针对经、史著作中的地理问题进行专门的注释：有焦循《毛诗地理释》、高士奇《春秋地名考略》、江永《春秋地名考实》、阎若璩《四书释地》、谭沄《国语释地》、张琦《战国策释地》等。

（3）在全面研究、注释经史著作的过程中，也比较重视其中的地理问题。如沈钦韩的《两汉书疏证》等。

3. 清代诗歌注释者也格外重视地理

在重视地理研究的学术背景下，较之宋、元、明三代，清代诗歌注释者也比较重视解释诗歌中的地名。宋、明的诗歌注释者，没有把地名作为注释中的一个重要问题来看待，往往将其视作可注可不注的项目，对诗歌中的地名，常常失注。即使有所注释，也相当简略。著名的任渊《山谷内集诗注》、李壁《王荆公诗注》及苏诗类注本、施顾注本都不例外。前文已述，清代诗歌注释者将地理作为"今典"的重要组成部分，非常重视。清人注释前代诗歌，由于年代的变迁，地名也发生了很大的变化，往往容易出现同地异名或同名异地的现象，因此，有必要详细注释前代地名，特别是对古今地名进行辨识。而且，清代注释者也受到时代学风的影响，重视考证之学，因此将地理问题作为注释中必备的项目，全面、详细地加以解释。除查慎行的《苏诗补注》外，钱谦益笺注《杜工部集》、赵殿成《王右丞集笺注》、冯集梧《樊川诗集注》注地理都很详细。至于查慎行的《苏诗补注》，地理甚至成为该书的最大亮点。清代学者钱大昕曾指出："窃谓王本长于征引故实，施本长于臧否人伦，查本详于考证地理。"①

4. 值得注意的是，诗歌注释中的地理研究与专门的地理之学有所区别

首先，作者的学力不同。诗歌注释者虽然也重视地理问题，但除了沈钦韩之外，一般不专门从事地理学的研究，在地理学上没有创见与专长。因而，他们注释地理名词，往往只能引用各代的地理著作进行解释。因此，他们注释地理问题水平的高低，主要体现在如何使用地理著作来解释诗歌中的地理名词。

---

① 《苏轼诗集合注》，第 2636 页。

其次,研究地理的目的及侧重点不同。清代地理学强调的是经世致用,特别是顾祖禹,在其《读史方舆纪要》中,非常强调军事地理与经济地理,而对名胜一类无关天下大势、国计民生者略而不论。诗歌注释则只要求弄清诗歌作者所处时代的地名状况,将诗中所涉及的地名解释清楚,是一种普通的历史地理学的研究。而且,名胜古迹是诗人常游之处,在诗中常常出现,要了解作者的行迹与作诗的背景,这类地名不可不注,与清代地理学的主流方向正好相反。

（二）苏诗中的地理问题本应得到重视

地理学在古代向来被视为史学的一部分,因此,从"知人论世"的角度出发,除了作者生平、行事的考证之外,其所涉的地理,也是揭示写作背景、达到"知人论世"目的的重要手段。

苏诗宜编年,已在前文论述过。苏轼一生足迹遍布大江南北,每每于行旅之中有所讽咏。每到一地,也喜欢登山临水,亦常有纪游之作。这类作品往往多于宋代大多数诗人。因此,地名是对苏诗进行编年的重要依据。注释地名,有助于弄清苏轼的准确行踪,对苏诗进行正确的编年。查慎行补注苏轼诗,其中一项重要的工作,就是纠正宋本苏轼诗集中的错误,对苏诗进行重新编年。因此,他格外重视地名的注释。

查慎行之前的苏诗注,对地理问题不够重视。类注本中,各家都不认真对待苏诗中出现的地名,所注者不过十之一二,而且没有什么选择的标准,显得相当随意。在八注以外的其余注释者中,惯用宋代图经解释地名,而又局限于使用《杭州图经》《苏州图经》《润州图经》等江浙一带的图经。八注之中,赵次公稍为重视注释地名,但分量仍显不足,引用《太平寰宇记》最多,也只有 30 处,其余如《九域志》等,不过是随手偶然引用。施元之、顾禧注情况也差不多,也较多使用图经,只不过在地理总志方面偏重于使用《九域志》而已。

（三）查慎行本人的经历及创作活动使他了解诗注中地理问题的重要性

如上文所述,查慎重行本人游踪甚广,且每到一地,所得皆托于篇什,并依地编集,整部《敬业堂诗集》也是依编年而排列的。因此,查慎行补注苏诗,也懂得按照地名的方位顺序考证编年的重要性。同时,他也更清楚山川风物对触发诗人的创作动机的重要性,因而,他对苏诗中的地名注释得尤为详细,对各地的名胜古迹也未忽视,广搜材料,予以详尽解释。

二、查慎行补注地理的特点

(一)查注与苏诗中的当代行政区划

查慎行注释地理,大部分精力放在解释苏轼当时的行政区域、山川、名胜古迹等地名之上。这是因为,对于清代读者来说,北宋地名已成历史,宋、清两代的地名沿革大不相同,因此有必要充分利用北宋的地理方志类书籍,详细地解释苏诗中的地名,其中最有代表性的是对行政区域的注释。

清代学者注释前代诗歌,遇到行政区域,往往倾向于使用正史的地理志,而以其他材料为辅。比如,赵殿成《王右丞集笺注》、冯浩《玉溪生诗集笺注》、冯集梧《樊川诗集注》都主要使用新旧《唐书·地理志》来注释行政区域,而以唐代李吉甫编撰的《元和郡县志》为辅。查慎行补注苏诗,在行政区域方面却基本不使用《宋史·地理志》,而是依靠北宋的三部大型地理总志——乐史所撰《太平寰宇记》、王存所撰《元丰九域志》、欧阳忞所撰《舆地广记》。查慎行对材料的选择,无疑是明智的,这是因为:一、《宋史·地理志》虽是正史,但其为元人所撰,已系后出。相比之下,北宋时代即已成书的地理著作更接近苏轼生活的时代,能够更准确地反映当时的行政区域。二、《宋史·地理志》主要记载宋代的行政区划及其变化,而《太平寰宇记》《舆地广记》的记载更加详尽,喜欢追源溯本,对某一行政区划,必定介绍从《禹贡》到宋代这一区域的行政区划沿革。

查慎行注释行政区域的特点包括:

1. 重视历史沿革

如上文所述,查慎行不用《宋史·地理志》,其中一个原因是《宋史·地理志》不能反映从上古到宋代的行政区域沿革。查氏对历史沿革的重视也表现在他对宋代地志的具体选择使用上。上述北宋三部地理总志都是按当代行政区划编排的,《太平寰宇记》反映了宋太宗太平兴国(976—983)年间的行政区划,《元丰九域志》记载的是宋神宗元丰(1078—1085)年间之区划,《舆地广记》则取宋徽宗政和(1111—1117)年间之区划。三者比较,《元丰九域志》的记载最接近于苏轼生活的年代。从年代来说,采用《元丰九域志》来注释苏诗中的行政区域是最具有说服力的,这本来也是注释者应遵循的首要准则。但实际上查慎行使用最多的不是《元丰九域志》,而是《太平寰宇记》,其次是《舆地广记》。对于《元丰九域志》而言,只是作为一种辅助材料,在《太平寰宇记》与《舆地广记》对某地名缺乏记载的情况下才使用。这是因为《元丰九域志》的记载比较简略,只记录了元丰年间的行政区划,而没有追溯历代行政区划的变迁。具体而言,查慎行对地名历史沿革的重视表现在:

(1)《太平寰宇记》是一部综合性的地理著作,在州、府一级的行政区域中,其记述的内容包括行政区域的历史沿革、辖境、四至八到、户籍、风俗、姓氏、人物、土产等内容;对县一级行政区域的记述,则包括历史沿革、山川、形胜、古迹等。查氏在注释州府时,只引用其中的历史沿革一项,其余内容一概弃之不取。例如《送陈睦知潭州》:

> 查注:《舆地广记》:荆湖南路潭州,古三苗地,秦置长沙郡,汉为晋国。晋永嘉元年置湘州,隋改潭州,以昭潭为名。[1]

又如《汉水》"襄阳逢汉水":

> 查注:《大平寰宇记》:山南东道襄州,本楚邑。檀溪带其西,岘山亘其南,为楚之北津。建安十三年,始置襄阳郡,以地在襄山之南为名。南至荆门军三百二十五里,东北至唐州二百五十里。[2]

---

① ［清］查慎行:《苏诗补注》,第1346页。

② ［清］查慎行:《苏诗补注》,第57页。

再如《用旧韵送鲁元翰知洺州》：

> 查注：《太平寰宇记》：河北道洺州广平郡，治永年县。唐天宝
> 元年为广平郡，乾元中复为洺州。西南至东京五百五十里。①

查慎行在注释县一级地名时，除非诗句中正好包括该处的山川、形胜、古迹等内容，否则亦一概不取，只录其历史沿革。例如《傅尧俞济源草堂》：

> 查注：《太平寰宇记》：孟州济源县，在州西北四十里。济水在
> 县西北三里出平地，有二源。②

又如《万松亭》：

> 查注：《太平寰宇记》：麻城在黄州东北一百七十里，本汉西陵
> 县地。周大象元年，置麻城县。③

（2）在注释行政区域时，查慎行还常常使用《元和郡县志》。《元和郡县志》是唐代的著作，用唐代著作来解释宋代的地理情况，显然是不合适的，这本来是注释中的大忌。查慎行甘于触犯这种忌条，正是由于他对行政区划的历史沿革格外重视，因为《元和郡县志》与《太平寰宇记》一样，非常重视历史沿革的记载。查慎行使用《元和郡县志》，往往与《太平寰宇记》《元丰九域志》《舆地广记》等宋代地理著作搭配在一起，如《凤翔八观》：

> 查注：《元和郡县志》：项羽封章邯为雍王，即此地。汉为右扶
> 风。唐武德中为岐州，至德元载改凤翔郡，乾元中改府。东至东京

---

① ［清］查慎行：《苏诗补注》，第530页。
② ［清］查慎行：《苏诗补注》，第132页。
③ ［清］查慎行：《苏诗补注》，第401页。

一千一百七十里。《九域志》：属秦凤路。①

先引用《元和郡县志》介绍了凤翔的历史沿革，然后引用《九域志》说明凤翔在北宋属秦凤路。这样，将凤翔的历史沿革与当代区划结合在一起，该地的来龙去脉就交代清楚了。

又如《送江公著知吉州》：

> 查注：《元和郡县志》：汉庐陵县，属豫章郡，汉末置庐陵郡。隋改吉州。《太平寰宇记》：吉州因吉阳水得名，南至虔州五百三十里。②

同样，查慎行利用《元和郡县志》介绍了吉州的历史沿革，再辅以《太平寰宇记》指出吉州与虔州（今赣州）的距离，对宋代的吉州作了较系统的说明。

（3）除《元和郡县志》《太平寰宇记》《舆地广记》等著作外，查慎行还能利用其他等材料来说明行政区域的历史沿革。如《自兴国往筠宿石田驿南廿五里野人舍》：

> 查注：《五代史·职方考》：筠州，南唐置，割洪州之高安、上高、万载、清江四县置筠州。陆游《南唐书》：元宗保大十年，升洪州高安县为筠州。③

2. 能够注意到各类著作的特点，尽量发挥每一部著作的作用

如上文所述，《元和郡县志》《太平寰宇记》长处在于叙述地名的历史沿

---

① ［清］查慎行：《苏诗补注》，第90页。
② ［清］查慎行：《苏诗补注》，第650页。
③ ［清］查慎行：《苏诗补注》，第461页。

革,查慎行就充分发挥了这方面的功用。此外又如《元丰九域志》,这部书记载的情况相对比较简略。但在宋代地志中,只有这部书全面记载了各州府所设之监与各县所辖之镇的情况,查氏就广泛利用《元丰九域志》来注释苏诗中的监、镇。例如《汤村开运盐河雨中督役》:

> 查注:《九域志》:仁和县有四镇,汤村其一也。①

又如《雪后至临平与柳子玉同至僧舍见陈尉烈》:

> 查注:《九域志》:仁和县有临平镇。②

《王颐赴建州钱监求诗及草书》:

> 查注:《九域志》:福建路建州建宁郡节度,领县七,监一,咸平三年置,铸铜钱。③

3. 重视地名的来源

如《送宋构朝散知彭州迎侍二亲》:

> 查注:《华阳国志》:两山对如阙,有天彭之称。今成都府彭县也。④

4. 注重行政区域之间的距离与方向

如《行宿泗间见徐州张天骥次旧韵》:

---

① [清]查慎行:《苏诗补注》,第 180 页。
② [清]查慎行:《苏诗补注》,第 231 页。
③ [清]查慎行:《苏诗补注》,第 123 页。
④ [清]查慎行:《苏诗补注》,第 560 页。

查注:《九域志》:淮南东路宿州保静军节度,治符离县,东界至泗州一百九十里。泗州临淮郡,军事,治盱眙县。①

又如《子由自南都来陈三日而别》:

查注:《太平寰宇记》:自归德军西南至陈州二百八十里。②

再如《陈州与文郎逸民饮别携手河堤上作此诗》:

查注:《太平寰宇记》:自开封府东南至陈州三百十里。③

查慎行在注释行政区域时也有一个重大的弱点,那就是常常单独使用《元和郡县志》来注释苏诗中的行政区域。上文说过,查氏使用《元和郡县志》时,有时能注意用《太平寰宇记》等宋代地志的搭配。但查氏并不是时时地注意到这一点,经常会出现疏漏,以至于单独使用《元和郡县志》。这种情况在查注中出现的频率并不低,例如《罢徐州往南京马上走笔寄子由五首》:

查注:《元和郡县志》:秦泗水郡。项羽都此,号彭城。汉改沛郡,立楚国,今州理是也。宣帝改彭城郡。宋永初二年,改徐州。自隋氏凿汴以来,南控埇桥,以扼汴路,其镇尤重。西南至宋州三百一十里。④

又如《送鲁元翰少卿知卫州》:

---

① ［清］查慎行:《苏诗补注》,第 707 页。
② ［清］查慎行:《苏诗补注》,第 397 页。
③ ［清］查慎行:《苏诗补注》,第 397 页。
④ ［清］查慎行:《苏诗补注》,第 366 页。

查注:《元和郡县志》:河北道卫州汲郡,即殷牧野之地。汉为汲县。魏孝静帝于汲县置义州,周武帝改为卫州。①

尽管宋代的许多制度都沿袭唐代,行政区划也多有因循,但两代之区划毕竟不能完全等同。宋代的行政区划较之唐代,名称可能有所更改。即使是名称相同的区划,也可能出现建置、辖区等方面的变化。单使用唐代地志来说明宋代的行政区域,是不科学、不合理的,必须在《元和郡县志》之外,再援引宋代的地志,才是成功的注释。

(二)查注与苏诗中的山川名胜

苏轼每到一地,喜欢探奇访胜,因此名胜古迹也常常出现在他的笔下。查慎行本人也是著名诗人,对诗家好登临游览的风气自然不会忽视,因此对这一类地理名词也很重视。

查慎行注释名胜古迹主要依靠下列书籍:

1. 记录名胜古迹为主的地理总志

主要是宋代祝穆《方舆胜览》、明代曹学佺《名胜志》。

2. 各地方志

包括宋代潜说友《咸淳临安志》,明代田汝成《西湖游览志》、李濂《汴京遗迹志》等数十种。

3. 普通的地理总志

包括《太平寰宇记》《明一统志》《大清一统志》《江南通志》等。这类书籍对各地的名胜古迹也有简单的介绍。

总的说来,苏轼注释名胜古迹,所引用的文献大多在南宋或南宋以后,距离苏轼生活的时代比较久远。由于亭台楼阁、寺庙道观等古迹名称的变化没有行政区域那么大,因此,利用南宋或南宋以后的文献也未尝不可。

(三)查注与苏诗中的历史地名

1. 除苏诗中的当代行政区域外,查慎行还注意详考所用典故中的古代

---

① [清]查慎行:《苏诗补注》,第302页。

行政区域。

对于这种情况,查氏发挥《水经注》《元和郡县志》《太平寰宇记》等书籍记载历史沿革详尽丰富的特点,从中选取相关时代的记载,从而解释典故中的古代地名。例如《送吕希道知和州》"去年送君守解梁":

> 查注:《水经注》:涑水迳解县故城南。春秋晋惠公因秦返国,许秦以河外五城,内及解梁,即此城也。①

在这句诗中,"解梁"是一个古代地名,北宋时该地置解州,已不用"解梁"这个称呼,只不过苏轼好用旧称以显示学问而已。因此,查慎行运用《水经注》的记载而注释"解梁"这一地名,非常必要。

再如《广陵会三同舍各以其字为韵仍邀同赋·刘贡父》:

> 查注:《元和郡县志》:广陵,吴王濞所都,周四十里。《太平寰宇记》:淮南道扬州广陵郡,州城置在陵上,一名昆仑冈。汉为江都国。隋开皇九年,改扬州。唐天宝元年,改为广陵郡。宋为大都督府,治江都县。西北至东京一千九百四十里。②

广陵也是扬州的古称,查慎行运用《元和郡县志》和《太平寰宇记》解释了"广陵"这个古地名的来龙去脉,指出了它与扬州的联系。

2. 查慎行除了注释地名之外,还有一定的考证能力,能辨别同名异地的情况,特别是前代与宋代同名异地的现象。

如《送刘道原归觐南康》中的"南康":

> 查注:《太平寰宇记》:江南西路南康军,本江州星子镇。太平

---

① ［清］查慎行:《苏诗补注》,第127页。
② ［清］查慎行:《苏诗补注》,第141页。

兴国三年，以地当要津，改镇为星子县，仍割江州之都昌、洪州之建
昌以属焉。按：赣州旧名南康府，与此有别。①

宋以前的南康相当于宋代的赣州，北宋时的南康包括南昌一带，查慎行
对此作出了正确的辨析。

又如《自兴国往筠宿石田驿南廿五里野人舍》：

查注：《九域志》：江南西路有兴国军。按：虔州别有兴国县，非
兴国军也。②

北宋的兴国军属江南西路，在江州、鄂州、蕲州、洪州之间，治所在永兴
县。而兴国县属虔州（清代的赣州），两者相距数百公里，读者容易张冠李
戴。若非查慎行专门指出，读者有可能不清楚此诗苏轼指的是兴国军。

余论

查慎行在引用文献进行补注时，对重要文献没有确定主次，有区别地进
行引用。查慎行注释职官，用得较多的是《宋史·职官志》与南宋孙彦同的
《职官分纪》。本来，《宋史》作为正史，应当确定为主要材料，只有当《宋史·
职官志》阙载时，方可引用《职官分纪》。然而，查氏引用《职官分纪》所释的
职官名，也常常见于《宋史·职官志》，在查注中，这两种书应用的比例大致
相当。而且，查氏对这两种书没有明确的取舍标准，对于什么情况下用《宋
史·职官志》、什么情况下用《职官分纪》，并没有一个明确的标准，而是随意
运用这两种书中的任何一种进行注释。类似的情况也出现在注释地理与人
物方面，查慎重行在运用《元和郡县志》《太平寰宇记》与《宋史》《东都事略》

---

① ［清］查慎行：《苏诗补注》，第 234 页。
② ［清］查慎行：《苏诗补注》，第 461 页。

这两组文献时，依然没有明确的选用标准，而是随意用之。按理来说，应以《太平寰宇记》为主，《元和郡县志》为辅；以《宋史》为主，《东都事略》为辅。之所以出现这种情况，很可能同查氏的撰书过程有关。本书的撰写，其跨度达三十年，书稿跟随查慎行西入黔楚、北上京师、南归吴越，查慎行每到一地，但有闲暇，随手作注，而且中途曾遇水、遇盗。在如此复杂而琐碎的撰写过程中，查氏可能是随时从身边取书而注，各个时期手边的书籍并不一致，因此导致引用的书籍纷繁复杂。而且在书成之后，也没有进行统一的调整，才导致引用文献主从不分的局面。

查慎行虽然在补注地理、职官、人物与史实和重新编年方面作出重大的贡献，但由于查氏毕竟是文人，治学的态度依然有欠严谨，学力也有所未逮。因此，在这些方面仍然存在许多错误。对于这些错误，乾嘉时期的沈钦韩与冯应榴都作了有力的更正，详见下文的论述。

本章小结

查慎行的苏诗补注是清康熙年间诗注的典型代表之一。

清初注苏诗者，在查慎行之前还有邵长蘅、李必恒、冯景这三位补施注的作者。这三位注家都以补注典故为重点，在时间上他们属于清代，但其注释思想却是宋代诗注的延伸。只有当查慎行的《补注东坡先生编年诗》问世之后，苏诗注才真正融入清代诗注中。

查慎行与钱谦益都是清初著名诗人，但他们在注释诗歌时都不重"解"，不重视用诗学分析的方法进行内证解意，而更偏重于"笺"，即倚重外部的历史文献进行解释。查慎行本人也对苏诗进行了评点，但这些评点没有融入注释中，而是另收在《初白庵诗评》中。

"笺"的内容一般包含三个方面：（1）解释地理、职官、风俗等属于"今典"范畴的名词；（2）解释写实性的诗句；（3）揭示写作背景，挖掘触发作者进行创作的事件，从而指出作者的创作目的，概括全诗的意蕴。钱谦益注杜诗，这三个方面并重，而查慎行补注苏诗，只注重前两个方面，而较少从事第三方面的解释。这种思路与赵殿成注王维诗相近。

查慎行最注重的是"今典"中的地理问题,在地理问题中又最重视行政区域。查注释行政区域有以下特点:

1. 重视历史沿革。

2. 重视地名的来源。

3. 注重行政区域之间的距离与方向。

4. 解释苏诗中的历史地名。

但查慎行在注释行政区域时也有一个重大的弱点,那就是常常单独使用唐代《元和郡县志》来注释苏轼诗中的宋代行政区域,而没有用宋代的地理总志。这是注释中的大忌。

另一个受到查慎行重视的问题是人物。对人物的注释可详可略。注家若要从简,则只需要对人物的字号、籍贯、官职等作简要的介绍,如宋代赵夔、任渊等注家就是如此。这样的话,注家所释者其实是人名,这样的解释等同于对地名、职官名的解释,人名成为"今典"的一部分。注家若要从详,由于人物往往与事件联系在一起,各个人物的生平活动就汇集成了历史事件。那么,注家可以从人物传记出发,考证历史事件,实现第三方面的解释目的。施宿、李壁的解释思路正缘于此。

查慎行注释人物在思路上倾向于前一种。他注人物,往往能从人物传记中摘取较多的事件,详于任渊、赵夔等注家。但这些事件只对了解人物的生平起作用,却不能扣合诗题,起到揭示写作背景、发掘创作事因、概括全诗意蕴的作用,与施宿的人物注相比有一定的差别。但查慎行也不是完全放弃对诗意的探索,当他不同意施宿所总结的诗意时,往往也能够提出有理有据的反对意见。

查慎行的《补注东坡先生编年诗》,秉承了清初重视考证的学风,注重对苏轼诗中"今典"的考证,详细地解释了地理、职官、名物等历史名词,尤其是历史地理的考证。在此基础上,查慎行还运用"以史证诗"的方法,对苏轼诗中的句意、篇意进行了可靠的解释。

查慎行所撰《苏诗年表》,将苏轼的各年事迹与当年重大时事加以对照,在广阔的社会政治背景之下凸显苏轼的立身行事,并补正了旧有苏轼年谱的失误。查慎行还为苏诗进行重新编年,针对施顾注本的编年作了严谨的考证,对其中的编年错误作了调整,并为《施注苏诗》所辑的《续补遗》卷中的诗歌作了编年,从中总结了不少确定诗歌编年的方法。

总的说来,《补注东坡先生编年诗》是对宋代苏轼诗注本的有力补充,是清代诗歌注释的典型著作,在苏轼诗歌注释史上作出了应有的贡献。

然而,查注在地理、职官、人物、史实、编年等方面虽然作出了重要贡献,但也存在很多失误,有待乾嘉时期的沈钦韩、冯应榴进行纠正、补充。

第七章　翁方纲《苏诗补注》研究

引言　翁方纲及《苏诗补注》的概况

一、翁方纲的生平

翁方纲(1733—1818),字正三,又字忠叙,号覃溪,晚号苏斋。顺天大兴人。乾隆十七年(1752)进士,选翰林院庶吉士。十九年(1754)以一等一名授编修。二十四年(1759)典试江西,二十七年(1762)典试湖北。二十九年(1764),充广东学政,历三任,共八年,三十七年(1772)还都。四十年(1775),任文渊阁校理官。四十四年(1779),典试江南。四十六年(1781),擢国子监司业,旋迁司经局洗马。四十八年(1783),充顺天府乡试副考官。四十九年(1784),迁少詹事。五十一年(1786),任江西学政,五十四年(1789)还都。五十五年(1790),擢内阁学士。五十六年(1791),改山东学政。嘉庆四年(1799),授鸿胪寺卿。二十三年(1818)卒,享年86岁。

二、翁方纲的学术特长及著作

1. 经学

翁方纲生活在乾嘉时期,平生精研经术。他认为:"考订之学,以衷于义理为主,其嗜博、嗜琐、嗜异、矜己者,非也。"①翁方纲论经学,无汉宋门户之见,而调停其中。同时代学者中,钱载与戴震有过激烈的争论。戴震之学,宗于汉儒,强调训诂、名物考证。钱载宗宋学,诋之为"破碎大道"。《清史列传·翁方纲传》记录翁方纲对此的评论:"诂训、名物,岂可目为破碎? 考订、诂训,然后能讲义理也。钱戴之争,究以戴说为正。然戴谓圣人之道,必由典故、名物得之,此却不尽然。"②可见,翁方纲的态度最为持平公正。

翁方纲的经学著作有《论语附记》《孟子附记》《诗附记》《书附记》《礼附记》。他又校正朱彝尊的《经义考》,合为《经义考补正》十二卷,此外还著有《礼经目次》《春秋分年系传表》《十三经注疏姓氏》《通志堂经解》目录各一卷。

2. 书法与金石学

翁方纲与同时的刘墉、梁同书、王文治并称为四大书家。其书初学颜真卿,后学欧阳询,隶书仿史晨、韩敕诸碑。生平双钩摹勒旧贴数十本,海内书碑版者毕归之。翁方纲嗜古成僻,每放外任,必多方物色残幢断碣,摹搨以归,鉴藏之盛,甲于北方。

翁方纲又是著名的金石学家,尝取东汉熹平石经残字 12 段,勒于南昌学宫。李桓《国朝耆献类征初编》引张维屏《听松庐文钞》,称其"于金石谱录书画碑版之学,尤能剖析毫芒,如肉贯串"③。著有《两汉金石记》二十二卷、《粤东金石录》十二卷、《苏米斋兰亭考》八卷,另有《汉石经残字考》《焦山鼎铭考》。

3. 诗歌创作与诗学主张

翁方纲一生存诗六千余篇,辑为《复初堂诗集》七十卷,又著有《复初斋文集》三十五卷。于诗文创作之外,又撰有《石洲诗话》八卷,《苏诗补注》

---

① ［清］国史馆:《清史列传》,见周骏富辑:《清代传记丛刊》第 104 册,台北:明文书局,1985年,第436 页。

② 《清史列传》,第 436 页。

③ ［清］李桓:《国朝耆献类征初编》,见《清代传记丛刊》第 145 册,台北:明文书局,1985 年,第783 页。

八卷。

翁方纲论诗,认为王士禛主张"神韵"之说,虽然超妙,但其弊处往往流于空调,因此拈出"肌理"二字,欲以实救虚。后人对翁诗的评价不一,或以为,其诗言言征实,非诗家正轨。张维屏则认为:"《复初斋集》中诗,几于言言征实,使阅者如入宝山,心摇目眩。盖必有先生之学,然后有先生之诗。世有空疏白腹之人,于先生之学曾未窥及涯涘,而轻诋先生之诗,是则妄矣。"①翁方纲持"肌理"说,以至于其诗内容包括诸经注疏以及史传之考订、金石之爬梳,与其《苏诗补注》的思路相近。

翁方纲虽然偏爱杜甫、苏轼,论诗却不执于一家。他也推崇江西诗派,其诗出入黄庭坚、杨万里之间。

此外,翁方纲还曾经仿赵秋古《声调谱》,取唐宋大家古诗,审其音节,刊示学者,然其自作仍不能尽合。

除以上著作之外,翁方纲还著有《小石帆亭著录》《米海岳年谱》《元遗山年谱》等。

三、《苏诗补注》的成书过程

翁方纲崇敬苏轼,每年十二月十九日,必为苏轼做生日会,请与会之人各赋诗词歌咏,三十年如一日。在翁方纲之前,康熙年间的诗人查慎行已撰有《补注东坡先生编年诗》(亦通称《苏诗补注》)。乾隆三十八年(1773),翁方纲得到宋刊施、顾《注东坡先生诗》,并以"宝苏"名其书室。翁方纲在《苏诗补注序》中提到:"方纲幸得详考施、顾二家苏诗注本,始知海宁查氏所补者犹或有所未尽。"②他又认为:"昔赵东山有《左传补注》,近时惠松厓又有《左传补注》,盖补之为辞,不嫌于复也。"③因此,他带领门徒曹振镛订析苏诗之疑义,日钞一二条,可谓用功精深。日积月累,补注之役终于乾隆四十六年(1781)完成,共得八卷,并于乾隆四十七年(1782)正月刊行,定名为《苏诗

---

① [清]张维屏撰,陈永正点校:《国朝诗人征略》,广州:中山大学出版社,2004年,第502页。
② [清]翁方纲:《苏诗补注》卷首,见《粤雅堂丛书》第66—67册,(清)光绪刻本。
③ [清]翁方纲:《苏诗补注》,卷首。

补注》，收入《苏斋丛书》中。

《苏诗补注》八卷，包括补原注 275 条，新补 94 条，共 369 条，可谓短小精炼。该书所补所订，皆作者深思熟虑之所得，所贵之处，不在于多而在于精。在这短短的三百余条补注中，尽见乾嘉学者的功力。

康熙年间，宋荦得到宋刊施、顾《注东坡先生诗》后，命邵长蘅主持重刻，是为清施本。清施本的短处在于对宋刊本妄加删改，已失原本之真。邵长蘅、李必恒、冯景又补注施、顾注已阙之十二卷，其注未脱文人之气，态度不够严谨，文献与史实方面的错误较多。稍后，查慎行撰《苏诗补注》，全面补注苏诗。查慎行是著名诗人，其书虽然在补注地理、职官、史实、人物以及编年、辑佚、辨伪方面取得了重要成就，但在不少细节方面存在较多错误，治学态度稍欠谨慎，学力也有所未逮。翁方纲以严谨的学风、精深的学力，对上述诸家旧注进行了补正，在苏诗注中引入了严密考证的方法，形成了以考证注诗的特点，引领苏诗注转入精密求实的学术方向。

第一节　《苏诗补注》的文献价值

一、用宋刊施、顾注本校补查慎行所录施、顾原注的阙误

1. 用宋刊施顾注本补全查慎行《苏诗补注》所录的施顾原注，共计 275 条。

查慎行在《补注例略》中提到："施氏本又多残脱，近从吴中借抄一本，每首视新刻或多一二行，乃知新刻复经增删，大都掇拾王氏旧说，失施氏面目矣。今于施注原本所有而新刻所删者，辄补录以存其旧，漫不可辨者则缺之。"①查慎行本人藏书不多，欲补宋荦、邵长蘅翻刻时对宋刊本妄删之文，从友人处借抄宋刊施、顾注本，仍然无法补全。相比之下，翁氏所补，功不可

---

① ［宋］苏轼撰，［清］查慎行补注：《苏诗补注》，见《文渊阁四库全书》第 1111 册，上海：上海古籍出版社，2003 年，第 8 页。

没。例如：

《广陵会三同舍各以其字为韵仍邀同赋·刘莘老》题下注，邵长蘅翻刻本所录：

> 刘莘老名挚，极论新法，章数上。中丞杨绘亦言其非。安石使曾布作十难折之，仍诘两人向背好恶之情，绘惧，谢罪。莘老独奋曰："为人臣岂可压于权势，使天子不知利害之实。"即条对所难，以伸其说。又云："若谓向背，则臣所向者义，所背者利；所向者君父，所背者权臣。"安石大怒，将窜岭外。上不听，谪监衡州盐仓。初，安石党友倾一时，造作言语，以为几于圣人。至是，遂以其学乱天下。先生诗"士方在田里"云云，谓此也。①

此条查慎行未能补全。再看翁方纲补全的原注：

> 刘莘老名挚，永静东光人。中甲科。韩忠献荐，除馆阁校勘。王介甫一见，器异之，擢栓正中书礼房，非其好也。才月余，为监察御史。即奏请亳州青苗狱，谓"小人意在倾摇富弼，今弼已得罪，愿少宽之。"入见，神宗问："卿从学王安石耶？安石极称卿器识。"对曰："臣东北人，少孤，独学，不识安石也。"自此极论新法，章数上，中其要害。中丞杨绘亦言其非。安石使曾布作《十难》折之，仍诘两人向背好恶之情。绘惧，谢罪。莘老独奋曰："为人臣岂可压于权势，使天子不知利害之实。"即条对所难，以伸其说。又云："若谓向背，则臣所向者义，所背者利；所向者君父，所背者权臣。"安石大怒，将窜岭外，上不听。谪监衡州盐仓。安石为小官，不汲汲于仕进，屡辞官不就，由是名重天下，士大夫恨不识其面。后除知制诰，

---

① ［宋］苏轼撰，［宋］施元之、顾禧、施宿注，［清］邵长蘅删补《施注苏诗》，见《文渊阁四库全书》第1110册，上海：上海古籍出版社，2003年，第154页。

自是乃不复辞。初，安石党友倾一时，造作言语，以为几于圣人。至是，遂以其学乱天下。先生诗云："士方在田里，自比渭与莘。出试乃大谬，刍狗难重陈。"谓此也。元丰官制行，首用为礼部郎中。哲宗即位，擢侍御史、中丞，连拜尚书左、右丞，中书、门下侍郎，右仆射。性峭直，慷慨有气节。自初辅政至为相，修严宪法，辨白正邪。□□□□以观文殿学士知郓州、青州。绍圣□□作，贬新州，薨。绍圣初，赠少师，谥忠肃。①

施顾注中的题下注为施宿所作，运用大批史料以说明苏诗的本事，具有极高的诠释价值。两相比较，邵长蘅所刻的施注被删去了一些重要片段，如刘莘老因反对新法，在皇帝面前毅然否认自己与王安石的交情。在当时，一般朝臣唯恐不能与王安石拉上关系。刘莘老此举，尽显其高风亮节。没有这个片段，后文所引"安石使曾布作十难折之，仍诘两人向背好恶之情"也失去了背景，仅凭邵氏保留的片段，无法让读者明白事件的背景与完整经过，更不能全面了解刘莘老的性格。翁方纲所补，功不可没。

2. 以宋刊施顾注本校正查本所录施注

例如《送刘攽倅海陵》：

> 翁注：查氏补录施氏原注，"倅古循吏"句下脱"身兼数器，守道不回"八字。②

"身兼数器，守道不回"是对刘攽性格的概括，施宿注在此句之下，还叙述了刘攽刚直不阿，挺身力斥王安石变法之非，因而被逐为外任的种种事迹。缺少这一画龙点睛之句，效果大打折扣。

又如《陪欧阳公燕西湖》：

---

① ［清］翁方纲：《苏诗补注》，卷一第十三页 A 至十四页 B。
② ［清］翁方纲：《苏诗补注》，卷一第五页 A。

翁注：查氏补录原注……居颍才一年而薨，句上脱"然"字。方纲按：此一"然"字，施氏有深意，不可删也。①

此诗施宿题注用大量文字说明了欧阳修因无法阻止门生王安石推行新法而告老居于颍州，"然居颍才一年而薨"中的"然"字意在暗示欧阳修生命最后一年心中郁郁，却被邵长蘅等删去，然而查慎行不辨，居然照录，后果严重。

在以上例子中，翁方纲利用所得稀世宋嘉定刊本，纠正了查慎行所录的种种错误，其文献价值弥足珍贵。

二、利用墨迹校勘

翁氏是著名的书法家，又是碑帖收藏家。支伟成《清代朴学家列传》称其"生平双钩摹勒旧帖数十本，海内书碑版者毕归之"②。因此，他很重视以墨迹来校勘。如《定惠院寓居月夜偶出》：

翁注：方纲尝见此诗初脱稿纸本，真迹在富春董诰侍郎家。前篇"不辞青春"二句原在"一枝亚"之下，"清诗独吟"二句原在"年年谢"之下，以墨笔勾转，从今本也。"江云"句涂"抱岭"二字，改"有态"。"不惜"句"惜"字涂，改"辞"。后篇"十五年前真一梦"句全涂去，改云"忆昔还乡溯巴峡"。"长桅亚"，"长"字未涂，旁写高字。"白发"句涂"莫吾"二字，改"宁少"。"自怜老境更贪生"句全涂去，改云"至今归计负云山"。"老境向闲如食蔗"句，涂"向"字，改"安"字，又涂去，改"清"字；"食"字不涂，旁改"啖"字。"幽居□□已心甘"句全涂去，改云"饥寒未至且安居"。"往事已空"句，涂"往事"二字，改"忧患"。又其与今本异者，次篇"落帆樊口"改"武口"；"长

---

① ［清］翁方纲：《苏诗补注》，卷一第十一页 A。
② 支伟成：《清代朴学大师列传》，见《清代传记丛刊》第 12 册.台北：明文书局，1985 年，第 559 页。

江衮衮空自流"作"长江衮衮流不尽"。按此时作于元丰三年庚申春,先生年四十五。老苏公之归葬在治平三年丙午,先生以护丧归蜀,过黄州南岸,时先生三十一,距此时正十五年,故曰"忆昔还乡溯巴峡"也。其改定精密如此。①

翁方纲利用自己所见苏轼稿本真迹,与通行本一一对照,从而再现了苏轼写作时不断改动文句的过程,揭示了苏轼的创作思维的变化。

三、利用石刻校勘

翁方纲是著名金石学家,徐世昌《清儒学案·苏斋学案》称其"性嗜金石,考订精审。使节所莅,残幢断碣,必多方物色,摹拓以归"②因此,他也重视用石刻来校勘。如《题灵峰寺壁》"灵峰山上宝陀寺":

> 翁注:"寺"石刻作"院",石刻在本寺中,今存者元泰定二年重刻也,后题作"元符三年十月"。③

又如《次韵苏伯固游蜀冈送李孝博奉使岭表》:

> 翁注:"老叶方鹥蝉","方",石刻作"初"。李孝博,查刻云"字叔升",石刻作"叔师"。④

这些都是难得的材料。

---

① [清]翁方纲:《苏诗补注》,卷四第八页 A 至第九页 A。
② 徐世昌:《清儒学案小传》,见《清代传记丛刊》第 6 册,台北:明文书局,1985 年,第 314 页。
③ [清]翁方纲:《苏诗补注》,卷六第十九页 B。
④ [清]翁方纲:《苏诗补注》,卷六第五页 B。

第二节 《苏诗补注》的注释成就

周光庆先生在《中国古典解释学导论》一书中将中国古典解释学分为语言解释、历史解释、心理解释三个层面，①这种划分法特别适用于中国古典诗歌的解释。翁方纲的《苏诗补注》恰恰在这三个方面都展示了较高的学术水平。翁方纲对苏诗的补注，不同于普通的诗歌解释，是建立在严格考证基础上的诗歌解释。这是因为：一、翁方纲所作乃补注，前代已有众多的苏诗注解，要在前人的基础上更进一步纠谬补缺，必须以深厚的考证功力作保证。二、翁方纲生活在乾嘉时期，受该时代重考证学风的影响，且本人又是著名的经学家、金石学家，自然偏于以考证的方法解释苏诗。

一、语言解释

上文已述及，翁方纲论学，强调训诂、考证。他认为考证之学，以衷于义理为主。反过来说，只有详加考证，才能得出正确的义理。苏诗的一大特点是"以学问为诗，以文字为诗"，苏轼常常用僻字、使僻义、押僻韵，这对注释者是一个难题。在《苏诗补注》中，翁方纲多次指正前代注家在训诂、音韵、文字方面的错漏。

1. 训诂
例如《游金山寺》"是时江月初生魄"：

> 翁注：施氏原注云："《尚书》：月三日庚戌，柴望，大告武成。既生魄。《礼记》：月三日而成魄。"方纲按：《武成》"既生魄"，谓十五日之后也。《礼记》"月三日而成魄"，则谓月之初三日也。东坡此诗自指初三而非十五之后，明矣。似不当以《尚书》与《礼记》并引。然《礼记》但云"成魄"而无"生魄"之文，则初三之月言"生魄"者，有类于杜撰矣。窃尝考之，《礼记·乡饮酒义》"象月之三日而成魄也"，陆德明《释文》曰：魄，普百反。《说文》作"霸"，云"月始生霸然

也"。徐楚金《说文系传》曰：承大月，二日；承小月，三日。从月，（上雨下革）声。《周书》曰：哉生霸。据此，则徐氏释《说文》，以"生魄"之文牵合为一尔。①

　　翁方纲指出，初三之月称为"成魄"，十五后之月方称为"生魄"。苏轼此诗写的是初三之月，却用了"生魄"这一称呼，有杜撰之嫌，容易引起误解。在苏诗中，苏轼逞才使气，误用典故甚至杜撰事实的例子并不少见。本诗的施注正是受了这种干扰，只好将《尚书》与《礼记》两种说法同时引出，却不能定夺。与之相比，翁方纲的解释要清晰准确得多。

　　又如《出都来陈所乘船上有题小诗八首不知何人有感于余心者聊为和之》"蛙鸣青草泊，蝉噪垂杨浦"：

　　　　施注：《说文》：泊，止舟也。《水源枝注》云：海边曰浦。
　　　　翁注：今《说文》：浦，濒也。《永嘉戴氏六书》：故南人谓小川入于江，潮汐之所通者为浦。《风土记》曰：大水有小口别通曰浦。《说文》曰"濒也"，非。徐楚金《说文系传》曰：水滨也。而泊字则无之。《玉篇》：泊，止舟也。浦，《水源枝注》曰：江海边曰浦。此文正与施氏原注相合，可见《说文》古本如此，今《玉篇》不明言《说文》者，若此之类，正不知凡几矣。而元人留心六书如戴氏者，亦未见《说文》之真也。②

　　再如《和陶拟古九首》"沉香作庭燎"：

　　　　施注：《说文》：庭燎，大烛也。
　　　　翁注：今本《说文》作"火烛"也。《诗·小雅》：庭燎之光。《毛

---

① ［清］翁方纲：《苏诗补注》，卷一第十四页 B。
② ［清］翁方纲：《苏诗补注》，卷一第七页 B。

传》:庭燎,大烛。笺曰:于庭设大烛也。《正义》曰:庭燎,烛之大者。故云"庭燎,大烛也"。可知今本《说文》之讹。邵氏录原注,《说文》讹作《说苑》。①

2. 音韵
如《侄安节远来夜坐三首》"白头还对短灯檠"

查注:《西溪诗话》:古诗:灯檠昏鱼目。读"檠"作去声。《集韵》:檠,渠映切。有足,所以几物。又檠音平声,榜也,非灯檠字。韩退之"墙角君看短檠弃",亦误。自东坡用之,后人遂不复辨别矣。②

翁注:按"灯檠昏鱼目"系唐彦谦诗。彦谦晚唐人,尚在韩文公《短灯檠歌》之后,而庾信"对烛赋莲帐,寒檠窗拂曙"、江淹《灯赋》"铜华金檠,错杂镂形",已皆作平声矣,岂可因唐人有作仄用者,遂并疑前后诸家耶?至以为始于东坡,尤不然。陆放翁《老学庵笔记》云:《考工记》:弓人寒奠体。注:奠,读为定。至冬胶坚,内之檠中,定往来体。《释文》:檠音景。《前汉·苏武传》注:颜师古曰:檠音警。又巨京反。东坡作平声押,盖用《汉书》注也。③

翁方纲指出"檠"在六朝诗中已作平声,作仄声乃唐人偶用,并非常例。苏轼用作平声韵,既有语言学上的根据,又有诗学上的传统习惯。查慎行对苏轼的批评是错误的。

又如《残腊独出二首》"疑是左元放":

翁注:"放"字作平声。按《集韵》,"放"与"方"、"舫"并通。王

---

① [清]翁方纲:《苏诗补注》,卷七第五页 B。
② [清]查慎行:《苏诗补注》,第 424 页。
③ [清]翁方纲:《苏诗补注》,卷四第九页 A。

渔洋《居易录》：东坡诗"左元放"，"放"作平声。①

本诗押下平声"七阳"韵，"放"是韵脚。因此翁方纲指出"放"作平声的根据，以免读者误会此句失韵。

3. 文字

如《寄刘孝叔》"闻道已许谈其粗"：

> 翁注：查注本作"麤"，一作"粗"。方纲按："粗""麤"二字不同。"麤"从三鹿，行超远也，仓胡切。"粗"从米，且声，疏也，徂古切。《广韵》：粗，麤也，略也，徂古切，又千胡切。是"粗"字虽有平、上二音，而以上声为本音。今人多以"麤"、"粗"相通，而不知"麤"字无上声也。邵刻本又云一作"祖"，盖形近而讹耳。②

翁方纲指出了查慎行不懂"粗""麤"之别，误将此诗的"粗"写成"麤"。

二、"以史证诗"

诗歌注释中的历史解释，即"以史证诗"方法，是孟子"知人论世"说在诗歌解释中的实际应用。苏诗是继杜诗之后又一部诗史，对苏诗进行历史解释，即运用"以史证诗"方法，展示苏诗创作的时代背景、考证触发苏诗创作的本事，以解释诗意。宋代诗人陆游指出这是解释苏诗的关键所在。在陆游的指导下，施宿引用大批史料再现苏诗创作的时代背景、考证触发苏诗创作的本事，受到历代学者的称赞。查慎行补注苏诗，在此方面亦有重要贡献，有力地补充施宿之注。在施、查二人已作了详细注解的前提下，翁方纲仍能以其精深的学力补充上述两位注家的缺误。

1. 辩旧注史实之误

如《次韵张安道读杜诗》"醉饱死游遨"句下施注引刘斧《摭遗》，谓杜甫

---

① ［清］翁方纲：《苏诗补注》，卷六第十三页 B。

② ［清］翁方纲：《苏诗补注》，卷二第五页 A。

已死,玄宗迁南内,思之,诏天下求诗。

> 翁注:按杜公卒于代宗大历五年庚戌,此乃云"玄宗还南内",
> 盖唐人小说讹耳。[1]

唐玄宗回长安时,杜甫尚未去世。施注所引,与史实不合,被翁方纲
指正。

又如《月华寺》:

> 查注:余靖《游大峒山记》:自韶水行七十里,得月华山。舍舟,
> 道樵径又十五里,至大峒。[2]
> 翁注:寺去曹溪三十里,在韶郡南百里,正岑水场之地。其大
> 峒山自在郡北五十里,非此寺也。[3]

翁方纲曾任广东学政长达八年,对岭南一带的地理,较之未到过广东的
查慎行,显然更加熟悉。

《予昔作壶中九华诗其后八年复过湖口则石已为好事者取去乃和前韵
以自解云》:

> 查注:按晁补之《鸡肋集》云:元符已卯九月贬上饶,舣石钟山
> 寺下。僧言壶中九华奇怪,而正臣不来,余不暇往。庚辰七月遇赦
> 北归,至寺下首问之,则为当涂郭祥正以八十千取去累月矣。然东
> 坡先生将复过此,李氏室中嶅岪森耸,殊形诡观者固多,公一题之,
> 皆重于九华矣云云。考先生北归再过湖口,在辛巳春夏之交,距补
> 之留题不过十月。此石既为郭功甫所得,先生岂不知之? 乃云"为

好事者所取",何耶?①

　　翁注:《山谷集》中有次韵诗,其序曰:"湖口人李正臣蓄石九峰,东坡先生名曰壶中九华,并为作诗。后八年自海外归,过湖口,石已为好事者所取,乃和前篇以为笑,实建中靖国元年四月十六日。"②

黄庭坚的《山谷集》有同题次韵诗,黄庭坚的诗序比起晁补之《鸡肋集》的叙述更有说服力。

　　2. 补注东坡佚事

　　如《东坡居士过龙光……》:"斫得龙光竹两竿,持归岭北万人看。竹中一滴曹溪水,涨起西江十八滩。"

　　翁注:宋庐陵曾达臣《独醒杂志》:东坡北归,至岭下。偶肩舆折杠,求竹于龙光寺。僧惠两大竿,且延东坡饭。时寺无主僧,州郡方令往南华招请,未至。公遂留诗以寄之,诗云云。西江十八滩,谓赣石也。东坡至赣,留数日。将发舟一夕,江水大涨,赣石无一见,越日而至庐陵。舟中见谢民师,因谓曰:"舟行江涨,遂不知有赣石,此吾龙光谶也。"③

翁方纲之前诸注家,只简单地注释了佛典与地名,翁所引《独醒杂志》之文,能说明苏轼作此诗的前因后果,以发明全篇之意,是必要的补充。

　　又如《赠岭上老人》:"鹤骨霜髯心已灰,青松合抱手亲栽。问翁大庾岭头住,曾见南迁几个回?"

---

① ［清］查慎行:《苏诗补注》,第879页。

② ［清］翁方纲:《苏诗补注》,卷六第二十一页A。

③ ［清］翁方纲:《苏诗补注》,卷六第二十页A。

　　翁注:《独醒杂志》:东坡还至岭上,少憩村店。有一老翁出,问从者曰:"官为谁?"曰:"苏尚书。"翁曰:"是苏子瞻钦?"曰:"是也。"乃前揖坡曰:"我闻人害公者百端,今日北归,是天祐善人也。"东坡笑而谢之,因题一诗于壁间云:"鹤骨霜髯心已灰……曾见南迁几个回?"①

此注亦能说明写作背景,是必要的补充。

3. 补注人物

如《赠袁陟》:

　　翁注:按袁陟,南昌人。庆历六年进士,知当涂县,官至太常博士。著有《遁翁集》。即汲引郭功甫者也。邵氏补注题下已具其略,不知查注何以云"不详何许人"也。②

袁陟的生平事迹,史有明文,查慎行却有所疏忽,翁方纲予以补充。

三、诗学解释

诗歌注释中的心理解释,本质上还是一种诗学解释,即孟子"以意逆志"说的具体应用。宋代赵次公、赵夔等注释苏诗,从诗歌写作的角度分析苏诗的篇章结构与各类表现手法,并结合上下文的语境,体会苏轼的用心,并品味苏诗的言外之意。

1. 作为著名诗人,翁方纲亦能体会苏轼的用心,理解比前人准确

例如《夜直祕阁呈王敏甫》"只有闲心对此君":

　　翁注:方纲按:冯山公注"此君",引晋王子猷语指竹,恐未必

---

① 〔清〕翁方纲:《苏诗补注》,卷六第二十页 B。
② 〔清〕翁方纲:《苏诗补注》,卷五第三页 A。

然。白乐天《效陶》诗云：乃知阴与晴，安可无此君。此君指酒也。苏盖用此。①

　　冯景望文生义，按常例将"此君"理解为竹。本篇乃苏轼夜值内阁所作，翁方纲结合全文的意思，将"此君"理解为酒，并说明"此君"指酒的根据来自白居易诗，显然更为恰当。

　　又如《书王定国所藏烟江叠嶂图》"丹枫翻鸦伴水宿"：

　　　　翁注：原注：谢灵运《彭蠡》诗：客游倦水宿。此一条指人宿说。又引杜诗"水宿鸟相呼"。又：《禽经》：凡禽，林曰栖，水曰宿。此二条指鸟宿说。方纲按：按此句自指人言也。今刻本专载其后二条，误矣。②

　　翁氏指出此处为人宿而非鸟宿，理解更准确。

　　再如《寓居合江楼》"三山咫尺不归去"：

　　　　李必恒注：案广州香山县有三洲山，三山并立海中，诗意似指此。

　　　　翁注：案广东德庆州界有三洲岩，广州又自有三山，皆与香山县无涉。检《香山县志》，亦无三洲山之名，不知此说何从而致误也。且诗意乃直指蓬莱、方丈之三山言之，犹杜诗"蓬莱如可到，衰白问群仙"，亦巴蜀愁居之作也。又小坡《斜川集》有海南祝公生日诗云："要与三山咫尺望"，尤足相证。③

　　苏轼此诗的"三山"指古代诗文中常用的"蓬莱、瀛洲、方丈"三神山，李

---

①　［清］翁方纲：《苏诗补注》，卷一第五页 A。

②　［清］翁方纲：《苏诗补注》，卷五第十三页 B。

③　［清］翁方纲：《苏诗补注》，卷六第十一页 A。

必恒望文生义,机械地将"三山"理解为实际的三座山,并从广东境内寻找近似的地名,又误为香山县,理解不如翁方纲准确。

2. 翁方纲还善于从整体上把握诗意

例如《孙莘老求妙墨亭诗》:

> 翁注:墨妙亭石刻自诗中所称绎山、兰亭、鲁公、徐峤之外,尚有汉唐诸家,非一语所能尽,故借杜陵评书语,该尽短长肥瘦,以隰括诸碑,非先生论书之旨果与杜异也。①

翁方纲本是书法大家,此注能领会苏轼的意图,高于前代诸注。

又如《试院煎茶》:

> 翁注:此诗熙宁五年壬子在试院作,是时甫用王安石议,改取士之法,罢诗、赋、帖经、墨义,专以策,限定千言。故先生《呈诸试官》诗云:"聊欲废书眠,秋涛春午枕。"正与此篇末句意同。"未识古人煎水意,且学公家作茗钦",亦皆此意。②

翁氏此注能理解本篇的作意,并指出与前篇《监试呈诸官》诗意的联系。

3. 总结东坡行文的语言习惯

如《赠月长老》"子有折足铛,中容五合陈":

> 翁注:李雁湖注王半山诗云:"东坡《赠月长老》诗:子有折足铛,中容五合陈。坡诗大抵取其意足,如言陈,更不言粟。坡诗如'已遣乱蛙成两部',两部亦暗带'乐'字,故叶石林谓坡诗有歇后语,然不害其为奇也。"方纲按:《诗》云:我取其陈。此已不言粟矣,

---

岂必始于坡公哉？①

翁方纲讨论了诗歌中用歇后语的现象，指出东坡虽然有此喜好，但其源头却出自《诗经》。

又如《送刘道原归觐南康》"朅来东观弄翰墨"：

> 翁注：宋周公谨《浩然斋雅谈》：东坡诗喜用"朅来"字，"朅来东观弄翰墨""长陵朅来见大姊""朅来城下作飞石""朅来畦东走畦西""朅来从我游""朅来齐安野""朅来清颍上""朅来廉泉上"。其用字盖出于颜延年《秋胡》诗"朅来空复辞"，所用之意同耳。②

翁方纲总结了苏诗的特殊习惯——喜用"朅来"二字，并指出"朅来"二字的出处。

4. 补注典故

如《过永乐文长老已卒》"一弹指顷去来今"：

> 翁注：刘梦得《送鸿举游江南诗引》：夫冉冉之光，浑浑之轮，时而言，有初、中、后之分；日而言，有今、昨、明之称；身而言，有幼、壮、艾之期，乃至一罄亥欵，一弹指，中际皆具，何必求三生以异身耶？③

又如《鳆鱼行》"却取细书防老读"：

> 翁注：王半山诗：细书防老读。李雁湖注引唐人诗：大书文字

---

① ［清］翁方纲：《苏诗补注》，卷五第二十页 A。
② ［清］翁方纲：《苏诗补注》，卷一第六页 A。
③ ［清］翁方纲：《苏诗补注》，卷二第三页 B。

防老读。①

再如《次韵郑介夫二首》"何妨振履出商音"

　　翁注：句兼用《汉书》郑尚书履声事。②

本章小结

翁方纲所撰《苏诗补注》，以宋刊施、顾《注东坡先生诗》校勘并补全查慎行所录施、顾原注，具有较高的文献价值。《苏诗补注》又针对施、顾原注、邵长蘅等的补施注及查慎行补注中的错漏，以考证的方法作了精辟的补注，在语言解释、历史解释、心理解释方面都取得了重要成就。特别是翁方纲的《苏诗补注》秉承了乾嘉时期重视考证的学风，以考证的方法补注苏诗，将苏诗注引向了精于考证的学术道路。翁方纲之后，冯应榴的《苏文忠公诗合注》、沈钦韩的《苏诗查注补正》二书继承翁方纲以考证的方法注诗，并重视文献校勘的学术思路，对苏诗旧注进行了全面严密的考证。冯应榴的《苏文忠公诗合注》高度重视前代各注所引文献的考核，并与沈钦韩的《苏诗查注补正》一起，在地理、职官、人物、史实等方面的考证上取得极高的成就。这两部著作与翁方纲的《苏诗补注》一起，在苏诗注释史与苏轼研究史上有重要的地位。

---

① ［清］翁方纲：《苏诗补注》，卷五第三页 A。
② ［清］翁方纲：《苏诗补注》，卷六第十九页 B。

第八章　沈钦韩《苏诗查注补正》研究

引言　沈钦韩及《苏诗查注补正》的概况

一、沈钦韩的生平

沈钦韩(1775—1831),字文起,号小宛。江苏吴县人。年逾三十,始为县学生。嘉庆十二年(1807)举乡试。道光二年(1822)选授宁国县训导。道光十一年(1831)卒,年五十七。沈氏为人,好接引才士,而赋性刚褊,有刘四骂人之癖,因此不见容于人。身后萧条,家无余财,十年后仍未能下厝。后得上海郁泰峰出资,方得以奉土归安。生平事迹见《清史列传》、支伟成《清代朴学大师列传》、徐世昌《清儒学案》等。

二、沈钦韩的著述及学术特长

沈钦韩少时为学甚勤,常常校书至三更。夏夜为避免蚊虫的叮咬,甚至要把脚放在瓮中。沈家清贫,无钱购书,常借书于人,计日以还。每借,辄抄写其要。在这种条件下,沈钦韩能够淹通经史,旁及诸子百家、古今别集、总集、类书、杂记,殊为不易。

（一）沈钦韩的经、史考证

沈钦韩处于朴学发展到高峰的乾嘉之世,以其卓绝的学力在乾嘉学坛占据一席之地。在支伟成编撰的《清代朴学大师列传》中,沈钦韩被列为"考史学家",着力于经、史的笺注疏证之学,主要著作有:

《春秋左氏传补注》十二卷、《考异》十卷、《左氏地理补注》十二卷。沈钦韩认为,《左氏传》亲承孔子之绪论,其措辞微婉,足以发人深思,连类而自得之,慎重之至也。相比之下,《公羊传》《穀梁传》晚出,向壁虚造,优劣立判。然而,沈钦韩对杜预所注《左传》尤其不满,指出杜预尽翻家法,以就其邪僻曲戾之说,其后钻研《左氏》者,动辄惑于其例,于是左氏之学亡。因此,他撰写《春秋左氏传补注》十二卷等著作,以正杜预之失。

《两汉书疏证》。沈钦韩认为,汉代去古未远,可掇其意美法备者,裨于政术。但《汉书》的颜师古注流于浅陋,《后汉书》的注由唐章怀太子李贤等多人完成,杂驳不纯,缺少统贯。司马彪所补的《后汉书》八志,刘昭注之,文虽宏富,却疏于地理。因此,他作《汉书疏证》三十六卷、《后汉书疏证》三十四卷,正讹补阙,尤能详陈得失,考论制度。

《三国志补训故》八卷、《补地理》八卷。沈钦韩认为裴松之的《三国志注》重点在于补充事迹,于典章、名物、地理则失之缺略,因此为之补注。

《水经注疏证》四十卷。沈钦韩还特别重视地理著作的研究。他认为,《水经注》是流传下来的唯一一部上古地理著作,而戴震的《水经注校》,其短处在于主观臆造成分太多;赵一清的《水经注释》及《水经注刊误》,其失误则在于轻信史料。于是他选取旧籍中可资互证及明清以来地志中可供凭据者加以对比,著为此书,使郡县之废置沿革、山川之高深变迁、流合派分、昔通今塞,更加清楚可辨。

由此可见,沈钦韩长于补正前人对经、史的注疏,其重点在于对地理、典章制度、史事等方面的考据。

（二）沈钦韩的诗歌注释

在补注经、史之余,沈钦韩又把目光投向诗歌,著有《苏诗查注补正》《韩昌黎集补注》《王荆公诗集补注》《王荆公文集注》《范石湖诗集注》等。上文已述，清代的诗歌注释，向来注重考据。迄至乾嘉时期，诗歌注释者往往更加慎言意义，而专注于考证故实。受乾嘉诗歌注释的影响，而且沈钦韩本人亦长于经、史考证，于是沈氏注诗亦强调史学考证的方法，通过考证故实以解释诗意，形成"寓考据于注释"的特点。他指出："夫读一代之文章，必晓然于一代之故实，而俯仰揖让于其间，庶几冥契作者之心。"①沈所说的"故实"，"故"就是地理、职官、典制等历史名词，"实"就是各类历史事件。沈钦韩认为，韩愈、王安石、苏轼、范成大诸集，宋人作注，空疏漏缺者尚多。因此，他征考唐宋典章故实，作上述数书，能发明作者之意。《苏诗查注补正》是其中的力作。

（三）沈钦韩的诗文创作

沈钦韩亦能诗，工古文，著有《幼学堂诗集》十七卷、《幼学堂文集》八卷，其制举文沈博怪玮，常人不能解。沈钦韩在诗文方面的造诣，使他在注释中并未忽略苏诗的文学特质。沈钦韩并非为了炫耀学问而考证，而是在考证人物生平、历史事件及地理、职官、典制等历史名词的基础上，对诗意作出正确的理解。

（四）沈钦韩的其它著述

沈钦韩还针对王昶《金石萃编》与陈祥道《礼书》，作《金石萃编补正》《礼书补正》。

由上述介绍可知，沈钦韩治学，长于地理、典制及史实考证。这种特点，也贯穿到《苏诗查注补正》之中。

三、《苏诗查注补正》的成书与刊刻

《苏诗查注补正》全书共四卷，卷首的自序落款为"壬午夏四月识"，即成书于道光二年（1822），补正的首要对象是康熙年间查慎行所撰的《苏诗补

---

① ［宋］王安石撰，［清］沈钦韩注：《王荆公诗文沈氏注》，北京：中华书局，1959 年，自序第 1 页。

注》。沈钦韩在序中说道:"查氏补注……自谓毕力于斯讫三十年,亦云勤矣,惜所据多短书小说,纰缪弥复不少,今摘尤如左,亦略补其阙疑。"①查慎行的《苏诗补注》,是清初康熙年间一部全面补注苏轼诗的著作,在补注地理、职官、人物与史实、重新编年方面作出重要的贡献。但由于查慎行治学的态度略欠严谨,学力亦未臻上乘,因此在上述方面仍然存在一些严重错误。这些错误,经过学风严谨、学问渊博的沈钦韩的详细梳理,得以去伪存真,对于读者而言,不无裨益。

其次,沈钦韩的补正对象还包括查慎行之前的各家苏诗注解,如宋代题名王十朋编撰的《集百家注分类东坡先生诗》(以下按学术界的惯例简称为"类注本")、宋代施元之、顾禧、施宿的《注东坡先生诗》,以及清康熙年间的邵长蘅、李必恒、冯景等人补充、整理的《施注苏诗》。自宋至清,注苏诗者众多,沈钦韩能后出转精,尤见考证之功。

至于冯应榴的《苏文忠公诗合注》,他在序中说明自己听闻有此书刊行,却未亲眼目睹。因此,冯应榴的《合注》不在沈钦韩的补注范围。

《苏诗查注补正》在沈钦韩生前并未刊行于世,最早的刊本为清光绪八年(1882)的心矩斋刻本,另有光绪二十年(1894)的广雅书局丛书本。

第一节 《苏诗查注补正》的"以史证诗"方法

一、补注

苏诗有"以议论为诗"的特点,许多诗篇与时事相关。宋代施宿所作的《注东坡先生诗》题下注,就从题中的人物与事件出发,运用"以史证诗"的方法,展示与苏诗有关的时代背景,在熙宁变法与元祐党争的背景下解释全篇大意,并且以时事为依据解释相关的句意。这时的"以史证诗"方法,本质上

---

① [宋]苏轼撰,[清]沈钦韩补正:《苏诗查注补正》,广州:广雅书局刻本,清光绪二十年(1894),卷首。

还是"以史释诗"的思路,重在"印证",即将苏诗的诗题或诗句与时事相互对照、印证,用各种文献材料中的史实解释说明、佐证诗意。查慎行的《苏诗补注》继承了这种思路,但仅仅继承是不够的,因为清代注释者离苏轼生活的年代已有数百年之遥,清人能接触到的各种关于宋代的记载,鱼龙混杂,良莠不齐,必须通过严密的考证辨其真伪。乾嘉时期的"以史证诗",除了"印证""佐证"之外,更强调"考证""辨证",而沈钦韩作为一位优秀的考史学者,首先在考证苏诗中的时事方面用力最勤,且成就不凡。施宿与查慎行的注释中仍有完全失注的情况。或者虽未完全失注,但却说得不够详尽、透彻,这就成为沈钦韩补注的着力之处。

1. 补充解题

(1)补充挽词卒年

例如《陆龙图诜挽词》,施宿与查慎行都引了翔实的材料介绍陆的生平,却没有说明陆卒于何时。而卒年对于挽词之注来说无疑是必要的,沈注引《续资治通鉴长编》说明陆卒于熙宁三年八月。在注释之外,还可为本诗的编年提供证据。[①] 同样的例子还有卷一第三十页 A《张文裕挽词》等。

(2)补充送别诗送别的原因

例如《送曾子固倅越得燕字》,类注本的赵次公、赵夔注以及查慎行注都只是简单地介绍了曾巩的生平,为理解诗意提供了背景性的说明,但却没有点明送别的原因,因而显得意犹未尽,未切中要害。

　　　　沈注:李焘《续通鉴长编》:元丰二年十一月中丞李定言收受苏轼讥讽朝政文字,除王诜、王巩、李清臣外,张方平而下凡二十二人。知亳州曾巩罚铜二十斤。案:即坐此诗也。[②]

这才是最贴切的解题。

---

① 《苏诗查注补正》,卷一第九页 A。
② 《苏诗查注补正》,卷一第七页 B。

又如《次韵子由送蒋夔赴代州学官》,查注未能说明蒋夔贬官的原因。

沈注:《长编》:熙宁六年三月,诏别试所考试官馆阁校勘蒲宗孟、黄履各磨勘三年;点检试卷范祖禹、蒋夔并降远小处差遣,坐进士李士雍对义犯仁宗藩邸名,误以为令格故也。此送蒋夔盖缘上事而出。章后卿《山堂考索》:元丰三年二月,京兆府学教授蒋夔言释奠颜子与孔子无少异,而九人之坐于两旁,樽酒豆肉不及,乞下臣议于礼官详定,以正开元之失礼,则当是从代州移京兆也。①

通过沈钦韩的补充,蒋夔赴代州的原因一目了然。

(3)补充与苏轼活动有关的材料

例如《次韵刘景文周次元寒食同游西湖》,查注未提及游湖之事。

沈注:《挥尘后录》:姚舜明庭辉知杭州,有老佬自言故倡也,及事东坡先生,云:"公春时每遇休暇,必约客湖上早食于山水佳处。饭毕,每客一舟,令队长一人各领数妓,任其所适。晡后鸣锣以集之,复会望湖楼竹阁,极饮而罢。"按:刘景文诗有"公领笙箫泛画船",其事当不虚。②

沈注所言,虽然没有具体到苏轼此次与刘景文等人于寒食节游西湖之事,但苏轼当年春季游湖的活动盛况,仍属必要的背景性材料。

又如《答径山琳长老》,李尧祖、查慎行注只介绍了琳长老的生平,而这首诗是苏轼的绝笔诗,因而对苏轼临终时的情况不可忽略。

沈注:此易箦时绝笔也。《梁溪漫志》:东坡北归至仪真,得暑

---

① 《苏诗查注补正》,卷二第三页B。
② 《苏诗查注补正》,卷三第二十九页B。

疾止于毗陵顾塘桥孙氏之馆。气寝上逆，不能瘳。时晋陵邑大夫陆元光获侍疾卧内，辍所御嫩板以献，纵横三尺，伛植以受背，公殊以为便，竟据禾板而终。后陆公之子以属苍梧胡泛辉为之铭。①

（4）补充苏轼与诗题中人物的交往情况

例如《洞庭春色》序言中的"德麟以饮余"：

> 沈注：按：先生与德麟有通家之好，而小人之罗织，遂及之。《长编》：元祐八年五月，监察御史黄庆基状奏云：轼知颍州日，赵令畤为本州签判，轼与之往还甚密，每赴赵令畤筵。则坐于堂上，入于卧内，惟两分而已。其家妇女列侍左右。士论极以为丑，轼乃公荐于朝，称其才美，访闻苏辙见议，除令畤差遣其肆，欺罔之罪大矣。②

苏轼与赵德麟的交往，是理解此诗的重要背景，不可或缺。

（5）补充查注中失考之人的史实记载

例如《次韵孙莘老见赠时莘老移庐州因以别之》：

> 查注：慎按：孙莘老知庐州事，《东都事略》及《宋史》本传皆失载。③
>
> 沈注：《宋史·孙觉传》：熙宁二年，知谏院、同知审官院曾公亮言畿县散常平钱有追呼抑配之扰，王安石使觉行视虚实。觉既受命，复奏疏辞言："民实不愿与官中相交，所有体量，望赐寝罢。"遂以觉为反复，出知广德军。徙湖州、庐州。《东都事略》同史传明白

---

① 《苏诗查注补正》，卷四第三十三页 A。
② 《苏诗查注补正》，卷四第三页 A。
③ ［宋］苏轼撰，［清］查慎行补注：《苏诗补注》，见《文渊阁四库全书》第 1111 册，上海：上海古籍出版社，2003 年，第 201 页。

如此,查云失载,可乎?①

如果连诗题中涉及的事件和人物都未能考证明白,不可谓不粗疏。
又如《和蔡准郎中见邀游西湖三首》:

> 查注:蔡准失考。②
> 沈注:案:叶梦得《石林燕语》:蔡京之父名准。陆游《老学庵笔
> 记》:蔡太师父准,葬临平山。③

查注中出现如此明显的漏洞,实属不该。
再如《和郭功甫韵送芝道人游隐静》:

> 查注:慎按:先生归自海南,有《次韵郭功甫绝句二首》。功甫
> 是时当亦宦游岭外。④

查慎行只能猜测郭功甫当时应当官于岭南,却提不出切实的材料来证
明。只凭猜测,是注释的大忌。

> 沈注:查云:"功甫是时当亦宦游岭外。"按:《宋史·郭祥正
> 传》:以殿中丞致仕。后复出通判汀州,知端州。则功甫官于岭
> 南也。⑤

沈注以查注为线索,为其补充了重要的史实根据。两相比较,可见查慎

---

① 《苏诗查注补正》,卷一第二十一页 A。
② [清]查慎行:《苏诗补注》,第160页。
③ 《苏诗查注补正》,卷一第十四页 A。
④ [清]查慎行:《苏诗补注》,第775页。
⑤ 《苏诗查注补正》,卷四第十五页 B。

行读书比较粗疏。

2. 补注诗句中包含的史实

如《司马君实独乐园》"儿童诵君实，走卒知司马"：

> 沈注：《渑水燕谈录》：司马文正公退十有余年，而天下之人冀其复用于朝。熙宁末，余夜宿青州北溜河马铺。晨起，行见村民百人欢呼踊跃，自北而南。余惊问之，皆曰："司马为宰相矣。"余以为虽出于野人妄传，亦其情之所素欲也。故子瞻为公《独乐园》诗云云。张淏《云谷杂记》：温公元丰末来京师，都人奔趋竞观，即以相公目之，左右拥塞，马至，不能行。及谒时相于私地，市人登树骑屋窥瞰之。隶卒或止之，曰："吾非望而君，愿一识司马公。"至于呵叱，不退，而屋瓦为之碎，树枝为之折。①

本句苏轼意在赞扬司马光深得人心。沈钦韩引用两部宋人的笔记，详尽地展示了细节，拓展性地说明了诗意。

其中与苏轼本人有关的史实尤其重要。如《韩子华石淙庄》"我旧门前客"：

> 沈注：欧阳修《归田录》：嘉祐二年，余与端明韩子华翰长、王禹玉侍讲、范景仁龙图、梅公仪同知贡举。案：东坡于是年登第，则韩绛亦东坡座主也，故云"门前客"。②

苏辙赴洛阳道中经过时任许州知州的韩绛庄前，有诗题咏，苏轼时在杭州通判任上，遥和苏辙诗。此句抒发了对韩绛的尊重之情。沈钦韩所引材料能证实苏轼所言。

---

① 《苏诗查注补正》，卷二第五页 A。
② 《苏诗查注补正》，卷一第二十二页 A。

又如《余与李廌方叔相知久矣领贡举事而李不得第愧甚作诗送之》"笔势翩翩疑可识":

> 沈注:《老学庵笔记》:东坡素知李廌方叔。方叔赴省试,东坡知贡举,得一卷,大喜,手批数十字,且语黄鲁直曰:"是必吾李廌也。"乃拆号,则章持致平而廌乃见黜。初,廌试罢归,语人曰:"苏公知举,吾之文必不在三名后。"及后黜,廌有乳母,年七十,大哭:"吾儿遇苏内翰知举,不及第,它日尚何望?"遂闭门睡,至夕不出,发壁视之,自缢死矣。廌果终身不第。①

"笔势翩翩疑可识"短短七字,包含了苏轼与李廌交往中一段沉痛的经历,沈注所引《老学庵笔记》中的相关记载,详细地说明了此事的来龙去脉。

沈钦韩对查注中引用材料不能切中要害的现象非常不满。

例如《林子中以诗寄文与可及余与可既没追和其韵》,查慎行引《宋史·林希传》说明林希后来诋毁丑化苏轼的恶行,查注曰:

> 《宋史》:林希字子中,福州人。第进士。元祐初历进中书舍人。绍圣初,章惇用事,时方推明绍述,希皆密预其谋。自司马光、吕公著、吕大防、刘挚、苏轼、辙等数十人之制,皆希为之。词极丑诋,读者无不愤叹。迁礼部、吏部尚书,擢同知枢密院。徽宗立,以其词命丑,正之罪,夺职,知扬州,徙舒州,卒。赠资政殿学士,谥文节。②

沈对此尚不满,补注曰:

---

① 《苏诗查注补正》,卷三第十七页 B。
② [清]查慎行:《苏诗补注》,第 386 页。

周辉《清波杂志》:林子中以启贺东坡入翰苑曰:父子以文章名世,盖渊、云、司马之才;兄弟以方正决科,迈晁、董、公孙之学。其褒美如此。后草坡谪惠州告词云:"敕:具位轼,元丰间有司奏轼罪恶甚众,论法当死。先皇帝赦而不诛,于轼恩德厚矣。朕初即位,政出权臣,引轼兄弟以为己助,自谓得计,罔有悛心,忘国大恩,敢肆怨诽。若朕过失,何所不容?乃代予言,诋诬圣考,乖父子之恩,害君臣之义。在于行路,犹不共戴天。顾视士民,复何面目?以至交通阉寺,矜诧倖恩,市井不为,搢绅共耻。尚屈彝典,止从降黜。今言者谓某指斥宗庙,罪大罚轻。国有常刑,朕非可赦。宥尔万死,窜之远方,虽轼辨足以饰非,言足以惑众,自绝君亲,又将何慰?保尔余息,毋重后悠,可责授宁远军节度副使,惠州安置。"极于丑诋如此。愚案:代案之官,其褒贬之旨,悉禀词头,亦矢在弦上。惟林希本以进宝文阁直学士知成都府,道阙下,会哲宗亲政,章惇用事。惇欲使希典书命,逞毒于元祐诸臣,且许以为执政。希亦以久不得志,将甘心焉。遂留行,复为中书舍人,至以老奸擅国之语,阴斥宣仁。一日,希草制,掷笔于地,曰:"坏了名节矣!"遂得同知枢密。不久亦为惇所斥,得几何而甘贻臭后世。此则甚于他人假王言以逞私愤者,虽不韪,亦自知也。查引史不切要害,故复列之。①

沈钦韩列举材料,详细地辨析了林希对苏轼态度的前恭后倨式的变化,启发读者思考其人品,特别点明了林希草制时明知坏了名节却甘心附逆的所作所为,揭示了林希复杂的内心世界。沈注所言,入木三分,查注粗线条式的描述与之相比,不可同日而语。

又如《送杭州杜戚陈三掾罢官归乡》"杀人无验中不快,此恨终身恐难了":

① 《苏诗查注补正》,卷二第十六页 B。

沈注：注虽引《乌台诗案》具三掾罢官之由，然夏沈香冤死事未明析。吴曾《能改斋漫录》云：陈睦尝提点两浙刑狱，会杭州民有妾夏沈香者澣衣井旁，其嫡子适堕井死，妻讼于州，必以谓沈香挤之堕井也。三易狱，不合。睦怒，劾掾，别委官摄治。既狱具，遂以才荐，而逐三掾，杀沈香。东坡诗所谓"杀人无验中不快，此恨终身恐难了"，盖有激云。他日，睦还京师，久之无所授，闻庙师邢颙从仙人游，乃密叩以未来事。邢终拒，弗之答。寻语所亲，曰："如沈香何？"睦为之震汗，废食者累日。此条乃于本末得委而沈香实冤死矣。①

苏诗"杀人无验中不快，此恨终身恐难了"之句，意在同情被冤杀的夏沈香，对敢于据理力争的杜戚（子方）、陈三掾持支持态度，同时在暗中讥讽草菅人命的陈睦之流。沈钦韩引用吴曾《能改斋漫录》的有关记载及吴曾对东坡这两句诗的评价，延伸性地说明了诗意，是极好的补充。

二、纠正旧注的错误

查慎行等前代注释者在注释苏轼诗中当代史实之时，所注常与事实不合。沈钦韩对其错误详加分析纠正。沈氏归结出查氏错误的原因有：

1. 对诗句只作字面上的理解，而没有通过史料进行印证，因此其理解与事实不符

例如《追和子由去岁试举人洛下所寄·暴雨初晴楼上晚景五首》"只有青山对病翁"：

查注：《富郑公神道碑》：公名弼，字彦国，河南人。熙宁二年八月，以病辞位，出判河南，改汝州。公言："新法臣所不晓，不可以复治郡，乞归洛养病。"许之。寻封郑国公，致仕。六年闰六月，薨于

洛阳私第。按:子由赴洛在五年,公已卧病矣。①

　　沈注:案:富公以新法不便,乞归洛养病,其时实康强无恙。邵
伯温《闻见录》云:熙宁二年,富弼判亳州……以左仆射判汝州。
《本传》云:遂请老,加拜司空,进封韩国公,致仕。子由在洛秋试,
正富公千归之后,故坡诗聊及之。自此优游林下,葺园亭,会耆老,
凡十五年。元丰六年闰六月丙申薨。查误会病翁一语,谓熙宁五
年公已卧病。引《神道碑》亦削去元丰年号,则所谓六年闰六月薨
将为熙宁六年,与其前引《闻见录》元丰五年耆英会已自龃龉。他
无论矣。②

　　查慎行根据本句中的"病翁",顺理成章地认为富弼已卧病。第二年(熙
宁六年)就去世了。沈钦韩引用史料论证,富弼亡于元丰六年,本句的"病
翁"只不过是托病而已。

　　又如《孙莘老寄墨四首》:

　　查注:史容《黄山谷诗注》云:孙莘老,元丰末自南京召为太常
少卿,迁秘书少监。哲宗即位,兼侍讲。而施氏原注引李端叔之仪
《跋》云:近时以笔墨为事者,无如唐彦猷雅致自将,故所录皆绝俗。
其子垌,行笔无家法而类蔡君谟,然亦自可喜。家世相因,所有多
佳墨未尝妄与人,盖非东坡不可得。莘老作字不工,每得佳墨,必
快然,思见东坡。孙时初入讲筵,乃以为寄云云。按孙时为秘书少
监,诗中明云"归天禄",非讲筵也。哲宗始兼讲筵也。③

　　沈注:《宋史》本传云:"入为太常少卿,易为秘书少监。哲宗即
位,兼侍讲。"正与史容、施宿两家注合。查谓诗中明云"归天禄",

① 〔清〕查慎行:《苏诗补注》,第207页。
② 《苏诗查注补正》,卷一第二十一页B。
③ 〔清〕查慎行:《苏诗补注》,第489页。

非讲筵。不知寄墨之时,哲宗已即位,但据诗中一语,谓必非兼待讲,不亦泥乎?①

此诗作于元丰八年,该年虽然仍旧沿用神宗年年号,实际上神宗已经去世,哲宗初登大宝,次年方可改元为元祐。查慎行没有觉察这一点,认为施顾注所云"孙时初入讲筵,乃以为寄"不正确,实在是误责古人。

2. 读史不精,未能准确掌握史料而致误

其中包括:

(1) 读书不细,误读史文而致误

例如《至秀州赠钱端公安道并寄其弟惠山老》:

> 查注:《东都事略》:钱颉字安道,无锡人。自知乌程县召为御史里行。熙宁初,与刘述、刘琦等上疏劾王安石、曾公亮,贬监衢州盐税。后起通判秀州而卒。②
>
> 沈注:《东都事略》颉与刘琦并传,本文云:琦起为通判邓州,颉徙秀州而卒。《宋史》颉传云:后自衢徙秀州,家贫母老,至丐贷亲旧以给朝哺,而怡然无谪官之色。《长编》:熙宁七年十一月,中书检会……辄废格不行。盖钱颉亦在废格中也,则是琦得迁,而颉之徙秀州,仍是监当职耳。为通判,则俸给优厚,不至朝哺不给。查读史不分别句意,贻误后人。③

查慎行将《东都事略》中"琦起为通判邓州,颉徙秀州而卒"两句并为一句,以致张冠李戴。

(2) 读书不广,不能充分了解史实而致误

例如《荆州十首》第四首"烽火畏三巴":

---

① 《苏诗查注补正》,卷二第三十一页 A。
② [清]查慎行:《苏诗补注》,第 189 页。
③ 《苏诗查注补正》,卷一第十九页 A。

查氏结合史实论此诗云：

> 高季兴……及后唐伐蜀，请以本道兵自取夔、万等州，终不敢出。畏蜀如虎之讥，其能解免乎！①

沈氏认为，高季兴并未畏蜀如虎。他列举了高季兴敢于犯蜀的一些史料：

> 《旧五代史·高季兴传》：后梁开平后，僭臣于吴蜀，梁氏稍不能制焉。子从诲《传》：从诲东通于吴，西通于蜀，皆利其供军财货而已。《通鉴》："梁均王乾化三年，高离昌以水军攻夔州，斩首五千余级。""后唐庄宗同光三年九月，伐蜀，以荆南节度使高季兴充东南面行营都招讨使……季兴轻舟遁去。"②

接着，沈氏分析道：

> 高季兴镇荆南时，旧所统夔、峡、忠、万四州已入于蜀，蕞尔一隅，介于吴、楚、蜀之间，前后屡出师上峡，辄为张武、西方邺所摧残，夔、忠、万三州暂得而复失之。查氏论之云："后唐伐蜀，请以本道兵自取夔、万等州，终不敢出"，读史未审。③

3. 引用了错误的材料而不能加以辨别

查注中的大多数错误来自于此，例如《和陈述古拒霜花》：

> 查注：按《古灵先生行状》：公名襄，字述古，文惠公尧佐长子。

---

① ［清］查慎行：《苏诗补注》，第53页。
② 《苏诗查注补正》，卷一第三页A。
③ 《苏诗查注补正》，卷一第三页A。

庆历二年进士及第。熙宁中知制诰。不数月,出知陈州。未期,改移杭州。在杭二年,移应天府。所著《古灵先生集》二十五卷。①

　　沈注:查引《古灵先生行状》云云。案:《宋史》本传:陈襄,字述古,福建侯官人(《东都事略》同),少孤,能自立。《陈尧佐传》:阆州阆中人,仁宗朝宰相,薨年八十二。与此述古了不相涉。考《陈尧佐传》:弟尧咨子名述古,官太子宾客。沈括《梦溪笔谈》云:尧叟之子。魏泰《笔录》云:文惠之子述古等。则彼自名述古,而古灵先生字述古,名字判然,查误为一人。②

　　在这个例子中,陈尧佐的儿子(或侄子)名述古,而陈襄因其字述古,被《古灵先生行状》误记为陈尧佐之子。查慎行未能识别,径直录之而致误。

　　由于引用了错误的材料,还会导致误驳旧注的错误。例如《过巴东县不泊闻颇有莱公遗迹》:

　　冯景注:《宋史·寇准传》:后为相,封莱公。③

　　查注:按曾巩《隆平集》:准殁后,仁宗哀其以忠贬死,赠中书令、莱国公,谥忠愍。莱国乃仁宗追赠,非真宗朝所封,施氏补注讹。④

　　沈注:《传》又云:"真宗不豫……封莱国公。"又云:"再贬雷州司户参军,卒年六十三。仁宗哀准以忠死,赠中书令、莱国公。"(《宋史》本传同)然则真宗末先封莱国公,仁宗后还故封耳。此条补注不误。查氏误会《隆平集》牵复之事,遂谓仁宗追赠,非真宗朝所封,何不考之甚邪!⑤

――――――――――

① [清]查慎行:《苏诗补注》,第178页。
② 《苏诗查注补正》,卷一第十七页 A。
③ [宋]苏轼撰,[宋]施元之注,[清]邵长蘅删补:《施注苏诗》,见《文渊阁四库全书》,第1110册,上海:上海古籍出版社,2003,第754页。
④ [清]查慎行:《苏诗补注》,第46页。
⑤ 《苏诗查注补正》,卷一第一页 B。

　　冯景是康熙年间《施注苏轼》中《续补遗》二卷的注释者,所引《宋史·寇准传》中的记载本无错误。查慎行引用了曾巩《隆平集》的记载,却未能辨别其中的错误,因而误驳了冯景注。

　　4. 不顾史实,妄造书中之语

　　《宋复古画潇湘晚景图三首》:

　　　　查注:《湘山野录》长沙有八景台。宋廸度支工画,有《平沙落雁》等名,谓之八景。僧惠洪各赋诗于左。①

　　　　沈注:查引《湘山野录》,其书无此条。且惠洪晚辈,文莹未之识,而得载其事于书中乎?②

　　查慎行本人家中藏书不多,注释所依凭的材料,大都靠借自他人之手,转借传抄过程中,不免忙中出错。沈钦韩指出,《湘山野录》中并无查注所引文字,而且该书作者释文莹与惠洪不是同一时代的人,惠洪的生活年代较晚,他的言论很难被文莹的著作记载。

第二节　《苏诗查注补正》的地理考证

　　宋代的苏诗注释者不太注重苏诗中的职官典制与地理问题,对此未作全面的注释,而只是随机作了零星的解释,究其原因有二:首先,宋代诗歌注释的时代风气偏重于典故的出处与诗歌批评,运用"以史证诗"的方法解释诗意,其重点也在于考证时事以解释诗意,对职官典制与地理等名词并不特别地关心;其二,无论是宋代诗歌注释者还是读者,离苏轼生活的时代较近,苏轼诗中所涉及的职官典制、地理等名词,对他们来说比较熟悉,没有太大的理解障碍,因此未予特别地重视。

---

① [清]查慎行:《苏诗补注》,第 357 页。
② 《苏诗查注补正》,卷二第十二页 A。

到了清代,注释者开始重视职官与地理问题。王维诗的注释者赵殿成在《王右丞集笺注例略》指出:"官制历代更易,地理屡朝变迁,稽古家以二者为最难考订。"[①]查慎行补注苏诗,虽然在职官典制与地理方面下了很多功夫,其中最令人称道之处在于地名的注释,但仍然有很多错漏,因而沈钦韩对此作了全面补注。值得注意的是,查慎行往往只能将其作为孤立的历史名词来解释,所释仅限于词义,而没有将职官典制、地理等名词与句意、篇意联系起来。实际上,苏诗与宋代职官典制、地理的联系,不仅仅在于诗题或诗句中包含了这类名词,而且在于苏诗中的某些缘事而发、直陈其事的句子,其起因往往可以追溯到北宋的职官、典制、地理。如果不了解职官典制、地理,就不可能对句意作出准确的理解。查慎行相对忽视这一点,沈钦韩却能借助本人的学力,由职官典制、地理出发,对诗意作出补充说明。

一、补充查注

查注本虽以补注地名见长,但尚有遗漏,需要沈钦韩多方补充。综观沈氏所补之注,有两个显著的特点:

首先,在补注对象方面,因为查所注地理中,行政区域是其最重视之处,因而失注之处几乎没有。沈氏所补地理,主要在于名胜古迹及山岳河川。

其次,在引用材料方面,沈氏所用的材料,主要是清代编纂的地理著作,如顾祖禹的《读史方舆纪要》以及官修的《大清一统志》《江南通志》《山东通志》等,而前代地理著作的比例非常低。在上述著作中,《大清一统志》初成于乾隆八年(1743),终定于乾隆二十九年(1764);《山东通志》始修于雍正七年(1729);《江南通志》《读史方舆纪要》成书于康熙三十一年(1692)。

二、纠正查慎行因不懂历史地理学而产生的错误

1. 查慎行不懂古代行政区划而误

《用旧韵送鲁元翰知洺州》"坐忧东郡决,老守思王尊":

---

① 〔唐〕王维撰,〔清〕赵殿成笺注:《王右丞集笺注》,上海:上海古籍出版社,1998年,第4页。

沈注:查谓:"《舆地广记》:博、濮、大名、滑、开、德皆秦东郡之地,元翰在冀州治河有成效,故移知洺州,借王尊事以美之。"按:诗只是泛用,不指其地也。考《舆地广记》总序:冀州在秦为钜鹿郡,在汉为信都国,非东郡也。①

在这个例子中,查慎行认为诗句中的"东郡"用以指代冀州,他的根据是冀州所辖的博、濮、大名、滑、开、德等地都是秦代东郡的属地,冀州与东郡的地域范围大致相当,因而可以互相指代。沈钦韩指出,冀州在秦为钜鹿郡,在汉为信都国,并非东郡。事实上,冀州对于宋人来说已经是一个古代地理名词,宋代没有冀州这一行政区划。冀州作为古代九州之一,是秦汉时代的地理与行政区划概念。要了解冀州与东郡的关系,必须查考记录秦汉地理的有关著作。查慎行没有认真查考《舆地广记》的相关记述,因而轻率地得出了东郡即冀州的结论。

2. 查慎行不知古今同名异地而误

《次韵王定国倅扬州》"空教何逊在扬州":

沈注:查氏驳《韵语阳秋》云:"逊为建安王记室,正在扬州。葛常之似未深考。"按:彼时之扬州,正在今江宁府;今之扬州府,乃彼时之广陵郡,晋以前属徐州,刘宋为南兖州刺史治。《隋书·地理志》:丹阳郡自东晋以后置郡曰扬州。平陈,诏并平荡耕垦。开皇九年,改江都郡为扬州,自是扬州之名始移于广陵。唐韩皋作《广陵散序》,谓嵇康伤毋丘俭、诸葛诞之败。不知魏之扬州知寿春,而广陵为沿江瓯脱,不置官守。论事如此,何啻说梦! 唐人已有此谬,若何逊事老杜诗泛说,本未误,此诗则沿谬矣,查之驳又非。②

---

① 《苏诗查注补正》,卷三第七页 B。
② 《苏诗查注补正》,卷三第十三页 A。

在这条注中,查认为何逊曾在扬州为官、居住,因此《老杜事实》中所载何逊在扬州事是可信的,葛立方对其的批判并无道理。沈钦韩则支持葛说,批驳查说。沈钦韩认为,扬州这一地名有古今之别,何逊所处时代之扬州治所在后来的江宁,隋文帝开皇九年(589)之后,扬州的治所才移到现今的扬州,而此地在此之前一直被称为广陵。因此,宋人伪造的《老杜事实》,说何逊曾在今之扬州、古之广陵居住,理所当然是错误的,葛立方对其的批判是成立的。查慎行不懂古今扬州方位处所的不同,因而对葛立方的说法作出了错误的否定。

3. 查慎行因古今地名近似而误

这又分为两种情况:

(1) 因宋代以前的地名与宋代地名相近而误

《初发嘉州》:

> 查注:应劭《汉书注》:顺帝改青衣县为汉嘉,以公孙述称帝,青衣人不宾,光武嘉之也。[①]

除此之外,查慎行又引《十道志》、《元和郡县志》、《九域志》等多书说明唐宋之嘉州的建置沿革。

> 沈注:案:汉之汉嘉故城,在今雅州府雅安县北。今之嘉定府,隋唐之嘉州,乃汉犍为郡南安县地。查引应劭语以汉之汉嘉释此嘉州,误。[②]

沈钦韩指出,汉代的汉嘉城与唐宋时的嘉州看上去名称相近,其实二者指的并不是同一个地区。

---

① [清]查慎行:《苏诗补注》,第31页。
② 《苏诗查注补正》,卷一第一页A。

（2）因宋代地名与宋以后地名相近而误

《寄题兴州晁太守新开古东池》：

> 查注：《九域志》：利州路兴州顺政郡，在兴元府成、阶、凤三州之间，今汉中府兴安州是也。①
>
> 沈注：查云："兴州顺政郡，今汉中府兴安州是也。"案：《一统志》：唐宋兴州治顺政县，开禧三年改州曰沔州，县曰略阳。今属汉中府，在府西北二百九十里。兴安州本汉末西城郡，西魏于此改置金州，唐宋因之。明万历十一年改曰兴安州，在汉中府东南五百八十里。查注误。②

这条查注中，"利州路兴州顺政郡"是《九域志》的原文，"在兴元府成、阶、凤三州之间"是查慎行根据《九域志》的记载作出的简要总结，"今汉中府兴安州是也"则是查自行下的断语，并非《九域志》中的内容。沈钦韩指出查慎行把宋代的"兴州"与明、清两代的"兴安州"混淆起来的错误。

4. 查慎行因不能辨析宋代当时同名异地的情况而致误

（1）这类错误，多数由于查慎行缺少必要的地理知识而致误。查往往因不明地理而望文生义，从而强作解说，以致南辕北辙，谬以千里。例如：

《次韵孔常父送张天觉河东提刑》"子河骏马方争出"：

> 沈注：按：麟州，今榆林府神木县；府州，榆林之府谷县，宋时隶河东路。查以为"子河"当是"紫河"之讹。按：《寰宇记》：紫塞河源出朔州界马邑地，一名金河，南流合桑干河，在朔州鄯阳县东十里。《方舆纪要》：紫河在大同府西北塞外。隋大业三年，发丁男百万筑长城，西距榆林，东至紫河。《一统志》：紫河在山西归化城南一百

---

① ［清］查慎行：《苏诗补注》，第118页。
② 《苏诗查注补正》，卷一第六页B。

八十里,即中陵、楼颃二水,下流合黄河。然宋时云、朔二州已入契丹,岂假异域之产?况公自注明云在麟府乎?《东都事略·折德扆传》:契丹万骑入寇,御卿率兵大败于子河汊。《山堂考索后集》:凡马之所出,以府州为最,生于黄河之中子河汊者为善种。出环庆者次之。《方舆纪要》:府如县境,有子河汊,盖沁乃"汊"之讹。查不谙地理,妄意为"紫河",又以胜州榆林县为麟州榆林县,皆不堪检点。①

沈钦韩指出,宋代的确有"子河"这一地名。查慎行不明地理,认为"子河"当是"紫河"之讹,使"子河骏马方争出"一句毫无着落。沈钦韩详引史料,特别是历代的地理著作,辩明宋代的"子河"地名,有力地佐证了诗句。

(2) 对于同名异地的情况,查慎行也不能分别。

例如《南都妙峰亭》"孤峰抱商丘,芳草连杏山":

> 沈注:查引《统志》:"钧州在开封西南一百余里,城北有杏山。"考《统志》,万历时已改钧州为禹州,在开封府西南三百二十里,幸山在禹州城北二十里,与归德府东西相距六百余里。查所引非《统志》元文也。案:《明统志》:幸山在归德府城南三里,宋高宗即皇帝位即于此。"幸""杏"声同,盖即此杏山。②

沈钦韩认为,查注所言杏山在开封府,而此诗乃苏轼在南都所作,诗中所言杏山应在南都归德,而不在开封。

5. 由于查慎行读书不细致,也会把相近的地名搞错

例如《颍州初别子由二首》:

---

① 《苏诗查注补正》,卷三第十二页 A。
② 《苏诗查注补正》,卷二第三十一页 B。

> 沈注：查云："颖州，元丰二年升为颖昌军。"案：《九域志》：元丰
> 二年升颖州防御为顺昌军节度。三年，升许州为颖昌府。《宋史·
> 地理志》：政和六年，以颖州为顺昌府。查误移许州之府名为颖州
> 之军额。①

由于查慎行读书不细致，从而将相近的地名搞错，沈注一针见血地指出
了查注的错误原因。苏轼、苏辙兄弟因反对王安石的青苗法而被放外任，苏
轼出任杭州通判，苏辙任陈州教授。赴任途中，苏辙相送苏轼至颖州分别，
因而作此二诗。颖州后来改名为顺昌府，而改为颖昌府的是许州。若如查
注一般，弄错颖州后来所改的名称，容易误导后代读者。

6. 对史籍中出现的地理错误，查慎行也不能辨别

如《傅尧俞济源草堂》，

> 沈注：查引《东都事略》云："傅尧俞，郓州项城人。"案：《宋史》
> 传云：郓州须城人。须城即郓州郭下县，宋政和初升为东平府，明
> 省县入州。若项城县属陈州。今《东都事略》刻本亦讹作项城。②

诗题中的主人公傅尧俞的籍贯，虽与诗意无直接的联系，属于背景性的
说明。但一旦注出，则须慎重，否则亦会混淆视听。沈钦韩之辨，不无裨益。

第三节　《苏诗查注补正》的职官与典制的考证

一、补充查注

宋代注家与查慎行虽然在职官与典制方面下了一定功夫，但仍然有很

---

① 《苏诗查注补正》，卷一第九页 B。
② 《苏诗查注补正》，卷一第九页 A。

多疏漏，失注之处为数不少，被沈钦韩一一补注。

1. 补注诗题中的职官与典制。

如《监试呈诸试官》：

在这首诗中，前代诸家解题，只引书证明东坡有监试之事，而对监试这一制度没有任何说明。沈钦韩从释文莹《湘山野录》、江少虞《事实类苑》、《宋史·选举志》中引用详细的材料说明宋代一般由州通判出任监试举人的制度，①这就不仅证明了苏轼监试的事实，还说明了其原因，有助于本诗背景的交代与题旨的阐发。

2. 苏轼的诗句中，也经常叙述与职官典制相关的事实。如果不对其中有关的典制作出全面的解释，就无法正确理解诗意。

例如《送鲁元翰少卿知卫州》的前两句"冗士无处著，寄身范公园"：

> 沈注：此自以私故留京师，故假舍馆也。《燕翼诒谋录》：真宗以赴官注拟于堂，贫者留滞逆旅，无以为资，乃置朝集院于朱誉门外，此咸平四年癸丑诏也。院既成，诏陞朝官以上到阙，并馆于院中，官给公券，出入则乘马，开封府兵士随直。惟可至庙堂、省部、铨曹、官厅而已，虽欲出入市尘不可得也。故陞朝官以上造赴，则先匿于亲戚故旧之家，俟所干置悉备，方敢报阁门放见。盖阁门即日关报朝集院，开封有人马即至，迎入院中。景祐二年十月辛亥，诏复增置，以士大夫来者日多故也。然则东坡不寓于朝集院，盖已免过阙，自营私计耳。又《挥尘录》云：自外任代还，朝参日步军司即差兵士三人，马一匹，随从得差遣。朝辞毕，所属径关排岸司应付回网船，乘座以归。宋之优厚士大夫如此，故并著之。②

在这个例子中，前代注家只是引用材料说明了苏轼寓居于范景仁园中

的事实,却没有注意到宋代外官入京朝见的相关制度,因而不能解释苏轼寓居城外的原因。沈钦韩却能对苏轼寓居的原因作出解释,只有加上这种解释,才能真正全面地理解这两句诗的含义。

苏轼有时也在诗中对典制加以自注,但说得仍不够详细。前代诸家对此多有忽略,唯有沈钦韩对此比较重视,加以补注。例如:

《送碧香酒与赵明叔教授赵既见和复次韵答之》"几回无酒欲沽君,却畏有司书簿帐"二句:

> 苏轼自注:近制,公使酒过数,法甚重。
>
> 沈注:《燕翼诒谋录》:祖宗旧制:州郡公使库钱酒,专馈士大夫入京往来与之官罢任旅费。所馈之厚薄,随其官品之高下、妻孥之多寡。其讲睦邻之好,不过以酒相遗,彼此次易复还。公帑苟私用之,则有禁矣。治平元年,知凤翔府陈希亮自首曾以邻州公使酒私用,贬太常少卿,分司西京。乃申严其禁,公使酒相遗,不得私用,并入公帑。其后祖无择坐以公使酒三百小瓶遗亲故,自直学士责授散官安置。案:《东轩笔录》又云:熙宁中,周师厚为湖北提举,常平张商英监荆南盐税,师厚遗官,有供给酒数十瓶,阴俾张卖之。张言于察访蒲宗孟,宗孟劾其事,师厚坐是降官。盖熙宁以来,事事朘刻,以酒得罪者可数矣。①

在这条补注中,沈钦韩更加详细地说明了公酒禁私用的背景,从而更有力地说明了诗句中"畏"的原因。

3. 在苏轼的部分诗句中,虽然没有直接提到宋代的职官与典制,但如果不了解宋代的官制,就无法对这些诗句作出正确的理解。

例如《次韵刘景文西湖席上》"我官今已六百石,惭愧当年邴曼容":

---

① 《苏诗查注补正》,卷一第三十四页 A。

施顾注：《汉书·两龚传》：琅琊邴汉，亦以清行征用。王莽秉
政，遂归老于乡里。兄子曼容，亦以养志自修，为官不肯过六
百石。①

这条施顾注能够指出苏轼所用之典，找到"六百石"与邴曼容的联系，但
却没有对"我今官已六百石"一句作出解释。

沈注：按：先生是时虽以龙图阁学士知杭州，贴职已正三品，而
其阶止朝奉郎、正七品。论阶为定，正与汉之六百石相等。②

这样，沈氏就为苏轼的官阶与汉代的六百石找到了联系，从而为本句提
供了完整的注解。

又如《次前韵送刘景文》"路人不识呼尚书"：

类注本李厚注：《南史》：张瑰字祖逸，时集书每兼门下东省。
瑰清贫，有不识瑰者，常呼为散骑。③

李厚此注不得要领，难以解释苏轼之意。
苏轼自注云：

君一马两仆，率然相访，逆旅多呼尚书，意谓君都头也。④

苏轼自注将当代事实解释得很清楚，但对后人来说，"尚书"与"都头"之

---

① ［宋］苏轼撰，［清］冯应榴辑注：《苏轼诗集合注》，上海：上海古籍出版社，2001 年，第
1671 页。
② 《苏诗查注补正》，卷三第三十二页 B。
③ ［宋］苏轼撰，［宋］王十朋集注：《集注分类东坡先生诗》，《四部丛刊》影印元建安虞平斋务
本书堂刊本，上海：商务印书馆，民国八年(1919)，卷二十二第八页 B。
④ 《集注分类东坡先生诗》，卷二十二第八页 B。

间的联系并不确定，难以明白呼为尚书的根据。

> 沈注：《宋史·职官志》：检校官军班都虞候、忠佐副都军头以上止于左右仆射；诸军指挥使止于吏部尚书。《容斋三笔》：天圣职制，诸节度观察虽检校官，未至太傅者，许称太傅防御使；至横行使，许称太保；诸司使许称司徒，皆一时本等检校所带之官也。然诸军都头固宜称尚书也。[1]

这就解释了军都头被称为"尚书"的原因。

二、纠正查注

查注在职官与典制方面，不仅有诸多疏漏，在已注部分中，出现的谬误也为数不少，从而造成理解上的错误。沈钦韩在纠谬方面更见功力。查注关于职官与典制的错误，原因有以下几种：

1. 有些是由于读书不细致造成的

例如《次韵乐著作野步》：

> 沈注：查引《宋史·乐京传》，复云："著作郎与校书郎同隶秘书省，故得通称。"案：（乐）京（传）附见《张问传》"始以荐得校书郎"……又案《职官志》：两使职官知令录，六考，除著作佐郎。自校书郎初阶四转至著作佐郎。查于史传近作数行之内，而为此盲论，可怪也。[2]

查慎行读书不细致，先是看错了《宋史·乐京传》的原文，又没有进一步查证著作郎与校书郎的关系，以致得出了二者可以相互通称的错误结论。

---

① 《苏诗查注补正》，卷四第二页 A。
② 《苏诗查注补正》，卷二第二十页 A。

2. 有些是由于误引、误信文献而致

例如《雨中过舒教授》：

> 查注：《职官分纪》云：“《通典》：汉郡国皆有文学掾，唐府郡置经学博士各一人，以五经教授学生。宋无专员，诸州文学之职从九品，为散官。”①

> 沈注：《宋史·职官志》：教授，景祐四年诏藩镇始立学，他州勿听。庆历四年，诏诸路州、军、监，各令立学，始置教授以经术行义训导诸生。委运司及长吏于幕职、州县内荐，或本处举人有德艺者充。熙宁六年，诏诸路学官委中书、门下选差，始命于朝廷。是则教授之臣，往往以新及第。人有文学者及草泽为大臣所荐者充，非散官也。考《唐六典》，都督府及上、中、下州并有经学博士一人、助教二人。注云：魏晋以下郡国并有文学掾，即博士助教之任。则此在宋为散官，从九品以授白丁推恩酬奖者。查引《职官分纪》以教授为文学助教，失之远矣。②

在这个例子中，显然由于查慎行错误地相信了《职官分纪》的观点，因而导致对“教授”一官的错误理解。

3. 更多是由于缺乏必要的职官、典制方面的知识而造成的

（1）查慎行因为不懂北宋的职官、典制而造成很多理解上的错误

例如：

《夜直秘阁呈王敏甫》：

> 查注：慎按：宋时秘阁之秩，视三馆较卑。三馆者，昭文、集贤、史馆也。以先生《墓志》考之，英宗治平二年，公自凤翔罢还，召试

---

① ［清］查慎行：《苏诗补注》，第 337 页。
② 《苏诗查注补正》，卷二第九页 B。

秘阁,入三等,得直史馆。未几,丁老苏公忧。元祐初,自登州还朝,除起居舍人,继除中书舍人,前后历官未尝授秘阁之秩。题中所云"直秘阁",疑当作"直史馆"。①

　　沈注:叶梦得《避暑录话》:祖宗故事,进士廷试,第一人及制科一任回,必入馆。然须用人荐且试,而后除。案:东坡自凤翔签判任满召回,试得直史馆是也。沈括《梦溪笔谈》:馆阁每夜轮校官一人直宿。如有故不宿,则虚其夜,谓之豁宿。遇豁宿,例于宿历名位下书"腹肚不安"免宿。故馆阁宿历相传,谓之害肚历。又云:三馆祕阁凡四处藏书,然同在崇文院。案:《事实类苑》引《蓬山志》:侍读学士等设直庐于秘阁,则三馆学士虽识名不同,而寓直并于秘阁可知。程俱《麟台故事》:端拱元年,于史馆建秘阁,仍选三馆书万余卷,以实其中。凡史馆先贮天文、占侯、谶纬、方术书五千十二卷,图书百十四轴,尽付秘阁。大中祥符八年,荣王宫火,焚及崇文院,遂置外院于左右掖门外。嘉祐四年,还崇文院于禁中。景德初,龙图阁直学士待制直阁,并寓直秘阁,每五日一员递宿。后置天章阁待制,亦寓直于秘阁,与龙图官递宿。则知东坡是时职为直史馆,而夜直固在秘阁。查氏强云东坡未尝为直秘阁,不知题中本云夜直秘阁,非拜职秘阁也。②

　　查慎行认为,苏轼只曾任过史馆之职,却未担任秘阁之职,所以诗题中的"直秘阁"有误。沈钦韩引用各种材料指出,北宋包括史馆在内的三馆学士都有在秘阁值班夜宿的职责,"直秘阁"指值夜班,而非查慎行理解的拜职于秘阁。

　　又如《次韵王定国谢韩子华过饮》"宅府开国公":

---

① ［清］查慎行:《苏诗补注》,第120页。
② 《苏诗查注补正》,卷一第七页 A。

查注:《宋史·韩绛传》:熙宁中,为陕西宣抚使,即军中拜中书门下平章事,开幕府于延安。[1]

沈注:查引《韩绛传》杂乱无序次,又不晓开府是极品之阶官,乃云熙宁中绛开幕府于长安。然帅臣皆有幕府,不为官称也。考《绛传》:哲宗立,更镇江节度使,开府仪同三司,封康国公。《石林燕语》:唐制:节度使加中书门下平章事为使相。元丰官制罢平章事,而以开府仪同三司易之,亦带节度使,使谓之使相。《闻见后录》:元丰新格中书令、侍中、同平章事为开府仪同三司。按:旧时兼宰相衔本有三等,新格并为一,当时所以有流品,不分高下,无别之论也。[2]

查注将"开国公"理解为"拜中书门下平章事",尚且恰当,然而其后云"开幕府于延安"则显得画蛇添足,不仅与诗意无关,而且显然误将"开府"理解为"开幕府",愈发错上加错。沈注引《宋史》及《石林燕语》《闻见后录》等笔记详辨之,甚为必要。

(2)查慎行把宋代的职官与其他朝代混淆而致误

例如《十二月二十八日蒙恩责授检校水部员外郎……》:

查注:《唐会要》:员外郎,神龙以后有之。惟皇亲战功之外,不复除授。今则贬谪者然后以员外官处之。[3]

沈注:案:六部郎官前行为高,其次为中行,其次为后行,而水部为最下。有罪叙复人自水部转,又有检校官十九等,自太师以至水部员外郎。此宋制异于唐制也。查引唐志,以员外郎为员外官。[4]

---

① [清]查慎行:《苏诗补注》,第 517 页。
② 《苏诗查注补正》,卷三第四页 A。
③ [清]查慎行:《苏诗补注》,第 395 页。
④ 《苏诗查注补正》,卷二第十八页 B。

沈钦韩指出,唐宋两代"员外"的概念不同,查注混淆了其中的区别。
(3) 查慎行混淆北宋与南宋的官制而致误
例如《次韵刘焘抚勾蜜渍荔支》：

　　查注:《职官分纪》:安抚使属有管勾官,以知州及阁门祗候
上充。①

　　沈注:《山堂考索》:宋朝安抚使属有勾当公事,管勾机宜文字,
准备差使,俸给京官依通判,选取人依签判。高宗即位,嫌御名,改
为干当公事。《长编》:元祐元年二月,臣僚上言:顷年监司添差勾
当公事,官隶转运司者曰运勾;提举司者曰提勾;盐司者曰盐勾;措
置司者曰措勾;安抚司者曰抚勾。官号之异,昔所无有。窃计河北
一路,亡虑二三十员,此等小官新进,鲜顾事体,凭恃势要,妄自尊
大,州县奉之过于监司,宜一切罢遣,俾还选部。诏定州、真定、高
阳关路,三路都总管安抚司管勾机宜文字、勾当公事。逐司各留管
勾机宜文字、勾当公事各一员。定州、瀛州、真定府、大名府、河北
四路并兼安抚使、马步军都总管。按:《金石萃编》:韩魏公重修北
岳庙,记碑,阴有文林郎守冀州,武邑县令管勾定州路安抚司机宜
文字、陈荐姓名。此亦所谓抚勾也。查引《职官分纪》云:安抚使属
有管勾官,以知州及阁门祗候充。此南宋宣抚司之制也。《职官
志》云:宣抚使不常置,以二府大臣充其属。有参谋官,系知州资序
人,与提刑叙官、参议官系知州序人,与转运判官、叙官机宜干办公
事,并依发运司主管文字叙官,此随使府尊崇而然。然管勾官亦非
以知州资序人充也。又:阁门祗候在西班,非幕属文职。查所引重
重障碍,不可不辨。②

──────────

① ［清］查慎行:《苏诗补注》,第 740 页。
② 《苏诗查注补正》,卷四第十一页 A。

北宋、南宋名为一代，其职官、典制常有名目相似之处，但其中区别甚大。沈钦韩指出，北宋安抚使下属有管勾机宜文字的官员，但其名称却不是"管勾官"，而称为"勾当公事"。查慎行所引"安抚使属有管勾官"是南宋官制，与北宋相比，似是而非，而且安抚使下属的管勾官也并非由知州或候补知州充任。

（4）查慎行混淆北宋元丰改制前后官制而致误

例如《与梁左藏会饮傅国博家》：

> 查注：《职官分纪》：国子监博士有太学、五经、四门、武学、律学、书学、算学诸名。①
>
> 沈注：此只是国子博士寄禄官也。《选举志》：凡进士九经出身者，殿中、秘书、太常三丞及著作郎皆迁太常博士。诸科及无出身者，殿中丞转国子博士。傅盖任子，故为此官。查不知此为寄禄官，而漫引元丰后官制。②

北宋一代，有元丰改制之实，前后官制有所区别，不可不辨。苏轼生活的时代，恰好跨越了元丰改制前后两个阶段，对此尤应慎重。查慎行将元丰改制前后的博士官混为一谈，被沈钦韩指正。

第四节　《苏诗查注补正》的古代典故考证

用典是汉魏六朝以来诗文的重要表现方法，宋诗特别是苏诗有"以学问为诗"的特点，因此凡注苏诗者，必定关注苏诗所用的典故，沈钦韩亦不例外。典故一般分为两种：一种是诗人所用前代典籍中的故事，一般来自经、史、子部文献；另一种是来自前人诗文中的字、词、句等语汇，一般来自集部

---

① ［清］查慎行：《苏诗补注》，第 327 页。
② 《苏诗查注补正》，卷二第七页 B。

文献。上文已述,沈钦韩既对经、史等文献有突出的考证能力,又有一定的诗文创作能力,并没有完全忽视苏诗的文学属性,因此对这两类典故,都能一一究其出处,并能探寻典故背后的意义。尤其值得注意的是,从宋代到清初,已有多位注释者对苏诗中的典故出处进行了刨根究底式的发掘,而沈钦韩仍能以其非凡的学识,补注多处典故,弥补前代诸家的阙漏。

一、补注诗中典故

旧注只能猜测诗意,却不知其中包含典故,用语自有其来处,为沈钦韩所补。例如《七月五日二首》“避谤诗寻医,畏病酒入务”:

> 类注本师尹注:诗寻医,谓不作诗也。酒入务,谓止酒不饮也。①

应该说,师尹对诗句的基本意义是理解的,但却没有点明这两句所包含的典故,为这种解释找到根据。

沈钦韩则解释了其中的典故,沈注云:

> 《旧五代史》:周显德诏曰:至时而不肯尽辞入务,而即便停罢,谓入农务,州县即不受词讼也。“入务”之谓停止,乃歇后语,非入务即是停止。寻医亦因托病不任事,故谓解官为寻医。《通鉴》:唐僖宗乾符六年,河东节度使李侃以军府数有乱,称疾请寻医。光启二年,田令孜至成都请寻医,许之。胡三省注云:《刘公是集·先考益州府君行状》:为湖北转运按察使,宁建令李康在事多不法,公先露其擅赋民造船等事,康即日移病寻医。制:寻医满三年,乃复用,所以惩奸伪。《长编》:庆历三年七月,诏京师朝官以病寻医者,须

---

① 《集注分类东坡先生诗》,卷六第十一页 A。

一年方听朝参。①

由沈注可知,寻医是托病辞官的代名词。"入务"则是歇后语,暗含"停止"之意。苏轼用这两个典故,乃是一种比喻,想表达的实际意义为不作诗、不饮酒。师尹注对苏诗含意的理解本无错误,但如果缺乏沈钦韩的详细说明,则显得没有根据,读者也不容易明白诗意的来龙去脉。

二、解释苏轼使典的寓意

旧注只能引出典故的出处,却不能解释苏轼使典的寓意。例如《和董传留别》"眼乱行看择婿车":

> 类注本宋援注:唐进士开宴,常寄曲江亭。其日公卿家倾城纵观,钿车珠鞍,栉比而至。中东榻者十八九。②

宋援注没有标明所引文献的出处,这是类注本的一贯缺点,并不是这条宋援注的主要问题。宋援所注,能够道出"择婿车"的出处,但仍然不能完整地说明苏轼的意思,没有从整诗的意义出发来把握苏轼使用这个典故的意图。

沈钦韩则作了说明:

> 沈注:王定保《摭言》:曲江亭子,进士开宴常寄其间。其日公卿家倾城纵观于此,有若中东床之选者十八九,钿车珠鞍,栉比而至。诗正用此事,其时董传无妻也。王注亦及之,但不著所出之书耳。③

---

① 《苏诗查注补正》,卷一第三十三页 B。
② 《集注分类东坡先生诗》,卷二十二第二十二页 B。按,《四部丛刊》影印《集注分类东坡先生诗》,将诗题误作《和董传留别》。
③ 《苏诗查注补正》,卷一第七页 A。

沈钦韩指出,因为当时董传无妻,所以才有必要"眼乱行看择婿车",苏轼的这首送别诗暗含有调侃的意味。相比之下,宋援注显得未切中要害。

三、补注难典、僻典,并能分析其用意

例如《杜介熙熙堂》"黄纸红旗心已灰":

> 施顾注:白乐天《刘十九同宿》诗:红旗破贼非吾事,黄纸除书无我名。①
>
> 沈注:谓出将入相之心已灰。《东都事略》:钱惟演为枢密使,尝谓人认不得在黄纸上署名为恨。案:《梦溪笔谈》:白纸书宰相押字,他执政具姓名进草,即黄纸书。宰相、执政皆于状背押字,然则敕书用黄纸,皆宰相进拟除授,故云然。②

施顾注显然不得要领,只能引出字面相同的出处,读者看了只后,仍然不能明白苏轼的用心。相比之下,沈钦韩能明白苏轼的意图,准确地解释了诗句之意。

又如《次韵颖叔观灯》"不用防秋更打冰":

> 施顾注:《唐书·陆贽传》:西北边岁调湖南、江淮之兵,谓之防秋。③
>
> 沈注:《北史·斛律光传》:初,文宣时,周人常惧齐兵之西渡,恒于冬月中河椎冰。及武成帝即位,朝政渐紊,齐人椎冰,惧周兵之逼。诗意谓颖叔守边,虏自不敢犯,不须椎冰也。④

---

① 《苏轼诗集合注》,第 792 页。
② 《苏诗查注补正》,卷二第九页 A。
③ 《苏轼诗集合注》,第 1857 页。
④ 《苏诗查注补正》,卷四第八页 A。

这条施顾注显然跟上例一样,无法领会苏轼的意图。只有加上沈注,意思才显得完整。这条施顾注只能引出"防秋"的出处,却遗漏了"打冰"。"打冰"一词出自《北史·斛律光传》,属于相对生僻的典故,而苏轼常常以"学问为诗",这一类的难典、僻典,若非沈钦韩学问渊博,难明出处。在征引出处的基础上,沈钦韩将典故的内容与蒋颖叔的处境作了对比,从而完整地解释了诗意。

四、纠正旧注的严重错误

例如《和邵同年戏赠贾收秀才三首》"骚人孤愤苦思家":

> 类注本赵次公注:韩非有《孤愤》篇,言孤独而愤闷也。惟孤愤,故思家。旧注乃引冒顿慢书云"孤愤独居";按《西汉书》,乃是"孤偾"字。①

而沈钦韩不同意赵次公的说法:

> 沈注:邵注(其实是类注本中的赵次公注)引《孤愤篇》,非也。愤当作偾。《汉书·匈奴传》:冒顿单于遗高后书云:陛下独立,孤偾独处,两主不乐。此因贾欲再娶,故戏之。②

本句的"孤愤",赵次公理解为"孤独而愤闷",认为它与《韩非子》中的《孤愤》篇名同义,转而指出旧注所引《汉书·匈奴传》中的"孤愤独居",并不正确。并且进一步指出旧注将《汉书》中的"孤偾"误引为"孤愤"。沈钦韩指出,《汉书·匈奴传》的原文的确是"偾",但此处苏轼正用"孤偾"之义,而非"孤愤"。《汉书·匈奴传》中的冒顿单于遗高后书,具有明显的调侃意味,意

---

① 《集注分类东坡先生诗》,卷十五第十五页 B。
② 《苏诗查注补正》,卷一第十八页 B。

谓汉高祖刘邦去世后,高后吕雉寡居独处无聊,不如改嫁自己。沈钦韩指出,苏轼作此诗时,友人贾收正准备续弦,因此用《汉书》中的这个典故来戏谑。从本诗的诗题来看,沈钦韩的说法更加合理。

又如《和王胜之》第二首"齐酿如渑涨绿波":

施顾注:《左传·昭公十二年》:晋侯以齐侯宴,投壶。齐侯举矢曰:"有酒如渑,有肉如陵。寡人中此,与君代兴。"①

沈注:齐酿即太守厨酿也。《晋书·刘弘传》:弘下教曰:酒室中云:齐中酒厅,事酒、猥酒,同用麴米,而优劣三品。投醪当与三军同其厚薄,自今不得分别。此"齐"不得读作"齐楚"之"齐"。②

施顾注因《左传·昭公十二年》所载齐侯之言"有酒如渑",其字面与苏轼诗句中的"齐酿如渑"十分相似,因而将"齐酿"之"齐"理解为"齐楚"之"齐",这是一种典型的误注。相比之下,沈钦韩因读书广博,能体会《左传》原文与苏轼诗句之间意义的差别,并进一步在《晋书·刘弘传》中找到了"齐酿"的真正出处。"齐酿"之"齐"实则应为"酒齐"之"齐",指带糟的浊酒,读音为去声,此处指太守厨酿。

五、着重抨击旧注中改易原书以迁就苏诗的问题

例如《答郡中同僚贺雨》"何曾拜向人":

查注:《三十国春秋》:慕容俨少见潘乐,长揖而已。或劝屈节,俨攘袂曰:"吾状貌如此,行望人拜,岂能拜向人?"③

沈注:查引《三十国春秋》云云。案:萧方等所撰,唐以后久不传。其事见《北史·慕容俨传》,云:迁五城太守,见东雍州刺史潘

---

① 《苏轼诗集合注》,第 1254 页。
② 《苏诗查注补正》,卷二第三十一 B。
③ [清]查慎行:《苏诗补注》,第 365 页。

相乐,长揖而已。丞尉以下数罗其罪,乃谓俨曰:"府君少为群下屈节。"俨攘袂曰:"吾状貌如此,行望人拜,岂可拜人?"查改为"岂能拜向人"以迁就诗句,此乃向来注家积习。①

在这个例子中,沈钦韩认为查慎行所引《三十国春秋》的语句,应与《北史·慕容俨传》一致,慕容俨的原话应为"岂可拜人"。苏轼读书万卷,喜欢在诗中用典,但往往不是直接拾人牙慧,而是施以变化,从而使诗句的字面不落前人窠臼。此处苏轼将《北史》中的"拜人"改为"拜向人",略加变化,从而接近宋代的语言习惯。查慎行却没有体会苏轼的用心,反而将《三十国春秋》的原文改为"岂能拜向人",以证明苏轼用语有出处,这种做法不值得提倡。

六、指出苏轼用典时的许多错误

苏轼虽然才学渊博,但用典之时也不免有误。除了上例中的错误之外,其诗集中尚有多例。一般的注释者常常没有注意到这一点,甚至于讳言这一点。

例如《初到杭州寄子由二绝》"使君何日换聋丞":

> 沈注:以馆职通判拟汉之府丞,已成隔夜话。况《汉书·黄霸传》所云许丞,乃颍川郡许县之丞乎?传误久矣,注家亦未有指摘之者。②

苏轼作此诗时,刚刚赴任杭州通判一职,而诗中所用典故是颍川郡姓许的丞员,两个官职的等级差别较大,苏轼以许府丞喻指自己,并不贴切,但前代注家都对此视而不见,只有沈钦韩能够大胆地指出。

---

① 《苏诗查注补正》,卷二第十四页B。
② 《苏诗查注补正》,卷一第十二页B。

　　沈钦韩还重点指出前代注家的一种严重错误：苏轼用典出现了错误，注释者不敢指出，反而改动原书的文字，以迁就苏轼的错误。

　　如《书浑令公燕鱼朝恩图》：

　　　　查注：《旧唐书》：浑瑊，皋兰州人。本铁勒九部落之浑部也。德宗朝，累功拜中书令，封咸宁郡王。谥忠武。朱景玄《唐朝名画录》：浑侍中宴会图，乃周昉所画。①

　　　　沈注：按《唐书·浑瑊传》：大历十二年以前，鱼朝恩贵盛，时瑊尚为偏裨，未能与朝恩作宾主也。东坡信手落笔，未究史传本末。故刘辰翁评此诗"不可晓"，查强为护短。考《唐朝名画录》，只云周昉画《浑侍中宴会图》，不云鱼朝恩。凡加中书令、封公王始称令公，浑则加侍中，亦不当称令公。②

　　此处沈钦韩引用《新唐书·浑瑊传》的相关记载，指出了周昉作画时浑令公与鱼朝恩尚无过从宴饮的交情，而苏轼的错误在于信笔挥之，没有认真查考史传的记载。查慎行未能发现这一点，令人遗憾。

　　又如《东川清丝寄鲁冀州戏赠》"床头锦衾未还客"：

　　　　沈注：《杜集·太子张舍人遗强成褥段》云：锦鲸卷还客，始觉心和平。东坡改鲸为衾，取便观者。任渊注陈后山诗，遂改鲸为衾，以迁就作者，非也。③

　　这也是一个改动杜诗以迁就苏诗的例子，虽然不是发生在苏诗注而是发生在任渊的《后山诗注》中，但同样值得重视。

---

① ［清］查慎行：《苏诗补注》，第 654 页。
② 《苏诗查注补正》，卷三第三十二页 B。
③ 《苏诗查注补正》，卷三第二十八页 B。

本章小结

乾嘉学者沈钦韩以经史考证见长，兼具诗文创作的才能。他综合两方面的长处，以严谨的治学态度与精深的考证功力从事诗歌注释，形成了"以考证注诗"的方法。在《苏诗查注补正》中，沈钦韩针对宋代苏诗的类注本、施顾注本、清代邵长蘅的补施本、查慎行注本的错误作了详尽精细的补正：首先针对苏诗所用的古典作了补注。其次，沈钦韩拓展了宋代以来诗歌注释中的"以史证诗"方法的内涵，将"证"的重点从"印证"转移到"考证"上来，从而将"以史证诗"方法上升为"以考证注诗"的方法，对苏诗诗题与诗句中涉及的人物、时事等史实作了严密的考证，尤其将重点放在职官典制、地理方面，从而对苏诗的句意、篇意作了完整可靠的补充。

沈钦韩是一位考史学者，他治经、史等著作，都是从史学的角度出发的，对文学作品也不例外。他对诗文注释的根本认识是："夫读一代之文章，必晓然于一代之故实，而俯仰揖让于其间，庶几冥契作者之心。"[①]他所说的"故实"，"故"就是地理、职官、典制、人物等历史名词，"实"就是历史事实。沈钦韩注释韩愈、苏轼、范成大诗及王安石的诗文，都基于这种认识，因此，他补正查注，其重点与查慎行的苏诗补注一样，都放在地理、职官、人物、史实等方面，对有关的词意与句意作出辨析与补充。此外，与查注相比，沈注更加不重视对诗歌的创作背景与篇意的总结。这是因为：（1）沈钦韩本人是乾嘉时代的学者，而乾嘉学派的主流就是从事细节的考证。（2）经过集百家分类注、施顾注、查注等历代多位注家的摸索，对篇意的解说已经没有留下多少空间。

对于查慎行来说，沈钦韩是后来者，易于居上，又因为他在考史方面学力的精深，因此在地理、职官、人物、史事等方面能够指正、补充查注的大量

---

① 《注王荆公集序》，［宋］王安石撰，［清］沈钦韩注：《王荆公诗集注》《王荆公文集注》，见《续修四库全书》第 1313 册，上海：上海古籍出版社，1996 年影印版，第 439 页。

失误。

　　沈钦韩特别擅长于地理,而查慎行又最注重地理,因此沈钦韩对查注中的地理问题致力最深。乾嘉时期的地理学研究侧重于历史地理学,沈本人也不例外,他主要从历史地理的角度对查注进行批驳,对查不懂古代行政区划而误、不知古今同名异地而误、因古今地名近似而误、因不能辨析宋代近似的地名而产生的错误等现象进行了批判。

　　另外一个值得注意的问题是,查慎行尽管也很重视职官、典制,但他往往只能将其作为孤立的历史名词来解释,所释仅限于词义,而没有将职官、典制与句意联系起来。其实,苏诗与宋代职官、典制的联系,不仅仅在于诗题或诗句中包含了这类名词,而且因为苏诗中的某些因事而发、记录事实的句子,其起因往往可以追溯到北宋的职官与典制,如果不了解职官与典制,就不可能对句意作出准确的理解。查慎行忽略了这一点,沈钦韩却能借助本人的学力,对这类句意作出补注。

　　总而言之,沈钦韩善于补注经、史,尤重于地理、职官典制、史事的考据,他的这一学术特点亦贯穿于诗歌注释中。《苏诗查注补正》作为沈钦韩的诗歌注释的代表作,对苏诗查慎行注的地理、职官典制、史事等方面进行了严谨缜密的考据,纠正、补充了查慎行及前代其余苏诗注家的大量错误和疏漏,形成了"以考证方法注诗"的特点,在苏轼研究史与清代诗歌注释史上占有重要地位。

第九章　冯应榴《苏文忠公诗合注》研究

引言　冯应榴及《苏文忠公诗合注》的概况

一、冯应榴的生平与著述

冯应榴(1740—1800),字诒曾,号星实,晚号踵息居士,浙江桐乡人。乾隆二十六年(1761)进士。三十年(1765)清高宗南巡,召试授内阁中书,入直军机处,迁宗人府主事。三十五年(1770),充湖北乡试副考官,次年充顺天乡试同考官,擢吏部郎中。五十一年(1786)后转山东道御史,迁户科给事中,五十四年(1789)充山东乡试正考官,历官至鸿胪寺卿。五十六年(1791)授江西布政使。晚年乞归养亲。除《苏文忠公诗合注》外,另著有《学语稿》等。

在诗歌注释方面,冯应榴有着深厚的家学渊源。

冯应榴父冯浩(1719—1801),字养吾,号孟亭,乾隆十三年(1748)进士,改庶吉士,授编修,曾参与编撰《续文献通考》。后升御史,以病告归。冯浩精于诗文笺注,著有《玉溪生诗笺注》三卷、《樊南文集详注》八卷。其中《玉溪生诗笺注》颇得后代好评,该书在吸取朱鹤龄、徐树谷等前人成果的基础上,重点对李商隐诗中的典故、史实、典章制度等作出解释与引证,并能在此基础上探索作者的创作意图。另有《孟亭居士诗稿》四卷、《文稿》五卷。

冯应榴之弟冯集梧，字鹭庭，乾隆四十六年(1781)进士。尝撰《樊川诗集注》四卷，该书笺注的重点在于名物、地理、典章、史实，颇为精审。①

二、《苏文忠公诗合注》的成书过程

冯应榴对苏诗产生兴趣，在中年以后。他在《苏文忠公诗合注序》中说道："余弱冠以前，于苏文忠公诗全未涉猎也。释褐南归，舟中略讽诵之，亦未究心也。迨后宦途驰逐二十余年，无暇从事研求。中间使蜀，曾一谒眉山故里，而于诗仍未能深为玩味也。"②直到乾隆五十二年(1787)初夏，"偶取王、施、查三本之注各披阅一过，见其体例互异，卷帙不同，无以取便读者，爰为合而订之意，不过择精要，删复出耳"③。他认为这三个注本的体例大不相同，非常不便于后人阅读，因此便起了将三家注合订的念头。从此之后，冯氏将数家注择精删冗，并援引诸书订其舛误，历时七年，于乾隆五十八年(1793)成书。

三、《苏文忠公诗合注》的刊刻流传及主要版本

本书的最早刻本为乾隆六十年(1795)的踬息斋刻本。太平天国乱后，江浙一带的旧籍沦散，幸好冯应榴之孙冯宝圻保存了《李义山诗文注》与《苏文忠公诗合注》的旧板，然而已有部分残损。经过冯宝圻的多方寻绎、修补，终于在同治七年(1870)得以重刻。按冯宝圻在《新修补苏文忠公诗合注序》中的说法，共计补缺板百余，约十万字；易漫八十余板，约六万字。④

---

① 冯应榴的生平、著述、家学渊源参考了王友胜《冯应榴与〈苏文忠诗合注〉》一文，此文见《文学遗产》2002年第2期，第114—121页。

② ［宋］苏轼著，［清］冯应榴辑注：《苏轼诗集合注》，上海：上海古籍出版社，2001年，第2634页。

③ 《苏轼诗集合注》，第2634页。

④ 《苏轼诗集合注》，第2633页。

四、《苏文忠公诗合注》的体例

1. 包含的注本

顾名思义,在《合注》中,冯应榴将其所能收集到的苏诗旧注汇合在一起,并选用了最佳版本,其中包括:

(1) 宋刊五家集注苏诗之《后集》不全本七卷,注家包括李厚、程缜、宋援、赵次公、林子仁。冯应榴将此本有而百家注所无者,标以五注本某某云。至于五注本与百家注本皆有者,则归入百家注(类注本)中,不再标五注本之名。苏诗五注是苏诗早期重要注本,原本已不传,《后集》的七卷赖《合注》得以保存。[①]

(2) 宋代王十朋编撰的集百家分类注本(以下简称"类注本")。该注本有三个版本系统较为流行:一是旧王本,即宋、元刊本;一是新王本,即明代茅维改编重刻本;一是通行王本,即清初朱从延重刻本。新王本与通行王本差别不大。同旧王本相比较,新王本与通行王本任意删改旧王本的注文,较其少十余万字。冯应榴在通行王本的基础上,又参考吸收了含有刘辰翁评点的元刊本。对类注本的注文,冯应榴自称:"概以'王注'括之,中有辨正及俟考者,仍以'王注某曰'标之。"[②]

(3) 宋代施元之、顾禧、施宿注本(以下简称"施顾注本")。冯应榴所用的版本是宋嘉定刻本,该本明代为毛晋所藏,清康熙年间为江苏巡抚宋荦所得。宋荦嘱邵长蘅等重刻,命名为《施注苏诗》,于原有注文任意删削,失其本来面目。查慎行在施顾注的基础上补注苏诗,也仅从友人处借得宋嘉定本匆匆一观。冯应榴没有说明获得宋嘉定本的途径,该刻本流传至乾隆年间,比宋荦之时残蚀更甚。至于该注本的宋景定郑羽重刊本,冯应榴并未亲睹其完帙,仅从友人手中抄补数条。冯应榴将施顾注本统称为"施注"。时至今日,由于施顾注本的宋嘉定、景定刻本皆为珍本,普通读者难得一睹,故

[①] 五注本《前集》《苏轼诗集合注》,现只存第四卷,存于中国国家图书馆藏《集注东坡先生诗前集》中,与十注本第一、二、三卷合刊。

[②] 《苏轼诗集合注》,第 2643 页。

《合注》仍为阅读施顾注本的重要途径。①

（4）清代补施注本，包括邵长蘅补注的八卷（称为"邵注"）、李必恒补注的四卷（称为"李注"），以及冯景所注《苏诗续补遗》上下卷（称为"山公注"）。

（5）清代查慎行《补注东坡先生编年诗》，称为"查注"。

（6）清代翁方纲《苏诗补注》，称为"翁方纲注"。

在上述各家注文之外，冯应榴又增加了自己的补注，称为"榴案"。

至于沈钦韩的《苏诗查注补正》，不仅成书晚于《合注》，而且直到光绪八年（1882）才得以首次刊行，故未得列于《合注》之中。

冯应榴不仅汇合各家之注，同时也将旧注中的重复冗余、明显错误的部分删除，有时还适当地调整注文的顺序。这类汇合众注、统一编次、删冗去重的工作，给后代读者带来极大的方便。

在第1至45卷编年诗中，冯应榴合各家注的次序如下：诗题之下，先说明该诗在旧、新王本中各属何类。若该诗载于七集本的《续集》当中，还要特别指明。同一题或一句之注中，先列类注本各注，如上所述，称为"王注"、"王注某某曰"、"五注本某某曰"；次列施元之、顾禧、施宿注，统称为"施注"；若该卷施注已阙，则列邵、李、冯景三家补注，分别称为"邵注""李注""山公注"；再次列查慎行注，称为"查注"；继次列翁方纲注，称为"翁注"；最后加上冯应榴自己的意见，称为"榴案"。

2. 编次

《苏文忠公诗合注》亦按查慎行《补注东坡先生编年诗》的卷次，将全书分为50卷。其中卷一至卷四十五编年诗的编次与查注本完全一样，即使冯应榴对查慎行的编年持有异议，仍然不改变查的编次，仅将其考证意见附于题后。查、冯二本的卷四十六皆为帖子口号诗，数目都是65首，所收篇目也

① 宋嘉定本现存三个版本系统：（1）毛晋原藏本：尚余十九卷，今藏于台北"国家图书馆"。（2）黄丕烈原藏本：仅存二卷，现藏中国国家图书馆。（3）缪荃孙原藏本：存四卷，现藏于中国国家图书馆。宋景定本存三十二卷，现藏于上海图书馆。上述诸本皆为收藏馆之珍品，读者难睹其真容。台湾艺文印书局将嘉定本毛晋原藏本十九卷与景定本三十二卷拼合影印成《增补足本施顾注苏诗》出版，大陆仅中国国家图书馆有收藏。

完全一致,只是冯应榴根据残宋本将《端午帖子词》移于《春帖子词》前。查注本卷四十七、四十八为补编诗,在冯应榴的合注本中被移到了卷四十九、五十;反之,查注本的卷四十九、五十为他集互见诗,在冯应榴合注本中被移至卷四十七、四十八。这几卷中每卷的数量也发生了变化。查注的卷四十七相当于冯注的卷四十九,冯将篇目由查注的 64 首扩大为 70 首;查注的卷四十八相当于冯注的卷五十,冯将数量由查注的 92 首扩大为 114 首;查注的卷四十九相当于冯注的卷四十七,两者数目相同,都是 47 首;查注的卷五十相当于冯注的卷四十八,冯将数量由查注的 43 首扩展为 52 首。

第一节 《苏文忠公诗合注》的文献辩订

传统的诗歌注释属于文献整理的一部分。宋明的一些诗歌注释者往往只着重解释诗意,却不注重对作者的诗集进行细致的文献整理。清代以来,文献整理中的校勘、辑佚、辨伪已成为古籍注释时必不可少的工作。邵长蘅、查慎行等苏诗注释者开始重视补注中的文献整理工作,但不够全面,而且有较明显的失误。《合注》进行了全面的文献整理,为补注提供了可靠的文献基础,在苏诗注释史上是一大创举。

作为乾嘉时代的学者,冯应榴作此《合注》,其目的不仅仅在于统一体例以方便读者的阅读。他更致力于更正前代各注中的错误,补充其漏洞。以"榴案"口吻出现的冯应榴自身的注释,其最重要的价值也在于此。

冯应榴的纠谬,最重视文献学的功夫。他最用心最勤者,在于花费了大量精力核对各家注中所引用的文献内容,纠正其中的错误。

一、《苏文忠公诗合注》对旧注的删节、调整、补充

1. 删节冗注

正如冯应榴在《合注》自序中所言:"偶取王、施、查三本之注各披阅一过,见其体例互异,卷帙不同,无以取便读者,爰为合而订之意,不过择精要,

删复出耳。"①该书不仅仅是汇合各家之注,同时也将原有各注中的冗余部分删除。具体而言:有下列几种情况:

(1) 对同一典故重复出注的情况,只保留第一处,其余各处改为"见前某某诗"。重复出注的情况,在类注本、施顾注本中常常出现,尤以施顾注本为甚,以至于出现将同一典故重复注释十数次的情况。

(2) 对类注本、施顾注本二注相近者,删去相对简略者。这两个注本都擅长于注释典故的出处,而且施元之、顾禧是在脱离类注本的前提下自行作注的,因此不免出现二注近似的情况。在这种情况下,由于类注本的大多数注家的治学态度都比较粗疏,所引之文错讹太多,而施顾注的引文相对更加精审,因此被删者往往是类注。

(3) 删除各家注中不得要领、与诗意无关的注文。如《泗州除夜雪中黄师是送酥酒二首》"欲从元放觅拄杖",冯注云:"王本厚注引《太平广记》'孙讨逆欲杀左元放,著鞭策马,终不能及'事,与诗意无涉,已删。"②

(4) 删除各家注中虽非误注,却对诗意的解释帮助不大、显得多余的注文。如《秀州僧本莹静照堂》,冯注云:"此条次公注甚繁,而皆随诗诠解,别无精义,故止采末二句。"③

2. 合理调整注文的顺序

(1) 在同一首诗中移动注文的顺序。如《和鲜于子骏郓州新堂月夜二首》,查慎行注引唐代李吉甫的《元和郡县志》、《宋史·地理志》、明代曹学佺的《名胜志》等书介绍郓州的建制沿革,本列于题下,冯应榴将其移至"山川今何许,疆野已分宿"句下。因为这两句的类注本赵次公注云:"此言郓州与徐州。"④所述的疆野乃分属于郓州与徐州,冯应榴将查慎行所说明的郓州的地理情况从题下移至此句之下,能够有力地支持赵次公的意见,从而对诗意

①　《苏轼诗集合注》,第 2634 页。

②　《苏轼诗集合注》,第 1243 页。

③　《苏轼诗集合注》,第 218 页。

④　[宋]苏轼撰,[宋]王十朋集注:《集注分类东坡先生诗》,《四部丛刊》影印元建安虞平斋务本书堂刊本,上海,商务印书馆,民国八年(1919),卷三第二十五页 A。

作出完整合理的解释。

（2）将注文在不同的诗中作出调整。如施顾注本中施宿所注陈季常的生平，本在《陈季常见过三首》题下，冯应榴将这段施宿注移至《陈季常所蓄朱陈村嫁娶图二首》题下。从编年的顺序来说，《陈季常所蓄朱陈村嫁娶图二首》出现在前，将施宿注移至此诗之下，更有利于读者率先了解陈季常的生平大略。这种调整显然很合理。

3. 补充阙文

冯应榴还注意补充旧注中由于刻本流传问题导致的阙文，这方面他主要致力于补全宋刊施顾注本的缺失。施顾注的宋刊本流传到清代，很多地方已模糊不清，尤其是施宿所作的题下注。冯应榴能够多方对比史传，补齐施宿补注中所引的人物传记。

二、《苏文忠公诗合注》对旧注引文错误的订正

作为乾嘉时代的学者，冯应榴作此《合注》，其目的不仅仅在于统一体例以方便读者的阅读，他更致力于更正前代各注中的错漏。其中用心最勤者，在于核对各家注中所引用的文献内容，纠正其中的错误。

（一）核对原书，纠正引文的错误

以赵次公为首的类注本各注家，有一个一致的缺点，便是引用前代文献不忠实于原书，引文错误极多。施元之、顾禧的注本在这方面比较严谨，但仍然存在一些失误。查慎行号称用力甚勤，曾列出"采辑书目"，所引之书远多于宋代诸家，孰料引书愈广，错讹愈多，被冯应榴一一核对并指正。这些注家在引用文献材料方面的错误有：

1. 引书不标书名

这种情况主要见于类注本中，俯拾可见。冯应榴尽其所能，将其中能够查到的书名一一补齐。

2. 引诗文弄错作者

这类情况在类注本、施顾注本、查注本中都普遍存在。如《菡萏亭》诗

"巢向田田乱叶中"，类注本师尹注引李商隐诗"玉池荷叶正田田"，讹作杜牧诗。①《答王巩》诗"连车载酒来"，施顾注云："《文选》班固《西都赋》：腾酒车以斟酌。注云：以车载酒也。"冯注云："原注误作张平子《南都赋》。"②《赠治易僧智周》诗"梦吞三画旧通灵"，查注引潘岳《寡妇赋》"愿假寐以通灵"，误作陶潜赋。③

查注本还有一类特殊的错误，即将苏诗误为前人诗，造成引苏诗注苏诗的现象。如《孙莘老寄墨四首》诗其四"闭口洗残债"，查注云："白乐天诗：口孽不停诗有债。"④冯注云："此东坡《次韵秦太虚见戏耳聋》诗中句，查氏作白诗，误。"⑤

查慎行还将他人作品误为苏轼作品。如《冬至日赠伜安节》诗"瞻前惟兄三"，查注引本集《提刑公墓表》说明苏家的世系，冯注云："又《墓表》系子由作，查氏云本集，似误。"⑥实际上此文是苏辙所作，见于《栾城集》卷二十五，名为《伯父墓表》，却被查注误归苏轼名下。

又如《叶教授和溽字韵诗……》诗，查慎行也将苏辙《栾城集》中的文字误归苏轼名下。

3. 引文弄错出处

这种情况各个注家都有，仍以类注本最多。如《王颐赴建州钱监求诗及草书》诗"但道何日辞樊笼"，类注本孙倬注引《北史》阳修之以官场为樊笼之事，冯注云："原本倬注误作《南史》，今改正。"⑦《送刘道原归觐南康》诗，施顾注引《南史·陶弘景传》"上表辞禄，脱朝服挂神虎门"之事，却将《南史》误作《晋书》。⑧《和子由渑池怀旧》诗，查注引天衣义怀禅师语，本出自《五灯会

---

① 《苏轼诗集合注》，第 644 页。

② 《苏轼诗集合注》，第 835 页。

③ 《苏轼诗集合注》，第 495 页。

④ ［宋］苏轼撰，［清］查慎行补注：《苏诗补注》，见《文渊阁四库全书》第 1111 册，上海：上海古籍出版社，2003 年，第 490 页。

⑤ 《苏轼诗集合注》，1251—1252 页。

⑥ 《苏轼诗集合注》，第 1058 页。

⑦ 《苏轼诗集合注》，第 217 页。

⑧ 《苏轼诗集合注》，第 236 页。

元》，却误作《传灯录》。①

4. 引文与原文不符

这种情况在类注本中最为多见，两宋之交的注家，往往只凭自己的记忆，而不认真核对原书，以致错误百出。如《徐君猷挽词》"尽日当年不忍欺"，类注本李厚注引《史记》："子产治郑，民不忍欺。"②实则《史记·滑稽列传》作："子产治郑，民不能欺；子贱治单父，民不忍欺。"③因而被冯应榴删去。施顾注本也有类似错误，但较之类注本数量要少。如《送钱藻出守婺州得英字》诗，施顾注引《汉书·东方朔传》："愿今朔复射，朔不中，臣榜百。"实际上《汉书》原文为："朔中之，臣榜百；朔不中，臣赐帛。"④

尤其值得注意的是，查注本引文出现的错误较多：

（1）最常见的问题是脱漏原书文字。如《次韵乐著作送酒》诗"一壶春酒若为汤"，查注云："《后汉书·皇甫嵩传》：折枯消坚，甚于汤雪。"⑤实际上《后汉书·皇甫嵩传》云："摧强易于折枯，消坚甚于汤雪。"⑥查注所引，脱去其中"摧强易于"四字，使意思大相径庭，因此被冯应榴删除。

（2）至于引文错讹，查注也常犯此病。如《自径山回得吕察推诗用其韵招之宿湖上》诗"多君贵公子"，查注云："《宋史》，居简最显，仕至户部侍郎。"⑦冯注云："《宋史》，吕居简仕至兵部侍郎、判西京御史台，卒。查注作户部，误。"⑧按《宋史·吕居简传》："以兵部侍郎判西京御史台，卒。"⑨冯说为是。

（3）查慎行弄错引文，除了误导读者外，还招致误驳文献的错误。如

---

① 《苏轼诗集合注》，第 90 页。

② 《集注分类东坡先生诗》，卷二十四第十九页 A。

③ ［汉］司马迁：《史记》，北京：中华书局，1982 年，第 3213 页。

④ 《苏轼诗集合注》，第 229 页。

⑤ ［清］查慎行：《苏诗补注》，第 407 页。

⑥ ［南朝宋］范晔：《后汉书》，北京：中华书局，1965 年，第 2302—2303 页。

⑦ ［清］查慎行：《苏诗补注》，第 166 页。

⑧ 《苏轼诗集合注》，第 331 页。

⑨ ［元］脱脱：《宋史》，北京：中华书局，1985 年，第 9150 页。

《和王斿二首》"诗到诸郎尚绝伦":

> 查注:《临川集》:平甫二子旊、斿,亦皆巘巘有立。任渊《陈后
> 山诗注》:旊字元钧,斿字元龙。按《实录》:元符元年九月,看详诉
> 理所言宣德郎王斿于元祐中进状,称先臣冤抑,罪名未除,不幸不
> 得出于兹时。诏斿罢江宁府粮料,旊罢京东通判,差监衡州酒税。
> 《秦少游集》有《送王元龙赴泗州粮料院》诗,任注以为江宁者,误。[①]
> 　　冯注:《续通鉴长编》:绍圣四年十二月,王斿为京东路转运判
> 官。元符元年六月,王斿罢榷货务,以曾布、蔡卞亲戚,又苏轼、辙
> 门下人也。九月,王斿添差监衡州盐酒税。十月,王斿监江宁府粮
> 料院。任注不误。至查注作罢粮料,误矣。今校正。[②]

又如《送杨杰》"三韩王子西求法",

> 查注:《文献通考》:熙宁八年,高丽王运遣其弟僧统来朝,求问
> 佛法,并献经像。《教苑遗事》:高丽,国名。文仁孝王第四子,出家
> 名义天。元丰八年乙丑冬,航海至明州,上表乞游中国。诏以杨杰
> 馆伴……又慎按,义天游钱塘,乃元祐元年事。《通考》以为熙宁八
> 年,王注以为元祐二年,俱讹。[③]
> 　　冯注:《通考·四裔考》明载元丰元年、二年、六年至八年,遣弟
> 僧统来朝诸事。查氏误改作熙宁,而转以《通考》为讹,亦大疏矣。
> 今校正。[④]

(4) 查慎行弄错引文,导致数书内容相抵触,混淆视听。如《除夜大雪

---

① ［清］查慎行:《苏诗补注》,第 484 页。
② 《苏轼诗集合注》,第 1232 页。
③ ［清］查慎行:《苏诗补注》,第 507—508 页。
④ 《苏轼诗集合注》,第 1301 页。

留潍州元日早晴遂行中途雪复作》：

> 查注:《太平寰宇记》:青州北海县,隋置潍州。宋建隆五年,建
> 为北海军。西至东京一千三百二十里,东南至密州界七十五里。
> 曾巩《隆平集》云:乾德二年,以北海军为潍州。与《太平寰宇记》不
> 合,未详孰是。①

> 冯注:《太平寰宇记》又云:至乾德三年,改为潍州,复旧名。正
> 与《隆平集》相合,查注讹。②

查慎行读书有欠精审,忽略了《太平寰宇记》的下文。若只观察此条查
注,很容易被误导为《太平寰宇记》与《隆平集》记载不一。

又如《次韵陈海州书怀》：

> 查注:陈海州,失考。《元和郡县志》:海州,春秋鲁之东鄙。秦
> 分薛郡为郯郡,汉改郯为东海郡。武德四年,改海州。《文献通
> 考》:东魏改郯郡为海州,与《志》异。③

> 冯注:《元和志》明言:梁武帝末年,长江以北悉附后魏。武定
> 七年,改为海州。高齐移理琅琊,郡改为朐山郡。武德四年,改海
> 州。与《通考》详略不同,非异也。④

《次韵孙巨源寄涟水李盛二著作并以见寄五绝》：

> 查注:《元和郡县志》:宋置东海郡,襄贲县属焉。隋废郡,属海
> 州。改涟水,因界有涟水,故名。《九域志》:淮南东路,楚州山阳

---

① [清]查慎行:《苏诗补注》,第297页。
② 《苏轼诗集合注》,第680页。
③ [清]查慎行:《苏诗补注》,第256页。
④ 《苏轼诗集合注》,第568页。

郡,开宝九年,以泰州盐城县隶焉。熙宁五年,废涟水军。《文献通
考》《太平寰宇记》以为"兴国三年建涟水军",与《志异》。①

　　冯注:《通考》亦云"熙宁五年,废涟水军",正与志合。查氏误
以《九域志》"废"字作"改"字,故云异也。今校正。②

　　(5) 由于查慎行不能准确地核对引文,还常常因此发生误驳旧注的
错误。

　　首先是旧注中引文并没有错误,而查慎行自己弄错原书的文字,因此指
言旧注错误。如《夜梦》诗"起坐有如挂钩鱼"句:

　　　　查注:"按昌黎诗'归舍不能食,有如鱼中钩',新刻本改'中钩'
为'挂钩'以迁就注脚,今驳正。"③
　　　　冯注:"此仍王本、宋刊本注,非新刻本改也。至《韩集》亦有作
'挂钩'者,查注非。"④

　　冯应榴指出,《韩昌黎集》中的确有作"挂钩"者,类注本及宋刊施顾注本
也作"挂钩",并非邵长蘅翻刻清施本之误。旧注中引文并没有错误,而是查
慎行自己弄错原书的文字,因此指言旧注错误。

　　又如《送顾子敦奉使河朔》诗,查氏认为任渊注黄庭坚诗,误将元祐元年
之事入次年。但任渊注中非常清楚地把顾子敦使河东编在元年之中,使河
北编入二年之中。⑤

　　《和陶读〈山海经〉》诗"丈人非中黄"句,查注以施注引《抱朴子·仙药
篇》"中黄子有服食节度",乃石中之黄子,与本文所用不合。实际上,《仙药

①　[清]查慎行:《苏诗补注》,第 256 页。
②　《苏轼诗集合注》,第 571 页。
③　[清]查慎行:《苏诗补注》,第 815 页。
④　《苏轼诗集合注》,第 2115 页。
⑤　《苏轼诗集合注》,第 1411 页。

篇》先载"石中黄子"一条,后载"中黄子服食节度"一条,所引并不误。查慎行没有看准《仙药篇》中的文字,因而误驳了施注。①

其次是原注已有,查未能考核而以为失注。如《苏潜圣挽词》:

> 查注:苏潜圣爵、里皆失考。②
> 冯注:王、施二本皆注明,而王本较详,故采之。至查氏云"失考",岂以二注俱不足信耶?然查氏于他诗双皆采取王、施之注,不应独不信此,恐是失检之故也。③

又如《阅世堂诗赠任仲微》"却留封德彝,天意眇难测":

> 查注:按师中久已下世,而转运判官此时想尚无恙,故诗用封德彝事,反以言讯之。墓表不载运判姓名,俟再考。④
> 冯注:施注已指程之才,岂查氏未见此注邪?⑤

5. 引文非所引之书所有,而系杜撰

如《游罗浮山一首示儿子过》诗"人间有此白玉京",类注本赵次公注引《史记》:"天上白玉京,五城十二楼。"而《史记》只有"五城十二楼"之语,并无"天上白玉京"一句。⑥《欧阳少师令赋所蓄石屏》诗"刻画始信有天工",施顾注引《汉书·王莽传》:"非刻非画。"冯注云:"本传无此句。"⑦《郭祥正家醉画竹石……铜剑》诗,查注引《东都事略·文艺传·郭祥正传》介绍郭祥正其人,冯注云:"查氏所引《东都事略》惟'字功甫,其母梦太白而生'及'所居有

---

① 《苏轼诗集合注》,第 2069 页。
② [清]查慎行:《苏诗补注》,第 294 页。
③ 《苏轼诗集合注》,第 671 页。
④ [清]查慎行:《苏诗补注》,第 684 页。
⑤ 《苏轼诗集合注》,第 1757 页。
⑥ 《苏轼诗集合注》,第 1962 页。
⑦ 《苏轼诗集合注》,第 252 页。

醉吟庵'三句与原文符,余皆非原文所有。查氏盖采之《名胜志》也。"①

6. 从他书转引文字而致误

查慎行在引文方面还有一种特殊的错误,即不直接引用某书文字,而从它书转引,因而导致错误。

其中致错频率最高的是《名胜志》。查慎行常常引用《名胜志》所载的《太平寰宇记》《水经注》《山海经》《舆地纪胜》《长安志》《吴兴备志》《至元嘉禾志》等书的内容,却不核对原书。《名胜志》是明人曹学佺所编,所引各书的文字往往不忠实于原书,改动甚多。查慎行不能识别,亦未加详考,从而误引。如《是日至下马碛憩于北山僧舍……出师也》:

> 查注:《长安志》:石桥山在岐山县南三十里,渭水所迳,其侧有五丈原。诸葛屯兵处。又十里即南山。②
> 冯注:此条见《名胜志》,今本《长安志》无。③

又如同诗:

> 查注:《太平寰宇记》引《魏氏春秋》云:青龙二年,诸葛亮出斜谷,郭淮策其必登积石原,遂先据之。亮至,果不得上,因屯渭南。司马懿谓诸将曰:"亮若出武功,依山东转,是其勇也;若西屯五丈原,诸君无事矣。"亮果屯此原。④
> 冯注:此条见《名胜志》,与《太平寰宇记》略同,查氏竟作记文,非也。⑤

---

① 《苏轼诗集合注》,第1179页。
② [清]查慎行:《苏诗补注》,第102页。
③ 《苏轼诗集合注》,第172页。
④ [清]查慎行:《苏诗补注》,第102页。
⑤ 《苏轼诗集合注》,第172页。

（二）使用最佳的版本，以保证引文的可靠性

除了强调引文的真实性、准确性外，冯应榴还强调引用各家旧注文字时，要选用最佳版本，从而保证对旧注的批驳准确可信。与此相反的是查注，查慎行驳斥旧注时往往因为自己没有弄准旧注原有的文字，或没有使用最可靠的版本，因而误驳旧注，以不误为误。

1. 未认真核对原文，误驳文字

如《书林次中所得李伯时归去来阳关二图后》"画出阳关意外声"，类注本赵次公注云："二十余年别帝京，重闻天乐不胜情。旧人唯有何戡在，更与殷勤唱渭城。又：唱得《凉州》意外声，旧人唯属米嘉荣。近来时世轻前辈，好染髭须事后生。此皆刘禹锡诗也。"查注云："刘禹锡《赠米嘉荣》诗：唱得《凉州》意外声。本是《凉州》，非《阳关》也。东坡借用其语，自作《阳关》，彼此并不相妨。施氏、王氏注因先生云云，遂改《凉州》为《阳关》，以迁应本文。特为摘出驳正。"①冯注云："王本注并未改《阳关》，查氏并驳误也。"②

又如《六月七日泊金陵阻风得钟山泉公书寄诗为谢》"电眸虎齿霹雳舌"：

> 施注：《穆天子传》：西王母，如人，虎齿，蓬发戴胜，善啸。
> 查注：《山海经》云：西王母，状如人，狗尾，蓬头戴胜，善啸。《穆天子传》注云：西王母虎齿蓬发。施氏原注牵混为一，今为详析。③
> 冯注：施注引《穆天子传》，但脱云"传"字耳，余皆不讹，并未牵混。至查氏引《山海经》，删去"虎齿"二字，又据《帝王世纪》作"蓬头"，《困学纪闻》作"狗尾"，转与《山海经》原文"蓬发豹尾"不符矣。④

---

① ［清］查慎行：《苏诗补注》，第 599 页。
② 《苏轼诗集合注》，第 1512 页。
③ ［清］查慎行：《苏诗补注》，第 748 页。
④ 《苏轼诗集合注》，第 1929 页。

2. 未掌握最佳版本

如《东坡八首》其七"郭生本将种":

> 施顾注:郭生名遘,汾阳人。
>
> 查注:郭生名莫考。施氏注云云,原本所无,不可遽信。①
>
> 冯注:宋刊施注本有之,查氏云原本所无,误。②

又如《庚辰岁正月十二日天门冬酒熟予自漉且尝遂以大醉二首》"天门冬熟新年喜":

> 施注:《证类本草》:孙真人《枕中记》云:天门冬,酿酒服之,去三虫伏尸,轻身益气,令人不饥。
>
> 查注:慎按《枕中记·服食法》云:采天门冬根食之,去三虫伏尸。后一段云:酿酒,初熟微酸,久停则香美,诸酒不及也。新刻本引注舛讹,施氏原本所无也。今补注驳正。③
>
> 冯注:施氏原注现存,查氏何以云无? 又考《本草》引《枕中记》有"酿酒服,去三尸"之语。盖古书流传,字句每有不同,施注并未舛讹也。④

3. 以类注本之注误为清施本之误

如《宿临安净土寺》"明朝入山房":

> 类注本善权注:《临安县图经》:真寂院在县南二里,天成元年

---

① ［清］查慎行:《苏诗补注》,第 420 页。

② 《苏轼诗集合注》,第 1043 页。

③ ［清］查慎行:《苏诗补注》,第 842 页。

④ 《苏轼诗集合注》,第 2189 页。

吴越王钱氏建。旧号山房院,治平二年改赐今额。在石镜山东。①
　　施顾注:临安真寂院一名山房,在净土之旁。②
　　查注:新刻本改云"在石镜山东",非原文也,今驳正。③
　　冯注:补施注本因王本注而误改。④

　　邵长蘅等整理翻刻清施本,常常用类注本的注文补充已阙的施顾才注,查慎行没有注意这一点,因而误驳。

三、《苏文忠公诗合注》的辑佚

　　《合注》的卷四十九、五十为补编诗,冯应榴从各种途径辑得苏轼佚诗一批。此外,查注本的卷四十九、五十为《他集互见诗》,在《合注》中被移至卷四十七、四十八。冯应榴云:"此二卷诗,查氏附于全集之末,为卷四十九、卷五十。其辨别自皆有据,但其中亦有难定为必非先生诗者。今移于查氏补采二卷之前,盖兼存诸本之意也。至《新城道中》第二首、《次韵送张山人归彭城》一首,皆确系先生诗,已从《七集》本及施氏原本移编于前,详见各题注。"⑤可见,冯应榴的辑佚工作,另一个重要途径是考证查注本的《他集互见诗》,从中发掘出属于苏轼的作品。

(一)冯应榴本人的辑佚

　　主要来源有:

　　1. 类书。如《牡丹》、《莲》辑自宋代陈景沂的《全芳备祖》。

　　2. 碑刻。如《慈云四景》来自明永乐十二年萧山魏骥所撰《慈云教寺碑记》所附,该《碑记》由冯应榴之孙辅元赠以拓本。《过金山寺》见于金山寺康熙御书石刻,寺僧向冯应榴出示了拓本。《失题二首》亦得之旧碑拓中。

---

① 《集注分类东坡先生诗》,卷五第十二页 A。
② 《苏轼诗集合注》,第 324 页。
③ [清]查慎行:《苏诗补注》,第 163 页。
④ 《苏轼诗集合注》,第 324 页。
⑤ 《苏轼诗集合注》,第 2335 页。

　　但冯应榴辑佚的态度非常谨慎，许多诗他虽采入补编卷中，但仍注明"姑附录"，是谨慎存疑的态度。如《雪诗八首》录自南宋类书《锦绣万花谷》，冯注云："但《万花谷》所采诗家姓氏舛误甚多，未可全信。且诗意浅俗，不似先生手笔，故查代不采耳。今姑附录。"①

　　另一组《失题二首》亦采自《锦绣万花谷》，冯注云："今考前一篇是全首，后一篇似止中二联，而皆不标题。其是否先生诗，亦未敢遽定，姑附录。"②

　　《无题七绝一首》，冯注云："此诗见石刻，末有'元祐二年春日眉山苏轼'十字。余从钱塘赵魏处见之，未知是先生诗抑录他人诗，今附采于此，俟再考。"③

　　《送冯判官之昌国》，冯注云："此诗见《浙江定海县志·艺文》中，家大人检得之以示余。……《县志》为本朝康熙乙未年知县事江阴缪燧所修，此诗但诗笔不似先生，冯判官又无考，姑附录以俟订正。"④

（二）对查慎行注的补充

1. 从苏轼诗集中辑得

　　冯应榴云："查氏于先生诗遍为搜采补编，即考非先生作者，亦列入《他集互见》卷中，乃于此诗题及下题《李景元画》《谢宋汉杰惠墨》《又答毡帐》《寿阳岸下》《春日与闲山居士小饮》各诗为诸本所有者，转皆脱漏，殊不可解。今因无可列入编年，是以参酌旧本目录汇载于此，读者审之。"⑤冯应榴所举诸诗，皆载于王本（即清初朱从延所刻"通行王本"）、旧王本（即宋元所刊类注本）、《七集》本的《续集》、《施注苏诗》的《续补遗》卷下，查慎行却未采入其《苏诗补注》的任何一卷中，确实是重大疏漏。

2. 将查慎行断为非苏轼所作的诗篇，考证为苏轼所作

　　如《新城道中二首》：

---

① 《苏轼诗集合注》，第2499页。
② 《苏轼诗集合注》，第2500页。
③ 《苏轼诗集合注》，第2502页。
④ 《苏轼诗集合注》，第2502页。
⑤ 《苏轼诗集合注》，第2414页。

查注:《新城道中》二首,诸刻皆入先生集,宋雕本亦然。方回《瀛奎律髓》止载前一首,而评其下云:东坡为杭倅,时熙宁六年癸丑二月,循行属县,由富阳至新城,有此作。是年三十八岁。晁无咎之父端友令新城,其和篇有"小雨足时茶户喜,乱山深处长官清"云云,乃其佳句。方回南宋人,其言必有所本。则第二首乃晁作也,向来无有辨证者,今从和诗例改附于此。①

冯注:查说非也。考宋时"长官"为呼县令之通称,先生集中如任长官、周长官、毛长官之类,比比皆是。即《志喜堂诗》称欧公为"长官",亦以官夷陵令也。晁时为令,故先生称之。况首二句"此行"、"委辔",乃行道之言,而非本邑宰之语。又"乱山深处长官清",于先生美晁则合,于晁美先生则不合也。至《瀛奎律髓》作"故和篇有小雨云云,此乃佳句",安知非指先生自和首篇?今查氏改作"其和篇有云"及"乃其佳句",以两"其"字坐实为晁作,尤误矣。且《咸淳临安志》、《坡门酬唱集》皆作先生诗《新城道中二首》,尤为可证。又,本集《晁君成诗集序》云:新城令晁群,吾与之游三年,不知其能文与诗,君亦未尝一语中的。使当日果与先生唱和,则序中必不为此言。然则方虚谷之言并不足信也。况子由次韵末句云"问兄何日便归耕",正与先生次章末句意紧对。今仍从旧本而附辨于此。②

冯应榴的辨析如剥茧抽丝般层层推进,丝丝入扣,令人不得不服。又如《次韵送张山人归彭城》,查慎行归入《他集互见诗》。

查注:慎按,右一首施氏原注载先生守杭卷中。按阮阅休《诗话总龟》云:徐州张天骥不远千里见朱定国于钱塘,爱其风物,欲徙

---

① ［清］查慎行:《苏诗补注》,第931页。
② 《苏轼诗集合注》,第410—411页。

家居焉。春尽思归，定国以诗戏之云云，起句"羡公飘荡一孤舟"，第七句"何事却寻朱处士"，与集本小异。朱定国无可考。又按本集有《行宿泗间见徐州张天骥次旧韵》七律一首，见后三十五卷中，即此首韵也。阮闳休以为朱定国作，当必有据。今移编此卷，俟再考。①

冯注：查氏以此诗移编《他集互见》卷中，但于后《老人行》诗下引苕溪渔隐云：世传《前集》东坡手自编者。而此诗在《前集》卷中，且后卷三十五有次旧韵诗，即次此诗之韵，则为先生作无疑，何可以阮氏一言为据耶？今仍依《七集》本及施氏原本编次于此。②

查慎行的言论，显然有自相矛盾之处。首先是肯定了《前集》为苏轼自编，可信度很高。但又将列于《前集》之中的本诗剔入《他集互见诗》中，其根据仅为阮阅的片面之词。苏轼自定的《前集》与阮阅的诗话，显然前者的可信度更高。而且查慎行自己都列举了之后的第三十五卷中有《行宿泗间见徐州张天骥次旧韵》七律一首，次的就是本首之韵。证据环环相扣，查氏却视而不见。相比之下，冯应榴的观点更有说服力。

四、《苏文忠公诗合注》的辨伪

查注本卷四十七、四十八为补编诗，在《合注》中被移到了卷四十九、五十。冯应榴在卷四十九起首云："今考此二卷诗，查氏刻于《他集互见》之前，为卷四十七、卷四十八。但其所采亦有互见他集，不能确定为先生诗者，因改附全集之末，兼寓存疑之意也。"③可见，冯应榴的辨伪工作，主要是针对查慎行的辑佚工作进行的。他针对查注本补编诗中的可疑篇目一一加以考证，论证其并非苏轼的作品。冯应榴辨伪的主要根据有：

① ［清］查慎行：《苏诗补注》，第 952 页。
② 《苏轼诗集合注》，第 1593 页。
③ 《苏轼诗集合注》，第 2398 页。

1. 根据他人文集

如《和寄天选长官》：

> 查注：诗中"黄香十年旧"当指山谷。先生与山谷唱和，往往用江夏无双事，疑此诗亦是和黄作。而黄山谷集中检原作，复不得。[1]
>
> 冯注：《参寥集》中有《次韵阳翟尉黄天选见寄》诗，即此篇也。据此，则非先生诗矣。查氏何又不列入他集互见卷中耶？今不更移，而考证于此。又案：诗中"顷予婴网罗"句，当是参寥自言还俗事。"黄香"则言天选也。[2]

诗中的黄香，是东汉人物，《后汉书》本传称"天下无双，江夏黄童"。古代诗人用典，往往以同姓的古人寓指当时人物，苏轼也不例外。在苏诗中，多次以黄香指代黄庭坚。但这只是一种习惯用法，并非绝对。查慎行正是因为拘泥于先人之见，一见"黄香"，认为必指黄庭坚无疑。但又在黄庭坚诗集中找不到原作，因此无法自圆其说。相比之下，冯应榴的理解更加灵活。他在《参寥集》中找到了《次韵阳翟尉黄天选见寄》诗，诗题与本题比较接近，内容则完全一样。特别是，"天选"若为黄天选，那么诗中的"黄香"之典便落到了实处，乃是参寥以黄香借指同姓的黄天选。可见，冯应榴的观点比查慎行更可信。

又如《赠姜唐佐》：

> 查注：慎按：此诗诸刻不载，见《邵氏闻见后录》。云：唐荆州每解送举人，多不成名，号曰天荒。至刘蜕以荆州解及第，号破天荒。东坡尝作二句赠姜唐佐，"沧海"云云，用此事也。题其后云：待子及第，当续后句。唐佐自广州随解过许昌见颍滨，时东坡已下世，

---

[1] ［清］查慎行：《苏诗补注》，第 898 页。

[2] 《苏轼诗集合注》，第 2408 页。

颍滨为足成其诗云云。今补录。①

　　冯注:《栾城集》已载此诗,题云"补子瞻赠姜唐佐秀才",则不应入先生集中也。②

　　查慎行所引《邵氏闻见后录》,已经说明了苏轼去世后,苏辙代他作诗一首赠姜唐佐,从而兑现苏轼当年的诺言。查慎行对此视而不见。冯应榴进一步指出,《栾城集》中载有此诗,连诗题"补子瞻赠姜唐佐秀才"都充分说明了乃苏辙代苏轼所作。相比之下,查慎行的治学功力显然稍逊火候。

《次韵张甥棠美昼眠》:

　　查注:《晁无咎集》中有《和张棠美述志诗》,与先生集中互见,即其人也。③

　　冯注:此诗亦见晁无咎集,则亦非先生诗也。查氏既以《和述志》诗列《他集互见》卷中,又以此诗列《补编》卷中,岂未详阅晁集耶?④

《次韵张甥棠美述志》:

　　查注:此一首亦见晁无咎《劝肋集》,题中无"张甥"二字,今据此驳正。⑤

　　冯注:查氏以此诗见晁集,据以驳正,是矣。乃于《补编》卷内又采《次韵张甥棠美昼眠》一首,属之先生。不知《昼眠》诗亦见《晁

<hr />

① ［清］查慎行:《苏诗补注》,第 927 页。
② 《苏轼诗集合注》,第 2485 页。
③ ［清］查慎行:《苏诗补注》,第 899 页。
④ 《苏轼诗集合注》,第 2410 页。
⑤ ［清］查慎行:《苏诗补注》,第 944 页。

集》，非先生诗也。①

　　查慎行对内容高度近似的两首诗，处理结果大相径庭，显然前后矛盾。冯应榴一针见血地指出了本诗亦应是晁无咎所作。

　　2. 根据诗歌的内容

　　如《题女唱驿》：

　　　　查注：以上二首诸刻本俱不载，《外集》编第二卷，入《南行集》中，今补录于此。②

　　　　冯注云：《清江孔毅父集》有《题女娲山女娲庙二首》，前一首即此诗，后一首即先生《儋耳山》五言绝句也。诗中首句"揽辔金房道"，当指金州、房州。考《唐书·地理志》，金州、房州同属山南东道采访使，金州平利县有女娲山。《名胜志》：山在县东十五里，旧有女娲祠。似《孔集》题近是，则此二诗当系孔毅父作。诗中"唱"字、"驿"字，当是"娲"字、"祠"字之讹耳。③

　　冯应榴从诗句中的相关地理内容出发，指出诗句中的"金房道"与孔毅父集中诗题的"女娲山""女娲庙"关联程度较高，当为孔毅父的作品。

　　又如《题王维画》：

　　　　查注：慎按，右古诗一首，载谷桥孙绍远稽古所葺《声画集》中，今采录。④

　　　　冯注：王晋卿以将门之后能诗善画，又曾谪官均、颍，与诗中语

---

① 《苏轼诗集合注》，第 2368 页。
② ［清］查慎行：《苏诗补注》，第 902 页。
③ 《苏轼诗集合注》，第 2421 页。
④ ［清］查慎行：《苏诗补注》，第 901 页。

意相符,此诗必为晋卿作也。①

《题王维画》,查慎行辑自宋人孙绍远所编《声画集》。冯应榴认为此诗是王晋卿所作,王的经历、特长与诗中语意相符。

3. 根据诗歌的风格

如《颜阖》:颜阖古有道,躬耕自衣食。区区鲁小邦,不足隐明德。轺车来我门,聘币继金璧。出门应使者,耕稼不谋国。但疑误将命,非敢惮行役。使者反锡命,户庭空履迹。薄俗狥世荣,截趾履之适。所重易所轻,隋珠弹飞翼。伊人畏照影,独往就阴息。鼎俎荐忠贤,谁能死燔炙。念彼藏皮冠,安知获尧客。

> 冯注:《山谷外集》亦有《颜阖》诗,前十二句与先生诗大略同,今全录以资考证:"颜阖无事人,躬耕自衣食。翩翩鲁公子,要我从事役。轺轩来在门,驷马先拱璧。出门应使者,陇上不谋国。心知误将命,非敢惮行役。使人返锡命,户庭空履迹。中随卫侯书,起作太子客。谁能明吾心,君子蘧伯玉。"窃疑此篇是山谷诗,后十句乃后来改定,换去"中随"四句者,盖诗笔于山谷为近也。②

本诗是查慎行从《施注苏诗》的《续补遗》二卷中辑出的十九首之一,朱从延所刻的"通行王本"也录入了此诗。《七集》本载于《续集》。以上皆是苏轼诗集的明清刻本所辑入。然而南宋时期黄庭坚的裔孙黄𥙿撰《山谷年谱》,已将此诗定为黄庭坚于治平三年所作。从诗作的风格来看,本诗确实更接近黄庭坚诗歌尚未成型的少作,而与苏轼的风格相去甚远。特别是黄庭坚作为江西诗派的领军人物,在创作方面有"诗不厌改"的主张。冯应榴推断"后十句乃后来改定",有一定的道理。本诗很可能是明清时期的苏集

---

① 《苏轼诗集合注》,第2419页。
② 《苏轼诗集合注》,第2405页。

编刻者误收入集中。

《双井白龙》：

> 查注：《冷斋夜话》云："……此诗风格似东坡，而言'泉嫩''石老'，疑学者为之也。"今据此采录。①
>
> 冯注：既疑学者为之，则非先生诗也。今姑仍查氏之旧。②

既然《冷斋夜话》已明言很可能是学苏轼作诗者的模仿之作，那么，查慎行仍将此诗补编入苏诗注中，实在是十分勉强。

除了辩驳查注本补编诗的误收情况之外，冯应榴还对查注本他集互见诗的辨伪发表了一些看法，支持了查慎行的观点。

《和人回文五首》，这是查注本《他集互见诗》中的一首。

> 查注：慎按：《淮海后集》载此五绝句，题云"苏子瞻记江南集所题诗本不全余尝见之记其五绝今以补子瞻之遗"，考之《经籍志》，有《江南集》十卷，不载作者姓名。据此，则非东坡诗可知。施氏原本不载，新刻本载《续补》下卷，今改编。③
>
> 冯注：见《清江三孔集》，题云"题织锦璇玑图"。此五首乃孔毅父所作也。④

冯应榴关于此诗原作者的看法，虽与查慎行不完全一致，但却以更有力的证据证明了非苏轼之作，与查的观点，可谓殊途同归。

---

① ［清］查慎行：《苏诗补注》，第 928 页。
② 《苏轼诗集合注》，第 2488 页。
③ ［清］查慎行：《苏诗补注》，第 932 页。
④ 《苏轼诗集合注》，第 2337 页。

第二节　《苏文忠公诗合注》的苏轼年谱与编年考证

一、《苏文忠公诗合注》对苏轼旧谱的订正

冯应榴之前流传的苏轼年谱,有宋代傅藻的《东坡纪年录》(以下简称"傅录")、王宗稷的《苏文忠公年谱》(以下简称"王谱")与清代查慎行的《苏轼年表》(以下简称"查表")。而且,将诗人年谱附于诗歌注本中,也是诗歌注释的常例。宋代以来的苏诗注中,类注本即附有傅录。施顾注本原附有施宿所撰的《东坡先生年谱》,但此谱于宋代以后在国内失传已久。清初邵长蘅整理清施本,将王谱补入书中。查表亦列于查注本的正文之前。冯应榴本人没有专门撰写苏轼年谱,但将以上三家年谱列于《合注》卷首,并针对三谱一一作了详细的考证与补充。在《苏诗合注》附录一《王宗稷编苏文忠公年谱》题下,冯应榴云:"《年谱》综其大端,《纪年》核于日月,要亦互有得失。今以《年谱》为主,而《纪年》之可取者,节钞分注,以备参考。弃瑕存瑜,庶几全璧。……《纪年录》亦南宋人所作,其编次诗文岁月较详,今仍全附于谱下,不嫌复赘也。至查慎行《年表》与谱录复者从删,余亦采附。翁方纲又有考正四条,并附录焉。余所订补,亦各附注于后。"[①]具体而言,冯应榴的考证工作如下:

(一)考订旧谱之误

1. 苏轼事迹之误

对于年谱来说,叙述苏轼的经历是最基本的任务,各谱在这方面都有不少错误。查表的问题比较严重。如"熙宁六年癸丑"条下,

查表:春夏之交往富阳新城,又往于潜、临安诸属县,再游径

---

① 《苏轼诗集合注》,第 2504 页。

山,所至有诗。①

冯注:《东坡全集》载先生《跋蔡君谟书海会寺记》云:熙宁甲寅(七年),轼自杭来临安,借观。则往临安诸县之在七年无疑,《纪年录》本不误。查氏移于六年,而于《海会寺清心堂》诗注引此跋语,改"甲寅"二字作六年以附会之,误矣。②

冯应榴的论据是苏轼本人文集的相关叙述,显然十分有力。此外,冯应榴还进一步指出查慎行故意改动苏轼的原文以迁就自己的观点,这种做法不值得提倡。

宋代的傅王二谱时代虽距苏轼更近,但仍有不少错误为冯应榴指出。如"元祐八年癸酉"条下,

王谱:盖定州之除,必在九月内矣。

傅录:八月一日,夫人王氏卒,⋯⋯是月以二学士知定州。⋯⋯十二月二十三日到定州。

冯注:定州之除在六月,见《续通鉴长编》。《年谱》《纪年录》作八月,均误。任注引《实录》作九月,亦未确。至出都则在九月,到任则在十月。《纪年录》作十二月到任,亦误矣。③

傅王二谱皆未说明苏轼八月受命知定州的依据,相比之下,冯应榴引李焘《续通鉴长编》的相关记载,更加可靠。

2. 诗歌编年之误

与一般的年谱相比,诗人年谱除了叙述谱主的经历事迹之外,在每一年的条目之下,还往往介绍该年的诗作。傅录尤以这方面见长,但也有不少编

---

① [清]查慎行:《苏诗补注》,第 15 页。
② 《苏轼诗集合注》,第 2524 页。
③ 《苏轼诗集合注》,第 2566—2567 页。

年错误，为冯应榴指出。如"熙宁元年戊申"条下，

> 傅录：是年《和子由记园中草木》《木山引水》《寄题古东池》《绿
> 筠堂》等诗。
> 　冯注：《和记园中草木》诗首云"煌煌帝王都"，末云"我自归南
> 山"，《木山引水》《寄题兴州古东池》二诗亦在《华阴寄子由》诗之
> 前，《纪年录》列于元年居蜀时，非也。①

　　施顾注本、查注本、王文诰《苏文忠公诗编注集成》皆将《和子由记园中草木十首》编入英宗治平元年，尤其是施顾注本所依底本是苏轼苏辙所编定的《东坡集》，显然比傅录更可信。而且冯应榴列举的诗中"帝王都""南山"等字眼，与苏轼在治平元年任职凤翔的经历相符合，却非熙宁元年居蜀时的景物。

　　傅录之外，王谱也有一些编年错误。如"熙宁十年丁巳"条下：

> 王谱：及有《与王定国颜长道泛舟诗》，有"回头四十二年非"
> 之句。
> 　冯注：又《泛舟》诗下年作，《年谱》列是年亦误。②

　　《与王定国颜长道泛舟诗》，诸本皆作《次韵王巩颜复同泛舟》，施顾《注东坡先生诗》、查慎行《苏诗补注》皆编入下一年即元丰元年，王文诰从之。王谱所据，主要是诗中有"回头四十二年非"之语，王宗稷认为苏轼四十二岁正当熙宁十年。但王的看法有欠精确之处。因为苏轼生于景祐三年十二月十九日，至熙宁十年的十二月十九日才满四十二岁。本诗作于秋季，则熙宁十年的秋季，苏轼并未满四十二岁。至于元丰元年的秋季自称"四十二岁

---

① 《苏轼诗集合注》，第 2518—2519 页。
② 《苏轼诗集合注》，第 2529 页。

非",显然更加合理。

又如《仆年三十九在润州道上过除夜作此诗又二十年在惠州追录之以付过二首》：

> 查注：慎按，何薳《春渚纪闻》云：钱唐关氏诗律精深妍妙，世守家法。子东，二兄子容、子开，皆称作者。"寺官官小未朝参""钓艇归时菖叶雨"云云二首，此皆子容诗。世传以为东坡先生作，非也。今以年谱考之，熙宁七年甲寅，先生年三十九，是冬自杭倅移知密州，在密度岁，有《除夜答段屯田》诗，起句云"龙钟三十九，劳生已强半"，何曾在润州过除夜耶？ 向疑此二绝句非先生作，不谓古人有先我言之者矣。今据此驳正。①

> 冯注：《纪年录》熙宁六年："除夜，宿常州城外，作诗。"盖即前卷十一中七律二篇，先生时年三十八，以奉檄赈济常、润饥民，在常州度岁也。除夕之诗，交新年即三十九矣。是以七律第一首先生题跋亦云："仆时三十九岁，润州道中值除夜而作。后二十年，在惠州守岁，录付过。"正与此二首绝句诗题可证。查氏疑此两绝句非先生诗，遂并《除夜野宿常州》七律之题跋亦不采录，非也。至姚严《东厅续纪》云："先生以奉常博士倅杭，则此诗所云寺官官小，盖自谓也。惟钓艇二句是春深景物，与除夕不合。"然玩诗意，似指前此舟行过楚情景，故下云"长江昔日经游地"，盖在润州江侧，即景怀旧之意。且常州舟中，即可以云"润州道上"，又系在岭南追录，安知非年远讹记乎？ 此皆不必拘看也。②

3. 时事之误

查表的值得重视之处，在于每年除列苏轼事迹之外，还别起一栏，列出

---

① ［清］查慎行：《苏诗补注》，第 951—952 页。
② 《苏轼诗集合注》，第 2382 页。

该年的重大时事，在政治背景中凸现苏轼的立身行事。冯应榴辑入查表的内容，主要在这方面。同时，冯应榴考证时事之误，重点放在查表之上。如"元符二年己卯"条下：

> 查表：是年八月，命御史点检、三省枢密院并依元丰旧制。①
> 冯注：《续通鉴长编》：是年九月，御史中丞安惇云："元丰法……诏并依元丰法。"又《宋史》本纪亦作九月，查氏作八月，误。②

元符年间，宋哲宗改从元丰旧制，标志着新党对旧党的又一次重大打压，与苏轼相关。作为苏诗的注释者，对此不可不审，具体时间不能弄错。

又如"元丰八年乙丑"条下：

> 查表：是年正月，立延安郡王为皇太子。三月戊戌，神宗崩，哲宗即位。③
> 冯注：《续通鉴长编》及《宋史》，是年三月朔，立皇太子。查氏作正月，误。④

宋哲宗的政治倾向，对苏轼晚年的遭遇有重大影响。查慎行作为苏轼研究者，弄错宋哲宗被立为太子的时间，实属不该。

4. 他人事迹之误

与时事相关的是苏轼同时代其他人的有关经历，查表对时事非常重视，因而也不免述及当朝重要人物的事迹，但同时也犯了不少错误，为冯应榴指正。如"绍圣四年丁丑"条下：

---

① ［清］查慎行：《苏诗补注》，第 18 页。
② 《苏轼诗集合注》，第 2579 页。
③ ［清］查慎行：《苏诗补注》，第 16 页。
④ 《苏轼诗集合注》，第 2548 页。

查表：是年二月，以三省言追贬吕公著、司马光、文彦博等官。①

冯注：追贬，指已故言也。是年二月，文彦博尚在，至五月始卒，故《宋史·哲宗本纪》：二月，书降文彦博为太子少保。查氏统云追贬，误也。②

查慎行没有注意到文彦博被贬时尚未去世这一细节，因而犯下了常识性的错误。

"熙宁二年己酉"条下：

查表：是年二月，以富弼同中书门下平章事，以王安石参知政事，创置三司条例，议行新法。吕诲、范仲淹等俱以忤安石贬官，十月，富弼罢相。③

冯注：《宋史·神宗本纪》：是年六月，御史中丞吕诲罢知邓州，八月范纯仁罢同知谏院，知河中府。查氏作范仲淹，误。仲淹卒于仁宗朝也。④

范纯仁是范仲淹的儿子，查慎行犯下这种张冠李戴式的错误，显得比较低级。

5. 史书之误

冯应榴还能顺便指出一些旧史的记载错误。如"熙宁十年丁巳"条下，

冯注：《续通鉴长编》：是年七月乙丑，河大决于澶州曹村下埽。《宋史》作丙子，误，盖丙子诏张茂则、刘璯同往相度闭塞也。⑤

① ［清］查慎行：《苏诗补注》，第 18 页。
② 《苏轼诗集合注》，第 2574—2575 页。
③ ［清］查慎行：《苏诗补注》，第 14 页。
④ 《苏轼诗集合注》，第 2519 页。
⑤ 《苏轼诗集合注》，第 2528 页。

作为编年体史书,对具体到年月日的事件,《续通鉴长编》显然要优于纪传体的《宋史》。

6. 旧谱刻写之误

如"绍圣元年甲戌"条下:

> 王谱:是年舟行清远,见顾秀才,谈惠州之美,遂作诗。
>
> 冯注:王宗稷《年谱》此十六字在元符三年"自此"句下,邵氏以其有误,因存"舟行清远"四字,而删"见顾秀才"以下十二字。愚见必是传刻之讹,盖因元符三年中叙北归至清远峡事,遂并南迁清远舟行事牵入也。否则王氏岂不知此诗为南迁赴惠时作耶?今并"舟行清远"以下十六字移补于此,意欲令古人之一句一字不湮没也。①

苏轼乘舟经过清远有两次:一次是绍圣元年从定州贬谪惠州的路上,一次是元符三年从海南北还常州的途中。"舟行清远,见顾秀才,谈惠州之美,遂作诗"这件事情应该发生在绍圣元年的南迁路上,不应出现在元符三年的北归途中。邵长蘅已经指出了这个错误,但冯应榴认为有必要进一步探析原因:应为传刻错误,而非王宗稷本人犯下如此低级的错误。所以,与其如邵长蘅一般将其径直删去,还不如将其移到绍圣元年的正确位置上。显然,冯应榴的处理方式更加有效。

(二) 补充

除了纠正旧谱的错误之外,冯应榴还从各类史料中补充了一些苏轼的事迹,既包括对苏轼一生产生重要影响的朝廷大事,也包括苏轼的交游与家事等身边小事。

1. 重大事件

冯应榴将补充的重点放在了熙宁变法、乌台诗案、元祐党争等决定苏轼

---

① 《苏轼诗集合注》,第 2569 页。

一生走势的重大事件之上。他从李焘的《续资治通鉴长编》《皇宋治迹统类》及一些笔记小说中采摘有关记载，补充说明苏轼在这些重大政治事件中的表现与处境。

如"熙宁四年辛亥"条：

> 傅录：迁太常博士，摄开封府推官，有能吏声。以言事议论大不协，乞外任，除通判杭州。[①]

傅提到了"以言事议论大不协"的乞外任原因，却没有交代太多的细节。

> 王谱：先生年三十六，任盐官告院兼判尚书祠部。王荆公欲变科举，上疑焉，使两制三馆议之。先生献三言，荆公之党不悦，命摄开封府推官。有奏罢灯疏，御史知杂事诬告先生过失，未尝一言以自辨，乞外任避之，除通判杭州。

王谱比傅录稍为详细一些，但仍属于纲略性质，无法令读者明白此事的详细过程。

> 冯注：《续通鉴长编》：熙宁三年八月，诏江淮发运、湖北运使司体量殿中丞、直史馆苏轼居丧服除，往复贾贩，及命天章阁待制李师中供桥照验见轼妄冒差借兵卒事实以闻，侍御史知杂事谢景温劾奏故也。景温与安石连姻，安石实使之。穷治，卒无所得，轼不敢自明，久之，乞补外。上批出知州差遣，中书不可，拟令通判颍州，上又批出改通判杭州。注云："明年夏末秋初，乃出都，由陈赴杭。"案轼与其兄书云："六月除杭州倅。"又载司马光奏对垂拱殿，上谓曰："苏轼非佳士，卿误知之。鲜于侁在远，轼以奏藁传之，韩

琦赠银三百两而不受,乃贩盐及苏木、瓷器。"光曰:"凡责人当察其情。轼贩鬻之利,岂能及所赠之银乎? 安石素恶轼,陛下岂不知以姻家谢景温为鹰犬,使攻之。且轼虽不佳,岂不贤于李定不服母丧,禽兽之不如。"又载范镇言苏轼治平中父死,韩琦与之银三百两,欧阳修与二百两,皆辞不受。今言者以为多差人船贩私盐,是厚诬也。诏镇致仕。案:以上皆三年事,今依《年谱》附载四年末。又案:《皇宋治迹统类》:轼有外弟,与之不叶,王安石召之,问轼过失。其人言向丁忧贩私盐苏木等事。安石大喜,谢景温恐轼为谏官,攻介甫之短,故力排之。①

　　冯应榴之注,引用了《续通鉴长编》中熙宁三年、四年的相关记载,再辅以《皇宋治迹统类》中的记述,详细地介绍了苏轼因反对变法而受王安石党羽的攻击的前因后果,使读者清楚明白地了解事件的来龙去脉,是合理的补充。

　　冯应榴详细补充的一些重大事件还包括元丰二年乌台诗案的本末,元祐元年苏轼与程颐结怨及洛蜀党争的由来,元祐三年苏轼与太皇太后的对答,元祐四年苏轼出知杭州的来龙去脉,元祐六年苏轼与贾易、赵君锡的交锋,元祐七年洛蜀党争再起,元祐八年董敦逸、黄庆对二苏的攻击,绍圣元年来之邵对苏轼的诬陷,元符元年曾布阻击吕升卿、保护元祐党人等,不一一赘述。

　　2. 交游与家事等

　　如"嘉祐二年丁酉"条:

　　　　王谱:及殿试章衡榜中进士乙科,始见知于欧阳公及韩魏公、富郑公,皆待以国士。②

————————

① 《苏轼诗集合注》,第 2521 页。
② 《苏轼诗集合注》,第 2512 页。

冯注:《宰辅编年录》:至和二年六月,富弼为相。嘉祐元年八月,韩琦为枢密使。是二年皆在京师,故先生并得见也。①

冯应榴指出,此时富弼为宰相、韩琦为枢密使,以这种身份赏识苏轼,对苏轼的影响更大。

此外还包括至和元年张安道知益州,至和二年苏轼谒见张方平的背景,治平三年老苏去世赠官,熙宁二年次子苏迨的出生,熙宁三年曾任同试官、编排官,熙宁四年任开封推官的时间,绍圣元年动身赴英州的时间,元符三年量移永州的时间等等。

二、《苏文忠公诗合注》的编年考证

上文已述,宋代刊行的《东坡集》即为编年,施、顾注本就是在《东坡集》的基础上形成的编年注本。到了清代,苏诗注释者进一步讨论苏诗的编年问题,考证前代编年的错漏。如查慎行认为:"苏诗宜编年固矣,惟是先生升沉中外,时地屡易,篇什繁多,必若部居州次,一一不爽,自非朝夕从游,畴能定之。施元之、顾景繁生南渡时,去先生之世未远,排纂尚有舛错。"②他认为施、顾注本的编年亦存在错误,于是以邵长蘅整理的《施注苏诗》为蓝本,对其编年作了调整。冯应榴首先对苏诗的最初编年者作了考辨。冯云:"今所称《东坡七集》……其《前集》卷首以《辛丑十一月初赴凤翔》诗为冠,而《南行集》中诗皆在《续集》内,则《前》《后》二集之诗必系先生及子由所编定,其《续集》诸诗皆经删削。是以宋刊施、顾注本亦照《前》《后》集次序。"③冯应榴指出了《东坡集》的真正编年者应为苏轼本人及苏辙,并进一步对旧注的编年作了严密的考证。

---

① 《苏轼诗集合注》,第 2512 页。
② 《苏轼诗集合注》,第 2723 页。
③ 《苏轼诗集合注》,第 1 页。

（一）针对类注本的编年考证

王十朋所编类注本，体例虽为分类，但其前身的苏诗集注本皆为编年。上文已述，最早无注的《东坡集》即为编年本，注家一仍其例进行注释，从四注、五注、八注、十注发展为百家注本。王十朋集百家注文之后，诗篇仍按编年排列，后来由著名学者吕祖谦将全书分为七十八类。

类注本的注家中，任居实比较重视探讨编年问题，但也存在一些错误，为冯应榴所纠正。例如《沈谏议召游湖不赴明日得双莲于北山下作一绝持献沈既见和又别作一首因用其韵》：

> 任居实注：熙宁五年壬子十二月作。
> 冯注：莲花开于十二月者绝少，况后《和沈留别》诗公自注云："去时余在试院，而放榜在八月十七日"，则其误尤显然矣。[①]

任居实断定本诗作于熙宁五年壬子十二月，却没有提出任何根据。冯应榴根据事物的常理，指出莲花开于十二月者极其罕见，对任注先是提出了质疑，后来又提出了佐证：苏轼与沈谏议同时唱和的另一首《和沈留别》诗保存了苏轼的自注，记录作诗时间为八月。两相参证，便可颠覆任居实的结论。

又如《和王晋卿》：

> 任居实注：元祐四年己巳作。
> 冯注：先生叙中先云元丰二年贬谪，又云不相闻者七年，则此诗决非元祐四年作矣。原注误。[②]

冯应榴根据苏轼此诗的自叙，指出任居实注的错误。《施注苏诗》、查注

---

① 《苏轼诗集合注》，第 338 页。
② 《苏轼诗集合注》，第 1461 页。

本皆将此诗编入元祐二年(丁卯)。

(二)针对查注本的编年考证

查慎行的《补注东坡先生编年诗》亦为编年注本,全书五十卷,第一至四十五卷为编年诗,编年顺序以邵长蘅《施注苏诗》为基础。施顾注宋本流传到清代,已阙十二卷,但全书目录尚存,邵长蘅在补充这十二卷时仍以原目录的编年顺序为准。但查慎行认为《施注苏诗》的编年存在不少的问题,因此根据自己的考证改动了原本的编年。事实上,宋代施顾注本的编年者并非注者,而是苏轼本人与苏辙,施元之与顾禧只不过是利用已编年的《东坡全集》进行笺注而已。此外,施、顾注本不收而见于明人所编《东坡外集》及邵长蘅所编《苏诗续补遗》者,凡是能确定编年的,查慎行亦将其移入编年的各卷之中。查慎行致力于苏诗的重新编年,成就虽高,失误亦多。尤其是施顾注本的编年只根据年份撮其大纲,并没有尽量根据月、日逐首细分,查注则细分年月。冯应榴肯定施注的做法而否定查注,并从以下方面纠正查慎行编年之误:

1. 根据地理

例如《入峡》:

> 查注:《吴船录》:发泥碚村,六十里至恭州,自此入峡。……按《栾城集》,《入峡》诗在《巫山庙》之前,盖误以瞿塘为入峡也,今依《吴船录》附编《渝州》诗后。
>
> 冯注:余视学蜀中,自成都水程至夔州,凡过涪、忠诸险地,皆不称峡,至夔府以下方入三峡。《栾城集》编次并不误,查说非也。①

嘉祐四年,苏轼、苏辙兄弟陪侍苏洵由长江水路出川,沿途二人有许多同题诗,《入峡》就是其中一首。关于这组诗,苏辙《栾城集》的编次与苏轼集中是一致的。冯应榴以自己的亲身经历,证明了《栾城集》编次无误,亦即东

---

① 《苏轼诗集合注》,第15页。

坡《入峡》诗原编次无误。查慎行没有亲历二苏的行程，仅凭范成大《吴船录》中的记载而误判。

2. 根据人际活动常理

例如《次韵子由除日见寄》，查慎行编入头一年即嘉祐六年辛丑卷中。冯注云："汴京与凤翔相隔，子由于京都除日所寄，则和章必在下年。"①除日即一年中的最后一天，冯应榴的意见无疑是符合事理的。

3. 根据东坡的生平活动

例如《白鹤峰新居欲成夜过西邻翟秀才二首》：

> 查注：此二首施氏原本讹编丙子重九诗后，今改正。
>
> 冯注：题曰"欲成"，则尚未成也。新居成于四年二月，此诗编于三年九月之后，甚为惬当，《七集》本亦然，并不讹也，查说非。②

苏轼贬谪惠州时，在白鹤峰西建造新居，于绍圣四年二月落成。本诗题曰"新居欲成"，则施顾注本原先编在绍圣三年（丙子）九月重阳诗之后，并无太大的问题。查慎行显然持论过苛。

4. 根据东坡文

例如《苏州姚氏三瑞堂》：

> 查注：此诗施氏本讹编密州卷中，今据《外集》改正。
>
> 冯注：先生《答水陆通长老书》云："《三瑞堂》诗已作了，纳去。是蒙求之如此其切，不敢不作也。"又云："枣子两靐，不足为报，但此中所有只此耳。"玩书语，意似为枣为密州特产，则此诗竟似在密州作。施氏原编不误，王本注转不确，查氏改编亦误也。今姑从之，而附辨于此。③

---

① 《苏轼诗集合注》，第 103 页。
② 《苏轼诗集合注》，第 2091 页。
③ 《苏轼诗集合注》，第 541 页。

苏轼的《答水陆通长老书》一文提到了《三瑞堂》一诗的创作已毕，又提到了密州的特产枣子，《三瑞堂》作于熙宁八年密州任上的可能性很大，加上施顾注本原先就编于密州卷中，因此冯应榴倾向于认为查慎行改编到熙宁六年杭州通判任上是错误的。但冯应榴治学态度非常严谨，在没有更确凿的材料的前提下，没有轻易地改动查注本的编次，只是将自己的意见附于注文之后，以俟后人补充。

5. 根据《乌台诗案》

例如《颖州初别子由二首》：

施、顾注本、查注本二本皆将此诗编在《欧阳少师令赋所蓄石屏》《陪欧阳公宴西湖》二诗之前。

> 冯注：在颖州与子由同访欧阳，陪燕赋诗。则相别在后，不应转编下二首之前。查氏似亦失详细也。况《诗案》云："后十一月到杭州本任，作《初别子由》诗。"尤为可证。今以相隔不殊，姑仍其旧。①

苏轼与苏辙在颖州拜访欧阳修，根据人际交往的常理，应当先有在欧阳修处陪宴赋诗等活动，然后才有兄弟分别，尤其是《乌台诗案》记录了《初别子由》的作诗时间。《乌台诗案》是苏轼本人在御史台的自供状，可信度高，因此可以冯应榴的结论是有根据的。

6. 根据他人的生平事迹

例如《滕达道挽词二首》，施顾注本、查注本编入元祐七年。冯注云："元发既卒于元祐五年，则先生挽词不应入于七年。"②李焘《续资治通鉴长编》卷四百四十九"元祐五年冬十月"条云："乙卯，新知青州、龙图阁学士、右光禄

---

① 《苏轼诗集合注》，第249页。
② 《苏轼诗集合注》，第1794页。

大夫滕元发卒。"①根据滕元发(字达道)的卒年,施顾注本、查注本的编次显然是错误的。

7. 根据前后诗的联系

例如《刘贡父见余歌词数首以诗见戏聊次其韵》:

> 查注:此诗熙宁六年十一月作,《诗案》甚明。施氏原注载在密州(八年)卷中,今移编。
>
> 冯注:《乌台诗案》先生供"与刘攽唱和"条下云:熙宁(六年九月和攽)"秦"字韵诗,"白发相看两故人"云云。当年十一月和诗一首,"十载飘然未可期"云云。是两诗一年所作,此诗尚在"秦"字韵诗后也。查氏以"秦"字韵诗有公自注"公择诗道吴中饥苦之状"句,定为八年作,而以"六年"为误刊,是矣。乃于此诗又不以《诗案》"六年"为误刊,而竟移入六年,盖未细审"当年"二字也。此诗本应从施氏原本编密州卷中"秦"之韵后,今不复移改而详辨于此。②

熙宁八年,苏轼与刘攽(字贡父)有多首唱和诗。冯注所引《乌台诗案》所载"秦"字韵诗,是指《次韵刘贡父李公择见寄二首》,首句为"白发相望两故人"。而"十载飘然未可期"一首,即本诗《刘贡父见余歌词数首以诗见戏聊次其韵》。《乌台诗案》已明确指出这是相关的两组诗,作于同一年,《乌台诗案》将作年定为熙宁六年,施顾注宋本将这一年定为熙宁八年。而查慎行将这两组有联系的诗拆散,将"白发相望两故人"一首定为熙宁八年,而"十载飘然未可期"定在熙宁六年。前一首确定无误,但后一首应随前一首入八年。

---

① [宋]李焘:《续资治通鉴长编》,见《文渊阁四库全书》第 321 册,上海:上海古籍出版社,2003 年,第 764 页。
② 《苏轼诗集合注》,第 500 页。

冯应榴尤其着重查注本编年的几类问题：

1. 指出查慎行未辨别东坡原编年的错误

例如《和致仕张郎中春昼》，施顾注本、查注本编入熙宁五年苏轼任杭州通判任上。

> 冯注：先生于冬至后往湖州，此诗有"东风屈指无多日"句，当是在湖所作。至下首《再寄莘老诗》有"泥中相从岂得久，今我不往行恐迟"句，当是在盐官督役，未至湖以前作。原编似稍失次，查氏并未更正，今亦不另移矣。①

熙宁五年苏轼在杭州通判任上曾连续被差遣于外，先是十月之后督开运盐河至盐官，十二月运司又差往湖州相度堤岸，与诗中的"东风屈指无多日"正相符。而本诗的下一首《再寄莘老诗》有"泥中相从岂得久，今我不往行恐迟"之句，与苏轼督役之举相符，应作于督开运盐河之时，两首先后次序应互换。查慎行未能辨别出施顾注本编次的错误。

2. 指出查不知年代而强分

例如《和陶诗》，冯应榴《苏诗旧注辨订》云："《和陶诗》除《饮酒二十首外》固皆在岭南作，但年月有难细分者，不如诸本各自为卷之善。"②《和陶诗》是苏轼晚年的力作，非一时一地之作，很难断定具体的作诗年月，施顾注本将其单独列为二卷，放在全书之末，本来是最谨慎的处理方式。查慎行强行编入某年某月中，查云："《和陶诗》一百三十六首，子由有序，自成二卷。细考之，惟《饮酒》二十章和于扬州官舍，余悉绍圣甲戌后自惠迁儋七年中作也，岁月大略可稽，分之各卷以符编年之例。其间亦有未能确指年月者，则慎以意推之，要难迁就他所也。"③《和陶诗》的大多数诗篇未能确指年月，查慎行"以意推之"，过于武断。

---

① 《苏轼诗集合注》，第 376 页。
② 《苏轼诗集合注》，第 2670 页。
③ ［清］查慎行：《苏诗补注》，第 10 页。

3. 本可编年而不入编年

例如《出局偶书》：查本此诗编入卷四十八《补编诗》中。冯注云："此诗王本所有，在'书事'类，旧王本在'杂赋'类。并据自题年月，应编于元祐戊辰冬卷，查氏不入编年，何也？"①此诗有苏轼自注，写明了作诗年月，未入编年诗部分，显然是查慎行的遗漏。

第三节 《苏文忠公诗合注》的史实考证

苏诗有"以议论为诗"的特点，许多诗篇与时事相关，甚至可以说苏诗是继杜诗之后的又一部"诗史"。苏轼在《乞郡剳子》中说过："臣屡论事，未蒙施行，乃复作为诗文，寓物托讽，庶几流传上达，感悟圣意。"②解释苏诗的意旨，最重要的方法是"以史证诗"，即考证苏轼及与其和答唱酬之人的相关事迹，并联系当时的重大事件，由此使读者置身于具体的历史背景之中来理解苏诗。在冯应榴之前的苏诗旧注中，施顾注本与查注本较注重"以史证诗"的方法。施顾注中，就运用"以史证诗"的方法，从题中的人物与事件出发，援引了大量宋代国史、实录、墓志、笔记、诗话、方志、文集中的材料，对与苏轼本人及与之唱酬寄赠之人的生平事迹作了翔实的介绍，展示与苏诗有关的时代背景，在熙宁变法与元祐党争的背景下解释诗意，由此揭示了该诗的写作背景与诗篇的寓意，并且以时事为依据解释相关的句意。这时的"以史证诗"方法，本质上还是"以史释诗"的思路，重在"印证"，即将苏诗的诗题或诗句与时事相互对照、印证，用各种文献材料中的史实解释说明、佐证诗意。查注本沿着这一思路对施宿注作了有力的补充。但仅仅继承是不够的，因为清代注释者离作者苏轼已有六七百年的时间间隔，清人能接触到的各种与宋代相关的史料，在历史的长河中泥沙俱下，必须通过严密的考证，去伪存真。《合注》较上述二注本的突破之处在于，冯应榴以主要的精力对诸家

---

① 《苏轼诗集合注》，第 2451 页。

② ［宋］苏轼：《苏轼文集》，北京：中华书局，1986 年，第 829 页。

旧注所援引的史料进行严密的考证,纠正其中的不少错误,保证了"以史证诗"方法的有效实施。而且,冯应榴的"以史证诗",与查慎行、翁方纲等清代学者一样,建立在解释地理、职官典制、名物等历史名词的基础上,形成了"寓考证于注释"的方法。

一、补正解题

在类注本中,赵夔是对题中人物生平最着力的注家,但同时错误也不少,其错误包括弄错人物身份的多个方面,包括姓名、字号、籍贯、世系、官职、卒年、卒地等。题中人物的生平,是理解诗意的重要背景材料。赵夔作为距苏轼不远的宋代注释者,犯下如此多的错误,令人遗憾,幸得冯应榴一一补正。如《京师哭任遵圣》:

> 赵夔注:遵圣尝为寺丞,卒于京师。
>
> 冯注:玩诗中"竟使落穷山,青衫就黄壤。归见累累葬,望哭国西门"等句,当卒于蜀中平泉官舍。尧卿云:"卒于京师。"误也。先生必于京师闻信哭之,故题云然。①

本诗为苏轼悼念亡友任遵圣所作,赵夔未细品诗意,只是望文生义,从而想当然地认为任卒于京师,亦可能误导读者。

又如《胡完夫母周夫人挽词》:

> 赵夔注:完夫名宗愈,常州人,武平(胡宿)之子,尝为尚书左丞。
>
> 冯注:《东都事略》、《宋史》作尚书右丞,尧卿注讹。《宋史·胡宿传》云:"从子宗愈。"尧卿注作武平之子,亦讹。②

---

① 《苏轼诗集合注》,第 690 页。
② 《苏轼诗集合注》,第 247 页。

在一首挽词类的作品中,如果将逝者周夫人之子胡宗愈的官职与父系都弄错的话,显然会让读者不得要领。

查注对人物生平与事件的错误叙述亦复不少。如《谢运使仲适座上送王敏仲北使》:

> 查注:《宋史》:王古,懿敏公素从子靖之子,第进士,历迁户部侍郎……堕党籍,责衡州别驾。独不载北使事。
>
> 冯注:《宋史》本传明载"奉使契丹",即北使也,查氏误甚。①

在这首送别诗中,"王敏仲北使"是其中的关键字眼,而查注重点指出"独不载北使事",显然对诗题提出了不正确的质疑。冯应榴指出《宋史》本传明载'奉使契丹'",避免了混淆视听。

又如《闻洮西捷报》,查注引《宋史·王韶传》,说明此次大捷为熙宁六年王韶光复河州之事。冯应榴指出了查氏解题的错误:

> 冯注:王韶得河州,系熙宁六年事,查氏引以注此诗,误矣。至此诗据《老学庵笔记》,自系即指元丰四年种谔之捷也。②

二、补正句意

(一) 直陈其事、与史实密切相关的句意

如《罢徐州往南京马上走笔寄子由五首》"联翩阅三守":

> 查注:子由初到陈州,时张安道留守南都,至熙宁七年,陈述古自杭州移知应天府。其一人无可考。
>
> 冯注:《续通鉴长编》:熙宁七年十一月,张方平为宣徽北院使,

---

① 《苏轼诗集合注》,第1880页。
② 《苏轼诗集合注》,第1069页。

判应天府。方平辞，乃命与知青州滕甫易任。方平卒不行，归院供
职。八年十月，张方平判应天府，是则方平于八年始继滕甫判应天
也。至陈述古判应天，年月已见前《和拒霜花》诗注。合计三守中
先陈襄，次滕甫，次张方平。查云："子由初到陈州，张安平留守南
都。"非也。至安道于嘉祐中两知应天，其时子由并未相随，与此
无涉。①

苏轼此诗作于元丰二年，"联翩阅三守"指的是苏辙在熙宁至元丰年间
陈州教授、齐州掌书记、南京判官等任上受应天（南京）知府管辖，前后历三
任。查慎行的考证功力显然有所欠缺，只能列出两人，而且其中的张安道还
是误入者。冯应榴综合《续资治通鉴长编》中数年的相关记载指出，张安道
任应天知府是在宋仁宗嘉祐年间，与苏辙并无关系。苏辙所阅"三守"是陈
襄（字述古）、滕甫、张方平等三人，从而正确地解释了诗意。
　　又如《陆龙图诜挽词》，诗中有"过车巷哭六州民""樽俎岐阳一梦新"
之句：

　　　　施注：所历桂、延、秦凤、晋、真定、成都六州，秦凤未上而改命。
诗曰"六州巷哭"，盖总言之耳。
　　　　查注：《宋史·陆诜传》：初通判秦州，历知桂州、延州、秦凤、晋
州、真定、成都，与诗中"六州"正合。施注以为"秦凤未上而改命"，
而公诗有"樽俎岐阳一梦新"句，似指在秦凤时事。所未详也。
　　　　冯注：《宋史·陆诜传》：诜又曾任提点陕西刑狱，则诗中"樽俎
岐阳"，或指倅秦时，或指提刑时。至其后徙秦凤，据《宋史》在神宗
朝，先生已离凤翔。查氏以为"似指在秦凤时事"，误矣。②

---

① 《苏轼诗集合注》，第 902 页。
② 《苏轼诗集合注》，第 246 页。

岐阳是凤翔下属一县,查慎行因诗句有"樽俎岐阳"认为陆诜曾在秦凤任职,施注中的"秦凤未上而改命"不正确。冯应榴引用《宋史》,指出陆诜又曾任提点陕西刑狱,"樽俎岐阳"也可以指这段经历,从而否定了查注,肯定了施注,也合理地解释了诗意。

(二)与地理、职官相关的句意

地理、职官、典制一类的历史名词,是注释中的难点。这一类名词,作者在使用时未必有深意,但因为官制历代更易,地理屡朝变迁,后代注者与读者往往难以准确把握,从而导致误读诗意。

地理、职官、典制一类的历史名词,是"今典"的第一层次内容,是清人解释诗意的基础,也是注释中的难点。这一类名词,作者在使用时未必有深意,但由于时代的变迁,后代注者往往不能正确理解,从而导致误读诗意。

宋代苏诗注并不注重地理名词的解释,但亦有涉及,有些错误为冯应榴指正。例如《张文裕挽词》:

> 施注:益都在剑外,而文裕有惠政,故云"剑外生祠已洁除"。
> 冯注:至诗用"剑外生祠",必指拣官蜀中。施注误以山东益都县为四川益州而云"益都在剑外",误甚。①

张文裕曾任山东益都县知县,但诗句"剑外生祠已洁除"指的是张文裕为官蜀中时深受百姓爱戴,为其立生祠之事。此条施宿注因不明地理,将益都县误为蜀中(剑外)地名,因而作了张冠李戴的解释,被冯应榴纠正。

地理问题是查注之所长,但错误也很多。查慎行是清人,由于其历史地理学的造诣尚浅,因而误注苏诗中的宋代地名,尤其是不辨古今同名异地的情况。例如:

1. 不能辨析古今地名异同

《送张轩民寺丞赴省试》"贺诗先到古宣城",

---

① 《苏轼诗集合注》,第 617 页。

苏轼自注：伯父与太平州张侍读同年，此其子。

查注：《太平寰宇记》：汉宛陵县，顺帝改宣城郡，隋为宣州。唐开元中，析置青阳、太平、宁国三县。宝应二年，又析太平置旌德县。永泰后为宁国军节度。

冯注：《太平寰宇记》云：太平州，本宣州当涂县。故诗云"古宣城"。盖今之太平府也。查氏引《寰宇记》之宣州为注，则是今之宁国府矣，与公自注不合，误也。①

诗中的"古宣城"，指代北宋的太平州，苏轼自注已经写得很清楚了。因为太平州的州治在当涂县，当涂县本属宣州，北宋初年从宣州割出，成立太平州，因此苏轼将太平州称为"古宣城"。然而查慎行没有注意到这一点，依然在介绍北宋的宣州，就属于驴唇不对马嘴了。

2. 不能辨同名异地的情况，还因此误驳旧注

《壬寅二月》诗"平生闻太白"句：

类注本洪驹父注：《三十六洞天记》：第十一太白，山洞周迥五百里，鬼谷子于此授苏秦佐国之术，祠庙在长安。

查注：按《福地记》云：太一山在长安西南五十里，左右四十里内皆福地。则长安之太白乃福地，非洞天也。考《三十六洞天记》，第十一洞天太白山，名玄德之天，在明州，与此无涉。

冯注：张君房《云笈七签·洞天福地》一卷内云：三十六小洞天，第十一太白，山洞周迥五百里，号玄德洞天，在京兆府长安县，连终南山，仙人张季连治之。是王注不讹，查说转讹也。况道书本无确据，何以执彼驳此哉！②

---

① 《苏轼诗集合注》，第375页。

② 《苏轼诗集合注》，第105页。

秦岭的主峰太白山是著名的道教洞天,查慎行却将作为道教洞天的太白山误断为在浙江明州境内,因此误驳了洪驹父注。

又如《南都妙峰亭》"孤云抱商丘,芳草连杏山":

> 查注:杏山,历代地志俱不载,惟《一统志》云:开封府钧州,后改禹州,杏山在城北二十里。《洛阳记》云:仙人刘根尝隐于此。

> 冯注:查注所引杏山在开封钧州,断非先生诗所指。今考《一统志》:归德府有幸山,在府城南三里。虽据明李嵩诗"最是翠华临驭地,上人今作幸山呼",似因宋高宗即位于此始得名,而《栾城集》《次韵文务光游南湖》诗自注:湖前小山,曰杏山。考南湖在南都,则必南宋时方改"杏"为"幸"也。先生诗即指此。①

查注所引杏山在开封,而苏轼诗题中有"南都",前句又有"商丘",二者必非同一处。如查注所云,必然干扰读者对诗意的判断。冯应榴不仅指出了查注的错误,而且还考证出南都(即商丘、归德府)确有杏山,后改为"幸山"。

3. 不懂历史地理的变化

《大雪独留尉氏有客入驿呼与饮至醉诘旦客南去竟不知其谁》:

> 查注:《水经注》:尉氏,郑国之东鄙弊狱官名也。郑大夫尉氏之邑。《汉书·地理志》:应劭曰:……尉氏系地名,此不待言。至应注"郑之别狱",按《左传》襄公二十一年:栾盈过于周,周西鄙掠之。辞于行人曰:"天子陪臣盈,得罪于王之守臣,将逃罪。罪重于郊甸,无所伏窜,将死于尉氏。"王使司徒禁掠栾氏者去云云。注:尉氏,讨奸之官。是尉氏乃王朝讨奸之官,非郑之别狱也。应劭注谬。又按:罪重于郊甸,似尉氏亦周之郊甸,与郑东鄙无涉。

---

① 《苏轼诗集合注》,第 1256 页。

> 冯注：《汉书》注：应劭曰：古狱官曰尉氏，郑之别狱也。臣瓒曰：郑大夫尉氏之邑，故遂以为邑。师古曰：郑大夫亦以掌狱之官故为族耳，盖周、郑必皆有尉氏之官。《汉书》之尉氏，则郑之狱官地，《左传》之尉氏，则周之狱官名，不可轻言应注谬也。[①]

冯应榴亦善于补正旧注中典制方面的问题。例如《初到黄州》"尚废官家压酒囊"：

> 苏轼自注：检校官例折支，多得退酒袋。
>
> 冯注：《文献通考》：文臣料钱，一分见钱，二分折支。陆锡熊曰：自注所云折支者，谓以他物代钱也。退酒袋者，官法酒用余之废袋也。盖宋时俸料，每以他物折抵，退酒袋即折抵之物耳。又榴案：《通考》载杨亿言：半俸三分之内，其二分以他物给之，鬻于市廛，十裁得其三。今先生云检校例折支，并当一分见钱亦不得也。[②]

苏轼自注所云，尚且简略。冯应榴引用《文献通考》的多处相关记载，详细地解释了折支制度的来龙去脉，对句意作出详尽的拓展性说明。

冯应榴还善于纠正查注中职官方面的错误。例如：

《昨见韩丞相言王定国今日玉堂独坐有怀其人》"丞相功业成"：

> 查注：案《宰辅编年录》，韩维于元祐元年五月拜门下侍郎，二年七月罢，故云"功业成"。
>
> 冯注：钱大昕云：宋时参知政事，及元丰改官制后之门下、中书侍郎，尚书左右丞与枢密院，皆止称执政，不称丞相。故《宰辅表》分列之。此韩丞相指韩绛，非韩维，盖维止官门下侍郎也。[③]

---

① 《苏轼诗集合注》，第 82 页。
② 《苏轼诗集合注》，第 994 页。
③ 《苏轼诗集合注》，第 1437 页。

　　查慎行由于对宋代官制不熟悉，因而将诗句中的"丞相"理解为担任门下侍郎的韩维，实际上应为韩绛，为冯应榴纠正。

（三）用典的诗句

　　例如《次韵子由使契丹至涿州见寄四首》"旋看蜡凤戏僧虔"：

> 　　类注本宋援注：《南史》：王昙首与兄弟集会，诸子孙任其戏：适僧虔采蜡烛珠为凤凰，伯父弘称其美。
>
> 　　施顾注：《南史·王僧虔传》：父昙首与兄弟集会，子孙任其戏。适僧虔采蜡烛珠为凤皇，伯父弘称其长者。或云僧绰。
>
> 　　查注：《宋书》：王弘与兄弟会集，任子孙戏。僧达跳下地，作虎子，僧绰正坐，采蜡烛珠为凤皇，僧虔累十二棋。则蜡凤之戏乃僧绰，非僧虔也。《南史·王僧虔传》与《宋书》略同。先生偶讹用僧绰事为僧虔。注家既迁就史传以就本文，复曰或云僧绰，其纰缪如此。
>
> 　　冯注：《南史·王僧虔传》云僧绰采蜡烛珠为凤皇云云，下又曰或云僧虔采烛珠为凤皇，弘称其长者。又《南齐书·王僧虔传》：年数岁，独正坐，采蜡珠为凤凰云云。则先生正用此事，并未有讹。即王注引《南史》作僧虔，亦非无本。施注虽以"或云僧虔"句讹作"或云僧绰"而两引，亦不为误。查氏直指先生为讹用僧绰事，又以注家迁就本文为纰缪，转误甚矣。[1]

　　本诗苏轼自注："时犹子迟侍行。"苏轼用王僧虔的故事，意指陪同出使的族侄苏迟。苏轼与苏迟是伯父与侄子的关系，典故中的王僧虔正受到伯父王弘的称赞，苏轼用这个典故，意在赞许苏迟。那么，典故本身的出处不能弄错，否则会使句意含混不明。王氏兄弟何人采蜡烛珠做凤凰，史书的说法不一致。《南史》有芜杂之弊，在史学界的地位不高，关于此事的记载也比

---

①　《苏轼诗集合注》，第 1583 页。

较含糊,既在《王僧虔传》中指为僧虔,又说可能指僧绰,令人无所适从。施顾注两存其说,先引《王僧虔传》的记载,接着又指出"或云僧绰",属于比较慎重的态度。若如类注本的宋援注只引《王僧虔传》,则失之偏颇。但既然《南史》的记载有歧义,则不可不辨,应与其他史书相参验。查慎行的错误在于,他引用的是《宋书》中王僧虔之伯父王弘的传记。《王弘传》虽然与王僧虔密切相关,但毕竟不能等同于他本人的传记,记载或有不准确之处。查慎行因此误判苏轼讹用典故,而且更进一步地指斥施顾注为迁就苏轼而改动史文。查慎行不能多引几本史书,只据一书,因而致误。而冯应榴所引乃《南齐书》中的《王僧虔传》,这正是《南史·王僧虔传》所本。由《南齐书·王僧虔传》可知采蜡烛珠做凤凰的正是王僧虔,苏轼用典并无错误,至于施顾注为迁就苏轼而改动史文,就更谈不上了。只有通过冯应榴精密的考证,才能对诗意作出准确的判断。

(四)冯应榴对《续资治通鉴长编》的使用

冯应榴善于使用南宋李焘的《续资治通鉴长编》来补充施、查注的内容。施、查二注常常从宋代国史、《东都事略》、元人所编《宋史》等纪传体史书中取材,而《续资治通鉴长编》作为编年体史书,在冯应榴的运用之下,显示了独有的优越性。《续通鉴长编》常常在纪传体史书之外,仍有更多的事迹可供补充。即使不能提供更多的情况,冯注所引亦能起证实作用。例如:

《召还至都门先寄子由》诗"老身倦马河堤水,踏尽黄榆绿槐影":

> 查注:王暐《道山清话》云:刘贡父一日问子瞻:"踏尽黄榆绿槐影,是日影耶,月影耶?"子瞻曰:"竹影金琐碎,又何尝说日月也。"慎按:先生与贡父同朝在元祐初,集中多唱酬之什。自己巳出守杭州以后,绝无一语及贡父者。意此时贡父已殁,《道山清话》云云,不足据也。
> 冯注:《续通鉴长编》:元祐四年三月乙亥,刘攽卒。查说是也。①

---

① 《苏轼诗集合注》,第1813页。

冯引《续通鉴长编》，可支持查慎行对王暐《道山清话》的批驳。

《续资治通鉴长编》作为编年体史书，在冯应榴的补注中还显示了另外一些优越性：

1. 史之编年与诗之编年对应，能指出苏轼诗中人物当时的活动情况，印证作诗背景。如：

《和潞公超然台次韵》：

> 冯注：《续通鉴长编》：熙宁九年八月，判大名府文彦博再任。则先生唱和时，潞公正在大名也。①

《送范景仁游洛中》：

> 冯注：《续通鉴长编》：熙宁三年十月，范镇依前户部侍郎致仕。而先生作诗在京师，盖镇致仕后，仍住京师，史传"随班上寿"可证。至是时，游洛中也。②

2. 当纪传体史书阙载某人的传记，并且施、查等旧注不详时，冯应榴可以从《续通鉴长编》中抽取该人数年的行迹汇合一处，起传记的作用。

例如《送颜复兼寄王巩》题下，冯应榴从《续通鉴长编》熙宁八年，元丰二年、四年，元祐元年、四年、五年、六年，元符元年等条目中抽取王巩的事迹，并说明"以上因巩本传所载甚略，故详采于此"③。

又如《送沈逵赴广南》，施顾注、查注都没有注沈逵。

> 冯注：《续通鉴长编》：熙宁六年十二月，诏新知永嘉县沈逵相度成都府置市易务利害。九年十一月，诏大理寺丞沈逵改一官，与

① 《苏轼诗集合注》，第651页。
② 《苏轼诗集合注》，第686页。
③ 《苏轼诗集合注》，第716页。

堂除,论前任信州推官兴置银坑之劳。当即此人也。其战西羌事,
无可考。①

从而交待了沈遶的来龙去脉。

再如《与欧育等六人饮酒》:

> 冯注:《续通鉴长编》:熙宁三年,上称鄜延走马欧育晓事。又:
> 鄜延走马承受欧育言,乞选有心力武干者充寨主,不以官资,并在
> 监押之右。从之。又载元丰七年五月,京东东路第二将欧育托防
> 修永乐城,移疾于米脂寨,罢将官。先生作诗在八年,当是欧育复
> 得杭州钤辖,与先生途遇也。②

3. 以《续通鉴长编》中的材料解题。

例如《次韵黄鲁直戏赠》:

> 冯注:《续通鉴长编》:元祐三年五月,诏新除著作郎黄庭坚,仍
> 旧著作佐郎,以赵挺之论其操行邪秽,罪恶尤大,故有是命。右正
> 言刘安世言:"挺之历数其恶,以为先帝遏密之初,庭坚在德州外
> 邑,恣行淫秽。若果得实,则名教不齿,若或无有,则虚蒙恶声。望
> 委监司依公体量以闻。"按山谷诗以艳体寓意,岂以此耶?③

冯应榴以《续通鉴长编》中的材料介绍了苏轼与黄庭坚唱和的背景。

---

① 《苏轼诗集合注》,第 1209 页。
② 《苏轼诗集合注》,第 1265 页。
③ 《苏轼诗集合注》,第 1511 页。

本章小结

　　冯应榴也是乾嘉时代著名的朴学家。在他之前苏诗注本有王十朋的集百家分类注、施顾的编年注及邵长蘅等的补注、查慎行的编年补注及翁方纲的补注，冯应榴有感于各书体例不一，因此以查注本的排列顺序为蓝本，将上述各家旧注合在一起，并加上了自己的注释，形成一部较完整的《苏文忠公诗合注》。

　　冯应榴的首要贡献，就是从文献学的角度对旧注进行整理。这是由以下两个因素决定的：(1) 乾嘉学派本身就很重视文献的准确性；(2) 合注这种体例也决定了必须对旧注作全面的整理。沈钦韩的《苏诗查注补正》也纠正了查慎行引用文献方面的错误，但由于他只针对一个注本，因此不如冯注全面。

　　无论是宋代的王十朋的集百家分类注、施顾的编年注，还是清代的邵长蘅等的补注、查慎行的编年补注，在引用文献方面都有下列失误：引书不标书名、引书弄错作者、引文弄错出处、引文与原文不符、引文非所引之书所有。冯应榴全面地将旧注注文与原书文字加以详细核对，一一改正上述错误。

　　之所以说冯应榴的首要贡献在于文献的核对，是因为这项工作是前代注家所无而冯应榴独有的。其实，冯应榴在史学考证方面的贡献也不容忽视。他受乾嘉时期重考证的诗歌注释风气影响，将史实考证的方法融入"以史证诗"的诗歌解释思路中，同样能够在史实、人物、地理、职官、编年等方面对各家旧注进行批判，较之沈钦韩主要针对查注，更加全面。冯应榴的合注，是苏诗注释史上的集大成者，许多成果皆为后来王文诰《苏文忠诗编注集成》所吸纳。

　　值得注意的是，沈钦韩、冯应榴都没有看过对方的注本，但这两位注家对查慎行的批驳常常能取得一致：首先是论点相同，即他们指出查慎行的错误之处相同；其次是论据相同，他们用以论证查注之误并加以补充、纠正的材料也惊人的相似。这说明二人的学风非常相近，这也是乾嘉学派注诗的共性。

第十章　王文诰《苏文忠公诗编注集成》研究

引言　王文诰及《苏文忠公诗编注集成》的概况

一、王文诰的生平

王文诰(1764—？)，字纯生，号见大，又号二松居士。浙江仁和人。嘉庆举人。乾隆五十七年(1792)游粤东，客粤三十年，至老归乡。期间做过幕僚，与阮元等交游。工山水画，能诗。撰有《韵山堂诗集》七卷、《二松庵游草》、《苏文忠公诗编注集成》(以下简称《苏诗编注集成》)五十卷等著作。

二、《苏文忠公诗编注集成》的成书历程

王文诰在《苏文忠诗编注集成》自序中述其作书之由：

> 乾隆庚寅，诰七龄矣，方从塾师章句读，会有求贷于先君者，以文忠公诗文集为报，先君举以授诰，且诏曰："异日汝与经史相发明矣。"诰谨受而藏之。由是行役之暇，手定是编，未尝一日去左右，旁搜注义，凡百十余家，诗旨会通，足与李、杜、韩集并重，爰序而刊

之,用以明先君之意焉。①

可见王文诰从七岁起,即接触苏轼诗文集,其后数十年间,不断搜寻有关苏轼立身行踪、苏集编年方面的资料。

王文诰在《苏文忠诗编注集成凡例》中提到,查慎行《补注东坡先生编年诗》原将施注列于本注之前,以便二注互相参看,但坊家窘于资斧,遂删施注。王文诰因取施、查二注本,增补其失,凡十年,成一书,命名为《苏诗补注粹》,已经授梓。后来王文诰闻知有冯应榴的《苏文忠公诗合注》面世,不想重复,于是将《苏诗补注粹》搁置。三年后,王读《合注》,认为《合注》还是有很多问题,因此继续研究各家旧注,最终于嘉庆二十年(1815)撰成《苏文忠诗编注集成》。嘉庆二十三年(1818)由韵山堂镌刻,道光二年(1822)竣工。②有韵山堂本、光绪十四年(1888)浙江书局本。

三、《苏文忠公诗编注集成》的主要内容

王文诰自述"编注集成"名称的含义云:"诗既定,编、注亦尽善。本诗本事血脉贯通,上下相维,合为具体,有咸臻治安之思,相与乐成之意。故曰'编注集成'也。"③

具体而言,"编注集成",包括了两个方面:

一为"编",即编年。苏诗的编年注始于施顾注本,查慎行注、冯应榴注皆有补正改编,但仍有未尽之处。因此王文诰在冯应榴合注本的基础上再加以进一步的探讨、改编。

一为"注"。王文诰汇集了前代注家之注,以王十朋类注、施顾注、查慎行注、冯应榴注为正,以邵长蘅、李必恒、冯景、翁方纲注及诸家杂说为附,这

---

① [宋]苏轼著,[清]王文诰辑注:《苏轼诗集》,北京:中华书局,1982,第 2843 页。

② 关于《苏文忠诗编注集成》的刊刻情况,参考了王友胜所著《王文诰〈苏诗编注集成〉得失论》一文,该文见《湘潭师范学院学报(社会科学版)》总第 24 卷(2002 年 11 月),第 74—78 页。

③ [宋]苏轼撰,[清]王文诰辑注:《苏文忠诗编注集成》,见《续修四库全书》第 1315 册,上海:上海古籍出版社,1996 年影印版,第 312 页。

是极有见地的。

（一）编年

1.《苏文忠公诗编注集成》的编次

与冯应榴《苏文忠公诗合注》一样，王文诰的《苏文忠诗编注集成》的编次也以查注本为蓝本。《集成》共四十六卷，前四十五卷为编年诗。王文诰认为，查注本以《南行集》为苏诗的起始，是很有见地的，因此沿用查注本的编年。冯应榴的《合注》尽管对查注本某些诗的编年持不同的意见，但冯氏只在题下提出自己的观点，而不改动查注本的顺序。《集成》的处理方法则不然，虽用查氏之编，但对分卷中的明显错误有所改易。如十二卷《除夜》诗之后，查氏又编十一首，概谓尽十二月作，明显有悖事理，王文诰认为不能不改。

对其施注原编、查注补编内有不当入集者，《集成》一律加以改动，载于《总案》之中。查注从邵长蘅所辑《苏诗续补遗》中挑选了不少入于编年诗中，王文诰认为其中多有冒滥者，一概削去。

《集成》除编年诗四十五卷之外，还沿用了查注本的第四十六卷《帖子口号诗》，而将查注本的《他集互见诗》二卷、《补编诗》二卷删去。全书共四十六卷。

2.《苏文忠诗编注集成总案》

《总案》共四十五卷，其分卷与编年诗四十五卷相同，是《集成》中最有价值的部分。

王文诰自述作《总案》之由："以月日系诸古律，多有月日备而古律阙者，无地弥缝，往往脱阙诗旨，有偏全之憾。前注于古律之外不再寻求其编述，古律致误，亦由于此。录立总案统之，使不越于绳墨之外，而后事理通而诗旨见。"①

施注编年只根据年份撮其大纲，并没有尽量根据月、日逐首细分，冯应榴肯定这种做法，而反对查注细分年月。王文诰的态度恰好相反，认为应如

---

① 《苏文忠诗编注集成》，第 316 页。

查注一样细分年月。王本人创立《总案》,自认为"排缵年月,密于查注百倍,而后发明其诗多有突过前注者"。①

王文诰又比较了杜诗编年与苏诗编年的区别:杜甫的作品,除了诗之外,文并不多。而且,史传对杜甫的记载也比较简略,杜甫留下来的事迹较少,因此难以细分。相比之下,苏文浩如烟海,史料对苏轼行迹的记载也层出不穷,当可细分其诗的年月。

《总案》可以说是一部苏轼年谱,更准确地说,是一部苏诗创作史。《总案》以苏诗的编年为核心,先述时、地、人,再叙篇名,按照年月细排,中间穿插以北宋重要时事及苏轼的主要事迹,考证精确,常常能发前人之未见。

《总案》赖以编年的主要材料,一是苏轼的诗题及诗句的内容;一是苏文及苏词的相关内容,另外辅以他人的文集及年谱、史传、笔记等。

(二)注释

王文诰的《编注集成》与冯应榴的《合注》一样,是对前代苏诗旧注的合集。《合注》的作者冯应榴亲阅过宋刊五注本的残卷、元刊集百家分类注本、宋刊施顾注本、清代补施注本、查慎行补注本、翁方纲补注本,并将这些注文合在一起。而王文诰并没有全面地阅读过这些旧注本。清代各个注本他应该读过,但没有亲眼目睹宋、元刊本。《集成》所集之旧注,完全来自《合注》之中,只不过被王文诰改动了一些而已。冯应榴之孙冯宝圻对此大为不满,在《新修补苏文忠公诗合注序》中说道:"自先大父方伯公《合注》五十卷出,而网罗补苴益为大备,行世既远,翻雕滋多。苏诗长存天地间而不可易,则《合注》亦不可易矣。书成于乾隆癸丑。至嘉庆末年,有仁和王见大者,又撰《编注集成》一书,考核事迹、排次日月,自谓于论世知人之学加密,而多失之凿。且固元刊王状元集百家注本、宋刊施、顾注本及影钞本都未目睹,但据此书所采剪截移易,自谓简明该括,而多失之陋且略。至于《南行》集及他集互见诗、补编诗,恣行删削,一变查注本面目,顾诩诩然以为搜剔净尽,永断

_____

① 《苏文忠诗编注集成》,第319页。

葛藤，又何其专辄僭妄邪！"①

王文诰的工作主要包括：

1. 删削了《合注》中他认为烦冗或错误的注文，大约占合注的十分之二左右。

2. 加上了他本人的注释，称为"诰案"。

3. 选录了纪昀《苏文忠公诗集》中的大部分评点文字。

第一节 《苏文忠公诗编注集成总案》与苏诗编年

一、王文诰的苏轼年谱——《苏文忠公诗编注集成总案》

将诗人年谱附于编年注本正文之前，是宋代以来诗歌注释的常例。至于苏诗注，类注本附有傅藻所撰的《东坡纪年录》（以下简称"《纪年录》"）。施顾注本原附有施宿的《东坡先生年谱》，但宋代以后在国内失传已久。清初邵长蘅整理清施本，将南宋王宗稷所编《苏文忠公年谱》（以下简称"《年谱》"）补入书中，查慎行则撰有《苏轼年表》。王文诰也延续了这一传统，撰有《苏文忠公诗编注集成总案》（以下简称"《总案》"）。《总案》的记事年代，起于仁宗景祐三年苏轼出生，止于徽宗建中靖国元年逝世，分为四十五卷，与编年诗的卷次相同，使《总案》与编年诗可以参看。

王文诰自述作《总案》之由道："以月日系诸古律，多有月日备而古律阙者，无地弥缝，往往脱阙诗旨，有偏全之憾。前注于古律之外不再寻求其编述，古律致误，亦由于此。录立总案统之，使不越于绳墨之外，而后事理通而诗旨见。"②也就是说，王文诰意图通过《总案》的编撰，确定大部分苏诗的创作年代，并参考苏轼的文、词等其他作品，将苏轼的主要事迹与苏轼生活年

① ［宋］苏轼著，［清］冯应榴辑注：《苏轼诗集合注》，上海：上海古籍出版社，2001年，第2632—2633页。

② 《苏文忠诗编注集成》，第316页。

代的主要朝廷大事相参看,为阐明诗旨奠定重要的基础。因此,《总案》与其说是一部苏轼年谱,不如更准确地说是一部苏轼诗、文、词作品创作史。《总案》以苏诗的编年为核心,先述时、地、人,再叙篇名,按照年月细排,中间穿插以北宋重要时事及苏轼的主要事迹,考证精确,常常能发前人之未见。

《总案》分正文、释文、诰案三部分:

(一)正文

正文即苏轼的年谱,以大字单行标识。与传统的年谱一样,《总案》的正文,首先包括了苏轼一生的主要经历事迹;其次列举了与苏轼活动直接相关的重大朝政时事;再次,因为苏轼是一位著名文学家,因此《总案》正文也包含了苏轼的创作活动,将苏轼的诗、文、词的创作活动与其经历结合起来,介绍了不少作品的具体创作时间与创作背景。至于王文诰编撰《总案》正文所依据的材料,他自己介绍道:"所书正文,首以本集书奏、制敕、叙传、铭记、词赋、题跋,以年月日可考者为经,而佐以《老泉全集》、《栾城集》、苏过《斜川集》、各史及两宋纪载之与本集不背、足以补助者,皆立案引载。其下余如本传、墓志及《纪年录》、《年谱》之时事相合者,亦皆入载,但一事数见,语有详略,不能分注出处,惟单见之事注明。"①

《总案》的正文部分,还有一项重要的功能,便是补正旧谱。

1. 弥补旧谱之失,如卷六"熙宁二年"正文有"翰林学士兼翰林侍读学士司马光荐公为谏官。"诰案云:"光举公,在论富弼罢相、陈升之入相之后,与王安石、吕惠卿争议之时,乃熙宁二年以后事也。《年谱》、《纪年录》、各注皆失载此事,今为补载。"②

2. 纠正旧谱之误,如卷六"熙宁四年"正文:"会诏举谏官,翰林学士兼侍读范镇应诏举公。"诰案云:"举谏官乃四年事,《年谱》误入三年。"③

3. 纠正旧史之失,如上例的下文,正文云:"安石惧,疾使谢景温力排之,

---

① 王文诰:《苏文忠公诗编注集成总案》,巴蜀书社,1985年版,卷一第三页。
② 《苏文忠公诗编注集成总案》,卷六第三页。
③ 《苏文忠公诗编注集成总案》,卷六第十三至十四页。

诬奏公过。安石穷治,无所得。"释文云:"《续通鉴长编》云:诏江淮发运、湖北运使体量殿中丞、直史馆苏轼居丧服除往复贾贩,及命天章阁待制李师中供枨照验见轼妄冒差借兵卒事实以闻,侍御史知杂事谢景温劾奏故也。景温与安石连姻,安石使之。穷治,卒无所得。"诰案云:"此四年事。《长编》载三年,误。"①

(二) 释文

释文部分是对正文的延伸说明,以小字双行标识。正文部分,提纲挈领,撮其大要,以较简短的文字,使人一目了然地明白苏轼的主要事迹与创作。而其中的细节,则有待释文部分补充说明。对于苏轼的主要经历事迹与交游活动,释文所依赖的材料,用得最多的是苏文,其次包括宋史本传、墓志铭、旧谱、宋代笔记、方志等。对于宋代时事,则主要根据王偁的《东都事略》、李焘的《续资治通鉴长编》、笔记、方志等。对于苏轼的诗歌创作活动,则主要根据诗歌本身的内容、诗序以及苏文的记述。此外对于正文中述及的苏文与苏词,释文还常常列举其内容,短则全录,长则节录,或撮举大意。

(三) 诰案

"诰案"部分紧跟在释文之后,也以小字双行标识,起首部分标以阴文"诰案"二字。这部分包括两部分内容:

1. 对释文的进一步补充说明,如卷十二熙宁七年正文:"刘庭式为通守,公甚器之。"释文部分引苏轼《与刘庭式事》一文,详细叙述了苏刘二人的交往情况。"诰案"则云:"刘庭式托此文,登《卓行传》。时周革为转运使,刘庭式为通判,赵晦之为东武令。"②诰案部分在释文的基础上,进一步介绍刘当时的任职情况为苏轼的副手,又延伸说明了苏轼此文对刘的推动作用,从侧面烘托了二人惺惺相惜的关系。

2. 王文诰的考证和纠误。王文诰自云:"其有各说互异及与本集不合者,皆辨定,从其是者,注明某误。间有时事小误,本案已有确考,毋庸置议

---

① 《苏文忠公诗编注集成总案》,卷六第十四页。
② 《苏文忠公诗编注集成总案》,卷十二第六页。

者略去，以省繁芜。"①另外，"诗有时地可考，而前注原编、改编、补编有误，及后注沿讹前注，或各持两端者，原编不误而改编反误，改编未误而后注苛驳致诗无归宿者，均引确证，照新编立案，并引原注驳正。"②可见，王文诰的考证和纠误分为两大类：一是考证与诗意相关的宋代时事，驳正旧注在这方面失误之处，以阐明诗旨；二是说明调整某些苏诗篇目编年的理由，纠正前代注家苏诗编年的失误。"诰案"的考证与纠误，已经超出了传统年谱的职能，实际上起了注释的作用，与编年诗正文的注释部分相辅相成，互相补充。这将在下文作进一步介绍。

二、王文诰的苏诗编年

（一）《集成》的编年概况

自宋代注家采用编年注以来，这种注释体例就成为中国古典诗歌注释的主流体例。南宋初年刊行的《东坡集》即为编年，施顾注本亦是编年注本。到了清代，苏诗的全集注释者查慎行与冯应榴也都继续采用了编年体例，王文诰的《集成》也不例外。具体而言，《集成》以查慎行的《补注东坡先生编年诗》为蓝本，全书共四十六卷，前四十五卷为编年诗，第四十六卷《帖子口号诗》，与查、冯注本的前四十六卷保持一致。王文诰认为，查注本以《南行集》为苏诗编年的起始，是很有见地的，因此沿用了查注本的编年卷次。冯应榴的《合注》尽管对查注本某些诗的编年持不同的意见，但只在题下提出自己的质疑，却未改动查注本的顺序。相比之下，王文诰的处理方法则不然，他认为，施顾注、查慎行注、冯应榴注皆有不少编年错误，而补遗诗中也有一部分可确定其编年。因此他在前代诸注本的基础上再加以进一步的探讨、改编，纠正了部分苏诗的编年错误。

---

① 《苏文忠公诗编注集成总案》，卷一第三页。
② 《苏文忠公诗编注集成总案》，卷一第三页。

（二）王文诰关于是否细分年月的讨论

关于苏轼的诗歌是否按具体的年月日编年的问题，在王文诰之前已经引发了一系列争论。施顾注宋本的编年，只根据年份撮其大纲，并没有根据月、日逐首细分。清施本的整理者邵长蘅肯定了这种做法。邵长蘅《注苏例言》云："吴兴施氏生南宋之初，去公之世未远，其诠订先后，颇为精当。卷端数语，仅识大略，不屑排缵年月，如黄鹤、鲁訔之编杜，取讥后世。识者谓自有苏注来，最称善本云。"①查慎行的苏诗编年工作，往往细分年月。这又引起了时代更后的冯应榴的批评。冯应榴认为："编年胜于分类，查本似更密于施顾本。但《后集》五家注本编年犁然不紊，施顾本每卷排次亦撮举大纲，最为得当，邵长蘅例言中已言之。查本细分年月，转欠审确。今虽从查氏不复改移，然有显然误编及于鄙意未惬者，仍附辨于各诗下。"②王文诰的态度恰好与冯应榴相反，认为应如查注一样细分年月。王本人创立《总案》，自认为"排缵年月，密于查注百倍，而后发明其诗多有突过前注者"③。

就一般的编年规律而言，邵长蘅、冯应榴的意见不无道理。因为关于作品的具体创作时间，有时连作者自己也未必能记忆准确。即使让苏轼本人主持编年工作，或许只能按照年代大致编年，后人就更没有必要画蛇添足地按年月日细分了。而邵长蘅所举黄鹤、鲁訔之编杜，就是一个典型的反面例子。黄鹤、鲁訔是南宋人，距离盛唐时期的杜甫已有 400 余年。若非杜诗的诗题或自序中言明作诗的具体月日，大多数诗篇是无法精确地具体到某月某日所作的，因此，强行将杜诗按年月日编排，不免捕风捉影，甚至于望文生义，其效果必然适得其反。

然而苏诗的情况与杜诗又有所不同。王文诰比较了杜诗编年与苏诗编年的区别：杜甫的作品，除了诗之外，文并不多。而且，史传对杜甫的记载也比较简略，因此难以细分。相比之下，苏文浩如烟海，各类宋代史料对苏轼

① ［宋］苏轼撰，［宋］施元之注，［清］邵长蘅删补：《施注苏诗》，见《文渊阁四库全书》第 1110 册，上海：上海古籍出版社，2003 年，第 53 页。
② 《苏轼诗集合注》，2641 页。
③ 《苏文忠诗编注集成》，第 319 页。

行迹的记载也层出不穷。以这些丰富的史料为基础,细心阅读,大胆假设,小心求证,反复斟酌,可以推断出绝大部分苏诗创作的具体年月,甚至有些篇目可以精确到日。查慎行、王文诰的细分工作,未必不是一种有益的尝试。特别是王文诰编撰了长达几十万字的《总案》,确实是对细分工作的有力支持。

(三)王文诰对苏诗编年的考证及调整

王文诰赖以考证编年的主要材料,一是苏轼的诗题及诗句的内容;一是苏文及苏词的相关内容,另外辅以他人的文集及年谱、史传、笔记等。具体而言,有以下途径:

1. 根据《栾城集》改编

苏轼与苏辙感情深厚,青年时期一同侍奉父亲苏洵出川入都,在以后的生涯中也常常聚首。即使分别之时,也时不时寄诗唱和。因此,苏辙的诗作与苏轼诗联系紧密,常有同时同题诗或寄赠唱和诗,可以作为确定苏轼诗编年时间的重要依据。

如《入峡》:

> 王注:此题《栾城集》编次在滟滪堆后。查注疑其误,改编涪州诗前。今考本集《滟滪堆赋》,叙所论形势,大略谓蜀江会百水,直下千里,使无滟滪堆先当其冲,则瞿塘峡口之险,尚不止此。故其赋云:"忽峡口之逼窄兮,纳万壑于一杯。方其未知有峡也,而战乎滟滪之下。"据此,则《栾城集》不误,查注误矣。今如《栾城集》,改编《巫山》诗前。①

嘉祐四年,苏轼、苏辙兄弟陪侍苏洵由长江水路出川,沿途二人有许多同题诗,《入峡》就是其中一首。关于这组诗,苏辙《栾城集》的编次与苏轼集中是一致的。王文诰根据地理,指出三苏顺江流而下,必然先经过滟滪堆才

---

① 《苏轼诗集》,第31页。

能入瞿塘峡，并引苏轼的《滟滪堆赋》为证，从而肯定了《栾城集》的编次，纠正了查慎行的改编之误。

2. 根据苏轼本人的经历及具体行动路线改编

王文诰擅长于苏诗的细读，将苏轼本人的经历与诗中的内容联系起来，经常在字里行间寻求编年的内证。又由于苏轼一生行迹甚广，纵跨大江南北，有些路线多次重复。王文诰善于将苏诗全集作为一个整体来考虑，特别注重前后诗的联系，从中发掘编年的依据。

如《泗州僧伽塔》与《龟山》：

> 王注：此诗施编不误，查注改编卷十八自徐赴湖时，误甚。今复旧编。……甲寅自杭守密，公由江淮取道海州，后自宜兴起知登州，亦出此道，皆不过泗州。此二诗如"去无所逐""飘荡何求"等句，明寓上言被出之感。若入移湖卷中，气局全别。其"再过五周"句，合注已引"丙午载丧过淮至是五年"为据。①

施顾注原将此诗定为熙宁四年出京赴杭州通判任路途所作，查慎行将其改编为元丰二年由徐州刺史调任湖州刺史时所作。泗州与龟山在洪泽湖畔，在宋代是中原前往江南的一条路线，苏轼一生中多次在中原与江南往返。《龟山》诗有"再过龟山岁五周"之句，如果查慎行的说法成立，由元丰二年往前推五年，则为熙宁七年。这一年的九月，苏轼由杭州通判升任密州刺史，有北上之行，但却是由江淮取道海州，并未经过泗州，因此"再过龟山岁五周"一句毫无着落。若依施顾注原编，从熙宁四年上推五年，为治平三年，彼时苏轼因父丧扶枢归蜀，而《泗州僧伽塔》诗中有"我昔南行舟系汴"之句，冯应榴指出这正是载丧过淮的有力旁证。再以"再过龟山岁五周"句参验，二者环环入扣，前后相连，密不可分。因此，王文诰否定了查注的改编，将此二首又改回施顾注原编，是合理的做法。

---

① 《苏轼诗集》，第 290 页。

3. 根据苏轼文集内容改编

苏文数量众多,而且内容与诗歌有千丝万缕的联系,可以作为坚实有力的旁证。更兼散文的篇幅长于诗歌,还可以提供更准确丰富的细节。

如《次韵子由柳湖感物》:

> 王注:此诗作于陈州,今改编。余详总案中。《总案》熙宁四年七月"出都赴陈州至陈与子由同游柳湖"条下云:本集《记铁墓厄台》云:"旧游陈州,留七十余日,柳湖旁有丘,俗谓之铁墓云。"又,"和子由柳湖感物诗"条下云:此诗施注原编初到杭州诗前,查注、合注从之。①

施顾注、查注、冯注都将此诗放在熙宁四年苏轼刚刚任杭州通判时写作的诸诗之前,显然未能判断其准确的作诗时间,因而只能大致将其归入倅杭诗前。苏轼由汴京赴杭州,途中前往陈州与苏辙相会,这一点正史与年谱皆可为证。王文诰以苏文《记铁墓厄台》为证,指出柳湖在陈州,因而将此诗改编到《出都来陈……》八首之后,有了明确的时间归属,以地相从,不无道理。

4. 根据题中或诗中人物的具体活动改编

苏轼诗有重要的交际功能,寄赠唱和、纪游抒怀一类的诗为数不少,诗中人物的任宦经历、行踪状态,也是确定这类诗编年的重要依据。

如《宋叔达家琵琶》:

> 王注:此诗施编倅杭卷内,合注已疑其误,今改编于此。……宋家于洛中。此诗不作于洛,即作于京,以宋叔达方仕于朝故也。本集虽无至洛明文,然作《别子由诗跋》,有"其后虽不过洛"之语,《题卢鸿草堂图》诗,亦有过洛之迹,是公未尝不至洛也。西京乃原庙所在,差事旁午,经旬往复,无可稽考。谓公必不至洛者,独查注

耳。今附编于此。①

此诗施顾注、查注都编入熙宁五年,苏轼时任杭州通判。然而,王文诰指出,宋叔达当时任职汴京,其家则在洛阳,不可能出现在杭州。因此本诗不应编入杭州卷中,而应改编入熙宁四年上半年苏轼在汴京时。

此外还有根据宋代笔记、题跋、石刻以及冯应榴的意见改编者,不一一赘述。

另外值得注意的是和陶诗的编年。查慎行《补注例略》云:"《和陶诗》一百三十六首,子由有序,自成二卷。细考之,惟《饮酒》二十章和于扬州官舍,余悉绍圣甲戌后,自惠迁儋七年中作也。岁月大略可稽,分之各卷,以符编年之例,其间亦有未能确指年月者,则慎以意推之,要难迁就他所也。"②

《和陶诗》是苏轼晚年的力作,非一时一地之作,很难断定具体的作诗年月,施顾注本将其单独列为二卷,放在全书之末,本来是最谨慎的处理方式。查慎行"以意推之",将其强行编入某年某月中,这种做法不免过于武断。冯应榴《苏诗旧注辨订》云:"《和陶诗》除《饮酒二十首外》固皆在岭南作,但年月有难细分者,不如诸本各自为卷之善。"③这种观点显然更加合理。

既然王文诰已经确立了细分年月的方针,因此他也通过各种途径,细心考证了《和陶诗》的年份,并纠正了查慎行的不少错误。

如《和陶桃花源》:

> 王注:此诗施注和陶卷置卷末,查注因编庚辰,合注从误。据石刻,公书此诗叙,遗卓契顺,后云:"绍圣三年,岁在丙子,清和月,眉山苏轼录于惠州白鹤峰新居思无邪斋,以遗卓契顺。"是时方营新居,故即云新居耳。又其诗叙末,较各注本多九字云,故和《桃

---

① 《苏轼诗集》,第 254 页。
② [宋]苏轼撰,[清]查慎行补注:《苏诗补注》,见《文渊阁四库全书》第 1111 册,上海:上海古籍出版社,2003 年,第 10 页。
③ 《苏轼诗集合注》,第 2670 页。

源》诗以广其说。由是考之,有此叙即有此诗,且尚在绍圣丙子四月前之作。今改编于此,庶有依据。①

王文诰根据此诗的石刻,将其归入绍圣三年所作。相对于查、冯二注不加说明地将其归入元符三年,更有说服力。

更多的是根据《和陶诗》本身的内容来断定。如《和陶怨诗示庞邓》:

王注:此诗有"如今破茅屋,一夕或三迁。风雨睡不知,黄叶满枕前"诸句,以《停云诗叙》"立冬风雨无虚日"之说合观,则绍圣丁丑十月作也。如谓后两年秋冬作,公已在新居,何至破败若是哉?查注编已卯冬至前,合注从误,今改编。②

王文诰根据诗中关于茅屋破败的内容,与《停云诗叙》的内容正合,因而将此诗定为绍圣四年所作,而非其后两年新居已成的元符二年。

第二节　《苏文忠公诗编注集成》的"以史证诗"方法

《集成》汇集了从宋代到清代诸多苏轼诗的注本,然而在两方面存在争议:一是此书是否涉嫌抄袭冯应榴的《苏文忠公诗合注》;二是王文诰对旧注的批评口气过于严厉,有贬低前人、抬高自己之嫌。由此产生了一系列观点,对《苏诗编注集成》持批评否定态度。如钱钟书先生在《宋诗选注》中指出王文诰注"夸大噜苏而绝少新见"③,曾枣庄先生也说"此书的价值实不在注释,而在《总案》"④,顾易生先生更认为"他在'注'的方面除了照搬《合注》

---

① 《苏轼诗集》,第 2196 页。
② 《苏轼诗集》,第 2271 页。
③ 钱钟书:《宋诗选注》,人民文学出版社 2005 年版,第 64 页。
④ 曾枣庄等:《苏轼研究史》,江苏教育出版社 2001 年版,第 297 页。

之外，实在拿不出多少自己的东西来"①，当代学人王友胜甚至提出了"《集成》虽于苏轼注释绝少发明"②的观点。本书认为，王文诰虽然喜欢炫耀自己，其态度不免令人不敢恭维，但其在苏诗注释方面并非无所发明，除《总案》外，《集成》在考证时事、阐明意旨、分析苏诗艺术成就等方面有一些独到之处。本节拟在上节的基础上，重点探讨王文诰沿用孟子"知人论世"的观点，将苏诗放在北宋嘉祐至建中靖国年间的历史背景下加以考察，从而在解释与宋代时事相关的诗意等方面创造性的学术价值。

从宋代到清代的一系列苏诗注释，可以划分为诗人之注与学者之注两大类。宋代的赵次公与清代的王文诰所作之注属于诗人之注；宋代的施顾注，清代的查慎行、翁方纲、冯应榴、沈钦韩等所作之注属于学者之注，两者之间的区别体现在两方面：

首先是对诗学解释的重视程度不同。赵次公的苏诗注，重视在解释意义之余开展诗歌批评，总结苏轼诗歌的艺术成就。关于这一点，本书上编第二章第四节已经论述过。王文诰也不例外，下节将另行撰述。学者之注则几乎不涉及诗学批评。

其次是对历史解释的处理方式不同。

南宋中后期的施元之、顾禧、施宿的《注东坡先生诗》更侧重于"知人论世"，基本不单独使用"以意逆志"的方法揣摩苏轼的创作心理。尤其是施宿补充的题下注，通过大量的史实材料展示苏诗的创作背景，并且总结苏诗的创作事因，解释篇意或重点句意。查慎行、翁方纲、冯应榴、沈钦韩等清代苏诗注释者，也偏重于"知人论世"的方法，强调以事实为根据解释诗意。尤其是乾嘉时期的冯应榴、沈钦韩，甚至将诗歌注释考证化。但学者之注对"知人论世"之法，过于偏重于单独运用，未能跟"以意逆志"结合起来，所释的意义仅限于表层意义，通过罗列相关史料，让读者将苏诗的叙述与史料的记述

---

① 《苏轼诗集合注》，第 35 页。
② 王友胜：《王文诰〈苏诗编注集成〉得失论》，《湘潭师范学院学报（社会科学版）》，2002 年第6 期，第 76 页。

相对照,自行得出表层的基本意义。有时仅仅是交代苏诗的创作背景而已,离发掘意义距离更远。在绝大多数时候,注释者本人总是冷静地站在一边,却未现身说法,总结并发掘苏轼的寓意,只有在少数难解之处才画龙点睛式地提点一下。

相比之下,诗人之注并不忽视"知人论世"的作用。赵次公在考证时事、"以事释诗"方面解决了不少问题。但赵次公也有重大缺陷,由于更侧重于"心解",以致有时仍采用以意揣摩而非以史验证的方法来解释与宋代时事相关的诗句。

王文诰则能克服赵次公与学者之注各自的片面性,他能够将"以意逆志"与"知人论世"方法结合起来解释诗意,既以丰富的史料为依据,而非揣测,又能进一步发掘苏诗的深层寓意。相对于清代的其他苏诗注释者而言,形成了自己的特点。历代诸多的苏诗注释者在历史解释方面不遗余力地考证,王文诰仍能作出有益的补充,诚属难能可贵。

一、详释全篇的寓意

学者之注的解题,常常根据诗题中的人物或事件,从各类典籍中找到相关史料,引用其原文,列于注释之中,以供读者阅读,让读者了解苏诗创作的时代政治背景,自行发掘引发诗人创作的事因,从宏观的角度把握全诗的意旨。王文诰的处理方法有所不同。首先,他并非直接大段引用原文,而是概括原文的主要内容,予以浓缩。其次,他往往能够根据史料提供的历史背景,详细分析苏轼的寓意,而不是令读者自行判断。

如《次韵刘贡父所和韩康公忆持国二首》:

> 查注:韩康公,名绛,字子华。《宋史》:韩维,字持国。以进士奏名礼部。熙宁中,为御史中丞,以兄绛在枢府为辞,出知许州。未几兼侍读,拜门下侍郎,后以太子少傅致仕。子华之弟也。

查注介绍了韩绛与韩维的兄弟关系,让读者明白了诗题中"韩康公忆持国"的由来。此外,查注还简介了韩维的仕宦经历。然而这只是背景性的说明,与本诗的意义没有直接的关系。施宿注与冯应榴注所引的材料与查注不重复,但起的作用差不多,仍然局限于背景性介绍。王文诰则进一步发掘了诗意:

> 王注:是年七月,韩维罢门下侍郎。先是子由攻韩镇罢相,维始入政府,至是范百禄、吕陶复攻维,去之,韩党遂以公为川党领袖。公素与维厚,又出绛门下,其和此题,及后之上维一首皆于无聊赖中为之,故词多慰藉。而自述云"吾侪小人但饱饭",有不辩而自解之意在,其用意甚深。使施注犹存,当必有述,若查注引维熙宁中事,殊无谓也。①

王文诰指出,本诗作于元祐二年,查慎行注所引的韩维的经历,大部分是熙宁年间之事,与诗意没有直接关系。苏轼在作诗之时陷入了元祐党争之中,应该结合当时洛党、蜀党、朔党的斗争来理解诗意。因此,王文诰先是说明以下时事背景:苏氏兄弟与韩氏兄弟在当时属于不同的集团。然后又指出,苏轼原先与韩氏兄弟交情深厚,因此尽管此时属于不同的集团但却非一味地攻击排挤,而是顾念旧谊,本诗意在表达慰藉之情,并且希望韩维能理解自己的良苦用心。王文诰的补注,对诗意的发扬,甚为必要。

又如《送曾子固倅越得燕字》,类注本赵夔注与查注对曾巩生平的介绍都比较简单,而施顾注嘉定本此卷已佚,施宿注无从得见。

> 王注:史载曾巩判越州,则瞻田野饥;守齐州,则平章丘盗,余若濬河省驿,救疫储药,凡便民事,不可胜书。又能戢征南之师,不为地方扰害,此皆政事之卓然者也。其谦洁自守,至于自入之利皆罢。又天性孝友,父亡,奉继母益至,抚四弟九妹于委废单弱中,宦

---

① 《苏轼诗集》,第 1546 页。

学婚嫁,一出其力,此皆行义之卓然者也。且巩素与王安石善,神宗问安石何如人,则以"勇于有为、吝于改过"为对,是巩之不敢朋比欺君,与韩维、吕公著之交相荐而至误国者,贤不肖相去远矣。史又云吕公著尝告神宗,巩行义不如政事,政事不如文章,以是不大用。若如其说,则凡当日大小臣工史不载者,皆当出巩之上,而何以史家立传诸人,其行义、政事、文章不及巩者多耶? 神宗素不喜巩文章,公著特为此语中之,故其视巩行义、政事尤为可吐弃,而因以流落不偶。夫以巩之行义、政事、文章,卓然可见,人所信尚者,公著尚谗之如此,则如伊川、明道之学,当日天下之所惊疑耐水尽信者,宜其激怒太皇,立时逐去也。迹其设心之毒,与其父夷简之逐范仲淹、孔道辅一辙。然夷简恣行奸利,尚不自讳,而公著则深中多数,不可测识,且以巩与其弟布并论。人皆知巩之贤而布之奸矣,公著何不亦一言去之,而竟以贻祸国家,究其是非之颠倒,虽公著亦不能自解也。①

王文诰从史料中概括了曾巩的平生功业与行事之风,特别指出了曾巩虽与王安石友善,但却不肯朋比营私地吹捧王安石的高风亮节。再进一步详细介绍了吕公著对曾巩的打击陷害,从而深刻地揭示了曾巩之所以被贬为越州通判的背景。

二、详释重点句意

学者之注的释句,即以诗句的内容为线索,寻找到相关的史料,并将其引用到注释之中,让读者将史实与诗句内容相对照,从而印证诗句内容的真实性,并补充更多的细节。同样,学者之注对诗句的寓意未作深入的解说。相比之下,王文诰能够阐发诗句的意旨。

如《和钱安道寄惠建茶》:"胸中似记故人面,口不能言心自省。为君细

① 《苏轼诗集》,第 244—245 页。

说我未暇，试评其略差可听。"以上四句，历代苏诗旧注皆未注。

> 王注云：钱颛、刘琦力攻王安石、曾公亮，并请罢斥，被逐。颛将
> 出台，于众座骂御史孙昌龄曰："君以奴事安石，得为御史，自谓得
> 策，即我视君，犬彘之不若也。"遂拂衣上马。以上史传所载。公此
> 诗虽和寄茶，特有意搭入钱颛并作，故于首节提清脉络如此。①

　　正如王文诰指出的那样，本诗的主题原为和答钱颛寄茶，但苏轼在和答诗中也往往借题发挥，议论时事，正所谓"特有意搭入钱颛并作"。本诗后文有"建溪所产虽不同，一一天与君子性"，将茶与君子之性联系起来，君子正指钱颛。下文又云"汲黯少憨宽饶猛"，以敢于犯上的西汉人物汲黯与盖宽饶比喻钱颛。因此，王文诰在此处补充了钱颛因与刘琦一起反对王安石新法而被贬斥建州的经历，除了能够交代钱颛为何能寄建茶的缘由之外，更重要的是突出了钱颛刚直不阿、不畏权要的品格，能为下文用汲黯与盖宽饶的典故找到根据。尤其是苏轼在此处表达了见茶如见故人的感情，苏轼与钱颛一样，都是因为反对新法而被放外任，因而王文诰补充介绍了钱颛力斥孙昌龄谄事王安石的行径，更加有益于诗意的理解。相比之下，前代诸注家没有注意到这一点。

　　在释句中，对用典的诗句及运用比兴手法的诗句，是两大难点。王文诰能够发掘这两类诗句的深层寓意。

　　用典的诗句如《次韵答顿起二首》"新学已皆从许子"：

> 类注本赵次公注：新学以言王介甫新经之学也。

　　其余各家无注。

---

① 《苏轼诗集》，第530页。

　　　　王注：此句以陈相比吕惠卿辈，而以许行比王介甫也。顿起虽
　　出吕惠卿门下，而独宁故学，故末句用忧时策叫破，所以重予之也。

　　赵次公已经初步指出了苏轼的用意，但只是点到而已，王文诰更进一
步，指出了"许子"这个典故的寓意，并揭示了暗含的"陈相"的寓意。下句
"诸生犹自畏何蕃"，

　　　　类注本李厚注：韩退之作《何蕃传》：蕃入太学二十余年，岁举
　　进士，学成行尊，太学诸生推颂，不敢与蕃齿。

然而仅仅是介绍何蕃的出处。

　　　　王注云：何蕃，指顿起也。盖是科叶祖洽辈，并以谄谀登上第，
　　而顿起之风节独不然也。①

这才进一步指出了"何蕃"寓指顿时起本人，是重要的补充。
　　比兴体诗句如《破琴诗》，王文诰首先在诗叙的注释中用较长的篇幅指
出本诗为讽刺元祐党争时的朔党首领刘挚所作，意在指出刘挚在熙宁年间
与苏轼一同因攻击新法被逐，但到了元祐年间，刘挚却因入相而变节。此诗
抨击刘挚结党营私，提拔阿谀奉承的宵小之徒，党同伐异，败坏朝纲。接下
来在正文的注释中又一一说明。如"破琴虽未修，中有琴意足。谁云十三
弦，音节如佩玉"：

　　　　王注："此节以筝似琴自喻，谓自熙丰至元祐，屡被攻逐，虽破
　　琴如故，而音节则不改也。"

_____

① 《苏轼诗集》，第 867 页。

"新琴空高张,丝声不附木。宛然七弦筝,动与世好逐":

> 王注:此节以琴似筝喻挚,谓向者同一破琴,今虽新之,而丧其
> 本质,故与我分驰也。

"陋矣房次律,因循堕流俗。悬知董庭兰,不识无弦曲":

> 王注:此节以瑄为相,忘却本来面目喻挚,而讥(贾)易、光庭不
> 能始终以洛党攻我,乃甘心为庭兰卖其师,而自售取利,是亦新琴,
> 非破琴也。①

比兴手法比用典更含蓄隐晦,因而唐宋注释者对待这一类诗作往往比
较谨慎。例如李善《文选注》中论及阮籍《咏怀诗》:"虽志在刺讥,而文多隐
避。百代之下,难以情测。故粗明大意,略其幽旨也。"②因而解释比兴体的
含义,更强调以"本事"为基础,否则不能正确解释诗意,而导致离题万里。
王文诰的《破琴诗》注,扣紧元祐党争的背景,推寻本事与喻体之间的联系,
并无胶柱鼓瑟、穿凿附会之嫌。

三、对旧注的延伸补充

前代苏诗旧注,完全失注者毕竟是少数。王文诰的补注重点,仍然放在
了旧注并没有完全说透之处,补充了更多细节,延伸说明了苏诗的意旨。这
又分为两种情况:

一种是针对本诗,旧注意犹未尽,未切中要害,王文诰予以补充,从而完
整地说明了诗意。

如《送顾子敦奉使河朔》:

---

① 《苏轼诗集》,第 1769—1770 页。
② [梁]萧统编,[唐]李善注:《文选注》,上海:上海古籍出版社,1986 年,第 1067 页。

　　王注：顾临为给事中，论奏崇政延和殿不当讲读，为程伊川所攻，罢为河北转运，以伊川原奏迩英暑热，请于崇政延和殿及他宽凉处讲读故也。公同乞留顾临状，以四月二十日上，不报。其中邓温伯乃小人之尤者，余如李常诸人，皆非蜀党，胡宗愈无党，梁焘乃朔党也。然因此一奏，而后之论者，即以顾临为蜀党攻洛党之一名，诬也。施注徒繁其词，于顾临之出无一字之及，惟不了了，故于后《韩康公挽词》注载其与门生故吏燕集事，又夹入顾临也。[①]

　　此诗作于元祐二年，施宿注详尽地介绍了顾临一生中的一些重大事迹，如论兵与治河等，以及"凛然有古人之风"的气节。但王文诰认为施宿注未切中要害，忽略了苏轼与顾临的关系，尤其是顾临在"元祐更化"中被认为属于以苏轼为首的"蜀党"。此诗为送顾临出使河朔所作，出使之由，正是因为触怒了蜀党的对立面——洛党的首领程颐。王文诰于是针对上述情况作了补充说明，非常必要。

　　另一种情况是，旧注对本诗的解释说明已经比较充分，王文诰特意将全诗置于更广阔的背景之下，将诗题中的有关人物或事件在日后的发展变化也予以披露，进一步深化诗意。

　　如《广陵会三同舍各以其字为韵仍邀同赋·孙巨源》，施宿注主要介绍了：(1) 孙洙(巨源)虽知王安石行新法、不容进谏、迫害反对者的危害，却不敢与之针锋相对，乞外任以逃避。(2) 苏轼、刘贡父、刘莘老等朋友都因反对新法而不同程度地得咎，孙洙因此疏远这些友人，受到苏辙等人的讽刺。孙洙在熙宁变法中不敢得罪王安石，而采取了逃避的态度，与苏轼的态度相反，因而引起了苏轼的责备。

　　王注：是时公与贡父、莘老皆以攻法被出，风节凛然，独巨源在座，隤靡不振，可想见其惭然不终日矣。谏院如是，将焉用此言官

---

① 《苏轼诗集》，第 1494—1495 页。

为。公素与之厚,故勖之以义,然巨源究以求去自全,与纷然希进者不同,终不失为君子,故云"绝交固未敢"也。子由诗与公同旨。其后巨源在海州,与使者力争免役,皆此诗一激之力。此与韩愈责阳城大略相似,世为之解者,未尝以阳城为小人也。查注乃陈讦曲说,谓施注以巨源为小人,误甚。①

王文诰则延伸说明了孙洙在苏轼等人的批评下,能够克服内心的怯懦,日后敢于在海州直斥新法之不便、反对免役法。这就同时说明了苏轼作此诗的效果,是非常有益的补充。

至于《广陵会三同舍各以其字为韵仍邀同赋·刘莘老》,施宿注选取了刘挚(莘老)几个重要的事例:(1)奏议亳州青苗狱,为反对新法的富弼辩白。(2)虽受王安石的赏识,但在神宗面前否认与王安石的私谊,而不断攻击王安石新法不利民的要害。(3)中丞杨绘原来也反对新法,但在王安石的打压下退缩。刘挚却独力支撑,并云:"若谓向背,则臣所向者义,所背者利;所向者君父,所背者权臣。"最终被安石谪监衡州盐仓。

> 王注:刘挚在熙宁间,颇著风节,大有虎变豹气象。其后入相元祐,则结死党,排善类,阴纳奸臣邢恕、章惇,以为囊橐。且邢恕乃伊川门人,亦伊川之所荐。挚既与恕厚善,曷不少为伊川地而务欲首攻逐之乎。观挚后之所为,又无异犬羊之鞾矣。②

王文诰指出了刘挚一生中虎头蛇尾式的变化轨迹,将其在元祐党争中的阴暗表现与在熙宁变化中的高风亮节进行了对比,注重人物品行的发展变化,亦是一种有益的补充。

---

① 《苏轼诗集》,第 297 页。
② 《苏轼诗集》,第 299 页。

四、纠正旧注的错误

除了补充说明之外，王文诰还注意纠正旧注的理解错误。

如《次韵林子中蒜山亭见寄》，此诗作于元祐五年。施宿注引用了日后绍圣年间林希草制诋毁苏轼、苏辙的恶行。施宿注如下：

> 哲宗亲政，章子厚方治元祐诸臣，欲使子中典书命，而疑于左迁，使问之，欣然留行，复为中书舍人自司马温公、东坡等数十人，皆使为谪词，极其丑诋，遂累迁至同知枢密院。后朝迁理其词命丑正之罪，夺职为舒州。建中靖国元年，东坡自海南归，至仪真，与子由书云：林子中病伤寒，十余日便卒。所获几何，遗臭无穷，哀哉哀哉。①

若只观察这条施宿注，不难得出以下结论：林希不念与苏轼的往日交情，为了讨好章惇而获得升迁，不惜出卖良知，对苏氏兄弟及司马光等，极尽丑诋之能事。苏轼对林希此举持极端痛恨的态度，对他因伤寒病去世，不但不予伤悼，反而有几分幸灾乐祸的意味。王文诰对此持不同的看法，

> 王注：子中草子由制，辱及所生，故子由痛哭曰：“先人何罪！”其折资草制也，章惇许为同省执政，而仅予枢密院。得为邢恕所惑，而曾布所诱，惇并恕逐去之。当子中草制讫，掷笔于地，自云“丧了名节”。此其心非不知是非者，实为厚利所诱，既乃利不可得，而卒以愤死，此其悔有甚于愤者矣。公尝谓：王涯甘露之祸，乐天适游香山寺，有诗云：当君白首同归日，是我青山独往时。不知者以乐天为幸之，乐天岂幸人之祸者，盖悲之也。公之哀希，与乐天正等。施注引公书，不引此条按断，即有幸之疑，殊非公之本意。

---

① 《苏轼诗集合注》，第1605页。

施注失当,应驳正。①

王文诰列举史实,描述了林希草制丑诋苏轼等人后的悔恨之情,说明他的良知尚未完全泯灭,后来亦因此事抱恨而亡。苏轼对林希也非一味地抨击,同时也包含了几分哀怜之意。王文诰的分析推断,更接近苏轼的原意。

五、纠正前代文献的错误

除指出旧注本身的错误之外,王文诰还能纠正旧注所引各类文献的错误。如《次韵王定国倅扬州》,查慎行注引任渊《黄山谷集注》云:

> 东坡以十科荐定国,其后言者,谓定国诒事东坡,遂自宗正丞出倅扬州。

> 王注:《长编》载:元年三月,承议郎王巩为宗正丞,十一月通判西京。倅扬乃二年事,任渊误。②

王巩与苏轼、黄庭坚都有交情,任渊是黄庭坚《内集》的宋代注释者,虽然时代距苏、黄较近,仍然存在一些错误,为王文诰指出。

又如《吾谪海南子由雷州被命即行……作此诗示之》,冯应榴注引《老学庵笔记》云:

> 绍圣中,贬元祐党人苏子瞻儋州,子由雷州,刘莘老新州,皆戏取其字之偏旁也。时相之忍忮如此。

> 王注:是年二月,与子由同贬岭外者,首为吕大防,再次则梁焘

---

① 《苏轼诗集》,第 1690—1691 页。
② 《苏轼诗集》,第 1535 页。

也。大防何以得循？焘何以得化？闰二月，与公岭外再贬者，范祖
禹、刘安世也。祖禹何以得高？安世何以得宾？此皆章惇忍忮，故
时人傅会其说。放翁不应瞆瞆至是。①

此处王文诰驳斥了陆游《老学庵笔记》对苏轼、苏辙、刘挚贬谪地来由的
说法，指出陆游犯了未加详考而轻信传闻的错误。

作为清代苏诗注的最后汇集者，王文诰以孟子"知人论世"的说诗方法
为基础，继承了宋代学者创造的诗人年谱与编年诗集这两种体例，编撰了
《苏文忠公诗编注集成总案》，重视苏轼一生经历与当时重大朝政的联系，展
现了苏轼诗文的创作史，并订正了旧注对苏诗编年的一些错误。在此基础
上，《苏文忠公诗编注集成》运用历史解释的方法，通过考证史实，补正了宋、
清二代诸多苏诗旧注在解释苏轼诗意时的不少错漏，克服了诗人之注与学
者之注各自的弊端，转而综合了二者的长处，将考证史实与解释诗意结合在
一起，在苏轼诗歌注释史上作出了重要的总结。

第三节　《苏文忠公诗编注集成》的诗学批评

《苏文忠公诗编注集成》是汇集从宋代到清代诸多苏轼诗注本的集大成
之作，然而在苏诗注释史上存在一定的争议，上文已述，争议的焦点在于两
方面：一是此书是否抄袭另一部苏诗注释史上的集大成之作——冯应榴的
《苏文忠公诗合注》；二是王文诰对旧注的批评口气过于严厉，有抬高自己贬
低他人之嫌。抛开这些方面，《苏诗编注集成》还是取得了较大的成就，除了
上节所述的考证时事之外，还表现在诗歌批评方面。关于王文诰苏诗批评
的贡献，当代学人王友胜的《王文诰〈苏诗编注集成〉得失论》（载于《湘潭师
范学院学报（社会科学版）》2002 年第 6 期）与赵超的《论王文诰苏诗注的时
代创新与历史意义》（载于《文艺评论》2011 年第 12 期）已有提及，但二文皆

---

① 《苏轼诗集》，第 2244 页。

乃综论《苏诗编注集成》之作，限于篇幅，对王文诰的苏诗批评的分析不够细致深入。本节拟结合诗歌注释史上寓批评于注释中的传统，全面探讨王文诰的苏诗批评的学术价值。

一、诗歌注释视野中的诗学批评

诗歌注释的目标是解释诗意，为实现这一目标，需要注释者对多门学科均有所涉猎。理解诗意的关键之处有两点：一是诗歌要说什么，即写作目的；一是诗歌是怎么说的，即表现的手段，两者缺一不可。对前者的解释，一般以考证本事为目标，属于历史解释，与注释者的史学修养密切相关。对后者的解释则包含两个层面：一是语言解释，需要语言学的知识，因为诗歌是一种语言艺术，以语言为媒介；二是诗学解释。诗歌虽以语言为介质，但归根结底是一种艺术，有其特有的表意方式，这就要求注释者有一定的诗学素养。除此之外，由于宋代以来雕版印刷术的发达，诗歌别集的刊刻、流传甚广，于是还要求注释者有坚实的文献学功底。在这几个要素当中，最重要的是注释者的诗学修养。诗歌解释的本质是对诗歌意境的阐发，对比兴、用典等较委婉含蓄的表现方法，必须反复揣摩，剖析作者的用意；对直陈其事、或铺叙、或议论的诗歌，也必须发扬作者的言外之意，品味诗歌的意境，捕捉诗人的艺术构思，才能理解诗意。这就要求注释者有深厚的诗学修养与高超的艺术理解力，尤其是必须研究诗歌的技法与形式，对诗歌的创作方法进行评论总结，于是诗歌注释就不免包含了诗歌批评的内容。特别是诗歌注释者对诗人别集中的全部作品作整体观照之后，自然会对作者的整体风格与成就、地位等作出评判，形成更高层面的文学批评。

在早期的诗歌注释中，就存在着诗学批评的传统。孟子提出的"以意逆志"与"知人论世"的观点，是诗歌注释的滥觞，同时也是诗歌批评史上的重要理论，由此可见，诗歌注释与诗学批评密不可分。

现存最早的诗歌注释是一些汉代的作品，可分为学者之注与诗人之注。学者之注包括《诗经》的毛传与郑笺。《毛诗》属古文经学，侧重语词的音义与训诂，毛公本人未闻有较突出的文学创作才能，毛传的长处是从语言学与修辞学的角度来分别解释赋、比、兴句的含义，但较少从文学的角度分析写作技巧。郑玄是著名的经学家、思想家，却非文学创作大师。郑玄集今、古文学派之长来补充毛传，同样侧重于语言学与修辞学的角度，未对比、兴作更多的诗学解说。

诗人之注则当推王逸的《楚辞章句》。王逸的身份，除学者之外，还是一位杰出的辞赋家。王逸仿照屈原创造的"美人香草"式的比兴手法，创作了著名的骚体赋《九思》。在《楚辞章句》中，他也针对屈原的这一表现方法作了系统的研究。王逸作为文学家，他的注释与毛传、郑笺形成了鲜明的对比，开启了寓研究于注释之中的先河。

汉代诗歌注释的两种不同的思路，在后代的诗歌注释中都分别得到了继承。唐代李善注《文选》，继承了毛传、郑笺之类学者之注的传统，注重语词的音义、训诂，详细地征引典故的出处，却较少开展诗学研究。宋代则有不少诗歌注释者则继承了王逸"诗人之注"的传统，在广引典故出处、详释诗意的基础上，发扬艺术理解力，总结作者的创作得失。

宋代苏诗的重要注释者赵次公即属于诗人之注。他拥有丰富的诗歌创作经验。宋人林希逸《竹溪鬳斋十一稿续集》卷十三《题徐少章和注后村百梅诗》记载了赵次公遍和苏诗之事。① 赵次公所和数十卷大多今已不传，仅在日人仓田淳之助、小川环树所辑的《苏诗佚注》中保留了些残篇断简。苏轼之诗，才华横溢，变化无端，难窥其涯，能将其诗和尽，实属不易。赵次公的苏诗注，较重视在解释意义之余开展诗歌批评，总结苏轼诗歌的艺术成就。关于这一点，本书上篇第二章第三、四节已有专门论述。

清代诗歌注释则偏重于学者之注，将注释与评点分开，即使注释者本人擅长诗歌创作也不例外。例如查慎行是清初的著名诗人，但在他的《补注东坡先生编年诗》一书中却不涉及对苏诗的批评。查慎行对苏诗的评点其实不少，但另收于《初白庵诗评》一书中。另一位苏诗的补注者、著名的学者、

---

① ［宋］林希逸：《竹溪鬳斋十一稿续集》，见《文渊阁四库全书》第 1185 册，上海：上海古籍出版社，2003 年，第 685—686 页。

诗人翁方纲对苏诗的艺术评论也只散见于诗歌批评著作《石洲诗话》中,而在其《苏诗补注》中只字未提。

究其原因,在于清代诗歌注释受清代经学的影响,偏重于客观严谨的考证。而诗歌批评带有较强的主观性,需要充分发挥评点者、注释者的领悟力与想象力,因而为注释者不取。甚至有些诗歌注释者认为诗歌评点的内容与诗歌本身的意义主旨没有太大的关系,其中以陶渊明诗的注释者陶澍的意见最有代表性,他认为:"宋元以来,诗话兴而诗道晦,连篇累幅,强聒不休,其实旨趣无关,徒费纸墨而已。"①(《陶靖节集注例言》)在苏诗注释方面,王文诰之前的冯应榴汇集历代苏诗注而成《苏文忠公诗合注》一书,也属于学者之注,并未吸纳查慎行的苏诗评点。冯应榴的观点是:"又查氏有《苏诗评批》,本于诗意无甚发明,今亦不采。"②(《苏文忠公诗合注附录》)相比之下,王文诰的苏轼注释属于诗人之注,继承了宋代赵次公的传统,既重视考证苏诗所涉及的宋代时事,又能发扬艺术想象力,总结苏诗创作的得失。就这一点而论,王文诰的《苏诗编注集成》为冯应榴的《苏诗合注》所不及。

二、王文诰苏诗批评的基础:传统诗歌注释中"以意逆志"式的释意

在孟子所提倡的"以意逆志"与"知人论世"两种诗歌解释方法中,王文诰二者并重。

用"知人论世"的方法解释诗意,着眼于诗歌的历史文献属性,首先把前代诗歌看作一种历史文献,强调在一定的历史环境下理解诗歌的意义。因一定的具体事件有感而发,采用"赋"的方法,直接叙事、议论、抒情的诗歌,其基本意义可用"知人论世"的方法断定。"以意逆志"方法则偏重于诗歌的艺术特性,通过揣摩作者的创作心理而领悟作者的意图。对于不涉及具体

---

① [晋]陶潜撰,[清]陶澍集注:《靖节先生集》,见《续修四库全书》第 1304 册,上海:上海古籍出版社,1996 年影印版,第 241 页。

② [宋]苏轼著,[清]冯应榴辑注:《苏轼诗集合注》,上海:上海古籍出版社,2001 年,第 2740 页。

的事件,为作者一时一地之感兴而发的诗歌,一般可以单独采用这种方法来解释其意义。至于使用比兴、用典等较曲折隐晦的表现手法来表达作者内心深意的诗歌,则必须使用"以意逆志"与"知人论世"相结合的方法,在"知人论世"的基础上"以意逆志"。以上为中国古代诗歌注释者解释诗歌意义的三种基本思路,在孟子的影响下,《诗经》的毛传、郑笺,王逸的《楚辞章句》,李善及五臣的《文选注》都在使用这种模式。

宋代是古代诗歌注释的第一个高峰时期,宋代诗歌注释的释意方法有以下三种:一是针对诗中直接使用典故的原有意义的用典方法,征引典故出处,其意自明;二是"以意逆志"式的"内解",即从分析诗歌内部结构、艺术表现手法出发以解释意义;三是"知人论世",发掘隐含在诗歌内部的创作事因,从而解释诗歌含意。对于所有的注释者来说,征引典故出处都是注释工作的基础,而不同的注释者对第二、三方面的侧重程度各有不同。

宋代苏诗注本中,以赵次公为代表的类注本侧重于"以意逆志"式的"内解""心解"。赵次公的杜诗注就被命名为《杜诗赵次公先后解》。赵次公的苏诗注的解释思路原本与其杜诗注一致,偏重于"解",即从诗歌文本出发,揣摩作者的创作心理以释意,对诗歌的篇义、段义、句义作出详尽的解释。相比之下,类注本的注释者当然并不忽视"知人论世"的作用,在考证时事、"以事释诗"方面解决了不少问题。但由于赵次公等人在注释观念上更侧重于"心解",致使有时仍采用以意揣摩而非以事验证的方法来解释与宋代时事相关的诗句,他们离苏轼的时代较近的优势没有得到充分地发挥。

南宋中后期的施元之、顾禧、施宿的《注东坡先生诗》呈现出完全不同的风貌,更侧重于"知人论世",基本不单独使用"以意逆志"的方法揣摩苏轼的创作心理。施元之、顾禧的注释以征引典故出处为主,而施宿补充的题下注,通过大量的史实材料展示苏诗的创作背景,并且总结苏诗的创作事因,解释篇意或重点句意。"以意逆志"式的内解与"知人论世"式的外证,在宋代苏诗注中没有得到较好的统一,这个任务有待稍后的李壁的《王荆公诗注》来实现。

清代诗歌注释者对"以意逆志"与"知人论世"两种方法的重视程度又出

现了新的变化,在清代诗歌注释者的概念中,"以意逆志"方法被归纳为"解"这种体例,"知人论世"方法则被归纳为"笺"。

清代诗歌注释中的"解"这种注释体例显然受了赵次公的影响。对"解"这个概念作出精辟总结的是清人浦起龙,他在《读杜心解发凡》中指出:"注者其事辞,解者其神吻也。神吻由事辞而出,事辞以神吻为准。"①又说:"解之为道,先篇义,次节义,次语义。"浦起龙说的"心解",是指在注(征引典故出处)的基础上,针对篇、节(段)、语(句)等不同的意义单元,各自揣摩杜诗的言外之意。总而言之,清人口中的"解",是在征引典故的基础上,从诗歌的内部结构出发解释诗意,并强调对诗歌言外之意的求索,从中不难看出赵次公的影响。

而另一种注释方法"笺"则更侧重于"知人论世"方法。

李商隐诗的注释者冯浩指出:"笺者,表也;注者,著也。义本同归。今乃以征典为注,达意为笺,聊从俗见。"②(《玉溪生诗笺注发凡》)冯浩所说的"注",其内涵与浦起龙相同,只限于征引典故的范围。冯浩另外把探讨诗歌意旨称为"笺",但他说的"达意"与浦起龙说的"解"并不相同,所达之意往往指较浅层次的基本意义。冯浩云:"于是征之文集,参之史书,不惮悉举而辨释之。诗集既定,文集迎刃以解,鲜格而不通者。乃次其生产,改订《年谱》,使一无所迷混,余心为之惬焉!"③(《玉溪生诗笺注序》)又说:"说诗最忌穿凿,然独不曰'以意逆志'乎?今以'知人论世'之法求之,言外隐衷,大堪领悟,似凿而非凿也。"④(《玉溪生诗笺注发凡》)可见,冯浩注重通过"以意逆志"与"知人论世"相结合的方法,确定诗歌的基本意义,而不作更多的引申发挥。

浦起龙在《读杜心解发凡》中的一段话很重要:"凡注之例三:曰古事,曰

---

① 《读杜心解发凡》第 5 页.见[清]浦起龙:《读杜心解》,北京:中华书局,1961 年。
② [唐]李商隐著,[清]冯浩笺注,蒋凡标点:《玉溪生诗集笺注》,上海:上海古籍出版社,1998 年,第 822 页。
③ 《玉溪生诗集笺注》,第 820 页。
④ 《玉溪生诗集笺注》,第 822 页。

古语,曰时事……至时事则例等于注,而义通于解。"①在这段话中,值得关注的是对"时事"的描述,他对时事在注解中的角色还没有清晰的认识,他只是觉得这是一种过渡体:从体例来看,解释时事与征引典故很相像,都表现为引用前代文献。而从作用上来说,解释时事又高于征引典故。征引典故的出处,还不一定能够理解诗句的意义。而从文献中找到相应的时事之后,只要辅以简要的说明,甚至不需要说明,就能够发掘作者创作的目的,从而理解诗句乃至诗篇的意义。浦起龙说的"时事",即解释时事,重视历史分析,就相当于冯浩所说的"笺"这种体例。

由以上分析可见,尽管有浦起龙、仇兆鳌等注释者重视"解"的作用,但更多的清代注释者强调释意必以事实为根据。在他们眼中,"知人论世"是第一位的。"以意逆志"必须以"知人论世"为基础,才不至于沦为无源之水。

在这种注释风气的影响下,查慎行、翁方纲、冯应榴、沈钦韩等清代苏诗注释者,偏重于"知人论世"的方法,强调以事实为根据解释诗意。尤其是乾嘉时期的冯应榴、沈钦韩,将诗歌注释考证化,并认为不与"知人论世"联系在一起,而单独使用"以意逆志"的方法,缺少事实根据,基本不予以使用。甚至他们对宋代赵次公等注释者的"心解"方法颇有异议。以冯应榴为例,他往往将类注本中的解意文字予以删节。如《秀州僧本莹静照堂》一首,赵次公从诗题中的"静"字着眼,体会到苏轼的用意在于暗讽本莹长老在人间亦不能处静,并围绕这个中心作了全面的阐发。冯应榴在《苏文忠公诗合注》中认为这一段注解别无新义,因而将其删去。

相比之下,王文诰的苏轼注释属于诗人之注,他继承了宋代赵次公的传统,能发扬艺术想象力,在详释诗意的基础上总结苏诗创作的得失。王文诰又编撰有详细的苏轼年谱《苏文忠公诗编注集成总案》,在注释中也重视考证苏诗所涉及的宋代时事,并调整苏诗旧注的编年。王文诰将"以意逆志"与"知人论世"两方面有机地结合起来,在苏轼诗注释史上上升到前所未有的高度。就这一点而论,王文诰的《苏诗编注集成》为冯应榴的《苏诗合注》

---

① 《读杜心解发凡》,第6页。

所不及。

三、王文诰的"以意逆志"式的释意

王文诰本人能诗,在《集成》中,他推行的"以意逆志"式的"内解"有以下特点:

(一)总结立意与主旨

1. 组诗的立意

如《和陶怨诗示庞邓》,王注云:"此诗反复致意渊明,乃尽和其诗之本意也。"①

又如《和陶读〈山海经〉》其十三结尾"携手葛与陶,归哉复归哉",王注云:"《和陶读山海经》诸作,公因读《抱朴子》而发,此二句结到本旨。"②

2. 单篇的立意主旨

如《次韵答章传道见赠》,王注云:"传道,一老者也,劝公稍卑以适时宜,公谓如尔自贬,终不谐俗,故不为也。"③

又如《送千乘千能两侄还乡》头四句"治生不求富,读书不求官。譬如饮不醉,陶然有余饮",王注云:"起四句该通篇之意。"④

3. 强调苏轼有意反前人之意

如苏轼早期的诗作《凤翔八观·秦穆公墓》,王注云:"《秦穆公墓》诗,以不诛孟明为骨,全翻《诗经》后咏三良诗以晏子作骨,并翻前作。其意以行文自寓其乐,故不为雷同之词。"⑤指出了苏轼富于创新的精神。及至晚年的《和陶咏三良》,冯应榴注引《苕溪渔隐》云:"余观东坡《秦穆公墓》诗全与《和三良》诗意相反,盖少年议论如此,晚年所见益高云。"王注云:"此乃有意自为翻案,若与前论一辙,则此诗可不作矣。王应麟《困学纪闻》亦云:前辈学

---

① 《苏轼诗集》,第 2272 页。

② 《苏轼诗集》,第 2136 页。

③ 《苏轼诗集》,第 425—426 页。

④ 《苏轼诗集》,第 1604 页。

⑤ 《苏轼诗集》,第 119 页。

识，日新月进，东坡《和渊明三良》，与在凤翔时所作，议论夐殊。其说与《丛话》同。"①在这首诗中，苏轼又将自己早期的立意来了一个一百八十度的大转弯。王文诰指出，这正是诗歌创作不断发展的应有轨迹，否则的话根本没有作诗的必要。

又如《听僧昭素琴》，王注云："此亦反韩之作，然孔子所不放者，正此等耳。"②王文诰所谓"反韩之作"，指的是反韩愈《听颖师弹琴》。诗歌的立意，贵在创新。韩、苏二诗皆为听僧弹琴所作，然而苏轼不肯蹈袭韩愈之意，有意推陈出新。

4. 指出苏轼承袭前人之意

王文诰指出，除了反前人之意而为之的情况外，苏轼有时也适当地承袭化用前人的立意。如《太白词》五章，王注云："此五章，从《有駜》化出，晓岚谓仿汉《郊祀》诸歌之作。"③

（二）释诗句的言外之意

这往往是通过反复阅读全文，品味全诗的意境，通过"妙悟"的方法才能捕捉的。

如《龟山》"我生飘荡去何求，再过龟山岁五周。身行万里半天下，僧卧一菴初白头"：

> 王注：此联谓五周之飘荡，皆名场所致也。今再遇菴僧，头已初白，而多之飘荡正无已时，将头白而止矣。如头白而仅与此僧比肩，是反不如亦卧一菴也。不如是解，则此联随处可用，而本意紧接上文。

下文"地隔中原劳北望，潮连沧海欲东游"：

---

① 《苏轼诗集》，第 2185 页。
② 《苏轼诗集》，第 576 页。
③ 《苏轼诗集》，第 152 页。

　　王注：此联是龟山地面层次，而诗乃借形势以发挥。上句即
"浮云蔽日"之意，下句即"乘桴浮海"意。皆有意运用空灵，故人不
觉也。①

　　通过王文诰的解说，苏轼的委婉曲折的言外之意清晰地展现在读者的
面前。

　　又如《岐亭五首》其一"知我犯寒来，呼酒意颇急。抚掌动邻里，绕村捉
鹅鸭"：

　　王注：客有过韵山堂举此句者云：后篇戒杀，此句何不禁捕耶？
答曰：本集尚有"杀尽西村鸡"句，亦多有杀牛之语。此即《诗·大
雅·云汉》"周余黎民，靡有孑遗"之意，不以辞害意也。且此乃叙
初至季常家，举家欣动之情，已见其妻不妒。要知客在堂而内妒，
欲求甘旨不失饪者鲜矣。后诗戒杀，乃明年重到所作，正以其前此
多杀也，与此尤可参看。②

　　王文诰指出，正如孟子提倡的"不以文害辞，不以辞害意"的观点一致，
读者不能片面机械地理解诗意，尤其不能不顾本诗的语境，并割裂前后诗的
联系。

　　王文诰尤其反对割裂上下文、断章取义的理解方法。如《赠郑清叟秀
才》"年来万事足，所欠惟一死。澹然两无求，滑净空棐几"：

　　王注：纪昀曰："'年来'二句，宋人诗话亦讥之。"然东坡特自言
万念皆空，故不立语言文字之意，非有所怨尤。论者未看清上下文
义耳。其说清楚。清叟越海相见，尚何他求，亦惟仁与义而已矣。

---

① 《苏轼诗集》，第 292 页。
② 《苏轼诗集》，第 1204 页。

诗言我不逮人,仅足为自了汉,如是而止,于清叟无所发明也。凡诗话截数句以论诗,注家截数句以注诗,检其所引出处,连上下文读之,其时地情景,多不合,原文并不如是解也。①

在此,王文诰指出了某些诗话作者或诗歌注释者断章取义的通病,值得学者警醒。

又如《正辅既见和复次前韵慰鼓盆劝学佛》"勿忆齐眉羞":

> 李必恒注:齐眉,意指鳏居也。
>
> 冯应榴注:此"羞"字作"馐"字解,故从食案着想也。
>
> 王注:此句不专指鳏居,因慰其丧妇,而暗解释憾事也。"羞"字亦不泥作"馐"解,故下文云何时放还,便与同归,诗意甚明。但正辅方从事功名,若因两鳏而遽约同归,似与己之被放者并论,语意不圆,故下又折出"君方""我亦"二联,以重申之,其意欲补入泛舟事,但解囚即纵壑,义本重出,惟坐实渐字分浅深也。既蹈此矣,率性入"宁须""犹胜"二联,以自盖其迹,更以"南""北"叠结,遂不可知其故矣。②

李必恒、冯应榴的解释皆过于拘泥。王文诰联系上下文,详解了"羞"字的深远寓意,折射了苏轼谪居惠州时的心境。

(三) 分段释意

对一些篇幅较长的古诗,王文诰还按诗意其分成几个段落,分段释意。如《子由自南都来陈三日而别》,王文诰将其分为三段:

首段为前四句,自"夫子自逐客"至"径来宽我忧":

---

① 《苏轼诗集》,第 2232 页。
② 《苏轼诗集》,第 2146 页。

王注：以上一节，凡波及子由事，皆于一宽字了之。

自"相逢有得知"至"永与夫子游"为第二段：

王注：自"相逢有得知"句至此，为中一大节，因子由以自鉴，故重言夫子以申明之，即官师命名为轼、辙之意。

其余为第三节：

王注：末节自道别后之我，亦以宽子由也。通篇悉出兄弟之至情，移作他人兄弟不得。①

其次是律诗的分章，如七律《新城道中二首》，其一前四句"东风知我欲山行，吹断檐间积雨声。岭上晴云披絮帽，树头初日挂铜钲。"

王注：此诗上节，叙早发新城也。

后四句"野桃含笑竹篱短，溪柳自摇沙水清。西崦人家应最乐，煮芹烧笋饷春耕。"

王注：此诗下节，行及半道，时已饷耕也。

其二前四句"身世悠悠我此行，溪边委辔听溪声。散材畏见搜林斧，疲马思闻卷斾钲。"

王注：此诗上节，时已亭午，山行渐疲，寄慨于行役也。

----

① 《苏轼诗集》，第 1019 页。

后四句"细雨足时茶户喜,乱山深处长官清。人间歧路知多少,试向桑田问耦耕。"

> 王注:此诗下节,行近新城,山城在望,以题属道中,故就道中结煞也。二诗自为开阖,次叙井然。①

王文诰认为,这组七律的章法分为上下节,前后四句各为一节,层次清晰,与杜甫律诗常见的层次结构一致。

(四)将释意与诗歌批评联系起来

值得注意的是,王文诰的释意往往又是与诗歌批评相联系的,无论是总结立意、释句中言外之意还是分段释意,都能做到这一点。以释句意为例,如《五郡》"乱溪赴渭争趋北,飞鸟迎山不复南":

> 王注:此乃习于山川形势之言,前《石鼻城》诗'北客初来试新险,蜀人从此送残山',已讲明矣。晓岚疑此二句拙者,正以其识力浅薄,不能贯串诸诗故也。②

《石鼻城》诗"北客初来试新险,蜀人从此送残山":

> 赵次公注:自北来而入蜀者,至此渐入山,故曰"试新险"。自蜀来而趋京洛者,至此已出山,故曰"送残山"。
> 王注:此联画出川陕山疆水界,妙在关合蜀事。③

王文诰继续了赵次公的传统,结合秦岭一带的地理形势以释意,并指出

① 《苏轼诗集》,第 437 页。
② 《苏轼诗集》,第 193 页。
③ 《苏轼诗集》,第 134 页。

了该联不拙反巧的艺术水平,见解高于纪昀。

王文诰在分析立意之时亦兼诗歌批评。如《与周长官、李秀才游径山二君先以诗见寄次其韵二首》起句"龙亦恋故居",

> 王注:此句凭空插入"故居"二字,盖其意后欲入孔明也,且属五丈原之孔明,非草庐之孔明也。通篇寓当归之意,读者试看清此意更论之,未晚也。

由起句出发,王文诰指出了全篇的立意是思蜀欲归。以此为观照,王文诰重点讨论了末尾句"孔明不自爱,临老起三顾"的寓意。此句冯应榴注引何焯云:"孔明始从昭烈,年二十七耳,何谓临老?"何焯对"临老"一字提出了疑问。

> 王注:纪昀曰:"孔明出时未老。"非也。诰谓孔明讨贼,正以受昭烈三顾之重,故临老不能自已也。此"起"字从"不自爱"贯下,谓临老犹起此念,与卧龙之"起"字不同,且此诗非着意用孔明事,乃以孔明作龙使耳。意谓龙知恋故居,而卧龙不知恋故居,公盖以龙自比,故其下紧接吾归也。本集凡弄巧处,皆李、杜、韩诸集所无,读者多为所欺。晓岚点论,往往不透此关,义门何亦尔耶?[①]

王文诰指出,何焯与纪昀的失误在于未能看清苏轼指的是南阳草庐的孔明,还是五丈原的孔明。苏轼所指,实为后者。关键点又在于"临老起三顾"的"起"字,不能简单地理解为孔明起于草庐,而应理解为临老仍然想起刘备三顾之德,于是不能安然隐退,终至出师未捷身先死。而苏轼本人起了思乡当归之念,因此对孔明未能抽身早退十分惋惜。王文诰指出,"起"字不仅是理解的关键点,同时因其具有多义性、模糊性,正是苏轼"弄巧"之处,苏

---

① 《苏轼诗集》,第 488—489 页。

轼有意制造理解的多样性,隐含自己的真实意图。这种技巧,是苏轼高于李白、杜甫、韩愈之处。

王文诰的分段释意也能与分析笔法相结合。如《凤翔八观·石鼓歌》,王文诰将这首长篇七古分为四部分:

第一段为"冬十二月岁辛丑"至"下揖冰斯同鸑鷟",

王注:叙所见之石鼓,乃抚摩其傍之词也。

第二段为"忆昔周宣歌鸿雁"至"岂有名字记谁某",

王注:叙鼓出周宣也。

第三段为"自从周衰更七国"至"无乃天工令鬼守",

王注:叙鼓至今犹存也。

结尾段为"兴亡百变物自闲,富贵一朝名不朽",

王注:虽四句煞尾,而兴亡分结中二段。"物闲"收起一段,只七字了当,故其余意无穷。

接下来王文诰总结道:

诗见而气犹未尽,此其才局天成,不可心力争也。起叙见鼓,极力铺排,仍不犯实。忽用"上追""下揖"二句一束,乃开拓周、秦二段之根,其必用周、秦分段者,不但鼓之盛衰得失可兴可感,本意以秦之暴虐形周之忠厚,秦固有诗书之毁,而文字石刻独盛于秦,明取此巧,以周秦串作,一反一正之间,处处皆《石鼓文》地位矣。
"歌鸿雁"句开拓中兴全段,紧接史籀,其法至密。此系大篇,断无
逐句皆石鼓之理,且此句借点歌字,顺手又开发作歌,并非闲笔,故
通篇歌字不再见也。①

通过分段释意,王文诰梳理了此诗的运笔脉络,总结了苏轼艺术匠心的
独到之处。

(五)详解诗意以辨析异文

王文诰在解析诗意之时,还顺便使用理校的方法辨析异文,从而为苏诗
正文选择最合理的文字。

如《海棠》"东风嫋嫋泛崇光,香雾空濛月转廊":

> 施宿注:先生尝作大字如掌书,此诗似是晚年笔札。与本集不
> 同者,"嫋嫋"作"渺渺","霏霏"作"空濛","更"作"故"。墨迹在秦
> 少师伯阳家,后归林右司子长。今从墨迹。
> 王注:施注既以"嫋嫋"为"渺渺",即不当以白乐天"青云高渺
> 渺"句释诗。云高可见,风高不可见也。《楚辞》"嫋嫋兮秋风",谓
> 风细而悠扬也。公《赤壁赋》"余音嫋嫋,不绝如缕",其命意正同。
> 由是推之,则此句正用《楚辞》也。"空濛"可从,必不可从。②

王文诰指出次句用"空濛"二字,比"霏霏"更合理。
又如《和张昌言喜雨》"清洛朝回起縠纹":

> 王注:"清洛朝回",谓张昌言奉使往告西京原庙及归途而雨已
> 作也。三句"夜直",乃公自谓,故五句又言梦觉而诗已至也。必如

---

① 《苏轼诗集》,第 105 页。
② 《苏轼诗集》,第 1187 页。

是观,则昌言喜雨之作,不同泛泛,而起二句之意皆出。前注于
"朝"字下注云:一作潮。若作"潮回縠纹"解,则全诗之旨皆失,且
清洛无潮也。①

四、王文诰的苏诗批评:总结苏诗的创作成就,发掘苏诗的创新之处

王文诰的"解",无论是详细释意,还是分段释意,都是建立在对苏诗反
复品味,揣摩其创作心理的基础之上。因此,王文诰对苏诗的创作方法与特
色了然于胸,于是在释意之余,王文诰又对苏诗的创作特点予以总结,提出
了不少有价值的独到观点。

(一)总论苏轼诗

如《怀西湖寄晁美叔同年》头四句"西湖天下景,游者无愚贤。浅深随所
得,谁能识其全。"王注云:"四句确是西湖定评。而读此集亦然,正当借以评
公集也。"②王文诰认为苏轼才华横溢,其诗纵横捭阖,难窥其涯。

又如《送刘道原归觐南康》:"揭来东观弄丹墨,聊借旧史诛奸强。孔融
不肯下曹操,汲黯本自轻张汤。虽无尺箠与寸刃,口吻排击含风霜。"

> 王注:此五句明借修史事以诋介甫,诗必如是作,方可谓之史
> 笔,亦维持纲常名教之文。晓岚所见卑陋,故凡遇此类诗辄诋之,
> 殊不知"文忠"二字,皆由此一片忠愤中来,而古人之足当此二字
> 者,为卒鲜也。③

王文诰不同意纪昀的观点,认为苏轼这一类直接议论的诗,正好体现了
"诗言志"的要求,符合儒家的诗教传统,"文忠"二字,当之无愧。

---

① 《苏轼诗集》,第 1500 页。
② 《苏轼诗集》,第 644 页。
③ 《苏轼诗集》,第 259 页。

《东坡》:"雨洗东坡月色清,市人行尽野人行。莫嫌荦确坡头路,自爱铿然曳杖声。"王注云:"此类句出天成,人不可学。"①这里王文诰指出苏轼诗的重要特点:与李白一样,自然天成,才力卓绝,不可力学而致。

王文诰还注重揭示苏轼某些阶段的创作特征。早期的创作如《泊南井口期任遵圣长官到晚不及见复来》:

> 王注:伯淳创为明道之论,天下惊疑。公此类诗,正如北宋道学变而未化之时,非具体也。②

此诗作为嘉祐四年,王文诰认为此时苏轼的创作尚未成熟。

又如《石苍舒醉墨堂》"人生识字忧患始,姓名粗记可以休":

> 王注:一起突兀,自是熙宁二年诗。公自谓钱塘诗皆纵笔,诰谓实发端于此诗也。但无此一路诗,即非公之所以为人,而亦不成此集,故史家以"诗人托讽,庶几有补于国"予之,未尝稍诋之也。独晓岚牢骚剽露等语,在处涂抹,务强使之变方而为圆,岂犹及冀其自亲也耶。③

王文诰认为苏诗早期的纵笔之作,皆发自性灵,直抒胸臆,符合苏轼的个性,虽未臻圆熟之境,却是苏诗发展过程中的必经阶段。因此,王文诰不同意纪昀对这个时期苏诗"牢骚剽露"的评价。

晚年的诗歌如《往年宿瓜步梦中得小绝录示谢民师》:

> 王注:公自后为诗,多有意深晦,不容探讨,不可不知。④

---

① 《苏轼诗集》,第1183页。
② 《苏轼诗集》,第14页。
③ 《苏轼诗集》,第236页。
④ 《苏轼诗集》,第2393页。

此诗作于元符三年,是苏轼最后阶段的作品。此时苏轼历经磨难,特别是经历了三年海南荒僻生涯后,已经失去了早年的意气,诗歌风格以含蓄隐晦为主。王文诰准确地捕捉到了这一点。

(二)揭示苏轼诗所显示的宋诗特征

1. 夺胎换骨

苏轼虽不如他的后学黄庭坚那样刻意地追求"点铁成金""夺胎换骨",但巧妙地化用前人诗意,本来就是魏晋南北朝以来的重要诗歌创作方法。苏轼才华横溢,满腹经纶,常常在不经意间对前人的诗句加以改造点化,更胜一筹。如《正月二十日往岐亭郡人潘古郭三人送余于女王城东禅庄院》"去年今日关山路,细雨梅花正断魂。"

> 王注:此因赴岐亭而念关山也。但本意于末句藏"路上行人"四字,结住道中,读者徒知赞叹,未见其夺胎之巧也。①

杜牧的原句为"路上行人欲断魂",苏轼只用了"断魂"的字面,却隐含了"路上行人"四字,其用意在于暗示去年今日,自己正行于关山道中,与杜牧笔下的行人一样,在绵绵悱恻的春雨中黯然神伤。但苏诗高于杜牧诗之处,在于苏轼将抒情主人公隐含于背景之外,画面的主体是梅花,以名花之断魂暗示渲染行人之断魂,意境更加深远,技巧更胜一筹。

《和蔡准郎中见邀游西湖三首》其一"夏潦涨湖深更幽,西风落木芙蓉秋。飞雪暗天云拂地,新蒲出水柳映洲。"王注云:"起四句,从'春水满泗泽'夺胎,妙在化板实为虚灵也。"②原句"春水满泗泽",是东晋顾恺之《四时诗》中的一句,其对景物的描绘过于简单,虽有古拙之意味,但不免显得呆滞。苏轼只用了短短四句,便生动地描绘了一年四季中颍州西湖的美景,顾恺之的原诗,难可同年而语。

---

① 《苏轼诗集》,第 1078 页。
② 《苏轼诗集》,第 338 页。

2. 以文为诗

如《书晁说之考牧图后》：

> 王注：公诗法多有独辟门庭，前无古人者，皆由以文笔运诗之
> 故，而其文笔则得之于天也。鲁直、觉范诸人，赞叹欲绝，每至无可
> 名言，辄以般若为说，诰以为此小儿见解也。①

自韩愈以来就有"以文为诗"的创作传统，宋诗便是以此为宗。苏轼诗
文并擅，因而也长于此道，将散文笔法运用于诗歌创作之中。

（三）总结苏诗的运笔之法

王文诰善于分析诗篇的脉络，从中总结苏轼运笔的特点与成就。

1. 诗歌的开篇

如《过建昌李野夫公择故居》头两句"彭蠡东北源，庐阜西南麓"：

> 王注：二句拓出大势，公之待野夫、公择，可谓厚矣。②

总结了苏诗工于开端，引领后文气势的特点。

又如《鸦种麦行》"霜林老鸦闲无用，畦东拾麦畦西种"：

> 王注：起四句，纯乎古意，有此一起，则后幅触手都成寄语。③

这里总结了苏诗仿古的开篇方法。

2. 诗歌的结尾

王文诰总结苏诗有以下特点：

---

① 《苏轼诗集》，第 1967 页。
② 《苏轼诗集》，第 1220 页。
③ 《苏轼诗集》，第 399 页。

（1）点题

如《和李太白》末二句"惟应玉芝老，待得蟠桃熟"：

> 王注云：二句结到洞微，乃先入卓道人本意。①

本诗为纪念卓道人而作，结尾二句用了"玉芝""蟠桃"等道教典故，将笔触引回到卓道人身上，前后呼应，思路周详。所以王文诰评价"结到洞微"。

（2）含蓄有余味

如《李思训画长江绝岛图》末四句"峨峨两烟鬟，晓镜开新妆。舟中贾客莫漫狂，小姑前年嫁彭郎"：

> 王注：此诗如古乐府，别为一体，妙在一结，含蓄不尽，使读者自得之也。②

又如《和孔郎中荆林马上见寄》"滔滔满四方，我行竟安之。何时剑关路，春山闻子规。"

> 王注：二句别有寄托，自此入结，洒脱落之甚。③

（3）点题与含蓄，二者兼而有之

如《题王逸少帖》"为君草书续其空，待我他日不匆匆"：

> 王注：此二句入题作结，而仍收到帖，迥翰疾甚，又若飏下者，故其余韵长也。④

---

① 《苏轼诗集》，第 1233 页。

② 《苏轼诗集》，第 873 页。

③ 《苏轼诗集》，第 702 页。

④ 《苏轼诗集》，第 1343 页。

（4）平淡

如《寒食未明至湖上太守未来两县令先在》"老病逢春只思睡，独求僧榻寄须臾"：

> 王注：一结平淡，公往往不脱此意，故晚年肆力于陶。①

3. 诗歌的章法结构

上文已述，王文诰擅长分段释意，并以此为基础分析苏轼的笔法脉络。如《是日至下马碛……》前八句：

> 王注：前四句，画就自斜谷出五丈原之路。后四句，孔明从此路拥骑出也。以上八句为一节。后四句乃当加在前四句上看，前乃躯壳，后乃魂魄，犹之双层灯影，又若套版书册。此种作法，惟公有之。公恐后人不喻其意，故其题有"诸葛孔明所从出师"也。句如诗序然，自下注脚。

接下来二句"公才与曹丕，岂止十倍加"：

> 王注：此二句，乃孔明到五丈原地位。如一直叙下，堕入咏史窠臼，便歇手不得。故就昭烈语作提笔，即下断语，了当孔明身份。

再接下来二句"顾瞻三辅间，势若风卷沙"：

> 王注：此因出师四句，气势太盛，收束不住，故为此跌荡语也。虽字面将气势尽量送足，而其运笔之巧，已暗中歇下矣。

———————————

① 《苏轼诗集》，第443页。

又总论"公才与曹丕"至"一室老烟霞"八句：

　　　　王注：此八句为第二节也。第一节乃叙事体，第二节乃论事体。第一节皆孔明实迹，故叙；第二节入公之意，故论。

接下来二句"往事逐云散，故山依渭斜。"

　　　　王注：此二句，清出古战场及找足五丈原地位，故云"故山依渭"也。其前半有意躐过，即此可证。如不解明，即当辏手闲句读过矣。①

　　由此，王文诰总结了苏轼古体诗运笔曲折有致，时而纵横开阖、时而暗藏伏笔的特点。

　　4. 局部的承接与呼应

　　《和陶答庞参军六首》其四"仰视浮云"：

　　　　王注：此句接得高旷，他人笔力之所不到，故合上下句读之，有三叹欲绝之妙。②

　　《周公庙庙在……》"清泉长与世穷通"：

　　　　王注："穷通"二字，押得精细，非此二字，则一三联皆贯穿不得。③

　　《寓居合江楼》"我今身世两相违，西流白日东流水"：

----

① 《苏轼诗集》，第 177—179 页。
② 《苏轼诗集》，第 2224 页。
③ 《苏轼诗集》，第 200 页。

王注：接得陡健。①

《庐山二胜·开先漱玉亭》"荡荡白银阙，沉沉水晶宫"：

王注：此二句挺得阔大，故能折出后四句。②

《登云龙山》"歌声落谷秋风长"：

王注：通篇着意，妙在有此句一折，故能节短音长也。③

以上诸例，王文诰皆能指出某词某句与上下文的承接呼应或转折的关系，点出苏轼运笔之妙。

（四）对诗歌体裁的研究

王文诰对苏轼诗集中的各种体裁的特点都有所分析，其中又特别注重七言古诗中的转韵现象。他对转韵体持否定态度。如《虢国夫人夜游图》：

王注：转韵七古，诗之下格，惟天骨不张者有宜之。取其特韵为骨，通幅不到散漫，故如吴梅村之流，皆终身为所束缚而不能自奋，其为它七古，亦多不脱此调。唐人又有夹入三韵以取变者，究亦不妥，公乃题画偶为之，岂必二句一韵所囿哉。④

相反，对苏轼诗集中不转韵、一韵到底的七古长篇，王文诰十分赞赏。如《上巳日与二三子携酒出游随所见辄作数句明日集之为诗故词无伦次》：

---

① 《苏轼诗集》，第 2072 页。
② 《苏轼诗集》，第 1216 页。
③ 《苏轼诗集》，第 877 页。
④ 《苏轼诗集》，第 1464 页。

　　王注：此题不作转韵体，亦见其才之崛强矣。诗家天骨开张，
真乃一生受用不尽。①

　　对苏轼的转韵七古，王文诰也另眼相看。如《游道场何山》，此诗二十
句，共用了五个韵部。

　　王注：此诗用唐人转韵体，而读去绝无转韵之迹，此其笔力不
同故也。②

　　总而言之，王文诰十分推崇苏轼对七古长篇的驾驭能力，认为这种体裁
较能体现苏轼的艺术天赋。
　　除了七古之外，王文诰也未忽视对苏诗其他体裁特点的总结。如五古
《日日出东门》"日日出东门，步寻东城游。城门抱关卒，笑我此何求。我亦
无所求"：

　　王注：此种手法，公少作已有之。纪昀曰：接法入古。③

　　这里王文诰指出了苏轼五古深得汉魏六朝古诗"自然浑成，难以句摘"
之风，且有意为古拙，而又拙中见奇、拙中见巧。
　　又如《虚飘飘》：

　　王注：短篇以三五七相间，李太白有此体，此但变末句耳。三
诗行笔，皆用李法，其意自见，周紫芝以为乐府之余者，非也。④

────────────

① 《苏轼诗集》，第 1188 页。
② 《苏轼诗集》，第 406 页。
③ 《苏轼诗集》，第 1162 页。
④ 《苏轼诗集》，第 1587 页。

此处王文诰指出了苏轼从李白处继承而来的一种短篇杂言古诗,但又能在李白诗体的基础上变其末句,继承中自有创新。

古体诗之外,七绝如《纵笔三首》其二:"父老争看乌角巾,应缘曾现宰官身。溪边古路三叉口,独立斜阳数过人。"

> 王注:此三首之第三句,皆于平淡中陡然而出,而此句尤奇突,殊不知"争看"二字已安根矣,三首皆弄此法。①

七绝为体,以"起、承、转、合"为法,其中第三句"转"尤为重中之重,是整首之关窍。王文诰总结,在一般的"起、承、转、合"的规则之外,苏轼这三首《纵笔》的第三句之"转",尤其值得注意——其转折更加突兀,皆从平淡中陡然而出,令人目不暇接。尤其是本首,第三句"溪边古路三叉口"虽转得奇突,然而已有首句的"争看"二字作为铺垫,二者遥相呼应,奇突之余又有余韵。苏轼此诗,能得七绝之深致,又带上本人的明显印记,可谓上乘之作。

七律如《是日宿水陆寺寄北山清顺僧二首》其一:

> 王注:前六句,公自道。后二句,结入清顺。下首同此作法。②

自杜甫以来,七律的章法结构一般分两部分:前四句与后四句各自成一部分。此处王文诰指出了苏轼七律的一种特殊章法,不是以四句分截,而是上六下二,自成一格。

(五)对诗歌题材的分析

王文诰对苏诗各种题材的长处特别是创新之处作了总结。

1. 咏物诗

咏物诗的写作思路重点在于借物抒情,通过被咏之物的形态品性,象征

---

① 《苏轼诗集》,第 2328 页。
② 《苏轼诗集》,第 390 页。

某种人格,抒发作者内心的怀抱。因此咏物诗讲究"不粘不脱",不能过分粘着被咏之物的形态而缺乏"神似",没有感情的寄托、意境的升华。同时,对被咏之物的描绘也需十分生动准确,不能缺乏"形似"。王文诰也注意到了苏诗这方面的特长。如《红梅三首》其一:

> 王注:以上逐句,并切红梅,至第六句方以无端二字扣住,紧密之甚。①

苏轼对红梅的表现是十分准确的。

又如《再和杨公济梅花十绝》其九"长恨漫天柳絮轻,只将飞舞占清明":

> 王注云:此二句着意求脱,犹绘茂树中着枯枝,似是不可少者。②

同样是咏梅诗,这二句却将笔触转移到清明时节柳絮纷纷的场景之上,看似写梅花早谢、与春天失之交臂,实则启示读者联想寒梅迎雪怒放的品格,着意求脱而能以实写虚。

2. 和答诗

王文诰指出了苏轼和答诗不拘一格的创新之处。如《和陶归园田居六首》其六篇末:

> 王注:公之和陶,但以陶自托耳,至于其诗,极有区别。有作意效之,与陶一色者;有本不求合,适与陶相似者;有借韵为诗,置陶不问者;有毫不经意,信口改一韵者。……诰谓公《和陶诗》,实当一件事做,亦不当一件事做,须识此意,方许读诗。每见诗话及前

---

① 《苏轼诗集》,第1107页。
② 《苏轼诗集》,第1748页。

人所论,辄以此句似陶,彼句非陶,为牢不可破之说,使陶自和其诗,亦不能逐句皆似原唱,何所见之鄙也。①

在此,王文诰详细分析了苏轼和陶诗与原诗内容的几种关联程度,重点指出苏轼并未追求内容与陶渊明原诗接近,甚至大胆地推出了借韵的写法,内容与原作毫不相关,关键在于与陶潜心神相通,却不必拘泥于题材内容。

《和陶拟古九首》其九篇末:

> 王注:自此以上二篇,因出游而记近事也。凡此类和陶,公所谓借韵者也,如必逐首似陶,虽陶有所不能也,读者当以此意参之。②

又如《再用前韵》篇末:

> 查慎行注:结韵前作"斑",此作"班",义各不同,不应通用。
>
> 王注:当日和韵诗,凡此类通用不论,亦有换一韵删一韵者,今则绝无其事矣。查注乃以今律古也。③

王文诰指出了苏轼在和答诗中大胆换韵脚的创举。

3. 挽词

如《同年王中甫挽词》"知君事业真堪用",

> 王注:通篇惟此句挽中甫,余皆于十五人悼叹不已,其后更作挽词,亦此意也。④

---

① 《苏轼诗集》,第 2107 页。
② 《苏轼诗集》,第 2266 页。
③ 《苏轼诗集》,第 2111 页。
④ 《苏轼诗集》,第 690 页。

王中甫与苏轼等十五人是宋神宗亲自圈点的新科进士,当作未来的国家栋梁之材着意培养。苏轼的这首挽词,突破了挽词的一般写作思路,没有把大部分篇幅放在怀念歌颂逝者的生平业绩方面,而是将笔墨洒在自己与逝者的平生交情之上,尤其是当年同列于十五人之中的深情厚谊,也是一种有创造力的写法。

4. 应制体

如《次韵曾子开从驾二首》其二篇末:

> 王注:纪昀曰:"此种却非东坡所长,凡诗人亦多不长于此,而长于此种者,又往往非诗人。"其说非是,此晓岚以今所作应制体绳前人也。今所用逐字堆砌,雕琢堂皇,华瞻恭谨之派,诗赋相同,当日无此风也。①

除此之外,王文诰还对寄题诗等题材作了分析,不再赘述。

（六）总结苏诗的艺术风格与审美特征

1. 凝练含蓄

王文诰多次用"七字道尽"等语言来概括苏诗言简意深的特点,如《今年正月十四日与子由别于陈州五月子由复至齐安未至以诗迎之》"惊尘急雪满貂裘",王注云:"七字写尽陈州初面之情。"②又如《与子由同游寒溪西山》"千摇万兀到樊口",王注云:"七字写尽三楚剪江之状。"同诗"却忧别后不忍到,见子行迹空余栖。"王注云:"二句力透纸背。"③《盐官部役戏呈同事兼寄述古》"野庐半与牛羊共,晓鼓却随雅鹊兴。"王注云:"二句极炼,的是开河官语。"④

---

① 《苏轼诗集》,第 1490 页。
② 《苏轼诗集》,第 1052 页。
③ 《苏轼诗集》,第 1055 页。
④ 《苏轼诗集》,第 391 页。

2. 表现手法的准确生动

（1）用典

《周公庙》"至今游客伤离黍，故国诸生咏雨濛"，王注云："此联用《毛诗序》闵宗周及东征事，曲折而切当。"①

（2）比喻

《次韵孔毅父集古人句见赠五首》其二"今君坐致五侯鲭，尽是猩唇与熊白。路旁拾得半段枪，"王注云："二比落想奇绝。"②

3. 想象奇特

王文诰对苏轼卓绝的想象力也赞不绝口。如《和陶桃花源》"桃花满庭下，流水在户外"，王注云："十字仙笔。"③又如《六月二十七日望湖楼醉书五绝》篇末，王注云："以上八诗，随手拈出，皆得西湖之神，可谓天才。"④再如《七月二十四日以久不雨……》"深谷留风终夜响，乱山衔月半床明"，王注云："写景入神，皆随手触发而毫不费力，独此集为擅场。故鲁直每谓是不食烟火人语也。"⑤

4. 浑厚自然

如《归去来集字十首》其一篇末，王注云："气味醇厚之至，所谓外枯而中腴是矣。"⑥

5. 立意

《宿建封寺晓登尽善亭望韶石三首》，王注云："公度岭作此三诗，与赴琼儋二古一辙，其运意皆在绳墨之外，未易测识之也。"⑦

---

① 《苏轼诗集》，第 200 页。
② 《苏轼诗集》，第 1156 页。
③ 《苏轼诗集》，第 2198 页。
④ 《苏轼诗集》，第 342 页。
⑤ 《苏轼诗集》，第 174 页。
⑥ 《苏轼诗集》，第 2357 页。
⑦ 《苏轼诗集》，第 2057 页。

本章小结

王文诰的《苏文忠公诗编注集成》撰写于乾嘉时期，然而王文诰的注释思想却与同时期的沈钦韩、冯应榴等大相径庭，反而与宋代的赵次公相近，是一种诗人之注，属于乾嘉时代风气之外的注释。

王文诰虽然并不忽视"以史证诗"方法，也重视以宋代史实为根据解释苏轼诗意，但对清代注释者一贯强调的地理、职官等今典名词，王文诰认为不必作过多的考证，只要作简要的介绍说明即可。这方面尤其能够凸现他"诗人之注"的思路。

更能体现王文诰"诗人之注"特点的是他更着重于发掘苏诗的寓意，通过妙悟式的"以意逆志"，阐发言外之意。并在此基础上，总结苏诗的创作特征和艺术特色。因此，王文诰注是超脱于乾嘉考证风气之外的一种诗人之注。

与赵次公注相比，王文诰这种诗人之注显得更严谨务实。相比之下，王文诰本人编撰了年谱性质的《苏文忠公诗编注集成总案》，将释意建立在苏轼年谱与苏诗编年的基础上，并能够依托苏轼经历的时事，解释部分苏诗诗句的意义，将孟子"知人论世"与"以意逆志"的观点有机融合在一起。

从宋代的赵次公注到清代的王文诰注这一系列的苏诗注释本，经历了诗人之注→学者之注→更注重历史考证的学者之注→不忽视历史考证的诗人之注这一系列过程，不难看出，这是一条循环往复而又不断上升之路，最终由王文诰为古代的苏诗注画上了一个圆满的句号。从这个意义上来说，王文诰注甚至可以称为苏诗注的集大成者。

清代的苏诗注，不仅是优秀的诗歌注释，而且能体现清代诗歌注释的主要特点——在文献整理与史实考证的基础上解释诗意，代表清代诗歌注释的最高水平。

清代苏诗注的功绩，主要体现在文献订正与史实考证两大方面。

一、文献订正

清代的苏诗注都属于补注性质，清代的学术风气又崇尚严谨、朴实。因此清代的苏诗注释者首先强调文献整理，对宋代苏诗注的苏诗原文与注释引文进行全面的考核，订正其文字错误。此外，又针对宋代苏诗注本进行了辨伪、辑佚、校勘等工作，去伪存真，去粗取精，令苏诗注的文本焕然一新。

二、史实考证

受清代朴学的影响，清代苏诗注释者将前代诗歌的历史属性放在第一位，因而首先关注苏诗中包含的地理、职官、史事、风俗等历史因素，对旧注中对这些史实的解释作了全面的考证，纠正了许多错误。特别是乾嘉时期的冯应榴、沈钦韩，后来者居上，考证之功，决不可没。

结 束 语

　　本书以分析、总结从宋代到清代每个苏诗注本的成就为基本任务。在了解每个注本的作者生平、成书过程、版本源流的基础上，总结了每个注本的特点。

　　本书对各个苏诗注本，除了分析其特点与成就之外，还注重将各重要注本与同时代的其他诗歌注本加以对比研究，例如赵次公注与任渊《山谷内集诗注》的对比，施、顾注与李壁《王荆公诗注》的对比，查慎行注与钱谦益《注杜诗》、赵殿成《王右丞集笺注》的对比，沈钦韩注、冯应榴注与冯集梧《樊川诗集注》、冯浩《玉溪生诗笺注》的对比。在这种对比的基础上，将各个苏诗注本放在从宋到清诗歌注释发展史的背景下加以考察，可以发现，苏诗注的发展史与诗歌注释发展史同步：除明代之外，诗歌注释发展史的每个重要阶段，都有重要的苏诗注本产生。因此以苏诗注本的发展为主线，辅以每个阶段其余重要注本的比较，可以勾勒出宋至清诗歌注发展的脉络。

一、宋代苏诗注的总结

　　宋代诗注可以划分为两个时期：两宋之交时期及南宋中后期。在这两个阶段，各有一个重要的苏诗注本。

　　两宋之交的诗注以赵次公的苏诗注与任渊的黄、陈诗注为代表，其特点是重视典故的来处，从文本本身出发解释诗意，并对诗歌艺术的评论总结。

题名王十朋编撰的集百家分类注本以赵次公注最有代表性。赵次公的注释本质上是一种诗学分析,以征引典故为基础手段,分析诗歌内部的各种表现手法及层次结构,达到解释诗意的目的,并作鉴赏与评论。

南宋中后期诗注以施、顾的苏诗注与李壁的王安石诗注为代表,在继续重视典故出处的前提下,自觉地对诗歌注释的重心作出改变:两宋之交诗注以内部解意的诗学分析方法为主,南宋中后期诗注以历史文献作为外证,从探索作诗的目的为线索以解释诗意,是一种内外结合的解释方法。

施、顾的《注东坡先生诗》,施宿在施元之、顾禧详尽地征引典故的基础上,在诗题下加以补注,利用人物传记等外部材料,揭示苏诗的创作背景、发掘苏诗的创作成因,概括诗篇的整体意图,并解释某些写实性的诗句。

明代诗歌注释在诗注发展史上不占重要地位,也没有产生真正意义上的苏诗注。

二、清代苏诗注的总结

清代诗注与宋代诗注相比,解释思路发生了重大变化。清代诗歌注释者首先将诗歌与经、史、子等文献等同对待,最重视这些文献作为历史文献的属性。他们将地理、职官、人名、风俗等历史名词放在最基础的地位,只有在详细而准确地解释这些历史名词的前提下,才重新考虑诗歌的文学属性,以历史文献作为外证来解释诗意。清代苏诗注家也不例外,查慎行、沈钦韩、冯应榴的苏诗注都贯彻了这种解释思路,与钱谦益的《注杜诗》、冯浩的《玉溪生诗笺注》一同成为清代诗注的典型代表。

清代诗注的分期,与清代学术的分期趋于一致。清代诗注也可分为两个阶段:康熙时期与乾嘉时期。这两个时期诗歌注释的思路是一致的,划分的依据在于注家学力的高低。康熙年间诗注已经完成了对宋代诗注的改造,但注家学力的整体水平,仍不能与乾嘉学者相比。

清代苏诗注的分期,也与清代诗注的分期相一致。

康熙年间先出现了邵长蘅、李必恒、冯景的补施注,这三位注家都以补注典故为主。邵长蘅还著有《王注正讹》,对赵次公等注家在引用文献方面的错误进行批判。

康熙年间的另一部苏诗注——查慎行《补注东坡先生编年诗》已是成熟的清代诗注,重点在于解释今典,即地理、职官、人物等历史名词,并解释写实性的诗句。此外,查慎行还编撰了《苏轼年表》,并对苏轼诗集重新编年。但其失误仍然不少。

乾嘉时期的冯应榴、沈钦韩则以其精深的学力对查注作了重要的纠正与补充。

这个时期率先问世的翁方纲《苏诗补注》,篇幅短小精炼,只对苏诗注的一些重点问题进行了补注,尤其注重小学与校勘。

沈钦韩的《苏诗查注补正》,侧重点与查注相同,但考证功力更深,能够纠正、补充查注的多处疏误。

至于冯应榴《苏文忠公诗合注》,将上述注本合而为一,并对各个注家引用的文献详加考核,订正错误,在史学方面的考证也颇见功力。从汇合旧注、整理文献的角度来看,本书是苏诗注的集大成者。

另有王文诰《苏文忠诗编注集成》,以冯应榴的《苏文忠公诗合注》为蓝本,但又有所删节。王本人的贡献首先在于《苏诗总案》,这实际上是一部苏诗创作史。在此基础上,王文诰又继承了赵次公的思路,总结了苏诗的创作方法和艺术特色。从注释理念的角度来看,本书也是苏诗注的集大成者。

三、从苏诗注看宋、清两代的诗歌注释的发展

诗歌注释学是介于诗学与文献学之间的交叉学科,它既包含了诗学的特征,也具备文献学的特性。不同时期的诗歌注释,对这两个要素的偏重程度各不一样。苏诗注从宋至清的发展过程,乃至从宋到清诗歌注释整体的发展历程,都是一个诗学特征不断减弱、文献学与史学特征不断增强的过程。

宋代诗歌注释发展的第一个时期——两宋之交的诗歌注释,以苏诗注中的赵次公、赵夔、林子仁,以及从事黄庭坚、陈师道诗注的任渊为代表。这批诗歌注释者有两个特点:一、本人拥有较高的诗歌创作水平,其中林子仁

还是江西诗派中的重要人物,能够贴近作者的创作心理;二、他们生活的年代离被注释者——苏轼、黄庭坚、陈师道等诗人非常接近,其中任渊曾向黄庭坚学习诗歌创作,赵夔曾经会晤过苏轼之子苏过。这些因素使注释者深受被注释者的诗歌理念的影响。因此,这个时期的诗歌注释者,把诗歌的诗学属性放在首位,从诗歌创作的角度理解并解释诗歌,总结诗人创作的特点,归纳创作方法的长处。尽管这些注释者生活的时代离被注释者很近,但没有特别重视诗歌的历史属性,只是在"知人论世"原则的指导下,一般性地探讨了诗歌创作的历史背景。由于注释者与被注释者的生活年代十分接近,因此在这方面依然作出了可贵的贡献。诗歌涉及的时事,特别是作者生活中的琐事,是后代注释者难以发掘的,有赖于两宋之交的这批注释者予以揭示。如果两宋之交的诗歌注释者对诗歌的历史属性更加重视的话,还可以解决更多的时事问题。

宋代诗歌注释发展的第二个重要时期——南宋中后期的诗歌注释,以施、顾的《注东坡先生诗》,李壁的《王荆公诗注》,史容的《山谷外集诗注》为代表。这批注释者相对于两宋之交的诗歌注释者而言,有三个特点:一是诗歌创作水平相对降低;二是离被注释者的时代距离相对更远了,已经拉开了一定的距离;三是这个时期的史学更加发达。因此,这批诗歌注释者,虽然也坚持将诗歌的诗学特征放在首位,并在总结作者的创作技巧方面继续作出贡献,但同时也进一步地重视诗歌的历史属性,更强调"知人论世"在诗歌理解中的作用。因此,这个时期的诗歌注释者,普遍使用"以史证诗"的方法以解释诗意。由于注释者离作者的时代相去仍不算远,而且这个时期有《续资治通鉴长编》一类的重要史书出现,给诗歌注释者提供了极大的方便。因此,这个时期的诗歌注释者在"以史证诗"方面成就卓著,对诗歌注释作出了重要贡献。

清代诗歌注释者的视角与宋代诗歌注释者大不一样。他们注释的对象,绝大多数是前代的诗歌,注释者与作者不处于同一朝代,时间距离长达数百年乃至上千年。摆在诗歌注释者面前的难题是,如何突破如此长的时间跨度,对已经成为历史的前代诗歌予以准确地解读?因此,他们将诗歌的诗学特征搁置在一边,转而将诗歌的文献学属性与历史学属性放在前列。包括苏诗注释者在内的清代诗歌注释者强调,首先要突破文献与历史的障碍,才能正确解读诗意。因此他们把重点放在职官典制、地理方位、历史事件、风俗习惯等已经成为历史的因素之上。即使是查慎行这种著名诗人,其苏诗注也未强调苏诗的艺术性。而且,随着日益重视考据的学风变化,乾嘉时期的诗歌注释者更强调在考证的基础上探讨前代诗歌包含的职官典制、地理方位、历史事件、风俗习惯等历史名词,对诗歌的文献学、历史学属性更加重视,在这些方面作出重要的贡献,功不可没。但相比之下,诗歌的诗学特征不免受到忽视。只有王文诰等少数注释者坚持探讨苏诗的艺术技巧,未免令人遗憾。

四、未来研究的展望

苏诗注是诗歌注释史上的重点与难点,与杜诗注一样占有重要的地位。本书通过对历代苏诗注的研究,不仅对各苏诗注本的特点与成就作了分析,还对从宋代到清代的诗歌注释发展史作了初步的探索。但由于笔者学力有限,本书还存在以下主要问题:

1. 对宋、清两代的学术状况的认识不够深刻,尚无法全面、深入地分析这两个朝代的学术对苏诗注造成的影响。

2. 对宋、清两代的诗歌注释尚缺乏全面系统的研究,只能就其中苏诗注的具体方法作一些总结。

因此,将来还可以在这些方面作进一步的研究,期待在宋人注宋诗乃至整个宋代诗歌注释领域,以及清代诗歌注释领域作有益的探索。

一、古籍

（一）经部

《十三经注疏》，北京：中华书局，1980年。

[宋]朱熹：《四书章句集注》，北京：中华书局，1983年。

[清]马瑞辰：《毛诗传笺通释》，北京：中华书局，1989年。

[清]焦循：《孟子正义》，北京：中华书局，1987年。

（二）史部

[晋]陈寿撰，[南朝宋]裴松之注：《三国志》，北京：中华书局，1959年。

[唐]魏征等：《隋书》，北京：中华书局，1973年。

[元]脱脱等：《宋史》，北京：中华书局，1977年。

赵尔巽等：《清史稿》，北京：中华书局，1977年。

[宋]李焘：《续资治通鉴长编》，北京：中华书局，2004年。

[宋]曾巩：《隆平集》，见《文渊阁四库全书》第371册，上海：上海古籍出版社，2003年影印版。

[宋]王偁：《东都事略》，见《文渊阁四库全书》第382册，上海：上海古籍出版社，2003年影印版。

［清］陈敬璋：《查他山先生年谱》，见张爱芳、贾贵荣：《清代民国藏书家年谱》，北京：北京图书馆出版社，2004 年。

［清］国史馆：《清史列传》，见《清代传记丛刊》第 96—105 册，台北：明文书局，1985 年。

［清］李桓：《国朝耆献类征初编》，《清代传记丛刊》第 127—191 册，台北：明文书局，1985 年。

支伟成：《清代朴学大师列传》，见《清代传记丛刊》第 12 册，台北：明文书局，1985 年。

［清］钱吉仪：《碑传集》，见《清代传记丛刊》第 106—114 册，台北：明文书局，1985 年。

缪荃孙：《续碑传集》，《清代传记丛刊》第 115—119 册，台北：明文书局，1985 年。

汪兆镛：《碑传集三编》，《清代传记丛刊》第 124—126 册，台北：明文书局，1985 年。

闵尔昌：《碑传集补》，《清代传记丛刊》第 120—123 册，台北：明文书局，1985 年。

吴仲：《续诗人征略》，见《清代传记丛刊》第 24 册，台北：明文书局，1985 年。

邓之诚：《清诗纪事初编》，见《清代传记丛刊》第 20 册，台北：明文书局，1985 年。

［清］阮元：《儒林集传录存》，见《清代传记丛刊》第 13 册，台北：明文书局，1985 年。

徐世昌：《清儒学案小传》，见《清代传记丛刊》第 5—7 册，台北：明文书局，1985 年。

［清］钱林：《文献征存录》，见《清代传记丛刊》第 10—11 册，台北：明文书局，1985 年。

李濬之：《清画家诗史》，见《清代传记丛刊》第 75—77 册，台北：明文书局，1985 年。

盛叔清：《清代画史增编》，见《清代传记丛刊》第 78 册，台北：明文书局，1985 年。

［清］张维屏：《国朝诗人征略》，广州：中山大学出版社，2004 年。

［北魏］郦道元注，杨守敬、熊会贞疏：《水经注疏》，南京：江苏古籍出版社，1989 年。

［唐］李吉甫：《元和郡县图志》，北京：中华书局，1983 年。

［宋］乐史：《太平寰宇记》，北京：中华书局，2000 年。

［宋］王存：《元丰九域志》，北京：中华书局，1984 年。

［宋］欧阳忞：《舆地广记》，成都：四川大学出版社，2003 年。

［宋］祝穆：《方舆胜览》，北京：中华书局，2003 年。

［清］周家楣、缪荃孙：《光绪顺天志》，北京：北京古籍出版社，1987 年。

［清］王其淦、吴康寿、汤成烈：《光绪武进阳湖志》，见《中国地方志集成·江苏府县志辑》第 37 册，南京：江苏古籍出版社，1991 年。

［清］李宜伦、夏之蓉、沈之本：《嘉庆高邮州志》，见《中国地方志集成·江苏府县志辑》第 46 册，南京：江苏古籍出版社，1991 年。

［清］严辰：《光绪桐乡志》，见《中国地方志集成·浙江府县志辑》第 23 册，上海：上海书店，1993 年。

［清］李圭、许传霈：《民国海宁州志》，见《中国地方志集成·浙江府县志辑》第 22 册，上海：上海书店，1993 年。

陈璚、王棻：《民国杭州府志》，见《中国地方志集成·浙江府县志辑》第 1—3 册，上海：上海书店，1993 年。

曹允源、李根源：《民国吴郡志》，见《中国地方志集成·江苏府县志辑》第 11 册，南京：江苏古籍出版社，1991 年。

［宋］晁公武：《郡斋读书志》，见《文渊阁四库全书》第 674 册，上海：上海古籍出版社，2003 年影印版。

［宋］陈振孙：《直斋书录解题》，见《文渊阁四库全书》第 674 册，上海：上海古籍出版社，2003 年影印版。

［清］永瑢等：《四库全书总目》，北京：中华书局，1965 年。

中国古籍善本书目编辑委员会：《中国古籍善本书目·集部》，上海：上海古籍出版社，1998年。

（三）子部

［南朝宋］刘义庆撰、［南朝梁］刘孝标注：《世说新语》，北京：中华书局，1999年。

［宋］苏轼：《东坡志林》，北京：中华书局，1981年。

［宋］周密：《癸辛杂识》，北京：中华书局，1988年。

［宋］孙逢吉：《职官分纪》，见《文渊阁四库全书》第923册，上海：上海古籍出版社，2003年影印版。

（四）集部

［宋］苏轼撰，［宋］赵夔、师尹等注：《集注东坡先生诗前集》，宋刻本（原书十八卷，存四卷：一至四，卷四配另一刻本）。

［宋］苏轼撰，［宋］王十朋辑注：《集注分类东坡先生诗》，元建安虞平斋务本书堂刊本，《四部丛刊》影印本，上海：商务印书馆，民国八年（1919）。

［宋］苏轼撰，［宋］王十朋辑注：《东坡诗集注》，见《文渊阁四库全书》第1109册，上海：上海古籍出版社，2003年影印版。

［宋］苏轼撰，［宋］施元之、顾禧注：《注东坡先生诗》，宋嘉泰淮东仓司刻本（原书四十二卷，存四卷：卷十一、十二、二十五、二十六）。

［宋］苏轼撰，［宋］施元之、顾禧注：《注东坡先生诗》，宋嘉泰淮东仓司刻本（原书四十二卷，存二卷：卷四十一、四十二）。

［宋］苏轼撰，［宋］施元之、顾禧注：《注东坡先生诗》，宋景定刊本，台北：艺文印书馆，1969年影印版。

［宋］苏轼撰，［宋］施元之、顾禧注，［清］邵长蘅删补：《施注苏诗》，见《文渊阁四库全书》第1110册，上海：上海古籍出版社，2003年影印版。

［宋］苏轼撰，［宋］赵次公、施元之等注、（日本）仓田淳之助、小川环树辑：《苏诗佚注》，同朋舍，昭和四十年（1965）。

［宋］苏轼撰，［清］查慎行：《苏诗补注》，见《文渊阁四库全书》第1111

册,上海：上海古籍出版社,2003 年影印版。

　　[宋]苏轼撰,[清]翁方纲补注：《苏诗补注》,见《粤雅堂丛书》第 66—67册,清光绪刻本。

　　[宋]苏轼撰,[清]沈钦韩补正：《苏诗查注补正》,清光绪二十年广雅书局刻本。

　　[宋]苏轼撰,[清]冯应榴辑注：《苏文忠公诗合注》,清乾隆六十年踵息斋刻本。

　　[宋]苏轼撰,[清]冯应榴辑注：《苏轼诗集合注》,上海：上海古籍出版社,2001 年。

　　[宋]苏轼撰,[清]王文诰辑注：《苏文忠诗编注集成》,见《续修四库全书》第 1315—1316 册,上海：上海古籍出版社,1996 年影印版。

　　[宋]苏轼著,[清]王文诰辑注：《苏轼诗集》,北京：中华书局,1982 年。

　　[宋]苏轼：《苏轼文集》,北京：中华书局,1986 年。

　　[宋]朋九万辑：《乌台诗案》,见《丛书集成续编·史部》第 37 册,北京：中华书局,1991 年。

　　[元]陈秀民：《东坡诗话录》,见《四库全书存目丛书》集部第 416 册,济南：齐鲁书社,1997 年影印版。

　　[宋]洪兴祖：《楚辞补注》,北京：中华书局,1983 年。

　　[晋]陶潜撰,[清]陶澍集注：《靖节先生集》,见《续修四库全书》第 1304册,上海：上海古籍出版社,1996 年影印版。

　　[梁]萧统编,[唐]李善注：《文选》,上海：上海古籍出版社,1986 年。

　　[唐]王维撰,[清]赵殿成笺注：《王右丞集笺注》,上海：上海古籍出版社,1998 年。

　　[唐]李白撰,[宋]杨齐贤注,[元]萧士赟补注：《李太白集分类补注》,见《文渊阁四库全书》第 1066 册,上海：上海古籍出版社,2003 年影印版。

　　[唐]李白撰,[清]王琦注：《李太白全集》,北京：中华书局,1977 年。

　　[唐]杜甫撰,[宋]郭知达辑注：《九家集注杜诗》,见《文渊阁四库全书》第 1068 册,上海：上海古籍出版社,2003 年影印版。

〔唐〕杜甫撰，〔宋〕黄鹤、黄希补注：《补注杜诗》，见《文渊阁四库全书》第1069册，上海：上海古籍出版社，2003年影印版。

〔唐〕杜甫撰，〔宋〕赵次公注：《杜诗赵次公先后解辑校》，上海：上海古籍出版社，1994年。

〔明〕王嗣奭：《杜臆》，上海：上海古籍出版社，1983年。

〔唐〕杜甫撰，〔清〕浦起龙注：《读杜心解》，北京：中华书局，1961年。

〔唐〕杜甫撰，〔清〕仇兆鳌注：《杜诗详注》，上海：上海古籍出版社，1979年。

〔唐〕杜甫撰，〔清〕钱谦益笺注：《钱注杜诗》，上海：上海古籍出版社，1979年。

〔唐〕韩愈撰，〔清〕方世举笺注：《韩昌黎诗编年笺注》，见《续修四库全书》第1304册，上海：上海古籍出版社，1996年影印版。

〔唐〕杜牧撰，〔清〕冯集梧注：《樊川诗集注》，上海：上海古籍出版社，1962年。

〔唐〕李商隐撰，〔清〕冯浩笺注：《玉溪生诗集笺注》，上海：上海古籍出版社，1998年。

〔宋〕王安石撰，〔宋〕李壁注：《王荆文公诗笺注》，上海：上海古籍出版社，2010年。

〔宋〕王安石撰，〔清〕沈钦韩注：《王荆公文集注》，见《续修四库全书》第1313—1314册，上海：上海古籍出版社，1996年影印版。

〔宋〕王安石撰，〔清〕沈钦韩注：《王荆公诗集注》，见《续修四库全书》第1313册，上海：上海古籍出版社，1996年影印版。

〔宋〕黄庭坚著，〔宋〕任渊、史容、史季温注：《山谷诗集注》，上海：上海古籍出版社，2003年。

〔宋〕陈师道撰，〔宋〕任渊注，冒广生补笺：《后山诗注补笺》，北京：中华书局，1995年。

〔清〕查慎行：《敬业堂诗集》，上海：上海古籍出版社，1986年。

〔清〕赵翼：《瓯北诗话》，北京：人民文学出版社，1963年。

二、今人研究专著

周光庆:《中国古典解释学导论》,北京:中华书局,2002 年。

张三夕:《中国古典文献学》,武汉:华中师范大学出版社,2003 年。

刘琳、吴洪泽:《古籍整理学》,成都:四川大学出版社,2003 年。

靳极苍:《注释学刍议》,太原:山西人民出版社,2000 年。

郑鹤声、郑鹤春:《中国文献学概要》,上海:上海书店,1983 年。

洪湛侯:《诗经学史》,北京:中华书局,2002 年。

祝尚书:《宋人别集叙录》,北京:中华书局,1999 年。

刘尚荣:《苏轼著作版本论丛》,成都:巴蜀书社,1988 年。

四川大学中文系唐宋文学研究室:《苏轼资料汇编》,北京:中华书局,1994 年。

王友胜:《苏诗研究史稿》,长沙:岳麓书社,2000 年。

曾枣庄:《苏轼研究史》,南京:江苏教育出版社,2001 年。

萧庆伟:《北宋党争与文学》,北京:人民文学出版社,2001 年。

梁启超:《中国近三百年学术史》,北京:东方出版社,1996 年。

梁启超:《清代学术概论》,上海:上海古籍出版社,1998 年。

郝润华:《〈钱注杜诗〉与诗史互证方法》,合肥:黄山书社,2000 年。

樊克政:《翁方纲》,见张捷夫,《清代人物传稿》上编第十卷,北京:中华书局,2001 年。

吕英凡:《查慎行》,见王恩治、李鸿彬,《清代人物传稿》上编第八卷,北京:中华书局,1995 年。

三、今人研究论文

张三夕:《宋诗宋注管窥》,《古籍整理与研究》总第 4 期,第 63—68 页。

刘尚荣:《苏诗版本源流考述》,《文史》2002 年第 4 期,第 140—149 页。

曾枣庄:《清注苏诗述略》,《中国韵文学刊》1999 年第 2 期,第 56—62 页。

王友胜:《施元之等〈注东坡先生诗〉平议》,《中国韵文学刊》2002 年第 1 期,第 28—35 页。

王友胜:《施注苏诗得失论》,《中国典籍与文化》2000 年第 1 期,第 72—78 页。

王友胜:《冯应榴与〈苏文忠诗合注〉》,《文学遗产》2002 年第 2 期,第 114—121 页。

王友胜:《〈苏诗补注〉的文献诠释与历史价值》,《文学评论》2008 年第 5 期,第 73—77 页。

王友胜:《冯应榴〈苏诗合注〉平议》,《武陵学刊(社会科学)》1998 年第 5 期,第 45—48 页。

王友胜:《王文诰〈苏诗编注集成〉得失论》,《湘潭师范学院学报(社会科学版)》2002 年第 11 期,第 74—78 页。

王友胜:《论清人注释、评点苏诗的特征及原因》,《乐山师范学院学报》2003 年第 3 期,第 1—5 页。

王友胜:《清代苏诗研究的繁盛局面及其文化成因》,《湖南大学学报(社会科学版)》2003 年第 5 期,第 75—79 页。

王友胜:《关于苏诗历史接受的几个问题》,《文学评论》2002 年第 6 期,第 160—168 页。

王友胜:《历代苏诗研究简述》,《黄冈师范学院学报》2001 年第 1 期,第 47—50 页。

王友胜:《简论明代的苏诗选评》,《惠州学院学报》2002 年第 1 期,第 44—50 页。

蒋寅:《〈杜诗详注〉与古典诗歌注释学之得失》,《杜甫研究学刊》1995 年第 2 期,第 43—50 页。

王学泰:《杜诗的赵次公注与宋代的杜诗研究》,《首都师范大学学报(社会科学版)》,第 47—50 页。

雷履平:《赵次公的杜诗注》,《四川师范学院学报》1982 年第 1 期,第 79—82 页。

慈波：《任渊宋诗校释平议》，《重庆社会科学》2005 年第 11 期，第 61—66 页。

郝润华：《宋代史学意识与"诗史"观念的产生》，《西北师范大学学报（社会科学版）》2000 年第 2 期，第 1—7 页。

郝润华：《论〈钱注杜诗〉对清代诗歌诠释学的影响》，《西北成人教育学报》2000 年第 2 期，第 21—24 页。

郝润华：《论清代诗歌解释学的成就和歧误》，《宁波大学学报（人文科学版）》2000 年第 1 期，第 18—21 页。

郝润华：《论〈钱注杜诗〉的诗史互证方法》，《首都师范大学学报（社会科学版）》2000 年第 2 期，第 70—76 页。

郝润华，段海蓉：《〈钱注杜诗〉诠释方法略论》，《新疆大学学报（社会科学版）》2003 年第 2 期，第 114—118 页。

周焕卿：《试论李壁对诗歌笺释学的贡献》，《南京师范大学学报（社会科学版）》2004 年第 5 期，第 116—121 页。

李海燕：《论〈读杜心解〉的阐释特色》，《文史博览》2005 年第 14 期，第 24—25 页。

| 后 记

《苏诗古注研究》这本小书，终于杀青了。它系在我的博士学位论文《历代苏轼诗注研究》的基础上修改而成，如果从博士论文选题的 2004 年算起，已经 15 年了。过程虽然说不上艰辛曲折，然而时间跨度着实不小，算是对自己这段时间的学术研究作个小小的总结。

遥想当年，我报考中国古代文学专业硕士生的原因十分朴实，那时候经常认真阅读古代诗词的注释本，对余冠英、马茂元、胡云翼、唐圭璋等诸位泰斗的注释心向往之，梦想有朝一日自己也能注释一本小小的诗集。及至跟随陈永正先生学习古典诗歌注释，方知当年的愿望显然有些不自量力了。注释之难，自古而然。若非积数十年之功，断不能将一本普通的唐宋别集注好。因此，为了日后能踏上诗歌注释的正轨，我在沚斋先生的指导下，选择了古代的苏诗注本作为博士学位论文的研究对象。一来是因为这是个研究性的选题，比起诗集笺注或诗人年谱，更符合学位论文的体例；二来可以借此机会向古代注家系统地学习。苏诗的注释，与杜诗并列为诗歌注释史上的难题。自宋迄清，苏诗的注本不仅数量众多，而且颇见学力，在宋代至清代的诗歌注释发展史上，每个重要的阶段，都有上乘的苏诗注释本问世。苏诗注释的发展史，是宋代至清代诗歌注释史的缩影。选择苏诗的历代注本进行系统的研究，不仅可以满足博士学位的要求，更重要的是可以私淑历代苏诗的注释者，博采众家之长，为日后从事古典诗词的注释奠定坚实的基础。然而,我忝列于泏斋先生的门墙之中,仅操拔彗以俟门庭,亦何闻于夫子! 唯期待日后在古典诗词的注释方面,能尽绵薄之力。

感谢在不同时期对本书的内容提出过批评意见的人,我向来认为批评是促进学术研究的重要动力,批评者才是最值得信赖的朋友群体之一。

作　者

2019 年 3 月

图书在版编目（CIP）数据

苏诗古注研究 / 何泽棠著.—南京：南京大学出版社，2024.4

ISBN 978 - 7 - 305 - 27780 - 1

Ⅰ.①苏…　Ⅱ.①何…　Ⅲ.①宋诗—注释　Ⅳ.①I222.744.1

中国国家版本馆 CIP 数据核字(2024)第 076018 号

出版发行　南京大学出版社

社　　址　南京市汉口路 22 号　　　　邮　编 210093

SUSHI GUZHU YANJIU

书　　名　**苏诗古注研究**

著　　者　何泽棠

责任编辑　李晨远

照　　排　南京紫藤制版印务中心

印　　刷　南京鸿图印务有限公司

开　　本　718 mm×1000 mm　1/16　印张 31　字数 444 千

版　　次　2024 年 4 月第 1 版　2024 年 4 月第 1 次印刷

ISBN　978 - 7 - 305 - 27780 - 1

定　　价　120.00 元

网　　址　http://www.njupco.com

官方微博　http://weibo.com/njupco

官方微信　njupress

销售咨询热线　(025)83594756